南无袈裟理科佛 著

金蚕往事

⑪

上海社会科学院出版社

本故事纯属虚构。

目录

第三十卷　神仙诡地　　　　　　　　　　001

第四十八章　有仇报仇，有冤伸冤　　　　001

第四十九章　毛鬼逞凶，小妖释疑　　　　004

第五十章　雷罚，飞腾吧　　　　　　　　007

第五十一章　巨魔苏醒　　　　　　　　　010

第五十二章　深潭变　　　　　　　　　　013

第五十三章　生死抉择　　　　　　　　　016

第五十四章　三个死亡名额　　　　　　　019

第五十五章　一拥而上，女神降临　　　　022

第五十六章　山神之威　　　　　　　　　025

第五十七章　不如归去　　　　　　　　　028

第五十八章　分东离西　　　　　　　　　031

第五十九章　劫后余波　　　　　　　　　034

第六十章　辗转离鲁，江湖再闻　　　　　037

第三十一卷　顶级道门　　　　　　　　　040

第一章　茅山啊茅山，我们来了　　　　　040

第二章　魂牵梦萦之地　　　　　　　　　044

第三章　震灵殿中　　　　　　　　　　　047

第四章　饭舍斗殴案　　　　　　　　　　050

第五章　九霄慈航阵　　　　　　　　　　053

第六章　小姑萧应颜　　　　　　　　　　056

1

第七章　茅山秘闻	059
第八章　危机四伏	062
第九章　十年生死两茫茫	065
第十章　掌门之论	068
第十一章　大典之前	071
第十二章　凝聚力	074
第十三章　我没罪	077
第十四章　天亮了	080
第十五章　渺渺往事，特别关心	083
第十六章　九九归元	086
第十七章　天啊，飞剑	089
第十八章　技术型人才	092
第十九章　重归山门	095
第二十章　祈福法会	098
第二十一章　茅山乱	101
第二十二章　疑犯追踪	104
第二十三章　前倨后恭	107
第二十四章　高手队	110
第二十五章　血夜前奏曲	113
第二十六章　黑袍道士	116
第二十七章　血虎破阵	119
第二十八章　第一个内应者	122
第二十九章　烈火真人再现身	125
第三十章　师父救我	128

第三十一章	动机	131
第三十二章	迷雾渐开	134
第三十三章	扯起虎皮拉大旗	137
第三十四章	鬼将溃败，梅浪失牌	140
第三十五章	被绑架的人质	143
第三十六章	陆左哥哥你把我炼了吧	146
第三十七章	骑龙	149
第三十八章	木马攻城	152
第三十九章	岷山老母	155
第四十章	黑莲业火	158
第四十一章	拐杖化龙，业火烧身	161
第四十二章	肥虫无踪，长老狡猾	164
第四十三章	蚀功蛊虫，敌人闯阵	167
第四十四章	林海迷踪，恐怖无踪	170
第四十五章	同真自爆，灰飞烟灭	174
第四十六章	逃无可逃，同归于尽	177
第四十七章	杂毛来援，横空飞剑	180
第四十八章	话事人的态度	183
第四十九章	引爆的噬心雷	186
第五十章	雷罚觉醒，斩破虚空	189
第五十一章	走投无路，同门相残	192
第五十二章	陶晋鸿的拉风登场	195
第五十三章	知修放狂言，地仙算个屁	198
第五十四章	恭迎掌门出关	201

第五十五章	视野之外的战斗，好大一盘棋	204
第五十六章	陶土豪，我们做朋友吧	207
第五十七章	分离，抑或与你同行	210

第三十二卷　血变　　　　　　　　214

第一章	回乡祭祖	214
第二章	袖手双城的鸿门宴	217
第三章	酒逢知己千杯少，话不投机半句多	220
第四章	走亲访友	224
第五章	本欲平淡，麻烦缠身	228
第六章	王豆腐	231
第七章	悲催的子爵大人	234
第八章	危机来临时	237
第九章	威尔归来	240
第十章	衔尾追击	244
第十一章	伏中伏，环环相扣	248
第十二章	废品站之战	251
第十三章	剑刃风暴	254
第十四章	一石二鸟	257
第十五章	觉醒中的威尔	260
第十六章	方向	263
第十七章	线索	266
第十八章	小老乡	269
第十九章	小诊所的食尸鬼	272
第二十章	硬汉折腰	275

第二十一章	顺藤摸瓜	278
第二十二章	夜幕下的村子	281
第二十三章	村中诡异	284
第二十四章	败走麦城，或者……	287
第二十五章	圣器鬼灯	290
第二十六章	蔓珠芳华	293
第二十七章	潘神迷宫	296
第二十八章	不是弱者	299

第三十卷　神仙诡地

第四十八章　有仇报仇，有冤伸冤

　　虽然失去了修为，但我到底不同常人，翻滚几番之后，便摸索着站了起来。朝着刚才绊倒我的地方看去，竟然是七八根突出地面的树根。

　　这树根根系发达，生出了许多根须一般的长条，坚韧而充满了生命力。洛小北在后面笑话了我两句，然后俯身下来摸了一会儿，不由得惊讶地说道："桃树？这是桃树的根，这么大，那这株桃树不得跟那望天树有得一比啊？"

　　桃树的树根？在洛小北大呼小叫的时候，我和杂毛小道也在疑惑。

　　要知道，桃树属蔷薇科落叶乔木，中型，高度在三至八米，然而当我瞧见这发达的根系，很难想象，这树位于地面之上的高度，究竟有多少。而且更加让人生疑的地方是，我们现在所在的位置，不知道是地底多少米，到底是什么样的桃树，根系竟然能够深入到这里？

　　一切都透着一股子诡异的气息，杂毛小道甚至直接认为是幻象，然而那东夷迷幻杀戮阵早已经在悬空浮岛破碎的那一刻，消失不见了，不会再有幻象。我们此刻所见到的发达根系，想来应该是如假包换，没有虚假。

　　既是如此，那么反常的应该就是这桃树的根系。想到之前关于桃树精以及桃元的消息，我和杂毛小道对视一眼，暗自感觉我们此行所要寻找的目标，在峰回路转之后，竟然又回到了我们的面前来。

　　这个可能性一旦浮现在了我们的眼前，之前所有的沮丧和疲惫都消失了。我仔细打量身处的环境，这是一个黝黑的通道，周围都是蜂窝状的岩石壁，以及湿润的泥土。小妖应该是感受到了浓郁的植物气息，所以带着我们一路寻来。

　　虽然走出了很远，不过似乎还是处于那东夷殿的周围，故而我们所有人的修为都没有恢复。

　　古怪的桃树在，精元却无从找寻。我想起了之前释方和尚诈尸之时出现的桃花獾，想来要找到桃元，我们可能需要找到那个小东西。当我将这个思路说出来之后，所有人都觉得理应如此。

只是那小东西行动如电,而这大殿的通道四通八达,到哪里去找它,这实在是一个很值得思考的问题。

至于对桃元的分配,我们也产生了争执。所谓"天才地宝,有德者居之",这句话实在是某些家伙说出来忽悠别人的无耻话语。什么是有德者?这根本就是一个伪命题。个个都觉得自己有份,我们想要桃元,洛飞雨、洛小北自然也想要,如何分配?

洛小北认为杂毛小道将她的青锋宝剑弄丢了,这桃元自然应当补偿给她;然而我们深知桃元对杂毛小道的战力提升,是一个倍数的关系,所以决不放弃。到了最后,我提出了一个方案,那位于大殿中的金银财物,我们都放弃了,而桃元则归杂毛小道所有。

我的话音刚落,洛小北立刻喊"成交",然后露出了小狐狸式的微笑,眼睛绽放出老龙般的光芒。

钱财乃身外之物,虽然知道中了洛小北的算计,我们也并不计较,毕竟运不出去,神马都是浮云。然而谈好了桃元的归属,我们却连这玩意儿在哪里都不知道。小妖无聊地看着我们争吵,见我们终于回归到找寻的话题来时,将杂毛小道手中的强光手电夺过去,朝着湿滑的墙壁上照了一下,只见上面有清晰的爪印子,朝着前方行去。

爪印浅显,但是很清晰,我们顺着这通道继续前行,途中路过了三个岔路口,都是小妖根据爪印子的深浅和强弱来判断。

我走了一会儿,闭上眼睛,在脑海里面大概地绘制好一边通道的状况,发现我们似乎正绕着一个庞大的圈子在行走。湿气越发地严重了,似乎这里又是一处悬崖跌落的泉水处。

不多时,果真有水滴从上跌落,依旧是内外两层的光膜,将水池内外给分离出来,即使有大股的水花从天而降,也没有半点儿声音传出来,实在是神奇得很。这泉水汇集成潭的地方,直径有六七米,偌大的水面上波光粼粼,强光手电打在上面,光线闪动,似乎形成了舞厅射灯的效果,闪闪发亮。

那一直存在、若隐若现的爪印痕迹到了这里,终于消失不见了。我们几个避开落下来的水瀑,朝这水面瞧去,凝目查看许久,发现水面之上,似乎有一张黑布在漂浮,如同女人的头发,随波逐流。走到跟前,发现这黑布之上还有一根杆子,上面描绘着许多符文和图像,怎么看怎么熟悉,我回想了半天,终于想起来,这不就是之前毛乙久那家伙所使用的招魂幡吗?

这玩意儿当时被裹挟着浸入了寒潭之中,没想竟然会在这里出现。这东西的出现,是不是预示着什么?想到当时毛乙久的精魄化身入了黑雾中,裹挟着不见踪影,我的心中不由得发寒。

洛飞雨指着在池水中飘荡沉浮的黑色招魂幡,大声喊道:"看那里,里面裹着的

东西,似乎就是桃花獵吧?"

这东西在水中沉浮,如死物一般,早已停止了气息。想到桃花獵之前还将爆发诈尸的释方大和尚震慑得不敢动弹,此刻却已经死亡,我们不由得胆寒,知道那潭中舒卷曲折的黑色布幡,应该是有一些门道。

紧紧握着手中的鬼剑,杂毛小道咽了一口唾沫,说:"好事多磨,也不该是这般样子。这招魂幡一般的东西,到底是怎么回事,是这殿中的布置,还是其他的原因?"

杂毛小道不明所以,洛飞雨、洛小北对于毛乙久的招魂幡当然熟悉。洛飞雨便捉住了洛小北,追问起细节问题。毛乙久当时确实是被我击杀的,不过半边的胳膊却是给洛小北卸掉的,对同门教友下得如此狠手,洛小北自然也是能瞒便瞒,支支吾吾半天,不肯将实话说出来,只是说毛乙久那个家伙本事太差,结果不敌陆左,死有余辜……

洛小北在这边含糊其词,地底之下突然传出声音来:"你这个平胸妹,竟然还有脸在此胡说,倘若我真的那般死了,这辈子都洗脱不了这名声……"

洛小北对某词特别敏感,立刻就炸毛了,像一个小炮仗一样放声大吼道:"平胸妹,你全家都平胸。是哪个家伙在这里鬼鬼祟祟地说话?有本事报上名来,等着受死!"

"报上大名?嘿嘿,我毛乙久今天便让你们死个痛快,方知道这世间永远都有真相存在!"

话音一落,潭中的招魂幡一卷,竟然勾勒出了一个黑色的人形来,咧嘴一笑,一口的白牙。洛飞雨一阵激灵,激动地朝前跨了一步,高声叫:"毛师傅,是你么,毛师傅?"那黑色的人形飘忽不定,不过还是答应了,说,是的,右使,是我,我就是毛乙久,那个"死有余辜"的家伙。

洛飞雨激动地叫道:"毛师傅,真的是你啊?太好了,你怎么会变成这副模样的?到底发生了什么事情?"

"什么事情?右使,这就要问问你的宝贝妹妹,到底是怎么回事了。昨夜哄骗我,说让我配合着演一场戏,结果演了一半,你的宝贝妹妹居然假戏真做,反而协助着你旁边的那个小贼,将我给杀害!倘若不是我师父传给我的这招魂幡有我的精元在,我早就魂归地府,呜呼哀哉了。"

"竟然是这样?"洛飞雨顿时一阵无语。那黑影的恨意更浓,一字一句地说道:"我恨,但是我不需旁人给我主持公道,既然我能够有缘至此,那便是上苍对我的眷顾,让我大仇得报。在场的所有人,都得死——包括你,我亲爱的右使大人,我会将你的胸捏爆,让你们在无限的痛苦中,获得永生!哈哈……"

一阵猥琐而恣意的笑声中,黑影朝着修为全失的我们,缓慢飘来。

第四十九章　毛鬼逞凶，小妖释疑

这潭中潭外，有一层虹膜光线，便是它将我们的修为隔绝，想来毛乙久也逃脱不了大阵的静默吧？然而，毛乙久裹着那描绘得有符文的黑色招魂幡，不断啃咬着桃花獾的血肉，缓步飘来，根本没有受到影响，平稳地渡过那层光膜。

这情况让我们全部震撼住了，本来脸上还带着笑容的杂毛小道一边后退，一边诧异地大叫："这怎么可能，你怎么可能不受这法阵的影响？"

洛飞雨和洛小北也都朝着后方迂回而走，不敢力敌。毛乙久嘿嘿地笑，似乎十分畅意："说起来我还要感谢洛小北，倘若不是你将我害死，我怎么会知道此地居然镇压着一头东夷巨魔？周林那小子之所以急匆匆而来，除了和这两个小子有仇之外，还想要借助那巨魔的力量，变得更强……只可惜，我误打误撞，竟然成了释放这头巨魔的钥匙。身为钥匙，自然可以在法阵中来回行走而无碍，这里面的玄妙，岂是你们所能够理解的？"

听到黑黢黢的幽魂毛乙久说出这话儿，我们便知道翻不了牌了，于是扭身朝着来路，一阵疾跑，而在最前面、跑得最利索的，是洛小北。对于将毛乙久陷害致死一事，此女心中来就有些忐忑，知道那老矮子定然是不会放过自己的，于是溜得最早。

然而，毛乙久早将她死死盯住，老矮子将手中旗幡一抖，立刻有一阵黑雾朝着前方涌去，下一刻，便出现在了洛小北的脚下，如水中的绿草，将她的脚踝缠住，不得动弹。

我发现，虽然毛乙久声称自己是钥匙，不受这法阵管辖，然而那黑雾越往里走，却越淡薄，显然他所说的话儿也有些托大。倘若我们能够逃回之前所在的大殿之中，或者哪怕是脚下为地砖的甬道内，只怕毛乙久都不会如此刻一般，无所敌手。

危急时刻，大家放下私怨，杂毛小道扬起手中鬼剑，冲到洛小北的身边一划，那鬼剑虽然被屏蔽灵力，但是物理特性和自身俱来的剑意却还是能将这些幻化的缠人水草给根根斩断。洛小北的脚法是名家传授，当下一个闪身，便挣脱了束缚，继续朝前跑动。然而毛乙久最恨的并不是将他亲手结果的我，而是在背后捅刀子的同路人，故而身形一闪，便到了洛小北的前方，招魂幡一抖，将退路给拦住了。

大概是因为死得憋屈，毛乙久此刻的话儿未免有些多，嘴角勾笑，指着洛小北肆意奚落道："洛小北，平胸妹，当年我是你外公引荐入教，一直对王老的知遇之恩，心怀感激，所以也一直给圣女份面子，即使她后来嫁了人，我也是多有照顾，却不承想会死于你手。世事多艰，我也无话可说，倘若你能够跪在地上，给我磕三个响头认错，说不定我会看在王老的面子上，饶过你呢，你可愿意一试？"

瞧见这已经化鬼的死矮子如此调戏自己，洛小北银牙一咬，不由得破口大骂："毛乙久你这个死矮子，我忍你很久了，人家只不过是还没有发育而已，你这个老流氓至于老挂在嘴上吗？实话告诉你，你死就是死在这嘴巴皮上面，想要本姑娘给你磕头下跪……除非你自绝于人民！"

洛小北的话总是有闪光点，比如这句"自绝于人民"。我们被毛乙久缓缓逼退，就在准备拼死一搏的时候，洛飞雨突然二话不说，朝着水潭那边跑去。

洛飞雨奇怪的动作使得所有人的脑子一清，对啊，这大阵能够阻隔修为，只是因为那层光膜，倘若我们冲到了潭水里，就够超出了东夷殿的规则之外，恢复了修为，而那时，我们这些在江湖中也算是有些名号的修行者，未必会怕毛乙久这个刚刚成为死鬼一只的家伙啊。

逆向思维，这便是逆向思维！既然毛乙久堵住了这边，那么我们便冲向它的反面，看看到底谁能够耗得过谁！

然而对于自己的弱点，毛乙久自然比我们更加清楚，他瞧见洛飞雨在短暂的时间内就想通了此节，顿时一声怪叫，将手中旗幡一抖，水池中立刻出现了两条水桶般粗细的旋转水柱，如同龙吸水，离开水面四五米，蔚然成势，接着一阵急速旋转，朝着离水潭最近的洛飞雨和杂毛小道激射而来。水龙来势汹汹，洛飞雨换了两次方向，都避脱不得，唯有双手抱头，硬抗水柱，身子腾空而起五六米，最后重重地砸向地上。

倏，洛飞雨手中飞出两道铁蒺藜，钉在岩顶，那丝线将她的身子给拉住，这才没有摔伤。然而跟在她后面甩过来的杂毛小道却没有这般幸运了，背部着地，张嘴就是一口吐出，哇哇哇，黑色的血块吐满了胸襟。

"有魔气！"洛飞雨叫道。毛乙久又不见了踪影，然而那让人心冷的声音却从四面八方传来："解决了你们之后，很快我就能够融合东夷巨魔的力量，重新铸就人形，到了那个时候，洛小北，我要将你母亲都灭了，以解我心头之恨！"

"你敢！"洛小北朝着空中大喊，她有些气急败坏，大声说道："小佛爷倘若知道是你杀了我和姐姐，是不会放过你的！"

"是吗？或许他知道你和洛飞雨死了，心里面反而暗爽呢。要知道，如果失去了你姐姐，你外公留下来的那些旧党就没有了主心骨，到时候小佛爷的意志将得到更加准确的体现和执行力。从这一点出发，我相信，小佛爷就不会怪我。退一万步说，倘若他为了做戏给旁人看而追杀于我，那又如何？我难道会怕那个畏首畏尾的家伙吗？"

魔气贯体的毛乙久显得意气风发，有一种小觑天下英雄的心态，瞧着过来搀扶杂毛小道的我，以及周遭这几个如案板上肥肉的家伙，即使是鬼，它也仍然觉得无比地惬意，缓缓说道："这是我五十多年来，最为开心的一天，所有的权威都被颠覆，我有力量成为此刻的神，你们所有人的性命都掌控在我的手上，我要你们生便生，要你们死便死。你们倘若想活，便像狗一样跪在地上求我……哈哈，怎么样，求我吧？"

我们都没有搭话，有人握紧了手中的剑，有人握紧了拳头，静静看着周遭的黑雾翻滚，查探着毛乙久到底会在哪里出现。没人敢妄动，因为我们深深地体会到，失去修为的我们，还真的不足以撼动这头恶鬼。

世间不是没有奇迹，只是在实力不对等的时候期待奇迹，难免痴心妄想。

这时候，一个稚嫩的声音响了起来："小矮子，你所谓的能够作为钥匙一般地穿越两地，应该是你拥有了桃元的缘故吧？这地上有一株桃树，不知道存活了多少载，根系甚至深入到了这东夷殿中，与这大阵融为了一体，它即是阵，阵即是它，两者无挂无碍。后来这桃树集聚了方圆数十里的精元，诞生出了一团灵天秀地的精元，倘若这精元得见月华，自己悟了那大道法则，或许数十年之后，还能成就妖身的果位，因为先天强大，它必定是一个十分厉害的妖精。只可惜，它现在落在了你的手上，成了你在此处施法的钥匙。我说得对吗？"

这声音虽然稚嫩，却是一板一眼地叙述推理起来。毛乙久的身影出现在了水潭边缘，眼神阴沉地瞧着靠在泥壁上的那个少女，声音像是摩擦的砂轮："谁告诉你的？"

小妖从甬道的泥壁上摸出一条根须来，平淡地说道："是它告诉我的，桃树说它实在听不下你的谎言了，一个捡了狗屎运的孤魂野鬼，你装什么大尾巴狼？"

被小妖无情地揭穿自己的脸皮，毛乙久黑色的脸上不断扭曲，鼻子里竟然喷出了两股白雾，厉声大叫道："是又如何，不是又如何？反正我现在已经能够主宰所有人的命运了，包括你！不废话了，也不玩弄你们恐惧的心情了，我现在就送你们归西，让你们看看，谁才是真正的主宰！"

毛乙久将手中的招魂幡高高举起，一股恐怖的气息席卷天地。小妖却噗嗤笑了："小鬼头，在你的眼里，我们是绵羊；可是你在我眼里，还真的是稚嫩啊？你终究还是没有明白，现在谁的意志管用。桃树啊桃树，你告诉我，他能够成功吗？"

第五十章　雷罚，飞腾吧

"不能！"

空间中传来了一股不屈的意志，这意志并不是以人类的语言来表达的，然而我们却能够听得分明。生命对自由的向往，倘若此遭就要沉沦，无外乎鱼死网破！

那股意志在空间中蔓延开来的时候，我们感知到了一股巨大的感伤，那是对朋友逝去的痛苦，也是对仇敌的愤恨。

狂风将毛乙久的衣袂吹起，招魂幡上的恶灵已经包围天地。在这关键时刻，这突然一声惊悸的大叫，打破了这地狱一般的恐怖。我们都给吹翻在地，正咬着牙抵抗，便见到毛乙久的腹中突然生出了一道桃红色的光芒，那道红光像一道风圈，将毛乙久腹中的黑雾驱散。毛乙久大声蓄力，似乎想要将这红光给压制住，两者在相互角力。

洛飞雨见有机可乘，低伏身子，朝着水潭扑去。然而即使是在与那一团桃红色光芒拼斗，毛乙久依然关注着我们这边，旗幡一摇，又一道龙吸水横空而来，朝着洛飞雨击打过去。瞬间，洛飞雨刚刚起步，人就被击飞回返，进退不得。

毛乙久痛得弯下了腰，从口中发出"吼、吼"的嘶嚎。我们都不敢靠近，小妖却嘻嘻笑道："终于明白消化不良是什么感觉了吧？即使你已经吞下了桃元，但是你可曾明白，它并不是你想炼化就炼化得了的？"

小妖打了一个手指，那桃红色光芒陡然大耀，竟然从毛乙久的小腹中分出一大部分来，凝结如球，篮球一般大小，轻飘飘地飞过来。

众人不解其意，小妖朝着杂毛小道招呼了："杂毛叔叔，我已经跟桃树商量好了，将桃元注入雷罚，融合碎裂之后的桃木剑；完了之后，你将面前这个恶鬼给斩杀当场，给桃元以及它的小伙伴桃花獾报仇，快，时不我待！"

听到小妖的招呼，杂毛小道顿时就是一阵激动，连忙把他已经快要放弃了的雷罚从背后拿到手上，然后挽了一个剑花，朝着前方挥去。

桃红色的光球一出现，便朝着我们这边射来，雷罚一出，便如同吸铁石一样，将其深深吸引。嗖的一声，那光球便融到了雷罚之上，发出了"噼里啪啦"的一阵爆豆儿响声，剑上的那些凝固精血纷纷剥落，一股沁人心扉的桃花香气立刻从上面蔓延开来，似乎有桃花绽放。我听到了雷罚在欢快地鸣唱，它也在为重生而欢呼——铮！声如龙吟，直冲九天。雷罚经过桃元融体，并没有立刻完好如初，凡事都需要一个过程，这过程大概需要多久呢？倘若时间长一些，只怕当雷罚功成之日，我们已经是白骨一堆了。

毛乙久在桃元离体之后，身形再次凝结成形，不过似乎颜色变得浅薄了许多。他这回不再摇幡了，而是直接提着旗幡冲了上来，朝着最前面的杂毛小道挥去。

杂毛小道雷罚功成在即，并不与这个家伙硬碰硬，连忙抽身后退。然而他想退，却躲不开，身子被拍中，人便朝着空中腾飞而起。我看到他整个人都被拍得疼痛万分，眼泪水飙飞，却死死护住了手中的雷罚，不让其受到干扰。眼看着人就要跌落地上，一道黑影蹿出，将他给接住了。杂毛小道到底受到了巨大的力量，没有稳住，化作了滚地葫芦，二人滚作一团。托住他的正是之前被水龙抛飞的洛飞雨。为了拖延时间，我只有硬着头皮顶上，从侧面进攻，与毛乙久相搏。螳臂当车，不过我这个螳螂并没有送死的决心，毕竟对于毛乙久来说，我可是他的杀身仇人。

关于厉鬼，有这么一个说法，那就是无论它死后有多么凶悍，但是对于亲手杀害自己的家伙，始终存在着一种难以言及的敬畏之心。这是对死亡的恐惧，以及人性未泯的印记。很多厉鬼会害许许多多无辜的人，却不敢动凶手一分一毫，也不敢回到当日的凶杀现场，便是这个道理。不过这个道理对于毛乙久来说，却只是一个需要克服的小缺憾，他很快就将恐惧的心态给扭转过来，双目之中散发着诡异的凶光，将招魂幡化作棍子，朝我戳来。

我朝旁边一闪，感觉虽然毛乙久对我依然凶悍，不过动作似乎比对旁人要慢上一线，知道他终究还是逃不过对死亡的恐惧，即使此刻身作鬼魂。如此我与毛乙久纠缠了几个回合。洛小北此时也来了性子，摇着手上的铃铛，从后方牵制毛乙久，利用他对自己的仇恨，吸引火力。

然而人和鬼，一个是实体，一个是毫无质量的灵体，到底敏捷和速度不在一个水平线上，很快我就中了一脚，胸口剧痛，感觉心脏都要跳出来了一般，大声喊叫着，朝旁边倒去。毛乙久冲上前来补刀，想要将我先结果了，再去对付其余人。这时洛小北却咬着牙冲上前来，她手上有两张符篆，尽管在这环境中一点儿灵力都没有，她还是将其燃烧起来，朝着毛乙久的身上贴去。那符篆的火焰微小，似乎一不小心就要灭掉，然而一沾在毛乙久身上，却将其身上的黑雾点燃了，虽然只有一点火星，但是足够将其注意力转移。

毛乙久朝着洛小北扑去，瞬间就将这个小丫头给扑倒在地上，他张开大嘴，朝着洛小北头颅啃去。洛小北吓得仓惶大叫：“姐，姐，救我啊，姐！”

一柄秀女剑出现在了毛乙久咧开的嘴巴前，洛飞雨借助着手上的蛛丝，虽然没有修为，但还是飞速冲到了洛小北身前。秀女剑的剑质特殊，性能虽然已被压制，却还是能够感知灵体，所以并没有被毛乙久穿过，而是将他的嘴巴阻挡，咬不得身下的那个玲珑小美女。

美食当前却不得亲近，这种愤怒我是能够理解的。毛乙久手一挥，朝着洛飞雨抓去，那个女子身子往旁侧一躲，不承想这手竟陡然长了几尺，唰地一下，将洛飞雨的左胳膊抓下几道血印子，血肉模糊，惨不忍睹。

洛飞雨将秀女剑捅到毛乙久的口腔之中。然而，一来凡人的力量并不足以与这厉鬼抗衡，二来即使秀女剑将毛乙久的头颅捅穿，也没用，须知这鬼便是鬼，倘若不用恰当手段制服它，便是将其斩成万千碎块，它身形一抖，还能恢复原样。

正因为如此，洛飞雨拼得一身是伤，也并没有伤及毛乙久分毫，反倒让这头厉鬼笑个不停，将那美女身上飞溅出来的鲜血舔舐干净，再次俯下身来，准备将洛小北给啃食。

我冲了上去，结果给再次被扫飞，背部重重地砸在墙上，筋骨松散，一口老血喷出。

即使战得如此混乱，毛乙久依然小心掌控着场面，不让我们有靠近潭水的机会，但凡有人朝向那边，便是一道水龙飞出，将我们给击打飞去。毛乙久哈哈大笑，说，你们等着吧，封印已经被解开了，要不要我将那东夷巨魔唤出来给你们瞧瞧，免得死而有憾，到了幽府，反而怨恨不平？

他话儿虽是这么说，然而大嘴已经张开，朝着被扑倒在地的洛小北咬去，而洛小北在这生命的最后一刻，竟然大声喊道："碗掉了，脑袋大个疤，反正老娘有先见之明，进来就将初吻给送出去了。虽然只是人工呼吸，也不算遗憾……啊！妈呀！"她想要表现得跟电视上的抗战女英雄一样不屈，然而临了还是恐惧了，歇斯底里地叫唤起来。

就在这时，凭空一声惊雷，俯身朝下咬来的毛乙久脑袋突然被一把利剑刺破，黑雾炸开，无数怨灵的哀号声响起，那剑如有灵性一般回转，将再次凝结的头颅又是一阵搅动。

"怎么回事？"毛乙久不甘地高声喊道，"这飞剑是怎么来的？"

"哦，抱歉，这剑是我家的。飞剑初成，且拿你祭奠！"一个道人嘴角含笑，缓步走来。

第五十一章　巨魔苏醒

杂毛小道缓步走来，右手呈剑指，竖直朝上，像发摩斯电报一样不停颤抖，而那柄血衣褪尽的雷罚竟然在空中腾飞起来，虽然摇摆不定，略微颤抖，然而这样一柄剑能够飞起来，显然除了桃元的缘故之外，他之前的飞剑研究也有了一定的成效，如今，终于厚积薄发，成就了飞剑之威。

因为融入了桃元，雷罚能够在这空间中自由发挥，不过因为初学乍练，在将毛乙久的头颅戳破了两回之后，竟然摇摇晃晃，跌落了下来。杂毛小道的表情当时立刻变得十分古怪，仿佛被人当众脱了裤子一样无助。

毛乙久不由得狂声大笑："天助我也，装波伊，被雷劈了吧？"它不再废话，裹着黑烟就朝着这边冲来，眼看招魂幡就要戳到了杂毛小道的脑袋，洛飞雨从旁杀出，用秀女剑架住了毛乙久的这一戳，回过头来大声喊道："你不会御剑，耍什么威风啊？"

杂毛小道趁着这功夫，三步两步冲向掉落在地的雷罚，郁闷地说道："我以为并不难，哪知道竟然会是这个样子？"

杂毛小道的话语让洛飞雨一阵气苦，她已经被毛乙久给压到了地面上，拼力挣扎，大声叫道："这世间的御剑之法，无一不是汇集了先人的无上智慧和精力。倘若真的有那么简单，这世界上的御剑者岂不就是满地如走狗了？"杂毛小道俯身去捡雷罚，哪知毛乙久施法，雷罚被一股力道拖拽，朝着水潭那边滑去，他走两步，水龙击来，人便飞起。

瞧见我们翻身的希望就要消失，洛飞雨也顾不得门第之别，开始大声地将御剑心诀教给杂毛小道："手心朝下，意守丹田。开气海、命门，旋转吸入阴气汇于丹田。气顺任、督两脉上行汇于大椎穴，于右肩井穴入掌心，气满鼓支，掌起平胸。五指下垂，气贯入指，十指内扣、回拉，手势为一……"

杂毛小道悟性高强，随着洛飞雨的谆谆教诲，翻身而起，将手指再次如剑勾出，那被黑气裹挟着的雷罚一声鸣动，便是这么微微一震，黑气立即溃散，雷罚回转，唰的一声，再次朝着毛乙久刺来。

毛乙久被飞剑盯上，顿时便分了神。洛飞雨则更加快速地念道："……五脏六腑之精气，皆上注于目而为之精。精之窠为眼，骨之精为瞳子，筋之精为黑眼，血之精力络，其窠气之精为白眼……"

她念的诀文，乃是一流的御剑之术，杂毛小道现学现卖，将雷罚运回，再次戳向毛乙久。我们几个作壁上观，见那剑光雷意流动如虹，却也不敢上前，唯恐伤及自身。杂毛小道将毛乙久给戳穿数十道，却并没有激发雷意，只是将此恶鬼弄得施展不得恶行，便问，出口在哪里？

毛乙久被杂毛小道这半吊子的御剑雷罚压制得有些着急上火，瞧见他又弄出这一副审问的架势，不由得摇身一变，恶声连连道："你这杂毛道士，虽然让你夺了桃元，但是我未必受困于你，我打不得，还跑不得吗？"

他瞧见杂毛小道雷罚在手，威势凛然，也起了怯意，将身化作了黑雾，朝着水潭飘去。

然而他想走，却还得看一看杂毛小道的意见。这老兄见厉鬼想逃，也收起了偷师的心思，伸手一招，将雷罚抓在手中，然后单腿跨前如箭步，往前一剑斩出。手心紧握剑柄，一道剑意透体而出，朝着前方的虚无斩去，倏然间，毛乙久显现在潭边四五米处，背部出现了一道巨大的伤疤，劲气翻涌，狰狞如蜈蚣，有蓝色的电芒在上面闪耀着。

在洛飞雨、洛小北诧异的目光中，杂毛小道快步冲上前去，一剑将毛乙久钉在了地上，嘿然笑道："我说你跑不了，你便跑不了，现在看看，我没有说假话吧？"

毛乙久趴在地上，被反钉着，忍着剧痛翻转过来，他本来可以散乱重组的灵体此刻被雷罚所破，给牢牢钉在剑上，动弹不得，便将手中那招魂幡舞动，想要将杂毛小道砸翻在地。这黑色的招魂幡是一件厉害的法器，不过终究还是受限于这大阵，故而一直以来都只能作为一根棍子，用来敲闷棍，杂毛小道并不惧怕，一闪身，又将这招魂幡给踩在地上，然后沉声说道："毛乙久，想要活命，便将出路告知我们，不然……"

毛乙久听到此话，不由得笑岔了气，厉声说道："我都已经成鬼了，还会怕你的威胁？"

杂毛小道自知失言，转而威胁道："魂飞魄散你也不怕？"

毛乙久双手抓住雷罚，厉声叫道："好剑，好剑！能够死在这样的剑下，也不枉我老毛来这世间一遭。实话告诉诸位，我已经将东崖子镇压的那头巨魔给释放出来了，即使我没有将你们给杀了，你们也活不长久。我纵是烟消云散，有你们这些大人物作陪，却也不寂寞，哈哈，哈哈……"

他狂声叫唤着，那灵体一收一缩，居然在开始蓄积力量，我吓得高声喊"小心"。而就在那一刻，一声铺天盖地的雷鸣响起，砰！这声音响彻整个巷道，我们的耳朵被震得嗡嗡直响，巨大的冲击波将我吹得滚倒在地上，翻了好几个圈，撞得鼻青脸肿，眼冒金星。

躺在地上，我的额头有些火辣辣的，我一摸，磕破了，有些血。我站起来，看到杂毛小道手持着雷罚，站立着，直勾勾地盯着前方，在他的身前一米处，招魂幡已然破碎，许多裹水的碎布在空中飘扬着，星星点点，至于毛乙久，早已经不见了踪影。

我见这家伙有些发愣，走上前去挠他的头，结果发现他的耳朵处，竟然流下了两道血痕，吓得我朝他大声喊叫。杂毛小道木然地将雷罚收起，然后环顾了一圈周围的同伴，伸出右手尾指，往耳朵里掏弄一番，挖出一大块带着鲜血的耳屎来，淡淡说道："幸亏耳屎比较多，缓冲足够，不然这一次真的遭殃了！"

他说话的腔调气得我半死，我一巴掌拍在他的背上，结果这家伙根本就没撑住，啪的一下摔倒在地，哎哟哟地直叫唤，竟然是有些脱了力。

洛飞雨和洛小北围了上来，忙问，毛乙久怎么了？杂毛小道在我的搀扶之下爬起来，摸着鼻子说，你们没见着吗？那老鬼还没等我动手就自爆了，结果魂飞魄散，真的是一个心狠手辣的家伙，对付自己都不眨眼睛。我问，那家伙临死前说的话，作不作得准？

杂毛小道沉吟了一会儿，说，这个应该不会骗我们，七八成吧……

这话说得我们一阵激灵。说实话，经过这连番大战，我们这些人都已经是强弩之末了，如果再不能出去，留下来面对那个什么劳什子东夷巨魔，只怕真的就要埋骨此处了。我瞧了一眼这边的潭水，心念一动，说，这天下水道，都是彼此通连的，不如我们顺着这水道下去，说不定能够重回地面呢？

洛飞雨瞥了我一眼，说，果然，你们还真的有水下行走的装备啊？

我点头，也不多言。杂毛小道头疼，说："话虽如此，但倘若我们顺着这里往下走，说不定一直往下，深入地脉中，又或者直接就是地缝，过不得人，又或者高低落差，直接摔死……总之不会是这么顺利的。"我急了，说，顾忌这么多，难不成留下来等死？

话说到了这份上，便没有太多争执了。当下我们几人在此商议，决定立即返回大殿，去将被困在石床之上的释方大和尚给背过来，然后我们下水，慢慢摸清水道，找到一条通往外界的道路。

回到大殿，那里依旧宁静，鲛人油灯安静燃烧，走到石床旁边，却见到那大和尚居然睁开了眼睛来。

瞧他眼神清明，我们不由得都十分高兴。大和尚自己介绍，一开始连连噩梦，最后在睡梦中战胜自我，终于醒来。杂毛小道摸了一下他的脉搏，发觉无碍，于是将其松绑，将余后的事情说明。与此同时，洛氏姐妹则捡些重要的金银珠宝、珍贵书简，装入随身包囊之中，正挑得遗憾，突然从左侧的通道中，传来一声凄厉的嚎叫声——嗷呜……

来、来了吗？

第五十二章　深潭变

　　杂毛小道竖着耳朵听，然后打着手势，说声音是从左边来的，我们须得朝着右边行去。

　　事实上我们一开始也是打算从右边遇到毛乙久的那个地方水遁。为何？要知道裹挟着毛乙久恶魄的黑色招魂幡便是在那桃林前的水潭跌落沉下，后来毛乙久出现在这地底，说明上下还是有一条水道相通，既然如此，多少也算是一个方向，所以在之前的商议中，我们已经确定下来。当下顾不得太多，我翻身跳下石床，朝着正在石屏风之后的洛氏姐妹大喊："走，快走！"

　　洛小北身上挂得琳琅满目的珠宝，见我冲上前来，立刻从归拢的一堆珠宝里挑出几串玉珠和玉佩，朝着我的脖子上面挂来，口中还嚷嚷道："陆左，帮我带着，一会回去之后，我们五五分成！"

　　我手提鬼剑，左手摸了一把这些珠宝，除了珍贵之外，并没有什么法器的符文，不由觉得奇怪，说，二小姐，你从小养尊处优，按理说这种身外之物，应该并不会挂记在心头，为何要像个市井小民一样，人死财留啊？

　　洛小北将自己的罩衣脱下，扎了一个大包裹，一边往里面装，一边不屑说道："地主家里也没有余粮啊！怪只怪小佛爷那家伙跟共济会的老外闹翻了，弄得现在厄德勒经济紧张，本姑娘的生活费都已经停发多日了。你别站着说话不腰痛，快点帮忙装……"

　　我匆匆瞥了一眼，发现洛小北虽然话儿是这么说，但是她往那布兜里面所装的，大都是一些刻得有东夷古文和符文的玉简、符器，至于那些珠宝，倒是为了掩饰这些而随意拿取的。

　　我知道面前的这个小女人，不但是一个容貌清纯的小美女，还是一个小狐狸，心思诡异得很，像我这样的正常青年，根本就无法理解她那小脑袋里面，究竟在打着什么鬼主意，所以也没有理会她，只是说赶紧走，迟了休怪我们不等你……

　　说完这话，我回过身去搀扶大病初愈的释方，不过这大和尚似乎比较在乎面子，拒绝了我的帮助，跟在杂毛小道身后行走。

　　我们在通道里走了两三分钟，见洛氏姐妹没有跟上来，我捅了捅杂毛小道的胳膊，说，老萧，邪灵教与我们，势不两立，既然你的雷罚能够在这里面使用，不如直接将这姐妹俩给留在这里，免得出去了诸多祸害，你觉得呢？

　　一直在疾走的杂毛小道突然停下了脚步，眼睛瞪得滚圆，直勾勾地看着我，如同看一个陌生人。

我被他瞧得发毛,说,嘿,啥情况?

杂毛小道不由得摇摇头,说,小毒物,别这样,在外面先不提,在这里她们就是两个弱女子,我们刚刚达成了合作协议,现在又要暗算于她们,这样子,于情于理都不是很好……

我嗤之以鼻,说,你正人君子,说不定别人却在后面谋划你呢。

杂毛小道的目光瞬间就变得深邃,瞳孔收缩,好一会儿才说道:"小毒物,红尘炼心,有时候捷径确实有,但是是魔道,走了,你这一辈子心灵未必会安静,最后反而害了自己。我们修行,一修身,二修心,唯有心无挂碍,坦坦荡荡,方能够得以触摸天道。这世间至理,你可明白?"

瞧见他执着的眼神,我没有再坚持了,点点头,说,晓得,快点走吧。

整个过程释方一直在旁边默然不语,不过当我们继续前行的时候,发现他看向杂毛小道的眼神充满肯定。洛氏姐妹终于是赶了上来,不知道是心理因素还是别的什么,我感觉洛小北看向我的那一刹那,颇有一些凶狠,看得我怪不自在的。

身后有那吼声,隐隐约约,不知西东,我们的脚步都快了好多,一路上我颇为担心幼小的小妖和中毒初愈的释方和尚,所幸前者精神奕奕,后者又是个毅力帝,故而很快我们又重新回到了之前毛乙久出现的寒潭附近。

我们知道这东夷殿中,定然有着许多的秘密,也有密布的通道和出口,不过此刻为了逃命,我们也没有了四处查探的心思,匆匆赶到刚才与毛乙久拼斗的地方,便想着从深潭中下去。然而当我们陆续走到之前那处黑黢黢的地方,却发现,水潭不见了。

空气中还有着潮湿的气息,但是之前的潭面却完全被一个湿滑的三级圆形台面所占据。台面之上,有一根一人环抱的石柱,四米多高,模样有点儿像是天安门前的那根华表,不过似乎更加古朴一些,周遭也雕刻着许多鱼和海兽,并不是很像。

在这石台之前,我们纷纷止步。前后不过一小时的时间,偌大的水潭就不见了,却出现了这么一个玩意儿。一开始我还有些怀疑是不是慌乱之下,杂毛小道走错了路,然而当我回头瞧了一下地上那些黑色的碎布,便知道错的不是我们,而是此处在我们走了之后,发生了不为人知的变化。

这样的台子,不是祭坛,就是别的什么宗教建筑,此刻陡然出现于此处,难道我们费尽心机,千逃万逃,最终还是自投罗网,跑到了那解封了的巨魔身前来?那么之前传来的那些嚎叫,又是什么东西呢?

正想着,从对面转角处突然蹿出来三道黑色身影,朝着我们这边扑来。

所有人都在全神戒备,瞧见这身影袭来,立刻散开,各执刀剑,以杂毛小道为首,当先一步出剑刺去。这出剑首重扭腰,杂毛小道腰扭成了麻花,三道黑影顿时鲜血飙射,中途跌落。我深呼吸,感觉那大阵的规则蔓延,依然封锁着我们身上的修

为,唯有咬着牙,硬凭着一身蛮力,抖剑刺去。

那三道黑影子倒也敏捷,拼了几记之后,朝着黑暗中闪去。就这瞬间我瞧得真切,这些家伙,竟然都是直立行走的野狼。那些神秘的野狼竟然会在此处出现。这让我们不由得一阵惊讶。难道这里面,还有什么蹊跷不成?

杂毛小道一剑在手,不再讲究什么低调,腾身便上了石台,一脚踏上,那黑暗中的野狼立刻扑上一个,被他大吼一声,将雷罚从斜里刺出,捅进了野狼的小腹当中。又有两道黑影扑来,皆被杂毛小道闪开。那雷罚如有神助,剑出如电,竟然将其喉咙给割断,温热腥臊的鲜血便飙射出来,让人十分快意。修为依旧没有,然而杂毛小道却凭借着剑技和雷罚之上的雷意,将三头能够直立行走的野狼给果断斩杀当场,没有一丁点儿犹豫和磨叽,行云流水,流畅自然,端的是一派大家风采。

当我们冲上石台之上时,三头野狼早就一命呜呼,不复生机了。一地的鲜血流淌,那狼血腥臊,让人喉头发痒,杂毛小道的脸色凝重,看着这四周,低声道:"小毒物,我怎么有一种做错事了的感觉?"

我瞧着脚板底下那不断颤动的石台,苦笑,说,老萧,你有没有必要这么凶猛?

杂毛小道叹气,说,良剑难得,这剑中隐藏着许多秘密,让我爱不释手,就像新买了百万豪车一样,恨不得舞弄一整天,好好与它磨合,结果一时技痒,就逞了凶性,唉……

在杂毛小道的叹息声中,我们脚下的石台裂开了,出现了一条两米宽的大裂缝,这裂缝黝黑,看不见底,里面有至深的阴寒蔓延上来,使得我们浑身都冻得冰寒,血液都要冻僵了。"下来!"洛小北一声喊叫,我们慌忙翻身下了石台,瞧见洛氏姐妹、小妖还有释方的脸上都在抽搐,惊讶万分,于是弱弱地问怎么了。

小妖朝着我们背后一指,我回头看过去,却见原来那道地缝又不见了,而在原来的地方,站着一个穿蓑衣戴斗篷的老人,佝偻着身子,帽檐下露出一只鹰钩鼻,拄着拐杖,平静地看着我们。

这是一个年入耄耋的老妇人,浑身透发着寒意。杂毛小道嘿嘿笑,上前唱喏道:"老婆婆好,我们误入此地,迷了路,不知道老人家可否帮忙指路?"

那老妇人瞧了我们一会儿,脸上露出了慈祥的微笑,手一翻,左手一个茶壶,右手几只茶碗,平淡地说道:"我这里有些茶汤,不知道几位路人是否口渴了,先喝一口,再上路也不迟……"

第五十三章　生死抉择

听到这老婆婆的话语，我心中生出既古怪，又想笑出声来的情绪。这老婆婆演技精湛，表情认真，其实并没有什么可笑之处，不过这装孟婆的伎俩我也是见过的，如今历史重演，便觉得生活果真比戏剧还要离奇。

杂毛小道没有笑，他拱手为礼，说，老人家，您可是孟婆？

这婆婆摇头，说："不是，我不姓孟，我姓来，来来去去的来，来衣婉是我俗家的名字，不过多少年过去了，自家的名字倒也少人叫起，你们称我来婆婆便可。我这茶汤滋阴润肺，降火清肠，谁要来一碗？"这来婆婆的名字倒也奇葩，跟这"来一碗"谐音，却不知道给她取名字的老子，当时是如何想的。

听到老婆婆说话和气，又大大方方地说出自己的名字，杂毛小道皱着眉头一思量，说："姓来？婆婆您这姓氏还真少见了，可是东夷人？"

"哦？呵呵……"来婆婆拄着拐杖笑，一咧嘴，露出了稀疏的几颗牙齿，她看着杂毛小道，越看越喜爱，说："你这个小道士，倒是个聪明伶俐的家伙，竟然光凭着我的姓氏，便知道我来自东夷。那好，我倒是考考你，你可知道老婆子是何来历？"

杂毛小道稳住心神，将雷罚背于身后，瞧着这老婆婆虽然满脸含笑，然而那鹰钩鼻子，却将她的脸型勾勒得十分阴险，心知这话儿不好接，沉吟了一番后，小心答话道："呃……来婆婆，这话说的，我……"

"我什么我，叫你答话，你便答，啰嗦什么？"来婆婆眼睛一瞪，立刻寒光迸射，连在杂毛小道身旁的我都有些生寒，背脊发冷。

杂毛小道舔了舔干燥的嘴唇，斟酌着语气说道："之前毛乙久曾经提及，这东夷殿下，镇压着一头东夷巨魔，还说那巨魔不日便出现；我们之前来这里时，深潭一口，而此刻却是湿漉漉的岩石平台，三头野狼的鲜血祭奠，而后您老便出现了。我倘若说您就是一普通寻常的老太太，未免太侮辱大家伙儿的智商，但倘若说您就是毛乙久口中所说的东夷巨魔，我自己又有些不信——慈祥温暖如您，便是那老神仙才对……"

来婆婆任由杂毛小道这一通夸，待他说完，和气地点了点头，说："是，你猜对了一大半，确实，老婆子就是这东夷殿中所镇压的那一位，不过我可不是什么东夷巨魔，我只是一名东夷族的普通巫师而已。"

"普通巫师？"杂毛小道惊讶地问道。

对面的来婆婆点了点头。我在心中冷笑，这老婆子以为我们都是傻子，一个普通巫师，哪里能够让那几可成仙的东崖子修建这偌大的地宫，来镇压于她？又有何能耐，一活便几百上千年呢？

我能够想到，杂毛小道和旁人自然也能够明白其中奥妙，不过他并没有揭穿这颇有倾诉欲望的老婆婆，只是恭敬地点了头，说，老婆婆，愿闻其详。

老婆子仰起头，一脸回首往事的模样，然后开始讲起了她的青葱岁月。

想当年，这位来一碗小姐可是东夷族的大美人儿，对于修行一事也颇有天分，后来与族中天才东崖子相恋，郎情妾意、如胶似漆（内中各种少儿不宜暂且隐去）。且说这东崖子修行至瓶颈，竟然以断情来修心，将她给忘于脑后，白首永不离的诺言也抛弃一边，终成大道。她为了超过东崖子的修为，身坠魔道，在仇恨的驱使下，终于成为东夷族第一人。哪知东崖子竟然设计，将她引入此处，一封便是数百上千年……

好一段可歌可泣的爱情故事，里面有青梅竹马，有背叛，有离愁，有冷刀暗箭，有国仇家恨，十足的八点档剧场。不管真假，我们都被来婆婆这侃侃而谈的故事给吸引了。倘若她就是一个有着诉说欲望的家伙，那我们耐着性子听便是，总比打打杀杀要来得好。完了之后，如果她能将我们送回地面，那可就皆大欢喜了。

我们这边听得格外投入，该叫好的时候叫好，该同仇敌忾的时候如同身受，该流泪的时候满面热泪。当说完之时，哥几个都哭了，倒是洛小北一脸茫然，懵然说道："后来呢，后来呢？"敢情她听这苦情戏，倒上了瘾。

这边听得痛快，来婆婆说得口渴，将手中茶罐的茶汤喝了个干净，一抹嘴，将茶具收起来，拱手谦虚，说，这事情过了这么多年，我倒也是不在乎了，往事随风，随风吧，不必介怀。

来婆婆率先说起了原谅和宽容，我盘算了满肚子劝人的话语和佛偈，此刻也说不出口，倒是杂毛小道接上了口，说，婆婆，我们这一晚上也折腾得厉害，又困又倦，不知道您能不能给我们指条明路，好让我们回到地面，吃个早餐，再美美地睡上一觉啊……

来婆婆摇摇头，说她这么多年，一直被镇压在某处，对于这锁困着她的大监狱地形，了解倒不是很多，这出口，她也是不知道，须得慢慢找。

既如此，我们便告辞，说，那么我们就不打扰，找路去了。没人有信心对付这个不知道活了多少岁月的老妖怪，杂毛小道这么一说，我们立刻朝着回路走去，生怕留在后面，被记挂住了。大家刚一迈腿，面前立刻出现一道黑影，来婆婆拄着拐杖仿佛没有移动过一样，出现在我们的前方，缓缓地说道："走也可以，不过你们须得帮婆婆一件小事……"

"什么事？"洛飞雨出言问道，"倘若是力所能及的事情，乐意效劳。"

"是这样的，我苏醒之后呢，实力虽然恢复得比较快，但是倘若上去后，想要安全地在太阳下生活，需要一些活人的血液精元和气息，我大概算了一下，最少需要三个人。其实越多越好，不过难得我们聊得投机，你们这六个人，就留下三个给我吸食,其余的人,便可活命。"她用一种奇怪的眼神打量着我们,我有一种被挂在菜市场上被人宰割的心虚感。来婆婆继续说道:"麻烦各位了,你们自己商议一下,这三个人,到底是谁?"

我被这老婆婆盯得发毛,仔细盯着她瞧,发现她并没有跟我们开玩笑的意思,反而是很认真、很认真地在等我们商量。我、杂毛小道、洛氏姐妹、释方和小妖几人互看了一眼,皆有些搬起石头砸自己脚的感觉,张了张嘴,并没有说话。

随着我们的沉默,来婆婆身形一闪,又飞到了石台上,将拐杖的尖端插入华表一般的石柱中,颇为玩味地笑了:"我刚才忘记说了,限定一炷香的时间,在这段时间里,你们可以采取任何方式来做出这个决定,如果到时候没有形成一个统一的方案,我就不会再管之前的友好,让你们所有人,都融合成为我体内的一分子……"

六选三,三死三活。我瞧见洛小北用前所未有的炽热眼光瞧向了我,心中不由得感到一阵愤怒,这什么意思?是让我们内部先分裂?还是通过言语的机锋,来化解我们的求生意志?

想清楚了这一环节,杂毛小道的脸色一变,陡然喝道:"好你个老婆子,耍我们是吧?"他一剑在手,便也不再多说什么,跨步向前,挥动雷罚,便朝着面前这位活了不知多少年的老婆婆斩去。杂毛小道对于他手中的雷罚信心满满。

让人跌落眼镜的事情发生了,雷罚携着雷光斩下,却被来婆婆用那支老树根做出来的破烂拐杖给架住。她的口中念念有词,结果杂毛小道的右手一阵抽搐,竟然没有气力抓紧雷罚,剑脱手飞出。

到底是经年的老家伙,虽然没有恐怖的外表,但只是稍微一出手,便将我们唯一的依仗给击落在地。

杂毛小道脸色一变,也不知道这里面到底有什么戏法,连忙急走几步,去抓雷罚,结果一阵风起,那雷击桃木剑被扫落一旁。杂毛小道手执剑指,意图通过意念操控;来婆婆的左手一扬,本来已经腾空而起的雷罚再次失去联系,像块烂木头,跌落在地。

来婆婆平静地说道:"别费心了,我和东崖子一起长大,他会什么,我就会什么,这里面的布置,我比所有人都清楚,不要闹,再闹,大家都没有命了……"

她这般淡淡地说着,而我们则都拼着蛮劲,朝着这看似弱小无比的老婆婆冲去。就在所有人都发动进攻的那一刻,来婆婆终于火了,她将手中的拐杖高高扬起,地上陡然伸出了无数藤须,将我们所有人都给缠住,那藤须又黏又臭,钻入我们的皮肤中,麻麻痒痒,难受得很。

来婆婆的鹰钩鼻更加显著了,眼睛发红,缓缓说道:"给你们最后一次机会,谁活谁死?半炷香时间!"

第五十四章　三个死亡名额

在东夷巨魔来婆婆面前，我们这些人都像还没有学会走路的孩童一般，根本就不是对手。我在想，即使我们的修为都没有被封禁，估计也逃不脱这个老婆子的手掌吧？

实力这东西，有时候真的不是天赋什么的所能够弥补的。

瞧着这老婆子要跟我们玩人性选择的游戏，大家都不由得面面相觑，不知道说什么好。

说实话，人性都有自私的一面。每个人都自然首先想着自己能够活下去，然后让自己亲近的朋友活下来，我、杂毛小道和小妖是一堆，洛飞雨和洛小北是一对，至于释方和尚，便是独苗苗一个，谁生谁死，这种直指心灵的残酷话题，要如何应对呢？

沉默半晌，见我们都不开口，导演这场闹剧的来婆婆眉毛一竖，瞪着我们所有人道："怎么，难道你们情意深重，愿意一同慷慨赴死？"

"情意深重倒是算不上，只是觉得实在是有些不可思议。来婆婆，这地上死去的狼人强壮又多毛，一看就是阳精气旺之辈，既然能够到达这里，想来也是听从婆婆的指挥，说明您老人家并不缺乏血食，为何一定要难为我们这些小辈呢？"洛小北舔着嘴唇，身子在发抖，而眼睛却显得格外坚毅。

她的话语使得我们幡然醒悟，就是这般道理，倘若这来婆婆不缺吃食，那便一定是在拿我们来作消遣。这老家伙被镇压在阵底不知多少年，那心灵早就被腐蚀得墨黑，哪会如同表面上看的那般慈祥温和？

果然，来婆婆笑了，身形一闪，出现在了另外一侧，放开手中的拐杖，伸手舒展，浑身的骨骼啪啪作响，佝偻的身子顿时就挺拔了数分。我们被绑得紧紧，也瞧不见她的面容，只是听到有悠悠的话语传了出来："小姑娘，你很聪明，真的很聪明，如同当年的我，只可惜，你并没有喝到我手中的茶，成为如我一般的存在，那么就必须按照我的规则来行事。机会就是这样，你错过了，它便永远不会回来。"

洛飞雨出声问道："谁生谁死，对半开，我们如何做得了决定？"

"这样的方法很多啊，只不过你们没有去想而已，比如有人可以提出来自愿受死，也比如你们比较不喜欢谁，便投票让他去死。地下一日，世间千年，老身重回人世，就想看看这样的戏码。怎么，你们难道不能满足我吗？"此刻来婆婆的鹰钩鼻显得格外诡异，她就像中古神话中邪恶的老巫婆，整个人完全是一种偏执的疯狂状态，使得我们心头沉重无比。

这时候有一个人站了出来,地上的藤蔓都拉扯不住她的动作:"我第一个先来吧,我死!"

这声音说得决绝,我的心一跳,大声喊道:"不可!"

说这话的是小妖,也只有天生与植物亲近的她不受那藤蔓束缚。瞧见小妖自愿受死,来婆婆先是惊异,在凝视三两秒钟之后,释然地摇了摇头:"老婆子我倒是看错了,你这个没有血肉的小妖精竟然连我都差一点欺骗了。我明白你的想法,你是想趁我将你融合的时机,进行意识反灌入,从而反客为主,对不对?我很佩服你的勇气,但是对你的方法表示抱歉,这几乎不可能。好了,排除你,眼下只有两个人可以活下来,到底是谁,你们自己决定吧!"

见被这来婆婆一眼识破,小妖顿时一阵气苦,一挥手,与植物的亲和力使得她与地上的那些魔化藤蔓都保持着一定的距离,气呼呼地说道:"未必,你可敢一试?"

来婆婆不再理会赌气的小妖,深深呼了一口气,这空气间的温度顿时就少了好几度,我们的皮肤发凉,她凝望着我们,说道:"时间不多,这三个死亡名额如何决定,你们有一个定论了吗?"

"阿弥陀佛!世间无常,四大皆空,五阴无我,生灭变异,虚伪无主,心是恶源,形为罪薮……既然要人死,那么贫僧便勉强凑上一个吧!"释方大和尚将双手勉力合拢在胸前,一口佛号长呼结束,似乎放下了所有的挂碍,竟然盘腿坐在了地上,念起了经文来。

"第一个!"来婆婆显得并不意外,"你们这些光头儿的信徒,跟当年一模一样,满口子的'忍谦和',不足为奇。好了,还有两个人,谁来?"

小妖身无血肉,释方自愿赴死,剩下的便是我、杂毛小道、洛飞雨和洛小北四个人。当时我们站着的方位,大致围成了一个圈,我抬起头,只见洛氏姐妹两人都用热切的眼神看着我们,似乎期待着我和杂毛小道头脑一热,一显绅士风度,去将这真实的死亡名额给顶包下来。

然而经历了这么多江湖风雨,见过的龌龊事情不胜枚举,我和杂毛小道岂是那样板戏中的"高大全"人物?倘若对方是自己的亲人或者恋人,那也就罢了,好歹也留下一个念想,可这两个美女,一个是邪灵教高层,一个是屡次想要谋害于我们的小狐狸,倘若我们顶了那名额,只怕别人不但不会感激,反而只当你是那脑袋缺根筋的二货。

沉默终究不能解决问题,杂毛小道咳了咳,清完嗓子之后,抱拳对着洛氏姐妹说道:"两位,虽然我们之前一直为敌,但是经过这些事情,也算是有了短暂了解,立场不一样,未必不能够成为朋友。两位也都是不世出的天才,倘若闲暇有时间,必当与你们好好交流一番。不过大时代的浪潮便是这样,总是停不下脚步来,时至如今,也算是一场迷梦。谈正事,既然还剩两个名额,我提议,不如我们双方,各选一个,如何?"

杂毛小道提出了这么一个提议，洛飞雨连思考都没有，直接答好，可以。这话对着杂毛小道说完之后，她转过身来，看着来婆婆说道："第二个死的人，便是我吧！"

"不可！"洛小北大声叫道，伸手去拉洛飞雨，"姐，要死我去死。我修为不如你，为人处世不如你，协调旧部的能力也不如你，我从小都是在你的影子下面生活着，像娘说的一样，我就是米虫一个，而你却贵为厄德勒右使，集所有老派长老的期望于一身……你身上有比我更沉重的责任，这些事你逃避不过的，所以，要死一个人的话，就是我吧！"

洛飞雨看着急出了眼泪来的妹妹，叹了一口气，说："小北，我知道你从小就一直很羡慕我这个风光的姐姐，可你却不知道，姐姐却一直很希望能够做像你一样无忧无虑的人，平凡地活下去啊……世界少了谁都还是会照常转动，但是幸福，却只能够自己感受。你活下去吧，不要管厄德勒了，找个地方，好好地过活……"

洛小北使劲摇头，朝着来婆婆说，选我，选我！来婆婆摸了摸自己尖尖的鼻子，缓缓说道："原则上，谁先说，就是谁，所以没办法，第二个人，就是你姐姐。"

"第三个人，就是我吧！"她的话音刚落，杂毛小道立刻出声。

正在看着洛氏姐妹的感情独白，突然听到这句话，我顿时就急了，说，老萧你个狗东西，死也要抢啊？杂毛小道嘿嘿笑，说："小毒物，咱们哥俩儿也有些日子了，你身上承载着太多的东西，可是遗憾却不少，比如感情，你小心翼翼地不敢流露，搞得自己生活不性福，远远不如我舒爽。我年纪比你大，见识比你多，看过的风景，走过的路以及接触过的女人，都比你多，所以呢，也该有这么一天了，老哥我先走，去那幽府瞧一瞧，倘若好，给你占个位；倘若不好，你让虎皮猫大人带路，将我救回来便是……"

我苦笑，说，什么责任和期望啊，这人家洛小北的台词，拜托你别抄袭好不？

杂毛小道耸耸肩，又说道："陪着我死的有一个大美人，这黄泉路上，倒也不寂寞，所以，无须多言了。"他的话惹得洛飞雨一口呸。我依旧心中不痛快，看到那一双落寞的眼神，叹息，说，你何必如此？这个家伙突然沉默了，好一会儿，他也叹息道："别自责，小毒物，其实早在九年前的黄山，我就应该死了……"

我们都没有说话了，而来婆婆则问道："你们都决定好了吗？"

洛飞雨和杂毛小道都点头，来婆婆突然狂笑了起来："哈哈，好好笑，好一场生离死别的场景，真的比戏里面还好看。不过你们还是太幼稚了，你们真的以为我会将知晓所有秘密的你们，放过去吗？"

这老婆子仿佛看见了一件十分可笑的事情，笑得恣意，一种与她声音完全不符的冰冷嘶吼在半空中疯狂响起："你们……全都得死，哈哈哈！"

"未必！"一直盘坐在地上念经的释方大和尚突然站起了身来，盯着悬空的来婆婆说道，"魔头，你好像忘记了，这里是谁人的道场！"

第五十五章　一拥而上，女神降临

此处是何人道场？

我首先想到的答案是这东夷殿的主人东崖子，那位高人据说已经得了道，羽化成仙，但是他跟这释方大和尚，半毛钱关系都没有。于是瞬间我想起了在泰山阴阳界中几个和尚呼唤出来的那位——此地位于泰山奚麓，距离并不算远，身为舍身崖的法师，与那道教著名的女神有某些联系，这并不是很奇怪。毕竟这是有先例的，唯一让人疑惑的，便是相隔这么远，又有大阵阻挠，释方是如何沟通到的？

瞧见释方虽然下半身都被魔化藤蔓给紧紧缠住，但是脸上却露出了轻蔑的笑容，这笑容出现在一个出家人的脸上，就显得格外不和谐。悬空而立的来婆婆眉头一挑，四处张望了一番，嘿然笑道："东崖子早就离开了此处，倘若我想要，此地便是我的道场。你这个长相粗鲁的大和尚，到底是在虚张声势，还是垂死挣扎？"

大和尚深吸一口气，结果身上金光闪动，附在他身上的那些又湿又滑的魔化藤蔓全部被这金光灼烧得冒出了青烟，惊惶地缩回了地下。他缓缓地站起了身来，一抖衣衫，许多黏液散落，此刻的释方显得格外魁梧："自古以来，邪不压正，纵使你有天大的手段，既入魔道，自有收拾你的神灵。过度的狂傲和暴戾，只会让你自己死得更快……"

瞧见释方这般金光闪动，我们都诧异万分——这大殿之中的修为静默，难道解除了吗？

这般想着，我尝试着深吸一口气，结果自小腹下丹田内，有一股涓滑热流直入神台，整个人顿时就是一阵清明，神情一震，之前所有的苦痛和疲惫一举勾销，有如潮退。再看旁边几人，全都诧异地看着自己的双手，感受着那种拥有力量的兴奋。

瞧见释方金光闪动，来婆婆顿时一阵尖叫，难以置信地说道："怎么可能？是谁这么厉害，竟然能够破了东崖子的法阵？"

释方抬起双脚，将地上那游动的藤蔓给碾碎，草汁飞溅，却并不答话，而是以真言铸体，将胸膛拍得如若钢板。洛飞雨的脸上露出了畅意的笑容，左手一招，身子便腾空而起，攀上了岩壁，抬手就是一剑："疾！"秀女剑化作一道白光，朝着石台上方的来婆婆飞射而去。

小妖也反应过来，手中的青木乙罡抖落在地，那些将我们给束缚的魔化藤蔓迅速蜕变，上面的木刺变软，然后缩回了地下去。这边一脱离，我立刻将最为得意的震镜掏出，朝着那老婆子的脑门就是一照："无量天尊！"

蓝色的光芒打在了避开秀女剑威势的来婆婆身上,然而这个老婆子不慌不忙,伸手便是这么一导,蓝色光芒打落在了华表石柱之上,没有伤及她分毫。

出于对这披着老太婆面容的巨魔之愤恨,洛飞雨此番出手没有留下什么余地,两秒钟之内,刺出了五道飞剑,剑剑直指要害。即便如此,对于这种程度的飞剑来婆婆并不畏惧,或者稍稍一偏,或者抬手一扬,便躲过了,末了还说着风凉话,说现在的小辈,耍飞剑的水平跟他们那个年代相比,简直就是过家家,倘若是东崖子出手,只怕她还会惧怕一二分,至于洛飞雨,只能是"呵呵"了。

洛飞雨剑势落空,释方和尚则念着佛经冲了上去,拳势凶猛,浑身坚如钢铁。然而此身为魔,来婆婆根本不惧那刺目的金光,将拐杖一挑,释方和尚便被击得腾空而起,飞往了另外一边,摔倒之后,再也没有爬起来。

在这短暂的时间里,我和杂毛小道、小妖齐上,轮番攻击,皆被来婆婆给击退,血气翻涌,内脏都被震得酥麻,血脉不畅。杂毛小道有心将血虎摸出,然而犹豫了几下,还是没有拿出来,想来是知道面前的这老婆婆实力实在太恐怖,血虎一出,自然是妥妥的出头鸟,必受枪打。

洛小北之前虽然吓得浑身颤抖,但此刻却没有转身逃离,搓弄了手中的一块玉符,捏破,结果白雾一腾,立刻出现了一个两米多高的纸人儿,金甲黑盔,气势凶猛,甫一出现立刻朝着来婆婆冲去。

那纸人儿手中有一柄巨剑,剑身光度都近两米,外表有点儿类似唐朝陌刀,端的是厉害。这样的纸人儿,在我们被击退之后,只坚持了五秒钟,最后被来婆婆伸出左手一指,有幽幽的黑色火焰将其整个儿燃烧,不多时,便化作了几缕青烟,烟消云散。

将纸人儿烧灭之后,来婆婆向在岩壁上自由行走,并且不断释放飞剑的洛飞雨冲去,两道矫捷的身影在我们头顶快速飞过,一个有影子,一个没有影子,没影子的自然比有影子的快许多。不多时,洛飞雨便像那折翼的蝴蝶,跌落到了地上来。我躺在地上,她正好砸落在我的旁边,胸口波涛汹涌,起伏间有鲜血飙射。我将双手给点燃,上面的诅咒之力立刻引起了来婆婆的注意,几乎是本能,她的口中出现了一声不似人类的嘶吼,接着脸上开始变得狰狞,无数青筋在皮下游动,眼球几乎突了出来,牙齿往外翘出如獠牙。

当时的她显得无比地愤怒,根本不见她什么动作,趴在地上的释方就被高高甩起来,被逼问道:"你到底做了什么,为什么你们恢复了修为?"

释方咬着牙不说话,而来婆婆已经冲到了我的面前,伸出手,那手上尽是鳞甲,黄红色,呈六边形,鳞甲与鳞甲间还有许多黏液,她将我衣领抓紧,然后举起来,我眼前一黑,感觉到有一根蛇信子在舔我的脸,睁开眼的时候,发现这个愁眉苦脸的老婆婆脸庞已经变得尽是鳞甲和黏液,深眼眶、秃鼻梁,一口的獠牙乱糟糟地往外冒,大股的腥气朝着我的鼻子里喷:"你竟然练就了恶魔巫手?老实告诉我,有多少可怜的黑暗生物死于你手？"

此刻的来婆婆简直丑得让人作呕，乱糟糟的头发衬托下，那女枭阳都能够算是美女，她哪里是人，简直就是一头面目狰狞的昆虫。来婆婆气愤地将我双手一撕，口中高呼道："去死吧！"她施加在我身上的力量让人难以抵御，为了避免成为几块血淋淋的肉块，我拼尽全力，生生抗住了这份力道。这时，杂毛小道终于捡起了雷罚，含着剑意刺中此獠，她受痛，终于将还在与她僵持纠缠的我给一把甩开，扑向了杂毛小道。

还在半空中，在槐木牌中憋得太久的朵朵就感应到了危险，出现在我的身后，将我的冲势化解。当我落到了地上，还没有跟朵朵说句话儿，手持雷罚的杂毛小道已被来婆婆给一巴掌甩飞。

雷罚初成，到底没有多少能够抵御的力量在，也引不来至阳罡雷。

我们所有人几乎都拼尽全力，然而正如我之前所预料的一样，对于这样的老魔头，即使恢复修为，全力以赴，我们也不是对手。见将我们所有人都撂翻在地，此刻已经有两米多高，浑身尽是鳞甲、黏液、节肢和触须的来婆婆哈哈大笑，发出一种类似兽鸣的声音："不管你们是怎么恢复的修为，也阻挡不了我的计划，那么，先由你来吃起吧⋯⋯"

这个魔头一伸手，在地上缓缓爬动的释方和尚身子便腾空而起，接着脖子便被来婆婆给掐住，四五根肉色触须，缓缓轻抚着大和尚青瓦铮亮的脑瓜子，满是口涎的嘴巴咧开来笑："这和尚生得好一身肥肉，多日没吃过人肉了，先拿你来开荤！"

我们都想冲上前救援，然而空气一凝，皆动弹不得。那獠牙密布的嘴巴张开，朝着释方的脑壳咬去。大和尚一番挣扎之后，放弃了反抗，闭上眼睛，高颂佛号。然而就在此刻，我的心脏一阵跳动，仿佛一种让我极为恐惧的力量出现。果然，一道隐约的能量出现在当场，那魔头的身形一僵，拿捏不住，大和尚的身子便滚落在地上。她也顾不上这些，仰首望天，大声喝问道："何方神圣，胆敢坏我的事？"

在石台对面的一处崖壁上，突然出现了一张巨大的脸孔，下方有一道石缝翕动，一道温和的声音传了出来："人称'东岳泰山天仙玉女碧霞元君'，便是俺啦！"

第五十六章　山神之威

　　东夷巨魔来婆婆，在我们的眼中便是一座难以企及的高山，然而在被释方大和尚呼唤出来的泰山奶奶面前，仅仅是一座小山坡而已。

　　最开始我以为那温和的声音是来自我对面的那山壁人脸之中，之后才发觉并非如此，石头终究还是发不出声音来的，我们所听到的这带着浓重鲁东口音的话语，是滚落在地的释方说出来的。这节奏让我有些摸不着头脑，不知道是释方请神成功，还是泰山奶奶真身降临。

　　不过，不管是啥，显然都是出乎来婆婆的预料，本来我们的修为恢复就已经让她恐惧了，此刻异象生出，使得她下意识地将自己身上的鳞甲堆积，逐渐变得不似人类，活脱脱一地狱之中走出来的恶魔。她并没有瞧向地上的释方，而是死死地盯着对面山壁上的那张巨大而威严、变幻不定的石脸，厉声责问道："你来干什么？"

　　"唉哟喂，有人在俺院子里打打杀杀的，还不兴俺问上一两句咧，这也忒霸道了吧？"

　　与那庄严肃穆的形象相反的，是从释方口中说出来的话语，像是泉城郊区农妇的腔调，让人忍不住发笑。不过我的心中依然冰冷，犹记得虎皮猫大人告诫过我的话语，我被她记住了，倘若不逃离，分分钟死去。

　　只是，当日我们与舍身崖的几个和尚关系对立，现在经过了大师兄的调解保证，又有了并肩作战的情谊，不知道释方能否给我求一个情，让那恐怖的泰山奶奶放我一马。

　　不过此时的我，还有其余诸人都已经成了单纯的看客，主要矛盾集中在了两个老人家身上。来一碗女士似乎底气不足，面对着神话时代的山神，首先便沉不住气了，与那不知藏身何处的泰山奶奶大声辩驳着，无外乎"这可不是你家地盘"之类的话语。

　　"举凡泰山之属，皆归我所管辖，举凡香火供奉、信仰我的百姓，都归我庇佑。魔头，你的戾气太重，平日里被镇压大阵之下，没有作为，我便也懒得理你，如今你被释放出来，到处害人，我若放任不管，任由你这魔物猖狂，那我这屁股也坐不稳咯……"

　　"多管闲事的家伙！"来婆婆手中的拐杖使劲儿一挥，立刻有一道凌厉的劲风吹过，轰隆！烟石灰飞，岩壁之上立刻出现了一道巨大的疤痕，足足有八米，将浮现在那岩壁之上的人脸贯通，无数的碎石纷纷落下来，好多灰尘升腾而起，将这巨脸所遮盖。她的这一手将我们都给吓住了,没想到这个魔头竟然会如此厉害,拐杖挥舞间,山崩地裂。

灰尘散尽之后,那张巨大的脸竟然消失不见了。来婆婆并不得意,而是四处张望,将双手高高举起,似乎在感受着什么气息。我与洛飞雨滚倒在角落里,互看了一眼,我回过头去找寻释方的身影,却不见了。周围皆是鼓荡的气流,我们根本就站立不稳。正在张皇之际,突然在我的身后,有一个高大的身影崛起。

正是释方这个形如鲁智深的大和尚,他的嘴角往上翘,稀疏的眉目间竟然有一种秀气的感觉。这光头和尚与我擦肩而过,凝望着悬浮于空的来婆婆,用之前那种女神的口吻轻叹道:"果然是魔,那我便没有什么可以同情的啦!"

这话说完,他缓缓地平伸出手,五指屈张,似乎在虚握着些什么东西,似乎凭空举起了好几吨的重物,悬于空中。仅仅一伸手,前端的空气顿时凝滞,本来还在空中飘浮的来婆婆轰然坠落,摔在了石台之上。来婆婆自然不服气,双手一张,手中的拐杖立刻化作了一条游动不歇的阴寒巨蛇,长有一丈余,浮空而起,朝着释方飞来。巨蛇出手之后,她整个人更是摇身隐入了滚滚的黑色雾团中,借着里间的气势,将整个魔气都逼透出来。

当时是一种什么样的情况,我简直无法形容,只是感觉连呼吸,都有阴寒的刀子往肺里面钻去,浑身如坠冰窟。

什么是顶级高手?她根本不会与你一招一式地肉搏,一招,呼吸间便能够决定生死。看到那条阴寒巨蛇朝着我们这边射来,我双手结外缚印抵挡,然而领先我两个身位的释方却并不惊慌,只是食指一勾动,那条长蛇立刻掉落在地,不断翻滚,几秒钟之后,就化作了地底老藤,周遭虚烟袅袅。

见自己的得意招式瞬间被破,来婆婆也是有些惊到,一声厉喝响彻半空,我的脑子"嗡"的一声响,好像被重锤敲中了脑壳,眼前一黑,人便要栽倒在地上去。

空中突然出现了一声苍老的闷哼:"放肆!"

放肆!仅仅这一句话,我便感觉有一股庞大充沛无可抵御的力量,自上而下地席卷而来,巨大的风压发出一道"嗡嗡嗡"的次声波,我小脑的平衡感完全紊乱,不知道怎么回事,人便滚到了地上。不过越是这样的时刻,我越不敢胡乱滚倒,一阵肉眼看不到的波纹自上而下地印下来,这种感觉有一种周星驰《功夫》中最后一幕那如来神掌的即视感。

轰——

也不知道发生了什么事情,当我再次爬起来的时候,石台已不见踪影,整个地面往下沉去好几米,黑黢黢看不分明,一种浓郁的死气在蔓延,接着湿气朝着上面缓缓飘散。

咳咳咳,我喉头发痒,止不住地咳嗽,憋得脸红,好不容易吐出几口凝固的血块。肩膀被人拍了拍,我回过头,见到杂毛小道与朵朵、小妖一起蹲在我的身旁,脸

上有着不轻易流露的恐惧:"小毒物,没事吧?"

我勉强站稳身子,朝着前方看了一眼,之前那来婆婆所散发出来的阴寒黑雾全都不见了,那深凹而下的平台处有一种硝烟散尽的余韵,释方挺立在边缘处,挺拔魁梧的身影印在了我的脑海中,感觉这个大和尚有一种高山巍峨的气势。

洛飞雨和洛小北,这姐妹俩散落在阴影中,身形微弓,剑反拔,警惕地看着场中的一切——当然包括我们。

我有些懵,说,咋了,这就结束了吗?那个来老魔死了没?

杂毛小道摇摇头,说,头晕得很,刚才就顾着在地上扑腾了,哪里知道发生了什么事情?其实不光是我俩,洛氏姐妹也在惶然四顾,根本摸不清头脑,不知道刚才那一声巨响之后,发生了什么事情。小妖很肯定地点了点头,说道:"她死了,螳臂当车,一招毙命。"

吓?单挑全场的来一碗女士竟然被一招灭去,听到这个消息,我当下的反应是不敢相信,接下来却是心脏狂跳不止,知道小妖虽然不够资格参与这种级别的战斗,但她是麒麟胎身,过程应该是瞧得分明的。既如此,按照虎皮猫大人的说法,接下来我面临的将不再是解救,而是清算了。

果然,我稍微喘了两口气,释方转过头来,眼睛里面有着金黄色的光芒,余者皆不顾,直盯着我,缓缓说道:"我们见过?"我心中咯噔一下,知道被人记仇了。不过像这样级别的大拿,我也不敢怠慢,忙点头回答说是。释方似乎回想了一下,点头,说:"对,记起来了,上次在阴阳界上面胡乱催动阴冥大阵的,就是你们这一伙。你可知那阵法倘若不小心,阴阳逆转,会酿成大祸?"

我点头,说,之前不知道,现在知道了,谨遵奶奶教诲,下次不敢了。

"嘿嘿,好机灵的小哥……"出乎我意料,她竟然揭过了这一茬,准备离开。然而就在她准备回头的一刹那,突然间又停住了,瞳孔收缩,里面有着玻璃碴子一般的细碎光芒:"不对,你身体里面,是门吗?"

第五十七章　不如归去

我心中不由得一跳，一边后退，一边磕磕巴巴地说道："什么门，我不知道你在说什么……"

"想不到，想不到。千百年来一直传说，却少有人相信，世间竟然真的会有这般神奇的虫子，这哪里是苗疆的巫蛊，这不就是那……"泰山奶奶附体的释方哆嗦着嘴唇走近，将左手一挥，我的身体顿时一阵空虚，衣服开始缓慢消失，接着是皮肤肌肉，以及骨骼，最后我的身体竟然变成了透明，而在我的左心房处，盘踞着一只白乎乎的痴肥虫子。

这就是我的本命金蚕蛊，自诡异工厂一役将变异闵魔给毒杀之后，它便一直沉眠。虽然知道一直都在，但我也有很久没有见过它，即便是迷幻阵中瞧见这小东西，也只是一缕意识。此刻瞧见，不由得心生久违的亲切感。

泰山奶奶走到我的面前，凝望我体内，那条小虫子昏昏沉沉地躺在我的身体里，身上那些眼睛一般的花纹处生出了许多金色的氤氲来，这些氤氲与之前相比更加纤细了，如丝如缕，伸在我的血管和神经末梢里，与之紧紧相连，和我一同呼吸，涨缩同步……

她便这般看着，从手中冒出一股青光，我想要反抗，然而意识能动，身体却僵直着，周围的杂毛小道、小妖、朵朵和洛氏姐妹除了脸上的肌肉可以动之外，也都动弹不得。时间仿佛凝固了一般，除了附身释方的泰山奶奶在动之外，所有人都停住了。

青光深入到了我的体内，附在了肥虫子的身上，这家伙并不知道危机来临，黑豆子眼睛并没有睁开，哼哼地沉眠着，仿佛就是我身子里面长的一颗瘤子。那青光入体，性温良，围着肥虫子不断地旋转，试图将肥虫子身上的氤氲从我的体内剥离下来。然而肥虫子与我息息相关，生命相连，这一番拉扯，我感觉身上的痛觉神经瞬间爆发出来，轰……天昏地暗的疼痛，潮水般扑来，将我淹没，我"啊"的一声叫唤，翻身倒在地上，意识便沉沦下去。

不知道过了多久，我感觉浑身一阵温润冰凉，肢体能够动弹了，翻身爬了起来，四处一张望，周围的人都在，不过释方已经融入到了一团青蒙蒙的光辉之中。

当时的我似乎已经将疼痛给抽离了，也没有了身体的意志，只知道直勾勾地瞧着那团青光。不知道过了多久，那青光里面突然出现了一双黝黑的眸子，里面有星辰宇宙在旋转萦绕，我盯着她，她盯着我，过了好一会儿，我才想起肚子里面的肥虫子，俯下头去看，却见消失不见的肌肉、骨骼和皮肤都已经恢复了，衣服也紧紧裹着，意

识沉浸,那小东西依旧在我的体内沉眠。

这是……没有动我吗?

当时的我,整个世界就只有自己和面前的青光,至于杂毛小道、两个朵朵和其他人,根本就没有出现在我的意识里。突然脑海中有一个声音响起来:"原来如此,当日我们殚精竭虑,废寝忘食而不得法,唯有长存此间以缓缓图之,唯有你且歌且睡,且饮且行,竟然是这般道理——你也真的是好算计啊,竟然想到这么一个办法,哈哈……"

不知道为什么,我就知道是这团青光在跟我说话,于是便问什么办法,这一切到底是怎么回事?

"怎么,你不认识我了?"

我一头雾水,说,大姐,我们认识?那声音一阵沉默,良久之后,幽幽地说道:"真像啊,连说话的口气都是一模一样的,多少年了,时间久得我都忘记了自己。不过,你终究不是他了,那长存的天道和充斥世间的阴风,终究是无情的,记忆终究是要被埋葬的啊……唉!"

听到这声音里充斥着无尽的遗憾和悲哀,我的心里也莫名其妙地伤感,不知道说些什么,在她一口气叹完之后,我压抑不住心中的好奇,问道:"这位大姐,能够告诉我,到底是怎么一回事吗?我现在完全是一头雾水,什么也不知道,你能够将你知道的一切,说与我听吗?"

那青光不断地闪耀,如同怒放的鲜花,摇摆不定,过了一会儿,凝聚成了一个点,印在了我的脑门顶上,我感到了一丝灼热,继而一阵清凉,还没有感应到什么,那声音已经遥远得如在天边,淡淡响起:"时光易逝,往事不再了,他既然有所安排,我何必画蛇添足,坏了他的好事?倘若真的有一天幽府相会——我也知道不可能,但倘若真有,我也无颜面对他,不如归去,不如归去罢……"

那声音悠远,飘飘荡荡,过了好一会,尾音还在我的耳边余留:"不如归去罢……"

又不知道过了多久,我被猛地推醒了过来:"小毒物,小毒物,快醒过来!"

"陆左哥哥,陆左哥哥,你到底怎么了,快醒过来啊,不然我们都要死了!"

我听到了朵朵焦急的声音,这种惶急让我的心脏一跳,瞬间就坐直起来,睁开眼睛,看见朵朵泪眼婆娑地在我怀里哭泣,看见我醒过来,她高兴地又哭又笑,紧紧地抱着我,小手勒得我肉疼。我转头一看,只见杂毛小道、小妖、洛飞雨、洛小北和释方都围在我的身边,一脸紧张地看着我。

这什么情况?瞧见释方铮亮的光头朝前凑来,我下意识地往后退开,而后看见他的眼神清亮,稳定而富有精神,才明白泰山奶奶或者已经远去了。

果然,周围的人都是一阵欢呼,而释方口中说出来的话语,也尽显粗豪本色。我伸展了一下身子,依然很疲惫,伤痕累累,不过似乎没有之前的无力,显然这东夷殿的限制已经解除。

我问，怎么回事，我怎么就昏过去了？

洛小北在旁边抢答："谁知道啊，刚才那个死老太婆变成魔头之后，还没有怎么发威，便被一巴掌给拍死。之后就是你跟释方大师一阵叽里呱啦地聊，也没有人知道在说什么。再之后，两个人像是一对好基友般深情凝望，嘴唇和嘴唇相隔不过一指，差一点就啃上了，偏偏我们都动弹不得，阻拦不了。我本来以为能够瞧上一场攻与守的好戏，结果你大叫一声后昏迷，放弃了对决，而后释方大师也瘫软在地。年轻人就是缺乏锻炼，关键时刻，总是感冒！"

她唠唠叨叨地说着话，仿佛在遗憾错过了一场好戏，而洛飞雨则着急地说道："闲话少讲，这处地方要塌了，你赶紧带着我们走水道离开吧，不然大家还是逃不过一个死字！"洛飞雨右手提着秀女剑，脸上尽是焦急的神色。似乎在与她的话语相呼应，这"死"一出口，立刻有大块的石头砸落，弄得碎石四溅。而在不远处的黑色甬道里，传来轰隆隆的响声，有呛人的烟尘逼过来，吹得此处的人们一阵凌乱，我大惊，怎么回事啊这是？

杂毛小道沉声答道："不知道，不过自从那个来一碗鬼婆婆死了之后，这整个空间就不稳定了，不知道是因为防范她逃离所设置的机关，还是泰山奶奶将这静默法阵破除之后，引发的连锁反应。我刚才卜算了一下，东夷殿正中已经垮掉了，现在附属的各通道也开始逐渐封锁，小毒物，不多说了，我们走吧！"

我也着急，说，走可以，不过那水潭不见了，咋个走？

洛小北急得哇哇大叫："陆左大哥，你也长了眼睛，劳烦你抬头瞅一眼好不好？再耽误时间，只怕我们所有人都葬身山底了。"我透过人群间隙，只见之前石台的地方，凹了下去，有汩汩的潭水流出来。原来这口深潭一直都在，只不过被那来婆婆用祭奠自己的石台给遮蔽了，之后她被泰山奶奶一掌拍死，使得它又重新浮现了出来。

我心里面虽然有着太多太多的疑问，不过此刻也不是解密的时机，当下也不犹豫，在两个朵朵的搀扶下站起来，暗扣天吴珠，将所有人都笼络在了身周，然后齐声喊"三二一"，一起跳入了那深潭中。我们落入水中，刚才所站的地方，立刻塌下千斤巨石。

沉入水中，一直向下沉了四五米，脚站定，向周围打起了强光手电，小妖确定所有人都在天吴珠的范围内可以呼吸，而朵朵则在确定水流的方向。因为大厦将倾，当时的我们也有些慌不择路，朝着水流的方向一阵疾行。不时有巨石沉入潭中，搅动一潭浑水，我们一路跌爬，所幸并没有遇到死路，总是有可以通畅的地方。慌乱不知时间，过了很久，我们竟然行到了一个三岔路口。

这路口，怎么看，怎么熟悉，似乎我们在不久以前，曾经走过一般。

第五十八章　分东离西

　　大家或许很难想象地下的那种水道是什么模样，说实话，倘若没有天吴珠，便是堪称水性第一的茅山水蛊长老徐修眉，只怕也难以生存。黑黢黢的水道中水流奔涌，不知道朝向哪方，这种未来不确定的空虚感，让我们的心情沉重，生怕前方就是一个大瀑布，不小心就跌落到悬崖下去了。

　　湿滑的水道行走良久，我的头昏昏沉沉，分不清南北西东，途中的无数岔路都是由朵朵判断生路。然而杂毛小道很细心，走过这三岔口时，他拉住了我的衣袖，说，小毒物，你自己瞧瞧，这地方有没有感觉很熟悉？

　　我将天吴珠扣在手心，深深地吸了一口潮湿的水汽，瞧着左边、右边、回路还有旁边的另一个通道，正好形成了一个六十度的三岔角。类似的地方我们遇到的并不多，于是我一下子就想起了上次躲避泰山奶奶时跃下阴阳界，跌落在黑龙潭中一路行走，结果当时便遇到了三岔路口，虎皮猫大人说左边趵突泉的干活，中间直通黄海，右边……右边啥时候出来的？

　　依此刻的地形，如果这路口正是我们当日所见到的话，那么回身过来，我们正好就是从右边出来的。这也就是说，右边正好通向了那东夷殿的方向，应该是阵中的一处水道暗门，这是第一层意思；第二层，自然就是说，我们终于有救了！是的，倘若真的是我们上次所走的水道，那么我们只要沿着左边的水道直行，必能够依着上次所走的道路，从泉城趵突泉公园逃脱升天。

　　出了大阵，事情仿佛变得格外顺利。我有些难以置信，拉了拉朵朵的手，说，小家伙，你自己瞧一瞧，我们是不是走了上次的路？朵朵虽然拥有观测水文的癸水之力，但本身还是一个小路痴，记不住事儿，挠挠头，半天也说不出一句确定的话，反倒是小妖潜出了天吴珠的范围，手掌在几个岔路口摩挲一番，然后回过头来告诉我们，就是，绝对没错。

　　她如此肯定，我倒是惊讶了，问，为何会如此肯定？

　　小妖回答说她上次在这里留下了记号，刚才摸了一下，都还在，而且还挺新，自然不会有假。听到小妖的话语，我们这才安下心来，齐夸她细心。小妖最受不得夸，这般一通恭维，得意扬扬，说，那是，小娘做事，自然是极端靠谱的，不比某人……

　　我们这边说着，释方大和尚也长呼了一声佛号，指着左边的通道对我们说道："各位施主，如果贫僧所料不错，我们从此处行走，便可重见天日。"

　　释方的这话让我们诧异。我们知道左边可通趵突泉，是因为当日虎皮猫大人的指点，又加上亲身走过一回，而大和尚从没来过此处，看着水性也并不厉害，他是如何得知？当杂毛小道问出这个问题的时候，释方有些支吾。出家人不打诳语，不过他的这番表现，我们自然也知道定是那泰山奶奶给他有所交代，有了后招。想来也是，舍身崖的和尚与泰山奶奶关系不错，上次莲竹禅师，这回释方和尚，几乎是随请随到，自然不会将他陷入死地。

后方轻微的震动已经停止了，想来那东夷殿的垮塌已经告一段落，而前路又明确，我们便都放下了生死疲劳的心态，这才发觉一路上未免太过拥挤。

要知道，天吴珠虽然可以避水，生成一个圆球形的水肺，但毕竟有限。释方这山鲁汉子身材魁梧，杂毛小道身型消瘦，苗疆出生的我体格匀称，也算大汉，两个朵朵占的空间不大，但是再加上洛飞雨和洛小北，大家一路摩肩接踵、挤挤挨挨，实在难行。

我们继续上路。这番心态轻松，洛小北的好奇心便又上了来，跟在我的身后，问我这到底是什么手段，竟然能够在暗河水道中行走，真的是太神奇了。这地下河道可走，江河中可行吗？有没有下过海？要是能下海，那打捞沉船宝物岂不是爽歪歪了？

洛小北说得兴奋，并不知道是天吴珠起了作用，这一来是因为我将这避水珠暗扣在手心不给人看，二来是之前杂毛小道等人故作神秘，只说我有避水之法。我们与洛氏姐妹是敌非友，自然不会将底细漏给别人知晓，我也只是说先祖遗泽，小手段而已，说穿了一文不值，不如保留些神秘，大家心中也有些期待。

洛小北使尽手段，飞机场胸口都蹭了我两回，惹得小妖将我护住直瞪眼，不过我终究是不肯说，弄得洛小北气呼呼，拉着朵朵的小手教唆我的坏话。

朵朵是个乖巧的孩子，西瓜头粉嫩脸，眼睛像日本卡通片里的女孩儿一样水汪汪的，这种天然萌是女人所抵挡不住的，所以洛小北和洛飞雨虽然对我们比较戒备，对朵朵却是疼得很，好是一阵讨好。朵朵也确实惹人疼爱，虽然知道洛氏姐妹与我们不对路，却一口一个漂亮姐姐，叫得甜滋滋，便是冰山美人洛飞雨，也忍不住露出了心疼的笑容来。

我瞧见杂毛小道故意往洛飞雨那边蹭，倒是不寂寞，也不嫌路途长远。不知不觉，已经走了很长的一段路程。

杂毛小道这一路以来表现得十分硬汉子，洛氏姐妹对他的印象比我好得多，也忽略了他之前的猥琐，故而与他的搭话比较多一些，一路窸窸窣窣，倒也增进了不少感情。这个家伙与洛飞雨交好，自有其小目的，那雷罚初成飞剑之势，自然也有许多必要了解的细节问题。这一路讨教，虽然核心的东西洛飞雨并不交代，但是基础的知识，却也不吝啬，相谈甚欢。

这一路上，有人沉默，比如我和释方；有人秘密私语，好不畅快，不知不觉便又来到了上次的出口。依旧是小妖上去探路，不久之后回禀，说是夜晚，灯火通明，游人如织，这番上去，定然会有一番动静。

动静便动静，我们在这水中走得精疲力竭，哪里会管那趵突泉旁边那些普通游客的心情，至于辟谣啊消除影响之类的事情，自有林齐鸣那些家伙来做，此刻的我只想要一张整洁舒适的床，一个刚好合适的枕头。于是不再纠结，从那孔洞中爬出来，依次上去。

我们的出现果然引起了轰动。费力避开了围观上来的人群后，我们在一个偏僻的角落停下，望着将湿漉漉的长发甩得飞扬的洛飞雨和洛小北，杂毛小道和我一起拱手，说，既然出来了，那么我们就此别过，以后江湖再见，只当作不识罢了。

洛小北不舍地拉着朵朵的小手，眼睛里面竟然含着眼泪，说，朵朵，小北姐姐要走了，不过我会想你的。朵朵也拉着洛小北的手，说，小北姐姐，我家住在东官，你若有空，一定要来看朵朵啊。

洛飞雨似笑非笑地瞧着我们，说："怎么，我可是厄德勒的高层人物，你们不想办法把我们生擒住、抓起来？要知道，这可是大功一件啊！"

杂毛小道耸了耸肩，说："我们虽然道不同，但是也没有到生死相逼的地步，就目前而言，我们的身份差不多，都是在逃通缉犯，所以没什么立场。不过作为并肩作战过的战友，我多嘴劝一句，大道三千，自有达者，厄德勒的门道向来凶险，而且草菅人命的较多，人为万灵之首，当珍惜时且珍惜，当敬畏时且敬畏，如此方能长久……"

我点了点头，说，走吧，不送了，大家以后最好不要冲突，也不枉共过患难。

洛小北噘着嘴巴，横了我一眼，说："杂毛道士倒是个坦荡荡的君子。你？哼，下次别让你栽到我的手里，到时候让你好看！"她说完，身子一轻，人便朝着墙上翻去；洛飞雨的手一挥，人影无踪，只在空气中留下淡淡的叹息："如有可能，永世不见，唉……"

瞧着两人离开，杂毛小道吸了一口气，空气中仍然有所余香，他拱手问释方接下来的打算，大和尚说他还要返回肥城，不知道师叔祖和释永空师叔逃出来没有。说完他与我们作揖，匆匆离开。望着这满眼的流灯溢彩，我想起一事儿，说，肥母鸡那厮从进山开始，就没有露过面，不会是挂球了吧？

这话说完，旁边的垂柳上立刻传来了一声臭骂："二货，大人我可在这里，等了整整两天了！"

第五十九章　劫后余波

听到这熟悉的声音，我们都抬头看去。一头肥母鸡似的鸟儿正在翠柳依依处，鬼头鬼脑地朝这边说着话儿。我们冲到了树下，这家伙探出头来，深深吸了一口气，说，还真的有这味儿，她没跟着来吧？

"她是谁？"小妖故作不知，问这头贼眉鼠眼的肥母鸡。大人咳咳两声，说，还有谁，不就你们在下面碰到的那一位么。

杂毛小道指着这头痴肥鸟儿骂，说："我们在下面拼死拼活，你老人家一溜烟人就不见了，还从肥城翻山越岭，跑到了这泉城的公园里头来享受，美女看着，美景享着，竟然不管我们的生死。倘若我们有个好歹，活不出来了，你就在这里做那寒号鸟儿，空守等待吧……"

杂毛小道的指责自然是不痛不痒，虎皮猫大人也当作没听见，然而朵朵却是大点其头，说，对啊，臭屁猫大人这次根本就不来救我们，一个人跑去享受躲灾了，真不仗义啊，羞羞！

朵朵一表态，大家立刻群嘲，这脸皮厚得如锅底的肥鸟儿立刻受不了，汕汕地说道："大人我神机妙算，推理无双，自然知道你们并无险碍，所以才会在此等待诸位归来。至于没有一路跟随，主要是我跟此处的地主婆有些龃龉，而我这样的小人物又实在抵不过人家的一个喷嚏，跟着你们，反而会连累大家，不如在这里给你们庆功来得好一些……哎呀，小杂毛，瞧你背上这桃木剑，妥妥的桃元附体的节奏啊，不过这玩意儿要真正融合，形成剑灵还需要一些手段，待大人细细与你道来……"

"是吗？我也感觉用起来有一些晦涩，剑灵并没有真正形成，尚不能与我心意相通，根本发挥不了其中的七成实力，这是什么缘由呢？"听到虎皮猫大人这般说起，杂毛小道立刻来了兴致，将雷罚解下来便准备探讨。

"慢！"小妖掏出一个石头貔貅的雕塑，这是从悬空浮岛上面给生生掰扯下来的，她将这个足球大的玩意儿高高举起来，说，臭屁猫，你倘若能够将这里面的东西给我降服了，我这颗受伤的心灵也许勉强能够得到愈合。

"咦，这货不是东夷迷幻杀戮阵里面的那头痴呆貔貅吗？怎么被你给弄下来了？"

听得这话，我的眼皮一翻，说："我真怀疑你当时是不是偷偷跟在我们的后面。这脚不出户便能知天下事，原来说的便是大人你啊！怎么，你认识二毛？"

虎皮猫大人扇着翅膀飞了下来，落在了杂毛小道的肩膀上面，还没站稳，听到我的这话儿差点摔下来，惊诧地问，二毛是谁？我指着小妖手上的那石雕，说，就是这

货呗，经过小妖和朵朵一致决定，叫它做二毛，我也不知道是什么意思。

朵朵见我一副很嫌弃这名字的表情，认真解释道："是因为它的脑门上有两根可爱的白毛，所以叫做二毛，很好听啊，是不是，臭屁猫？"

虎皮猫大人一副吃饭吃到虫子的表情，又吃惊又难为情地点头，说，嘿嘿，二毛，嗯，好名字。

小妖问它："能不能行？这畜生老是变节，一会儿驮着你颠来倒去，一会儿又追着你咬，太暴躁。能不能将它给降服了，以后也有一个代步工具。"大人用翅膀抚摸了一下这石雕，叹气，劝说道："人在屋檐下，不能不低头。老弟，这小祖奶奶我也惹不得，要不然你就受点委屈，忍一忍吧，嗯？"

那精美的貔貅石雕瞪得如同铜铃般眼睛的角落，竟然出现了一丝泪痕，颇有些英雄末路、独自话凄凉的感觉。虎皮猫大人抬起头来，对着虎视眈眈的小妖说，行，就这样，回去我把它驯服便是。

我们不再停留，收拾了一下身上的东西。手机浸水没电了，所幸电话卡还能用，而且钱也带在身上，就近找了一家店，买了一台双卡双待、超长待机、原价1998现价298的山寨战斗机，给大师兄报了平安。

距离我上次打电话求助，时间已经过去了两天一夜，大师兄的电话很快就通了，询问我们的安危。我们将这两天的遭遇简略告知大师兄，他听完之后，告诉我们，说当时赶往金牛山去支援的人有四批，林齐鸣带队的这一批是总局精锐，舍身崖的大师们杳无音讯，另外鲁东特勤局和崂山都来了人，结果遇到邪灵教滨海鸿庐的大批高手和大批立身狼人，几方战作一团，最后还是崂山宗掌门人无尘真人莅临，一锤定音，结束了战斗。

"还真的有一个无尘真人啊？"我有些诧异，原本以为这名号是洛小北当日骗我的时候，杜撰出来的，却不曾想还真的有这么一位。

"是的，无尘真人是道教协会的副会长，他的爱徒在金牛山惨死，接到信号之后便往这边赶来，甲马行路，正好与邪灵教滨海鸿庐的人撞上。面对着大批的狼人围攻，一招火烧连云，便将这为祸鲁东数百里的狼祸给断绝了。邪灵教也没有多少高手可以阻挡，最后死伤大半，只有少数重要人物得以逃脱。经此一役，邪灵教滨海鸿庐必将一蹶不振，如此也算是意外之喜……"

大师兄夸我们是福将，总是能够带给人惊喜。他说他会将我们的消息告诉林齐鸣，至于其他人，暂时不要通知，也不要露面，毕竟我们现在的身份还是很敏感。接下来的事情，暂时听林齐鸣的吧，让他来安排。

我们说，好，有劳大师兄了。他说不用，暂且休养几天，到了七月二号，他便会将手头的事情放下，返回茅山宗，到时候还得请我们一同前往。在此之前，一定要保持好绝对的体力和状态，到时候可能还有一些地方，特别是要小明出力。

我感觉大师兄说得沉重，便问到底是什么事情。他也不说明，只是说到时候见面谈，便匆匆挂了电话。我和杂毛小道针对着大师兄的语气，商量了一番，感觉这次茅山之行，应该并不简单，不然生性爽朗、高瞻远瞩的大师兄也不会有这番交代。

跟大师兄通完话，我们也是疲倦欲死，没有再跟谁联系，来到上次住过的酒店，用之前的假身份证开了两个房间，把手机一关，倒头便睡。

次日醒来已是日上三竿，将山寨机开启，里面竟然有四十多条未接来电，除了林齐鸣的，还有就是之前接待我们的鲁东特勤局职员小康。我并没有立即打回去，而是摸了摸胸口，发现朵朵在槐木牌中沉睡，而小妖则不见踪影。草草洗漱完毕，我找到杂毛小道的套房，刚一打开房门，一头两米多高的猛兽正朝着我喷气，热烘烘的，吓我一大跳。

认真瞧，却是那阵灵二毛，在它脑袋上面的是小妖，带着这畜生在狭窄的房间里窜来窜去。

我在靠里面的卧室里找到了杂毛小道和虎皮猫大人，瞧着这两位通红的眼睛，我便知道这两个家伙一宿都没有睡觉。虽然缺少睡眠，但是两人都精神奕奕，眼珠子放光。我拉了一下杂毛小道，他瞥了我一眼，一扬手，倏的一声，崭新的雷罚浮现在我的面前，悬空而立，颤颤巍巍，锋芒毕露。

我说，哇，不错，这剑大功告成了？杂毛小道贼忒嘻嘻地拉着我的手，说，小毒物，这剑此刻捉鬼拿妖、引雷组阵，都是一把好剑，不过因为木质，故而并不完美，所以我需要跟你借一样东西。

我说，何物？他指着我的胸口说，你的六芒星精金项链，上次炼鬼剑，还剩余一点儿无用的装饰，此刻融炼入雷罚，表面镀起，拿来砍人也是一把好剑，嘿嘿……

这六芒星精金项链里面的轻灵之气早已被朵朵吸食殆尽，虽说有一个神秘钥匙的作用，但对于我们有点鸡肋。杂毛小道求我，我自然没有不给的道理，于是将项链给他。然后打电话给林齐鸣。那边知道了我们的踪迹，只叹我们好狗屎运。释方大和尚已经找到了特勤局，所以林齐鸣也没有多问，只是让我们尽快赶往肥城一趟，有些事情要跟我们确认。

虽然身上有伤，又连续几天不休不眠，但是杂毛小道仍然找来了工具，忙了一个中午将雷罚表面镀上了一层精金。这精金原呈幽蓝，镀成薄层却是暗金，与原来的雷罚颜色倒也贴合，杂毛小道爱不释手，兴奋不已。接下来在前往肥城的车上，抱剑安睡，呼噜声吓得出租车司机不断侧目。

在肥城，我们见到了传闻是行内十大高手之一的无尘真人。不知道这十大高手的排名是资历、实力还是别的什么，反正这个瘦小得如同乡间老农的老头儿，我是看不出什么稀奇。

在肥城三日，特勤局一直在搜寻扫尾。在第三日傍晚的时候，从仪阳乡那边传来消息，说找到舍身崖的两位法师了。

第六十章　辗转离鲁，江湖再闻

我们在肥城特勤局的一处据点等候，接连几天都在用谷陆鸿和刘长亚的名号在林齐鸣身边厮混。仗着这哥们是总局来人，倒也没有遇到什么麻烦，只是那穿着一身寒酸道袍的无尘真人多瞧了我们几眼。这老道意味深长地一笑，让我们心中莫名有些发寒。

我们一直在指挥部外围走动，得知莲竹禅师的消息时，老禅师已经被接到了特勤局的一处招待所内。先去见他们的自然有林齐鸣等一概要员，还有诸如无尘真人等身份地位到达一定级别的人士。我们顶着面具，也不好凑前。听小康传回来的消息，那个修闭口禅的老禅师居然说话了，声音雄厚得像是电视上的播音员，不过人似乎老了许多，而他那个满脸都是青春痘的小徒弟，左膀子居然换成了一条毛茸茸的手，看着不似人类的。

听到这消息，我们都放下了心，知道这两人也终于逃脱生天了。无事便好。

我和杂毛小道在工业三路上鑫艺炸鸡店叫了炸鸡和啤酒，喝了几口，感觉寡淡无味，便付了钱离开。华灯初上，我们两个在这北方小城四处逛了逛，感受着不一样的风景，和淳朴的腔调。前几日杂毛小道都在和虎皮猫大人鬼鬼祟祟地忙活，到了此刻方才肯告诉我，说雷罚剑内，融合了自身蕴积的雷意、剑脊鳄龙的精血和伦珠禅师的虹化能量，又经过桃元调和，最终在虎皮猫大人的帮助下，铸就了剑灵。

何为剑灵？这剑灵便是雷罚的意志，它和人妻镜灵一样，有着自己的意识和能力，是成为法器的基础；而剑灵的产生也标志着雷罚进入了飞剑的行列。

新生的雷罚虽然不如李腾飞的除魔、洛飞雨的秀女等中古流传下来的飞剑历史悠久，然而经过这么多旷世之物的组合，却也是得天独厚，更加让人期待见识它的能力。

雷罚祭剑，用的是毛乙久的恶鬼灵体做引，初生即见血，阴血飙射。假以时日，雷罚必将成为一件名震江湖的法器，伴随着杂毛小道出现在众人的视野里，成为让人敬仰的传奇。唯一让人揪心的地方在于，它身上所蕴含的虹化之力，之前洛飞雨似乎隐隐有所察觉，倘若邪灵教真的在乎那力量，追究起来，又是一桩公案，麻烦不已。

我和杂毛小道边走边聊，到了晚上九点多钟的时候，林齐鸣打来电话，说那些人都已经被他打发走了，让我们到招待所的某套间，与故旧一叙。

论起来，舍身崖的诸位大师对我们也有着救命之恩，所以我和杂毛小道一直心神不宁，就是在等待这个电话。于是便拦下了一辆出租车，匆匆赶回。

到了招待所，开门的是林齐鸣，里面坐着莲竹禅师和释永空，还有大和尚释方法师。正如小康所说，莲竹禅师确实有些苍老了，光头之上，皱纹层层叠叠，眉毛也全部白了。见到我们进来，老禅师站起来，说，两位久违了，释方得蒙诸位搭救，不离不弃，方才得以逃脱生天，此情我舍身崖且记下，以后有什么事情，尽管直言。

老禅师修闭口禅的时候，整个人看着如高山巍峨，让人亲近不得，而此刻却像那邻家老爹一般和蔼，让我们都有些适应不过来。瞧见释方眉宇之间的黑气不见，一问，才得知他身上的尸气已经让特勤局的高手给抹去了。释永空的左臂，被周林那个家伙给扯断了，此刻又接上了一只，不过这只手臂被藏在衣袖里面，将衣袖撑得鼓胀。见我不住瞧看，这个辈分颇高的小和尚也不隐瞒什么，直接将袖子给卷起来，那手臂毛茸茸的，像条畜生的手。

释永空很坦然地对我们说这是一条狼人的手，当日他左臂断了，与师父一同坠崖，差点就失血死了。当时他们并没有跌进释方所说的东夷殿，而是跌入了一处巢穴之中，在那里遭遇到了狼群，这些地底的原始居民对他们发起了进攻，险象环生，后来还是他师父施展了神通，将他身体的血给止住，并且趁着胳膊上的肌肉没有坏死，直接撕扯了一头狼人的手臂，给他接上。

说到这里，小和尚伸出毛茸茸的左手捏了一把，里面的骨骼咔咔作响，显示出了非凡的力量。

之后他们在地洞里面待了好几天，几乎就要支持不住了，结果山体一阵震动，裂出了一道缝口，使得他们终于重见天日。说到这里，他笑了，说真的是失之东隅收之桑榆，自从师父用妙法给他安上了这条狼臂，力量出奇地大，往日所不能够想象的重量一提而起，出拳也呼呼如风，仿佛那头死去的狼人之力，附在了他的身上……

他说是这般说，不过我瞧他言语中似乎有着深深的遗憾，再看这替换的左边狼手上那粗糙的爪子，上面尽是倒刺，这对于一个正值青春年少的小和尚来说，实在是太残酷了。

幸亏他还有右手。

大家都有着并肩战斗的情谊，他们救我们，我们救他们，都是过命的交情。再次惋惜了一番死去的释能和尚，又与大家将之后的情况述说一番，确知了所有人都没有大碍，我们便与舍身崖的大师们依依惜别，离开了此处。

说来说去，舍身崖损失惨重：释能战死；释方毒性虽解，修为却停滞不前；小师叔释永空左胳膊换成了狼臂；最可惜的便是莲竹禅师，一甲子未开口，今遭却毁于一旦，实在是太可惜了。

在肥城特勤局招待所里，我们并没有住上几天，莲竹禅师等人在将事情都交代清楚之后便离去了。次日崂山宗的无尘真人也离开了此地，在将邪灵教一番重创之后，他依旧不开心，老道人最为喜爱的弟子们被邪灵教给杀害，抛尸荒野，再如何也恢复不了徒弟们的性命。

我和杂毛小道没有去送别，只是作为闲杂人等，在窗口瞅了瞅，然而即便如此，还是被这老道人给盯了几眼，有如湿滑的毒蛇一般，从背脊骨上爬过。

这里面最开心的要属林齐鸣，此君这次来便是为了应对鲁东狼群出没一事，结果不但误打误撞，借无尘真人之手将那些神秘莫测的家伙给铲除殆尽，而且还将邪灵教滨海鸿庐的主要成员给斩杀大半，这是实打实的功绩。他上任的大半年时间，先前在南方省的时候已将闵魔等人给铲除，成绩显著，再加上此次功绩昭彰，将他被越级提拔时所受到的闲言碎语给一举反击，终于算是将自己的地位稳固下来了。

我们在肥城待了几天，帮忙将剩下的事情给梳理干净，后面的事情便不再过多参与，在小康的带领下，真正地在这大鲁东好好参观了一番——值得提起的一点是，在肥城的时候，我们还见到了集训营时的女学员福妞，这个丛林战高手此时已经成了鲁东方面的负责人，比以前升了两级，但我们并不敢相认，毕竟有案子在身上。不过正如林齐鸣所说，真正拉风的男人，再低调，也如同黑夜中的萤火虫，所以福妞对出现在他身边的两个闲人十分关注，屡次过来与我们攀谈，似乎想要确定是不是我们。

经历过残酷的集训活动，之后的时间里，我们那一批的同学也开始逐渐走上了重要岗位，成长起来。长江后浪推前浪，每一个人都在逐渐成长。

时光匆匆，日子很快就进入了七月，一号晚上，大师兄打电话过来，与我们约时间。我们便不再逗留，乘火车南下，准备在金陵会合，一同上茅山。

据说，我们此行，是为了给陶晋鸿过百年大寿。

第三十一卷　顶级道门

第一章　茅山啊茅山，我们来了

我们乘动车到金陵，去了郭一指的公司。大师兄来的那天，我们让郭一指送我们到禄口机场，等待大师兄。

那天大雾，飞机晚点，时间拖延到了傍晚。

我们以为像大师兄这个级别的领导出行，必定是前呼后拥，甚至会有专机。接站口，我正和郭一指讨论如何在街头招揽肥羊的技巧，杂毛小道站起身来，我顺着他的目光往前看，见到穿着一身陈旧中山装的中年老帅哥出现在了视线中，器宇轩昂、面露和煦如春风的笑容，不是大师兄还是谁？

没想到这个坐镇东南的一方诸侯，竟然乘坐特价航班，独身前来。

瞧见了我们，大师兄提着一个有了些年头的行李包走过来，与我们招呼，见到郭一指，他倒也认识，握手，并问起他师父铁齿神算刘近来可好。

郭一指说他师父进了大内做顾问，他也是有几年没有见过他老人家了，实在是想念得很。

大师兄点头，说，哦，既然进了大内，便是担起了谋算国运的重任，他当真是求仁得仁了。便不再多说什么，事关大内，自当讳言，大师兄深谙此理。大师兄说他此行乃私事，所以没有通知当地有关部门。既然郭大老板有车，就占个便宜，与我们一同去罢。

大师兄毕竟地位在这里，郭一指虽然是铁齿神算刘的爱徒，但是与这种层次的高级领导干部接触也少，受宠若惊，说，你陈老大能够坐我的车子，这便是给我郭瞎子天大的面子，来，不多说，上车先。

如何前往茅山，我自然是懵懂不知，而杂毛小道也支支吾吾不肯多言。其实此刻他是最忐忑的，毕竟当日将他逐出茅山的，便是自己的师父、茅山宗掌教陶晋鸿。一直以来，他在为自己曾是茅山弟子骄傲的同时，心里面又充满了深深的自卑和内疚，害怕不被承认，满怀期望，最后反而是让自己神伤，狼狈而逃。

我们自然要听大师兄的安排。郭一指虽然与我们是朋友，但是内部的事情并不好让他知晓，好在他很识趣明理，将我们载到附近的一家酒店，开完房间之后，晚饭也不吃，做了一个夜里再会的手势，嘿嘿笑着告辞。

郭一指离开之后，大师兄不悦地瞧着杂毛小道，说，小明，你也这么大了，修为也是一方高手，当师兄的并不该干涉你，但是我们茅山宗并不行那龙虎山的天师之道，某些地方，该节制的时候，还是应该节制的……

听得大师兄的教训，杂毛小道只是嘿嘿，说："大师兄，我心中自有计较，无须多言。哎，我多日未回茅山，家里面也没有小姑的音讯，所以我冒昧问一句，她现在在哪儿呢？"

杂毛小道平日里在大师兄面前倒也老实，此刻却突然问出这么一句来，大师兄尴尬地咳咳两声，说："你小姑姑前些年一直跟着传功长老在谷底寒潭洞内修行，后来传功长老身体有恙，她便在后院山门处为师父他老人家守门，我也是有日子没有见过她了。呃，这些不谈，我先给你们两个讲一讲现在茅山宗的形势，也好让你们二人到了宗门里面，小心行事。"

听到大师兄跟我们谈正经事了，我们都正襟危坐，作洗耳恭听状。

大师兄咳了咳嗓子，说道："师父本来预计是三四月间就会功成苏醒过来，重掌教务的。然而事与愿违，他老人家不但没有如期醒转过来，后来就连掌灯弟子符钧都再也没有得过他的消息了。鉴于此，杨知修等一干人马更是在宗门内倒行逆施，为所欲为，宗内长老要么被他拉拢，要么不理世事，少数一些心有正气的长老也是孤掌难鸣，情形十分不好。这一次我带着你们重回茅山，一来是为了调查此事，二来也是要团结宗内弟子，不让杨知修将这茅山宗给败坏了……"

听大师兄说起此事，杂毛小道感到十分不解，说："大师兄，我以前在茅山的时候，感觉杨知修这个人很不错啊？为人谦和有礼、学识渊博，对于教内事物颇为熟悉，而且与外部交流的时候也能够做到长袖善舞，便宜占尽，虽然有时候处事略微偏颇，但是在诸位长老和话事人里面，算得上是不错的，这也是师父让他做这话事人的原因。为何现在风评如此之差？"

虽然杨知修因为黄鹏飞一事对我们追杀千里，但是杂毛小道还是能够抛开自己的立场，对杨知修作公平的评判。面对着杂毛小道的疑问，大师兄笑了，也不多言，淡淡地说道："一切都是因为权力，多的也不跟你们说，到了茅山，你们自己便能够体会……"

此番我们上茅山的目的：一是奉了陶晋鸿之前的指示，带杂毛小道上山，回归宗门；二是要了结我与黄鹏飞的一桩公案。今日天晚，明早我们才会前往句容茅山，大师兄也不与我们多说，匆匆交待一番之后便离开，说还要去会见一些朋友。

我们这回去茅山，来不及前往句容乡下的萧家大院。杂毛小道顾忌铁齿神算刘的预言，不敢归家，生怕给家人带来不祥，不过也思及家人，托了消息回去。我们在酒店没坐多久，门铃便被按响，朵朵蹦蹦跳跳地去开门，只见小叔萧应武牵着漂亮可爱的小莫丹站在门前，而在他们的后面，则是沉默无语的姜宝推着轮椅，轮椅上面坐着两鬓霜白的三叔萧应文。

小莫丹在中国两年多时间，早就会讲普通话了，性格也活泼，乖巧地叫着"小明哥哥"、"陆左哥哥"，然后又与朵朵、小妖一并见过；倒是那个闷葫芦姜宝，勉为其难地憋出一句话，脸儿却红了。

小叔左臂装上了钢拳，神采奕奕。三叔这两年却是老了许多，眉目挂霜，有点像后来电影《北京遇上西雅图》里面吴秀波的扮相，看得杂毛小道和我的眼角一阵发酸。杂毛小道迎了上去，蹲在了三叔的轮椅前面，张了张嘴，却说不出话来。

瞧见我们两个一脸的伤感，三叔笑了，宽容而平和，拍了拍蹲在他面前的我和杂毛小道，说，你们两个不要胡乱伤感，这般小儿女作态，倒让小辈人看笑话了。

我们擦着眼睛将他们迎进了房间，待众人坐定，小叔便急不可待地询问之前电话中我们所说关于周林的事情。杂毛小道从怀里摸出了半截黑蝠雕老玉佩——这玩意儿我都不知道他是什么时候捡起来的——将玉佩放在三叔手中之后，郑重其事地说道："三叔、小叔，列祖列宗在上，叛徒周林已经被我亲手清理门户，斩杀于鲁东肥城地底的东夷殿中！"

摸着手心那块破碎的玉佩，三叔脸上并不仇恨，只是深深地遗憾，叹了一口气，眼角流下了眼泪。

他很早就将周林带在身边，一直视如己出，言传身教，以为能够将这璞玉雕琢成良材。然而周林自神农架归来之后的种种做派，还害得他在这意气风发的年纪坐上了轮椅，实在是有污于萧家的名声。他原本也有恨，不过此时得知周林死去的消息，又不由得长吁短叹，感慨世间无常。

三叔几乎是带着周林长大的，小叔却多年以来一直在全国各地游历，对周林这个白眼狼并没有多少感情，更加关心周林是如何伏诛的，于是一番盘问，我们便将在鲁东所经历的事情，与他们一一讲明。听得这里面的诸般凶险和曲折，一步天堂一步死亡，大家都不由得连连感叹。说到周林当时的不可一世，和那黑蝠雕老玉佩的恶灵附体，小叔感叹，那孩子倒也是被误入了歧途，说起来不能全怪他……

三叔摇头，说："不，虽然有心为周林那孩子开脱，但是说到底还是大姐太宠这孩子了，导致他从小的性格就有缺憾，太自私了，后面有这些行为，倒也不奇怪，怪只怪我当时也没有教好他……"

周林既已伏诛，一切都随着往事尘封，大家便不愿再谈。说起三叔的病情，答曰还能控制，不会妨碍身体。对于此次的龙涎水踪迹，我们又好是一番谈论，都感叹太过珍贵。

久未见面，当天我们谈论到很晚，三叔和小叔都在欢喜我和杂毛小道的成长，说我们是风云，在一起才能够达到他们也不及的高度。而后大师兄回返，又是一番寒暄

感慨。

一夜诸事不叙，次日清晨我们与萧家两位叔叔告辞，有郭一指开车送到了茅山脚下，然后步行上山。

此番前往，是我第一次正式接触这神州大地的顶级道门。

第二章　魂牵梦萦之地

也许有很多人会有这样的疑问："我去过茅山啊，这九峰、十九泉、二十六洞、二十八池之胜景，三宫五观俺们都去瞧过，没有看到什么神一般的男子陶晋鸿，也没有见到什么道行高深、能够捉鬼降妖的茅山道士，莫非是有什么隐情吗？"

说实话，遑论茅山，便是那龙虎山、崂山、青城山以及海内名山大教，倘若不得门道，不知其法，便是逛遍宇内名山大川，也只能够见到那些在道观前面摆摊的半吊子，而见识不得真正有本事的高人。

何谓高人？神龙见首不见尾，即是如此。高手永远生活在神秘和想象之中，有缘方得一见。

月有正面，映入眼帘即为盈缺；月亦有暗面，那便是凡人仰望星空之时，永远也瞧不见的风景。道门亦是如此，当你没有踏进这个圈子里面的时候，便如我开篇所写的一样，绝对不会相信这些事情。更多人只是抱着稀奇的态度，看个热闹，然后依然故我，认为科学之外，一切都是虚妄；不过当你真正能够深入到这个圈子的时候，才会对这大自然，对这个世界，产生那种深深的敬畏之感。

且说当日我跟着大师兄和杂毛小道负剑上山，虎皮猫大人显然恐惧茅山，不理会我们的挽留，飞回了萧家大宅。三人同行，先是走了一段时间的主道，到了半山腰，大师兄突然转身，朝着斜里的一条细碎青石小道缓慢前行。我望着头顶上那些巍峨殿宇，元符万宁宫高高在上，也如寻常人一样，拉着杂毛小道的胳膊说，老萧，咱们这不是上茅山么，怎么就转向了？

杂毛小道的手冷，不停地发抖，听到我说起，愣了一下，"啊"了一声，完全听不到我在讲什么。

这个家伙时隔多年重回茅山，而且还是以一个弃徒的身份，心中自然忐忑得不知道如何是好。大师兄知晓他的心情，于是哂然一笑，拉着我的手，给我介绍："这茅山分前后两院，前院承受世人香火供奉，皇家赐福，却只是一个空壳子；真正的茅山宗，精华便在后院。虽然也在这大山之中，却隐藏在迷雾阵法之后，寻常人等，便是穷搜彻查，也是找寻不到的……"

我曾听闻杂毛小道说过一些这里的事情，知道举凡名门道派，大多有一个应付世间俗人的公开道场，而私底下却都在附近另有山门，避开常人的耳目。这在以前是为了一种知识性的垄断，后来便形成了一种习俗，陆续流传下来。

这一路登山，风景倒是极美的，峰峦叠嶂，云雾缭绕，气候宜人。山上奇岩怪石也多,林立密集,大小溶洞深幽迂回,灵泉圣池星罗棋布,曲涧溪流纵横交织,绿树蔽山,青竹繁茂,物华天宝,端的是一派好风景。那小路窄而隐秘,曲径通幽,但走得并不算累,反而让我们这饱受大城市空气污染的肺叶得到充分舒展,脚步不由得轻快了好几分。

不知道是什么缘由,这后院在山内极深处,一路走行不歇,不知道多少脚程,周边的风景开始变得更加郁郁葱葱,山间的颜色都深了好几分,而之前没见到的白色薄雾,也从地上渐渐地浮现出来。

我抬头看天,感觉天色灰暗,并没有如之前进山时的烈日骄阳,天空似乎小了许多。大师兄见我瞧得仔细,不由得自豪地笑,说:"陆左,美国佬自称他们的军事卫星能够瞧清楚地面上零点一米的物体,然而我们这儿,他们永远也瞧不见。上个世纪'两弹一星'时期,隐蔽工程便是由领导批条子,请得了我师叔祖李道子去参与的布置。看看,老祖宗的东西,就是有这么神奇……"

大师兄对于茅山宗是发自内心的归属感,一路上对我不断介绍,颇为自豪,我边走边听,倒也自在。我们三个都是身有修为的人,由大师兄一路领着,爬山自然不觉辛苦,不过也足足走了两个钟头。

走到最后,来到了一处山谷,周遭有五座山峰,如同微微握着的手掌,朦朦胧胧,因有白雾缭绕,将身周四五米的景物遮挡,瞧不仔细。最后在大师兄的指引下,我们来到了一处不大的青石平台,这平台上面有用石块拼凑成的阴阳鱼图案,看着凌乱,却有一种奇异的美感,大师兄站在上面,沉身静气,朝着头顶喊道:"金箓道场,道法自然!临……"

声音一落,我们的头顶立刻冒出一阵金光,像初生的朝霞,在云雾中蒙上了一层金边,左左右右,竟然勾画出一道游动的阴阳鱼,与地上青石板的图案相得益彰,颇有些不似人间的景色。

紧接着便听到轰隆隆声响,似乎有绞盘在转动。我正兀自发愣,杂毛小道推了一把我肩膀,说,嘿,走吧,愣着干什么?我回过头,发现他眼神奕奕,全然没有了之前的彷徨和忐忑,眸子里面有着自信和从容的神态,猥琐的气息也已然收敛无遗。

既然无法逃避,那么欣然面对便是。有多少实力,便有着多少自信。雷罚在手,一身的本事,而最为关心的师父还在闭死关,真正豁出去之后,这茅山上下,也没有几人能够让杂毛小道惧怕。

他在乎的是旧情,而不是争斗。

依旧是大师兄在前领路。貌似走进了一处狭长的山洞隧道,因为设计巧妙,有散落的阳光照射下来,能够瞧见这两壁以及头顶尽是图案,瞧那手法,分彩绘、石刻、壁画、板雕四个部分,各有颜色,精彩之处自不必言。唯有三十余位石刻雕像,两人每见一位,便都要躬身参拜,这些都是茅山宗历任掌门之像。雕像间间隔的,则是些《道德经》里面的篇章。

隧道行至一半，大师兄朝着一处漆黑幽深的小巷拱手，朗声问道："陈志程奉师命归山，不知是哪位师叔辛苦镇守山门，还请现身一见！"

他的话语在小巷之中回荡，过了一会儿，仿佛根本就没有人的黑暗中亮起了一对火红色的光亮来，那眸子里面似乎有火，接着一声沉闷的声音说道："是我……"听到这话语，我和杂毛小道一激灵，面面相觑。而大师兄则躬身行礼，说，没想到竟然是同真师叔亲自在此镇守山门，志程这厢有礼了。

黑暗渐渐退去，露出了茅同真枣红色的脸庞来，不喜不悲地瞧着我们，说："志程多礼了。自打外间回来，我便一直蜗居在这山洞中，当个看门的狗儿。你有事，直进便可，不必管我。"

他瞧着大师兄，目不斜视，似乎根本不认识我和杂毛小道一般。大师兄又与茅同真寒暄两句，得到的回应并不真切，便不再言；而我们对茅同真也略微有些尴尬，见到大师兄转身离开，也跟着逃也似的离开。

或许碍于之前落败于我的往事，茅同真也不多言，身子往后平移，将脸又浸入了黑暗当中，消失不见。

穿过这长长的隧道，出了洞口，突然有灿烂的阳光落在了我的脸上，温暖得让人心醉。而往前瞧，层层云雾缥缥缈缈，苍峰翠峦隐隐现现，宛若东海蓬莱仙山，峰峦之间，田野之上，阡陌纵横，池水如镜镶于大地；仰头看，那峰上有宫殿亭台，红墙萦绕，高入云端，使人顿有登临仙境之感。什么勾心斗角、争权夺利、慕名攀位，诸般尘世烦恼，顿感随云而去，一切仿佛回到了原始，回到了自然。

杂毛小道深深地吸了一口那清新而富有氧离子的空气，将双手伸展开来，舒服地说道："茅山，我回来了！"一句话，蕴含了太多太多的感情。

走出隧道，来到一处满是阡陌田地的山谷，中间是一条笔直青石路，有三个身着青色道袍的年轻男子迎上前来，拱手为礼，说，大师伯，我师父叫我们过来接你到震灵殿，请。

大师兄给我们介绍，这是符钧的弟子，茅山家大业大，各峰自有主人，我们先去那处歇脚吧。

第三章　震灵殿中

　　符钧，名列"茅山三杰"，除了我身边这两位，就是他了。

　　既然与大师兄、杂毛小道齐名，那么想来年纪并不算大。反观这三个道人，年纪大的，比我还年长几岁，面相年轻一些的，也几乎与我同龄，难道符钧并不是什么青年，而是一个中年阿伯，比大师兄还要年长一些？

　　心中虽然有些疑问，但是在人家的地头，我也不敢多嘴，只是跟在杂毛小道身后。顺着直路来到了中间一块镜湖前，然后折转登山，行了百级花岗岩台阶，面前出现了一处修筑于山腰间的行院。行院主体是一处中等规模的大殿，旁边则是道士生活起居的院落，它修建于半山腰，一部分开凿进山里，而另一部分则悬空而立，下面用又长又粗的木头支撑，跟我们老家的吊脚楼，颇有一些相似之处。

　　行院正门处竖立着一座汉白玉质的牌坊，上面大书"震灵殿"三字，左右皆有对联，笔力深刻雄厚，尽显中正浑圆之法，并不比我所见过的名家输几分。

　　在台阶尽头，牌坊之下，一名青衫道人，长得又黑又矬，有些胡子，却又形不成飘逸的美髯，稀稀疏疏，像极了我以前在工地当钢筋工时一起搬砖的工友，也好似王宝强披上了道袍，观其年纪似乎刚刚而立。那三个青年道人见到他，躬身上前，齐声说，师父好，人带到了。

　　这颠覆形象的青衫道人并不理会自家徒弟的禀报，快步走下台阶来，向大师兄问好，并解释说他刚刚在做早课，得知我们进山的消息，不敢欺瞒祖师，于是这边做着早课，那边则叫徒弟们前去迎接我们，多有怠慢，还望见谅。

　　大师兄颇有领袖风范地一挥手，说："哈，小符，隔久不见，你这人倒是学得了些繁文缛节，让人好不自在。行行行，收起来吧，看看这回谁来了。"

　　杂毛小道从大师兄身后闪出来，拱手说道，符师兄，好久不见……

　　确实有好久不见了，一别近十年，杂毛小道近乡情怯，见到故人，更是一句话没有说出口，便语气凝滞，情感泛滥。那工友兄弟一般模样的道人正是掌灯弟子符钧，他根本不与杂毛小道见礼，而是冲上前来，一把将杂毛小道紧紧抱住，手指都陷入了他的衣服里面去，眼眶顿时就红了，情绪激动地说道："我刚才跑出来，在上面就见到你了，小明，我们师兄弟二人，还真的是有多年未见了……"他说着说着，颇为哽咽，眼角闪着泪花。杂毛小道没想到符钧会这般激动，有些措手不及，不过很快便缓过神来，回抱过去，说："符师兄，是有很久了。自从那一次黄山归来，我被师父逐出门墙之后，江湖辗转多久，这时间便有多久了。"

这样一对男人在牌坊下方的台阶前紧紧相拥，难免有些基情四射，不过十年生死两茫茫，不思量、自难忘，这话凄凉和伤离别的场景，我们倒也没有不识相地出言调侃。只是符钧的几个弟子看到，不由觉得奇怪，感觉自家师父此刻的表现，与平日颇为迥异。

两人依依不舍地离开对方的怀抱，符钧拍了拍杂毛小道的肩膀，说："小明，十年前师父做出的决定自有因果，你不要怪他。这十年来，你在外面漂泊浪荡，所获得的东西并不比我们在这山门内闭门造车所得的少。之前师父曾经有音讯传来，让你在他百年诞辰之日回归，重入门墙，这对你也是一种认可，所以千万不要抱有怨念。"

杂毛小道拱手，说，师父能够开恩收我回来，我已是感激涕零了，哪里会有怨念？

符钧是茅山宗掌教陶晋鸿闭死关之前亲自选定的掌灯弟子，与陶晋鸿相关的讯息传递，都是由他发出。正因为如此，他在宗门内的地位得到了很大的攀升，几乎相当于电视里面钦差的角色。"如此最好。"符钧点头，引着我们来到行院偏殿落座喝茶。茶是好茶，茅山云雾峰上的千年老茶树，一年只结五十斤，经过道家特制养生茶的手艺焙制，一口热茶抿下，连我这个不懂茶品、囫囵吞枣的家伙也觉得满颊生香，香津四溢，忍不住要将舌头吞下去。好茶，好茶！我感觉这些年来喝过的茶汤跟茅山宗喝的这第一口茶相比，简直就是刷锅水。

大师兄给符钧介绍了一下我，说是苗疆巫蛊的传人，杂毛小道在外面闯荡时结识的小伙伴，生死与共的好兄弟。符钧自然是知道我的，好一阵握手，说久仰久仰，还提及我与茅同真的战绩，在这茅山宗内，倒是让我有些尴尬，不住口地谦虚。

之后，这师兄弟三人便开始谈及当年在茅山习艺时的往事，三个性格迥异的男人聊到这些的时候，时而开怀大笑，时而唏嘘不已。我完全插不上嘴，正好品茶，倒也畅快。

不过我也不是很无聊，听到大师兄、杂毛小道和符钧这些与我们从小接受九年义务教育长大的孩子迥异的童年，倒也十分新鲜，感觉好像是另外一种世界。

谈了差不多几盏茶的工夫，大师兄和符钧都有意地控制了谈话的节奏，并没有谈及此次入山的事情，也没有说我这身份如何瞒得住杨知修这茅山大总管。到了后来，先前领路的年轻弟子走进偏殿，在符钧旁边小声说，雒洋长老让大师伯和您过他那里去。听到这话，符钧与大师兄小声商量几句，然后与我们说需要去雒师叔那里商议事情，让徒弟先给我们安排食宿，晚些时间再过来看我们。我们没有异议，起身跟随符钧的徒弟朝着行院后方走去。

这行院说大不大，说小也不小，从侧殿离开，曲曲折折，倒也走了不少路。从墙壁和青石板小径上的青苔来看，这建筑的年代颇为久远，不过保养得很好。走过一段木板铺就的悬空路，脚下吱吱呀呀，十分好听。

引路的年轻道人唤作李泽丰，问我们是要分开住还是双人间，我和杂毛小道互望了一眼,挑了双人间。他便带我们到了一排悬空而立的木屋,最角落的一间,里面宽敞明亮,桌椅床榻一应俱全,最重要的是风景极好,凭窗而立,整个山谷的景色尽收眼底。

李泽丰指着这两铺床榻,带着歉意跟我们说道:"这里是我们这些弟子平日的宿舍,条件是简陋了些,不过风景还不错,请两位勉强住下。"

他似乎是在杂毛小道离开茅山之后进来的,且杂毛小道并未回归宗门,所以只是礼貌相应,并不称呼师叔。歇不多时,这年轻道人又过来招呼我们,带着我们去饭舍用餐。

茅山宗发展千年,宗门已经是颇为庞大。在我看来,这里更像是一所精英大学,各殿门则是一个个微型学院,所以这震灵殿也是自己开伙。跟少林寺那种纯盈利的准上市机构不同,做饭的并不是高薪聘请的阿姨,而是弟子轮值,手艺自然谈不上好,材质也多是山谷里自种的。粗茶淡饭,不过米饭香,我就着碧绿的青菜汤和一碟腐乳,连吃了三碗,喧得直打嗝。

我是个没心没肺的家伙,吃得很欢,杂毛小道却没什么胃口,草草吃了一碗便搁下碗筷。

我们在饭舍吃着饭,偶尔还跟陪着我们的李泽丰交流,与其他过来用餐的道士们含笑致意。突然,饭舍门口走来了七八个青衫黑边的道人,为首的一个鼻子鹰钩、眼神锐利,巡视了饭舍一圈,发现了在角落里吃饭的我和杂毛小道,眼睛一瞪,厉声高喊道:"果然,你这杀人的罪魁祸首,居然还敢上我茅山,当真是拿我茅山诸峰无人了是吧?诸位师兄弟,将那个脸上有疤的小子拿下——他便是杀害鹏飞的凶手!"

这鹰钩鼻道人一声令下,身后的道人齐齐扬手,一把把钢刃窄边的制式长剑,团团将我们围住。正待上前进攻,李泽丰霍然站起,厉声责问道:"陈兆宏,你知道你在做什么吗?"

同时,饭舍里面的震灵殿弟子纷纷抄起座椅,怒目相对。

第四章　饭舍斗殴案

"李泽丰,我却要问你知道自己在做什么吗?这个疤脸小子是杀害我茅山弟子黄鹏飞的直接凶手。我茅山几大长老曾经下山追杀于他,却被此獠使尽各种阴毒手法,在这茅山弃徒的配合下逃脱。就连我茅山十大长老之一的徐修眉师叔祖,也都是因他而死的。我这次是奉了话事人的口令,前来捉拿此人,你们若想要阻拦,视为同罪。你可要想清楚了!"

陈兆宏咬牙切齿地说着,细长的眼睛眯起,凝成一条线,里面有着毒蛇一般的光芒,看得震灵殿的弟子浑身不自在,纷纷向我投来疑惑的目光。

茅山宗门之内的弟子,倘若不出世,大部分都是"两耳不闻窗外事",这是为了保证他们能够一心求道,但也使得他们不可能知道太多的讯息,也分不清楚陈兆宏话语里面的真与假。听到鹰钩鼻道人说得这般严重,震灵殿的弟子们不由得面面相觑,原本高举过头的条凳,此刻也都放了下来。

瞧见震灵殿中的弟子都不再抵抗,陈兆宏颇为得意,将手中的长剑抖起,厉声叫道:"陆左,你是束手就擒,还是想反抗,被击毙当场?"

这一伙人突入饭舍,我和杂毛小道都没有太紧张,因为既然大师兄带着我们光明正大地走进了这茅山宗后院,自然是有应对之法的。而围着我们的这些人,实力甚至比叛入邪灵教的夏宇新还要不如,对我们根本就形不成威胁。所以我俩甚至连碗筷都没有放下,像看傻子一样,看着紧张围着我们的这些青衫黑边的道人。

然而有人却并不理解我们的淡定,以为我们都吓傻了。陈兆宏一挥手,立刻有人抖出一双镩铐,大步朝我走来。

与我们同桌吃饭的李泽丰脸色数变,他师父交待他要照顾好我们,此番若被杨知修的弟子将我们给拿下,符钧回来肯定是交待不了的。思考了几秒钟之后,他硬着头皮站在了我们的面前,伸手拦住上前来的所有人,缓声说道:"慢,你们这红口白牙,谁人敢信?这要拿人,自然是刑堂长老座下弟子来做,你们根本就没有执法权,若要从我们这震灵殿中带走我师父的客人,等你们讨得刘长老的手谕,再过来吧!"

听得李泽丰搬出了刑堂长老刘学道,陈兆宏的脸色立刻变得无比阴沉,眼珠子里面闪露出碎玻璃碴子一般的光芒,缓声说道:"这么说来,李泽丰你是准备违抗话事人的命令?"

李泽丰梗着脖子说道:"不敢,只是规矩如此,泽丰不能违反⋯⋯"

陈兆宏眼睛一瞪,突然将剑拔出,厉声说道:"既如此,那我们手底下见真章便是，何必多言？"李泽丰不甘示弱，往后一退，身后的条凳立刻就抄在了手上，怒目以对。双方剑拔弩张，即将火拼，门口处传来了一声软糯清脆的声音："啊，哪个是萧克明，你们哪个是萧克明？"

听到这话语，本来火药桶一般的场面，变得有些古怪起来，双方当事人脸上肌肉抖动，不知道是要笑还是哭。我越过人群间隙，见到一个穿着白色道袍的小家伙挤进饭舍，朝着我们这边走来。

是个女孩子，个儿不高，年纪六七八岁，挽着发髻，身子瘦弱，唯独脸蛋儿，有些婴儿肥。人长得漂亮，可爱程度能和朵朵比拟，这脸蛋儿像那刚出蒸锅的包子，圆鼓鼓的，一看便十分有喜感。更加让我啼笑皆非的是，这脸儿肥嘟嘟的小道姑挤进来的时候，围着的道人纷纷朝她行礼，"包子师姑"、"包子师叔祖"的一阵乱喊，让人跌掉眼镜。

便是在我们面前的陈兆宏，瞧见了这小孩儿，也不得不按捺住火爆脾气，拱手行礼道："包子师姑，你怎么来了？"

我心中诧异得很。要知道，陈兆宏乃杨知修的徒弟，而杨知修是掌教陶晋鸿的小师弟，他叫这肥嘟嘟的精致小女孩儿作师姑，则说明她乃陶晋鸿那一辈。杂毛小道说过，他师父上一辈的，除了没成器不入籍的，他离开时便只剩下李道子和传功长老了，李道子死得早，难道这个小女孩儿，竟然是传功长老的徒弟？

这女孩儿还小，杂毛小道离开茅山时都没有出生，所以老萧也不知晓，两眼憒然。

不过人小归人小，被人唤作包子的小女孩儿脾气还挺大，鼻子一皱，指着鹰钩鼻道人的剑，横眉瞪眼说道："你、你……那个谁，你拿着这剑对着我做什么，难道你想要杀我？"

连名字都没有被记起来的鹰钩鼻道人一脸冷汗，将剑收于身后，单手使劲儿乱摇："包子师姑，可不敢这么说。我们来这里是捉拿杀害黄鹏飞的凶手，动用刀剑实属无奈，并不是对您老人家有什么异心，您可不能胡乱说啊……"

"杀害黄鹏飞？那个一天到晚嘴巴翘到天上去的外甥崽死球了吗？太好了，是哪路英雄豪杰替天行道，下的手？求认识，求介绍！"包子小道姑拍着手大叫，陈兆宏一脸无奈，说，唉，师姑，属下这里执行任务呢，就是这个，疤脸小子！

包子朝着我看了过来，我和杂毛小道面对剑林，倒也淡定。她眯着眼睛看了一下，指着杂毛小道说："你是萧克明？"她的语气既像是疑问，又像是肯定。杂毛小道摸着鼻子，奇怪说，你认识我？小包子，说，那是，你跟你姑姑长得一模一样，快快快，叫我师姑——奶奶！

长得一模一样？我瞧着杂毛小道这绝对说不上俊俏的尊容，想着他姑姑未免长得也太硌碜了吧？杂毛小道见这小孩子有趣，便逗她，说，我为何要叫你师姑奶奶，你是何人？

小包子叉着腰，傲然说道："我叫包凤凤，小名包子，你知道我师父是谁吗？说起来吓你一大跳，他便是——当当当当……"她自己用嘴巴配着命运交响曲的音调，然后才说道，"那就是茅山宗的传功长老邓震东！嘿嘿嘿，怕了吧？"

"哇！"杂毛小道故作惊讶地夸张大叫，蹲下身来呈拜倒状，高声喊道，"竟然是小师姑，我就是萧克明，这厢有礼了！"

包子就是个小女孩子，见杂毛小道这般配合，立刻拍着胸脯保证，说："好，冲你这一句话，在茅山宗里面我罩着你，谁都惹不到你的。你兜里面是什么？对，就是那个直直的小东东。啊，手机啊，我听说过，好玩吗？给我玩一下吧……"

包子倒也不客气，将上次在鲁东林齐鸣送的苹果手机拿了过去。这玩意儿刚上市不久，我们手机坏了，就逼着林齐鸣通过渠道弄了点走私货来用，没想到却被这小姑娘一眼看中，抢在手里玩得不亦乐乎。

鹰钩鼻道人见包子跟我们玩在了一起，不由得着急，说，师姑，我这里……

包子正在跟杂毛小道学着玩新鲜的手机游戏，根本就没有理会这边，听得陈兆宏催促，一脸嫌弃地说："你要抓人就抓，要打架就打，不要问我好不好？哎，我这儿快死了，怎么搞？"鹰钩鼻道人一听，眼睛发亮，怕事情拖得越久越不好弄，于是左右一招呼，周围的人立刻一拥而上。

见这些人提剑冲了上来，杂毛小道与我并肩站起，冷笑道："果真是一群没有眼色的家伙。你们若要战，我们帮你们松松筋骨便是！"他并没有拔剑，而是从桌子上摸出了刚才吃饭用的那一双筷子，朝着前方的剑影迎去。

李泽丰身子一震，大喊道："陈兆宏，你们当真要上？"他想迎击上前，我拦住了他，说，此事交由我们处理，你们在旁边观战便是。

我的话音一落，一剑便刺向我的后腰，当下我也不再犹豫，腰扭如蛇，滑过这人身边，贴身并击，电光火石间便与其交手三个回合。这人的剑法倒也凌厉，然而贴身搏击却是短板，学的都是些套路式的手法，力量也不能和我相提并论，三两下就被我扣住了手脚，一手捉住手臂，一手托腰，倒提而起，便朝着前方人群扔过去。

战斗一旦打响，饭舍里剑气纵横、剑光飞跃。不过，这绚丽的剑光并没有持续多久，一片丁零当啷的响声过后，以鹰钩鼻为首的八个道人全部给我们揍趴在了地上。杂毛小道蹲在地上，拿着筷子，对准鹰钩鼻道人的眼睛，只离一厘米，缓缓说道："别急，黄鹏飞的事情，我们自然会给话事人一个说法。我们来了，自然不会逃的！"

他将筷子一收，站起来，陈兆宏立刻带着他的七个小伙伴匆匆离开，连狠话都没敢放。凌乱的脚步声打扰到了包子小道姑的玩性，她抬起头来问，好了？李泽丰等震灵殿弟子一脸惊容，木然地点了点头，包子拍了一下脑袋，冲上来拉杂毛小道和我的手，说，走吧，有人找你们呢。

第五章　九霄慈航阵

有人找我们？到底是谁？

见到小丫头连新奇的手机都不玩了，拉着我们要出去，我有些奇怪，脑海里第一个想法便是她那年纪不知道有多老的师父，传功长老邓震东。不过奇怪便奇怪在这里。要知道，大师兄口中所说的那个不理世事的长老，唯有他，才有能力和威望将杨知修给压制得服服帖帖。然而他却选择了两不相帮、坐视不管的立场，超然于物外，而且近来又身体有恙，足不出户窝在自己的修行之处，怎么会遣人过来找我们呢？

我不解，杂毛小道倒是什么都明白，拉着这包子的小手儿，问是不是他小姑找他。

包子一脸诧异，说，哇，你也太聪明了，怎么知道是姑姑找你啊？

杂毛小道的小姑萧应颜早年前入了茅山门墙，跟的是一个与陶晋鸿同辈的女居士，若排起辈分，自然也得叫包子作"小师姑"。不过这小丫头从小在这清冷道门长大，虽然辈分奇高，但伙伴都没有一个，小姑这些年随着传功长老镇守陶晋鸿闭死关的山门处，两人应该熟络，瞧她叫得这般亲切，完全不按辈分，应该是对小姑有着不一样的感情。孩子小，对于女性长辈总是有着异常的眷念。

既然是小姑遣人来找，而瞧这包子，应该也不可能是被别有用心者支使过来的，于是我们欣然答应，与震灵殿诸位弟子拱手道别。李泽丰有些担忧，说他师父与大师伯一会儿就要回返，倘若找不到人，那可不好，不然等他们回来再说吧，好不好？

我们并没有说什么，那包子小道姑便摇着头反对，她包子什么时候需要等人？于是将李泽丰给数落一通，拉着我们扬长而去。

这小丫头别看个儿小，然而手上却已有一把子气力，发起疯来，不比那彪形大汉的劲儿小，拉得我们都站不住。没办法，杂毛小道只有拱手朝着李泽丰告罪，说，我们先去你应颜师姑那儿，碍不得事，不多时便会回来的。包子小道姑在这茅山上显然是有些恶名，李泽丰也不敢阻拦，只是与我们拱手告别，说他会在这里等我们回来的。

包子拉着我们的手走出了震灵殿，路过汉白玉牌坊的时候，她回过头来瞧了一眼，说这帮臭道士跟他们师父一样木讷抠门，每回到他们震灵殿，连块麦芽糖都没有吃到，下次找机会给师父告个小状先……

这话儿听得我们一头汗水，我搜了一下身上，摸出一根能量棒，果仁夹心巧克力味，是上次去鲁东肥城时剩下来的，这玩意儿不知道是谁塞在我身上的，一时间也没有更好的东西，赶紧塞在了包子的手上。她拿过来，笨拙地拆开来，放在嘴巴里，眼睛没多久就变得圆滚滚，嘟着嘴儿幸福地大叫："天啊，这世界上竟然还有比咸菜包子还好吃的东西啊，我的天啊……"她大惊小怪，吃了三分之一就舍不得了，跑过来翻我们的衣服兜儿。我既好笑，又有些心酸，这能量棒主要是为了补充体能，味道算不上好，却让这个小姑奶奶兴奋得大喊大叫，倒也有些好玩儿。

在得知没有存货后，包子咬牙切齿地骂我们是小气鬼。我们没办法，反复保证下次回来的时候，给她带上大大一袋能量棒之后，她才放过我们。

这般吃吃说说，不知不觉就下了石阶，转过岔道，朝着五指峰环绕的后方林子深处行去。包子说她本来在让姑姑给她梳头发的，结果姑姑说她侄儿到了，她守阵不得离开，又思念得紧，所以便遣她过来，找萧克明前来一见。说到这里，她又瞥眼瞧了我，说，陆左哥哥，姑姑找的是萧克明，你怎么也跟来了？

这话说得我哭笑不得，明明就是这小丫头拉着我的手出了殿门，结果现在反倒成了我屁颠屁颠跟过来，真的是让人头疼。

不过包子转头又说了，你这个人不错，居然敢将黄鹏飞那小子给杀了，顶端的豪杰，带过去给姑姑看一眼也好。这小姑娘这般自说自话，倒也好玩。她叫原本是自家师侄的萧应颜作姑姑，又非逼着杂毛小道叫她师姑奶奶，这会儿又叫我陆左哥哥，脑子里面完全就没有辈分观念，满满的童真洋溢，让我们觉得好玩极了。

最关键的地方是，我一看见她那包子一样的精致小脸儿，就忍不住想笑。

进了林子，起初树木稀疏，青翠的竹子倒是有很多，旁枝斜出。到了林子深处，有奶白色的白雾从地上升腾而起，将青石铺垫的小路给拦得满满，显露出了阵法布置的端倪来。她一边走一边提醒我们："你们可得小心了，这个地方，为了防止外人闯山，可是作了很多布置，一个不小心，那可是处处陷阱，步步杀机哦。跟着我走，要是跟丢了，我可不负责哦……"

这包子还真的有乌鸦嘴的风范，这话音都还没有落，我便感觉到空气似乎一震，原本生路处处的林子就变得有些闭塞了，空气流转不通，让人有呼吸不畅的感觉。杂毛小道也感觉到了，拉着包子的小手，说，我的姑奶奶，你看一看，平日的路可是这般走的？

包子自小便在这里长大，平日里这路闭着眼睛也能够走通畅，本来蹦蹦跳跳走得欢乐，经我们提醒，往四周一通瞧，不由得奶声奶气地大叫起来："哇，怎么回事，哪个不成器的家伙将阵法给开启了？渎职，严重的渎职！这简直就是叔叔可以忍，婶婶也不能忍。我一定要告诉我师父，太过分了！"

她在这边张牙舞爪地叫着，而我们则感受到了另外一种不同的气氛，知道这阵法催动，应该是鹰钩鼻道人那些家伙捣的鬼。想来那些家伙看到包子前来，必会带着我们途经这里，他们打不过我们，便设伏于此，想利用阵法将我们给困住。

不过我还是有疑问：一是杨知修不可能不知道我和杂毛小道的实力，要么就让刑堂长老刘学道来，不然想要拿住我们，光用嘴炮是不行的；二则包子和我们一块儿，虽然我们与这小丫头接触不深，但是也知道她在茅山的辈分极高，深得茅山传功长老的喜爱，他们竟然敢开启阵法，这到底是什么节奏？

　　随着包子的哇哇叫声，周边的白雾更加浓郁了，将我们的视野阻隔。包子不再浪费气力骂了，虎着脸说，走吧，姑奶奶我打学走路开始就是走的这一条路，还指望这儿能够将我困死？她放开我们的手，走在前面，脚步矫健，一边走，一边让我们紧跟着她，不要走丢。

　　走了几分钟，周边影影绰绰，似乎有什么鬼怪在旁边游动。来到了一处竹林中，我踩到了一块浮土，暗自感觉不对劲，头往下一低，便感觉有一阵风声呼地吹起，从我的耳边刮过，眼角余光一扫，发现一根削尖了的毛竹插入了我身后半米处。这劲道十分大，末端还在地上颤动，嗡嗡作响，瞧这番模样，是要我小命的节奏啊！

　　想到这里我便有些来气了，我可不是那号打不还手骂不还口的良善老实人，当下与杂毛小道都将身后背负的剑给拔了出来。陆续又来了好几根削尖的毛竹，精准地朝着我们身上射来。这东西是杀人的利器，插入人体，鲜血迸射，死状凄惨。不过瞧见这个，包子似乎比我们更加来气，一边在前面领路，一边大声喊道："是谁，是谁，要是让我抓住了你，将你扒光喂蚂蚁，喂三天！"

　　我们在竹林中奔行了一段路程，突然从后方拥出一条黑色游龙，张嘴朝着杂毛小道咬来。

　　这游龙并非真龙，而是灵气所化，不过狰狞凶悍之处，却有过之。杂毛小道雷罚在手，并不怕什么，不过他自己也是在茅山长大，知道这游龙珍稀，斩杀一条颇为可惜，便有些迟疑，结果被那龙头一拱，人翻倒在地。包子腾空而起，骑在了游龙身上，举拳便捶："你也变坏了，你也变坏了……"

　　那游龙似乎也知晓包子，不敢反抗，像个做错事的小孩子，垂着头。杂毛小道滚落在地，身上尽是草末子，不由得有些气愤，单手朝天指起，高声喊道："你们这些小家伙，当真以为我离开茅山十年，就破不得这九霄慈航阵了？"

　　他这边准备蓄力，空中突然传来一声温婉的清喝："好了，都住手吧——藏在林子的老鼠，回去吧，我可以当作不知道……"

　　这话刚说完，立刻有一股清风吹来，将前面的白雾吹散，露出了一条笔直的小径。包子身下的那条游龙消失了，而她则喜笑颜开，张开双手朝着前方扑去："姑姑，我带他们过来了！"

第六章 小姑萧应颜

句容萧家一门六人,四男两女,萧应颜是年纪最小的一个,估计比杂毛小道也大不了多少岁,在茅山宗里,他们的辈分也是相同的。关于她的消息我听得不是很多,但是零零碎碎,多少也知道一些。萧应颜似乎跟大师兄有些瓜葛,又得蒙传功长老的喜爱,这些年来一直在后山门庭镇守,在茅山宗也算是一号重要人物。

茅山宗弟子众多,不过许多根本没有什么资质的,早早就下了山,开枝散叶,唯有那些在道途上走得更远的,方才能够得到真传,名曰真传弟子,继承茅山门庭。而能够在这些真传弟子中脱颖而出的,方才是茅山宗里面,最有权力和地位的一批人。

很显然,譬如符钧、萧应颜以及在有关部门走动的大师兄这些人,便位列此中。

至于"茅山三杰",那更是让人眼热的地位和名号,只可惜杂毛小道早早就被逐出了茅山,要不然这林立的峰头,必然有一处是他所执掌的。

杂毛小道已经有多年没有见过这个小姑姑了,多少有点紧张。不过当包子蹦蹦跳跳地朝着前方跑去,我们见到的却只是一个全身刻满符文的木头人。杂毛小道诧异地看着这东西,口中惊呼道:"阿福?"这被唤作阿福的木头人,粗粗壮壮如一个成人高,像个木桶,也有手,下身是镶铁木轮,脑袋有些像是科洛迪《木偶奇遇记》里面的匹诺曹,呆呆傻傻。只见这木偶人点了点头,然后扭身在前面领路。

包子一脸不开心地回过头来,说姑姑要帮大宗主守门,职责所在,离开不得,所以让阿福过来领我们前去一见。那些胡乱驱使大阵的家伙,被姑姑吓跑了。

我跟在她后面走,说,你姑姑很凶么,怎么他们好像都很怕你姑姑的样子?

包子骄傲地昂起头,说:"那是,姑姑可厉害了,连我师父都夸她,称她是茅山宗后时代以来的茅山第四杰。我就问她那其他的三杰是哪个?师父就说那个掌灯弟子符钧是一个,还有在山外面做事的外门大弟子陈志程是一个。我问还有一个呢?还有一个呢?师父就不肯答,我好奇,扯着他胡子问,结果被他按着屁股打,打得跟我脸一样肿。我没哭,不过心里面暗暗恨那个家伙,要让我知道另外一个人是谁,我一定要扒光他的衣服,然后喂三天蚂蚁,哼!"

躺着也中了枪的杂毛小道见到这张包子脸上面,露出了恶狠狠的表情,不由得浑身一哆嗦,暗自走在了后边,也不敢说话。

这路是山路,并不算好,泥土、台阶和树根,一样也不少,然而那木偶却吱呀吱呀地走得轻快,比我们厉害许多。我看得好奇,杂毛小道跟我介绍:"这阿福,是我师叔祖晚年的作品。他晚年一直都在东秀峰潜心钻研符箓之道,也不收弟子了,于是弄了这么一个机关木偶,每日帮他下山来拿饭担水。我以前见得也多,没想到时隔多年,又见到了它。只可惜,物是人非了啊……"

包子在旁边解释,李师伯登仙过后,这阿福就归了我师父,在这阵心里面送补给,后来姑姑来了,就归她差使。

我瞧着这木头架子,上面附满了奇怪的符文,不时地亮起一点金色来,十分神奇,而它的矫健也让人惊异。我说,这东西跟机器人一样,要是能够批量生产,只怕能够赚大钱。杂毛小道叹了一口气,说,唉,天下之大,却终究只有一个李道子,再无后来人。

想来也是,符王李道子这一辈子也只弄出一个阿福来,符箓之道,能够明悟的人,实在太少了。我也学过,不过至今仍旧是一个半调子,这玩意儿,终究讲的是天分。

缓步登山,九转十回,不知道走了多少路,前面茂密的树林突然一空,我们来到了一片平地处。上面石塔林立,高的有近七米,矮的也有两米多,不过并不是寻常所见那种佛塔,而是有着道家的韵味,造型别异。我粗略数了一圈,有三十来座,分布似乎有一些规则,不过具体的,我也说不出来。

我们是有人领过来的,所以此处一派祥和,但是我多少也知道,如果没有人领着,我们私闯此处,只怕早就迷了路,凶险万分,更有可能被这运转的阵法给生生磨死。

杂毛小道在塔林前面站定,仰头望向前方云雾遮拦的高山,深深吸了一口气,整个人似乎都高大正气了数分,让人感觉有着一种道家高人的风范。

包子蹦蹦跳跳地来到此处,过来拉我和杂毛小道的手,朝前走。这小道姑身穿一袭白袍,头束青色头巾,颇为可爱。行走于塔林之间,我感觉到一股股威严沉稳的气息在我们的周身游绕,沉重得让我们都喘不过气来。我看向杂毛小道,他耸耸肩说不知道,他在这里的时候,塔林里面供奉的是诸位符兵,但是那些家伙定然不会有这样的气势。

"是蛟龙……"包子抬起头来,点着前方的那些塔林,说,"大宗主闭死关之前,在这些地方注入了好多小蛟龙的精元,经过这些年的培育,它们都开始成长起来,跟前阵的那些灵龙一样,守护着这祖先修行之处。"

我点了点头,这些东西,包括当日我们被追杀时杨知修用来做悬赏花红的龙筋,想来应该都是当年黄山龙蟒事件的收获,于是捏着包子肥嘟嘟的可爱小脸,说,包子啊,你怎么懂得这么多啊?

包子将我的手给甩开,气哼哼地说道:"不要捏我,姑姑说给人捏多了,以后长大了就变不成漂亮的瓜子脸了。我当然懂得多了,这茅山上面的事情,我若想要知道,自然就知道。"

那阿福的轮子吱呀吱呀,驶入了塔林尽头。过了一会儿,白雾弥漫之中,走出了一个婀娜的身影来,瞧这身材,比在T型台上走秀的模特还要标准。道袍丽人穿着与包子一般模样,清淡素雅,看那脸儿却是一个大美人,眼含秋水,巧笑盈盈,看气质是成熟到了一定的程度,但是又让人瞧不出年纪,二十七八,又或三十来岁都有可能,有清淡的香风顺着那儿吹过来,让人闻了忍不住心花怒放。

包子一见到这个身影出现,一声欢呼,跌跌撞撞地跑过去大叫"姑姑"。丽人蹲下身,将包子给抱住,然后缓缓走来,朝着杂毛小道笑了,说,小明,我们可有近十年没有见过了,怎么了,不认识我了吗?

杂毛小道直愣愣地瞧着这道装丽人,听这话儿才反应过来,不好意思地摸着后脑勺,嘿嘿地笑,说,小姑姑,一别十年,没想到你容颜不但一点没变,反而更加增添了几分仙气,真的是修为愈发高深了。

这道装丽人便是杂毛小道的师姑萧应颜,岁月在她清丽的容颜上不留下一丝痕迹,仿佛就比我们大上几岁一般。听到杂毛小道这番恭维的话语,她呵呵一笑,说她在此处有重任,离开不得,又听说我们进山来的消息,心里面急切得很,便遣了在这儿的小师姑去叫你们过来一见。

这两人是至亲,又师出同门,见面了自然好是一番寒暄,不过萧应颜倒也照顾我的感受,又与我正式见礼,说了许多年少有为之类的恭维好话。这边聊得欢畅,包子却是满腹的意见,拉着萧应颜的衣袖,说,姑姑,姑姑,帮我梳头发啊?萧应颜只有摸着这个小丫头的脑袋,差遣她去给一只名叫祺祺的小松鼠喂食,好是一番闹,包子终于不情不愿地离去。小姑引着我们来到塔林尽头的一处石桌前落座,上面一壶清茶,茶叶与在震灵殿喝的一般,不过加了些花,更添芬芳。

杂毛小道与小姑分别日久,聊起来就没有完。萧应颜守在这茅山后院宗门里,一心求道,对于世事知晓得并不多,对我也只是听说几句,至于我们曾被茅山追杀之事,更是不知道,所以这番交流起来,她屡屡惊叹,说得最多的一句话便是:"怎么会这样?"

对于往事,过去的便过去了,杂毛小道也不愿多谈及,他更关心的,便是自家的师父陶晋鸿。他人生里面的这个领路人,对于他来说有着难以忘记的回忆,师恩如山,即使陶晋鸿将他赶出了茅山,但是在杂毛小道的心里面,一日为师,终身为父,这个信念,一直没有变过。

听到杂毛小道提及,小姑长叹了一口气,说,这事情,说来话长了。

第七章　茅山秘闻

　　话说当年黄山龙蟒一役，陶晋鸿带队返回茅山，下了一系列的命令，第一件，便是将杂毛小道逐出茅山门墙，而最后一件，则是自己退入茅山宗后山的一处历代先祖修养之地，参闭死关。

　　何谓死关？这其实是一种实在没有办法的修行手段，一般都是发生在身体机能已经完全坏死、面临即将崩溃的情况下，不得已而为之。不过，倘若参透，便可兵解身体，成为元神渡劫的地仙。这地仙收真一，察两仪，列三才，分四象，别五运，定六气，聚七宝，序八卦，行九州，五行颠倒，三田反复，永镇压下田，炼形住世而得长生不死，作陆地神仙，乃传说中的人物，世间并无几人可比拟，不似人间之存在。然而这死关参悟不过，那便是身死魂消，连魂归幽府、转世重生的机会都没有。

　　正所谓一步天堂，一步死亡，而且后者的概率更大。这便是修行的危险之处，风险极大，而且根本没有什么退路可讲。正因为如此艰难，所以天下间近百年来也没有听人成功过，陶晋鸿也是在得到了黄山龙蟒的战利品之后，才有得资格和机会冲击这层修为。然而这死关参破的过程险之又险，全靠顿悟，近十年来陶晋鸿也只是徐徐图之，一直在等待机会，寻求一丝契机，也便是那大道五十，遁去的一。

　　事涉道家顶级的修行功法，所以杂毛小道所知的不多，以上都是小姑萧应颜给我们介绍的。正因为如此，所以守护这先祖修行之地的，一直都是宗内修为最高的传功长老，也仅仅是这段时间长老身体有恙，才使得小姑在此处，寸步不能离。

　　小姑还告诉我们，掌门在修行之地闭死关，巨石封门，人在辟谷，唯有每个星期通过一个孔洞放下些清水淡食，并不能与外界联系。不过他也会不时神游物外，与镇守震灵殿的一盏法器青灯所勾连。他在闭关之前便指定了掌灯弟子，便是自家最为得意的徒弟之一符钧。通过这盏青灯，掌门的意图便能够得到实施，也能够知晓他是否还在人世。

　　本来今年四月，是预定的掌门出关日期，然而后来又拖延了。在上个月，符钧传来了掌门最后的一个信息，说要在他百年诞辰的时候，聚集宗门弟子祭祖，并且让杂毛小道认祖归宗，重返山门……

　　我们听到的都是小道消息，有人说陶晋鸿早就成就了地仙果位，超然于物外了，也有人说陶晋鸿已死，现在都是杨知修执掌茅山，一时间传言纷纷，摸不着头脑。现在我们一边品茶，一边听小姑这般娓娓道来，听得豁然开朗，再也没有了一开始的懵懂无知。

其实事情就是这样，盲人摸象，信息不畅通，就会觉得事情太神秘，摸不着头脑，但是事情的真相一揭晓，才恍然明白事情就是这般简单明了，如同我们身边平常的工作一样。

小姑萧应颜是一个十分聪颖的女人，也懂得把握谈话的节奏，内容都围绕在了即将揭晓的事情，间隙又与杂毛小道交流一些小时候的事情。这说着说着，日头便偏了西。包子带着一只长得肥嘟嘟的松鼠在我们的身边窜来窜去，身形矫捷如猿猴。我见得有趣，又见桌前两人似乎有什么私己话儿要说，于是便起身，跑去与小包子玩。

包子一个人本来就有些无聊，要不是萧应颜几次警告，她早就闹翻天了，见到我来，高兴得拍手直叫好，喊了我几声"陆左哥哥"，然后感觉不对，扳着手指跟我计算辈分，非要我喊她师祖奶奶。

我并不是茅山弟子，自然不会宠这熊孩子，于是捏着她的小肥脸，说，像你这么大的小屁孩，要么叫我叔叔，要么叫我哥哥，你若叫叔叔的话，我便把这苹果手机给你。包子听到我的话，眼睛发亮，深深地咽了一下口水，不过在经过了好久的思想斗争之后，还是摇头拒绝了："师傅说不能够随便用外面的东西，不然我的屁股要被打成脸一样肿的……算了，我还是叫你哥哥吧。"话虽是这么说，不过她的眼神里充满了依依不舍，几乎都要哭了。

我瞧她之前玩杂毛小道的手机，颇为欢快，没想到此刻竟然会有这样的自控力，简直是让我跌掉眼镜。于是也按下此话，暂且不提，与她玩起了躲猫猫。时间过了好一会儿，在塔林那一边出现了一个人影，朝着这边喊话，隐隐约约，并不真切。包子牵着我的手过去，却是震灵殿弟子李泽丰。

这个年轻道士显然并不是很有机会前来此处，一路上也是吃尽了苦头，见到我和包子迎上前来，高兴极了。先是和包子见礼，叫师祖奶奶，然后与我拱手为礼，说他师父和大师伯已经回到了殿中，得知了陈兆宏等人前来拿人之事，对我们在外面的安全十分担忧，所以特遣他过来找寻，希望我们能够早些返回震灵殿。

当时已经是日头西斜，小姑萧应颜虽然与自家侄儿聊得并不尽兴，但是来日方长，便放了我们回转。包子闹着非要跟我们下山，结果阿福担着一桶饭食上山，最上面是热气腾腾的包子，皮薄馅大，油光泽泽，小丫头便忘记了之前的所有闹腾，兴奋地大叫一声，抓着上面的一个包子就啃，羊肉馅，咬得她一嘴的油，便也顾不得我们。

与小姑这边告辞，我和杂毛小道便在李泽丰的带领下，下了山峰。来路花了将近一个多小时，回路更是缓慢，少了包子这个对路径熟练无比的小丫头，我们走得虽然顺利，但是速度却减缓了许多，一直到了太阳落山，才返回了那个山谷平原。

天已是蒙蒙黑，李泽丰话不多，有一句答一句，应对得体，这应该是符钧让他做这份差事的缘由。我们绕过静谧无声的镜湖，穿行在稻谷茂密的块状田地，仰首望天，视野中的各峰都有灯光，或明或暗，将这夜空点缀得分外繁华，颇有一种天上人

间、尘世仙境的感觉。

到了震灵殿,拾阶而上,因为肚中饥饿,脚步不由得快了几分,不过当我们快要走到门口的时候,我心中一动,警惕地瞧向道路左边的一株斜松之上。在那上面,有一个伪装得极为巧妙的黑影,正看向我们。

茅山宗内,震灵殿台阶之下,有人作这般潜伏姿态,确实让人有些生疑,而那黑影与我四目相对之间,也知晓了自己暴露的事实,当下也不客气,飞身跳了下来。却是一个穿着杏黄色道袍、形容俊美的年轻道人,手中握着一把拂尘,冷冷地看着我们,说:"好你个杀人凶手,果真如他们所说,在我茅山门下横冲直撞,你以为有人庇护,我们就收拾不了你吗?"

我的手一抖,鬼剑在手,呈戒备姿势,盯着这个气场强大的道人,沉声问道:"你是何人,为何要在这里拦住我们?"

"我是何人不重要,重要的是像你这样的通缉犯居然能够在我茅山光明正大地行走,简直是对我茅山宗门,以及法律赤裸裸的挑衅,任何心有作为者,都会挺身而出,还这世间一个公正清白!"那个黄衣道人说得慷慨激昂,眉头一竖,便朝着我们这边大踏步走来。

此人跟之前的鹰钩鼻道人等诸般角色并不一样,是个厉害的高手,至于有几层楼高,要打过才能知道。我和杂毛小道的武器都已经拿在了手中,准备与此人一番酣战,然而台阶尽头突然传来了一道清朗的声音:"孙小勤,陆左与黄鹏飞之事,大师兄之前便与话事人沟通过了,定于后天的掌门诞辰之上掰扯清楚。你做这般梁上君子的事情,又要半路劫杀,是不是看我震灵殿无人?"这话说完,凭空便生出一道剑气,射在了黄衣道人的身前两步处,生出了很深的黑窟窿来。

那个被唤作孙小勤的黄衣道人退了几步,扬眉朝上看了一眼,冷冷哼道:"你们震灵殿既然执意要藏污纳垢,那我也是没有办法的。不过我要提醒你们,在你们的上面,还有长老会,还有话事人。好自为之,哼!"他拂袖而去,身子时隐时现,转瞬间消失不见。

大师兄和符钧在汉白玉牌坊下面等着我们,见到他们脸上尽是平淡之色,我便知道这陆续来的两拨人,并不足以威胁到我们。

当我们走上了台阶,大师兄拍了拍我的肩膀,说,来得正好,正要与你们商量接下来的事情呢。

第八章 危机四伏

大师兄拍了拍我的肩膀，低声说道："隔墙有耳，走，先回去再说。"

符钧吩咐了李泽丰几句，让他去后厨弄些吃食到他的房间，然后领着我们来到位于别院西面的阁楼。这是符钧的住处，在四层阁楼的最高处，不但可以俯瞰整个震灵殿，而且对茅山宗下方的山谷处，也能够看清个大概模样，位置极好。

我来的路上，几次仰望天空，这里也有落日，也有星空，不过都像是有一层雾蒙蒙的毛玻璃遮蔽着一般，并不真切。我知道这是茅山的先贤们用了大法力、大手段在这茅山山麓境内，隔绝出来的一片地盘，周边都有着鬼打墙一样的迷幻阵法，常人倘若误入其内，必然左转右转，最后又返回了去，始终寻不进来。当然，倘若真的有人能够有机缘闯进这里来，要么就收录进茅山宗内，要么就用那类似于离落孟婆汤之类的汤药，将其这段记忆抹去。

很多人会有这样的感觉：会对一个陌生的地方有似曾相识之感，又或者突然感觉自己某一段时间浑浑噩噩，不知道发生了什么事情……诸如此类，或许就是中了这些手段。

这是当日我们在伟相力厂房内遇到那诡异的法阵时，杂毛小道跟我们所说的话。茅山属于闻名已久的道门，所有的阵法和手段，想来绝不会比闵魔在那地下工厂所用的手段弱。

符钧的居所比我们的住所要宽敞一些，布置也偏古派，桌椅屏风都是珍稀的红檀木，墙上挂的字画似乎也是名家作品，年代也久远。走进这房间，其余人都落座，符钧看我仔细瞧着字画，便问我，懂这些？

我摇摇头说，不晓得，就是看个新鲜而已。符钧笑了，说："不，你有这方面的天赋，知道这画不错。这些都是以前辈下山带回来并留在这房间的，多多少少也有些价值，不过我并不在乎这个，挂着也就是看看而已。这修道之路漫漫，倘若不给自己找一些执念，实在是太无聊了。"

我一愣，说，修道不就是为了斩断这些执念吗？

大师兄听我这般说，哈哈笑，说："陆左你懂得不少，这句话倒是诠释了我们修道者的真义了。不过符师弟这破而后立，也是一个法门，哈哈。"

说着话，李泽丰带着另外一名弟子将晚间的吃食搬进了房间，我们便在阁楼偏厅处的八仙桌落座。这吃食比早上的要精致一些，菜色也多，不过依旧没有荤腥，也无酒。符钧抱歉地笑，朝我说："不好意思啊，虽然我们茅山道士不忌荤腥，不过我这人吃斋二十来年，也改不了了。条件有限，都是些粗茶淡饭，陆左你凑合着吃吧。"

我挑了一碟咸菜，吃了一口，感觉做得非常不错，又尝了些别的，美味无比，自有一种道家斋饭的美感，这炒菜师傅跟中午吃的那餐相比，手艺高了许多。于是朝着还在客气的符钧笑道："在外面拼搏久了，人也急躁，享受不得美食，直到今天吃这些，才能够感觉到食物之美，符师兄万勿谦虚，当我是自家人便好……"大师兄也朝着符钧解释，符师弟不必多虑，陆左与小明是生死兄弟，无须担心照顾不周的事情。

因为有事，所以大家并没有在饭食上耽搁多久，草草用过之后，李泽丰又沏了茶来，我们开始谈正事。大师兄告诉我，说他有把握将我与黄鹏飞之间的纠葛解开，洗脱我故意杀人的嫌疑，并且知会了杨知修，会在后天的祭典之前，当着所有茅山宗的弟子面前讲明，所以一开始并没有预料到杨知修会遣人过来捉拿我们，更没想到那孙小勤会在半路拦截，这都是他的失误，所以还请我们谅解。

我问，到底是什么办法，难道白露潭那臭娘们落到你的手里了？

大师兄摇了摇头，说："白露潭的下落现在已经成了一个谜，生死不知，没人知道她落在了谁的手上，或在何方。无论是有关部门，还是潜伏在各邪教内部的内线，都没有消息传来。想要从她那里作为突破，并不是一个好办法。即使她在这里，红口白牙的，除非能够用特别手段撬开她的口，不然随便她说什么，反对的人还是有的。"

不过至于是什么办法，他暂时不能说，说了便不灵了，我们所要做的，就是相信他。

大师兄既然这般说了，想必是有一些顾忌，我也不再追问，想起之前在震灵殿前拦下我们的那个黄衣道人，修为似乎很不错，于是问那个家伙是谁。

符钧回答，这茅山门内传承不一，陶晋鸿作为掌门，他们自然是人丁最兴旺的一系，人才辈出。不过除了他师父之外，还有各长老一脉也是实力强劲的，只是可能略逊于主门几分。那孙小勤是梅浪梅长老的爱徒，也是最近茅山宗内风头最劲的年轻高手之一，实力强劲了，心性又没有怎么磨砺过，脾气就大。而且他师父跟杨知修走得很近，所以这番做出头鸟，也是意料之中的事情。

杂毛小道饮了一口茶，出言道："我当日离开茅山之时，这个小子还是一个懵懵懂懂的小男孩，没想到这次回来，都已经这么大了……"

大师兄笑了，说："其实都是这'茅山三杰'名头惹的祸。这些年因为政策的缘故，各大道门都低调行事，关闭山门的都有，所以门下子弟在外面走动的也少，这么多年过去了，老辈人谈及茅山，都说我们三人。不过我早就隐没了江湖的名声进了六扇门，黑手双城的名号更加响亮；而符师弟实至名归，坐镇震灵殿，也无人胆敢挑衅；唯独你这个家伙，被逐出门墙之后默默无闻，突然回归宗门，瞧你不顺眼的人多的是，想踩着你的名头，顺便践踏'茅山三杰'的年轻人，就更多。"

"名声二字，古往今来，害了多少人……"杂毛小道叹了口气，也不多言。

说完这些，大师兄跟我们谈了他和符钧今天去与各长老接触的事情，不过反响并不是很好。杨知修这个人虽然名声不好，但是极有手段，擅长拉拢和分化，愿意表态的人并不多，有的长老，比如刑堂长老和传功长老等人，甚至根本不与大师兄见面，也不知道是为了避嫌，还是其他的原因。现在唯一让大师兄信得过的，便是执礼长老雒洋，与他们交流了一番后日祭典的行程安排，尽量配合他的计划。

听大师兄这般讲来，我知道茅山此行，看似简单，实则危机重重，我们终究是势寡，比不上杨知修在这里的十年经营。

不过说一千道一万，起决定作用的并不是我们，而是在于茅山宗掌教陶晋鸿是否能够如期醒转过来。倘若他老人家那里没有问题，那么所有的问题也就不是问题了。说完这些，大师兄问起我们跟着包子师姑离开之后的事情，杂毛小道并不隐瞒，将路过竹林、与小姑交谈的事情与他讲明，大师兄点点头，说："应颜地位颇高，在宗门内说话也有一定影响力，更重要的是传功长老似乎很器重她，有她这层关系，你们的安全更加得到了保障。只可惜，她要守卫山门，不能前来支持⋯⋯"

大师兄似乎并不愿意多谈杂毛小道的小姑萧应颜，说完之后便略过，说杨知修之所以会派这几拨人过来试探捣乱，肯定是想从小事着手，打破我们的计划，所以这两天我们注意一些，不要给他们得逞了。至于他，明日还要确认一些东西，便不陪我们了，自己小心一些便是，如果能够与包子啊、萧应颜这些人的关系拉近，特别是让传功长老能够站出来表态，那便是最好不过的了。

谈完这些，天色已晚，大师兄与我们一起向符钧告辞，然后各自返回了住处。

七月份正是夏季最难耐的时节，离此地不远的金陵便是著名的大火炉之一，不过山中却清凉得很。我和杂毛小道并没有睡意，倚在窗边，望着头顶的明月，以及远处的星盏灯火，谈了很久。重回这个生活了十几年的故地，杂毛小道有着许许多多的感慨，唠里唠叨，一说便没有了完，我便陪着这兄弟说话，不知不觉，已是后半夜。

次日早晨，杂毛小道很早就起来了，望着窗边的一朵小花发愣，我问他怎么了。

他犹豫了一会儿，咽了咽口水，说他想去后山看一个人。

后山？

第九章　十年生死两茫茫

　　一排排坟冢，青草依依、微风轻拂，白色的碎石小道上面还留有零落纸钱的痕迹。大清早，青草上面还有晨露，折射着天空初升的朝阳，色彩十分美丽。

　　墓碑上面写着"爱孙女陶庭倩之墓"，相片是一个长相秀丽、表情青涩的少女，梳着民国时期的长辫子，有点像《金粉世家》冷清秋初次登场时的那份淡然平和。

　　我看了好几眼，发现除了头式和气质有些差异之外，活脱脱地就是一个张君澜。

　　杂毛小道拿着从震灵主殿的香炉中顺来的三根线香，将其插在了这风水最好的坟冢前，点点线香化作青烟生出，然后被风吹散。他的眼睛似乎被烟雾给迷住了，有泪水溢出来。蹲着难受，便索性坐在了坟前面的平地上，凝望着墓碑上面的照片，默然不语。

　　我站在杂毛小道的身后，瞧这坟冢修得讲究，背北朝南，前方有一条小溪蜿蜒流转，群峰环绕。阳光像金子一样洒落在我的脸上，温柔得像情人的手，心中有些宁静，便不想说话。

　　我和杂毛小道两个人是生死与共的兄弟，他也不瞒我，沉默良久之后，长叹一声，说，陆左，她美吗？

　　我点头，说，美，而且是最美的年华，有着让人心醉的美丽和青春。

　　杂毛小道将头埋入双手之中，双肩不住地颤抖，声音也低沉得可怕："我在梦里，以及清醒的时候，无数次梦见这样的情形，我过去看她，带着香烛和祭品，然后在她的坟头同饮一杯酒。我能够明白她，她也能够理解我，虽然阴阳永隔，但是心，却一直在一起……可笑的是，当我真正来到她的坟前时，却发现根本没有话可说，唯一想做的，就是这样静静地陪着她，坐一会儿……"

　　我轻轻叹息，这兄弟平日里吊儿郎当，简直就没有一个正形，却没有想到他内心深处，还有这么一个放不下的人，一直存在。为了缓和气氛，我笑着说，老萧，这陶陶是你师父的孙女，跟你可岔着辈分呢，亏你小子还将人家给勾引了，说起来，你这家伙真不要脸啊……

　　听到我的调侃，平日里最爱斗嘴的杂毛小道却失去了反驳的情绪，而是颓丧地点了点头，说，是啊，我真不要脸啊，往日我倘若与陶陶保持着平常关系，她便不会随着我前往黄山，也不会被我给害死了。

　　"陶陶是被你害死的？"我惊讶了，连忙问道，"不可能吧？陶陶是怎么被你害死的？十年前到底发生了什么事情？"

杂毛小道长叹一声，说："唉，有些事情，一时半会儿也说不清楚，反正陶陶就是被我害死的。我这些年在外面漂泊流浪，一年吃过的苦比我上半辈子吃的还要多得多，不过我心里面从来没有怨恨，因为这一切，都是我罪有应得。而今师父他老人家竟然还将我召回门墙，说实话，别说是杨知修他们，连我都不敢相信。面对着别人的指责，我也根本不敢反驳，我……"

杂毛小道这两天的心思沉重得很，言谈之中尽是负疚感，让人也跟着难过起来。

我长叹一口气，待杂毛小道诉说完，拍着他的肩膀，说："唉，你不要再颓废了，谁都有年轻无知的时候，你倘若一直抱着负疚感颓废下去，只怕陶陶她在地下有知，也不会快乐的。真正相爱的人，都希望对方能够得到真正的快乐，而不是被往事牵绊，这一点，我想你应该知道，便不劝你了，就连你师父都能够原谅你，你就不要再自责了，活人，要活给逝者看。"

杂毛小道点了点头，说，嗯，我知道，有酒吗？我将空空的两手一摆，说，这又不是咱们的地盘，哪里来的酒？

杂毛小道自嘲地笑了，说，唉，我都冲昏头脑了，行吧，我坐一会儿，你自个儿找地方待去。

"十年生死两茫茫，不思量，自难忘，千里孤坟，无处话凄凉。"我们两个在后山这片坟冢待到了中午。十一点半的时候，有一个瘸腿的老妇人一手拄着拐杖，一手挎着一个竹篮子，一瘸一拐地走上山坡来，在我们不远处的一座新坟前停下，从竹篮子里拿出几个粗瓷大碗，端端正正地摆上。

那碗里有粉蒸肉、鸡块和油光滋滋的一大坨肥肉，老妇人将筷子放在碗上，低声念叨道："当家的，吃点吧，过几天我就要搬出山谷，去外面的世界安家了，以后可不能经常来看你了，你自个在这里好生养着，有什么事情，就托梦给我……慢慢吃，你这脑袋和身子都快分离了，吃得艰难，不要吃噎到了。刘学道那个老家伙回来之后一言不发，也不肯跟我讲。龙金海说是去追踪茅山叛徒死的，后来又说是被一头僵尸给害了，到底是谁，你倒是托梦，给我说一下，我好给你报仇啊，当家的……"

她在那里唠唠叨叨，也不顾忌我们。我听的内容似乎和我们有关，走近几步，侧眼看了一下那墓碑上面的名字，才知道这里面埋着的，竟然是水蛊长老徐修眉，这个瘸腿老妇人，是徐修眉的遗孀。

听到她的话我便有些头疼，敢情这老妇人将自己老伴的死都归咎于我了，而且还一副非要找我麻烦的样子，我还真的是躺着也中枪了。

因为有这么一层关系，我也不打算跟这老妇人搭话，只是在旁边默默地看着。瘸腿老妇人瞧见了我们，皱着眉头看着我和杂毛小道，沉声问道："你们两个外来的，到底是何人？"我和杂毛小道都穿着外面的便服，我穿着圆领T恤，配一条牛仔裤，杂毛小道则是白衬衫，都是山外人的打扮，所以她才会有这一问。

杂毛小道不说话，我嘿嘿笑道，老婆婆，我们是这墓主人的朋友，今天过来是祭

拜她的……

"哦,是这样啊……"瘸腿老妇人点了点头,没有再理我们,而是低头收拾东西,准备离开。我蹲在不远处的草甸子前,摸了摸鼻子,感觉这徐修眉的事情还真的难处理,说起来他还真的是在追杀我们的途中死的,当事人又不多,一时之间,说也说不清楚。

当日我们在逃亡过程中,一直是挨打不还手,憋闷得厉害,就是怕出现这种情况。如果真的有人命官司在我们的手上,只怕是大师兄有天大的本事,也不能将我们给洗白。

当我以为事情就这么糊弄过去的时候,瘸腿老妇人突然一瘸一拐地走向杂毛小道,大声喊道:"你,你不就是萧克明吗?"杂毛小道一直沉浸在悲伤往事当中,刚才老妇人询问都当作不知晓,此时抬起头,勉强地笑了笑,说:"好久不见,王晗师叔母。"

听到杂毛小道这般叫起,确定自己没叫错人,瘸腿老妇人脸色一肃,皱着眉头,冷声说道:"师叔母?呵呵,可当不起。如果我没有记错的话,当日我家老徐就是在追踪你的时候死去的,对不对?"

"对,没错!"杂毛小道淡然地说道,坐在草地上并不动弹,而那瘸腿老妇人一听这话,立刻像是掉进了火星子的油桶,轰然炸开,抓着拐杖就朝着这边冲过来,厉声责问道:"是便好,当日你央求你徐师叔教你水性,被拒绝之后怀恨在心,然后在这次外事里面下了黑心,将他杀害了,对不对?你这个小畜生,你还有胆回这茅山里来,看我不戳死你?"

眼看那尖锐的拐杖前端就要戳到脑门,杂毛小道一动也不动,而我则一把抓住了拐杖,紧紧握着。

瘸腿老妇人出自茅山,手上倒也有些真功夫,一抖手腕,那拐杖就要往回缩,我哪里能够让它离开,右手一用劲儿,便将其抓在手里,怎么也动弹不得。见我手劲颇大,老妇人怎么也扯不回去,干脆一松手,撒泼一样地坐在了地上,大声嘶嚎道:"两个小畜生,我家老徐尸骨未寒,你们竟然敢欺负我这个老婆子,我一定要告到话事人那里去……"

我将手里这根材质普通的拐棍往地上一扔,好声解释道:"老婆婆,当日你丈夫确实是在追杀我们,不过他却是死在一头厉害飞尸之手,这一点刑堂刘长老可以作证。而老萧,他是奉掌门之令回门的,算不得闯。至于欺负你,更是无稽之谈,你若不擅自攻击我们,又怎么会闹成这样?"

我的话说得老妇人一愣一愣的,还没有说话,远处便传来了包子那特有的可爱嗓音:"陆左哥哥,我又来找你们了!"

第十章 掌门之论

一身白色道袍的小包子蹦着跳着从坡道跑上来,浑身尽是泥点,人还没到,声音便从下面传了上来:"你们两个怎么会在这里?害得我好一阵找呢。姑姑今天又要做早课祭法,没有人陪我玩,你们陪我玩儿吧,我带你们到茅山宗到处走走,有好多好玩的地方呢……咦,王晗师姐,你怎么在这里啊?"

瞧着坐在地上撒泼打滚、披头散发的瘸腿老妇人,小包子将手指放在嘴里含着,一脸茫然地问道。我和杂毛小道颇有些无奈,没想到这茅山门第,长老之妻,竟然并不比那乡间野妇的素质高多少,想来徐修眉宁愿在水底里待上七天七夜,也不愿意回家,不是没有道理。

瞧见包子问自己,这瘸腿老妇人像是找到了靠山一样,挣扎着爬起来,一把抓着包子白嫩的小手,说:"包子啊,这两个小畜生欺负我这个孤寡老人啊。这个疤脸小子,就是杀害你徐师哥的罪魁祸首。小包子,你还记得你徐师哥总是给你带鱼吃不?快去告诉你师父,过来捉拿这两个小畜生啊!"

她说得切,不自觉就用上了劲儿,再加上她年纪已大,如同鸟爪一样的手又粗又糙,捏得小包子难受得很:"王晗师姐,你捏痛我了,先放开我啊。"

待到瘸腿老妇人将她放开,这小包子装作大人模样询问了一番,然后摇头晃脑地将我之前所说的话语,表达给瘸腿老妇人听,然后还补充:"杀害徐师哥的是一头千年飞尸,那飞尸最后给陆左哥哥制服,并且将其焚烧毁去,说起来还是他给你报了大仇,所以王晗师姐你不但不能责怪他,反而要感激他不计前嫌,给你报了仇。至于是谁害死的徐师哥,还得问是谁派他出去的呢。"

这小不点儿的包子倒也是一个极为聪颖的人儿,一下子就将这里面的门道分析清楚,说得瘸腿老妇人没有半句话,愣了半天,号啕大哭道:"都欺负我是个半吊子修行,这偌大一个茅山,竟然没有一个可以让我伸冤屈的地方。你们等着,等我儿子回来,我要告诉他去……"

包子年纪虽小,不过也知道安慰人,拉着老婆婆好是一番安慰,终于将她给哄下了山,回过头来长嘘了一口气,鼓着包子一样的脸庞叫嚷道:"好费力啊,你们下一次回来的时候,一定要给我带两箱那个能量棒。昨天剩下的,我半夜忍不住偷吃了,呜呜。"

我笑着直点头,说,你若能够叫得动阿福出来接我们,别说两箱,便是四箱也不在话下。"是吗是吗?"包子一脸兴奋地伸出双手,开始数四箱到底有多少,数着数着,都快要幸福死了。

这么闹，杂毛小道也待不下去了，站起身来说，我们回去吧。我枯坐在这坟前一早上，早就饿得肚子咕咕叫了，于是说好，带着包子往下走。杂毛小道从衣服兜里小心翼翼地拿出一朵有些变形的小花儿，白色、鲜嫩，将它轻轻放在那墓碑上面，轻轻嗅了一下，闭上眼睛，仰起头来深呼吸，然后轻轻说道："陶陶，我走了……"

他站起来，挺起腰，从远山有风呼的一下吹过来，周围的绿树一阵摇曳，发出了呜呜的响声，如怨如慕，如泣如诉，让人心中忍不住就有伤感之情。

杂毛小道走了，头也没有回，在他后面的那座坟冢被阳光照耀着，竟然有一种别样的温暖。

从后山墓地回到震灵殿，路途有些遥远，不过一路上我们再也没有遇到类似上次的伏击，显然陈兆宏和孙小勤之前的行为只是杨知修默许之下的试探，并不能够上升到台面上来，而当符钧出言警告了孙小勤之后，杨知修便停止了所有的试探行为，而是决定在明日的大典之上，解决我们。

到了震灵殿，正是用餐时间。我见到饭舍里，大师兄竟然也在用餐，旁边陪着的是李泽丰，我们在大师兄的旁边落座。大师兄面前三碟小菜，一碗酸萝卜，一碟腐乳，还有一碟青翠的空心菜，比旁人要少一些。他吃得慢条斯理，见到我们落座，自然问我们早上去了哪里，当得知我们去了后山坟冢，他的表情颇为怪异，像吃到了虫子。

回来之后，杂毛小道神情怏怏，也没有吃多少，倒是我陪着包子吃了三碗。这个小丫头一边吃着震灵殿的粗茶淡饭，一边抱怨这儿的伙食不行，好不容易来一趟，连笼包子都不蒸，天天吃这个，一点力气也不长，淡得出鸟儿来。饭后，我陪着包子玩了好一会儿，不过为了保险起见，没有陪着她去将整个茅山游玩一趟。午后两点，那只叫做祺祺的松鼠过来找她，唧唧咕咕好一会儿，她才不情不愿地离开。

包子是个逆天小魔王，陪这个年纪的小朋友玩真的是一件体力活，比应付一场大战还要疲惫，我想休息一会儿，结果杂毛小道又招呼我到一处阁楼的走廊去。

长廊上，大师兄正在树荫下面站着，明媚的阳光透过间隙洒落在他的脸上，游离不定。我朝他们两个招呼，啥子事，还跑这儿来说？

杂毛小道错过我一个身位，将我给拉到那树荫之下，说，隔墙有耳，凡事还是小心一点才好。他说这话的时候，我的心咯噔一下。道法神奇，但是各人自有应对之法，我们在震灵殿中，外面的人，哪怕是杨知修，能够监听到我们谈话的可能性也很少；但是震灵殿中的人却不一样，因为对这里面的阵法熟络，倘若刻意想要知晓，也不是不可能。而我们现在身处的地方，震坤既望，正好是死角，根本没有被人偷听的可能。

只是在这里，我们需要防备的是谁呢？

符钧？几乎在一瞬间，我就想到了这个名字。抬起头来，正好见到大师兄伸出手来,手腕处有一根编织得法的红色中国结,上面有隐隐的光泽传出,似乎有着屏蔽的作用。他咳了咳说,下午我还需要去其他地方走一走,也不跟你们多谈,明日上了清池宫主殿,一切都依我的指示行事,不过你们须得注意三个人。

杂毛小道之前已经跟大师兄交流过了,现在是最后的交代,于是点头,说,大师兄请讲。

第一个,是刑堂长老刘学道,陆左这一关能不能过得去,主要看他的首肯,如果他那里过了,杨知修即使心里面不愿意,也不会贸然挑战刑堂长老的权威;第二便是杨知修,这个人面善心恶,典型的伪君子,无论是问话还是交谈,你们都需要小心应答;第三个人便是……

大师兄故意拉长了声调,杂毛小道则沉声说道:"符钧?"

我心中一块石头跌落,知道身边都没有蠢人,杂毛小道混江湖的经验,远远比我厉害。大师兄也点了点头,说:"对,就是我这个人畜无害的师弟。他在茅山的这些年,与杨知修相安无事,和和气气,这不仅仅是因为他顾全大局,长袖善舞,而且还有他自己的主张。这主张,则直指这茅山宗的掌门之位。"

见我有些不解,大师兄解释道:"杨知修之所以只能成为话事人,而不是掌门,除了他自身的能力并不足以撑起茅山宗偌大门面之外,还因为成为掌门人的条件十分苛刻。这里面涉及很多东西,我不便与你细讲。按惯例,下一任掌门必然会从我师父门下出来,而我们这一代的人才虽然极多,但是真正能够服众的却屈指可数。我算一个,不过我是外门大弟子,按照内王外帅的道理,一般出仕了,坐不得这交椅;在此之前,符钧师弟,一直是最有呼声的一位。"

我皱着眉头说,为什么讲是"在此之前"呢?

大师兄笑了,指了指杂毛小道,说,所有的事情,都在小明被师父下令返回宗门之后,发生了变化。

原来,倘若当年功力尽废的杂毛小道被赶出了宗门之后,泯然众人矣,那么自然此刻也没有什么威胁。偏偏杂毛小道在这十年之间,浪迹天涯,反而磨成了璞玉,灼灼其华,世事人情都比符钧更高一筹。陶晋鸿早不说迟不说,偏偏在这个时候提及,事情就变得很诡异了。更何况杂毛小道据闻还学得有神剑引雷术,这可是只有掌门才能够学得的绝学,只有在继任掌门之后,由传功长老传授的。

听到大师兄讲到这一层关系,我望着杂毛小道这猥琐面相,深吸了一口气,老陶不会脑子抽筋了吧,竟然真的想要将我面前这小子,立为掌门?

第十一章　大典之前

　　我与杂毛小道相识相交，三年有余，共同历经无数生死，其余的时间也几乎都在一块儿待着，他的想法，我多少也能够了解一些。就这个家伙而言，茅山掌门这种严肃的活儿，对于他来说简直就是一种束缚、一种折磨，反而是郭一指这种小富即安的生活，更加适合他。

　　终归到底，这家伙生性平淡，没有太多的权力欲和控制欲，别人呼风唤雨，他更喜欢撅着屁股在旁边看着，瞧瞧热闹而已。

　　更何况他离开茅山已经有了将近十年光景，很多茅山的新生代他根本就不认识，连自己的班底都没有，即使是陶晋鸿将他给扶上去，屁股坐不稳也是没有办法的事情。

　　作为掌门人，其一要道行高深，其二也要有些过人的手腕，能够掌控全局，使茅山朝着一个好的方向发展，就这些条件而言，杂毛小道也不能够胜任。据闻陶晋鸿一向看人颇准，如何会做这种让自己崩盘的事情？

　　不过我这么想，并不代表其他人也这么想，所以杂毛小道此番归来，其实还是聚集了许多人的嫉恨。

　　谈完了这些事情，见我们眉头深锁，大师兄反而转过来安慰我们："你们别担心，虽然符师弟本人也有心在宗门内赢得一席之地，但是他这个人还算是有原则和立场，如果没有特殊情况，一般还是会站在师兄弟这边的，这也是我们一进山门，就一直在震灵殿中寄居的原因。"所谓智者千虑，便是要将那所有的情况都考虑在内，免得出现意想不到的事情时手足无措，但是真正面对时，又要将事情往好的方向思考。

　　杂毛小道也表示，符钧师兄这人性格便是如此，应该不会与杨知修有什么私底下的交易，在大是大非面前，绝对是能够经得起考验的，这一点，毋庸置疑。

　　谈完这些话，我们又谈了徐修眉的遗孀王晗女士。大师兄也没有办法，他叹息着说："这位老太太心里面应该也知道是怎么回事，只不过扭转不过观念来。再加上此次追杀之旅，茅同真被挫败、徐修眉身亡，便连刑堂长老刘学道也无功而返，整个人灰头土脸，所以当事人都三缄其口，使得信息不透明，增加了猜疑，阴谋论于是甚嚣尘上。不过她一个老妇人翻不了天，唯一让人有些担忧的，就是她儿子，从茅山出去之后一直在有关部门任职，也成了相当一级的领导。"不过大师兄表示这些由他来搞定便是。

　　大师兄给我们吃了定心丸后，扬起胳膊，看了一下手上佩戴的那块发旧的上海牌手表，说时间不早了，他还约得有人，便不陪我们聊了，今天晚上尽量早点睡，将实力保持巅峰状态，明天说不得要考较手底下的功夫。

看得出来，我们也是大师兄手里没有掀开牌面的底牌之一，他特别重视，所以才会一再叮嘱。

很多时候，事情说到最后便是实力的较量。杂毛小道和我都点了点头。雷罚经过这些日子的磨合，已经能够在他手上发挥八成的威力，妙用无数，拿着这样一把剑，那人的心气也陡然高了几分，不畏艰险。至于我，虽然肥虫子的久久沉眠使得我的威胁性少了许多，但是我本身就是一个充满变数的高手，值得期待。

大师兄走了之后，我们也不再出震灵殿，在李泽丰的陪伴下，大略地参观了一下这处别院，并且详细了解了一下他们的生活。原来能够进入此处学习的道士，一般都是家中托了关系进来，又或者有机缘而得入者，有从小便在此处生长的，也有半路出家的，不过普遍都对修行之道，有着浓厚的兴致。他们的生活其实简单至极，晨钟暮鼓，早课晚课，没有网络，没有电视，没有外间所有看起来习以为常的一切，一切都枯燥得让人发疯。

杂毛小道原来便是这般的生活状态，大概是我并没有真正融入道士们的生活，所以感觉无趣，而他却知道很多这里面的酸甜苦辣。更多的时候，他的手一直在摩挲着雷罚那浸润鲜血和镀满精金的表面，那剑身不时发出铮鸣，似乎在与他体内的道力相应和。

我在好奇震灵殿中道士的生活，这些年轻的道士也好奇我们的身份。相关的传言出来了，大家都知道我身旁这位不时摸剑、表情猥琐得如同摸女人丝袜的男子，便是与自家师父和传奇人物大师兄齐名的曾经的"茅山三杰"，而这次回来是奉了正在闭死关、不出世的掌门之令，重归茅山宗门。

后来，杂毛小道一个人盘坐在于一处凸起的悬崖，将雷罚平放在自己的双膝之上，手呈莲花状，心无旁骛地练起功来。我一个人逛，左右都有些冷清，于是将待在槐木牌中的朵朵和小妖都放出来透气。茅山与刻板的龙虎山、武当、青城不一样，门下的弟子也多用些奇招，鬼啊妖啊什么的，见得多了，稀松平常，所以倒也能够接受，并不忌讳。

小妖憋闷了好久，一出来就大呼小叫，然后将自家的宠兽二毛放出，说要去遛一遛"狗"。不过虎皮猫大人不在，这狗儿便不大听话。这貔貅模样的大家伙东奔西跑，最后引发了震灵殿中的布置，碰了壁，又被小妖用那九尾缚妖索给拿下，这才消停了一些。相比小妖，乖巧的朵朵却让我省心很多，不过她的体质对这种道家门庭似乎有些抵制，这一来是因为她的鬼妖之体，二来她的传承里面还有藏传佛教的影子，所以待了一会儿，便慵懒地跑回了槐木牌中。

看着精致可爱的朵朵，我不由得想起了跟她几乎同龄的包子，想着这两个小萝莉见面，兴许能够玩到一块儿去呢。

当夜用餐的时候，符钧和大师兄都没来，直到晚间都没有见到这二人回来，显然都在为了次日清池宫主殿的大典奔走。我们人生地不熟，也谋划不得这中间的事情，便没有操心，和着那山谷徐徐的清风入睡，一夜无梦，安享沉眠。

　　次日天蒙蒙亮，李泽丰便过来叫我们，他手上拿了两套衣服，一套是无品别的道士着装，而另一套则是这山内的居士服。穿上这些，我们便与茅山宗的人一样，就不会显得那么疏离，而至少在服装上，能够融入其间了。

　　洗脸的毛巾，漱口的青盐，爽身的桂花水，李泽丰都准备妥当，我们洗漱完毕，走出了吱呀作响的居所，来到悬空的走廊上。晨间的太阳还没有出来，整个山谷都掩映在一片朦胧的迷雾中。震灵殿已经有磬响，似乎与这声响相和，远处，有钟声、铃声、号声相继响起，在山谷上空汇聚成一道让人神清气爽的宗教音乐来——这声响勉强能够称之为音乐，却可让人的精神振奋。同时让人激动的还有那晨间的山风，从远山处徐徐刮来，吹到人的脸庞上，特别清爽，这是休养了一整晚的植物散发出来的气息，让人迷恋。"空山新雨后，天气晚来秋。明月松间照，清泉石上流。"诗人王维当年用这如画的诗句描绘的意境，套用在这样的清晨里也不错。

　　因为今日大典，震灵殿的弟子很早就起来了，我们这边洗漱完毕，才发现自己竟然是最后的几个，当我和杂毛小道收拾完衣物和随身之物，来到震灵殿前的广场时，符钧已经带着门下的十余位弟子做完了早课，站起身来，整理身上的道袍，淡然朝着台阶下行去。

　　我和杂毛道正彷徨，大师兄出来了，叫住了我们，让我们跟着他走。

　　我们跟着大师兄下了震灵殿，来到山谷平原。有十余支队伍，多则十几二十人，少则三五人，汇聚在了镜湖前，然后朝着正对山门入口的一处高峰行去。那高峰台阶漫漫，杂毛小道告诉我，往上走，走到了峰顶，便是茅山宗的主峰三茅峰，在上面，便是我们今日所要前往的清池宫主殿。

　　这一次的大典，就将在那里举行。

第十二章　凝聚力

我在茅山生活了近三天时间，每日看到那些道士、道姑们要么打坐练气，要么就是练剑习艺，或者做些道士的功课，要不然就是做些粗笨的杂活儿，真正是无趣得很。所以这次，应该是无聊的茅山道士们所期待的一天，至少我身边走过的道士们，脸上都洋溢着兴奋的笑容。

当时的情形有些好笑。杂毛小道和大师兄出身茅山，周围这上百号穿着道士长袍的道士、道姑的情形，看着可能觉得平常，而我却颇为惊奇，这个也觉得稀奇，那个也觉得少见，频频回首。

不过当我瞧着别人稀奇的时候，别人也对我这个穿着灰色居士服的家伙感觉古怪。顺着风，我听到那些人小声的议论，大意是这大典毕竟是茅山宗的重大活动，怎么会请一个外人来参加？而且瞧这个小子，根本不是与茅山地位相当的其他道门的同道，难道是地方或者中央来的贵客不成？

从这些人的议论之中，我能够清楚他们对我这个人，根本就不熟悉、不清楚，不过这也正常。现在的我虽然略有薄名，但是并不妄想名动江湖，天下谁人不识君。在这些茅山子弟的心中，一本修炼功法、师尊的一句吩咐又或者后山某一处可以洗澡的清泉，都比我这种莫须有的人物要来得重要一些。只有自大的人，才会觉得人人都应该认识自己，还要给一些面子。

行至一半，我看到符钧在与一些年纪相当的道人打招呼，其中，便有曾经在藏地与茅同真组团追杀过我的龙金海，这位本命玉被小妖给踩碎、后来又蒙杨知修亲赐洗髓伐骨金丹而在追杀途中效死力的茅山弟子，平淡地看了我一眼，然后扭转过头去，与别人说话，似乎不曾认识我，也未曾与我刀兵相向一般。

不过他越是装得如此淡然，我越能够感觉到他的敌意。

想来也是，世界上没有无缘无故的爱，也没有无缘无故的恨。龙金海身出修行大族，佩戴的本命玉也是家中长辈倾尽心力打造，换位思考一下，倘若杂毛小道的本命血玉被人弄碎了，他要是肯善罢甘休，才怪。

其实大家都没错，错只错在当日大家的立场针锋相对。

不过既然有对我们仇视不爽的，便也有与我们交好的。正走着，有不少人过来与杂毛小道、大师兄握手、拥抱和寒暄，这些人有的是杂毛小道往日交好的同门师兄弟，有的则是和小姑萧应颜一般的外门弟子，总是通过各种关系凝结在一起来，有的人热情如火，有的人保持距离、寥寥几句，有的人却面热心冷，如此种种，不一

而足。

不管怎么说，反正我们得到了极为热情的招呼，之前大师兄跟我们分析形势，说了很多变数，让我感觉茅山宗内，危机重重，似乎比那邪灵教总部还要阴森恐怖，然而等这些脸上洋溢着灿烂笑容的男女老少道士一拥围上来的时候，我终于知道为何有人说茅山宗内最主要的两派，是杨派和大师兄一系的原因。

在很多茅山道士心中，能够坐得上东南局首座的大师兄，已经是一面最鲜艳的旗帜了。这位外号叫做"黑手双城"的男人，有着比杨脸知修更加好的群众基础，这便是榜样，这便是偶像气质，即使是在现任话事人的威严下，也压制不住的美好期望。学而优则仕，茅山外门大弟子是大师兄在官场上的晋身之本；而东南局局长的身份，则使得他在茅山宗内部，也成了举足轻重的人物，两者相辅相成，缺一不可。

纯以大势倾轧，阳谋制胜，这才是让人尊敬的大师兄。

从三茅峰底往上走，到清池宫主殿，需要大半个小时。一级一级的台阶登着，我的信心逐渐增强了，再也没有刚刚出门时的彷徨，也能够理解了大师兄之前说话的底气。这登山之路倒也宽阔，不过聚拢谈话的人一多，大家都往一块儿凑，便堵在了一团。我在外围，并不应酬，只是看杂毛小道与这些人叙那分离之情，言谈举止，倒也是大家风范，不落人言。

围拢上来攀交情的人有许多，不过让我记忆深刻的却并不多。有一个叫做庞华森的络腮胡子，有一个名为李云起的英俊小生，一个黄脸汉子朱睿，还有一个熟女气质的道姑程莉，如此四人，都是让人不得不小心提防的高手。他们身份各异，有的是杂毛小道幼时同门，有的是大师兄的崇拜者，那个程莉竟然是小姑的闺蜜，都旗帜鲜明地站在我们这一边。

我们这边交流得热烈，突然有一个不和谐的声音出现："都堵在这里做什么？还让不让下面的人走了？是不是想捣乱，耽误大典的良辰吉时啊？"

这声音阴阳怪气，我低头看，是之前拦住我们的那个黄衣道人孙小勤，在他身边，是一个满头白发、半脸白色络腮胡须的七旬老人。老人眼神凝聚，气华内敛，让人看着有高山仰止的敬畏。被孙小勤一番没头没脸训斥的众人，本来脸上都带有怒色，但见到这个老人，也都躬身作揖，都称"见过梅师叔"，我便知道他便是之前提及的长老梅浪。

据闻此老极为擅长养鬼之术，年轻时曾经遍游天下，做那猎鬼人的活计，是个嫉恶如仇的性子，手底下竟然仿水浒传中的天罡地煞之数，排得一百零八头厉鬼，炼作符兵，是茅山宗杂技较多的一位实战型长老。不过此老年岁大了之后，性格倒也磨砺了许多，此时跟大师兄和符钧点了点头，然后平淡地朝着其他人说道："且行路，莫耽误了大典的时辰……"这句话说完，他径自向山上行去，缓慢而稳定，那步伐就如同尺子量出来的一般。孙小勤得意地看看低头不语的大师兄和符钧等人，鼻子一扬，跟在自家师父的屁股后面走去，身边有四五个同门师兄弟。

同为帅哥的李云起瞧着背影渐远的孙小勤,愤愤不平地骂道:"这个孙小勤,这些年自以为修为高深,脾气秉性越发大爷了,呸,不过就是个狐假虎威的货色。"旁人都笑,也有人劝他,说,且让这小孩儿假威风罢了,又有什么关系?

刚才的插曲,让我对那梅长老不由得高看一眼,至于孙小勤,真的也就是个小孩而已。

太阳从东边的山巅处缓缓升起,我们终于登上了三茅峰的峰顶。在这里,有连绵不尽的庞大建筑群,那些在峰顶处依山而建的道观和大殿红墙黑瓦,飞檐雕栏,有的甚至突出悬崖近十米,很难想象那些茅山先人,是如何披荆斩棘、筚路蓝缕地在这处宝地,建起这么多巍峨而壮观的道家建筑来的。

站在雄伟的汉白玉牌坊之下,像我这种缺乏想象力的后人,唯一所能够做的,便是惊叹。

我跟在大师兄身后,和杂毛小道一起被人引到偏殿停留,其余诸峰弟子是有事要做的,纷纷按照往日的惯例,有的神前点灯,有的扛旗打幡,有的击磬奏乐,有的祷告清水……诸如此类,不一而足。到了一处偏殿,我们还没有落座,从侧门匆匆走来一个胡须灰白、戴着酒瓶子底儿厚的黑框眼镜的道学先生,与我们寒暄,然后跟我们讲了些大典的事情。

这便是之前提及的执礼长老雒洋,一个很可爱的老头儿。他告诉我们,半个小时之后,会举行唱法弘神的大典,再之后,请得了茅山先祖英灵在场,然后就我与黄鹏飞一事,进行公审对质,再之后则是其余的流程,包括唤醒掌门以及让杂毛小道重归山门,等等。

老头儿交待完了之后,匆匆离去。我们在偏殿等了好一会儿,有道童过来通报,说大典即将开始,让我们前往主殿。他掀开帘子的时候,一股宏大的道教音乐,轰然传来。

第十三章　我没罪

　　主殿前面的广场上有很多第三、第四代弟子，都规规矩矩地盘坐在地面的蒲团上，穿着正式道袍，口中念念有词，似乎在念诵着《登隐真诀》的上半阕，经声东西相连，此起彼伏，让人肃然起敬。

　　大师兄带着我们脚步不停，一直朝前而走，越过盘坐在地的众弟子，朝着大殿之中走去。

　　守在殿门口的是四个身穿黑边青衫的道人，想来应该是杨知修门下的弟子，不过都很面生，并不是之前到震灵殿惹事的陈兆宏一批弟子。如此看来，陈兆宏在杨知修的眼里，地位并不是很高，要不然也不会让他做那过河的卒子，前来蹚水试探了。

　　在我们前面走着的是符钧和他的两名弟子，李泽丰便是其中一位，大殿之前，他们也不好向我们表达什么，只是点了点头，然后朝里面走去。我们走到门口，领头的一个青衫道人向大师兄拱手，说，陈师兄里面请。

　　大师兄拱手还礼，也不言语，朝着里间走去，我和杂毛小道跟在后面，也没有人拦我们。

　　好高阔的大殿。大殿之上的诸神分为三层，最上面一层供奉三清。三清为虚无自然大罗三清三境三宝天尊之意，即太清道德天尊太上老君、玉清元始天尊、上清灵宝天尊通天教主三位祖师，神像皆高四米有余，泥铸金身，神态安详超凡，色彩鲜艳如初，富丽而又不失古朴庄严。中间一层乃四御，即昊天金阙至尊玉皇大帝、勾陈上宫天皇大帝、中天紫微北极大帝和承天效法后土皇地祇，材质同上，皆是两米五六高度。再之下，便是三茅真人茅盈、茅固、茅衷和茅山宗历史上最出名的掌门陶弘景。特别是最后一位，茅山被列为道教之"第一福地、第八洞天"，这法阵之中的洞天福地，便是他领人开创的，神像自然也大，只比三清神像低几分。

　　神像前有鎏金铜鼎炉三樽，香炉造型浑厚，周身雕铸着精美的云龙图案，共有四十三条金龙，镇压洞天气运，而与这香炉齐平的是一个高地两米的台子，上面站着九名道童，正恭恭敬敬地抱着如意、令旗、幢幡、圭简、月斧、天蓬尺、法刀、手炉、法印这九样道家法器，朝着神像参拜，气氛肃穆庄严。

　　大殿中已经站满了诸峰弟子，符钧站在左起第一位。

　　按规矩，这里是以左为尊，显然在这一辈中，身为掌灯弟子的他，独占了鳌头。作为二代弟子中的外门大师兄，黑手双城陈志程的地位也高，被安排在了更左边的一处平台上，前面还挂着一个帘子，给人一种地位独特的感觉。

我们在平台前的蒲团上盘腿坐下，没一会儿，听到一声清脆的磬响，有七位身穿䌽衣、脚踏三寸刺绣朝鞋、脖挂道珠、手持笏板的老人陆续从偏门出来，鱼贯而入。这七位老人五男两女，皆神情矍铄，目露神光，他们身上的䌽衣华贵，背面和两袖处刺有精美的三清、八卦及宝塔图形，而在胸口位置，则分别刺着八仙、凤凰、白鹤、麒麟、六兽、日月、星辰七样不同的道家祥瑞。

这七人中我看到了刑堂长老刘学道、执礼长老雒洋和长老梅浪，至于其他，面都没有照过，便不得而知了。

茅山有十大长老，水寇长老徐修眉被千年飞尸拍死，烈阳真人茅同真镇守山门，那么还有一个没有出席的，是谁呢？

我的心中疑问重重，不过这个时候的气氛沉重，七位长老登上了香炉前台子，凝望下方，许多人大气都不敢喘一口，我也不敢出言提问。众人站定，站在最中间那个胸口精绣白鹤的长老轻轻咳了咳，偌大的主殿顿时静寂无声，所有人都凝神朝着上面望来。

我瞧那"白鹤"长老的年纪在七位长老里面看起来最年轻，几乎只有四五十岁，长相儒雅，三绺青须飘逸，清瘦而富有神采，嘴角微微含笑，有让人如沐春风的温暖，让人以为是一位从大学讲堂里面走出来的专家教授，学富五车，满腹经纶——难道这人，便是人称笑面虎的杨知修吗？

那人开始讲话了，说起了今日举办大典的缘由，既是祈祷上苍，也是为掌门祈福。如今大典，务必诚心。然后从怀中掏出一大张黄色符纸，上面有朱砂写就的祷告祭天文，开始念了起来。

久闻杨知修此人文采极佳，这一篇仿古制的祷告祭天文写得天花乱坠，文采斐然，之乎者也地念得我愣是没听懂。虽然作为对手，我此刻也被杨知修这清朗浑厚、新闻联播式的"罗京腔"所折服。

一个人能够居于高位，必定是有所不凡，不然也不可能安居此处这么久。小瞧对方，只会让自己显得愚蠢。

"……广运望如云兮，临照四方光八表兮，亿万斯年——伏维、尚飨！"

念完祷告祭天文之后，杨知修将黄符纸放入最中间的鎏金铜鼎炉中。符纸燃烧，散发出一股让人神情一震的气息，接着这股灵力直冲大殿顶上，沟通云天。接着杨知修大声喊道："驱六丁六甲之阵，布天罡地煞之行，起坛，祭天哟……嗬！"

座下众弟子齐声高呼道："起坛，祭天哟……嗬！"

殿外的主峰弟子也跟着高呼起来，如此高呼三遍，声音如同海浪，不断地拍打主殿墙体，这里间似乎有类似于回音壁的设置，使得音波反复震荡，周围有一种"嗡嗡嗡"的声音在来回传递着，让人的身心在瞬间，提高了一个层次。

喊完话之后，众弟子开始同声念诵《上清大洞真经》、《登隐真诀》，诵声恢弘。但凡茅山门下皆十分熟稔，盘坐在我身前的大师兄和杂毛小道，也开口和念起来，嗡

嗡嗡,在我的脑海中唱响,如同仙乐。

我感觉整个大殿似乎活过来一般,有一股气息从幽幽之地蔓延而来,附着在上面,我分不清这股气息的力量属性是什么,当我凝神留意时,感觉自己仿佛被剥光衣服一样,无处可藏。

终于,这股气息在大殿之上凝结完毕,然后开始隐去,淡淡缓缓。有人用如意轻轻敲击了一下铜磬,一股清澈洞穿的声音传来,那些念经的声音开始渐渐地低沉了,如同在耳边,又仿佛在天边,再之后,除了大殿之外有弟子还在加持供奉之外,其余人等都停下声音,大殿之中一片寂静。

接下来又进行了几项仪式,皆与我们无关,弄得我昏昏沉沉,直欲入睡。突然,听到梅长老的声音传来:"请外门大弟子陈志程入场!"

话音一落,便有道童卷帘,将我们这里的平台给展露出来。大师兄轻轻说声"来了",然后微微笑着站了起来,领着我和杂毛小道走到了平台之下的空地,躬身向台上诸位长老请安。杨知修代表诸人点头,说,志程你代表我茅山,行走于尘世,劳苦功高,不必多礼,且按之前所说的办吧。

大师兄拱手说是,拍了拍我的肩膀,然后和杂毛小道后退一步。

杨知修和大师兄这两人的表现十分中正平和,不喜不悲,颇有大家风范,不知道内情者,还以为这两人是一对好基友呢。梅浪接着说道:"去年十一月,我茅山弟子黄鹏飞任职于特勤局西南局,在调查邪灵教作恶案件时被人杀害于鄷都万鬼窟中,经过西南局的调查组核实,杀害他的是来自苗疆的蛊师陆左。证据确凿、铁证如山。我茅山门下弟子行走江湖被屠戮,话事人震怒,派了诸位长老下山索寻而不得。现如今,这位凶手就在大殿当中,他,便是现在台下站着的这个男子!"

梅浪将黄鹏飞案件款款道来,在稍微一停顿之后,指着我厉声喝问道:"陆左,你可知罪?"

我有些诧异地回望了一眼大师兄,见他朝我点了点头,便回过头来,铿锵有力地回答道:"我没罪!"

第十四章　天亮了

这一句话讲出来，我心中五味杂陈，逃亡的日子恍若眼前，鼻子一酸，眼泪都要下来了。梅浪一声冷哼，手一扬，孙小勤立即走上前去，递上了一本蓝色的文件夹。

扬着手上的文件夹，梅浪冷笑连连，指着我说道："陆左，这里是西南局内务调查科张伟国出具的调查报告，里面是所有的当事人的证言，杀害黄鹏飞的凶器以及你当日签署的认罪书。这一切都已经形成了一个完整的证据链，说明了你确确实实是故意杀害了黄鹏飞。这里还有你同届集训营的同学白露潭当时的现场陈述录音，需要我现在播放吗？嗯……"

"啊，他已经认罪了啊？"

"是啊，是啊，既然已经认罪了，他还敢出现在我们茅山上，硬着嘴巴说自己无罪，当真以为我们茅山无人吗？还是他以为这茅山之上，还有谁能够庇护他不成？"

当梅浪将这一份完整的卷宗拿出来的时候，众道士纷纷交头接耳，朝着我指指点点，有的更是朝我投来愤怒的目光来。台上的诸位长老，都面无表情，目光不断地朝着我这边打量过来。

我根本不管这些不明真相的人们，昂着头，朝着梅浪凝望，一字一句地大声道："我没罪！"

"你没罪，那么这是什么？"

梅浪从文件夹中取出几张复印扫描件来，翻开最后的一页，指着那红彤彤的手印厉声说道："陆左，你还敢嘴硬，你瞧瞧这是什么？这是你亲自画押的手印和签名！你以为我茅山是那不讲理的地方吗？你以为没有证据，我们会对你下死手吗？陆左啊陆左，你真的是太天真了！"

面对梅浪的指责，我冷笑着将手给举起来，大声说道："手印，将我迷昏了，想按多久按多久，想按几个按几个；至于签名，这世界上模仿签名的高手还少吗？一个六扇门出来的酷吏，一些拙劣的手段，便想要定我的罪，是我太天真，还是你们太黑暗了？"

"这么说来，你是不服啊？"梅浪还没有说话，他旁边有一个塌鼻梁的老婆子眯着眼睛，出言说道。

我点头，大声地说道："是，我不服，我当然不服了！当日我以一己之力，将所有人给救出了万鬼窟，并且将邪灵教的酆都鸿庐，将那为祸西川多年的鬼面袍哥会残孽铲除了，我甚至提前将吴临一的身份说出，可以说倘若没有我，不但黄鹏飞，当时在洞中的天府红龙洪安中、青城二老等人,也都得死。立了如此大功,却因为内部倾轧,我和老萧只有亡命天涯,被所有人追杀。倘若是你,你服吗?"

梅浪面无表情地说:"功过不能相抵,你便是立了殊天之功,也不能够抵消杀害黄鹏飞的罪恶。"

我缓了一口气,回望了一下仰首看我的诸人,沉声说道:"好,便说一说这黄鹏飞。当日出洞之时,白露潭已然将当日发生的事情说了个清楚明白,明明是黄鹏飞想要趁我昏迷之际,杀害于我,天幸我道心警戒,突然醒来,与其拼斗。黄鹏飞当时招招致命,我若不下重手自卫,行那妇人的慈悲手段,只怕早就白骨一堆,也无人伸冤了。我自卫杀了黄鹏飞,白露潭当时便对洪安中说责任全在黄鹏飞。然而在过了几天之后,不知道幕后发生了什么样的交易,白露潭便改了口供,还跑过来跟被抓起来的我说,'他们'的势力太强,让我认命吧。也就是白露潭的这份口供,让我被认定为故意杀人!好了,我想问一问,白露潭口中的他们,到底是谁?"

听到我的慷慨陈词,大殿中众人纷纷议论,而旁边的律察也不管,任其讨论。我听到了好些个人在说"若真的是如此,那就太黑暗了"之类的话。然而梅浪却不为所动,冷冷一笑,嗤之以鼻道:"口说无凭,你黄口白牙这般说,有证据吗?你能够将白露潭找来对质吗?"

我接着他的话说:"事情怪也就怪在这里了。我自道必死,而好友却不离不弃,前来劫车。我们亡命天涯的当日,白露潭便离奇失踪,到现在都还没有消息。是谁绑架了她?这是要灭口,让我找不出人来对质,是吗?"

我的追问,让梅浪无言以对,他表面上故作冷静,眼神却不由得瞧向了旁边默然不语的杨知修。然而杨知修根本就没有瞧他,反而眯上了眼睛,似乎刚才的大典,已经消耗掉了他太多精力一般。

这大半年来太委屈。在今天这样盛大、众目睽睽的场合,让我憋得快要爆炸的心绪终于找到了宣泄口。英雄流血又流泪,还要背那黑锅到处走。老子这大半年来内心反复煎熬,心中的正义崩溃了又被我小心铸起,不就是为了今天这个能够沉冤得雪的机会吗?

听到我这感情浓烈的话语,那个登山道上风度翩翩的老人却是不置可否地一声冷哼,没有得到杨知修的提示,他便不管不顾,拍打着手上的文件夹,轻松地说道:"你的口才倒是不错,演技也是一流,但是遗憾得很,现代社会,讲究的就是一个证据。要没有证据,你所说的这一切,在我们看来,不过就是一场精湛而情感丰富的表演而已。陆左,你有证据吗?"

"证据?"我念叨着这两个字,嘴里不禁发苦。

本来对我最有利的人证,那白露潭猪油蒙了心,对她的救命恩人说陷害就陷害,所为的只不过是不被人整;而洪安中看到的只是我杀黄鹏飞的那一刹那,别的人根本就瞧不见。即使有物证也都给垮塌的山给掩埋了,要我拿出什么物证来?

梅浪见我不再说话了,便朝着周围的诸位长老拱手致意,说:"此子口舌奸猾,如生莲花,再这样辩驳下去,应该也没有什么意义了。诸位,要不然我们表决一下,倘若大家真的觉得此子有罪,还须劳烦刘师哥亲自出手,拿下这个杀害鹏飞的杀人凶手,将其绳之以法。"

台上的诸位长老眼神交换,有的点头深以为然,有的却心存疑虑,不过我与黄鹏飞之事并不是今天的重点,所以陆续有人点头了。就在此刻,一直沉默的大师兄突然跨前一步,拱手向台上说道:"话事人、诸位师叔,志程有话要说。"

"且讲!"

陈志程在外面社会上的地位摆在这里,自然没有人拦着他不准说话。

大师兄向台上以及台下的诸人拱手行礼,然后平静地说道:"梅师叔讲到了证据,其实这也是志程最近一直在做的事情。说实话,主观故意杀人和被动自卫杀人,倘若在场目击者不能保证自身的公正之下,是很难辨别得出的。本着'不冤枉一个好人,不放过一个坏人'的原则,我经过各方面尝试,终于有了一些小发现,希望诸位师叔能够瞧看一下。"

大师兄手腕一翻,摸出一块情人藤的根茎,上面用金色的丝线缠绕着。大师兄举起这物,说:"大家应该都认识这东西,它叫做千里留影,其实也是道法中的一种类似摄像机的手段。这是我一个卧底冒着生命危险从邪灵教手中弄出来的东西。"

他请示了话事人杨知修,得到允许后,将这千里传影小心放到地上,然后从怀中掏出一小瓶液体,浇灌在情人藤上面。随着汁水滋润,这块茎的表面发出一道青蒙蒙的光芒,然后投映在了上空。

光芒汇集成的图像让我立刻有一种很熟悉的感觉,镜头拉长,竟然是慧明的老婆客老太太,而在她的旁边,有一个雾蒙蒙的灵体在不断摇曳。有人似乎在与这客老太太交流,分散注意力,而那雾蒙蒙的灵体则跟操纵镜头的这个人说着话:"……当日我差一点就能够杀掉陆左了。为什么要杀他?这狗东西别以为他刚刚救了我,我们就能一笔勾销了。我和他就是宿敌,在集训营弄不死他,在那万鬼窟中,我也要弄死他。只可惜功亏一篑,白露潭那死娘们胆小,而陆左又突然醒了,我不但没能杀死他,反而被他给弄挂了……"

随着那青蒙蒙的声影逐渐清晰,我的心激动起来,因为这个家伙,便是黄鹏飞本人。

用一句名言来表达我那一刻的心情:"天亮了!"

第十五章　渺渺往事，特别关心

　　那情人藤上面的影像仍在说着话，然而最重要的那一段，就是黄鹏飞谈及当日凶杀时的事情。那诱供之人似乎在此之前就已经打好了腹稿，而且深得信任，所以黄鹏飞便将此事说起，并不隐瞒。影像的时间并不长，那客老太似乎并不愿意让黄鹏飞多与人接触，大袖一展，那个曾经的茅山子弟便入了客老太的袖子中，再不得见。

　　影像结束，大师兄将情人藤根茎所做的千里留影捧起来，在上面凭空画了几道符箓。然后抬起头来，朝着台上的诸位长老说道："我这技艺倒是梅师叔传给我的，千里留影能通过情人藤的生命磁场留住一段时间的影像和声音，比摄影机优越的地方在于它能够将灵体的形象摄入其中，而且隐秘性也十分优良。更重要的是，它绝对没有作假的可能。"

　　梅浪旁边的雒洋长老点头说道："难怪事发的时候，我们准备将鹏飞的魂体招回来，然而未果。原本还以为是魂体给直接打散了，没想到竟然落入了那个客海玲手中。听说此女修过些邪门法子，竟然可以将鹏飞炼制成如此模样，还保存着生前记忆，倒也是有些手段。这可不行，我们须得将鹏飞的魂体追回来，将其超度，免得耽搁了他往生的时机……"

　　为防止梅浪反嘴质疑，雒洋长老直接堵死了他反驳的话，而且将话题引导向了如何追踪客老太，并且追寻黄鹏飞灵体回返的事情上来，从而间接地肯定了大师兄这一证据的真实性。

　　梅浪应该也是第一次见到这影像，瞧着黄鹏飞这蠢货洋洋自得地诅咒着我，他张了张嘴，没有说话。一直沉默不语的杨知修突然睁开了眼睛，凝视着大师兄，平静地说道："志程，这东西，你是从哪里弄来的？"

　　当大师兄将千里留影给收起来时，自有道童托着盘子过来接了，往台上递给诸位长老验明真伪。大师兄正在与那道童交接，听到杨知修问起，他抬起头来，介绍道："为了这个东西，我们损失了一位已经打入敌人内部的高级卧底；世上没有不漏风的墙，在启用了这个卧底之后，为了保险起见，我已经将其打发到了西北的边陲小镇，隐姓埋名一辈子。便是这般艰难，我也是不久前才收到的，还来不及向局里面报备呈现，就先拿过来，给宗内的诸位师长辨别了。"

　　大师兄恭敬说着，而杨知修满面含笑的脸上却不由自主地抽动了一下，似乎某种情绪攀升到了一个临界点。

　　其实杨知修在得知大师兄即将带着我上茅山时，应该便知道这位享有盛名的大弟子定然胸有成竹。不过他并不知道大师兄会有如何手段，会呈示什么证据，所以之前放任手下的弟子陈兆宏过来挑衅，以及私下偷袭我们，都是想要试探出大师兄的底线和手段，好做防备，到了后来被符钧警告才收了手；然而万万没想到，黄鹏飞这人简直就是传说中那猪一样的队友，他的话语，直接给他舅舅的脸上，狠狠扇了一大耳光子。

至于大师兄为何没有在之前拿出这证据呢？他之前讳莫如深，不过我还是能够猜测得到：一来这样的证据简直就是兵行险着，十分难得；其二也是因为他了解一切源头，都是在这茅山之中，在我们面前的这位话事人身上，必须快刀斩乱麻，一举击溃。搞定了杨知修这边，其他的地方，都可迎刃而解。

杨知修平复了一下心情，不置可否地点了点头，说，这样一个高级卧底，一定能够发挥更加重要的作用，用来做这事儿，暴露身份不能再用，实在是可惜了。

大师兄也颇为认同地点了点头，说："是啊，是可惜了。不过这也是没有办法的事情，事情总是要大家做的，一个人做不完。陆左付出了太多太多，收获的却只有委屈和伤痛，我们这些后方运筹帷幄之人，总不能够让英雄流血又流泪，总不能让这个世界一点儿光亮都没有，对不对？"

大师兄犀利的反问，让杨知修一阵无语，他似乎很想要反驳面前这位外门大弟子，然而似乎从台下众弟子的目光中，感觉到了一种复杂的情绪，有愤恨、有悲恸、有羞耻，以及许许多多难以形容的东西，这些情绪映照在了他的眼中，便成了一种十分不信任的犹豫。

杨知修没有多说话，而是将传递过来的千里留影放在手心上，闭上眼睛，仔细感受了一番，然后将手放在铜香炉上，借助上面的力量辨别真伪。

很快他就睁开眼，点了点头，指着梅浪手上的文件夹，说："的确，如此看来，这里面的确是有一些人违背了原则，做出了让人不齿的事情，蒙骗了我们所有人，害得我们舟车劳顿，费了不少功夫……呃，还诬陷了忠良。陆左，虽然是你亲手将我外甥的脖子给抹干了血，不过我并不恨你，反而要为你鼓掌，你做得对。没错，这样的人，杀了就杀了，不需要为此承担什么责任。我明天就联系负责此案的西南特勤局，让他们为你正名。"

听到杨知修这话，我的心中反而没有了之前那种重获自由的激荡，更多的只是平静。因为我知道我与黄鹏飞之事，虽然会影响我的一生，然而对于杨知修来说，却并不是什么不可退让的原则性大事，所以在这如山的铁证面前，承认此前的错误，并不是一件难事。当然，他这轻飘飘的话，不但将自己给摘干净了，而且对被追杀万里的我一点儿歉意都欠奉，依然显示了他的高高在上。

杨知修并不想在这件事情上面多作纠缠，挥了挥手，便有人拉着我的衣袖往旁边离开。我回到了大师兄的后面，看到他的眉宇不展，似乎在思索杨知修这反常的行为。

不过杂毛小道还是朝我举了一下大拇指，露出了一口白牙，呵呵一笑。

让人郁闷的事实就是这样，越是到了高层，一些事情就越简单。黄鹏飞一案，作为最主要的压力实施者，杨知修这边一旦承认了我的合理性，那么下面的事情就十分好办了，估计等我们出了茅山，那通缉令便已经撤销了，而相关的正名也即将到来，我们便不用再披着别人的面具行事，在警察面前，也可以坦然行走，不用担惊受怕。

我退下之后，茅山宗开始处理内务了。有宣布道行考较成绩的，有说天象异变的，有讲述刑堂内务的，零零碎碎。过了差不多一个小时，我突然听到了杂毛小道的名字，被执礼长老雒洋提及，不由得神情一震，抬起了头来。

此刻正好说到了茅山宗掌门陶晋鸿神识传令，让杂毛小道在大典之后重归山门之事。杂毛小道听到自己的名字，神情一振，昂首挺胸，走到了我刚才所站的那个空地之上，朝着台上作了道揖，高声唱喏道："不肖弟子萧克明，见过诸位师叔！"

我抬起头，见到上面的长老们表情不一，有的欢喜有的愁，也有人面无表情，仿佛昏昏沉沉，直欲入睡。雒洋朝着中间的杨知修说道："杨师弟，掌门不在，你代这话事人一职，且由你主持吧。"

杨知修点了点头，顿了一口气，脸上的笑容开始逐渐减少，凝望台下孤单站立的杂毛小道，沉声喝问道："萧克明，十年前的黄山，你先是好大喜功，孤军深入；而后又贪生怕死，不顾同门仓惶而逃，最终使得掌门布置的大阵被破，掌门孙女陶庭倩也因你身死。回归山门之后，掌门将你逐出门墙。这些年来，你有没有明白这里面的道理？"

杂毛小道恭恭敬敬地将双手举过头顶，然后拜下，然后沉声答道："不肖弟子知错了！"

"哼，你知错？自你被逐出山门之后，这些年来，茅山也不是没有关注过你，认为你可以迷途知返。可你都干了什么？整日打着我茅山的招牌坑蒙拐骗，四处浪荡，得过且过，流连于烟花恶俗之地，与下贱的庸脂俗粉行那苟且之事，一点儿上进心都没有，简直就是丢了我茅山的脸。你倒是说说，你这番自甘堕落，到底是怎么知错的？"

杂毛小道被问得语塞，说了一声"我……"之外，便默然无语，而我的心则沉了下来。杨知修到底对杂毛小道有多提防啊，一个功力尽废的弃徒，都能够得到他这般的"关心"？

见到杂毛小道说不出话来，杨知修接着问道："以前的事，我们且不谈。你说一说，为何你能会那只有掌门才会的神剑引雷术？"

第十六章　九九归元

杨知修居高临下地说出这番话，一双眼睛发出如刀的锐利，死死盯着杂毛小道，试图从他的脸上找到任何蛛丝马迹来证实自己的判断。我的心不由得咯噔一下，知道该来的，终究还是来了。

杂毛小道所会的神剑引雷术，不光对妖魔邪物，便是对人，也有着极大的伤害，算得上是一个让人恐惧的手段。当日我们在西川与滇南交界被追杀的时候，杂毛小道便屡次利用此术威胁追击而来的高手，包括茅同真在内，都对这种术法畏惧至极，说是掌门之术。

不过或许除了我之外，其他人恐怕很难想到杂毛小道之所以能够使出这道手段，一是因雷罚本身有那不知道几转的隐约雷意在，二则是他从以前李道子赠予他的雷符中，自行参悟出来的。

这样出来的"神剑引雷术"，其实并不是掌门所有的独门秘诀，无论从威力，还是属性上，都是不能比拟的，不过也已经足够吓人了。这世间不乏天才，但是大家的思维都被困在了一个狭小的空间里，根本想不到杂毛小道是走了种种弯路，才获得现在的雷罚威力。唯一能够想到的便是杂毛小道是从哪里偷学到了掌门之术，是上一届传功长老李道子，还是这一届的传功长老尘清真人，又或者是那掌门陶晋鸿在很久以前，私下相授……

这里面是有很多讲究的。如果是已经作古的李道子，那么他便违反了传功长老最根本的职责，尘清真人也是如此。但倘若是现任掌门陶晋鸿，那么便说明，老陶很早便有传位于杂毛小道之意了。

倘若如此，那么其他有心争夺掌门之位的人，便只有洗洗睡的节奏了。

面对众人的期盼，杂毛小道含笑，只说他这手段并不是神剑引雷术，只是被人误解而已。这答案并不能够得到杨知修的肯定，他疑惑地望了台下杂毛小道一眼，咽了咽口水，说："果真？"杂毛小道说："是的，你若不信，我再给你露出一手便是。"听到杂毛小道的话，杨知修不置可否，而是叫来了掌灯弟子符钧，平静地说道："萧克明往日的表现，以及至今的行为，并不足以重入门墙，这所谓掌门之令，是由你的口中传出，所以便由你来说一说，掌门师兄为何会说出如此话语来。"

听到杨知修的点名，符钧越众而出，朝着台上的诸位长老拱手致意之后，平静地道："师父为何会让萧克明重入门墙，这一点我也不知晓，不过这话便是师父最后一次传言于我，我不能够将其隐瞒，直说便是了——以上话语，我以我掌灯弟子的尊严

和道心起誓，绝无谎言。"

"最后一次传言啊……"杨知修重述着一遍本来都已经知晓的事实，然后缓缓说道："若真是如此，会不会是掌门师兄已经被伤痛折磨掉了意识，神情不稳，所以才会说出这么一番话来的？"

他缓步走到台前，望着一脸无所谓的杂毛小道说道："以掌门师兄之明鉴，自然不会有错，而符钧做掌灯弟子多年，也断然不会有假传旨意的道理，怕只怕这双方沟通不畅，信息不对等，最后误会了这话语中的信息。在此之前，我们长老团曾经就这一问题进行过表决，萧克明你倘若真有本事，能够经受住茅山九九归元的大三才阵进攻，那么说明你的确有让人期待的实力……"

陶晋鸿沉寂无声之后，这掌门传令便陷入了死无对证的窘迫境地，倘若有人怀疑，若拿不出真凭实据来，只怕旁人都不服。杨知修成功地利用这一情形，使杂毛小道不得不硬着头皮答应这绝对称不上合理的要求："好，没问题！"

杂毛小道这一句话，我明显瞧见好些个人都长长呼出一口气。杨知修将手一扬说，请吧。均匀分布在殿内的诸位二代弟子，从中间散出一条可供一人行走的间隙来，双手举过头顶，狂热地大声地喊叫起来："九九归元，九九归元……"

杂毛小道在这样的呼喊声中，大步朝着殿外广场走去。我有些愣神，拉着大师兄的衣角询问，这是什么道理？大师兄的脸色算不上很好，一边往外面缓步行走，一边低声与我解释："这是一种古老的门规，被逐出门墙的弟子倘若想重归山门，除了有长辈的提议之外，还要证明自己并非废人，需要将3人套3人的三才阵闯破，方才能够得到同门的信任。我本来以为他们会承认小明的地位，没想到还是拉下了脸皮，将他逼进这险地。这是祖宗留下来的规矩，哪怕是师父也不能够改变，所以接下来的事情，就看小明自己的了，没有人能够帮得了他！"

我跟着他走出了清池宫主殿，有凛冽的山风从对面的朦胧雾气中吹来，让人忍不住精神一凛，神清气爽。

听大师兄说得如此凝重，我便忍不住去找那所谓的九九归元，这其实是三个三才阵叠加成的大三才阵。先前坐满人的广场此刻已被清空，蒲团也被搬走了，九个面容刚毅、年龄不一的道人分立不同的位置，穿青色道袍的代表着"天"，穿黄色道袍的代表着"地"，而穿白色道袍的则代表着"人"，形成了天地人三才法阵。每一个人的站位都极端标准，形成了一个又一个交叠在一起的正三角形。

大师兄瞧清楚那大三角形最前面的那一个人，不由得惊叹道："杨坤鹏？竟然是他？"

杨坤鹏？听到这个名字，我有一种极为熟悉的感觉。过了几秒钟，我反应过来了，这个中年长须道人，就是黄鹏飞的授业师父。我曾经听杂毛小道说过，杨坤鹏也是陶晋鸿的弟子，而且在这些弟子里面也是佼佼者，虽然比不得大师兄、符钧，但是手上的功夫，也是让人刮目相看的。要不然黄鹏飞也不会被自家舅舅安排在他的门下，学习道法。

对杂毛小道重归山门的修为考较，竟然让这样的门中高手来领衔，他还仅仅只是其中一个，再配合着茅山秘传的大三才阵来压制杂毛小道，使其不能重归山门，说实话，未免有些过分了点。

要知道，一个人再厉害，也很难从一堆人的围殴中脱颖而出。少林的十八铜人阵之所以名扬天下，堪称一绝，大概齐也是因为一个人扛过十八个人围殴的事情实在太少。在这种磨砺中下山的每一个人，都是修行者里面的变态，自然能够名动江湖了。

看得出来，杨知修以及某些人并不想让杂毛小道重归茅山宗内。不过杂毛小道并不惧这些虎视眈眈的同门，朝着为首的杨坤鹏一拱手，杨坤鹏也施完礼，让出一个口子，放杂毛小道走入阵中。就在杂毛小道缓缓走入大三才阵之时，杨知修中气十足地大声喊了起来："今有茅山弃徒萧克明，欲重归我茅山门庭，自愿依照祖制，闯这九九归元的法阵，苍天在上，列祖列宗在上，此番较量，凶险莫名，请双方签署生死状约，自此生死勿论，我命由我不由天咯哦……"

契约在这十人中来回传递，参与者在生死状上飞速签写，然后抬起头，直视对方。

生死契约签署完毕，九把剑迎着灼灼升起的太阳，散发出热烈的气息来。

这些能够入选九九归元大三才阵的剑手，都是经过精挑细选的角色，别的不提，单说那扬剑的角度和方位，都呈现出诡异而完美的统一，这九人围着中间抱剑而立的杂毛小道，气势不断攀升，这是一场意志与意志的交锋，所有人都屏住了气息，在到达了某一临界值的时候，突然听到杨坤鹏舌绽春雷大声吼道："九九归元，破而后立，无极无苦，杀！"

这一声响，本来中正平和的九人立刻如魔神附体，变得杀气腾腾，每个人的眼睛都仿佛变直了，手中的长剑上下飞扬，轮番朝着站在中间的杂毛小道刺去。

九个修为不错、配合娴熟的修行者齐齐围攻，产生的压力有让人喘不过气来的沉重，而杂毛小道像一根木头，沉静了好一会儿之后，化作了一团旋转的风，在剑丛之中，轻巧地跳起了力量与速度的美妙舞蹈——铛铛铛、叮叮叮，让所有人都目不暇接的战斗场景出现了，兵器碰撞的声音，也暴风骤雨一般急速爆响开来。

在旁边围观的人们看到杂毛小道腰身一扭，化作了旋风，不由得一齐倒抽起冷气。

天，这个人，竟然会如此厉害？

第十七章　天啊，飞剑

剑光舞动广场，九人齐出，一直抱剑而立的杂毛小道动了。他一动则技惊四座，身子旋转，化作一团旋风，手中那把镀过精金的雷击桃木剑斩落出了风声，虚晃几招之后，与最先突前攻击的杨坤鹏撞在了一起。

杨坤鹏手中的木剑乃铁桦木所制。这种木头材质极为细密，比橡树硬三倍，比普通的钢硬一倍，是世界上最硬的木材，苏联曾经用它来制造滚球、轴承，用在快艇上。这两人对自己手中的剑都极为得意，信心满满。剑尖与剑刃交击在一块儿，发出了清脆之响，龙吟之声直入云霄，旁边围观的众位茅山弟子和长老不由得将眼睛睁得大大，有一部分人先是齐声欢呼"好身手"，而后更是诧异地大叫道："好剑！"

这剑是好剑，人也是顶端厉害的人，玩剑也都有了许多个年头，虽然是同门师承，然而对这手中之剑的领悟却各有不同，所以拼斗起来是相当的精彩，这种精彩不同于电视表演的那种眼花缭乱，而是具有力学与美学深度结合的美感。剑光与衣袂飘扬间，让人屏息，喘不过气来。

铁桦剑与雷罚相较，虽然前者材质特殊，却并不能够与罕见稀有的精金媲美，所以似乎后者更胜一筹。然而刀兵较量，并不像游戏卡牌一样，比的单纯只是武器，而是掌握这兵刃的手。杂毛小道在与杨坤鹏的几下交锋中，锐意进击，将其逼退两步，然而旁边的那些阵中剑手便将手中的剑给递上来，有的划脖子、有的割脚筋、有的挑面门、有的戳菊花，各种招式，极尽凶残之能事，哪里有修道者的半点儿风度。

被这般长剑威胁，杂毛小道既然已经签了生死勿论的协议，便不敢过度寄托于对手的仁慈，于是抽身回返，一个大圆弧的晃荡，在剑锋指引下，与这交叠而来的各类长剑交锋碰撞，发出了"叮叮叮"如碎玉般的响声，颇为清亮。

这开场一过手，包括我在内的部分人都瞧出来了，杂毛小道的剑技和修为，要比九九归元仪式中的剑手高上一个或者几个档次，若将这些人挑出来，单对单的决斗，没人是杂毛小道的对手，可能有的连三两分钟都坚持不住。然而让我郁闷的是，这些人平日里闲着没事，便练这小三才阵、大三才阵，这些阵法经过几百近千年的磨砺和演变，早已经圆满成熟了，根本没有明显的短板和弱点，其变化和剑势，这些家伙闭着眼睛都知道如何应对、如何配合，他们之间的默契，不比我和杂毛小道差上一分。一边是单个儿突出的杂毛小道，一边是实力均衡的九人阵法，傻瓜都能够想到，当这大阵逐渐发挥出威力之后，受伤落败的，只怕是这个闯阵之人。

而倘若这里面的家伙有哪个受了些暗地的指示，下点重手、黑手，只怕杂毛小道连活着出阵的命都没有。所以在一看到这组成大三才阵的九人时,大师兄的脸便一直黑着,根本就没有好看过。

其实无论做什么,大家面子上都需要过得去。凡事都有一个度,所以按惯例,这样的九九归元,让比杂毛小道低一个辈分的三代弟子过来组成大三才阵,要合适一些,而杨知修却派出了以杨坤鹏为首的二代弟子,这无论是于情还是于礼,都是太欺负人了。

要知道,这样级别的大三才阵,即使是让一个长老来破阵,也未必能够全身而出。

大师兄见到杂毛小道在阵中苦战,几秒钟之后,他觉得不能够再沉默下去了,于是长身而出,朝着观礼台前的诸位长老,特别是位于中间的杨知修拱手说道:"话事人,萧克明乃二代弟子,而杨坤鹏、胡铭钊、公政、徐亦等人也皆为二代弟子,而且还都是个中翘楚,如此九九归元,似乎有些太难为人了,志程恳求话事人以及诸位长老能够替换这大三才阵的人选,重新选择!"

听到大师兄这番言辞恳切的请求,上面的七位长老露出了不同的神色,有的暗自点了点头,有的却露出了嘲讽之色。梅浪摸着自己雪白的胡须,笑吟吟地对为杂毛小道打抱不平的大师兄说道:"志程啊,你这倒是皇帝不急太监急了。萧克明乃掌门所看好的人,指定重回山门,必是身具非凡本领,于林中秀立挺拔,而你看他,虎虎生威,奋不顾身,对着坤鹏这些师兄弟,面不改色,应该是有十足把握才是,你莫急,再看看呢……"

看到杂毛小道被九个与他同辈的师兄弟围攻,雒洋长老脸上也露出了不忍之色,朝着杨知修说道:"师弟,此时的安排貌似有些严苛,并不能够发扬我茅山宗'固本培义'的宗旨,志程所说的并不是没有道理,大家都是同门,何必如那邪魔外道一般,非要分个你死我活呢?"旁边的塌鼻梁老婆子也随声附和,帮着说了一些好话儿。

见到旁边的几人都露出了不忍之色,杨知修权衡一番,叹息了一下,点点头,说:"大家倘若对这安排有异议,本可以在签署生死状前提出来的,那时一切都好说,而现在考验都已经在进行了,似乎有些不妥。大家的意见需要尊重,不过当事人是怎么想的,我们也需要知道一下。这样吧,梅师兄,烦请你问一下萧克明的意见,问他可想先结束这次考验,我们商量之后,再做安排?"

听到杨知修的话,梅浪眼睛一转,会了意思,当下扬声提气,朝着场中拼斗的诸人大声喝问道:"萧克明,你是不是害怕了?若是,我们给你安排弱一点儿的对手,这场中的三代弟子、四代弟子甚至那牙牙学语的孩童,你都可以随意挑选嘛,不要跟我们客气,啊哈哈哈……"

梅浪久在江湖,这话表面似乎是关心,然而实际传达的却极尽鄙视之能事。正在被三个黄衣道人围攻的杂毛小道一剑挑飞了身前一位络腮胡的攻击,脸色几变,似乎被惹怒了,又似乎在认真考虑梅浪的提议。

说实话，倘若是我，在这生死攸关的时刻，什么面子不面子，厚着脸皮答应就是，好汉不吃眼前亏嘛，至于以后的事情，咱们慢慢玩就是，没必要学那二愣子的作为；而杂毛小道的脸皮，至少比我厚上两倍，所以在那一瞬间，我几乎以为他就要答应了。

然而这个家伙却没有，他将手中的雷罚舞动得几乎都要飞了起来，形成了一个水泼不入的大旋风，从这剑影的中心处传来了孤傲不屈的铿锵之声："放你娘的狗屁，老子什么时候怕过？来来来，梅长老你倘若是觉得挑选的剑手不力，亲自下场来比就是，我也是没有意见的——杀！"

杂毛小道舌绽春雷，雷罚的速度陡然间快了一倍，朝着与他错身而过的那个黄色道人刺去。

那个道人之前与他交手几个回合，并不提防，将木剑竖起，挡这一刺。然而他万万没有想到，剑身之上竟然传来了巨大的力量，仿佛有子弹击来一般，将他一剑刺飞，身子朝着七八米远的地方跌落而去。这"地"字位的剑手被破开，自有人上前抵上，不过一时间，却也略有慌乱，阵形不稳。

被杂毛小道狂傲的话语刺到，梅浪被气得跳起脚来，吹胡子瞪眼地骂道："好一个狂妄的小子，自以为有些本事，就真的不知道自己有几斤几两了，这样的人，倘若回归山门，拿来何用？"

他这般叨叨说着，有人认同，也有人向场中的杂毛小道投射出赞赏的眼神。我看到大师兄将拳头捏得紧紧，既激动自豪，又心中忐忑，神情复杂极了，而我则更多的是担忧。此刻我已经知道，这缺席的长老是身体抱恙的传功长老、尘清真人邓震东，倘若他在的话，以小姑与他的关系，说不定还能够站出来，说几句安定场面、对杂毛小道有利的话呢。

杂毛小道陡然的爆发，气势惊人，但是阵法严密，他的优势被磨灭掉。杨坤鹏突然发力，趁着杂毛小道躲避不及，将他手中的剑给挑飞了。

望着飞向空中的雷罚，杨知修的嘴角浮现出一丝冷笑。

终于要……投降了吗？可惜不会让你活下来啊。

而就在这个时候，人群一阵骚动，符钧身边的那个弟子李泽丰率先高声喊了起来："天啊，飞剑！"

第十八章 技术型人才

只见杂毛小道飞向空中的雷罚在杂毛小道挥出了剑指之后,停下了跌落的势头,在空中停顿起来,许多茅山弟子都不由得齐声高呼起来:"天啊,这真的是飞剑啊……"

每一个能够身入此门的修行者,都有一个飞剑的梦想,这个梦想便如同还珠楼主在自己的文学世界中描绘的一样。然而所谓飞剑,早在南宋末年,便已经没落了,江湖上出现过的飞剑,都是古老门派世代流传下来的古物,有名有姓,是让人所敬仰的存在。这并不是说飞剑有多么厉害,而是它代表着一种几乎绝迹的东西,就跟那大熊猫是一个道理。

每一把飞剑,都代表着一段尘封已久的传说。

这些都是传奇之物。别说是飞剑,便是那能够附着意识而飞动的飞针,也值得像周林这样的野心家,欺师灭祖,冒着巨大的危险和道德负担,来行那肮脏之事。

茅山在道门中属于符箓派,擅长的是绘符描文,对于飞剑一技,并没有祖传的渊源,所以茅山之上,十大长老,乃至掌门陶晋鸿,都没有飞剑法器。也正因此,茅山子弟个个都如同最初见到李腾飞除魔飞剑的我一般,对这东西充满了惊奇,便是站在台上的长老们,也都不由得喘起了粗气,眯着的眼睛也都瞪得滚圆起来,杨知修本来抿着的嘴唇,也不由得微微张开。

在他们搜集的资料里,并没有杂毛小道拥有飞剑的信息,怎么没隔多久,这小子就能够仅仅凭着剑指,将飞剑给舞动起来了?这个家伙,到底隐藏了多少东西,到底还有多少底牌呢?

在所有人的惊诧之中,雷罚在空中稍微一顿,便朝着一个身穿白衣的道人后心,电射而去。虽然雷罚是新成之物,并不具备老牌飞剑自身所蕴积的力量,然而里面的剑灵却雄浑有力,一旦激发开来,便以让人难以捕捉的速度,快如闪电,发出了一声爆响之后,出现在了白衣道人的后心处。

杨知修想让杂毛小道与施展九九归元仪式的大三才阵剑手生死相搏,然而他却深谙做人留一线的道理,他与这些人并无太多的仇恨,贸然手黑也实在是太不成熟,所以并没有下死手,在飞剑冲下来的时候,多少还是少了一分必杀的气势。这么一犹豫,小三才阵中身穿青色道袍的"天",与身穿黄色道袍的"地"立刻过来救场,两把剑一齐递出,硬生生地拦住了雷罚的去势。

铛——

一声巨响,即便是有人阻挡,那个白衣道人也抵挡不住雷罚之威,整个人如之前那一个一般腾空而起,飞扬的身子甚至遮住了当空的烈日。

然而,九九归元仪式之所以被人视为最严重的考验,大三才阵法的威力之所以让大师兄心生担忧,并不是没有道理。杂毛小道这边飞剑一发威,大三才阵中的其中一组便齐力救治被集中力量攻破的"人"字真言,另一组接替,对飞剑警戒,而最后一组,则奋力朝着手无寸铁的杂毛小道扑去,那气势,几乎就是爹死娘嫁人的悲壮。一直盯着杂毛小道的杨坤鹏,更是口中大吼一声:"变阵,碾压!"

他的话音刚落,便将手中的铁桦剑舞出了乱影,黑色的力道将杂毛小道整个人都给罩住。

看到杨坤鹏的三才阵,向杂毛小道发动了最激烈的进攻,我的心升到了嗓子眼儿——他的境况,只怕是危险至极了啊!

杂毛小道没有办法,只有将手一招,雷罚立刻飞回,朝着杨坤鹏射去,行围魏救赵之事。

杨坤鹏根本没有回头,在杂毛小道狼狈地闪开了几剑之后,他感受到身后有剑风响起,回手就是一剑,想要挑开电射而来的雷罚。然而雷罚之上,有剑灵附体,力量让人震撼,这一剑挑去,虽然勉强将其拨开,但杨坤鹏执剑的右手却是虎口一颤,裂开了口子,鲜血横流。

趁着杨坤鹏受伤所露出来的空隙,雷罚再次回到杂毛小道手中,他扬起手中之剑,将旁边两把贴身袭来的长剑果断挑开。就在这片刻工夫里,另外两组的小三才阵成员再次围了上来,脚踏罡步,踩中阵点。

瞧见杂毛小道这令人称奇的手头功夫和让人眼前一亮的雷罚,梅浪也顾不得长老的威严和杂毛小道之前对他的挑衅,捋了捋颌下胡须,朝着大师兄发问道:"志程,你看看,这小子果然是有一手,有远远高出旁人的手段啊;剑技咱们不谈,都是极为相熟的路子,大道至简的手法,只是他手中的那把剑,看着年岁颇轻,似乎并不是什么远古传承之物啊?"

听到梅长老的问话,一直处于高度紧张状态的大师兄微微一笑,将脸上的表情放轻松了些,装作不在意地回答说:"哎,这个小子,永远都是深不可测,他那把剑我也曾经拿来玩过,似乎是在神农架南麓那边找到的一根雷击桃木制成,上面的符箓也是由他篆刻,未假他人之手,应该是一把全新的木剑……"

听到这话,雏洋长老和那个塌鼻梁老婆子都不由得张开了口,诧异道:"难道这飞剑,是他自己弄出来的?"

大师兄含笑点头说,是吧,反正我知道的,便是刚才所讲的,至于发生了什么事情,还是由他来给大家解释才好。听到了这几人的对话,脸色一直平淡的杨知修也终于动容了,眯着眼睛沉吟道:"如此说来,难道他已经掌握了制作飞剑的技术了吗?"

大师兄不置可否,说,我真不知道。倘若如是,我也想让他给我也弄一把来玩玩呢。"

我跟在大师兄的身后默然不语，瞧见众人大为意动地纷纷点头，不由得暗自偷笑。这些人也是修行界的老前辈了，然而对于飞剑一事，毕竟不如青城那种世代皆出"剑仙"的宗门了解，所以根本不知道杂毛小道的这把雷罚之所以能够孕育剑灵，成就飞剑之属，发生了多少奇遇，费了多少心思，倘若是在上面覆完符文便能够飞翔，我早就抓着这个家伙，给我的鬼剑也弄一份了。

然而他们都不知道。我看到杨知修的脸上，露出了纠结的表情。他或许对杂毛小道有着固执的恨意，可是当这个家伙成为这个世界上唯一有可能造就飞剑的技术型人才之后，便是老谋深算如杨知修，也忍不住地起了爱才之心。唯独梅浪有些愤愤不平，暗声嘀咕道："李师叔可真的让人郁闷，太偏心了，教这小子这种手段，却对我们藏东藏西，遮遮掩掩，实在是太不够意思了……"

呵，敢情这老小子和神剑引雷术一样，把这门技艺也当成是李道子藏私偷传的结果了。

这边勾心斗角，杂毛小道那边却战得热烈，雷罚展现出飞剑的威力，阵中的剑手便有些吃力了，对于这种来无影去无踪的兵器下意识地感到害怕，配合也多少出了一些纰漏。然而到底都是二代弟子中的佼佼者，在被伤了几人、度过了适应期之后，身为阵头的杨坤鹏大声嘶喊开来："绝命三才，气引相封，三丁开甲，五符临门咯……"

我一开始还以为他在说些什么俏皮话儿，却见那九个道人从身上各掏出一张绘满符文的黄符纸，扔在空中，然后用与同伴摩擦得发烫的剑尖去刺，陡然间，那些黄色符箓立刻爆出巨大的光亮。氤场散乱，杂毛小道一声惨叫，那正朝着旁边的白衣道人刺去的雷罚悲鸣一声，竟然掉落了下来。

茅山宗，符箓派，这些家伙终于开始运用起了道法来。

九个人按着北斗罡步小心踩踏着，随着他们的身影转换，一个个头扎黄色头巾的古代力士从虚无中浮现出来，这些家伙都是身体发达的肌肉棒子，便是那饰演终结者的施瓦辛格，见到这些哥们也会自惭形秽。

九个身穿三色道袍的道士，二十来个两米多高的黄巾力士，在变阵的瞬间，便将广场给遮得满满，在这三十来人的围挡下，我们这些站在外围的人，根本就看不到杂毛小道的身影。

杨知修的脸上又露出了笑容，他朗声朝阵中喊道："分出胜负就好，切勿伤了人命……"

然而他的话音还没有落下，脸上的笑容便凝固了，因为在广场之中，传来了一个人拼尽全力的吼声："三清祖师在上，三茅师祖返世，神符命汝，常川听从。敢有违者，雷斧不容。急急如律令，敕！"

第十九章　重归山门

杂毛小道喝出第一句，晴朗的天空之上，顿时生出了一股旋扭的云团，在我们的头顶上空扭动盘旋着，而当"常川听从"四个字像钢炮一般，从杂毛小道的口中硬生生地迸发出来的时候，那些朝杂毛小道扑过去的黄巾力士浑身一震，居然再难前行了。

众人将杂毛小道给团团围住，我并没有看到这个家伙，但是通过敏感的炁之场域，我却能够真切感受到当他将雷罚朝着中天举起的时候，一股凛冽到让人恐惧的雷意，从那镀金的剑身上，逼散开来。

当时的我，已经忘记了虎皮猫大人说这铸剑的桃木是被雷劈了六次还是七次，然而它身上所蕴积的雷意，在这瞬间爆发出来的时候，那些灵体构成的黄巾力士，如同被沸水泼浇的残雪，瞬间崩塌，有的仓皇往外面逃脱，有的则直接被雷意给弄得烟消云散，仿佛根本就不存在一般，了无踪迹。

黄巾力士是这大三才阵中最让人头疼的手段之一，然而它们在瞬间，就被杂毛小道给破解了。比黄巾力士更加让人头疼的，是那九把凌厉的剑。

按道理说，杂毛小道的剑朝着天空指起，并没有可能作格挡之用，那九把从不同方向、不同层次或刺或削而来的剑，会很容易就将其刺得如同簸箕一样，浑身都是洞眼。然而我发现那些即将扎在杂毛小道身上的剑，都仿佛被时间所凝固住了一般，一寸都递进不得。

时间自然不可能被凝固住，那么也就是说，在杂毛小道的身周，形成了一个如同真空的力场。同时，所有九九归元大三才阵中的道士都能够感觉到头顶之上，正高高悬挂着一把审判之剑，随时就会使自己陷入死亡。要知道，修行者也是人，被插一刀，照样会死，何况是那让人畏惧的雷电之威呢？引雷之所以让人畏惧，就在于其恐怖的杀伤力，在进无可进的情况下，大部分人终于放弃了进攻，抽身朝着后面逃遁。

这一仓皇逃懈，大三才阵立刻崩溃，还在咬牙坚持的杨坤鹏不由气得哇哇大叫："跑，跑个毛？跑能够免得一死吗？"

这个二代弟子中的翘楚倒也是一个脑筋极为清晰的角色，果真如他所料，时间实在是来不及了，杂毛小道咒文念完，不过短短几秒，当他口中的"敕！"一出口，广场上空立刻传来了一阵惊天的霹雳巨响："轰隆隆……"

这声音在我们耳边炸响，顿时间脚底震动，头皮发麻，一道婴儿手臂粗的蓝色闪电从那飞速旋转的云团之中陡然冒出，化作了十来条叉形闪电，朝着下方的剑阵道士劈下去。

我的心都要跳出来，杂毛小道离自己这么近引雷，会不会牵连自身，一同牺牲呢？至于其他人，说实话，我的心中也充满了惧怕，这落雷一下，还有几个运气好的人，能够活下来呢？一个，还是两个？

被雷劈而不死的人有是有，但是这种奇迹会出现在我的面前吗？我深表怀疑。

瞧见这场面之后，杨知修终于知道那个胆敢口出狂言的家伙，确实有着一搏性命的底气，他也不敢让这清池宫前死太多本门弟子，只有硬着头皮往后退去。我本来一直在关注广场之中，但是杨知修闪退的速度实在是惊人，仅仅只能够瞧见一缕虚无的身影，接着我听到肉掌击打在那鎏金铜鼎炉之上，一声恢弘如山风海浪的声音从大殿中传了出来。接着我看到整个大殿广场范围之上，一道金光虹膜生出，一个巨大的防护罩将其护住。

十余股叉形闪电又快又疾地射来，有的直接被这层蕴含着先前大典所请英灵的虹膜给吸收，有的被弹射出去，然而却也有四五条被削弱了威力之后，如细小游蛇一般，击打在了剑阵道士或者旁边那些来不及收回去的黄巾力士身上。

黄巾力士沾到这蓝幽幽、白晃晃的雷电，立刻一声厉喝，化作了虚无。而人则凄惨一些，新备的道袍立刻炸开，人儿也被雷劈得乌漆墨黑。

一片哀号中，有一个人抢入杂毛小道身前，手中的铁桦剑朝着杂毛小道脖子处抹去。这一剑是趁杂毛小道后力不济的空子刺出，精准而老到。眼看着即将抹到杂毛小道的脖子上面来，只见那雷罚已经脱离杂毛小道的手掌，化作了一条游龙，与杨坤鹏手中的剑绞作一团。

一阵叮叮当当的撞击声响过后，杨坤鹏握剑的手掌被振得酥麻，再也拿捏不住，忍不住将剑扔开了去。

雷罚并不停顿，嗖的一剑，将面前这个几乎是要拼命的青袍道士身上拉出了一条很长的血口子来，接着他"啊"的一声叫喊，飞身跌落。

至此，那让人惊恐无定的大三才阵终于被杂毛小道一举破去，干干净净，利落得让人简直就不敢相信。说实话，倘若不是那殿中传出来的恢弘之气，只怕这广场上躺倒的怕是一个又一个直挺挺的漆黑尸体了。

杂毛小道拿着浑身闪着蓝色光芒的雷罚朝前指去，一道黑影闪过，正好挡在了这剑的前面。梅浪手持拂尘，闯入空空荡荡的广场，站在杂毛小道身前两米处，面色变换，瞧着跟前这个威势滔天的男人，语气变得低沉而深邃："好了，你可以了！"杂毛小道神剑引雷，浑身皆散发出恐怖的气息，眼睛里面尽是炙热的杀意，死死盯着身前的梅浪，仿佛苍鹰盯着草原上面的猎物。

梅长老行走江湖数十年，又在茅山潜修日久，然而与杂毛小道这炽热的眼神相触，也不由得一阵心跳加速，呼吸都不自然起来。不管他愿不愿意承认，此刻的杂毛小道，已经成为能够与他比肩，甚至让他不愿意面对的对手。这样的家伙，已经有问

鼎宗门长老的资格了。

杂毛小道将雷罚指向了梅浪长老，然后开始深呼吸，两道白色的雾气在他的鼻子间吞吐。剑尖稳定，然而他的胸膛却一直都在起伏。这剧烈的起伏牵动了我们所有人的心情，在那一刻，杂毛小道获得了所有人的关注，他当之无愧地成了大家眼中最为重视的角色。我担心杂毛小道战得血液沸腾，热意烧身，头脑一发热就朝着梅浪发难，然而他终究还是控制住了自己的情绪，抬起头，看向重新出现在殿门台阶上面的杨知修。

两个人像一对离散多年的好基友，深情凝望，在那一刻，全场寂静，时间似乎停住了。

一秒、两秒、三秒……面无表情的杨知修捏了捏双手，上面余热未消，他深深呼了一口气，平静地望着地上躺倒的剑手，以及被落雷吓得仓皇无措的道士，缓缓说道："呃，这不是神剑引雷术，不过已经快达到那种威力了，难以想象，你究竟是怎么学会的这些；好吧，既然你已经破了这九九归元的阵法，说明你有足够的实力重归山门——你证明了自己的实力，那么在这里，我很荣幸地宣布一件事情……"

杨知修说到这里的时候，将头抬起来，眼睛环顾四周，看向了周边的每一个人，深吸一口气，说道："我谨代表掌门师兄陶晋鸿宣布，从即日开始，萧克明重入我茅山门墙，作为我茅山子弟，行走于江湖！"

短短几句话，让人震撼，听到我的耳朵里，有着嗡嗡嗡的回响声。话音刚落，那些围在广场中的三四代弟子齐声欢呼起来。这些家伙的脑子里并没有注入太多事关利益的东西，只是看到一个将杨坤鹏等人组成的大三才阵给强势破除、身具传说中飞剑的猛人加入了茅山宗，有一种与有荣焉的兴奋感，觉得能够与面前这位强悍的家伙作为同门，怎么说都是一件让人倍感荣幸的事情。

随着这些年轻弟子的欢呼，那些与杂毛小道、大师兄等人交好的二代弟子也都放下了矜持，高声朝着场中的杂毛小道祝贺。面对诸人的祝贺和祝福，杂毛小道也终于收起备战的状态，将雷罚背负于身后，主动将地上躺倒的同门扶起——力量展示过了，现在该是表现仁义的时候了。

胜利者，必须要有胜利者的姿态。

当一切忙完，杂毛小道走过我身边的时候，我伸出了手，他也伸出手来，与我相碰。

好兄弟，辛苦了！

我们相视一笑。

第二十章　祈福法会

落雷之后，广场上一片狼藉，有清池宫中的弟子前来收拾残局，也有头戴白色头巾的道人前来给那些被雷电劈晕的阵中剑手把脉。所幸经过杨知修的防护，这些人都只是表面漆黑，身体发麻而动弹不得，并没什么要紧的伤，休养几天便好了。

瞧见这些剑手在清池宫弟子的引领下，朝着侧殿颓然离开，梅浪缓步踱到了杂毛小道旁边，轻声问道："萧克明，倘若不是话事人引发神力防备，你是不是就真的将这落雷，击在了这些同门身上？"

这问题有些诛心。大师兄眉头一皱，刚要发话，杂毛小道哈哈一笑，说怎么可能？我虽然离开茅山十年，但并不是不知道三茅峰上，清池宫中，有防止强力攻击的手段，我这小小的一个引雷术便能够在这大殿之前随意杀人，那么我茅山的底蕴，是不是也太过于浅薄了？

听到杂毛小道的回答，梅长老也笑了。他伸出手，拍了拍杂毛小道的肩膀，说："不错，小伙子，出去十余年，你终于有了些长进，至少不会像以前一般莽撞了，可喜、可贺。"

说完这些话，梅长老离开。此时日头正高，大典也告一段落，长老们自然都前往后院去商量要事，并且吃些斋饭。大师兄被一个道童叫走了，符钧也在与我们点头招呼之后，随着一个道童朝后殿行去。一同离开的，还有一些和他们两人一般比较有地位的门中弟子。在主事人纷纷离开之后，大殿前便跟我们以前读书时早操散场一样，大家三三两两地围作一团，气氛一下子就显得热闹起来。

我和杂毛小道没有资格入后殿，便在广场东侧一处悬空木台的石桌前落座，屁股刚刚挨着石凳，之前我们在登山石道的路上碰到的络腮胡子庞华森、英俊小生李云起、黄脸汉子朱睿和美女道姑程莉，以及一些相熟的同门便纷纷上前来祝贺，好是一番热闹。

这个世界从来都是很现实的。此前虽然杂毛小道跟着大师兄而得到了大家的寒暄问候，但是并不代表在他们心中，真正地认同这个当年功力尽废被逐出茅山的曾经同门。修为分两种，一种是境界，一种是实力。这境界之分，实在很难看出是装波伊还是真高人，不过实力，却可以实打实地瞧出来，杂毛小道刚才露出来的那两手，一项飞剑，一项引雷，都是顶端的道法，让人仰望的手段，而他以一人之力，硬生生破了杨坤鹏这些二代弟子组成的大三才阵，更是让人震惊。

杂毛小道刚才几乎被杨知修逼到了绝路，绝地反击，反而一战成名，以一种极为强势的态度,重归茅山,这样的势头让他实实在在地证明了自己,所有可能会有疑问的茅山弟子,都会选择乖乖地闭上自己的嘴巴。

围着杂毛小道的这些人,大部分都对他刚才在九九归元阵中所使出来的手段相当好奇,问这些都是怎么得来的?杂毛小道与这些人其实都是从小熟络的好友,也并不隐瞒,只说飞剑乃观摩仿制青城山老君观李腾飞的除魔剑篆刻,后来又偶得剑灵灌注,实属幸运。至于引雷之术,也是因为这雷击桃木剑本身的属性,而他也是揣摩本门传言已久的神剑引雷术许久,弄出来的山寨版而已。

他这说法半真半假,不过也端的是幸运至极,让人心生羡慕。李云起忍不住心中好奇,问能不能摸一下这把神奇的剑。他这辈子,都没有见过真正的飞剑呢。

对于一些偏执的剑客,手中的剑,是其最珍爱的小伙伴,整日以身养剑,旁人是碰不得的,不过杂毛小道并不是那种把剑当做是老婆的人,只是发出了奇怪的笑声,说好,你若想,给你便是。

杂毛小道将雷罚从身后取出来,转过剑尖,将剑柄递给李云起。

在众人的羡慕眼光中,李云起抿了抿嘴唇,略微激动地伸手去拿那泛着暗金色光芒的雷罚,然而他的手一摸到那红线缠绕的剑柄,便"啊"的一声大叫,飞快地收回手来,面上一阵焦黄,十分郁闷,问这是咋回事啊?旁人瞧见,哈哈大笑,美女道姑程莉说:"云起,你傻啊,但凡飞剑,上面必有剑灵在身,倘若是旁人摸了,又不熟悉,自然以为是敌人,不刺你刺谁呢?"

虽然被众人嘲笑,但李云起是个好脾气,搓了搓手,说:"不错,疼虽疼,但是咱也算是摸过飞剑的人了,以后给自家徒弟侃大山的时候,你们可都要给我作证啊?"

听到李云起这般一说,那些还在嘲笑他的人顿时都露出了意动的神色。是啊,飞剑啊,这东西,都只是在传说中听到过,现实中能够摸一下,确实也是有炫耀的资格了。想到这里,程莉拍了拍杂毛小道的肩膀,说:"小明,你安抚一下剑灵,让师姐我也摸一摸。"

听到还有这办法,旁人也纷纷出言,都想摸上一摸,看看是不是跟传说中的一模一样。

瞧着这一伙传说中的茅山高人跟参观动物园的游客一般,我不由得笑了。其实人性是相通的,因为不了解,所以会显得神秘。当然,作为修行者,自然要比普通人在心性上面更加收敛,也知道控制自己的情绪。我深深地吸了一口气,退出人群,凭栏四望,感觉这三茅峰上,雷劈过后,空气很好,那游离的阳离子让人心旷神怡。

太阳升到了头顶,蓝蓝的天空万里无云,如同一块镜子,纯净得让人想要沉溺进去。

广场上的诸峰弟子渐渐散去,我的心情好得很,感觉这天下之大,终于可以想去便去了。不过瞧到围着杂毛小道的一干人等,我的心里面又有些迷茫。

我沉冤昭雪,杂毛小道也能够重归山门了,那么接下来,我们是不是就要分离了？

一想到这个可能，我的心中不由得就空落落的，三年多来，我已经习惯了这个时而疲赖、时而给力的好兄弟一直陪在我的身边。在无数次生死历险中，我们已经结下了最深厚的友情，他就仿佛我的家人一般，不离不弃——可是现在，他重归了自己来的地方，我们就要分离了……

瞧着面前这番热闹的场景，我突然感觉自己有些孤独，这些茅山弟子会认同自己曾经的同门，但是却不会认同一个来自苗疆蛮夷之地的家伙，而且这个家伙还是骇人听闻的养蛊人，所以除了少数知情人之外，其余的茅山弟子对我也仅仅只是礼貌性的客气，并没有太多的亲热之意。很多人甚至觉得我出现在这道场中，简直就是多余。

当然，在外面闯荡多年，我并不会如忧郁少年一般郁郁寡欢，这心思也仅仅只是一闪而过，并不多想。一番喧闹之后，有清池宫的弟子过来招呼我们，前往饭舍用餐。

阶层分级哪儿都有，茅山也不例外。前往清池宫的饭舍途中有一个广场，我看到上面支棱起了四口大锅，里面不知道熬煮着什么，反正热气腾腾，传来了让人食指大动的香味，有红薯、有菌类，还有米饭之类的——茅山弟子虽然可以吃肉食，但是今天是祭天的日子，还是需要戒荤的。广场周围，靠墙蹲着一排三代、四代弟子，捧着大碗和筷子在大快朵颐。至于我们，自有人领着来到饭舍里面，四方桌、长条凳、小碟的咸菜一应俱有，服务倒也还贴切。

伙食跟外面的一样，不过是小灶，似乎要精美一些，道士们大多奉行食不语的原则，所以吃得倒便快。完了之后，有人到风景好的树影下打坐休息，有的则找一僻静角落，三三两两聊天。大师兄一直没有出现，我便跟着杂毛小道走。午时末，所有人养精蓄锐完毕之后，大典最后的仪式，为掌门人陶晋鸿祈福出关的法会便开始了。

道场的法会，自然是各色道家法器一应俱全，而诸般仪式过场都一一登场，这些说起来比较繁冗沉闷，便不赘叙，不过几百人一同念诵经文祈福的场面倒是蔚为壮观，那经文声从山巅升起，在群山中回荡，气势惊人。

杂毛小道重归了山门，也有义务念诵，而我在此是一个无用之人，便坐在他的旁边不远处，不多言，闭目感受这种宏大的场面，体会道家天地之中的感动。

场中的每个人心中，都有一个疑问。

今日，陶晋鸿究竟能够出关吗？

第二十一章　茅山乱

这场祈福法会，从午后未时一直持续到了酉时，天色渐黑，所有人都是秋水望穿，然而后山处依然没有传来掌门出关的消息，随着头顶的那轮圆日一点儿、一点儿地沉入西山，将山巅映得彩霞漫天，黑暗也渐渐来临，清池宫前所有参与祈福法会的人，心也逐渐沉入谷底。

终于……还是没有出来吗？

台上同样盘坐在蒲团上念诵经文的长老们，脸色也开始变得灰暗，似乎有些失落。世人都能够明白地仙难成，要不然这百年来，成就地仙之位的人，也没有听过一个。通过大师兄私底下的解释，我知道这地仙并非是那兵解之后的鬼仙，那鬼仙是指修道者未能炼至纯阳，死后出阴神，也为灵鬼，而他师父冲击的地仙，三花聚顶，五气朝元，一点真阳点化浑身阴质，可神游于日光之下，有大神通。

不过越是有大神通，便越难为之。正因为如此，使得陶晋鸿十年如梦，蜗居洞中而不得解脱。

道家的这些东西，我懂的也不是很多，陶老爷子的那种境界，也不是我养蛊人所能够触摸得到的。不过看着大家原本兴致昂扬，都以为今天便是陶晋鸿出关之日，满怀心思地等待，结果换回来的是死一样的寂静。这样的一瓢冷水泼下来，让场中很多人都接受不了。

时间一点一点地推移，我视野中所能够见到的人，脸上的表情也越来越严肃，几乎都要板了起来。作为局外人，我自然也希望陶老爷子能够出得关来。一来是因为他出来了，我们便有一个天大的大腿可以抱，即使与杨知修再不对付，也不必担心自己的安危问题了；其二则是从杂毛小道的角度，这个家伙此番回门，其实所有人的态度他都不会放在心上，唯一紧张的，便是自家师父的立场，唯有陶晋鸿站在他面前，亲自宣布他重回山门，才能够让他产生那种强烈的归属感。

这种仪式是绝对有必要的，至于杨知修之前的承认，对于杂毛小道来说，不过是一声响屁而已。

时间并不停留，它依旧缓缓溜走，当西山最后一道霞光泯灭的时候，我突然听到山门处发出了喧闹之声，接着有人兴奋地高声喊道："后山法阵来人了，后山法阵来人了……"这话让台上七位长老神情一震，全部都从蒲团上站了起来，伸头朝山门处望去。

后山法阵来人，众弟子很自觉地让出了一条宽敞的道路来，我也紧张地朝那里望去，但见一个小个子朝着这边跑来，跌跌撞撞，瞧那衣角尽是泥巴的白色道袍，我不由得诧异："这不是包子吗？"

的确，此番前来清池宫的报信者，便正是前几日缠着我们的辈分极高的包子。

这小丫头气喘吁吁地越过盘坐在地的众人，一直来到清池宫主殿的高台前，朝着正中的杨知修拱手，奶声奶气地高喊道："杨师兄，我得了守卫后山法阵的萧应颜师侄儿的委托，前来告诉你、众位长老以及所有的茅山子弟一个消息……"

所有人都屏息静气，瞧着这个长得一副可爱包子脸的女孩儿，杨知修从台上几步跑下来，一脸激动地拉着包子的手说道："包子，你快说说，掌门师兄到底有没有出关？"

杨知修这番行为，倒也显得情真意切，似乎与陶晋鸿感情深厚的样子，而离我们不远的符钩，似乎显得冷静许多，面无表情地闭着眼睛，口中喃喃自语，似乎还在念诵着经文。瞧见无数人都朝自己这边望过来，包子也不怯场，深吸一口气，大声说道："姑姑说了，说今天一天都没有动静，我掌门师兄暂时出不了关了……"

她到底还是紧张，本应该私底下叫的"姑姑"称呼，这会儿居然大庭广众之下便脱口而出，然而旁人根本不理会这些，纷纷露出了失望的表情，异口同声的叹息传来："啊……"

我皱着眉头，想着即使陶老爷子勘破不了那死关，这样大声说出来，似乎不好吧？

果然，杨知修的脸色变得难看之极，他的眉头紧紧皱起，见到包子似乎还要说些什么，上前一步，将包子拉在自己的身后，朝着广场中的众位弟子大声说道："上天不作美，今天的大典结束了。掌门今天虽然不会破关，但是他会一直注视着我们的。终有一天，他会成就地仙之位，成为我茅山的无上荣光的。好了，各峰的负责人留下用饭，其余子弟，天色已晚，各自回去歇息吧，注意安全……"

杨知修一声宣布，失望之极的茅山弟子纷纷从地上站了起来，颓丧不已，呼唤着自家师兄弟，一同相约下山。

看着散去的人群，认真念了一下午经文的杂毛小道站起来，揉了揉腿，没有说话，不过脸色十分阴郁。我站在他身后默然不语。大师兄在我们的前方不远处，当诸位长老进入大殿后，先前那个道童从侧道处一路小跑过来找他。说了几句，大师兄点头，然后拍了拍他的肩膀，回过来跟我们说，让我们先随着震灵殿的弟子返回去歇息，他这边还需要跟诸位长老等人商量事情，不用管他了。

大师兄此番一去，必然又是各种博弈，不过我们也帮不上什么忙，毕竟杂毛小道刚回茅山宗门，而我则完完全全就是一个外人，说不上话，于是点头，让他小心一些，我们先返回去了。

大师兄走了两步，又回过头来，拉着我和杂毛小道的手，郑重其事地说："小心！"

听到大师兄这别有深意的话,我和杂毛小道对视一眼,看来今天的事情还有些余味啊?点了点头,我们让大师兄放心,这茅山之上,想要暗算我们的人虽多,但是能够动得了我们的人,却实在少。

天色已晚,散场之后的秩序显得有些混乱,我们本来想要等一下包子的,可是这小姑娘似乎也有资格参与后殿的密会,所以在李泽丰过来叫了我们之后,便随着大流出了清池宫。

因为掌门没有能够出关,所以中午与我们交好的诸位弟子也没有再过来热烈交流,只是与杂毛小道相约拜访之期后,郁郁离开。下山的道路依然漫长,每隔一段台阶便有一盏气死风灯,朦朦胧胧的光线让人的心情更加沉闷,人虽多,但是说话的却少,所以一路无语,自不必言。

回到震灵殿,已经是晚上十点多,我们草草洗漱完毕,坐在门前墙边的木头凳子前,享那山风吹拂。李泽丰过来确认还有没有什么事情,跟我们聊了一会儿,他有些失落,觉得陶掌门闭关已有十年之久,再这般拖下去,让那杨话事人掌这茅山,总不是个正理。

其余的弟子,每日专心修行便好,但是李泽丰跟随符钧多日,也算是一个备受器重的弟子,能够接触到很多东西,所以考虑的事情,自然会全面一些。

李泽丰走了之后,我和杂毛小道坐在简陋的条形木凳上,看着山下山上星星点点的灯火,如同孩子的眼睛,不由得长叹了一口气。

大家各有心事,便没有多聊,只是静静地坐在凳子上,不说话,呼吸着茅山夜间清新的空气。平日里到了夜里朵朵和小妖都会出来,不过这道门重地,她们待着都很憋闷,所以并没有出现。坐了一个多小时,我忍不住踢了一下杂毛小道,问他打算以后怎么办?

"以后啊……"杂毛小道复述了一下,痛苦地闭上了眼睛,陷入了沉默中,没有说话。

他不说话,我知道今天陶晋鸿没能够出关,对他的打击还是比较大的,所以心中难免有些彷徨无定,不知道如何是好,于是也不再追问,望着头顶的星空不说话。

这般静静待了许久,不知不觉,竟然靠着墙壁睡了过去。半夜我醒过来,问杂毛小道有没有感觉到有一股血腥味,他摇头,说没有啊。我搂着胳膊,说冷,他说我们回房吧。于是我们两人回了房间,各自入睡。迷迷糊糊到了早上,突然听到外面很吵,我再也无法入睡。杂毛小道则呼呼大睡,没有动静。我心情略微烦躁,披着毛巾被站起来,打开窗,瞧见李泽丰匆匆走过,便叫住他,问发生了什么事情?

李泽丰停下了脚步,脸上露出了欲言又止的神色,想了一下,终于还是说道:"清早传来消息,看守我茅山门户的烈火真人,被人发现死在了隧洞之中……"

第二十二章　疑犯追踪

烈火真人？听到这个名字我懵了一下，不过很快就想起来了，不就是茅同真吗？脑子里瞬间想起了那个头发斑白、右脸颊上有一颗肉痣的矍铄老道士来。初见茅同真的时候，正好是我双腿复苏，刚刚恢复健康之时，当时我被诬陷入狱，他是被杨知修派过来镇场的，而后对我一路追杀，我曾经被他的烈阳焚身掌击中，差一点就死去；身为茅山长老，他是一个极厉害的高手，五雷明证录、纸鬼引灯术、四相封魔阵、请乩童降身以及烈阳焚身掌，诸般手段都是让人不敢小觑的。虽然后来屡屡受挫，败于我手，但也不是常人所能够企及的。

在天湖边我击败了茅同真，但并没有咄咄逼人地将他杀了，而是选择了宽容，他嘴上虽然不说，但是当时也放弃了与我们为敌的态度。后来我们在前几天进入茅山山门的时候见过一面，当时的他反应冷淡，不知道是不方便说话，还是因为回到山中被人嘲笑，于是将这恼恨迁怒于我？

当日在天湖边大战茅同真，我也几乎是搏命，再加上人品爆发，只怕现在对上茅同真，我也未必便能稳赢他。

茅山长老便是茅山长老，含金量绝对是十足的。

战斗便是这样，除了实力外，还与心理、状态、天时地利等有关，甚至运气也占了很大的一部分。

然而此刻听到了他的死讯，我的心中五味杂陈，一时之间，不知道说什么好。一直在呼呼大睡的杂毛小道也被谈话吵醒了，听到这个消息，他想得倒比我全面，隔着窗子抓住了李泽丰的衣襟，严肃地说道："茅长老死了，怎么可能？那么有没有发现凶手是谁？是不是我茅山被人入侵了？"

听到杂毛小道一连串的问话，李泽丰很无奈，说他也是刚刚得到的消息，他师父已经下山，朝山门赶过去了，至于其他，估计要他回来才能知道。说完这些，李泽丰似乎还有许多事情要做，匆匆离开。

杂毛小道眉头一皱，将挂在墙上的道袍取下来，草草穿上，然后跟我商量道："小毒物，我们去看一下。我昨天晚上右眼皮就一直在跳，肯定是要出事的！"我说好，去瞧一瞧吧。

说话间我们两人都起了床，带着随身之物，冲出了住处。一路穿行，出了震灵殿，快要到殿前牌坊处时，两个道人拦住了我们。为首的那个道人倒也极为礼貌，说："萧师兄，宗门内戒严了，若是出行的话，还请改日。"

昨天杂毛小道大放光彩，整个茅山上下，少有不认识他的，所以这些清池宫的弟子语气也恭敬，杂毛小道也不客气，眉头一竖，说："戒严？这是什么道理？"

　　那个道人再次躬身回答，说："昨天夜里，茅山山门处发生了一场拼斗，烈火真人身死魂消，话事人和诸位长老认为可能有一些邪魔外道潜进了我茅山宗内，所以才会实行戒严，让众位弟子这些天先不要出行，固守大阵，这也是为了大家的生命安全着想——能够不声不响地将茅长老杀死的敌人，这种家伙必然是我茅山上下众多弟子所难以对付的。"

　　伸手不打笑脸人，他倘若是言语恶劣，我们倒也有借口硬闯，他越是恭谨有礼，我们便越是不好发作。特别是在这敏感时期，更加不能强行硬闯，一时间犯了难，不知道如何是好。

　　恰在此刻，李泽丰捧着一根拂尘从震灵殿中匆匆走下来，瞧见了在牌坊下说话的我们，过来问是怎么回事，那道人讲了同样的说辞，李泽丰瞧了我们一眼，拉着这道人的手嘿嘿笑，说："雷明光、黄震两位师叔，萧师叔和这位陆居士是得了我师父的邀请，前往山门处查探凶手的。"

　　"是这样啊？"被称为黄震师叔的那位道人沉吟了一番，许是看在符钧的面子，又或者是因为昨天杂毛小道的表现太过惊艳，于是点头答应了，将我们放行。

　　李泽丰带着我们匆匆下了山峰，朝着山门赶去。这两地相离颇远，我们走了好一段路程，才到了之前那个沟通茅山后院与前门的狭长隧道。这里来了许多人，除了清池宫的弟子外，还有一些门中地位较高的弟子，除此之外，最多的便是胸口缝着一颗"卍"符号的黑袍道士，李泽丰跟我们说这是茅山宗刑堂的师兄弟。

　　走到跟前，有人大声喝问，让我们停住脚步，问来干吗的，李泽丰如实回答，让他去里面通报一下。没多久，我们认识的那个黄脸汉子朱睿走了出来，招呼我们进洞去。

　　走进洞，里面依旧是美丽的壁画，然而却有一股浓重的血腥味在内里飘荡，让人鼻头痒痒。

　　杂毛小道摸着鼻子，想起一事儿，问我说："小毒物，昨天夜里你说是不是有血腥味，不会说的就是这里吧？"我摇摇头，说不知道，半梦半醒的事情，怎么做得准？杂毛小道叹息，说多半就是这样，估计茅师叔就是死在那个时候。

　　走进光线昏暗的狭长隧道，沿路都是刑堂弟子，朱睿是其中的一员，一边走一边跟我们介绍案情，说茅长老是在昨天寅时左右死去的，因为他这个人性格有些孤僻，喜欢独处，所以一同守阵的弟子并没有和他在一起，而且还离得比较远。早上有弟子给他送饭，才发现内洞处有打斗的痕迹，而他则七窍流血地躺倒在地，早已经一命呜呼了……

　　"除了茅长老，还有其他人死去吗？"杂毛小道皱着眉头问道。

　　朱睿摇头说没有，因为茅长老修为高深，向来都是单独行动，其他弟子也是极放心的，没想到他竟然遭了不测。昨天夜里在这里守阵的一共有九名弟子，一早都被刘长老下令给带至刑堂问话去了，至于结果，估计要到中午才能够出来……

隧道并没有多长，很快我们就来到了上次碰到茅同真的漆黑小巷，此刻这里灯火通明，口子处围满了茅山高层，许多人影，看得也不是很真切。我瞧见小巷正对的墙壁上出现了两个深深的掌印，将上面的壁画拍得裂开，掌印处一片焦黑，想来是被茅同真的烈阳焚身掌给击中了。

到底是什么人，不但能够找到茅山的山门所在，闯过这固若金汤的法阵，而且在与茅山长老级别的茅同真的交锋中，将其击毙，并且没有给茅同真通知山门的机会，甚至还让那些看守山门的弟子浑然不觉？

我的心中第一个闪现出来的便是像陶晋鸿这样的地仙高人，其二便可能是有内鬼。

是啊，也只有内鬼，才有可能熟悉这里法阵的布置以及看守法阵者的规律和习性，自由出入此处。

我们进了小巷，发现大师兄和符钧都在，梅浪长老和刑堂长老刘学道也都在，别的长老倒没瞧见。见到我们进来，刘学道眉毛一扬，眼睛瞪了过来，我们倒没有感觉什么，领我们进来的朱睿腿一下子就软了。他刚想解释，大师兄一挥手，招呼我们，并且对刘学道说道："刘师叔，小明和陆左查案的功夫有一套，可以让他们过来看一看，提提意见！"

刘学道不置可否。

我们和大师兄、符钧打了招呼，并向梅浪点头致意。大师兄没有多说什么，朝着地上指了指。我低头看，只见茅同真已经被放置在一具担架上，身上蒙着一块白布，果然没有什么生命气息。符钧在旁边跟我们解释："杀茅师叔的是个顶端厉害的高手，现场几乎看不到脚印，用的也是剑，茅师叔左腹中了两剑，腿也中了一剑，不过最致命的，还是脖子，一剑即将气管割破，似乎混入了吞噬灵魂的灵体，结果茅师叔连命魂都没有逃脱，直接就灰飞烟灭了……"

我们在现场勘察了一下，线索不多，唯一知道的，就是凶手是个好几层楼那么高的高手。现在的问题是不知道那个人是否潜入了茅山宗内，也不知道他的目的是什么，于是现在各处都在戒严，然后准备组织高手队，全山搜查。刑堂处事十分专业，我们一时也提不出什么建议，这时之前来震灵殿捉拿过我们的杨知修弟子陈兆宏走进了洞来，朝着我和杂毛小道说道："跟我走，话事人要见你们！"

第二十三章　前倨后恭

听到陈兆宏冷淡地说出这样的话，我的心中不由得一阵猛跳：这节奏，杨知修不会是怀疑我或者杂毛小道怀恨出手，将茅同真给击毙于这山门隧洞之中吧？

毕竟我们都在这宗门中，也可算在内鬼之列，而且，达到一定层面的人也都知道，我曾经在单挑中打败过茅同真，如此看来，更有嫌疑啊？我越想越不对劲，沉声问道："找我们有什么事吗？"

我这话说得急，没有注意什么态度，结果陈兆宏的眉头便皱了起来，说："话事人传你们，便去，问这么多干吗？难道你心里有鬼不成？"

当时大师兄也在场，听到我们的对话，走上前来，拍了拍我的肩膀，宽厚的手掌沉稳有力，然后对我和杂毛小道说："你们去吧，没什么事的。"

听到大师兄的话，我才放下心来。与陈兆宏出了洞口，他停住脚步，从身上的包裹中拿出两双纸甲马，递给我们，吩咐说小心点，别弄坏了，然后不再理会我们，自顾自地给自己腿上绑起来。我瞧着手上这些绘有那古怪骑马披甲神将的符纸，不知该如何摆弄。

杂毛小道俯下身来给我绑紧，然后跟我说："一会儿你跟在我后面，拉着我的衣袖奔行便是。起程前，你念那《足底生云法》——'望请六丁六甲神，白云鹤羽飞游神。足底生云快似风，如吾飞行碧空中。吾奉九天玄女令摄'即可。"

瞧见杂毛小道教我这纸甲马的用法，陈兆宏背过身去，鼻子似乎轻轻扭了一下，用几不可闻的声音轻嗤道："乡巴佬！"

这家伙嘴臭，让人讨厌至极。我顿时有点儿无名火起，正要发作，杂毛小道摆了摆手，示意我别跟这小鬼儿一般见识，真正有本事的人，无需向这种小杂鱼证明自己。

这纸甲马用法并不复杂，我很快便懂了，在陈兆宏的连声催促下，开始念诵杂毛小道刚才教我的《足底生云法》咒文，念至最后一个字，抬脚起步的时候，便感觉风声呼呼，景色飞快往身后退去，仿佛坐上了汽车一般，行路轻松毫不费力。一开始我还略有些身形不稳，很快便掌握了，身形如飞，跟着陈兆宏和杂毛小道两人，朝着山上行去。

作为茅山宗现任大总管、话事人，杨知修远远没有达到一派掌门那种号令如山、一言九鼎的威势和权力，平日里也颇受诸位长老的掣肘，所以他平日里的饮食起居十分谨慎，并没有住在那高高三茅峰的清池宫中，而是另有居所。不多时，我们到了一处清幽的山中小楼前。这小楼掩映在一片青山翠竹中,依稀浮现出来的是两层的竹楼,占地两三百平方米的小院子,远处的山坡和池塘都有符文流动的痕迹,而近前则美得如同电影里面的景致一般。

陈兆宏在院子前二十米的青色草茵前停下,我和杂毛小道也停下了步伐,站定,将腿上的纸甲马解下来。那家伙像防贼一样抢过去,小心翼翼地检查了一遍,方才收起来,躬身朝着竹楼小院高声禀报了一声,于是有一青衣小厮打开院门过来,与他说了两句话,将我们引入院中。

院子颇大,不似山中别院,倒仿佛江南园林一般精致。杂毛小道皱起了眉头。

来不及细瞧,我们被领到一处偏厅。偏厅东西不多,但茶桌屏风一应俱全,小厮让我们落座稍候,然后人便离开了。瞧杂毛小道一副稀奇的样子,便问:"你以前没有见过?"他摇摇头,说他离开之前,这里好像还是一处活泉眼,供应附近一带的杏子树,现在杏子树不见了,倒是那竹林幽幽,风景美了许多。

我说这话事人倒也是一个懂得享受生活的人,杂毛小道笑了——在别人的地盘我们不便多说什么,彼此会意便是。没几分钟,一个长得清秀俊俏的少女进了屋来,与我们看茶,分斟香茶各一杯,之后离开。

那妞儿走了之后,杨知修走了进来。今天的他穿着简便,白色汗衫、墨色绸裤,仿佛古代士大夫穿越到了当代。无论私底下如何不对付,我们面前这位都是茅山的话事人,我和杂毛小道便故作惊慌地从座椅上站了起来,还没开口,便被杨知修热情地阻拦住,强行拉我们坐下,哈哈笑道:"来来来,都坐下,别拘礼,在我这里,不用这么拘礼的。"

他将我们按在座位上之后,自己也坐在了我们对面的藤椅上,脸上有着亲切的笑容,平易近人地对杂毛小道说:"克明师侄,其实昨天便想找你聊聊,恭贺一下你重回山门,可惜诸事繁忙,拖到现在。昨天我以话事人的身份宣布了你的喜事,今天代表你师叔我自己,向你表示祝贺——来,我这里有洗髓伐骨金丹两颗,权当做贺礼,且收着吧。"

洗髓伐骨金丹?这玩意儿可是极为稀罕之物,当日偕同茅同真一起追杀我们的龙金海得赐一颗,便效了吃奶的气力,拼死为之,这位话事人倒也真是舍得。瞧着杨知修手掌上那用锦盒装起来、金光闪闪的丹丸,杂毛小道霍然站起来,连忙推说道:"杨师叔,这万万不可……"

"哎,克明师侄,你可别拒绝。这丹丸给你呢,有两个意思,一来是恭贺,二来则是向你还有陆左道歉——当日我被鹏飞那畜生的死蒙蔽,让你们奔波流离,受尽了委屈。说实话,小明,并不是师叔故意为难你们,只是我到了这个位置,便有各种各样的人在看着我,想让我难堪,所以很多时候行事也并非本意,实属情非得已……"

杨知修语重心长地跟我们说着话,一副谆谆教导的长者模样。杂毛小道与他虚情假意地附和着,演出了一番叔贤侄孝的戏码,看得我眼睛红红,这都是奥斯卡级别的

演技啊!

杂毛小道最终还是"勉为其难"地收了下来,拉着杨知修的手大肆感谢。如此又是寒暄一番,杨知修方才进入了正题:"贤侄你此番回归山门,今后有何打算啊?"

杂毛小道摸着自己的鼻子,沉思了一番,说:"不知道啊。小侄离开茅山近十年,江湖颠簸,早已经习惯了浪迹天涯的生活,如今稍微一安定下来,又有许多惆怅。昨日本来期待师父出关,静听吩咐,哪知师父并没有出来。这一夜恍惚,心中郁郁难安,所以暂时还没有考虑这个问题。"

杨知修端起手边的茶,请我们品了一口,然后缓缓说道:"其实在你回归山门之前,我和你几个师叔都讨论过了。无非有三,其一便是如符钧一般开峰收徒,其二如你大师兄一样进入朝堂,最后呢,才是做一个闲散人,自由自在。我的意思是第一种,那逐浪峰自你徐师叔走了之后,一直空着无人,现在差不多已经整饬好了,不如你便入主逐浪峰吧。"

杂毛小道诚惶诚恐地摆手说道:"万万不可,万万不可!符师兄是掌灯弟子,地位特殊,故而能够开峰授徒,小侄一别茅山十余载,并无寸功,何德何能,占那逐浪峰的风水宝地?杨师叔,此事休提,不然小侄愧颜了……"

杨知修佯怒道:"你这小子,当真不识抬举。当日你师父闭关,指定我来当这茅山话事人,我一来辈分不如旁人,二来修为也不高,经验尚浅,还不是硬着头皮坐了这位置?至如今,不也是好好地做着,鞠躬尽瘁吗?"

杂毛小道说:"师叔你天纵之才,小侄如何能比?"两人又是一番恭维,这时杨知修才说,昨日夜里的事情,你们也知道了。那凶手是个高手,寻常弟子难以寻觅。你既然还未决定,不如暂入高手队,一起搜寻那潜入之人的踪迹,也算是帮我茅山一个忙,如何?

杂毛小道不敢拒绝,唯有答应,拍着胸脯说分内之事,而后杨知修又瞧向了我,说:"陆左你也是有名有号的高手,与小明又兄弟情深,不如一起吧?"

我也答应,又得了不要钱的赞美若干,然后其乐融融地被送出了山中小楼。

走出了竹林,杂毛小道拿着两颗洗髓伐骨金丹苦笑说:"得,看来得了便宜,需卖力气才行。"

他说罢,抛给我一颗,说:"给,小毒物,尝一尝吧,看看有没有毒?"

我接过来,擦了擦衣袖,然后往嘴里面丢,一咬,哎呀,嘎嘣脆!

第二十四章　高手队

到底是传说中天山神池宫的极品特供，一颗洗髓伐骨金丹进了肚子，好似一团烈火在燃烧，它化作津液在肚中流淌着，仿佛热力源泉朝着四周源源不断地散发。我被这热气熏得难受，汗流浃背，一开始还装作颇有风度地走了一会儿，结果没走出竹林子，便坐倒在了泥地里，不住地打饱嗝。

杨知修弄这么平易近人一出，求贤若渴的模样让人心中发虚，所以杂毛小道便怀疑这洗髓伐骨金丹中有些蹊跷，便没有吃，而我自恃肚中有万毒之王的金蚕蛊，浑然不在意，将它一口吃下，才知什么叫做"虚不受补"。杂毛小道在旁看着好笑，扶我在路旁坐下。也不忙着去刘学道那里领任务，先歇着一会儿再说。

歇了差不多半个小时，感觉体内像流窜犯一样四处作乱的热力终于缓缓消失，心中似乎有某种东西蠢蠢欲动，然而最终还是没能够到达那临门的一脚，攀登不上来。

我心中哀叹，难道杨知修给我们的这一颗是残次品？倘若这一颗洗髓伐骨金丹能够将肥虫子给唤醒，还是要感谢他的。可是现在，咱也就只有吃完抹嘴的节奏。

杨知修这处住所应该是花了很大的心思，风景秀丽得让人沉浸进去，舍不得离开。来时陈兆宏之所以会让我们用那纸甲马，是因为怕耽搁了杨知修宝贵的时间，我们如何回去，他便不关心了。没人管，我们也懒得走，坐在这竹林外围好不舒爽。到了早上九点多，见到梅浪长老从我们身前踩着纸甲马走过，高速奔行中的他似乎也看到了我和杂毛小道，当时一愣，脸上露出了奇怪的表情，神情惊慌，差一点儿栽倒，惹得我和杂毛小道哈哈大笑。

结果没一会儿，便有人出来轰我们。来者是之前给我们斟茶的那个小姑娘，杂毛小道厚着脸皮问人家名字，结果被那女孩一双无辜的眼睛看得心里发慌，最后坐不住了，拉着我悻悻离开。

走到山谷平原处，足足花了大半个小时。戒严依然还在继续。我们被盘问了一番。结果远处走来了那黄脸汉子朱睿，将负责执勤的这名清池宫三代弟子好是一番教训，责问他瞎了眼睛，居然连大名鼎鼎的萧师叔都认不出来？

那个三代弟子也挺牛，仗着自己师祖是杨知修，梗着脖子跟朱睿顶，说："萧师叔又怎么样？现在戒严，除了宗内真传弟子和刑堂弟子之外，所有人都不得随意出入茅山各路口，违者格杀勿论。"

他这般说着，朱睿的脸上露出了不怀好意的笑容，说："格杀勿论？你有这本事，拿出来看看呗？"

被朱睿一逼,那个弟子也有些恼火,朝着同伴挤眼色,让去叫人过来,镇压场子。杂毛小道没有心思跟这些小人物计较,拍了拍手,朝着那个外表倔强、内心其实早就惶恐不安的三代弟子笑了,说:"我们是奉了话事人的吩咐,加入茅山刑堂抽调各处组成的高手队,协查茅长老被杀害的相关事宜,你这里倘若没有得到消息,可以先向你的上级,或者师父请示,再做决断。"

人的名树的影,这个三代弟子自然不可能不认识这几天风头最盛的杂毛小道,刚才也只是嘴硬逞强,此刻有了台阶下,也是呵呵两声,说萧师叔既然这么说了,自然不会骗我,先请吧。

朱睿领着我们离开要道,回头瞧了一眼守在道口的那两个清池宫弟子,大为快意地说道:"这些家伙平日里眼睛长在天上,今天总算是吃了一回瘪。哈哈,真畅意啊!"杂毛小道跟在旁边,皱着眉头说道:"朱师兄,他们真的有这么差?"

朱睿点了点头,说你们是不知道,清池宫的弟子平日里飞扬跋扈,嚣张得要死,让人恨不得揍上一顿。这两个没什么本事,辈分又低,所以才会这样,倘若是换了陈兆宏那些家伙,必定不会善罢甘休的。

杂毛小道摇头叹气。谁都知道榜样的力量是无穷的,清池宫的弟子之所以这个样子,跟他们头顶上的师父,有很大的关系。

朱睿这人情绪走得快,拉着我们的手,兴奋地说道:"先前我们还在犹豫,能够将烈火真人给击毙的高手,我们对上了也无外乎是一个死字,现在话事人既然请来了你们加入,多少也算是有了一层保障。小明,你可要记得,倘若师兄我真的有事的话,你的飞剑一定要过来救我哦?"

杂毛小道笑了笑,说那是自然,问朱睿接下来去哪里?

朱睿问我们有没有吃过早餐,杂毛小道摇头说没有,而我一颗洗髓伐骨金丹下了肚,浑身热意蒸腾,哪里还会饿,于是说不用。见我们两人意见不同,朱睿便说他也没有吃,找个地方先填饱肚子吧。说着他带我们到了山谷平原靠左一个小小的聚居点,那里有五十来户人家的样子,负责这山谷平原中农作物的收成,供养茅山上下几百口子人的伙食——当然,还有一些其他少量的物资,是可以从山外运过来的。

有人聚居的地方自然会有交易。有饭馆子,也有早餐铺子。这里的交易比较简单,通通记账。

热腾腾的茭白烧肉、臭豇豆、鲫鱼冻以及一大盆白粥。真不知道大早上是怎么弄出来的这些美食,杂毛小道和朱睿吃得不亦乐乎,嘴巴皮流油,看着他们端着硕大的碗哧溜哧溜喝白粥,我忍不住咽了一下口水,疑惑地问朱睿:"我们不是有任务么,怎么不去忙,反而这般闲得牙疼?"

朱睿抹了一把嘴,说:"皇帝也不差饿兵不是?再有了,你以为还真指望你们来盘查凶手的踪迹啊?刘长老座下那八大金刚是干吗的?现在各处都在戒严了,整个茅山上下法阵大开,刑堂集合了宗门有名有号的高手,分成十余队,梳子一样地从头到脚、从东到西地梳理过去，先将有可能的地方排除一遍，再作其他分析手段。我们领到的任务是坟山那边，一会儿还有两个人要过来，我们得在这里等一会儿。"

我点了点头，说哦，然后吩咐这早餐店的老奶奶弄来一个大碗，舀一大碗稀饭，也呼哧呼哧地喝了起来。

过了十来分钟，果真来了两个人，其中一个是熟人，络腮胡庞华森，另外一个相貌美丽的小道姑有些害羞，细声细气，还没有说话呢脸就变得红红的。朱睿跟我们介绍，说："她是英华真人的弟子，小明，你可还记得？"

杂毛小道动容了，说你可是张欣怡？那女孩儿眼睛发亮，说萧师兄你还记得我啊？

杂毛小道呵呵地笑，说我姑姑的小师妹，我怎么记不得？我可是看着你长大的，我离开茅山的时候，你可能只比包子大几岁吧？秀秀气气的小姑娘，也不爱说话，有时候甚至一天都不说话，愁死我姑姑的师父了……

这般说着话，敢情都是老熟人，大家准备停当，离开这处聚集地，朝后山走去。

我们要查询的坟山不是上次看望陶庭倩的那处墓地。茅山存世几百上千年，历代子弟多矣，死了能够葬在陶陶那处风水宝地的，实在不多，便是徐修眉以长老之位，也仅仅只能占一靠边的位置，所以我们此去的是普通弟子的葬身之处。别的坟山阴森恐怖，而这茅山上能够做超度法事的道士一抓一大把，坟山自然也只是一处风景极美的地方。我们在坟山附近搜寻好一番，并没有收获。到了下午两点，朱睿收到消息，说今天结束了，大家先回去睡觉，夜间再待命。

杂毛小道与诸友告别，然后与我回返震灵殿，趁这工夫将洗髓伐骨金丹给炼化了。修行一事，沉迷便不知时间，不知不觉就到了晚上，朱睿约我们子时去刑堂开会。我和杂毛小道洗了一把冷水，浑身一激灵，身形轻快地出了震灵殿。然而在走下那冗长台阶的时候，我头天晚上闻到的那股血腥味，似乎又飘散而来。

第二十五章　血夜前奏曲

　　台阶长长，周边的气死风灯微微照着光明。一点点儿光，弄得这山道昏昏暗暗。山里面温度清凉，湿气也重，让人鼻子不舒服。我和杂毛小道沿着台阶缓步而下，山风中淡淡的血腥味传来，我们不由心中一惊。我和杂毛小道的肌肉都绷得紧紧，一边大声示警，一边快步朝着山下那血腥味的来源奔去。

　　此处离峰顶不远，杂毛小道声音浑厚，如此高声喊叫，峰顶自然也有了动静。有人知晓，我们便无所顾忌，将身上背负的木剑拿在手中，疾奔而下。猛地看见山下也冲上来几个黑影。为首的黑影朝着我们这边高声喊道："萧师弟，你们那边发生了什么事？"

　　原来是前来接应我们的朱睿、庞华森和张欣怡三人。我心急血腥味的来源，也不打招呼，转身疾跑。杂毛小道在后面招呼众人："刚刚下山，便有一阵浓重的血腥味传来，快快随我去察看！"

　　转入小路，光线更加昏暗。行了好一会儿，那气味只是随风一阵，过后便没有。我循着印象大概搜寻，终于确定了一个区域。满眼的草丛，四周山林仿佛藏着无数魑魅魍魉，在里面爬行着，阴森恐怖，根本无法找寻，于是只得停下了脚步。

　　身后的几个人跟了过来，询问有没有发现，我摇头，说消失了。

　　这时震灵殿也赶来了人，因为是非常时期，大家都十分戒备，一来便来了二十几人，为首的正是李泽丰。大家相聚一起，便谈起了那一股血腥味儿，似乎还很新鲜，只可惜此处乱草丛生，光线又暗，看得并不仔细，无法找寻。

　　听到我们这般说，朱睿不由得笑了，说："这好办啊，庞华森的鼻子比狗还灵，让他闻闻？"

　　其实不用朱睿说，庞华森就已经在行动了。在我们议论这血腥味是不是那个凶手再次杀人留下来的时候，庞华森已经从草丛深处，拎出了一头毛茸茸的小东西来。这是一只体形痴肥的松鼠，浑身有着金黄色的柔顺毛发，像玩偶一样，尾毛多而蓬松，像最美丽的围脖。小东西的长相十分讨人喜欢，然而它的脖子处却有一个血肉模糊的伤口，仿佛是被什么东西给咬出来的一般。

　　原来血腥味来自这里。众人瞧向我们的目光就变得有些奇怪了，仿佛在责怪我和杂毛小道大惊小怪。

　　我也觉得有一些乌龙，摸着头不说话，然而这时却有人认出了这小东西来："这不是包子师姑奶奶的小松鼠吗？"听到这话儿，本来都已经准备离开的众人又围了上来:"还真是啊,以前看见她带来山上玩过呢……"

瞧见这小东西一命呜呼,有人开始担心了,说这小姑奶奶不把自家的宝贝看好,这会儿死在我们的山脚下了,不会怪罪我们吧?

听到这话,又想起传功长老那女弟子的各种难惹、难缠之处,震灵殿弟子都惊恐地往后退。有人点头,说一定会的,这个小姑奶奶自把这小松鼠从后山带回来之后,就当最喜欢的宝贝儿一样养着,娇惯得很,她倘若是知道自家松鼠给啃了,一定会抓狂的……

这话说完,我顿时感觉拥挤的身边一空,空气都清新了许多,原来那些衣冠不整的震灵殿弟子全部都跟打了鸡血、百米赛跑一样,消失得无影无踪,留下了我们高手队的这几个成员以及李泽丰等几个负责的弟子。

不过即使留了下来,李泽丰也略微忐忑,跟我们商量,说:"这茅山境内的野物也多,说不准就是什么野狸子将这小松鼠给啃了,不过它既然是在峰下,便与我们没有什么关系,我也先回去了,家师只怕这会儿,就要回来了。"

说完他也仓皇离开。杂毛小道拎着这头生前可爱痴肥的小松鼠,眉头不展。

庞华森见他面露怀疑不肯离去,笑了,说克明你是有多日没有回我茅山,对我们这里的野物,只怕是没有什么记忆了。无论是狐狸,还是野猫子,都凶得很,这松鼠虽然机灵,但倘若惹到那些东西,是肯定力敌不过的。唉,包子没有将它看好,死了也是没法子的事情。

杂毛小道似乎想到了包子失去一直陪伴着自己的小伙伴时,可爱小脸儿上那悲戚的表情,不由得叹息。他心中不忍,找来一个包袱将其裹住,说活要见人死要见尸,无论如何,都要给包子一个交代的。

朱睿、庞华森等人是过来接我们到刑堂开会的,没想到正巧撞上了这事,这边确定之后,便带着我们离去。茅山刑堂在茅山弟子心中,是让人恐惧的去处,在后山山谷中,刑堂长老刘学道平日里极为神秘,不怎么出现的。那天大典,多少也是为了照顾陶晋鸿的面子,方才出现。不过我们并不用去后山山谷,而是来到镜湖旁边的一处楼阁。这里被暂时当做了刑堂的驻地,专门处理茅同真突然死亡的案件和追查潜入茅山者等相关事情。

楼阁中灯火通明,十余队来自各峰各殿的高手在此汇聚,除此之外,还有很多胸口缝卍,身穿黑色道袍的刑堂弟子。

我们是来得最晚的,身上还有血腥,大厅中央一个面相古拙的中年人皱眉问朱睿是怎么回事?这个中年人我们也认得,是刘学道座下大弟子冯乾坤,观其行为气势,也是一个厉害的高手。朱睿如实禀报,冯乾坤点点头,表示知晓了,没有再多说。他清了清嗓子,朗声说道:"既然人都来齐了,那么我们就开一个碰头会,讲一讲茅同真长老遇害的案情,并且汇报一下今天的进度……"

冯乾坤在台上讲话,简明扼要。他通报了案情以及今天搜寻的地方,然后作了些分析。这杀人凶手无外有三。其一乃邪教觊觎，这个是有前科的，近两年来，不断有邪教，甚至是这道门中人，试图潜入茅山，所为的，就是查探陶掌门是否成就地仙果位的消息。其二则为内鬼，有人与茅长老有私仇，故而杀害于他。最后的可能就是内外勾结，若真的是如此，问题就变得很严重了……

其实我们都是些做具体事情的人，冯乾坤也没有将话讲得多明白，只是将那凶手有可能藏匿的地方，给我们讲明，并且提醒我们，凶手是一个用剑的高手，千万不要单独行动，不然一命呜呼了都不知道，也怪不得谁。

冯乾坤正布置任务，突然一个黑袍弟子从门外匆匆跑进来，通报道："掌灯真人符钧遇袭，身受重伤，凶手向后山逃去，刘长老等人已经追过去了，吩咐我们去支援呢……"

这话儿一说出来，大厅里六七十号人不由得嗡的一声，炸开了锅。而冯乾坤是个极有担当的人，当下并不慌张，冷着脸大声喝停，然后开始布置任务。何人留守防备，何人前往震灵殿勘察，何人随他一同前往后山去与他师父汇合，诸事都安排得妥当，条理清晰。

布置完这些之后，他还特地走上前来，向我和杂毛小道拱手，说："此行追击的高手不多，烦请两位随我一起，前往后山增援。"我和杂毛小道点头说好。

紧急时刻，大家也不多言，匆匆收拾好身上的物件，朝着各自的方向奔行。先前我们用的纸甲马并不是统一装备，所以只有三两个人快速跑去，而其余人则按照自己所分的小组奔行。我心中焦虑得很，知道松鼠的死亡并不是偶然，说不定就是那个潜入的凶手声东击西的手段，"他"必定是引开了震灵殿的众弟子，才得了空隙，偷袭成功。

如此一想，我的心中充满内疚。然而没走多远，在我旁边一直保持速度跟随的庞华森突然身体一歪，人便栽倒在了草丛里。

这突如其来的状况吓了我一跳，我们小队都停下围上来，冯乾坤从我们身边经过，并不停顿，而是吩咐朱睿和我们照看，他先过去。我们几个围着庞华森，问他怎么回事？他没有说话，嗓子里发出嘶嘶的声音，仿佛喉咙有痰，呼吸不畅。

朱睿和杂毛小道在前面围着，我也看不到什么，正想挤上前去，却听到张欣怡指着庞华森的手掌尖叫："毛，毛……"

第二十六章　黑袍道士

张欣怡这般叫着，便见到被缓慢扶着的庞华森整个身子都在颤抖，筛糠一般，口中吐着白沫，而一双手，则开始往外面冒出黑黢黢的硬毛。"不好，中尸毒了！"杂毛小道一声大叫，而朱睿也放开了庞华森，往后面退了几步，脸上露出了惊恐："好厉害的尸毒，发作得竟然如此之快？"

所幸作为茅山道士，常年都有可能和这僵尸、尸毒打交道，故而随身带有克制的东西。朱睿手往道袍里一掏，摸出来一块墨斗，口中念念有词，飞快地将上面的黑线蘸上些特制墨汁，然后捆在了庞华森的双手上。

完了之后，他一边咬破中指，将血滴在庞华森的额头，一边大声喊道："老庞，老庞，你还有意识吗？"

庞华森虚弱地回应，说好冷啊，感觉快要睡着了一样……

他说冷，然而瞧他那红彤彤的脸儿，却烫得吓人。听到这话，朱睿急了，说："可别，你这要是闭上了眼睛，再想睁开来，可就难了。欣怡，有早熟的糯米粒没有？赶紧给我！"朱睿这边吩咐着，背着个小袋子的张欣怡已经翻出了一袋糯米来。这是出行常备之物，她口中念着驱疫咒诀，手势均匀地将糯米撒在庞华森的脸上。白皙的米粒碰到庞华森的脸，掉落在地上的时候，已经是漆黑冒烟的模样。

大半袋子的糯米洒在了庞华森的脸上，然而却是一点儿效果都没有。他照旧热得很，脸色通红，那头发都烤弯了，发出一股熏臭的气味，身子颤动的幅度也越来越大，身体仿佛僵硬了一般，砰砰作响。

杂毛小道站了起来，将整个事件在脑海里过了一遍，惊叫道："不好，庞师兄是被松鼠给传染了！"话儿说完，将随身携带的包裹解开来。里面裹着一只毛发稀松的肥松鼠，虽然无臭无味，然而却早已经血肉模糊，有了肥蛆生长。杂毛小道眉头一皱，将这东西小心放到了地上，转过头来问我："小毒物，这到底是什么东西，竟然能够瞒得过我？"

我瞧见这玩意儿，心中一紧，让他将双手伸出来给我看，别也中了尸毒。

杂毛小道将手伸出来。这家伙相貌长得不怎么样，但手指却是白皙修长，活脱脱弹钢琴的手。上面并没有庞华森身上传来的臭味，不知道这家伙为何会如此幸运而没有中毒。不过也来不及多想，回忆着《镇压山峦十二法门》中巫医一节的内容，我正准备上前，却见庞华森的口中一声嘶吼，仿佛经历了分娩的痛苦一般，浑身肌肉绷得僵直，将朱睿手上的墨斗黑线，尽数崩断，那乌漆墨黑的毛手，朝着张欣怡抓去。

张欣怡看着文弱柔顺,然而不愧是小姑萧应颜的同门师妹,身手厉害得紧,一晃,人便退出了一丈之外。朝着我们大声叫道:"庞师兄尸毒发作了,要是再没有办法,他可就没有救了!"她说得悲切。

朱睿在墨斗被挣扎开了之后,手已经握在了腰间的剑上。不过他犹豫了几秒钟,这剑还是刺不出去。因为在他面前的,可是平日里最为熟惯的同门好友。茅山宗内,弟子数百,能够成为朋友知交者能有几人?天人交战数个回合,朱睿的眼睛变得通红,滚滚男儿泪,如涌泉而出。正想咬着牙给面前这好友一个痛快,结果一只手拦住了他。

"且慢!"我一边拦住了朱睿和张欣怡,一边拍手喊道:"小妖,出来吧,别躲着了!"

白光一闪,小妖踏着猫步出现,美目惺忪,伸了一个懒腰,不满地说道:"这到处都是道士道姑的地方,干吗叫我出来?倘若我被哪个不长眼的二愣子给看上了,是你负责还是我负责?"

朱睿和张欣怡傻愣愣地看着这小美女凭空出现,惊讶得瞪圆了眼睛,而我则催促她道:"先干活,再贫嘴!"

小妖咕哝着:"每次只有干活时才想到人家,过分,哼!"她嘴上虽然不愿,但是四下环顾,冰雪聪明的她便已经了解了大概,手一伸,衣袖里便伸出那强化版的九尾缚妖索来,将已入魔怔的庞华森给困住,扑通一声,栽倒在地下,动弹不得。

庞华森这边倒了,我才有了发挥的空间,将中指放入嘴唇一咬,毫不避讳他身上弥漫的黑气,混合着血液,点到了他的额头之上。

朱睿瞧见我的动作,大叫不可,我回头看他,他焦急地解释道:"中指血阳气虽足,但是并不能够将他激醒。他中毒了,可能会传染呢……"我一笑,说:"无妨,同样是中指血,不过我的血要特殊一些,你且看看效果。"我滴在庞华森额头上面的血并没有顺着流下来,而是迅速被他的额头吸附进去,不一会儿,庞华森僵硬青灰的皮肤开始回暖,恢复了一些血色。

朱睿瞧自己的好友在鬼门关前走了一圈,又变回了人形,不由得诧异说,这是怎么回事?

我将中指间溢出来的血在庞华森的脸上抹了四道,然后回答道:"说起来,这并不是尸毒,而是一种蛊,叫做僵尸蛊,所以才会如此迅速。糯米墨斗,都起不得作用……"杂毛小道听我提及,问是不是我们在青山界一线天里面遇到的那种活死人蛊虫?

我点头说是,不过是变种,都是由那古墓存留的尸螨练就,极端厉害。我也是凑巧,家学渊源而得知,误打误撞而已。倘若是迟误了一时半刻,只怕老庞就要化作一堆虫子,四散开了。

这两个茅山道士都没有听说过巫蛊之事,只以为是小术,听得我的描述,不由得咋舌不已。说话间庞华森已经醒转过来，幽幽地问他在哪里？朱睿看着好友醒来，激动地拉着他的手，说："你糊里糊涂不知晓，要是没有陆左，你已经进了我们白天去的坟山里面，做了一堆枯骨。"

听到朱睿和张欣怡的转述，庞华森拉着我的手，没口子地说着感谢的话。我的眉头深锁，想着那个潜入茅山的家伙居然还懂用蛊，状况真的是让人担忧啊。

正当我们说着话的时候，从前方跑来一个黑袍弟子。小妖不喜生人，特别是道士，于是摇身回返槐木牌中。此人走到近前，朝着我和杂毛小道拱手说道："萧师叔、陆居士，冯师伯差我过来问发生了什么事情，为何停滞不前了？"

我和杂毛小道都不认识这个人。朱睿叫他潘嘉威，向他解释了刚才的事情。

潘嘉威查看了一下庞华森的情况，点了点头，跟朱睿和我商量，说既然庞师叔身体不适，而现在情况叵测，不如由朱睿师叔和张师姑护送去震灵殿中歇息，而萧师叔和陆居士则随我来，前去接应刘长老和诸位追击凶手的师叔伯。

潘嘉威的提议让我们都有些发愣，朱睿却听到了个中意思——他和张欣怡虽然都是二代弟子中的翘楚，但是并不能起到一定层级的高手作用。潘嘉威此番前来，所为的也只是我和杂毛小道，对他们其实并不是很热切，只盼不要拖后腿即是。

当然，那个凶手既然能够神不知鬼不觉地将茅长老给杀死在山门大阵前，又悄无声息地潜入震灵殿中击伤符钩，自然是极为厉害之辈，能够不与那样的家伙发生交集，其实也是一件好事。于是朱睿点了点头，说好，他便先护送庞华森上震灵殿去，让我们一路小心。

既然有安排，我们也没有再理会什么，跟朱睿、张欣怡交代了如何给庞华森解干净毒，以及将这地上的小松鼠给妥善掩埋后，便随着黑袍道士离开。

潘嘉威不怎么爱说话，只是在前面领路，脚步匆匆，走得飞快。杂毛小道心忧前方情况，连问许多问题，然而那家伙只是有一搭没一搭地说话，问多了，便直说自己就是跟在身后跑腿传话小角色，哪里知道这些？只知道很乱，到处奔跑，说刘长老还跟那人交上了手，胜负不知，反正还是给跑了。

我们走得快，不多时就到了之前去见小姑萧应颜的那条山道。当时已属午夜，山中风大，虫子也多，杂毛小道问得多了，那个道人有些不乐意回答，闷着头往前走，让人觉得好生奇怪。

杂毛小道见这人一问三不知，终于按捺不住心中的好奇，停住了脚步，喊道："等等，我怎么没有发现有人来过的痕迹？到底是怎么回事？"

听到杂毛小道的喊话，黑袍道士转过头来，脸上有着诡异的笑容："呵呵，终于明白过神来了，不过，你是不是醒得太晚了？"

第二十七章　血虎破阵

　　黑袍道人转过头来，眯着眼睛瞧我和杂毛小道，笑容古怪，让人心中发毛。杂毛小道一抖肩，雷罚稳稳落在了右手上，指着这个叫做潘嘉威的刑堂弟子，沉声喝问道："你到底是何人，是受了谁的指派将我们给引到这里来的？"潘嘉威的眼睛凝聚如豆，上下转了一圈，竟然从嘴巴里面蹦出两个字来："你猜！"

　　这话儿倘若是美女在你侬我侬的情况下提及，倒也无碍，但是从这五大三粗的老爷们口中说出来，让我心中一阵恶寒。怒向胆边生，身子一低，那成精老槐木所制的鬼剑便执在手中，朝前冲去："猜个头啊！"

　　一声厉喝，白天刚刚服用了一颗大补的丹丸，浑身都是劲儿，将我的心里面弄得毛毛躁躁的，战意昂然，也不想跟这故作神秘的傻瓜讲什么道理，一剑西来，凌厉十分。

　　然而那黑袍道人胆敢引我们前来，自然是早有了准备。他身手并不算好，不过却也不慌不忙，脚下移动两步，人竟然腾挪到了五丈之外。我的眼前一花，那本应该是山间小道的场景，前面竟然松涛阵阵，密林丛生，仿佛换了画面。瞧着这场景，我心中的寒意陡升，而杂毛小道大叫不好，两步并作一步，冲到我的面前。

　　他一把抓住我的衣襟，往后一抬，疾退三两步，结果在我刚才停留着的位置，出现了一个黑黝黝的深坑，看不清深浅，倘若不是杂毛小道刚才的那一抓，只怕我就真的掉进坑里去了。

　　杂毛小道将惊魂未定的我拉了回来，落脚也不敢踩实，试探了两下，方才站定。凝望前面人影恍惚的潘嘉威，深吸了一口气，说道："杀害茅同真的是个用剑高手，现在又出现了一个蛊毒高手，我猜你是奉了刑堂长老的命令，将我们给抓捕住，对不对？"

　　潘嘉威听到杂毛小道的话，愣了一下，哈哈笑说："别逗了，你以为还真的有人想要栽赃陷害你们啊？实话告诉你，在绝对的实力面前，用不着使用这等小计，至于我为何要将你们引到这里来，本来想让你们直接去问阎王的，不过有人想要看着你们死，让你们死个明明白白，所以且容你们多活一会儿……"

　　我和杂毛小道对视一眼，心中都有些疑惑，到底是谁，将我们引入此处，并且有能力开启法阵，深陷我们？是杨知修吗？

　　这茅山上下，有能力做这件事情的人并不多，他便是最有可能的一个。奇怪的是，他既然要谋害我们，为何白天却还要赠我们那两颗洗髓伐骨金丹？这不仅仅是暴殄天物，而且纯粹是脱了裤子放屁，多此一举；但倘若不是杨知修，有能力做这事的又是谁？是一直抱恙不出的传功长老，是神秘低调的刑堂长老，还是看似老实的掌灯弟子呢？到底是谁，究竟与我们有多大的仇，竟然还要让我们死个明明白白？

真相只有一个，而猜度则让人疑神疑鬼，这般想来，整个茅山上下便都没有好人了，不如索性不管。

潘嘉威口中的那个幕后主使似乎还有别的事情，并没有在此守候，不过他有阵法凭恃，却也不慌不忙。杂毛小道瞧这左右都有阵法流转，不由得出声诱导道："世上没有不透风的墙，潘嘉威，不管你是被人指使，还是参与其中，我都想告诉你，此事之后，你必然会被当作替罪的羔羊，无论是被抓还是被杀，都不是什么好结果。既然如此，你不如将我们给放了，多少也不过是办事不力的问题而已，而你却获得了我们两人的友谊，有什么条件，我们都可以谈的……"

潘嘉威对杂毛小道的话无动于衷，说无妨，你们既然都要死了，身后事就不要再操心了，这些都不需你们管的。

我瞧着潘嘉威的脸，眼睛一跳，叹了一口气，说："不用多说了，这个小子脸上蒙着一层面皮，具体身份是什么，怕是只有鬼才知道。"被我揭破，那家伙倒也不惊慌，只是略微奇怪，说："你倒也是好眼力，竟然能够瞧出我戴着面具来，不错，不错，只可惜，天纵之才，就此夭折了……"

他这般叹息，一副悲天悯人的圣母模样。杂毛小道动了，早已经凝成剑指的左手抬起，雷罚便如同一道闪电，朝着前方电射而去。

雷罚运足功力，劲头也足，转瞬即至，然而我们并没有瞧见假扮潘嘉威的黑袍道人被一剑刺中，反而是我们面前的整个世界都化作了碎片，玻璃一般碎裂开来，松涛不见，化作了无数的黑暗，光线在若即若离间变得光怪陆离。

杂毛小道暗骂一声晦气，手腕一抖，将飞剑收回来，跟着飞剑回来的是一泼臭烘烘的东西。

我的心中一动，知道这些家伙对杂毛小道的飞剑肯定是早有防备了，在我们面前的，皆是幻象而已。

那个黑袍道人是个话痨，此刻还有闲心讥讽我们："果真是两个不见棺材不掉泪的臭石头，性格我喜欢，不过你们得罪了不该得罪的人，又偏偏还要跑到这是非之地，那么下场便也不需要别人来操心了……"

声音从四面八方传来，层层叠叠，不断地回荡着。听到这奸计得逞的声音，杂毛小道也来了真火，一声冷笑，说："我在此山中生活了十多年，你能开启这护山法阵，我未必不能破掉。小毒物，且跟我来。"

杂毛小道一声吩咐后从袖子里飞出一张折成纸鹤的黄色符箓，晃晃悠悠朝着前方飞去，每过一处陷阱，立刻就有一点火光出现，将其标注清楚。在它的指引下，杂毛小道带着我，一路往前奔行。这路其实上次包子也带着我们走过，多少有些印象，再加上这纸鹤符箓的指引,我们竟然一鼓作气,跑出了几十米。

瞧见我们就这般跑开了,那个声音气急败坏地大叫,说:"竟然是灵鹤识途?李道子那个偏心的家伙,他到底私传了你多少东西?"这话语里不知道蕴含着多少羡慕嫉妒恨,我能够听出其中很多酸意,感觉此人应该就是茅山子弟。当下也来不及多想,感觉身后有风声传来,并不是很有威胁,回手一剑,却见竟然是一片又一片的染血"面包",上面的鲜血明显,不知道是从哪里弄来的。

雷罚怕这秽物,然而我的鬼剑本来就能引鬼,自然无所忌讳,也不受影响。不过我珍爱的鬼剑被这玩意儿给沾到,而且还飞溅出许多汁水来,让人恶心,一时间脚程加快了几分。

然而杂毛小道却看到了别的东西,在前面小声说道:"小毒物,你可小心了,这个家伙能够将这软绵绵的东西甩得如此飞速,手腕上面的力量,一定超乎常人,是个高手呢!"

我不管这些,问他能不能冲出这阵?他点头,说应该可以,这只是小阵,跟后山那个让无数人差点殒命的大阵相比,实在是小儿科,他往日也曾经在这里主持过,不过那天跟包子走,发现许多变动,所以还有些陌生,等熟悉完了之后,必定可以离开……

他的话音还未落,一声冷哼从旁边传来,黑袍道人终于赶上来了。被我们抽空逃脱,对他打击颇大,此刻也不再多言,手一挥,立刻有山风一阵,从黑暗的密林深处刮过来,风力颇大,让人摇摇欲坠。随着这股妖风而来的,是一块巨大的岩石,瞧着足有数吨重,又携着凶猛的来势,几乎能够将我们给当场砸扁。

杂毛小道也不含糊,一摸胸口,二话不说直接上狠招:"出来吧,血虎!"

说时迟,那时快,一头比寻常老虎要大上一倍的巨大红虎出现,流光四溢,扑向了那石头。两物一撞,这一虚一实,竟然发出了巨大的声响。轰的一声,血虎倒飞回来,那块巨大岩石也碎裂四散开去,化作了漫天的石雨,将前面的景色拍打得一阵颤抖、恍惚。当血虎滚落在我们身后的草地时,我们身前的法阵障眼法终于被破除,先前隐身的黑袍道人,身形立显。

杂毛小道哈哈一笑,说不过如此,看剑!话音一落,雷罚疾如流光,朝着黑袍道人射去。

那人倒也厉害,一个铁板桥躲开,滚落在地。他本事自然是有的,不过骤然现身却也有些惊慌,一边躲闪,一边朝着旁边大声喊道:"老母,这两人着实难缠,我一个人对付不来,快来助我!"

这个人不知道朝着哪里说话,就在杂毛小道准备将其戳死的时候,雷罚突然有些失控,一阵晃荡。在我们的身后,传来了一个苍老的声音:"好的,这两个小畜生,就交由老身来对付吧……"

第二十八章　第一个内应者

本来漆黑的天空此时更加凝重，仿佛又刮来了一股风，这风并不刚猛强烈风，而是阴丝丝的，让人心底发寒。杂毛小道皱着眉头，将停滞在空中的雷罚召回手中，横剑胸前，然后与我背贴背，小心防备着。我们都不知道那个什么老母到底是什么来头，不过瞧她口气如此托大，倒也有些好奇她到底是何方神圣？其实我们见过的老太太，厉害的不少，腿脚飞快的客老太，慈祥宁静的鬼妖婆婆，远在缅北山林的茧丽花、茧丽妹姐妹——后者在我看来甚至只是一位二八年华的少女，还有我从小到大从不察觉有何厉害但是却改变了我整个人生的外婆龙老兰，然而却没有一个人的声音，有这个苍老声音里面蕴含的戾气。

即使是让我痛恨非常的客老太，都没有这么浓厚的煞气。

来人似缓实快，瞬间到了近前，也是个蒙头蒙脸的家伙，身上罩着一个偌大的黑色翻毛皮氅，好像一头巨大的鸟儿。她一出现，几乎一秒也不停留，唰地一下，从我的左边、杂毛小道的右边经过，甩了一条黑色的东西过来，速度奇快，不过还是被我们给躲开了，但听到"啪"的一声炸响，耳朵轰鸣，好像头被人打了一拳。是皮鞭，而且还是上好材料制成，我能够从上面感到法力的波纹，如水一般荡漾开来。

仅仅是一鞭，便甩得我眼前一黑，失去平衡。我挣扎了几下，方才站稳脚跟，瞧见那个什么老母已经站在黑袍道人的旁边。我和杂毛小道并肩而立，血虎在我们身后刨着泥土，闷声嘶吼着，发出"吼吼"的磨牙声。杂毛小道不待我停定，上前一步沉声质问道："你是何人？竟敢在茅山境内开启法阵，胡乱截杀我茅山宗门弟子，速速报上名来！"

那什么老母脸上蒙着厚厚的黑纱，跟准备慷慨赴义的黑寡妇一样装扮。她的眼睛并没有遮住，闪露精光，蕴含秋水，好似一个二十年华的少女。不过她一开口，却是六七十岁老妪的声音："嗬？你们茅山？这茅山被我当做后花园一般走的时候，你还不知道在哪儿呢。当年即使是李道子守这后山，见到我也不会多吱半句，何况是你这嘴上没毛的小家伙？"

杂毛小道下意识地摸了把嘴唇，好久没刮胡子了，一层厚厚青苍，嘿嘿笑道："这不是毛吗？"

他的话让什么老母一阵无语，原本都到了嘴边的话，此刻也都咽在了肚子里。回头瞧了黑衣道人一眼，大喊一声上，身形便朝着我们扑来。她这一扑，结果地也在颤动。我刚要冲上前去，却感觉脚下一滞，低头一看，只见双脚在不知不觉间，竟然已

经被藤蔓缠住，移动不得，唯有随着地皮一块儿起伏抖动。

跟小妖和朵朵相处久矣，我一眼就瞧出这藤蔓里被灌注的正是青木乙罡，而且比起两个朵朵来，更加浓郁。当下我也有些恼了，一边挥剑斩藤蔓，一边央求小妖这小姑奶奶，再次登场。

关键时刻小妖从来不掉链子，就连十分不喜茅山环境的朵朵也激动了，两个小女孩立刻冲了出来。小妖火急火燎地斩断了地上蔓延上来的藤蔓根蕨，而朵朵则朝着正与杂毛小道拼斗的那黑衣老母释放了一击癸水弹，将这家伙的身形给凝滞。不过这凝滞也仅仅只持续了一秒。瞧见了朵朵耍的这花活儿，黑衣老母顿时就兴奋得尖叫起来："哇，早就听说陆左身边跟着一个鬼娃娃，此番我要将她带走，好好调养，保管过不了几年，比你还要厉害……"

杂毛小道手持雷罚，正在跟这个老母拼斗。终日与雷罚为伍，杂毛小道剑法自然是犀利之极，然而这个老母也没有疲于应付的姿态，反而真的如同走进了自家花园一般的惬意，皮鞭挥舞三两下，接着将杂毛小道暗藏的好几击杀招给破解掉。接着虚晃一招，将杂毛小道给逼开，朝着朵朵这边伸手抓来。

这个老女人手上十分奇怪，有点儿像电视上慈禧的打扮，指甲比手指还长，又弯又黑又尖锐，仿佛冷兵器中的铁猫爪一样。朵朵瞧见了，不由得吓了一大跳，说："吓，这是什么怪物？"

一个能够让鬼妖都感到害怕的老女人，绝对是一个恐怖的存在。不过我浑身精力充沛，并不怕她，当下迎风顶上，管她是人是鬼，恶魔巫手已经点燃，左手成抓，右手握剑，双管齐下，剑作掩护，而左手则朝着这老女人的胸口抓去，又狠又疾。

我这猥琐一抓，正好与那个女人嫌恶的挥手对上，本来我以为这轻飘飘的女人，力量也不过如是，然而一对拼，向后腾空飞起的，竟然是我自己。

腾空而起的我这才发现，我对面的这个老女人之所以有着那样的自信，是因为有着足够的力量。她能够将力量处于巅峰状态的我拼飞，想来在修为一途，走得比我们更远。不过我并非一个人在作战，已经处理完地上缠人藤蔓的小妖在空中便将我扶起，而朵朵则双手挥舞如蝴蝶纷飞，口中念着藏边密言，一大股蓝黑相间的光芒产生，朝着这个女人的头上扑去。

谁也未曾预想到朵朵会有这么一招，黑袍老母自然也不作提防，头上的面巾被一下子吹飞，露出了一张徐娘半老的脸。这所谓老母顶多也就四十来岁，风韵犹存。岁月还是在她脸上留下了痕迹，鱼尾纹和抬头纹明显，眼睛下面也有浮肿的水泡。不过这脸看不真切，朦朦胧胧，似乎戴了面具一般。我自然不认识这人，杂毛小道也一脸茫然的样子，她应该不是茅山故人。

战斗继续，被一下打中了脑袋，这半老徐娘显得有些恼恨，五指一并拢，立刻便有红芒在她的手间生成，刺溜一声，似雷电之音。朵朵皱着眉头，似乎对这种东西十分不适。那边，杂毛小道被黑袍道士缠住，那人是个一流高手，用的是刑堂的制式长剑，不过技艺并不如杂毛小道精湛，所以暂时落于下风。不过他并不仅仅止技于此，不时放一下暗器，比那染血"面包"速度快了许多，让杂毛小道难以应付。

让人气愤的事情是，有这半老徐娘在此，杂毛小道的雷罚完全失去了飞剑功能，实打实地受克制。他恼了，在挡住了黑袍道人一轮暴风骤雨式的攻击之后，单剑指天，大声叫道："三清祖师在上，三茅祖师返世……"他这口诀乃是神剑引雷术的咒文，往日被茅山长老追杀的时候，念出来吓人得紧，黑袍道士和那个老母也都吓了一跳，顾不得攻击我们，抽身后撤。

其实杂毛小道刚刚用完雷罚，桃木剑中的雷意都还没有回转，是引不来雷的，也就是吓唬吓唬人而已，所幸他们都吓到了，连连后撤。见吓到了人，杂毛小道拉了我一把，说："小毒物，这个老女人似乎很难缠，估计一时半会弄不死她，反而被她开启的阵法磨去性子，我们先跑路！"

本来，有两个朵朵和血虎在旁，我自信满满，然而那个半老徐娘指间的红色光芒，却让她们都感到了不安。我知道再这样拼斗下去无意义，于是点头，与杂毛小道朝着归路跑去。

我们忽打忽跑，完全将对手的节奏给搞乱了，半老徐娘气愤地大叫，说："休走。"大步便朝着这里追来。此番倘若再次接触，肯定又是一番苦斗，鹿死谁手，谁胜谁负还不知晓，我也不怕打架，心中还在兴奋，却听到朱睿的声音从后方远远传来："萧师弟，陆居士，你们在哪里？我们已经和刘长老汇合了……"

杂毛小道听到有援兵，顿时高声应承，我回过头去，见那个妇人咬着银牙，恨声说道："且留你人头数日，过几天再来取！"

她话一说完，顾不得旁边黑袍道士，倏然就不见了踪影，显然是对朱睿口中的刑堂长老刘学道有所顾忌。黑袍道士见有援兵，也转身想走，杂毛小道冷冷一笑，说："你也想走？"

他已经可以操纵雷罚，一剑过去，就将黑袍道士给钉在了地上，动弹不得。我也不犹豫，冲上前去，先将这人一顿老拳撂倒，然后手探入他的脖子处，使劲儿一撕，露出一张俊美的脸孔来。杂毛小道大讶，失声叫道："竟然是他？"

我低头一看，竟然是梅浪长老的爱徒孙小勤。

第二十九章　烈火真人再现身

在我们面前这个黑衣道人，便是前几日在震灵殿前伏击我们的杏黄袍道人孙小勤。他是梅浪长老最得意的弟子，也是茅山近年来风头最盛的新生代高手之一。被我揭穿面皮的孙小勤一阵恼怒，即使被揍得晕晕乎乎，也死命挥拳还手。这家伙顶着茅山新生代扛旗高手的名头，实力自然不弱，然而我又岂是好惹之辈？当下也是不管三七二十一，再次劈头盖脸一阵暴打，拳头雨点般落下，这长相英俊的年轻道人立刻变成了猪头。

见孙小勤被我揍得奄奄一息，杂毛小道伸出手，托住我的拳头，轻声说道："行了，再打就真的没气了。"

我见有人已经从身后赶来，这才不情不愿地放开手，将孙小勤推倒在地上。杂毛小道为了防止这个家伙拼死逃脱，将沾满孙小勤鲜血的剑刃抵在他的脖子上，不敢放松。

至于朵朵、小妖和血虎这些小家伙，对茅山这些穿着道袍的家伙有着天然的反感，于是在稳定住场面之后，各自返回，不再出现。

第一个赶来的并不是预想中的刑堂长老刘学道，而是黄脸汉子朱睿，身后还有几个不认识的茅山弟子。瞧见了我们眼中的惊异，他也有些紧张，说："你们没事吧，我到了震灵殿，左想右想还是不对劲，那个潘嘉威看起来怪怪的，跟平时不一样，语气也细了几分，这里面蹊跷很大，于是我就跟闻讯而来的雒洋长老说了，他也觉得有问题。便寻着痕迹，赶了过来……"

瞧着朱睿气喘吁吁的模样，我不由得为他刚才喊话的急智喝彩。杂毛小道的手纹丝不动，给朱睿看地上躺着的这位，说："瞧瞧这位是谁？"

朱睿一看，大为惊讶，说："这到底是怎么回事，孙小勤怎么会在这里？"

我捡起地上揉成一团的人皮面具，给朱睿看，说："你刚才觉得奇怪的潘嘉威，就是这个小子装的，刚才他将我们引入阵中，配合一个叫什么老母的女人，想要碾杀我们，结果被我们拖住。刚刚你一声喊，将攻击我们的那个老女人给惊走了，而这个小子却被老萧给留了下来。"

旁边的几人啧啧称奇，不过事涉梅浪长老，也不敢多言。这时执礼长老雒洋带着门下几个弟子也赶了过来，看看这一地碎石，眉头紧锁。走近了，他沉声问道："这到底是怎么回事，怎么连活岩石都用上了？"

"还好没有把那塔林中的蛟龙弄出来，要不然我们还真的难以对付呢。"

杂毛小道右手在用剑，所以也施不了礼，只是朝着雏洋长老半躬身子，以示敬意。雏洋长老挥挥手，说不用多礼，然后看见了被按在地上的孙小勤，沉声问是怎么回事？杂毛小道如实回答，末了还询问，说雏师叔，那个老母到底是何方神圣，竟然能够熟悉并且操纵这通往后山的九霄慈航阵？

听了杂毛小道的描述，雏洋长老似乎想到了什么，不过碍于面前这么多弟子，他也不便多说，含糊地说此事牵扯甚大，需要在长老团里面沟通才行。

说完他蹲下身来，讯问了孙小勤几句话，然而这小子闭着眼睛缄口不言，一副水泼不进的死鸭子状态，惹得众人无奈。因为事涉梅浪长老，所以常见的小手段也不好使出来，雏洋长老考虑了一下，对我和杂毛小道征求意见，说："既然你们两个没有危险，且先随我一起，返回震灵殿吧。敌人藏于暗处，我们不可自乱了阵脚，小心防备便是。"

此处天色黑暗，昏昏沉沉，在敌我未明的状态下，自然不宜久留，而雏洋长老说的也是老成之言，所以我们都同意返回震灵殿。雏洋长老身后走来两个弟子，拿出粗粗的绳子，将孙小勤给捆得结结实实，押着在前面走。

回程的路上，大家心里面藏着事，都没有什么话好讲。没走多远，飞来一只如同杂毛小道之前用来指路的纸鹤，似流星，停留在了雏洋长老的肩膀上。他将纸鹤拆开一看，脸容一变，说刘长老已经跟对手交上了手，来人十分厉害，而且还油滑得很，他那里人手不够，需要有人去支援。

我们的脸上不由得都露出了惊容，要知道刘学道的本事，我们可都是领教过的，那无影箭吓人得紧，能够位列茅山前三，可不只是说说而已。就连他都说难缠的家伙，到底是什么样的变态啊？

情况危急，思考了几秒钟，雏洋长老直接分配任务道："这样吧，陆左你是客人，就不用管这些乱七八糟的事情了，你且随朱睿先返回震灵殿去，安静守候。其余人等，都随我前往后山去支援！"

杂毛小道已经回返山门，自然要听从雏洋长老的指挥，虽然极不情愿，但也只得与我告别，随着大部队匆匆离去。朱睿也有跟随大部队的想法，不过职责所在，不得不跟我一起回去。

两人押解不便，他就将孙小勤的双脚解开，让这家伙在前面行走，而我们则在后面跟着。为了防止孙小勤起异心，他厉声警告道："安生一点，你倘若有任何可疑和不对劲的地方，小心我一剑捅你一个透心凉！"

孙小勤左腹受了剑伤，被朱睿推搡得跌跌撞撞，十分难堪，不过人少了，他倒也有了话："我不跑。嘿嘿，到时候谁胜谁负，还不一定呢……"他这意味深长的话语和态度让朱睿十分不满，一脚踢中他的屁股，牵扯前面的伤口，疼痛得很，不住地抽凉气。

我问他到底想说些什么，孙小勤又不说话了。朱睿气愤地在他身后指着脑袋骂道:"你这个家伙,平日里嚣张跋扈,死到临头还不知悔改。这一回又与人伏击我茅山子弟和贵客,如果查到你和杀害茅长老的人有所勾连,到时候你便是千刀万剐,也难辞其咎!"

孙小勤在前面不说话,不过似乎冷哼了一声,不以为意。

其实在回程的路上,我挺担心被那什么老母杀个回马枪的,然而一直快走到山谷平原处,都没有任何异象。瞧着远处山峰上的灯火,我和一直高度紧张的朱睿都不由得松了一口气。正待加紧脚程,前往震灵殿,走在前面的孙小勤突然"哎哟"一声叫,人便摔倒在地上。

我们当时走的是山路,两旁是斜坡,孙小勤骨碌往下滚,朱睿也是看得紧,当下就跟着跑下去。我在后面踮足看,见孙小勤去势不减,竟然跌入了路旁草丛。这时才觉察不妙,也跟在朱睿身后追下去,结果发现在这路旁竟然有一个半人高的黑色洞穴,孙小勤趁我们不注意,已经滚进了里面去。

朱睿将遮掩洞口的草丛斩开,二话不说,从怀里掏出一个枯黄的竹筒,一捏,立刻有一道红色焰火冲天而起。他回过头来与我交代,说:"陆居士,你且在这里等待,我进去,将他给捉拿出来。"

我见这洞口黢黑,不知道有多深多长,而孙小勤先前又是一副淡定无所谓的模样,知道他早已谋算好退路,心中不安,恐有诈,于是不肯让朱睿一人冒险,便执意跟他一同进洞。

洞中黑暗,所幸我们都带有强光手电,往前一照,发现这洞子外面看着虽然小,里面却幽深,爬了十来米,里面就变得宽阔了,另有一番天地。孙小勤上半身被反绑着,时间又短,所以并没有跑出多远。电筒一照,便见到穿着黑色道袍的他挣扎着站起来,似乎还往里面喊着什么。

难道在这里,还有内应?

朱睿看见孙小勤正奋力往前面的黑暗中奔跑,狠下心来,暗扣飞刀一柄,口中咒文飞快念诵,然后朝前一甩。

前面洞子并非笔直,孙小勤绕过一个弯,消失在我们的视线中,然而那飞刀却也能够随着跟过去。黑暗中听到孙小勤一声惨叫,似乎扑通一声,跌倒在地。朱睿心喜,快步朝着转弯处跑去,我紧随其后,还没有转过去,结果突然听到朱睿一声大叫:"茅长老?"

这尖叫声还未落,朱睿整个人的身子便腾空飞起,朝着我这边摔来,我伸手,运用柔劲,将朱睿给一下子拉住,左手上的强光手电朝着前方照去。却见孙小勤整个人都伏在地上,不停地咳着血,而在他的身前,则有一个黑色身影,幽幽而立。瞧这青蒙蒙的脸上几缕山羊胡子,个儿不高,身穿脏不拉叽的青色道袍,不就是今早遇害身亡的烈火真人茅同真吗?

第三十章　师父救我

朱睿中了一掌，受的伤并不重，但是人却给吓了一跳——他可是亲眼见过茅同真的尸体，身上那婴儿嘴巴大小的口子也瞧见过，亲自检验来着。这会儿陡然见到这活着的长老，自然是愣住了神，即便是我将他给扶了起来，浑身也止不住地哆嗦。

朱睿从小就在十大长老的阴影下生活，积威日久，所以才会失神，我却不会。茅同真虽然站在我们面前，但是一双眼睛只有眼白，没有黑眼珠，几乎没有什么神采，身形又恍惚，便知道它应该是茅同真被拘走的神魂炼化。

即使如此，也让人不可理解。众所周知，这所谓厉魄鬼魂，必定是灵魂离体之后，用各种法子、仪式，使其承受巨大的苦痛，然后饱受阴风洗涤，最后才能够真正转化为厉鬼，断没有这昨日刚死，次日凌晨就能够成就这番模样来的。

不过虽然难以置信，事实却摆在眼前。茅同真在击出一掌之后，也没有了动作，只是用那白色的眼仁儿看着我们，木然不动。

朱睿在茅山上修行，自然也能够明白个中原因，在稳定住情绪之后，他凝神朝着地上的孙小勤厉声喝道："孙小勤，你这畜生，没有想到茅长老竟然是被你所杀害的！"

孙小勤后背心中了朱睿一记飞刀，正伏在地上吐血，听到朱睿的话，不由得惨笑出来："你这可真的是冤枉我了！天可怜见，倘若我能够将茅同真这不识时务的老犟驴给杀掉，又何必在此处受你们这些家伙的咒骂，早就一巴掌拍死你们了。不过话说回来，君子仇，当日报，今天你们既然进了此处，就别想活着出去了……嘎嘎嘎！"

朱睿站稳身子，将手中长剑前指，哈哈笑道："你中了我一记法刀，人都快要死了，还敢说这等大话，是不是流血太多了，人也跟着糊涂了？你凭什么说出这话儿？"

孙小勤爬不起来，半坐在岩地上，指着自己身前木然僵立的茅同真说道："就凭它！"

我将鬼剑缓缓拔出来，指着茅同真说道："区区一灵魂鬼体，别说他现在死了，就是活着，我也不会怕！你居然还以为凭着他，就能够挡住我们，是不是太幼稚了？"

孙小勤口中溢出血来，流到下巴，人却哈哈直笑，露出了得意的笑容："从封神榜上面走下来的，难道也入不了你的法眼吗？"

封神榜？我当下心中一愣，不知道这玩意儿是啥——是许仲琳的历史名著《封神演义》，还是我们在青山界中瞧见的那独眼巨石？然而朱睿听到了却惊声尖叫起来："天啊，你们到底都有谁，竟然跟邪灵教的小佛爷有关系？难道动手杀茅长老的，是

小佛爷本人吗？"

孙小勤笑而不答，我不明白状况，问朱睿怎么回事，怎么又跟邪灵教小佛爷惹上关系了？

朱睿瞧了孙小勤一眼，低声快速回答道："这事情隐秘，我原先也是不知道的，后来听刑堂的老前辈提及方才得知。这邪灵教当年盛极一时，据坊间传闻那沈浩波沈老总有两面旗幡，一曰封魔幡，里面能够勾连神秘的灵界，召唤魔物；一曰封神榜，乃仿效古典名著之名。这东西能够吸取死人生魂，到那榜上走过一番，立刻化为恶鬼傀儡，实力倍增。这两样都是了不得的东西，在他离开之后，留下了这两物，教内为此纷争不休。后来到了上个世纪八九十年代，邪灵教的掌教元帅小佛爷崛起，有人传言那封神榜就在他的手上……"

朱睿这般说着，我却想起了另外一件事，当日我在藏边遇到邪灵教右使，那会儿她凭借手中被唤作恶鬼幕的旗幡，以一人之力敌住八位喇嘛高僧以及那一头顶级飞尸，如此厉害的宝贝，莫非便是沈老总留下来的封魔幡？

朱睿在这边介绍着，声音便有些颤抖。要知道，小佛爷之名在一定圈子里流传，那是极为恐怖的招牌，如同陶晋鸿之于茅山一般。倘若是小佛爷亲临，并且在有内应的情况下潜入茅山，只怕很多同门都要惨死于他手了。

孙小勤身体一直在流血，坚持不了多久，不待我们反应，他拍拍手，那一直凝立如石的茅同真便动了，他画出一连串鬼影，朝我们这边袭来。

按照朱睿的说法，在那封神榜上走一遭的鬼魂，似乎要比生前厉害许多，但我并不同意这说法。须知万物都是遵循能量守恒的规则，只有循序渐进，断没有无故提升的道理，而且我的鬼剑并不惧怕面前这鬼魂为体的茅同真，于是便将鬼剑激发，挺身向前，一剑刺去。

这鬼剑是去年十一月，杂毛小道给我专门定制的，至今也有了大半年时光，握着这红线捆就的剑柄，剑感应手而生，这让我信心满满。然而，鬼剑穿过茅同真的身体，竟然毫无阻碍，而且剑上一点儿反馈都没有传来。我暗叫一声不好，果然，茅同真已然遁入虚无，留在我剑上的，则是一道虚影；与此同时，我身旁的朱睿一声尖叫，双手掐住了脖子，口鼻处都有血流了出来，眼角也有血泪，眼睛凸出，吓人得紧。

我心道不好，这茅同真竟然隐去了实体，遁入朱睿身体里翻云覆雨。这一番搅动，只怕朱睿是扛不住的。当下我也来不及多做什么动作，将先前破开的手指头再次弄破，然后点在了他的额头上，一声真言："洽！"

真言一震，朱睿的眼神顿时清明许多，而他的体内则传出一声如同野兽的嘶吼。

是个厉鬼，我嘿嘿一笑，想起在藏区白居寺学到的密宗佛法，在朱睿的额头上面画了一个卍字，一拍他的额头，大声喊道："朱睿，回来！"

朱睿听我这般喊起，答话道："好的！"

口中开言，立刻精神一振，人也清醒了，当下将双手摆于胸前，作了一个道家驱邪的姿势，口中开始念起符咒来，准备将侵入自己体内的那东西炼化。杂毛小道离开之后，我便感觉有些形单影只，毕竟我向来都习惯群殴，于是一拍胸口，将朵朵和小妖一起唤出来，免得让这茅同真给跑了。

茅同真这个家伙生前厉害，死后也难缠，他的不走寻常路，让我和朱睿一阵手忙脚乱。不过好在我们都是有经验的人，在度过了一开始的惊恐之后，处理这种鬼事都是得心应手。而我血液里洗髓伐骨金丹的滚滚热意并没有消退，使得画在朱睿额头之上的符文有着绝佳的效果。

不一会儿，那鬼物熬不住了，朱睿肚子一阵响，"噗噗"的臭屁声便传了出来，我感觉到茅同真已经随着这屁溜出，大声叫道："朵朵，找出它来！"

刚刚从槐木牌中出来的朵朵，一出来便听到这腌臜声响，本来还在皱眉，听得我的吩咐，"哎"的一声应下，然后小手一抖，这黑黢黢的通道顿时就明亮了几分。在这光明中，在我们来的那条路口，浮现了茅同真近乎隐形的灵体。

"不好！"瞧见茅同真出现在那里，我的心中一跳，知道不对劲，刚准备冲过去，只见茅同真双手一拍，那条狭长的通道轰然垮塌，卷起的尘土朝着我们这边呼呼吹来，迷住了我的眼睛。

我闭上眼睛，口中大叫道："别让它给跑了！"旁边的小妖应声说道："朵朵，你留在这里，我去追它！"

情形紧张，我没有待尘埃落定便睁开眼睛。灰蒙蒙的前方，通道早已经被堵死，而茅同真和小妖都不见了踪影，我拉了一把朱睿，问他没事吧。他摇摇头，然后问我孙小勤呢？

我一惊，回过头去，刚才坐在地上的孙小勤竟然趁着一片混乱，消失无踪了。

在那一瞬间我的心中充满了怒火，感觉被人耍了，郁闷得紧。不过朱睿倒是恢复了镇定，在灰尘蒙蒙的环境中朝我大声喊道："不用怕，他受了伤，又被绑着身子，能跑多远？我们这就追上去，将那狗东西拿下，再有歹意，宰了便是。"

听得朱睿的提醒，我点了点头。的确，这里尘烟四起，退路又轰塌了，一时半会出不去，不如硬着头皮往前冲，于是与朱睿、朵朵一齐朝着前方冲。果然如朱睿所说，孙小勤身上有伤，根本就跑不了多远，而这里一开始就是个狭长通道，没追多远，便见到他一瘸一拐地在前面奋力走着。他回头看了一眼，瞧见我们杀气腾腾的模样，吓得魂飞魄散，大声叫道："师父救我啊……"

第三十一章　动机

　　眼看着死亡一点儿一点儿地来临，这个茅山新一代领军人物竟然吓出了哭腔，像小孩儿一样直喊师父。然而他的话还没有结束，人便栽倒在了地上，身子不断地抽搐着。在他的身前，有四五团黑影子，拉脚的拉脚，堵嘴的堵嘴，将孙小勤给按倒在了地上。

　　朱睿瞧见，不由得笑了，说没想到咱们在这洞中还有同道，是哪位英雄豪杰出的手？

　　我见孙小勤给那几团黏稠黑影弄得双腿直抽抽，口吐白沫，并没有感到开心快乐，反而是没由来地心慌。这哪里是出手帮我们，这明显是在要孙小勤的命啊？

　　当下我也没有多犹豫，叫了一声朵朵，可爱小萝莉便飘身过去，一手抓住一团，让它们不能再封住孙小勤的口鼻，而同样反应过来的朱睿也冲上前去，燃起几道驱鬼的黄符，那黑团儿有些畏惧这东西，在孙小勤的头顶转了几圈之后，遁入地下，不见踪影。

　　这东西跑得快，而且油光水滑的，难以捉拿，朵朵本来还想立些功劳，结果没有捞到，所以扁着嘴生闷气。

　　此刻对孙小勤的恨意已变成了怜悯，我蹲下身子，瞧着这个差一点儿要断气的家伙，拍了拍他的脸颊，说："嘿，我记得老萧跟你说过一句话，那就是当你的同伴有什么事情解决不了的时候，一定会毫不犹豫地将你给卖了。你看看，现在他的话证实了吧？唯一的出入，那就是别人都懒得卖你，直接改成了杀人灭口……"

　　孙小勤的眼神模糊，瞳孔涣散，嘴巴里面的血溢出来，呼吸越来越沉重了。他似乎想要说话，但是喉咙里面的血直往肺里面灌，呛得他不住地咳嗽，眼泪花儿哗哗直流。

　　朱睿也蹲下身来，凝望着孙小勤，循循善诱道："都到了这个地步，你就说说吧，这所有的一切，到底是怎么回事？反正你差不多也就这样了，至少也让我们知晓个大概。说不定我们也不能出去了，要倘若如此，连死都不知道是如何死的，岂不是太可怜了？"

　　孙小勤呜呜地哭，似乎被刚才那几团黏稠黑影子给吓坏了，也不理会我们的话语，只是喃喃地说道："我还不想死呢，我还年轻啊，我可不想死！"

　　朱睿从怀里拿出止血的绷带，给孙小勤缠上，然后缓缓劝解道："可不，大家都不想死啊，不过这也要看你是否肯合作。要是大家能够出去，重见天日，那是最好的，对不对？快点儿说，到底是谁杀了茅长老，是不是邪灵教的小佛爷亲至？刚才茅长老的恶灵，是不是就是被他派过来的？刚才想要将你给灭口的，是你师父，还是小佛爷本人？"

朱睿一连串的问题让孙小勤回过了神来，他脸上的肌肉开始抽搐起来，一抽、两抽、三抽……完了之后，孙小勤居然用一种享受的表情在朝着我们笑，表情诡异而古怪，他轻声说道："想要知道秘密吗，下来吧，黄泉路上一起聊！"

他的话语说完，喉咙里发出"嘀嘀"的声音，似乎有痰，想咳又咳不出来。憋了一会儿，脑袋突然往旁边歪下去，气息全无。而就在孙小勤阖上双眼的时候，朵朵在旁边惊声叫了起来："居然还有漏网之鱼，看你往哪儿跑！"

她把手伸入孙小勤的肚子里，使劲儿一掏，竟然又揪出了一小团黑影来。

刚才孙小勤之所以会笑，也就是这东西作的祟。此刻被朵朵一把抓住，眼见挣脱不得，于是这看似还有些可爱的黑影团儿摇身一变，化作了一头脸孔扭曲、七窍流血的恶鬼，下半身如那云雾，附着在了朵朵身上，张开血盆大口，朝着朵朵的脑袋咬去。

区区一坨黑影，如此厉害，倒也出乎常人的想象。不过朵朵并非当年那个怯生生、没见识的小鬼头，原本瞧这东西可爱，也没有能够下狠心，此刻见它这般恶相，顿时也放松了心情，单手举起，口中大声叫喊道："鬼噬！"一语之后，那恶灵被朵朵从《鬼道真解》中参详出来的招式，一举灭掉，渺无踪影。

然而这团黑影给消灭了，孙小勤却没有能够再活着爬起来。望着这个家伙冰冷的身子，我拉着朱睿的衣领，紧张地说道："嘿，老朱，你可得给我做主啊，这个孙小勤是被那黑色厉鬼所杀，跟我半毛钱关系都没有啊。到时候倘若真的追究起来，你可要给我作证！"

朱睿原本还在伤心同门的莫名死去，此刻却被我给逗笑了，说："陆居士，你放心，即使我不给你作证，你也没事。这个家伙跟杀害茅长老的人是一伙的，即便是你杀了他，也没啥子事的。"

我拼命摇头，说不管怎么样，反正你要给我作证，说这个家伙的死，跟我半毛钱关系都没有。要不说清楚，说不定我明天一早醒来，还是要被刘学道这些老头子追杀，那可就真的是哭都来不及了。

朱睿被我给逗笑了，不过他随即就惆怅起来，说别说明早了，这洞口给堵上了，说不定我们都再也醒不过来了呢。我连忙吐着口水，说呸呸呸，别说这不吉利的话，我可是福大命大之人，怎么可能在这小河沟里面栽倒呢？

孙小勤身死，我们便也没有那么强烈的意愿往里面追寻，想起不知道追去了哪儿的小妖，我有点儿担心，一屁股坐在孙小勤对面的山石上，瞧着这具逐渐僵冷的尸体，叹了一口气，说："何必呢，整天弄这些幺蛾子，能够有什么好处呢？好好地在山上修炼不行么，现在可好，弄得自己的小命儿都丢了，有意思吗？"

听到我的叹息，朱睿靠着墙也叹气，说："孙小勤入门比较晚，是萧师弟被逐出山门的那一年进来的，不过他的修为却比我们这些来了许久的老弟子高许多，为人也比较狂傲。如今想一想，其实他的迅速成长，也不是没有理由的，多少也走了不少捷径。只可惜这些捷径走多了，人便不是很稳固，容易走火入魔，并不如我们这些踏踏实实打根基的老实人厉害。唉，各花入各眼，选择怎么样的生活方式，这都是各自由人。我们这些旁人，也说不得许多。"

我说："虽然孙小勤没有提及，但是此次茅山乱，梅浪长老，可能逃脱不得干系。"

朱睿点头，说："然也，刚才被你这鬼娃娃弄死的黑色厉鬼，应该就是梅长老那赫赫有名的一百零八鬼将中的一个。"

我说："你们现在的茅山话事人杨知修，应该也参与了其中。"

在这密封的环境中，朱睿也抛下了顾忌，放开了胸怀，闭上眼睛，沉思了一番，问我此话怎讲？

我说我虽然才来茅山没有多久，但是也知道梅浪在长老会里，就是杨知修的一条狗，而孙小勤卷入其中，梅浪如果没有独自牵扯邪灵教的勇气，那么必定身后还有人在。孙小勤之前也曾听命于杨知修，出事后又一直很淡定，看来背景靠山都很强，从种种迹象看，他涉案的情况已经显露无遗，不过我还是有一点儿疑问……

"什么疑问？"朱睿皱着眉头问道。话事人在他的心里位子极重，听到我这局外人分析，他不由得好奇。

我说我的疑问便是这一点，身为茅山话事人，杨知修的立身根本便是茅山本身，而他的地位跟邪灵教的执掌者们完全平等，又何必去勾结外人，来坏了自己的根本呢？

朱睿摇摇头，说他也不知道，说不定这事情，话事人根本就没有参与，完全都是别人在做呢？

百思不得其解，于是便不要想，免得浪费脑力。我们歇罢，将手指用唾液润湿，然后放在空中，有微微气流传来。有风，便有出口，当下我们抛开了孙小勤的尸体，朝着洞穴深处走去。一会儿，出现了岔路，而且里面复杂多变，绕得人头疼。朱睿告诉我，一直听说茅山腹地下，有一条迷宫，以备外敌入侵时作转移战场用的，没想到还真有。而且更加让人没有想到的是，我们居然是被敌人引入到这里的。

走啊走，过了通道，过了开阔的大厅，在路痴朵朵的引领下，我们一路前行，没多久，竟然来到了一处灯光摇曳的地方。我们不敢正大光明地出现，只是顺着墙根儿缓缓贴着走。突然听到有人的对话声，从对面传了出来。

"老梅，你确定陶晋鸿是冲击失败了，而不是故意窝在那后山里，坐山观虎斗？"

"是的，要不然以他护短的性格，早就出来阻止这一连串谋杀了！"

第三十二章　迷雾渐开

梅浪？听到后面一句的声音，我的心中一惊，没想到他竟然真的参与了这一系列杀戮案件，他甚至对与自己认识大半个甲子的同门茅同真都下得了手。这样心思阴沉的家伙，着实可怕。

更加让人心寒的事情是，就在刚才，他通过自己控制的一百零八鬼将，将自己最喜欢的徒弟给"灭了口"。这是什么概念？都说师徒情就是父子情，像这种老式的、单对单的传道授业，一般人都会灌注自己真挚的感情，想要徒弟承载自己的梦想得以延续下去，所以情感都是浓厚的。就如同我在藏边遇到的那个小伙子莫赤，虽然与我并没有建立真正的师徒关系，但是多少也有些情分，倘若叫我下手杀他，我是绝对做不出来的。

然而我做不出，不代表别人也做不出，能够锻炼到像梅浪这种六亲不认的境界，这种人有着让人敬而远之的恐怖。

当下我开启了遁世环，将自己和朱睿的气息给遮掩住。虽然在孙小勤被我揭穿之后，就已经对梅浪有所怀疑了，但是朱睿这个时候还是被梅浪长老出现在这里的情况搞得有些发懵，背部紧紧贴在了石壁上，仿佛完全失去了力气，如果没有墙壁的话，直接就能瘫倒下来。

茅山之所以能够有今天这样的地位，成为神州大地上面的顶级道门，正是有着无数的高手和高明的道术传承，身处其间的朱睿打心底都是满满的自豪。然而梅浪的背叛就像一把利剑，将他所有的自信都给斩得粉碎，毫无残留。信念的崩塌，让朱睿顿时就软了下来。而且更重要的事情是，不管梅浪人品如何，在他们这些茅山小字辈的心里面，十大长老永远都是巍峨而不可超越的高山，与他们为敌，简直就是找死。

没人愿意找死，朱睿也不愿，然而他控制不住自己心中的恐惧，完全慌了神。

朱睿怕，是因为生活在这些家伙的阴影下久矣，而我却全然不惧，什么梅浪、梅毒，惹到老子，拼死也要让他脱一层皮。我缓步向前，走了六七步。前面是一个大厅，灯光晦暗，有人影被拖得长长，倒映过来，也有脚步声传来，四五个，仿佛在操纵着什么。

声音还在继续，先前说话的那个人跟梅浪讨论了一下关于陶晋鸿闭死关的事情后，话锋一转，说那些老顽固的大部队，被引走了没有？

梅浪沉声说没，虽然左使阁下亲自将刘学道等人引去了飞来峰，但是陈志程还有符钧等人却还留在震灵殿这个中心位置，统筹支援；而在三茅峰上，其他长老也在那里待命,只怕没有这么简单。那声音似乎有些不满,咕哝了几句话,而后又问道:"他在那里,能够拖得住其他两位长老吗?"

梅浪摇头说:"可能不行,他是杨知修的心腹,唯命是从,而杨知修似乎也大概知道了我们的计划,他现在之所以闭着眼睛不管,是因为我们要做的,也就是他所想要做而不敢做的,但倘若我们真的闹大了,只怕他会出手阻止的。况且除了他之外,邓震东那个老不死自从中了小佛爷带来的蛊毒之后,一直在闭关,不见任何人,似乎在用道行磨砺,他是跟李道子同一时期的辉煌人物,说不准也会闹出乱子。无论如何,他都是一个变数……"

那声音沉吟,说梅长老,你觉得杨知修的修为如何,我们能不能趁着这机会,将茅山一举给吞并了?这样子我们就可以实现小佛爷给你的承诺,让你坐上茅山掌门之位了!

"难!"虽然有着赤裸裸的吸引,但是梅浪却并没有被冲昏头脑,而是很冷静地下了这么一个判断,他给那人一个一个地算道:"苏参谋,你出身佛爷堂,是小佛爷的得力助手,此处行动也由你来领导,便是左使阁下也会遵从你的意思,但是说句实话,你对杨知修这个人了解实在有限。这么说吧,杨知修执掌茅山这些年来,虽然一直被各位长老所掣肘,但是仍暗地运转茅山的许多资源,给自己增强实力,而且他这个人的才智极高。虽然我也不知道他到底有多厉害,但是我可以告诉你这么一句话:茅山第一人,十年前陶晋鸿,十年后杨知修!"

"吓,他比邓震东那个老不死的还要厉害?"

那个苏参谋有些不敢相信,然而梅浪却很肯定地说道:"是的,实话告诉你,在杨知修就位之前,十大长老里面他的实力排名靠后,还不如我。而现在,我每次看到他的时候都会感觉到害怕,他仿佛就是一个黑洞,能够看穿人心一样。所以,即使左使阁下前来,我也不建议你们对他动手。而且除了杨知修之外,还有邓震东,还有其他并不知情的长老,还有各殿峰的精英弟子以及可以依赖的法阵,还有符钧那个小狐狸以及陈志程在!"

"陈老魔!"听到这个名字,那个苏参谋不由得咬牙切齿起来,似乎大师兄在他们的心中是个恶棍,不过也因为如此,苏参谋的话语竟然软了下来。沉吟了一番之后,他颓然说道:"唉,茅山气数未尽啊。那好,我们这一次先将计划实现,至于以后的事情,到时候再听小佛爷安排便是!"

梅浪松了一口气说:"好,苏参谋,时间差不多了,我们什么时候行动?"

"行动啊,"那个苏参谋缓缓地说道,似乎想起了什么,问梅浪,"呃,忘记了两个人,前些天被陈老魔带回来的萧克明和陆左呢?他们也比较麻烦,现在人在哪儿呢?"

梅浪的声音缓缓传过来:"他们啊?萧克明被雒洋那个榆木疙瘩带着追左使阁下去了,估计现在还在飞来峰那里转圈;至于陆左啊,他在跟我那个不肖徒弟玩儿呢,而现在,应该是在偷听我们说话吧……出来!"

这话锋一转,我前面的泥壁突然一动,伸出了四五只泥铸的手臂,将我给紧紧抓住。我心中大骇,原来梅浪这个老家伙竟然知道我们在偷听!我的全身要处都被泥臂给抓住,势大力沉,不过我却并不慌张,将恶魔巫手的力量激发,让它遍布全身,那泥手便有些松动,然后我将身子一震,从泥手里面脱了出来。回望朱睿,他也被同样的泥手给抓住,正在奋力挣扎呢。我鬼剑出鞘,唰唰唰,锋利的剑刃将泥手斩落。

事情到了这个份上,我们也没必要再躲躲藏藏。我深深地吸了一口气,从通道里面缓缓走了出来,往大厅里面望去。大厅里面,除了满脸胡须的梅浪之外,还站着一个文质彬彬的眼镜男。这个男人带着路易威登的黑色边框眼镜,穿着手工定制的黑色西装,打领带,一尘不染,有着都市金领的风范。此人便是苏参谋了。在他们两个身后,还有四个穿着刑堂黑色道袍的男人,不过瞧他们都没有挽道髻,想来应该是混入此间的邪灵教众。

被梅浪点破戳穿,但我并没有任何负面情绪,而是义正词严地责问梅浪道:"梅长老,万万没想到,与邪灵教里应外合的人,竟然是你!茅山养你这么多年,你可对得起茅山,对得起你心中的道?"

梅浪没想到我竟然会如此气势汹汹,一下被问得愣住了,随后摸着花白的胡子,哈哈直笑,说:"道不同不相为谋,我如何行事,并不用与你知晓,至于为何勾结邪灵教……我早在二十年前,便蒙小佛爷折节相交,拜为兄弟,而我也早已经入了邪灵教,何来内外勾结之说?"

早在二十年前,就加入了邪灵教?听到这句话,朱睿眼睛瞪得滚圆,额头上青筋直鼓,死死地盯着面前这个平日里备受尊崇的茅山长老,深深呼吸了好几回,最后从牙齿缝里面迸出了三个字:"为什么?"

"为什么啊?"梅浪沉吟了一番,似乎在追忆那似水流年。过来好一会儿,他缓缓说道:"为了共同的梦想啊……"

万万没想到,从这个道貌岸然的叛徒口中,竟然会说出这么崇高而富有浪漫主义的言辞,让我怀疑这个家伙是不是背错了台词。朱睿也被惊到了,咽了咽口水,仿佛刚刚吃了一只发臭的死老鼠一般,好一会儿,他才嫌恶地说道:"你简直是在侮辱梦想这个词!"

除了那个眼镜男苏参谋之外,其余五人都围了上来。我紧紧握着鬼剑,盯着梅浪说道:"既然知道我们在偷听,为何还要说与我听?"

旁边几人都笑了起来,梅浪也在笑:"陆左啊,你不是说你不想死不瞑目吗,我这是在成全你啊!"

第三十三章　扯起虎皮拉大旗

　　茅山总共有十个长老,但并不是说与陶晋鸿同一辈的,就只有这十个人。
　　一个门派大了,便会有竞争。能者上,庸者下,最终执掌茅山事务的,都是经过大浪淘沙,不断磨砺出来的。这些人要么在某一领域拥有卓越的成就,要么在门中有着崇高的威望,当然,他们还有一个共同的特点,那就是修为在茅山宗里面,都是顶端厉害的。
　　文无第一,武无第二。道门里面的事儿,如同武行里面一样,手底下没有真功夫,还真的就镇不住场面。学识再厉害,也不过是一个教书匠、唱经老儿。所以,每一个能够成就长老之位的人,都不是熬资历熬出来的,而都是茅山宗里面顶级的厉害角色。每一个走到江湖上,都是响当当的人物,名字都可以拿来当金字招牌。
　　所以面对梅浪等人的张狂与嘲笑,我一点儿愤怒的心思都没有。
　　我自然知道,虽然我曾经击败过烈火真人茅方真,但是并不敢保证自己面对另外一个茅山长老也能够战而胜之,更何况在他的身边,还有四个手段一流的邪灵教高手。能够被带到茅山来为非作歹的家伙,自然也不是什么好相与的角色,这样一堆人围殴我们,他们肯定是信心满满,当我和朱睿是那手中的蚱蜢,怎么都跑不了。
　　瞧着梅浪等人朝我和朱睿围了上来,在他们背后的苏参谋沉声提醒道:"陆左此人出身苗疆,据闻是敦寨苗蛊直系传人,极为擅长施用蛊毒,各位上前,还请小心提防才是。"
　　那些家伙本来还有些,听到了苏参谋的话后不由得眉头一皱,精神绷紧,盯着我藏在腰间的左手,犹豫不前。看来是被蛊师的名头吓到了。
　　我曾经说过,因为蛊毒易于传播,而且危害甚大,所以从东汉末年以来,就一直被所谓的正道打压,趋于式微,但十分神秘,使得普通人,乃至寻常的修行者听到都会发怵。不过这有人怕,也有人不惧这东西,梅浪便是其中一个。他将胸口一拍,一枚玉佩散发出隐隐的光芒,似乎能够镇压灵蛊之术,再之后,他将双手一挥,从泥地里面,冒出了一团又一团的黑色雾气来。这些黑色雾团跟之前杀害孙小勤的东西一模一样,想来便是梅浪当年游历天下,作猎鬼人的时候赚下来的家当,也就是传说中的一百零八鬼将。不过这些黑色雾团中有一个,已经被朵朵鬼噬而亡。
　　瞧着这一团又一团的黑雾生成,我不由得心中渐冷,望着梅浪缓缓说道:"梅长老,听闻孙小勤是你最得意的爱徒,然而他竟然也是惨死于你手,这还真的是让人觉得讽刺呢。我很想知道,明明你就在这通道底下,而且还可以去救他,甚至都已经将茅同真的恶灵派出,为何却先我们一步,将他给灭了口?"

听到我的问题,梅浪伸出手抚弄那些从地上冒出来的黑影儿,缓缓说道:"是啊,小勤确实是一个我十分喜爱的弟子,他很听话,也很争气,小小年纪就能够在茅山年轻一辈里占上一定的地位,我甚至有将他当做衣钵传人的想法。不过实在可惜,他或许是在茅山这个小池塘里面待了太久,心智不明,竟然转眼就将我给卖了出来。即使我没有受到什么损失,这也深深地挫伤了我的感情,这样的弟子,我留着何用,不如早点结果了他。"

这厅并不算大,差不多有两间学生教室那般宽阔。那些黑影儿虽小,但是逐个冒出来,每个只有婴孩一般大,一百来个,密密麻麻的看着让人心中发麻。朱睿在我的耳边颤声说道:"梅浪长老……梅浪他这一百零八鬼将能够布置出一整套鬼影重重的阵法,让人迷乱于其间,最终困死……"

他话还没有说完,梅浪便哈哈大笑,说:"朱睿,你对我倒是了解得很,不过应该还没有真正尝过我这手段吧,那么在临死之前,充分享受一下这里面的美妙吧!"

他双手一挥,地上那些扎堆儿的黑影子便一起朝着我们这边飞射过来。我手中暗握着刚才从那墙壁抠下来的飞灰,朝着前方撒去,大声叫道:"尝一尝我的百灵万毒蛊……"

因为有着苏参谋的提醒,在旁边戒备的四名黑衣邪灵教众下意识地往旁边一闪,梅浪虽然有防蛊玉佩,但是也有些不敢上前靠近,动作稍微迟滞了一些,结果虽然堪堪避开我手心的这一把灰,但是在攻击节奏上面,却露出了一丝空隙。我在走进这大厅之前,眼睛就已经瞄中了大厅有好几处通道,当下也不管那么多,朝着左边那条通道,夺路便逃。

我毕竟不是内裤外穿的超级英雄,自然也没有那么多死战不退的觉悟,而朵朵则与我心意相通,她提前一步冲到左边的那个道口,然后回头,双手虚凝于胸口,一大蓬蓝色光芒,便朝着梅浪等人抛去。这一记癸水之力,并不指望能够对梅浪有什么杀伤力,不过稍微拖延一下时间,也是有效的。

比我们慢上一步的,是朱睿。他虽然被我拽了一下衣角,但还是有些发愣,耽搁了几秒钟,不过他到底也是刑堂的精英弟子,整日受刘学道那个老变态的熏陶,实力自然不会太差,很快就跟了上来,当我在左侧通道口回望的时候,他已经化作一阵风,朝着里间死命冲去。

逃命这本事,好像是生物的本能,谁也不会比谁差几分。

我在通道口一顿足,并不是为了殿后,而是放了烟幕弹,故意大声喊道:"我这百灵万毒蛊三天不得解药,肠穿肚烂,你们若再追来,我咒诀一念,所有人都死光光!谁敢追来?"

梅浪等人本来信心满满地想要将我和朱睿的命留在这里,此刻瞧见我们开溜,那是煮熟的鸭子飞走了,自然是气得三尸神跳。正想追上来,却又听到我的这番威胁,脸色更是难看,进退两难。我到现在才发现这蛊师的身份竟然如此有用,看来并不是说道门就天生克制蛊毒,而是因为这蛊并没有玩到一定的境界,要不然他们怎么会如此投鼠忌器呢?

我这边狐假虎威地一声吼,撒腿就跑。梅浪反应过来,大声喊道:"臭小子,让你走了,更加没有解药……"

他这话还没有说完,在我前面奔跑的朱睿回手就是一道寒光,朝着苏参谋射去。朱睿这个人倒也是有急智的,看得出那个斯文男并没有什么功夫,于是找软柿子捏,弄死一个算一个。他那法刀管射不管回,比杂毛小道的飞剑境界低了许多层,但也是一种厉害手段。

苏参谋胸口红光一闪,将这法刀给挡了下来。我来不及瞧到底是怎么回事,只知道几个邪灵教众似乎十分紧张眼镜男,纷纷护上前去。趁这工夫,我们拔腿就跑,也不管前面到底是什么地方,只管埋头猛跑,疾步如飞。

梅浪很生气,所以那一百零七鬼将便有些气势汹汹,这些东西根本没有实体,所以速度对于它们,根本就不是问题,有的甚至已经纠缠到了我的身上来。不过许是我昨日服用了洗髓伐骨金丹的缘故,恶魔巫手的能量能够遍布全身,将这些缠上来的鬼将给逼退。至于朱睿,他一旦念咒防起这鬼魂来,也是有一把手段的,故而都没有被攻破。

钻不进身体,这些黑雾团儿的鬼将便想拖延我们的速度,要么就化作绊马绳,要么就将空气凝如实质,让我们如在泥中。一开始我们还能应付,到了后来,这样的纠缠阻碍多了,疲于应付,而身后的脚步声则越来越近了,很快就面临衔尾追击的危险。

转过一个拐角,我听到梅浪愤怒地大叫:"我刚刚运了几回气,都没有感觉到异常,你这个小畜生,竟然敢骗我?今天要是让你给逃走了,我就不姓梅!"

我把鬼剑围着自己划一个圈,将缠住我的那些恶鬼给驱散一些,然后肆意地大笑道:"梅浪长老,你不信,便罢,等到肚穿肠烂的时候,莫怪我没有提醒你!"我虽然笑得恣意,但还是有些隐忧,想着这样下去总不是个办法。要不然,我趁机阴一下这个家伙?

这般想着,还没有实施,一身泥屑的小妖却突然从前面冒出,朝着我们后面的通道,一拳击去。那拳头正好击在了支撑通道的木架子上面,咔嚓一声裂响,我们身后的通道顿时垮塌下来。茅同真魂体所用的招数,被小妖学了个干净,并且用来救了我们。

赞!

第三十四章　鬼将溃败，梅浪失牌

数吨的泥土碎石由上而下地碾压下来，那掀起的尘土将我们胸肺里呛得尽是灰尘，场面一时混乱不堪。别说是像梅浪长老、邪灵教众的血肉之躯，便是那些在我们身后追踪的黑影团儿，也被这动静震得七零八落，有的甚至直接发出了巨大的尖叫声，不知死活。

我们一点儿也没有停留，朝着前方一阵猛跑。所幸小妖轰断的仅仅只是几节木支架，我们朝前跑了十几米，发现头顶上面传来的震动，终于停止了，而朵朵那甜甜的呼喊声也传到了我的耳朵里："小妖姐姐……"

同样是灰头土脸的小妖伸手一招，地上顿时爬出好多爬山虎一样的藤蔓植物，而那些翻腾的灰尘一清而空。这小狐媚子得意地嘲笑我，说："陆左啊陆左，枉你这一身的本事，当年也是将跟梅浪齐名的茅同真，弄得跪在地上叫大爷的人物，此刻却被这个老不死追得狼狈逃窜，鄙视你……"

她说得夸大，旁边的朱睿一抹头上的灰，心里多少也有些不满，说梅长老驭鬼之术，茅山无双，他旁边还有四个十分厉害的邪灵教一流高手，这样的阵容，倘若留在原地，那才是真正的找死呢。

小妖这小狐媚子一得了理就想着法子损我，这事儿我早就习以为常，所以并不理会。看着这两个在我面前拉着手转圈圈、喜相逢的小姐妹俩儿，我关心地问："那个茅同真的魂体呢，你不是去追他了么，怎么又从这里跑了出来？"

小妖叉着腰，说你还好意思问，倘若不是小妖我察觉不对劲，似乎中了那厮的调虎离山之计，匆匆跑回来，只怕你已经被人给追上，扑倒在地，任其蹂躏，到了此刻一定是轻抚某花笑而不语了——哼！

听到这个小狐媚子一连串不是很对劲的话，我的心中不由得一阵冷汗，这小狐媚子，还真的是什么都懂。不过讥讽归讥讽，小妖最后还是说了实话。那茅同真根本就是一缕意识分身，她追到地下不久，那东西身上附着的能量便已经接近为零了，不多时便凭空消失，她这才循着与我那独特的联系，找到这儿来的。

不管怎么说，小妖的急智还是救了我们，对此我给了她高度的表扬。这小狐媚子别的还好，就是禁不住夸，一番好话，便眉开眼笑，心情如那晴朗星空。

我们这边了解着情况，而朱睿却一直处于紧张的戒备状态，当我们准备离开的时候，他突然一声大喊："陆左，小心，它们又来了！"

听到这些话，我便感觉自己的脚下又是一阵黏稠，往下一望，双脚被那些鬼将缠住,如陷泥潭之中。这通道垮塌,梅浪和邪灵教诸人过不来,但是并不会对一百零八鬼将产生多少困扰。梅浪是茅山宗内控鬼第一人,他之前过于托大,放着我在旁边偷听而不管,如今我知道了太多的消息,每一件对于他来说都是致命的,所以他现在最急切的,就是杀人灭口。只有我和朱睿变成了死人,他才能够在杨知修以及其余长老、众茅山子弟的怒火中存活下来,这是最重要的,一刻也不能耽误,故而他只得将手上的底牌,全数打出。短短几秒钟,从地上、墙壁上、通道顶上,冒出了密密麻麻的团团黑影,遍布我的视野。这些家伙之前似乎都只是灵体,与我们并无交集,然而此刻发动起了真格,却又是另外一种情景,突然之间便阴风大作,让人骨子里都变得寒冷无比。当我看到眼中的朱睿一分为二,二分为四,四分为一十六的时候,我便知道梅浪的一百零八鬼将幻阵,此刻已经启动起来。

恍惚间,我感觉数十个朱睿将手中长剑举起,然后朝着我的全身各处刺来,这剑凶猛,刺得又快又狠,根本就把我当作了阶级敌人。我拼力抵挡,结果却还是感觉全身刺痛,竟然被七八个朱睿将我刺穿,望着胸口锐利的三四根长剑,我哑然一笑,说这幻觉也太假了吧,难不成还真的以为我会相信自己给这般捅死了?

这话说完,我口中一段"金刚萨埵降魔咒"快速念过,然后双手结内狮子印,口中一声大吼:"洽!"

洽一出口,万物之灵力,任我接洽,立即有源源不断的灵力从无尽虚空传递而来。我精神一振,顿时就清醒和精神了许多。祛除幻境,双眼睁开,瞧见百来团鬼将在我身周摇摆成同一节奏,哗啦啦、呼啦啦,而刚才在幻境中将我杀死的朱睿此刻使劲儿地挥舞着手中长剑,脸上的表情狰狞而激动,口中大声叫道:"陆左,你不要逼我,你不要逼我……"

至于朵朵和小妖,两个小丫头分别被十来头鬼将给缠住,这些东西并不如围着我们的黑影团儿,全部都是狰狞的恐怖模样,让人看着生畏,很显然都是十分厉害的家伙。一时半会儿,她们也不能速战速决,只是在将局势一点儿、一点儿地扭转。

让人欣慰的是,这一百零八鬼将乃梅浪穷极一生收集编汇而成,也是他能够成为茅山长老的一个重要筹码和资本,无论是单体实力,还是团结在一块儿的阵法演练,都有着让人不敢想象的厉害,来历不明的小妖自不必提,那朵朵成鬼时间并不算久,很多与她一般遭遇的小鬼,此刻说不定早就被吞噬了,而她竟然能够以一敌十,而且还能够占据强大优势。这还是她并不擅长的领域,倘若是她真正愤怒变身成那青面朵朵,说不定会更加强大。

我恢复神志,心中一片豁达,感觉梅浪的这一百零八鬼将或许自有其强大之处,但是当个体的精神意志真正到达了一定的级别,这些东西真的只是浮云。在那些鬼将都在好整以暇地布阵消磨我们的精力之时,我已经将鬼剑给扬了起来。剑临空、蓄力、停顿,这些动作我按着一定的节奏,踩着鼓点进行,同时,我从怀里拿出了震镜——对付这些灵体,没有什么比这经过牛头蓝血浸泡过的法器更加管用了。一声

"无量天尊"出口,差不多有四十多头鬼将被我笼罩其间,这些灵体动弹不得,我的鬼剑蓄满势,由上而下,一剑斩过,那些常人根本无法触摸的鬼将此刻被一斩而破,而且在分离之后,并不像普通鬼魂一样散而重聚,而是消失得无踪影。

这些让朱睿谈之色变的鬼将,就这样被我砍瓜切菜一般,给杀得个落花流水。这一剑斩过,阵法便出现了纰漏,朱睿幡然醒转,睁开眼睛,大叫一声,人瘫倒在地,口吐白沫。震镜空虚太久,此刻竟然还有余力,被我又照射在了与朵朵缠斗的那十来头鬼将之上,小丫头抓住机会,将学自鬼妖婆婆的密宗法术施展出来,指出如电,将这些鬼将给全数点化。

何为点化?那便是将其罪恶的痕迹给抹除于这世间,再无踪迹。

连续两场大胜让我们信心倍增,很快,小妖也不落人后,将缠着自己的十来头鬼将斩杀大半,就连刚刚吐得稀里哗啦的朱睿,也咬着牙点燃了自家压箱底的珍贵符篆,弄死了几头。俗话说兵败如山倒,连连失利让那些剩余的鬼将脑子慌乱,阵脚一时间乱得不成样子。这便是收割的季节,我也不客气,由朵朵和小妖做主,将这些即将消逝的灵体,给全部塞进震镜,让人妻镜灵给炼化掉。

十来分钟之后,通道里一片宁静,那些吵闹的鬼将早已死的死,逃的逃。想必在垮塌通道对面的梅浪长老,此刻已经哭得稀里哗啦了。

其实他的鬼将原本并不会这么弱,但是超出了他的指挥范围,所有的事情便都超出了他的掌控。

我和小妖、朵朵相视一笑,伸手击掌,说耶!

朱睿也伸出了手,热泪盈眶:"耶!"

第三十五章　被绑架的人质

将衔尾追击而来的鬼将给轰散，我们也不敢久留，毕竟这地下的通道是不是四通八达，梅浪等人是否能够从其他地方绕道而来，这些我们都不得而知，以防万一，我们还是先逃得远远的才好。

虽然我有足够的信心能够在与梅浪的交手中不处于下风，但是此时此刻，与其在地下和梅浪这个家伙争勇斗气、纠缠不休，还不如赶紧逃出地面上去，找到茅山的各位长老，将梅浪与邪灵教勾结的阴谋给捅出来，并且将邪灵教左使来到茅山一事说出，给所有人都做一个警示。

邪灵教左使是什么级别？虽然我不知道现代邪灵教的运转方式，但是搁在以前，这左使便是掌教元帅下面的头把手，正所谓"一人之下万人之上"，当年王新鉴便是以左使之位引领着风雨飘摇的邪灵教，度过最艰难的时期。能够坐上这个位置的人，自然都是天纵奇才，也是极端危险的恐怖分子。如果有更多的人提前知道这个消息，必定能够拯救许多人的性命。

不过这通道在茅山之下，如此隐秘，未必有多少人知晓。朱睿虽然也是茅山中执法机构刑堂的弟子，但是也只是听闻，从来没有见过，所以这一路奔跑，其间也经过不少岔路口，但是都不敢左转右转，只是朝着前方奔去，生怕黑暗中又出现个什么不该出现的东西来。

我们的目标是能够出去，然而这一番奔跑，却是越跑越黑。那通道长长，仿佛没有尽头一般，让人心底发虚。经历了之前被梅浪发现的事件，我们现在也变得小心了许多，猜想得到这地方或许还有很多邪灵教或者与梅浪站在一边儿的人在，所以老早就将遁世术开启，隐匿了气息，而前方又有小妖这个机灵鬼儿在探路，倒也没有太多的偶然和危险。

身处地下，又是在遍布法阵的茅山宗内，指南针都失灵了，自然也辨不得方向，不过越往前走，越觉得我们行走的方向，是朝着大山深处。倘若我们这么一直走下去，那么一定就能够走到茅山的重地，也就是藏着无数秘密的后山去。

一想到这里，我的心中隐隐有些明悟，梅浪所说的这个秘密计划，不会就是意图谋害现任的茅山掌门陶晋鸿吧？

要知道，这陶晋鸿可是位列天下十大高手，是正道中的泰山北斗，在官方的名号也是全国道教理事协会的副理事长，如果能够将他给斩于马下，无论是对宗教界的打击，还是对屡屡受挫的邪灵教士气振作，都是有着极好的作用。想到这个可能，我的心中发寒,而听了我的分析,朱睿也有些慌了,想出去报讯的心情,又急切了数分。

差不多走了二十多分钟,梅浪始终都没有跟上来。我不知道梅浪现在是什么情况,虽然我很希望之前那一场垮塌已经将梅浪给活埋了,然而事实毕竟不能够用幻想来代替,我们都没死,指望梅浪已经死了,这显然是太天真。唯一能够希望的事情是他或许因为通道被堵,又没有其他的通道,所以耽搁了,追不上来。若是如此,说不定我们还能够瞎猫碰上死耗子,顺着通道摸了出去呢?

一路上我和朱睿都是战战兢兢,小心翼翼,大气儿都不敢出。转过一道岔口,突然听到微弱的声音从不远处传来,我和朱睿都是神情一震,于是放慢速度,朝着声音的源头慢慢摸去。

有灯光,是一个小厅,我听到一个粗犷的男声从里面传来:"好漂亮精致的小女孩啊,尤其是这一张脸,长得是真的好可爱,越看越好看,真有点儿像电影里的大明星呢——是哪个来着,刚刚还在嘴边,怎么一想说,就想不起来了呢?"

"武映杉,几岁点屁大的小孩儿,像啥明星啊,就你能吹,说得跟真的一样……"

"涂晶,这你就不懂了吧,真正的萝莉爱好者,最喜欢的就是这种洗衣板身材的小女孩儿,如果她是十四五岁那种老女人,我老武连看一眼的兴趣都没有!"

那个粗犷的男声用一种古怪而猥琐的语调说着话,让人听了,一阵恶寒,就连他的同伴也有了意见:"你个变态,脑子里面装屎咩?我警告你啊,这个小女孩苏参谋留着还有大用,我们这次过来,计划倘若想要完美实施,便少不了她,所以你最好注意自己的言行,别把她给吓坏了。"

这两个人说着话,其间还有一阵奋力的"唔唔"声,感觉十分熟悉,似乎在哪儿听过。这两人又说了些别的。从他们的对话中能够听得出来,他们也是从山外潜进来的邪灵教众,在这里看守一个被掳的人质,而他们等待的,则正是苏参谋和代号叫做鬼哥的内应。所谓鬼哥,应该指的就是身具一百零八鬼将的茅山长老梅浪。

这边听了好一阵墙角,那个叫作武映杉的汉子闲着无聊,似乎又起了歹意,起身去调戏那个人质。他嫌没反抗不好玩,解开了一点儿堵在嘴上的布团,我便听到一个熟悉的声音在奋力大喊:"坏人,快点放了我,我师父是邓震东,你若敢伤害我,一定让你吃不了兜着走!"

这个人质,竟然是包子师姑包凤凤。

前夜我见到惨死的小松鼠,就感觉有些不对劲了。要知道那小松鼠被包子养了好些年,早已通了人性,晚上怎么会跑这么远,到那震灵殿下面去呢?而后事情一多,脑子便全乱了,忘了。

为什么说包子是计划实施的关键呢?这个其实并不用多想,因为守护陶晋鸿后山法阵的,此刻便是杂毛小道的小姑萧应颜坐镇,而之前则是传功长老尘清真人邓震东,这两个人一个与包子情同母女,一个就是她的师父,都跟包子有着最为亲密的关系。如果将包子挟持在手上,威胁那两人,说不定就能够诳得那最为严密的大阵开

启，将闭死关的陶晋鸿，直接暴露在敌人的面前。

邪灵教此番潜入茅山，所图甚多，但是最主要的目标，就是威名笼罩茅山数十年的掌门人，陶晋鸿。如果消息没错，这个时候是陶晋鸿最虚弱的时候，也是最好杀的时候。

我瞧了瞧朱睿，他也瞧了瞧我，在茅山，虽然很多人怕包子这个难缠的小女孩，但是却并没有人讨厌她，反而觉得这真性情的小女孩，像那心窝头的肉，值得疼爱。我们用眼神交流了一下想法，点了点头，脚步缓慢前移，在快走出通道的时候，深深地吸了一口气。在将这口气呼出来的时候，我已经冲了过去，瞧见一个光头络腮胡男子正将手掌高高抬起，准备朝下面扇去。光头男旁边是另外一个光头，不过没有浓密的胡须，在他的下方，是一个被捆得结结实实的道袍女孩，可不就是亲爱的包子小朋友？

我疾步前冲，比我更快的是朱睿，他一出现就朝着那个络腮光头男冲去，一点儿停顿都没有。他挥剑，然而那个络腮光头男似乎背后有眼睛，避开了这又气又急的一剑。朱睿一点儿都没有含糊，来不及回剑，于是伸出双手，将这络腮光头男给扑倒在地。两个人在地上翻滚腾挪，打作一团，我也与另外一个光头交上了手。平心而论，这个光头的实力并不比守卫在苏参谋身边的四大高手差，不过他虽然厉害，却抵不过小妖、朵朵和我的一番围攻，在交手不到半分钟，被小妖踹了四五脚的他在慌乱之际，被我一剑准确地贯胸而过。见同伴被杀，那个变态的武映杉也被朱睿翻上了身，死死地掐住了脖子。

解决完这两人，我将被绑住身子的包子给抱起来，揭开她嘴上没塞严实的布，这小丫头的眼泪刷地一下就流下来了，哇哇地大哭道："陆左哥哥，我的小松鼠找不到了……"

第三十六章　陆左哥哥你把我炼了吧

包子泪眼婆娑地告诉我，姑姑对她说这几天不太平，让她早点歇息，所以她很早就乖乖地躺下来睡觉了，没睡几个小时，起夜的时候，突然想到要喂一下祺祺，结果发现原本应该乖乖待在树屋上面的小松鼠不见了。她好急，在住处四周找了一圈也没有发现，想去找姑姑又没有找到，于是便跑到小松鼠最喜欢去的佛塔那边，结果走出法阵没多久，就给人蒙住了头。她也反抗，但是那人十分厉害，手在她的脖子后面摸了一下，还没怎么用劲，她就昏了过去。等醒过来的时候，便发现自己已经被捆在了这里，而且被两个光头给看着……

包子今年差不多八岁了，而且学道多年，口齿伶俐，叙事的整个脉络也比较清晰。从她的叙述中我们可以知道，从头到尾，从信息的提供、时间的选择和执行人的下手，都有着一系列的方案，整个做下来行云流水，让人叹服。

我曾经听小姑萧应颜说过，包子年纪虽小，但是自小就表现出了罕见的天赋，这样的人学道，向来都是事半功倍的，所以她自身的修为并不算低，这一点当日她领路带我们前往塔林的时候，我便已经看出来。既然如此，综合所有的信息，可以想象得到，现在那个带着包括刘学道、杂毛小道以及茅山大部分高手转圈的邪灵教左使，正是此次绑票事件的执行者。

他通过某些手段将小松鼠给引出来抓获，然后将跟过来的包子一举擒拿，再之后，他将人暂放此处，去震灵殿引人，调虎离山，再由人用包子来威胁小姑萧应颜关闭法阵……这一环套一环，极为精细，算计得如此清晰，想来就是出自那个被称为苏参谋的眼镜男之手。

想到这里，我的心中不由得感到阵阵发凉——这样的对手，叫我们怎么对付啊？

说完这些，包子的情绪终于得到了宣泄，开始打量起我身边。朱睿是个黄脸汉子，这样的糙老爷们被她自动忽略，然后她瞧见了朵朵和小妖。朵朵要是没有被罗二妹所害，此时已经快十一岁了，不过因为成为小鬼的缘故，此刻仍然是六七岁时的模样，精致而可爱的婴儿肥小脸，一双又大又圆的黑眼睛水汪汪的，仿佛有仰望星空的感觉，萌得一塌糊涂；而小妖以前是天使脸蛋、魔鬼身材，后来我给她上了户口叫陆夭夭之后，为了不那么引人注意，一直都以十二三岁的少女形象出现，很漂亮。见到这样两个美丽可爱得如同人间精灵的女孩儿，包子不由得眼睛都睁大了，有些忸怩地问道："陆左哥哥，她们是……"两个朵朵早就听说过茅山上这个包子师姑的"事迹"，知道是杂毛叔叔的小姑的"干女儿"，自然也心生亲近，还没等我回答，朵朵便已经上前拉着包子被绑得发红的双手，自我介绍起来。朵朵平日里在我面前乖巧可爱，没想到跟小伙伴会话这么多。叽里咕噜地一通说，刚才还泪眼婆娑的包子便拉着两个小女孩的手，这边叫朵朵妹妹，那边叫小妖姐姐，好是一番热闹。

其实以包子的修为，她自然能够瞧出朵朵和小妖跟自己是不同的，而且朵朵也不讳言，只是小女孩儿的心思，大人还真的无法理解。没聊几句，包子的眼睛不由得闪出了晶莹亮亮的星星，捧着自己的可爱包子脸，说："哇，成了小鬼之后，就可以随便塑形了啊，那么我要是成为小鬼，不就可以快快长大，然后把我的包子脸给削瘦了？还有还有，变成了小鬼之后，是不是就可以到处去玩儿了，天啊，太好啦，朵朵，真羡慕你们啊……"

朵朵还一本正经地指正道："不对，不对，这也是要看人的，有的人好坏坏坏的，到时候你整个人就只有浑浑噩噩，跟我最开始一样，想死都死不了。这个世界上，可没有几个人，能够像陆左哥哥一样好呢……"

朵朵带着骄傲的口气跟包子介绍我，让我的心里面一下子就充满了感动，刚刚要说话，就被包子给紧紧抓住裤腿。这个小丫头可怜巴巴地望着我，像个小狗儿一样祈求道："陆左哥哥，你把我给炼成小鬼吧……"这话说得我满头黑线，一阵无语。

这边说着话，好不热闹，而被冷落的朱睿却一直在凝神戒备。在我被包子弄得哭笑不得的时候，他突然将右手举起，做了一个噤声的手势，用极为严肃的表情沉声说道："等等，各位，有人来了！"

几个小女孩都很懂事，一听到情况，都停止了玩闹，当下也是将目光齐刷刷地朝着我这边扫来。被这么多人信任，是一件既自豪又沉重的事。我深呼吸，转头打量了一下这小厅，发现除了三条通道之外，在角落处还有一个天然的岩石隔断，似乎能够藏得住我们。

倘若没有遁世环，一切皆不提，但是有了这隐匿气息的法器，我倒也有几分自信不被发现，于是我吩咐大家一起躲进那个不起眼的岩石隔断，藏好身子，不管来的是敌是友，都有主动权。

来人走得极快，当我们刚刚藏好身子，便听到东面通道传来一阵急促的脚步声，很快，这些人就进入了大厅。我蹲身在地，听到了有人在叫武映杉和涂晶的名字。

既然能够叫出这两人的名字，那么自然就是潜在此处的邪灵教众，或者是梅浪这一方的内应。来者是敌，我将鬼剑握紧，心中盘算，倘若这些人实力不怎么样，不如我便召集小伙伴们，将其制服在此处，免得出去祸害别人。

我刚想探出头去瞧一下，便听到一声闷哼响起，先前被小妖打昏的那个光头络腮胡武映杉，竟然醒转过来，我听到武映杉艰涩的声音："庐主，属下办事不力，被人劫走了人质，愿受责罚！"

一个瓮声瓮气的声音响了起来："说吧，劫走人质的，到底是谁？"

"来人共有四人，一个黑衣道士，应该是刑堂弟子，一个穿着灰色居士服的疤脸男人，还有两个极为厉害的小女孩，分不清是人是鬼……"

"哦，原来是陆左，没想到他竟然跑到这里来了。苏参谋原计划不是将他弄死在那边洞子里么，怎么会出现在这里？哼，梅浪这个废物，堂堂一个茅山长老，竟连一个出道三年的生瓜蛋子都拿不下来，这样的人，还妄图坐上茅山宗掌门的位置，不知道他是被猪油蒙了心，还是权力欲太大，真可笑！"

说这话的人口气狂傲，仿佛这茅山长老的名头在他的心里，也不值几个钱。我的心里面在琢磨，既然是邪灵教，又被称为庐主，那么此人说不定就是十二魔星之一。即使不是，能够统管一个鸿庐的家伙，必然也是一个极为厉害的高手，我暂时还不能惹。想一想与十二魔星中的杨子坤、闵魔以及魅魔的交手过程，我的心里面便开始打起了退堂鼓，连头都不敢探一下，生怕自己目光中的敌意，将那狼给招来。

先前茅同真被杀，我们都以为只是一个人，没想到居然潜入了这么多人进来。想来这茅山上除了梅浪做内应之外，必然还有其他的内应在，我甚至可以确信，在这里面，杨知修虽然没有参与，其实也做了极不光彩的事。

谈话仍在继续，武映杉被这庐主给狠狠训斥了一番，为了赶时间，商定按照苏参谋的二号计划行事，人便散去了一个空。

我等了差不多五分钟，才敢叫小妖偷瞄了一眼，发现果真是人去楼空了。朱睿瞧见这水面之下的暗流涌动，十分紧张，说找不到出口，这可怎么办，要怎么才能够给他们报信呢？

听到我们为通道的出路发愁，一直跟朵朵手拉着手的包子突然出言说道："出去啊，这很简单啊！我小时候经常逛这里，哪里是哪里都知道，让我来给你们带路吧！"

第三十七章　骑龙

包子一马当先，带着我们在这通道中七拐八弯，脚步不停地行走。因为担心会碰到前面一拨邪灵教的高手，我们走的时候还是十分小心的，一直都开启着遁世环，并且换着人轮流在前方探路，防止被人偷袭。包子对这里的地形十分熟络，也能够猜出那些人大概走了哪条路，所以都避开不走。转过几个弯口和岔道之后，她带着我们来到了一条倾角朝上的通道尽头，左右上下地好是一番打量，又伸手敲了敲岩壁，能够听到有清脆的回声传来。这时她才回过头来，得意地跟大伙儿说道："嘿，我五六岁来过这儿，居然现在都还在呢！"

我上前用强光手电照了一下，发现这块岩壁似乎有些空，不解地望着包子，而这小丫头则蹲着身子，在这墙壁底下摸索着。没几秒钟，她似乎找到了什么，伸手一拽，我们面前的岩壁顿时跌落，清新的空气从对面传来，晚风习习，让人神情一爽。

包子对着小心翼翼往外面观察的我和朱睿笑了，拍拍手，说："外面是竹林小道。对了，陆左哥哥，你和萧克明上次被人偷袭的地方，就在这附近，我们出去吧。"

出口是一个小斜坡，被掩藏在了一处茂密的荆棘丛中，旁边还有许多竹子遮掩，杂草也多，平日里很少有人能够发现这里还有一个土洞，即使有人瞧见了，过来一看，就是一个深坑，也不会注意。

我们出来之后，包子又在门口摸索一阵，最终将那岩壁又合了上去。

见我盯着她瞧，包子解释道："这地下的出口很多，光我知道的就有四五个，如果不关起来，有风，他们便可以很快地追寻过来，到时候被追在屁股后面，是很难应付的……"

瞧这包子脸的小女孩分析得头头是道，我想包子倒也是个心思细腻的人，而且她的修为也不错，说不定再过十年二十年，又是茅山宗内新一代的顶尖人物了。到底是名门大派，从来不缺乏人才，这种传承是苗蛊、萨满等远远不能比拟的。

重回地上，朱睿的眉头却依然没有舒展，像他这样的刑堂弟子，在有这种大任务的时候，一般都会配备一道召集令符，也就是先前孙小勤滚落地洞后他朝天空抛射的红芒信号，然而那通道被茅同真的灵体弄得垮塌，即使有人前来支援，只怕也是进不去的。现在他的召集令符没有了，必须潜回震灵殿寻求支援，而在后山法阵那边，却也需要人手去通知和加强防备。我和朱睿在竹林里简单地商量了一下，最后决定由朱睿回震灵殿，而我和包子则前往后山法阵，通知守阵人萧应颜早作防备。

考虑到此时的茅山应该混入了好多邪灵教众，而梅浪的参与、杨知修的纵容使得形势错综复杂，所以我和朱睿商定，不要跟沿路的茅山弟子发生交集，最好能够潜入震灵殿，找到几位留守长老，或者大师兄和符钧，不然很容易发生意外，还要时时刻刻提防被人给转脸卖了。

时间急，商议完毕之后，我们互道珍重，分头行动。朱睿低伏着身子，黑色道袍很快便掩入了夜色，而我们则在包子的带领下，朝着后山出发。

不知道是想在新朋友面前展示实力，还是心挂姑姑，包子走得特别快，几乎是脚尖点地，身影飞掠，速度快得连我都感觉到有些吃力。不多时，我们已经越过了竹林和漫漫山路，前方已经出现了塔林的隐约影子。

快接近塔林的时候，包子的脚步一停，回头拦住了我们："停，那边好像有动静！"

何止是有动静，塔林那边早已经闹翻了天，打斗的动静十分强烈。不过我还是有些奇怪，这声音并不是隐约传来，而是骤然响起，很显然，应该是有人为了避免小姑发出信号，用了些手段，将此处屏蔽起来了，只有闯入了这范围，才能知晓。想到此节，我的心顿时就提了起来，估计我们的到来已经让人给盯上了。

如此我们便不敢再作停留，绕进林间，朝着佛塔方向摸去。走了几分钟，终于到了佛塔边缘。我拨开密林，伸头望去，只见塔林上空罡风阵阵，冲天的杀气让人胆寒，往下看，十余条金光闪闪的三足蛟龙，在空中游动，散发出让人恐惧的龙威。这些蛟龙都是由龙蟒精魄炼就，长的五六米，短的也有三四米，经过了漫长岁月的凝聚，又结合这森严的阵法，别说与之拼斗，便是看上一眼，我都感觉心脏扑通跳个不停。而这些蛟龙的对手，则是八个人。准确地说并不是八个人，因为我在里面看到了茅同真，而在他旁边的，也都是和他一般无二的灵体。这些灵体都有着一些共同的特征，那就是神情呆滞、眼睛里面只有眼白，然而实力却个顶个儿的强悍……总的说，它们的共同特点就是从传闻中小佛爷的封神榜上走了一遭。

头顶的蛟龙阵灵凶猛，然而茅同真等人却也不弱。他身旁的七人似乎也练就了类似于大师兄麾下七剑的顶尖剑阵，攻防一体，就连出剑的角度和步伐都有着惊人的相似，在移动交锋之中，气势如山。茅同真虽然身死，魂体被控，但是记忆还在，对茅山阵法的熟悉度已经融入了本能，在他的协调之下，那些蛟龙阵灵虽然顶端厉害，但最终还是只能形成僵持状态。双方是针尖对麦芒、火星撞地球，好一番龙争与虎斗，场面激烈得很，一时绚烂，让人看得痴了。

正在这当口，我们身后突然传来了一声阴恻恻的声音："踏破铁鞋无觅处，得来全不费工夫。陆左，你还我儿的性命来……"

我回过头去瞧，看到五只尖锐的爪子，朝着我的脸抓来。我一个铁板桥弯腰，避过这一击，然后朝地下一滚，当我再次翻身起来的时候，朵朵和小妖已经和那只爪子的主人交上了手。来人正是之前吩咐孙小勤设套伏击我的劳什子老母，这女人虽然被刘学道的名声惊走，但实力不容小觑，出手又狠毒，我估计她便是在外围设置屏蔽的人。

所幸经过这么长时间的成长,朵朵和小妖都有了长足的进步,所以这个女人疯狂的进攻,也能够勉强接下来。即使如此,我们也不可久留,毕竟我们不知道敌人到底来了多少,如果在这里死耗着的话,很有可能会被逐尾而来的敌人淹没。

我回望了一眼包子,小女孩会意,将右手的拇指和食指扣起,放到了嘴里面,吹了一个响亮的唿哨。几秒钟之后,从头顶天空处落下了一条蛟龙来。这蛟龙身长六米,浑身遍布黑色鳞片,闪耀着冉冉金光,三足有尾,胡须长长。包子第一个跨坐上去,而后是我,接着蛟龙便升了空,我朝正在与黑袍老母纠缠的小妖和朵朵大喊上来。听得我的喊话,朵朵和小妖也不停留,晃了一记虚招,便纷纷撤开,一边防备,一边朝着我这边飞来。气得地上的那老女人哇哇大叫,却也无可奈何。

蛟龙阵灵持续升高,不断盘旋,腾云驾雾一般,已经脱离了战场,朝着里间游去。包子坐在最前面,单手抓着鳞背,另外一只手朝里面挥:"姑姑,我回来了,快点儿开门啊!"

一道光扫到了这蛟龙阵灵上,前面的黑暗消散,在我们面前出现了一个篮球场一般大的空间,方方正正,边缘处全部都点着大大小小的油灯,火焰在不断地跳跃,平地上用青砖铺成八卦的图案,一圈一圈地堆积围绕,一点一点地升高。在最中间台子上,盘坐着一个容貌秀丽淡雅的白袍道姑,正是杂毛小道的小姑萧应颜。

第三十八章　木马攻城

　　这地界有一个呈倒扣碗状的防护结界，如流水一般由上而下地滑落，隐隐约约，似是而非，我们身下的蛟龙阵灵并不能够直接穿透过去，于是在最边缘将我们放下，然后引颈高吼一声，尾巴摇动，又遁入了黑暗当中。
　　高台之上的小姑本来是闭着眼睛的，挽着传统道髻、一袭白色道袍的她仿佛滴落尘世的仙女。包子脚一落地，便朝着小姑大声喊道："姑姑，姑姑，我回来了……呜呜，我回来了！"她的声音里带着哭腔，情真意切，眼窝子里也有泪水流了出来。小姑长长的睫毛轻轻颤动，然后睁开了晶莹黑亮的眼睛，朝我们看来，手一挥，我们面前的流光便缺了一块。在包子的带领下，我和朵朵、小妖一齐走了进去。此处应该就是后山法阵的中心，脚下的石头竟然是汉白玉，里面似乎还有莹光在流动，让人感觉真的是十分神奇。
　　就在我们走近的时候，小姑已经站起了身，缓缓地走了下来。包子冲上前去，一把将小姑的大腿抱住，眼泪鼻涕抹在了小姑的身上，呜呜地哭道："姑姑，姑姑，我以为再也见不到你了呢……"
　　萧应颜是杂毛小道的小姑，而且人也十分不错，我对她也是极为亲近和尊敬，于是走上前去，躬身问好。小姑摸了摸包子散乱的头发，又给她擦完眼泪，才肃容说道："陆左，不用客气，你们是从外边来的，能跟我讲一讲外面是什么情况吗？"
　　我点了点头，然后将在通道里偷听到梅浪和苏参谋的谈话内容，一一给小姑说起。当得知邪灵教潜入茅山，剑指掌门陶晋鸿，梅浪竟然就是勾结邪灵教的内贼，而这所有的一切都有着话事人杨知修的纵容，小姑脸上的神色更加严肃了。
　　当我把我所有知道的，以及对这些事件的推论都说完，小姑叹了一口气，说："风雨飘摇啊。尘清真人说茅山今年定有一劫，我原本还将信未信，后来徐修眉长老陨落，接着祈福法会掌门未醒，茅同真长老被人杀害于山门之前，我才知晓这一切都是真的。然而万万没想到，这所有的一切，都还只是刚刚开始而已……"
　　我听得小姑语气里有着疲倦，知道她肩上承载了太多的责任，不过我跟她只见过两次面，也不好去劝，只是好声安慰几句，便转问道："小姑，你这边是什么情况？"
　　小姑答我，大概二十几分钟前，外面那些家伙便在塔林外围布置东西，她发现之后，启动阵法，然而对方似乎有人也颇为熟悉外面的阵法，竟然将那阵法给破了，没办法，她只有驱动塔林下的蛟龙阵灵腾空御敌，却没想到刚刚死去不久的茅同真长老出现了，带着七个厉鬼抵挡住了蛟龙的进攻。

我又问，这法阵到底有没有被攻破的危险？

小姑脸上终于露出了一丝笑容，说，这阵法经过茅山历代先辈的锤炼雕琢，早就已经成熟，莫说是前面那八人，这样的便是再来八十人，只要她还在此处主持，便绝对攻不破。即便是攻破了又如何？从这里到掌门闭关之处，还要经过一个天然的鬼打墙迷阵，唤作迷踪林海，那里的布置实乃天成，根本没有人力为之，倘若不知道其中规律，进去之后，这辈子都甭想完整地出来……

说起自己守护的这片土地，小姑有着别样的自豪。我的心中也安定了一些，想着这长夜虽漫漫，但是总有结束的时候，只要拖到天明，哪怕我们坐在这里什么事情都不干，敌人也会撤退离开，而梅浪一暴露，给邪灵教诸人掩护的内应都没有了，那些前来捣乱的家伙要么与集拢力量的茅山硬拼，最后落败而死，要么就乖乖地跑路……

这样一想，我便觉得有些不对劲儿了，倘若是这么容易，邪灵教为何会谋划了如此之久，还硬着头皮而来呢？谁都不是闲着没事的人，邪灵教一定还有杀手锏没使出来，那么到底是什么呢？

我开动脑筋，使劲儿地想。这时，我突然听到小妖一声大叫："包子，不可……"听到小妖这焦急的叫声，我的心中一跳，只见在小姑怀中的包子浑身一震，从她身上钻出三个厉鬼来，因为挨得近，又没有防备，小姑被那三个厉鬼给一口咬住，胸腹间中了好几掌，人朝着后边飞跌而去。

瞧见这情景，我把原本已经收在身后的鬼剑立刻执于右手之上，跨步朝着小姑冲去。我一剑冲前，那其中的一个恶鬼回身过来，以极为精妙的手法拍在了长剑侧面，顿时就有一股阴寒之气传递而来，我半边手掌冰凉，差一点儿冻僵。深吸了一口气，感觉心中一阵难受。

当时见到包子我只是觉得巧合，没想到我竟然给人算计了，一切都在别人的掌控之中，原本坚如磐石的法阵被这"木马攻城"的丑恶伎俩给弄出一丝间隙，更加让人想不到的是，与我交手的这头恶鬼，实力并不逊于茅同真，想来应该是小佛爷为了此次计划成功，而特意弄来的底牌。

瞧着小姑重重跌落在地，那两头恶鬼试图钻进她的身体，而外面则是黑烟滚滚，我的脸上火辣辣的，心中也充满了愤怒。

鬼剑剑柄被我捏得快要碎裂，我冲上前去，与那个回身朝向我的恶鬼交锋。它似乎在封神榜上养了许久，神志也比茅同真清晰很多，嘴角一笑，一翻双手，如同鸟爪一样的右手便抓住了我的鬼剑，想要夺我兵刃。眼看着巨力叠加，剑刃被夺，我心中那股不屈的意志也卓然升了起来，狂暴的愤怒并不会将我的头脑冲昏，而是使我变得更加强大，从下丹田处传递而来的力量被我灌注在鬼剑上，这把用成精老槐木做成的镀金木剑，纹路里都充满了强烈的吸引力，将那家伙的手给紧紧黏在了剑尖上，甩脱不得。

灌注了足够的力量后，鬼剑像飞机的涡轮发动机，释放出巨大的吸力，厉鬼甩脱不得，只得伸出左手，照着我的脑袋抓来。化为厉鬼之后，这家伙的手掌比正常人几乎大上了一倍，蒲扇一般地挥来，有劲风生起。倘若搁在平时，我自然会被这股威势吓到，但此刻我却被强烈的愤怒填满，不管不顾，也将手伸过去，与之对拍了一掌。

轰，巨大的力量从左手上传来，我和这头厉鬼各自退了一步，却仍旧以鬼剑相连，我瞧着小姑双手凝于胸前，似乎在驱赶体内恶鬼，秀美的脸上满是痛苦，心中不由得又痛又恨，怒气攀升到了巅峰，我张开口，大喝声："裂！"此言一出即法，那头实力恐怖的恶鬼竟然化作了一大团黑雾，被鬼剑给吸收进了剑身里去。仿佛承载不下这么强烈的力量，鬼剑不断地颤抖，如同装了电动小马达，震得我手掌发麻。就在我解决第一头恶鬼的功夫，小姑身上的两头恶鬼已经钻入了她的体内，还没有待那鬼剑消停，我便冲上前去，单膝跪倒在小姑身前。此时小妖也已经在旁边支应，朵朵则在照顾昏迷过去的包子，察看她到底有没有生命危险。

我瞧向小妖，说怎么办？小妖皱着眉头，说杂毛叔叔的小姑这回可危险了，进入她体内的东西其实不是恶鬼，而是修罗，在天而非天，是邪恶的恶神，小姑她现在纯粹以自己的修为抵抗，可是熬不了多久，定然会被夺舍而死的。

我焦急地问，有没有办法？

小妖一副很为难的样子，艰难地说道："有是有，不过……很危险的。"

"做吧，她是你萧叔叔的小姑，是对我们都很重要的人，想尽一切办法，救她！"我紧紧捏着拳头，对小妖说道。

小妖听到我肯定的话语，点了点头，站起来，口中念诵着我根本听不懂的话语，然后双手如蝴蝶一般翻飞结印，十几秒钟之后，她的额头眉心处，逼出一道精光，射入了小姑的眉心。之后，小妖的身子变得僵直，裸露在外的皮肤，如同那最清澈晶莹的美玉一样，呈现出非人的神采。小姑的脸色在不断地变化着，每一丝扭曲都牵动着我的心。过了一会儿，小姑浑身剧震，从嘴巴里吐出一大口浓浓的黑血，与此同时，一团黑雾朝着对面的我扑来。

第三十九章　岷山老母

　　我与小姑离得很近,这一口黑雾喷到了我的脸上,躲都躲不及,直接被喷了个正着。我下意识地闭上了眼睛,感觉某种黏稠的东西附着在脸上,有滑腻腻的触手往我的鼻子、嘴巴里面钻去,像是章鱼或者水母一般,这种感觉让我想起了矮骡子的小伙伴害鸦,不过还有一股恶臭到了极点的味道,一个劲儿地往这我的鼻孔里钻,将我熏得晕晕乎乎,酸水外冒。这是想要将我们都弄翻在地,好为所欲为的节奏吗?

　　那个时候我已经睁不开眼睛了,感觉那股滑腻似乎已经沿着我的食道,探到了我的胃部。似乎感觉到了异物,一直在沉睡的金蚕蛊翻了翻身,停顿住,突然勾连我胸腹下丹田的气海,释放出一股极为恐怖的气息来。这股气息笼罩在想要占据我意识的恶鬼修罗之上,它感觉到了极为不善的意识,仓皇地往我的身外逃去。

　　唰的一下,我感觉自己仿佛呕吐出什么东西来,猛地一睁开眼,却发现地上一摊苦胆汁,而本来笼罩在我头上的那团黑雾,竟然冲到了刚才小姑盘坐的高台上去。

　　刚刚从极度的危险中缓过来的我有些发懵,当看到那东西盘踞在高台上时,这才感觉到不对劲,正想上前去阻止,便感觉空气突然一凝,一股气场在一涨一缩,再之后便听到"轰"的一声惊天巨响,那个用汉白玉层层堆叠而起的高台被巨大的力量给震得垮塌下来。天啊,那个恶鬼修罗自爆了吗?

　　我的脑袋在那一瞬间差点短路。爆炸的威力巨大,巨大的冲击波将我高高地掀起来,法阵边缘的那些油灯被风吹得不断摇晃,有的甚至直接熄灭了,而随着这些油灯的熄灭,我们头顶上如同瀑流下的屏障也摇摇四散,淡薄如纸,仿佛可以一戳即破。

　　乱象还在继续,爆炸的影响并不仅仅只有如此,随着高台的坍塌,我能够感觉到整个法阵都停止了运转,仿佛一台高速旋转的机器停了下来。最坏的情况终于发生了,所有人都信心满满、固若金汤的后山护山法阵,竟然停止了运转。

　　我怎么都不会想到那恶鬼修罗居然在控制不了我之后,毅然选择了自爆,空气中还弥漫着疯狂的余味,但是我却管不得太多,蹲在小姑的身前,死死地盯着她眼皮下面急剧滚动的眼珠子,祈祷着小妖赶快成功。这时,我身后传来了好几声咳嗽,回过头,见到包子被朵朵扶起来,一脸茫然的样子。

　　"发生了什么事?"包子显然并不知道自己的身体里被人种了三头让人恐惧的恶鬼修罗,所以她看到姑姑跌坐在地上,默然不语,于是出言问道。

　　我这个时候不想讲话,好在朵朵在旁边悄悄地说着,告知了包子详情,这个小女孩顿时就哭了,眼睛红红,嘴巴里面咕哝着什么,又听得不是很清楚。

时间一点儿一点儿地过去,不知道过了多久,跌坐在地的小姑胸口一阵急剧颤动,脸色发红,仿佛发了高烧一样,接着她再次吐血,不过这一口血比先前的要红艳许多。盘坐在她身前的小妖这个时候睁开了眼睛,那些玉化了的肌肤又都变得洁白嫩滑,不过她的脸还是有些灰白,呈现出不健康的神色来。

一醒过来,小妖伸了个懒腰,立刻站起,朝着小姑走过去,刚刚走到后面,小姑便整个人瘫软到了小妖的怀里,昏迷过去。

我焦急地问小妖,怎么样了?

小妖抹了一把额头上的汗水,长吁了一口气,说还好,那家伙没有想象中的利害,可能是人工制造的缘故,不过时间耽搁太久了,小姑昏迷了过去,而且还不知道到底能不能再次醒过来、多久醒过来?

能保住小命就好,我叹了一口气,拍了拍小妖的肩膀,说辛苦了。然后扭过头来,朝着包子问道:"包子,现在法阵被破了,敌人很快就要攻进来了,我们该怎么办?"

包子过来扶着小姑萧应颜,正愁眉苦脸地看着姑姑想哭,听到我的话语,她仔细地打量了一下我,小心翼翼地问道:"陆左哥哥,你打得过那些坏人吗?"

包子看我的目光里充满了期望,然而我还是无情地摇了摇头,说实话道:"我打不过。"

包子又问,他们什么时候打进来?我说我也不知道,随时都有可能。

包子哭丧着脸,说这可怎么办?我们身后就只有迷踪林海了,那里是我们茅山最负盛名的死亡之地,它是沟通掌门闭关所在的洞天福地,里面凶险得很,与外界的通道,只有掌门和传功长老才晓得,如果不能够明白其中的规律,进去必死。这几百年来,唯独李道子师伯一人能够在没有传承的情况下,以惊天的智慧,一步一步地破解出来,也因为有着那里面的历练,使得李道子师伯在符箓之道上面,走得比别人更远……

我并不想听包子讲这没用的往事,直接问她道:"包子,都说你在阵法上面也是一个领悟力极高的天才,既然李道子能,你觉得你能不能?"

包子瞪了我一眼,回了两个字:"做梦!"

确定走入那迷踪林海是死路一条之后,我的心情反而变得宁静起来,不管怎么说,杂毛小道最敬重和爱戴的师长陶晋鸿没有危险,那么我所做的一切,也都是值得的,至于其他的,就要看命了吧……

见我叹气,包子却朝着我笑了,说没事,这里面除了我师父、姑姑能够使唤那些蛟龙阵灵之外,我也可以,我现在就将它们给召回来,守在这最后的阵地上,谁也不要想再跨前一步。

失去了大阵的依托,少了源源不断的力量补给,蛟龙阵灵还不如叫进这里面来呢。我想了一下,点了点头,说好,然后又问能不能联系到外面,让人过来支援呢?

包子看了一眼昏迷过去的小姑，摇了摇头，说从被攻击的一开始，小姑应该就已经发了讯号，然而到现在还没有人来的话，说明已经被屏蔽了。

解释完了之后，包子从小姑的衣服里面拿出一个拨浪鼓，开始敲了起来。鼓声很低沉，影响着炁之场域，没多久，我们头上便钻来了九条遍体鳞伤的蛟龙阵灵，全部都围绕在了我们的身前身后。

又过了半分钟，先前我们在塔林前瞧到的那些家伙，也都从黑暗中出现，缓慢走到了平台上面来。与蛟龙阵灵一样，他们也减了员，只剩下了五人，茅同真的灵体也是一阵恍惚，黯淡无光。不过即使是如此，我也感觉到了极度的危险，因为在这些人后面，那个被唤作"老母"的老女人，也缓步走了过来。

这是一场实力悬殊的战斗，我面前的是六个可敌十数条蛟龙阵灵的封神榜上客，而那个老母既狡猾又厉害，黑暗中还不知道潜伏着他们多少人。至于我们这边，小姑昏迷，小妖为了救人实力大损，包子小女孩儿一个，勉强能够指挥那几条伤痕累累的蛟龙阵灵，真正保持了战斗状态的，也就只有我和朵朵两人。

瞧见我们这残势，那个老女人走上前来，眼睛里有毒蛇的光芒，死死地盯着我，肆意地笑道："小子，知道我刚才为什么会放你们进来吗？我以前也想不通，只是听命令行事而已，万万没想到，你进来的结果竟然是给我们扫平障碍。天啊，我到底有没有记错啊，难道你是我们自己人？"

事情既然已经发生，我也不再多言，免得让内疚和自责影响到我战斗力的发挥。见我不答话，这老女人又说道："陆左，你终于有了今天，现在再也没有人能够救你了，我也不会将你从我的手里放走了。既然今天你来了，那么就留下命来吧，千刀万剐，也算是给我儿报了仇了！"

这个女人真的是不可理喻，我不由得生起了好奇心，说："你的儿子，到底是谁？"

老女人见我一副莫名其妙的样子，气得青筋直冒，盯住我，一字一句地说道："那好，你且记住了，不然黄泉之下，你都不知道是谁杀了你。我夫家姓黄，老身姓杨，长居于西川岷山，人送了匪号一个，名为岷山老母！"

岷山老母，岷山老母……我在脑海里面默念了两遍，难以置信地说道："你的儿子，就是黄鹏飞？"

岷山老母点了点头，眼角竟然流下了眼泪来。

第四十章　黑莲业火

　　原来如此。难怪她对这茅山暗道以及阵法如此熟稔，她竟然就是茅山话事人杨知修的姐姐。这老女人一开始还是满面冰霜，谈及自家的儿子黄鹏飞，顿时就激动了，流了泪，眼角红红的。
　　这种感情换位思考的话，我也能够理解。毕竟这儿子生下来的时候才巴掌大，慢慢地长大，养育成人，他的每一次成长都牵动着母亲的心。在黄鹏飞身上，这个女人应该灌注了太多浓厚的感情。现如今白发人送黑发人，而且连尸骨都没有找到，她心中对于杀死自己儿子的凶手，十分怨恨，是再平常不过的事情。虽然能够理解，但是我不会坐以待毙，毕竟我和黄鹏飞的事情，早在祈福大会上就已经讲得很清楚了，起歹意动杀心的是她儿子，最后被我反杀，实在是罪有应得。对于黄鹏飞，我一点歉疚之意都没有，所有的一切，都是这家伙自找的。
　　但黄鹏飞他老娘岷山老母却并不是一个肯讲理的人，当我将先前已经得到证实的话语都讲完的时候，她仍然无动于衷地看着我，冷冷地笑道："任你说得天花乱坠，我只知道杀人便要偿命，自古都是这个道理；今天你遇到了我，你居然还想通过如簧巧舌来逃过这一劫，是你太天真了，还是你以为我太幼稚了？"
　　听到这个女人说出这种话，我顿时觉得自己真的就是虎皮猫大人口中常常念叨的傻瓜。这女人既然都已经跟邪灵教勾搭在一起了，我居然还试图通过道理来说服她，真的是脑子坏了。
　　想到这里，我不由得想起一件事，既然杨知修是这个女人的弟弟，岷山老母与邪灵教勾结了，杨知修会不会也……想到这个可能，我的心不由得一阵狂跳，当下按捺住心中的紧张，故意装作痛心疾首的样子，开始套岷山老母的话来："你弟弟就是那茅山话事人，掌管这顶级道门，为何竟然会做出这样让人不齿的事情？"
　　"话事人？呵呵，他这个话事人有个毛用？连杀害自己外甥的凶手都不敢捉拿惩办，长老会的那些老不死又闹这闹那，整日里像哄小孩儿一样哄来哄去，你说他这话事人当得有什么意思？"
　　岷山老母用让我浑身都要长鸡皮疙瘩的怨毒目光看着我，缓缓说道："有时候我也觉得我这么做不可思议，不过有一句话说得很对，'人活在这个世界上就是要肆意妄为，倘若一直小心翼翼地看着别人眼色过日子，这样的生活还不如直接死去呢'。我家鹏飞死了，根就断了，什么都没有了，我还有什么好怕的？"
　　我瞧她情绪激动，趁机问道："那邪灵教许诺你什么好处？"

"整个西川，我将接手鬼面袍哥会的所有势力！"岷山老母斩钉截铁地说道，而我则在叹气，这女人还真的是见识短浅啊，赵承风既然能够与大师兄齐名，并称特勤局双雄，又岂是易与之辈？这个袖手双城早就借力打力，在这一年的时间里，将鬼面袍哥会在西川的大部分势力都给连根铲除了，哪儿有什么好果子来给她接收？为了那虚无缥缈的利益来冒这么大的险，除了对我的仇恨，想必也是权力欲望在作怪吧？

更加让人觉得讽刺的是，黄鹏飞死于剿灭鬼面袍哥会的任务中，而他老妈则转身就成了他以前想要立功铲除的对象，真是可笑啊！

不过从谈话中能够知道，杨知修或许默许了他姐姐的行为，但是并没有真正撸起袖子加入邪灵教，这便是最好的结果。此前因后果叙述完毕，岷山老母也算是尽了让我死个明白的承诺，脸上一阵抽动，朝着旁边厉喝道："上！"

那些一直静立不动的恶鬼修罗听到命令，朝前跨了一步，化作六道虚烟，向我们这边冲来。

瞧见茅同真等人气势汹汹，我这边也做好了破釜沉舟的准备，冷静地大声喊道："包子，照顾好你姑姑，小妖，护住我左翼，朵朵，护住我右翼！蛟龙，围攻后方！"

话刚说完，我便与六道虚影迎面撞上，首先便是实力最厉害的茅同真。此老虽然刚死不久，然而此番被人制住了神魂，似乎更加无畏而厉害了，举起双手朝着我拍来，强风扑面。我右手执剑，左手恶魔巫祭起，先是一剑挑向茅同真，刺了个空，左手便与茅同真硬拼在了一起。

烈火真人死后，依然火力十足，我的左手像伸进了炭火里面，烫得惊人。在我旁边的朵朵小手一挑，弄出一团清新的水汽团，将我的左手泡了一下，不至于造成伤害，而小妖则在左翼与对手交上了手，我们三人配合极为默契，左右前后都能照顾周全，一时间打得好不热闹。

我们这边战得正酣，包子那里却被蜂拥而至的恶鬼修罗给惊扰到，那些家伙似乎并不管什么风度羞耻，越是老弱病残，越喜欢招惹。包子年纪太小，对抗能力并不强，小姑又在昏迷，所以本来应该支援我们的九条蛟龙阵灵，也只分出了两条来，其余的则在勉强护卫他们。如此一来，我的压力就变得十分沉重，被四个实力强劲的恶鬼修罗给围上，实在是应接不暇。正僵持中，一直没有动的岷山老母终于有了动作，她仿佛受到了催促，将手中皮鞭一抖，甩出了一个炸响，指着我说道："快些让路，我或许可以饶你不死！"

以岷山老母对我的仇恨，这话儿只能哄小孩子，恐怕连她自己都不信。只见她身形一纵，人便冲到了我的身前，手中皮鞭划出一个诡异的造型，朝着我的下身抽来。

瞧着这老妇人下手的目标，我便知道她心中藏得有多大的仇恨，下意识地往后一退，避开了这一记带着炸响的皮鞭，然而我此刻正处于围攻当中，这一躲，恰恰迎上了一个恶鬼修罗递上来的剑。这种恶鬼修罗在幡上养了多年，自然可以跨越实体伤人，当下我后腰一热，被这阴剑割裂，鲜血便迸射出来。好在天空突然冲下来一条鳞片破烂的蛟龙阵灵,将岷山老母的一鞭给扛过,并且张嘴去攻击她,逼得岷山老母改变了进攻策略,这才使得我有精力回顾,没有被接踵而来的攻击砍成碎片。

这斗法一事,很多时候都是生死一线间,小妖吓出了一身冷汗,先是帮我托住了一记杀招,而后便口中大喊:"干活儿了,二毛!"此话一出,凭空便出现了一头庞大的貔貅怪兽,硕大的鼻孔喷着热气,朝着我前面的岷山老母一头撞去。岷山老母本来在拿皮鞭抽那条蛟龙阵灵,见貔貅猛兽冲了过来,吓了一跳,朝后跃开,冷声笑道:"陆左,你的本事挺多的嘛!不过,有什么用呢?"

她一抖衣袖,一朵黑色雪莲便从空中生出来,游离不动,散发着恐怖的气息。二毛似乎闻到了危险,下意识地停顿了一下,那条蛟龙阵灵却懵懂无知,直接撞了上去,黑莲附在那蛟身之上,化作了无边的业火,仿佛火星掉进了汽油桶,那条浑身黑鳞,冒着金光的蛟龙阵灵在瞬间变成了纯粹的黑色,恐怖至极,便是与岷山老母同一阵营的茅同真以及其余恶鬼修罗,也都下意识地纷纷避开去。

难怪岷山老母如此自信爆棚,有了这能燃烧灵体的黑色雪莲,她确实有威胁到我的强大实力。二毛经虎皮猫大人点化,神志渐开,也有了恐惧,它倒也不敢钻回去,只是跃到了包子和小姑的身前,一声嘶哑的"吼哇",做起了看门的卫士来。

黑莲业火一出,小妖和朵朵便没来由地心慌,不敢上前,只得在旁边牵制着茅同真这些恶鬼修罗。此时岷山老母也凭恃着这恐怖的黑莲业火,冲到我身前来,不管我,专门攻击朵朵和小妖,有一次朵朵差点就给烧着了。我心中害怕极了,顾不得两人反对,将她们给送回了槐木牌中。

两个朵朵是我的左膀右臂,失去了她们的支持,很快我就又被割了几剑,还让茅同真当胸劈中一掌,人飞了起来,所幸被二毛给腾空跳起接住,才没有二次受伤。

瞧着我们这些老弱病残,岷山老母十分惬意,她的右手上,一直翻腾着那朵黑色雪莲,缓缓地逼近:"看来我从天山神池宫求来的这黑莲业火,还真的是有效啊。失去了法阵支持的蛟龙阵灵,也真的是太弱了!杀了你们,再找到在里面当乌龟的陶晋鸿,我们就可以回家了啊……"

她将黑莲业火高高举起,脑袋朝着围绕在空中游离不定的蛟龙阵灵看去,正欲将其诛杀,突然从角落传来了一阵咳嗽声,岷山老母扭头看去,却见一个形容猥琐的糟老头子,拄着拐杖朝着这边缓缓走来。

第四十一章　拐杖化龙，业火烧身

　　这个老头儿看着还真的是不起眼，塌鼻梁、金鱼眼、一脸的褶子肉憔悴不堪，蜡黄蜡黄的像个痨病鬼，身上一件青色道袍早就被磨得脏兮兮的，到处都是洞，脑袋上面的头发也是灰扑扑的，打结得厉害，还有些泥土和草屑裹挟。这邋遢道人全身上下无一奇异之处，不过当他颤颤巍巍地走到了近前来的时候，猖狂的岷山老母却小心收起了攻势，缓步后移，不动声色地隐没在了茅同真的身后。她手中的黑莲业火让茅同真和周遭几个恶鬼修罗感到一阵不适，然而在她的强行拉扯下，也只得给她作了人墙。

　　瞧见这老头，一直咬着牙操纵蛟龙阵灵的包子嘴一撇，清亮的眼泪滚滚地流了出来，朝着那个老头儿无限委屈地大喊道："师父，他们欺负我，呜呜……"

　　听到包子的叫声，我的心头一震，朝着老头儿看去，有些难以置信。这个邋里邋遢、蔫不啦叽的老头儿，竟然是茅山宗里有数的顶尖高手之一，传功长老、尘清真人邓震东？

　　我在打量这老头，老头儿也在看我，眼睛里似乎还冒着精光，刺人眼痛，仅仅是一瞥，仿佛就看到了我的灵魂中去。

　　尘清真人拄着拐杖从黑暗中走出来，并没有与自己的宝贝女徒弟叙话，而是平静地看着面前六个做出防御姿势的恶鬼修罗以及隐藏在人群中的岷山老母，轻轻叹了一声："同真啊同真，你到底是一个不谙世事的人，与虎谋皮，能有什么好果子吃？幼稚啊！你前半辈子是个武痴，在你们这辈师兄弟里和我最像。倘若能守这一辈子的山，说不定得窥大道。可惜最终还是不甘寂寞啊，被人指使做了这等事情，反而被无情抛弃，最后还被弄成这修罗傀儡，惜哉惜哉！"

　　他说得痛心疾首，然而傀儡茅同真却面无表情，根本就不知道面前这个邋遢道人说的便是他，而躲在人群后面的岷山老母则厉声说道："邓震东你这个老不死的，你不是中了蛊毒么，不好生休养，跑来这里干吗呢？"

　　尘清真人下颌轻轻抬起，目光越过众人，盯在了岷山老母的身上，语气十分低沉："休养？呵呵，这茅山都要被你们给拆了，我这把老骨头还留着作甚？"

　　岷山老母脸色一变，又好生规劝道："邓震东，不管这茅山宗如何变化，终究少不了你这传功长老的位置，你既然已经中了小佛爷的蛊毒，明哲保身便是，何必要与陶晋鸿陪葬呢？不值当，不值当的！"

　　"宁死，不可退！"尘清真人语气轻轻，然而却无比坚定，他凝神盯着岷山老母，脸色开始沉重起来："杨小懒，你弟弟就是这茅山话事人，你这行为，又是什么意思呢？"

这问题是最让人疑惑的，果然不单是我，就连尘清真人也觉得奇怪。岷山老母却懒得再费唇舌，狞笑道："你这个老顽固，果然是这样，我好言相劝，最终换得你一番明志之言。你若问我为何要杀陶晋鸿，为何要与厄德勒勾结，这需得问问你们自己。知修在茅山话事这么多年，可曾真正的轻松快活过？八年前，倘若不是你们这些纠缠不清的老不死，我又何必变成这般模样呢？"

尘清真人摇头叹气，说："即使当年我们插手阻止了你的做法，你最终还是炼成了现在的鬼妖之体，成就如此厉害的法身，可谓塞翁失马，焉知非福，你又还有什么好怨恨的呢？"

什么，鬼妖之体？

我瞧着躲在茅同真等人后面的岷山老母，没想到她居然与朵朵一样，是一个隐藏极深的鬼妖之体。如此说来，岷山老母已经死了咯？

听到尘清真人这般说，岷山老母的脸上顿时一阵扭曲，头发挣脱了头巾束缚，朝上飞扬起来，厉声骂道："你还好意思说这事？八年前，就是因为你们的否决，使得知修对我的事情无能为力，而为了铸就这鬼妖之体，我丈夫最后死于非命；一年前，我在这世上唯一的牵挂，我那可怜的儿子被人杀了，而凶手却逍遥法外，竟然跟你站在了一边，你叫我如何不恨……"

我终于能够明白岷山老母为何会如此偏激了。这人一旦成了鬼，必然会受到阴风洗涤，倘若不得法，必然扭曲心志。她夫死子亡，这恶向胆边生的事情，并不是做不出来的。

这话也说了好一会儿，时间一久，尘清真人就咳嗽，而他这一咳，原本有些畏惧的岷山老母也反应过来了，嘿嘿地笑了，说差点忘记了，你的身上可是被下了蛊毒，实力大不如从前，我何必惧你呢？

我也奇怪，瞧着尘清真人。一定级别的修道之人自然都有防蛊驱毒的手段，他为何还会中招呢？他身上到底中了什么蛊，而我是否能够帮上忙呢？

我满腹疑问，有心想帮，见我张口想说话，岷山老母突然想起了我的身份，不再等待，对着左右鬼物大声说道："上，先把那个老头给我宰了！"

茅同真等人原本护卫着岷山老母，小心翼翼，此刻得了吩咐，便朝着离我们不远的尘清真人走去。

尘清真人一连串的咳嗽，手一搪，尽是血，见这些面无表情的恶鬼修罗围了上来，嘿嘿惨笑，说："瘦死的骆驼比马大，这样的小玩意儿，当真以为我会怕？大不了同归于尽，和你们这些家伙，一起埋葬了吧……"

他将手中的拐杖往前一扔，黑黄色的雕花木棍在空中抖动了一下，上面的纹路一阵流动，最后竟然化成了片片鳞甲，接着头也出来了，角也出来了，虎须鬣尾，身长若蛇,一条两丈半的蟠龙横空出现在了我们面前。这蟠龙与护卫在我们身前的蛟龙阵灵不同,腰粗如桶,气势强盛好几倍。我心中震撼,果然不愧是茅山宗实力排名前几的高人,竟然将一条龙魂,给封印进了拐杖中。

然而岷山老母瞧见了,却冷冷地笑,说:"陶晋鸿当年好偏心,黄山龙蟒中得到的残破龙魂,竟然没给知修,给了你,不过那又如何?有了这黑莲业火,我未必会怕你!"说完,人朝着尘清真人冲去。那拐杖所化的巨大蟠龙气势足,一个摆尾,将两名恶鬼修罗给拍得远远不见踪影。不过它到底是灵体化身,当瞧见岷山老母手中的黑莲业火,也生出了惧色,它腾空而起,口中喷出一大口云气,想要将这黑莲业火给吹灭。然而这玩意儿哪里能够吹得灭,倒是将广场边缘的油灯吹熄了不少,一时间,光线又黯淡许多。

我瞧尘清真人这状况,知道中了蛊毒的他定是虎落平阳,龙困浅滩,若是被岷山老母撞上,说不定会丢了性命,于是强忍着身上的伤痛,提剑前冲,从后面冲向了岷山老母。

既然已成鬼妖,那么感知能力必然比寻常人等厉害千百倍,岷山老母头也没回,挥手一鞭,便朝着我的脖子卷来。我的鬼剑早已饥渴难耐,一剑削过去,却不知道那皮鞭是什么材质,如此锋利的鬼剑竟然砍不断它,反而被顺势一卷,紧紧地缠了起来。皮鞭拉扯,顺势绷直,骤然间朝着她那儿拉去,另外一边,茅同真等人已经跟尘清长老身前的蟠龙战成了一团。这些恶鬼修罗到底是从小佛爷那里借调来的压箱货,有着让人恐惧的战斗力,一时间缠斗不休,互有损伤。

岷山老母爆发力大得出奇,一拽之下,我稳不住身子,朝她那儿跌落过去。这老女人脸上浮出了狰狞的笑容:"小子,你让我儿成鬼,我便让你连鬼都当不了,让你受那黑莲业火灼烧,身体犹在,而神魂从此不存。去死吧!"

言罢,她左手上的黑色雪莲绽放,迎风飞涨,朝着我的脑门印来。这火焰实在太霸道,让人心中惊悸。我就地一滚,想避开这当头罩来的火焰。

岷山老母人老成精,变鬼更甚,当下毫不犹豫,手心一抖,那朵妖艳黑莲从她的手心处飞了起来,朝着地上翻滚的我射来。我心中惊悸,不断翻滚,然而人哪里能够跟这东西抗衡?当即就被那火焰给沾染到了脑门,我的头顶似乎燃起来,那阴寒至深的火焰开始蔓延到了我的头颅,以及,整个身体!蓬,一声轻响,我被黑莲业火给燃成了一颗巨大的人形蜡烛,脑子被阴寒和灼热两种刺激对撞,胸腹中的一口老血喷出,仿佛能够听到自己皮肤被灼烧而发出来的"嗞嗞"响声。

"哈哈,好好看的焰火啊……"

眼前的景色一片模糊,岷山老母的脸扭曲成了万花筒,而我则在轻轻地问自己:"我,这是……要死了吗?"

第四十二章　肥虫无踪，长老狡猾

答案是没有。

在黑莲业火将我整个人都给覆盖吞没的时候，一股暴戾而张狂的气息，从我的小腹升腾而出，黑莲业火在那一瞬间停止了跳动，两种力量以我的身体为战场，较上了劲儿。近乎麻木的身体又逐渐恢复了感觉。体内死气沉沉的器官也蠕动了，咕噜咕噜响，我的小腹有波纹出现，一阵又一阵，像荡漾的湖水，将那灼烧侵蚀我皮肤和肌肉的烈焰，给逐一熄灭。

我往后退了两步，使劲晃了晃头，摸着小腹，表情十分古怪，而岷山老母则指着我高声大叫道："怎么可能，我的黑莲业火，但凡身俱业力者，都会被燃烧殆尽，你怎么会不被烧灭？不可能啊。难道你已经跳出了三界之外，不沾因果？"

我没有答她话，而是试图联系我腹中那个沉睡已久的小东西。让我失望的是，肥虫子根本就没有搭理我的意识勾连，不过也没有沉睡，而是处于一种虚无入定的状态，这让我十分忐忑。当时情况紧急，容不得我多想，摸了一把脸，我才知道这黑莲业火专烧灵体神魂，对实物并没有什么作用，我之前所有的痛苦，完全都只是神魂上面的感受。于是我俯身将地上的鬼剑捡起来，看岷山老母一副吃了苍蝇的样子，嘿然一笑，抖动鬼剑，朝着岷山老母再次刺去。

皮鞭再一次卷来，不过这一次因为岷山老母心神大乱，并没有被卷到，鬼剑出乎意料地插进了岷山老母的胸口，一寸。剑进肉中，并没有传来实体的感觉，那稍微的阻力也只是灵力的摩擦，不过我反而笑了起来，将鬼剑的吸阴功能开启，全力吸收此女。

我笑，是存妄想的。须知这飞剑之道，在乎剑灵，唯有足够强大的剑灵支撑，飞剑方能够随着主人的心意肆意妄为，也才会有让人惊恐的力量，不然这轻飘飘的一剑飞来，小娃娃都能够接得住；而我的鬼剑倘若是能够将至少茅山长老级别的岷山老母吸收在内，必定能够达到一定的层级，到时候剑灵由虎皮猫大人折磨，剑身符文由杂毛小道加刻，那么雷罚鬼剑双剑合璧，也不是没有可能啊。

然而梦想是美好的，现实是残酷的，失去黑莲业火的岷山老母依然是让人惧怕的存在，她的身子瞬间虚化，接着一闪，出现在了我的身后，我还来不及转身，这个女人便厉声尖叫道："天啊，你到底是什么怪物，竟然把我的黑莲业火给弄灭了！你是我的仇家派来对付我的吗？去死吧，去死吧……"

岷山老母此刻变得无比疯狂，遮住头部的帽子早已不见，披头散发，如同街边的泼妇。让人头疼的是，这个泼妇的手段厉害得很，在一阵暴风骤雨的鞭风拳影中，我有些疲于应付，不小心就被抽中了一下，立刻衣服炸裂，火辣辣的血口子里鲜血飙射。不过岷山老母也不好受，我的鬼剑吸阴，恶魔巫手对付此类阴灵之体也是正好对症。

我与岷山老母疯狂拼斗，传功长老正指挥着那条由手中拐杖化成的巨大蟠龙与其余蛟龙阵灵围剿茅同真和剩下的五头恶鬼修罗，相比我这边的凶险，这位邋遢道人的手段沉稳许多，毕竟没有了黑莲业火的威胁，那些蛟龙阵灵变得活跃许多，在他的指挥下，龙阵已经开始一点一点儿地朝着互成犄角的恶鬼修罗收紧，有一头恶鬼修罗被咬断了左手。相信不久，这些出自封神榜的恶鬼修罗，便会被尘清真人给活生生耗死。

事情朝着好的方向发展，然而当我的眉头渐渐松开来的时候，外面的黑暗一顿，又有好几个人走了过来。

厮斗已成胶着，有了新的人员加入，对局势便会产生巨大的影响，所以在没有看清楚是哪方人员之前，我和岷山老母都恢复了冷静，朝着身后跃开去。

当我站在包子和躺倒昏迷在地的小姑身前，眯眼瞧去的时候，什么都没有看到，除了一个油光铮亮的光头儿。茅山宗是道士窝，自然是没有和尚的，而我最近所看到的光头是……

难道是那个偏爱小萝莉的怪叔叔，武映杉？

还果真是那个被小妖放翻却没来得及杀掉的光头佬，在他旁边还有四个人，全部都穿着刑堂弟子的黑色道袍，最让人记忆深刻的是居中的一位，这个人的脸上横七竖八地分布着许多刀疤，那密密麻麻的针脚仿佛有十来条蜈蚣在他的脸上爬行，狰狞凶悍之气，迎面扑来。

瞧见这人，同为刀疤脸的我自惭形秽，为他如此奔放张狂的容颜而感到震撼。传功长老尘清真人将身前的蟠龙一引，一口黏糊糊的鲜血喷出来，皱着眉头问道："金陵鸿庐庐主，苏北老怪刀疤龙？"

疤脸汉子应道："正是某家，没想到堂堂茅山宗的传功长老，竟然还知道我这默默无名的小鸿庐，我不知道是应该高兴，还是应该害怕呢？"

望着面前这一堆强人，尘清真人不得不退守到了我的身边来，叹了一口气，说小懒，你这般勾结邪教，让你弟弟如何自处啊……

岷山老母终于恢复了信心，缓步迎上前来说道："他自然还是坐他茅山话事人的位置，与我何干？他这个家伙，姐夫死了不吭声，外甥死了就吭了半声，我这个当姐姐的也不求他，也不会给他找麻烦，杀了你这个老顽固，自然没有人知道我参与了此事，也算是给他在长老会里扫清了牵绊；而杀了陶晋鸿，到时候茅山的掌门人位置，也是他的，一呼百应，何必整日殚精竭虑地跟你们耍手腕，浪费脑力……"

尘清真人没有再劝面前这个疯狂的女人了。纵使他以前对这个女人心怀歉意，但是时值茅山生死存亡之期，嘴皮子耍得再多，也是无用之事，还不如半分的实力有效。于是他傲然地笑了，面对着重重围攻上前的邪灵教众，哈哈大笑："你们以为我中了奸计，误服了蛊毒，便是一个无用之身了吗？你们以为这茅山后阵就是如此容易闯进来的吗？你们以为我茅山千年的风光，都只是儿戏吗？哈哈，你们实在是太天真了……"

随着尘清真人一句一句反问，整个空间开始晃荡不安起来，我瞧见了这个邋遢道人的眼中写有死志。那死志坚毅而不屈，仿佛最坚硬的钢铁。在空中盘旋的九龙在我们面前快速游动，绘出了一个又一个玄妙的符号，空气中有澎湃的炁场震荡，像钱塘海潮拍岸，让我们站立不稳，稍不留意就要跌倒。

我心中惊诧，咋舌不已——厉害啊，厉害，这才是尘清真人真正的实力，这才是顶级道门中所应该有的强大修为，这才是让邪灵教坐立不安的最终原因。不过，这邋遢老头儿不是中蛊，不能凝聚修为么，难道他这是在准备……

我朝着尘清道人瞧去，只见他满面通红，仿佛醉酒了一般，眼神迷离，而对面的岷山老母则像是在杀猪一样的大叫："啊，天啊，他在准备玉石俱焚，同归于尽啊，快退，快退……"

听到这话，苏北老怪刀疤龙等诸位邪灵教高手互看一眼，自然没人肯与这个风烛残年、一心求死的老头儿共赴黄泉，脚步就向着广场外围撤去，就连那些受人掌控的恶鬼修罗也凭着本能，跟在后面。

眼看着天地变色，大招将出的时候，一道身影突然掠过了我的身边，低声嘶吼道："退，退入林海迷踪里面去，快！"

说完，他枯爪一般的手去拉地上昏迷的小姑萧应颜，我一听，终于明白尘清真人的意思。他竟然是虚晃了一招！顿时一阵激灵，吹了一个唿哨，二毛长背一拱，便将小姑、包子和尘清真人都弄上了背部，然后朝着后方的一处缺口，没命儿地逃去。

第四十三章　蚀功蛊虫，敌人闯阵

这处缺口迷雾遮绕，之前根本就瞧不出来，而此刻却露出一个狭长的甬道口，里面有神奇的云纹波动。

尘清真人手一招，蟠龙便冲到我们近前，身子一拱，将缺口的迷雾驱散，九头身躯残破的蛟龙阵灵将我们左右护卫，朝着缺口冲过去。

短短几秒钟，岷山老母和刀疤龙等人正惊慌地朝着后面没命一般地跑去，却不曾想传功长老纯粹是在忽悠人，虚张声势一番之后，竟然逃进了林海迷踪，让他们根本就没有应对的时间，等他们反应过来想要追上来的时候，我们早就没有了踪影。

且不谈岷山老母等人被忽悠的恼怒和愤恨，在一干蛟龙阵灵的护翼下，我身骑二毛与众人一起冲入广场后的缺口，左右都是灰蒙蒙的一片迷雾，地下杂草纵横，跟平常的山间小道，没有什么不同，惟有那风似乎强劲了几分，刮得我头上浸湿汗水的头发嗖嗖发凉，飞扬而起。

走了几十米，我感觉周遭的林木似乎多了起来，而且也高，左右的林木怕有上百米高，比我们在缅北瞧见的望天树还要高大，树皮呈褐色或深褐色，上部纵裂，下部呈块状或不规则剥落，根部则尽是青苔，不知道是什么品种，让人叹为观止。

尘清真人在前领路，进来之后便一直没有说话，双手紧紧抓住二毛脖子处的鬃毛，忽左忽右。转过几道岔弯口，又行了百米，到了一片空地，突然他使劲一拉那棕色鬃毛，二毛吃痛，整个身子都竖立起来，所有人都翻倒在了齐膝的草地上，一阵慌乱。我迅速爬起来，将跌下来的包子和小姑给接住，出乎意料，传功长老竟然像面口袋一样，重重跌落在草地上，一声不吭，吓得包子一声尖叫道："师父……"

她跑上前去，将自家师父扶了起来，使劲摇晃。可怜的尘清真人本已昏迷，被这莽撞徒儿一番摇晃，倒也迷迷糊糊地睁开了眼睛来。他脸色灰白，摸着包子的可爱脸蛋笑了一下，说师父没事，然后又将目光投向了我。

迎着尘清真人的目光，我蹲在他面前，由衷地敬佩道："前辈，果然好手段，竟然将他们给耍得团团转。不过这林中不知道是否安全，倘若是敌人追踪而来，如何是好？"

"不是我想虚晃一招，而是实在发不得力，弄不死对方，反倒将自己这条小命给搭上了，这可不好，咳咳……"尘清真人话说到一半，便是一阵咳嗽，连忙将包子推开，朝下吐出了几口如脓痰的鲜血来，又接着说道："这地方你莫看着风平浪静，但是想要从这里摸进来又摸出去，这世上却没有几个人可以做到。"

他这话语说得艰难，我闻到他吐出来的那一摊鲜血腥臭无比，于是眉头紧皱，说："前辈，你刚才那举动，可是在燃烧自己的生命力啊……"

他笑了，说："陆左，我听人说你是蛊师，而且还是一个罕见的金蚕蛊蛊师，不知道能不能够帮我解这个蛊毒呢？"

我点头，说："乐意奉劳，不过就是不知道我这几把刷子，能不能瞧个明白。"

尘清真人轻叹，说："生死有命，富贵在天。倘若无救，这也是我该有的劫难。好了，不多说，我的命就拜托给你了，陆左……"

他还未说完，包子便将脸上的鼻涕揩在了我的衣襟上面："陆左哥哥，你一定要救好我师父啊，千万别有事啊，呜呜……"我苦笑，拍了一下胸口槐木牌，将朵朵和小妖叫出来给我护法，然后摸着包子的脑袋说道："唉，再哭小心把狼引来！"

我将尘清真人放平在地，将双手搓热，右手搭在这老头儿的左手手腕上把脉，左手则按住他的脖子大动脉处，紧紧不放松。

其实即使尘清真人不让我解蛊，我也会主动要求的，除了要治病救人，还因为我心中有所好奇。要知道，道门对防止巫蛊降头之术是早已形成了一个系统的，如肥虫子这样的顶级灵蛊都近不得他的身，只能下药蛊，然而以尘清长老的修为，寻常药蛊又怎么能够弄得翻他呢？

当我将尘清真人脖子上的大动脉给压制住，立刻感觉到里面传来一阵灼热之意，从他的脉象来看，邪郁于里，气血阻滞阳气不畅，邪气亢盛，气机不利，肝失疏泄，气息多如乱麻，确实是那中蛊之相。

正捏着，我的左手一痛，却见从尘清长老脖子处竟然钻出三四条细微的节肢小虫来。这些虫儿小若蜉蝣，浑身赤红，头背面有一条暗黑色纵带，向后渐扩宽，延伸至前胸背板后缘，上面细毛无数，正张牙舞爪地朝着我咬来，试图钻进我的手指中。瞧见这东西，我豁然开朗，原来是蚀功蛊。

何谓蚀功蛊？这东西是用一种学名叫作比尔锥尾螽的虫子炼制而成，《镇压山峦十二法门》中有载，此乃滇西白河蛊苗之法。明朝中叶，三苗叛乱，朝廷请了龙虎山供奉天师征讨镇压，大败而归，便是吃的这蛊的苦头。远在缅北的蛊丽妹、蛊丽花一族，便是白河遗脉。

此蛊无色无味，下蛊手法诡异，具体无人知晓，更为奇特的地方在于它是药，入了常人身体，能够帮忙化血清淤，治疗瘴气，而后虫蛊随粪排出，无病无害；而入了修行之人身体，却能摄取营养，化作无数蛊虫盘踞于气海之中，使人昏昏而睡，一旦凝聚气息，便全身刺痛，仿佛骨头上面有千万只虫子在爬行。

《镇压山峦十二法门》虽然没有讲到蚀功蛊的炼法，但是洛十八却在备注中尝试着写了其解法，说来倒也简单，需得煎服姜半夏、蒲黄、桑寄生、山慈姑等药物，期间不得运气，由那药物诱发气机倾泻，再服茱萸水，一日三餐饮用，将体内的诸虫灌醉，最后川楝子、黄药子、蓖麻子、雷公藤、八角茴香、花椒、硝石、朱砂等辛辣之物煎剂吞服，吸引体内蛊虫集聚于大肠处，随粪排出即可。即便如此，也需得小半个月，尔后方才无恙。

我心中为那谋划此事的小佛爷叹服，即使这老爷子身旁有人懂蛊，其间也不能动气，发挥不得作用。

此法简单，最主要的就是利用茱萸水灌醉蚀功蛊，让其不得危害。然而麻烦的事情是，尘清真人为了防守住这门户，最终还是赶了过来，而且还在刚才的虚张声势中动了气，如此一来，那些蚀功蛊已经随着他的行气经脉遍布全身，达到了心房之处，倘若不加阻止，只怕就会有生命危险了。

此刻倘若能够与肥虫子意识勾连，我就不必担忧。金蚕蛊乃万蛊之王，解蛊只是小事，可惜现在它已经联络不上。我在沉默了数秒之后，决定将血液中蕴含的金蚕蛊精元逼出，暂且缓解尘清真人的病情。我将左手处的几条蚀功蛊给碾碎，然后咬开中指，在这个邋遢老道的脸上画出四道相对的血痕，最后在额头位置，画上了一个深刻的"卍"字。

此法一完，我立刻念诵起脍炙人口的油茶歌，将这血液之上的灵体逼透进入体内。不多时，从尘清真人的口中爬出了超过一千条模样丑陋的黑色小虫，密密麻麻。小妖得我吩咐，早有准备，弄了一个紧密的布袋，将这些小虫子收起来。我揩干尘清真人口中的残留之物，他又吐出许多黄色的胆汁，里面还有着许多虫子残尸，迎风臭翻天。直至此刻，尘清道人因为憔悴而显得猥琐的脸终于出现了一丝红润，他睁开了眼，久久地看着我，好一会儿，才起身拱手说道："多谢救命之恩！"

见他说得如此郑重，我连忙扶起，推辞道："且莫说这个，危急时刻，理应相互帮助。况且你并没有痊愈，此后的一个多月内，你都不能动气，而且还需谨遵我的药方调养才行。老前辈，我已闻这林海迷踪的险恶，也知道这里面的路径和规律只有你和陶掌门知晓，如何出去，还请指教。"

尘清真人眉毛一掀，说这是自然。他在包子的搀扶下站了起来，手摸着那两丈蟠龙从天上垂下来的修长胡须，谁知刚刚一摸，他的脸色大变："天啊，他们居然敢进这林海迷踪……他们怎么会这么大胆？啊，原来是有这破阵蜂鸟在啊……"

第四十四章　林海迷踪，恐怖无踪

这蟠龙长须似乎有传导实况的功能，所以尘清真人捻须闭目之后，便如同亲眼所见。

我瞧着他凝神运气，心中担忧，上前一步拉着他的衣袖阻止道："前辈，你刚刚虽然去除了大股蛊虫，但余毒仍在，倘若再次运劲行气，只怕死灰复燃，到时候神仙都救不了你了……"

尘清真人听到我关切的话语，睁开了眼睛，嘴上含着笑，缓缓说道："年轻人，放心。我活得比你久，所以也比你更加惜命。这龙降木灵与我朝夕相处，早就已经心意相通，并不需运气于身，我们便能够沟通，所以你不必担心。"

听到了老头儿的保证，我也放下了心，就着他刚才的话语提问道："破阵蜂鸟是什么东西？"

"天地钟灵秀，造化多神奇。这破阵蜂鸟原本产自东海仙岛，最大不过拇指，被人用来当作玩物，后来被欧罗巴商人带到中土，有修者发现这鸟儿脑子虽然只有米粒大，但是却记忆超群，能够洞穿阴阳，看破红尘，所有的迷幻之术，在它眼中都是把戏，遂被豢养，用来破阵，收效甚佳。可惜此物寿命太短，多不过三年，至如今雨林稀少，听说早已灭绝，没想到他们竟然为了破这林海迷踪，弄了一只出来……"

古代的东海仙岛，要么说的是日本，要么说的是美洲。据我所知，产蜂鸟最多的便是南美洲，听得尘清真人娓娓道来，我点头，担忧地问道："那我们不会被那劳什子鸟儿给找到吧？"

尘清真人颇有自信地摇头，说怎么会，这里化境天然，并非费尽心力计算出来的阵法，那蜂鸟虽名破阵，但是却窥不破这里的。他再次摸向那游绕长须，点了点头，说他们很快就要赶到这里来了，我们先躲着，让他们吃吃苦头吧。"

话说完，他拍拍手，我们头顶那些蛟龙阵灵和蟠龙各自朝着树顶的隐雾处盘去，而尘清真人则在包子的搀扶下，在前带路。我想去扶小姑，结果小妖以男女授受不亲为由拒绝，小萝莉瞬间变成了女汉纸，将小姑背着奋力飘飞而起，而朵朵则扫清我们路过的痕迹。

这里迷阵处处，尘清真人一边走一边出声指点我们走哪儿，哪儿却是一定不能够走的，十分紧张。当我们全部都藏在了一处大树之后的时候，尘清真人瞧着我身边的两个小萝莉，问："是你养的？"

我点头，说是啊，我的两个女儿……

我这话被朵朵和小妖听见了，顿时被大骂占便宜，腰间软肉被好是一通掐，瘀青发肿，痛并快乐着。尘清真人瞧着我们闹，他也呵呵笑，摸着旁边包子的头发，感慨地说道："你的运气不错，按常理讲，养鬼豢妖，乃逆天而为，折损阳寿，而且易被反噬，然而我瞧见你这两个宝贝儿，却是一点儿因果都没有沾到，而且福缘深厚，遇难呈祥，是大富大贵之相，十分难得。"

我点头，深为赞同——与尘清真人交流了一番小萝莉培养的话题，他的脸容一肃，作了一个噤声的手势，我闭上了嘴，朝着他的目光瞧去，只见东边的道路尽头，走来几个隐约的黑影。

这些人便是岷山老母、金陵鸿庐的庐主刀疤龙及麾下高手，以及茅同真等恶鬼修罗。每一个，放到外界都是响当当的人物，如今却全部都凑到了一起来，在他们的前方有一个上下翻飞的绿色小不点，花生米大，正是尘清真人口中的破阵蜂鸟。这小东西口中叽叽喳喳，而刀疤龙手下则专门有一个人在倾听，指引方向。这人便是光头佬武映衫。

他们行进的速度很快，不多时，便来到了我们刚才停留的地方。尘清真人刚才吐出来的那一口血十分腥臭，臭味在这一带四处飘扬，让人闻了直反胃，来人都不是傻瓜，自然也能知晓，于是停顿在那儿研究了一番。我们藏身之所与那里离得不远不近，说话倒也能够听得到，那名与破阵蜂鸟沟通的家伙武映衫，是个痕迹学高手，正在与旁人侃侃而谈，分析着我们刚才在这里所做的事情，一项项的例证，竟然说得有七成相符，让人惊讶。

不过当这人推断说护法长老的蛊毒已经被我破解的时候，一直沉默不语的岷山老母突然发言了，说不可能，邓震东身上的蛊毒乃小佛爷亲手炼制，据苏参谋所言，这蛊毒只有缅甸部分遗民能弄，别人都不会知晓，陆左虽然也是蛊师，但绝对不能够破解此法。

武映衫指着地上的这一滩血迹，还有草地里翻滚的漏网爬虫，斟酌了一下语气，小心说道："蚀功蛊我也曾听苏参谋说过一些，从这里看，应该是陆左给邓震东解了蛊，要不然不会是这番模样，当然，也有其他可能。中了这蛊毒的人，即使解除，半个月之内也不能够随意运气，所以我们加紧追踪速度，或许还能够将他们给截获！"

旁边满脸蜈蚣的刀疤龙点了点头，补充道："大家记住，我们此番前来，所为的是将陶晋鸿给彻底消灭，然后拿到闭关洞中的龙精血石。那可是小佛爷指名要用的，是召唤大黑天所必需的东西，时间越来越近，留给我们准备的功夫不多了。至于陆左等人，能杀则杀，不能杀改日便是，不必强求！"

旁边的人应诺，朝着前方走去。瞧着这场景，我看得出来，这里面真正有决定权的，还是邪灵教的高手，而不是半路加入的岷山老母。

因为朵朵的小心收拾，或者这阵法迷惑，刀疤龙手下的那名高手并未看出我们的躲藏之处，而是往前面走去。因为我们有可能在前方，所以这些人都走得很小心，而且还让茅同真等恶鬼修罗走在前列,有事也可阻挡。

走得快接近我们这边的时候,那不断拍打着翅膀的破阵蜂鸟突然止步不前了,犹豫地徘徊一会儿,再次朝前一扑,然而还没等它往前飞多久,一头持剑的恶鬼修罗却先它一步,冲到了前头。

让人惊悚的事情发生了,原本平静的林间小道中突然一阵波纹晃荡,仿佛前面竖着一块看不见的无形之门,那恶鬼修罗上半身探进去之后,竟然消失不见了,而下半身却还在此间停留。紧接着那只细小的绿色蜂鸟也闯了进去,消失得不见踪影。

瞧见这场景,身后跟随着的岷山老母和邪灵教众大惊失色,纷纷退后。岷山老母伸出手,手腕上系着一个铃铛,摇了摇,那头恶鬼修罗往回使劲挪动了一点儿,然而里面仿佛有一只手,将它给整个儿都拉了进去。

嗖!

一声响,世界又恢复了宁静,让人头疼的恶鬼修罗只剩下了五头,破阵蜂鸟也消失不见,只留下了一堆茫然无措的人,你瞪着我,我瞪着你。

我想起了当日在鹏市伟相力工业园诡异工厂的情景,知道这里应该也是空间折叠,那东西不知道被送到了哪儿去。当时的气氛是如此静谧,汗水滴在草地上的声音都能够听得见。寂静持续了几秒钟,终于有人开口了:"怎么办?"

岷山老母吓得魂儿都丢了,像个泼妇一样厉声大叫道:"怎么办?怎么办?苏参谋跟我说这破阵蜂鸟能够带着我们找到陶晋鸿闭关的巢穴,结果走到一半,这破鸟都消失了,还找什么?现在回去?啊……"

她拖长着语调。在她对面的金陵庐主刀疤龙则冷冷地呛声道:"你弟弟就是茅山话事人,对于茅山,你应该比我们更加了解,所以这个问题,似乎该由你来回答!"

岷山老母摇头说道:"这里是茅山禁地,除了掌门和传功长老邓震东那老乌龟,谁也不知道怎么走,除非是……"

她说着说着,眼睛不由得亮了起来:"除非将邓震东找到,让他来给我们引路!"

岷山老母的这个思路得到其余人等的赞同,他们重新回到尘清真人刚才呕吐的地方研究,思索了一番之后,得出邓震东逃得并不算远的判断。这人有了生的希望,便不会变得太疯狂。岷山老母双足一蹬,人便飘飞而起,在那百米大树的树干上如履平地,朝着上方奔跑而去,而其余人则不再往前,小心翼翼地在周围进行地毯式搜索。

这阵仗让我眉头紧锁。瞧着敌人一步一步地搜索过来,我心中暗自计较,尘清真人身有余毒动不得气,小姑被恶鬼修罗入体昏迷未醒,小妖救助小姑而实力损伤,我这边酣战半天伤痕累累。我方的战力实在是少得可怜,如何挨过这一劫呢?

不过刚才尘清真人的小心终于生效了,那个与蜂鸟沟通交流的痕迹学高手武映杉在朝着我们这边草丛摸来的时候,突然之间就莫名裂成了十来块热乎乎的肉块,肠子洒满一地,惹得瞧见的人都僵直不动,生怕再触及陷阱。

此刻,所有的人,包括我,都深深感受到了这林海迷踪里面的恐怖。

在一阵诧异之后，我开始庆幸和传功长老在一起，心中欢喜。然而就在这个时候，我的耳朵痒痒，凉凉的，仿佛被什么吹气了一般，我以为是小妖调皮，回过头来一看，却是一双只有眼白的呆滞眼球——啊！

第四十五章　同真自爆，灰飞烟灭

这突然蹦出来的古怪眼球，里面有那死一样的惨淡白色，当时我就差一点忍不住叫出声来。然而我并没有，而是条件反射地伸出双手，朝着这脖子抓去。

在我面前出现的这家伙我并不陌生，算得上是老冤家，当我点燃恶魔巫手紧紧掐住它脖子时，已经化作恶鬼修罗的茅同真张开扭曲的嘴巴，发出了一声类似山羊叫春的声音，低沉而具有独特的穿透力，在这幽静的林中响起来，将所有人的注意力，都给吸引过来。瞬间，它朝着我胸口，连拍了三掌。

人虽身死，但是茅同真生前所练绝学"烈火焚身掌"却并没有跟着消失，而是转移到了我身前的这头恶鬼修罗身上来，使得它并不比小佛爷豢养的拿剑修罗差上半分，反而隐隐高出了一线来。我运着往日集训时所学会的缠身格斗技法，避开两击，第三掌因为体位的缘故，我根本避无可避。啪的一声，一条鞭子般的绳索如同游蛇，朝着茅同真的右手卷来，将它这蓄势久矣的一击给扼制住。也就是在这个时候，黑烟缕缕，我的双手已经深入了茅同真粗壮的脖子里。既然身已化鬼，此刻的他自然与往日多有不同，除了身材外貌颇有相似之外，四肢和身体裸露出来的皮肤多有鳞甲，呈现出苔藓一般的青墨色，脖子和脸上则尽是滑腻黏稠的腱子肉，布满了一环又一环的白色斑点，眼角往上拉，嘴唇往下撇，一排尖锐獠牙，鼻子鹰勾，耳朵耷拉，眼神呈现出邪恶的血红色，是真真正正的恶鬼模样。

我的恶魔巫手对这类恶灵之体有着天生的克制作用，这一番用力，大半个手掌融入其中，几乎摸到了支撑身体的脊椎骨，使它嗷嗷直叫。在这方寸之间，我方实力占优，小妖的九尾缚妖索捆住其右手，朵朵则奋力拉住其左手，使得这家伙反抗不得，想拿脚踹，却被我提前隔挡住。

我们这边打得热闹的时候，邪灵教众发现了我们，然而经历了光头佬武映杉的惨剧，没有立刻一拥而上，横冲过来。这伙高手中身份最高的金陵庐主刀疤龙来到了光头佬留下的一堆血肉前，相隔不过七八米，凝神喊道："别躲了，要么投降，要么我们杀你个生死不能！"既然说出这样的话，他自然也有着足够的自信，手一挥，从他的身体里立刻飞出红、橙、黄、绿、青、蓝、紫七色彩虹一般的霞光，将他弄得跟个开光的神佛一般，闻着腥臭非凡。

我正欲加把力气，将茅同真这恶鬼修罗给超度了，然而它的身体突然一虚化，意图逃出我的掌控。实体转换为虚无的状态，让我把握不住，顿时失去了茅同真的踪迹。然而小妖却是个中好手，在茅同真摇晃身子的刹那，她便觉察出来，一抖那加强版的九尾缚妖索,一道白色劲气传递而来,将本来已经快要消失的茅同真给紧紧束缚住。

虽然身为恶鬼修罗,但是生物的战斗本能还是有的,茅同真在逃生的那一刻气力大得出奇,小妖拉扯不动,被生生地拽着朝邪灵教众移去。

不过小妖哪是这么好惹的?当即也是发了真火,脆生生地大叫一声,当即化身为怪小萝莉,咬着贝齿,双足深深陷入了泥土里,青色的光芒洒落地上,那些绿色藤蔓和青草立刻缠绕上来,锁住她的双腿,不让茅同真逃脱。

在那一刻,双方的力道是如此强劲,使得那坚韧无比的九尾缚妖索都被绷得"吱吱"直响。我自然不会让小妖吃亏,往前一扑,抓住茅同真的双腿。此刻,传功长老对着他的小徒弟大声说道:"包子,还记得我教给你的'归本真元'吗?"

包子答知道,领会了师父意图,双手结出一个古怪的手印,口中高喝道:"归去来兮!"话音刚落,便已经冲到我身前,一记印法,击在了茅同真的小腹上。青面獠牙的茅同真本来还在奋力挣扎,谁知在中了这一击印法之后,浑身如同筛糠一般狂震,挣扎的气力也变得越来越小了。而就在此刻,苏北老怪刀疤龙抖落出来的霞光也已经朝前席卷而来,将我们之间的这一整段距离,染成了五彩缤纷,在这些绚丽的色彩中,能够看到好多浮动的气旋,或者龙卷,或者劲风,或者是那通往虚无的大门。

将这紊乱的空间标注出来,我们前面的这段距离便不再是凶险万分的地雷阵,而是通天坦途,苏北老怪刀疤龙领着手下的一干人等,以及余下的四头恶鬼修罗,纷纷避开那些杀人不眨眼的诡异陷阱,朝着我们这边直扑过来。

尘清真人见此状况,连忙大声地喊道:"走,往后撤!"

往后撤?

我立刻意会过来,刀疤龙这云霞虽然能够暂时标注起前面的杀招陷阱,但是却需要时间,更要耗其功力,倘若我们一步一步后撤,定然能够将其慢慢磨死。想到此处,我来不及超度陷入癫狂的茅同真,将其推开,拉着左边的包子,朝着朵朵和小妖喊道:"走!"得了我的命令,朵朵和小妖抽身后退。我在回撤的时候,瞧见僵立着的茅同真突然回过头来,瞧了我一眼。

正在后撤的我瞧见回过头来的茅同真,立刻惊呆了,因为我看到了他眼中的神光,黑色的眼珠子里面似乎还有泪光流溢——他在苦笑,脸上充满了遗憾和不舍。在那一瞬间,我绝对相信这个在茅山守了一辈子法阵的犟老头儿,已经回来了。

时间不过短短一秒钟,他又扭转过头去,毅然而决绝地朝着已经冲到身边的两头恶鬼修罗,伸手抱去。下一刻,我已经冲到了尘清真人的身边,小妖也将昏迷的小姑给背了起来。我最后往后瞧了一眼,看见一朵最瑰丽绚烂的黑色火焰,从茅同真的胸口绽放而出。

轰!这个本来已经被人操控了的茅山长老,在最后一刻觉醒了本我,然后选择最壮烈的方式,离开了人世。巨大的响声将这片空间震得一阵摇晃,茅同真自爆的冲击波传递到了我这边，让我站立不住，往前跌倒，摔了一个狗吃屎。情形危急，我没有再次回顾，搀扶着体质虚弱的茅山长老爬上了趴着的二毛身上，朝着林间疾走。

在奔跑中，我的眼泪突然流了下来。在此之前，我曾经十分憎恨茅同真。然而他此刻灰飞烟灭，我却突然发现，他其实要比梅浪、杨知修这些心中猥琐鬼祟的家伙，不知道要可爱多少倍，他仅仅只是一个木讷而不知表达的大龄宅男，如果没有杨知修的话，说不定我们还能够成为朋友。茅同真在世间的最后一刻，选择了用自爆来捍卫自己的尊严，他选择了高贵地死去，而不是浑浑噩噩地受人奴驭。

二毛一直奔跑，尘清真人则在大声地与这畜生沟通，千万别闯岔了路，刀疤龙等邪灵教众因为茅同真的自爆损失惨重，而且也延误了时机，并没有追上来。正当我们以为即将逃脱时，我头顶突然传来了一阵冷哼，奔行中的二毛突然被一双修长的腿重重地踩了一下。

二毛似乎受不了这打击，四脚一乱，栽倒在泥土里，而在最前头引路的尘清长老身子则被黑色皮鞭一束，人就被高高卷了起来，一阵人仰马翻。我护住前后的小朋友们，结果自己却重重砸在一棵参天大树上，砰的一下，整个世界都变得一黯，感觉鼻子和嘴巴里，到处都有血流出来，一嘴苦腥。

在两个朵朵的搀扶下，我摇摇晃晃地站了起来。二毛被狠狠地踩在地上不动弹，浑身黑雾缭绕的岷山老母将传功长老的脖子捆着，阴冷地看着我们狞笑："孙悟空能够逃出如来佛祖的手掌心吗？不能，所以呢，别逃了！"

我瞧见包子的师傅，那邋遢道人口鼻处都是鲜血，虚弱得几乎立马就要挂掉了。刀疤龙等人也拨开了草丛，现出身来。

第四十六章　逃无可逃，同归于尽

　　岷山老母伸出猩红的舌头，舔着尘清真人的耳垂，迷蒙的眼睛里面蕴含着深深的笑意，疯狂地大笑道："我说过，这一次来了，就不打算将你们给放走，既然你们想救陶晋鸿那个废人，那么就给他陪葬吧？"

　　尘清真人身体虚弱至极，刚才被摔之后都已经昏迷过去，此时迷迷糊糊睁开眼睛，却是被岷山老母用舌头给舔醒的。邋遢老头儿瞧见了这幅场景，好不气恼，大声说道："杨小懒，你好不知羞，竟然调戏我这一百多岁的老头子，有意思没意思啊？"

　　岷山老母眼睛一红，张嘴一咬，竟然将茅山传功长老半边耳朵咬了下来，在嘴巴里面咀嚼着，鲜血在唇间蔓延，配合着她诡异的笑容，让人不寒而栗。

　　嚼了几口，岷山老母吃吃地朝着前面的尘清真人笑，说："邓师叔，小懒这次呢，只是想去拜见一下久未谋面的陶掌门，还要烦请您引一下路。"

　　尘清真人被扯破半边耳朵，却也不喊痛，只是闷哼一声。此刻的他心中想必极为郁闷，倘若他没有遭到暗算，别说岷山老母，便是眼前的所有人一同围攻，在他看来也是一碟小菜，不足挂齿。然而中了算计之后，他行不得气，不然哪里会被岷山老母的鞭子封住身体，走脱不得。

　　听到岷山老母的话，这位老人倒也有骨气，哈哈直笑，说我老邓也活了这么多年，与我同辈的纷纷仙去，留我一个人在人间好不寂寞，既如此，还不如早些走啦，至少有你们一同陪伴，黄泉路上，也不会太寂寞……

　　两人相交多年，对彼此的脾气禀性都十分了解，岷山老母见尘清真人心存死志，知道这老头儿是那油盐不进的硬石头，也不再浪费唇舌，而是望向了从地上爬起来的我们，恶声恶气地说道："都束手就擒，要不然我杀了邓震东这个老不死的！"

　　包子看到自家师傅这垂垂将死的模样，不由得悲切地大声叫道："你这个老女人，放开我师父，你要敢杀他，我要你全家都不得好死！"

　　包子的威胁让岷山老母好是一阵郁闷，她咬着牙齿说道："我全家已经不得好死了，现在该轮到你们了！"

　　小妖的俏脸上露出了不屑的神色，出言嘲笑道："瞧你这面相，便知道是一个克夫克子之人，天煞孤星，谁沾谁死，怨不得别人的……"

　　小妖这话语未免太尖酸刻薄了些，饶是岷山老母人老成精，还是听得一阵火气直冒，颤抖着语气威胁道："小丫头，你别嘴硬，信不信我现在就杀了邓震东的这个老头子？"

小妖悬空而立,叉着腰大笑,说你杀吧,杀了的话,大不了小娘就在这林海迷踪里面和你玩一辈子的迷藏。哦,不对,倘如是陶掌门醒了过来,一巴掌拍死的一定不会是我。你若有信心摸出这地界去,尽管拍死。

这小狐媚子跟尘清真人并没有什么交情,所以也谈不上担忧,轻松自在地回答,却将对方所顾忌的事情,一一给点了出来,气得岷山老母浑身一阵发抖,却又无可奈何。

这时苏北老怪刀疤龙等人也走到了近前,看着岷山老母手中奄奄一息的传功长老,问岷山老母搞定了没有?老母摇头,说老东西骨头太硬了,瞧不出什么东西来。

刀疤龙当即就是一阵嗤笑,说这玩意儿还不好干?把他最喜欢的女徒弟抓起来,一番折磨,实在不行给兄弟们轮了,看他最后会不会带路!刀疤龙说这话的时候,瞧向包子、朵朵和小妖三个各具特色的俏丽小萝莉,眼睛如同锋利的钩子,一脸淫笑。有什么样的老大,便有什么样的小弟,刀疤龙跟惨死林间的光头男映杉一脉相承,让人看着就恶心。

朵朵吃不住这怪叔叔的注视,打了一个响指,立刻有藤蔓将刀疤龙的双腿缠绕住。

朵朵练了这么久隐匿身形的手段,此刻倘若不是刻意敞开心扉,是无人能够看出身份的,不过这一下却让岷山老母发现了,惊异地叫道:"天啊,你也是鬼妖?而且还会青木乙罡?"

刀疤龙修为精深,朵朵这一招对他起不到太大的延迟作用,当下七彩霞光一扫,那些刺人的藤蔓便退了回去,他挥手往前一指,大声喊道:"兄弟们,冲,拿下疤脸小子,生擒小萝莉!"旁边的几个邪灵教高手像打了鸡血一样嗷嗷叫,急吼吼地冲上前来。

敌人来得气势汹汹,然而我却瞧见与之前相比,那最难缠的恶鬼修罗仅仅只剩下两头,其余的并没有瞧见,想来应该是在茅同真刚才的自爆中阵亡了。朝着我扑来的邪灵教众包括刀疤龙在内,总共有五人,身上的衣服虽然残破,但都精气十足,个顶个的好手。

敌人上前,我自然没有被动挨打的道理,将鬼剑抓在手上,朝着最前面的一头恶鬼修罗疾刺而去。这鬼也是使剑,不断凝聚成晶的长剑与我绞在一起,一阵剑响,铮然出声。左边另一头恶鬼修罗也提剑刺来,小妖出鞭,将这剑给接下。转瞬之间,敌人便蜂拥而至,其中一个白面无须的中年人从怀中掏出一根恐怖的哭丧棍,上面鬼哭狼嚎,朝着我的腰间捅来。

兵贵精而不贵多,能够进得这茅山的,都是经过精挑细选的,要么是手底有两把刷子,要么就是拥有别人所不具备的特长。我在与一头恶鬼修罗较完力后,一脚踹在那根突前而来的哭丧棒上,脚跟一痛。当然,那人也被我爆发出来的巨大力量踹得脚步不稳,那哭丧棒发出巨大的鬼叫声,朝着后方甩去,差一点儿就打到了其同伴

身上。

此刻,那条爬入树冠的巨大蟠龙棍灵出现在了岷山老母的身后,巨大如拳的眼睛正死死地盯着岷山老母。其余九条蛟龙阵灵也都随之滑落下来,有的在警戒岷山老母,有的则在包子的指挥下朝这边游来。我将鬼剑握得快要裂开,与突前诸人忘死搏斗,勉强维护一点稳定。而此时在人群背后的刀疤龙则狞笑一声,从随身箱子中摸出一块长达两丈的红色绸布,往上面一扔。那绸布如有灵性,腾空而飞,异香扑鼻,四溢的香气让所有涌动的蛟龙都变得没有了骨头一般,不再驾雾腾云,下饺子一样跌落下来。

我的心情沉重,知道因为梅浪、岷山老母这些内鬼,使得这阵法的大多数底牌都被敌人算计在内,又有着小佛爷这种智近乎妖的强人居中统筹,穷尽全教之力来找寻应对之法,所以才会出现此刻这般兵败如山倒的场景。

蛟龙跌落地上,砸得乱石纷飞,草汁飞溅,小妖趁乱将被踢开的二毛收回。那家伙在神仙诡地的东夷迷幻杀戮阵中威猛强硬,如今脱离了阵法的护翼,实力大跌,让人可惜。

我依然还在挥剑,死战不退,甚至还划伤了两个邪灵教高手的小腹以及胳膊,这彪悍的态度让刀疤龙愤怒不已,他从身后抽出一把篆刻着许多扭曲的符文的朴刀,据在手里,推开旁边两个受伤的同伴,狞笑一声,一记力劈华山,由上而下地朝我砸来。之所以说是砸,是因为那沉重的朴刀赋予了它巨大的势能,当我挑开左右两头恶鬼修罗凶猛的攻势时,便瞧见劲风扑来。来不及多想,举剑去挡,结果我立刻悲剧,犹如山峰一般的巨大势能将我压制,虽然这鬼剑以成精槐木为身,表面镀有来自宇宙太空的精金,无比坚硬,然而剑身却也嗡的一声悲鸣,接着我整个人却被往下压,双腿齐膝,栽进了泥土里。我的右手酥软发麻,软软地垂了下来。刀疤龙也承受了我巨大的反震之力,往后退了几步,脸色一阵红一阵白,难以置信地大叫道:"好厉害!"

我也不敢相信自己竟然像木桩子一样被生生砸进泥土里,使劲往外拔,一时之间竟然出不来。岷山老母见了,哈哈大笑,连道好,歇斯底里地大叫道:"杀了他,杀了他!"

得了岷山老母的吩咐,那两个仅存的恶鬼修罗提着黝黑的剑,一剑割头,一剑刺心,要将我斩杀当场。朵朵和小妖奋力上前,挡下了这两记攻击。回过神来的刀疤龙拖着朴刀,腾空而起,再次朝我劈来。我望着急速而来的刀疤龙以及他那雪亮的刀锋,蛮劲顿生。躲不开,避不过,同归于尽就是,也不抵挡,鬼剑朝着刀疤龙的心脏刺去。

第四十七章　杂毛来援，横空飞剑

在那一刻我以为我要死了。死亡从来没有离我这么近过。我左手用剑并不是很利落，鬼剑虽然直直地对着刀疤龙的心脏刺去，但是在即将接触的一刹那，经验老到的他向右平移了数分，鬼剑竟然从他的腋下穿过，并没有伤到任何地方。

剑被夹住了。

我顿时就有一种要吐血的失落，而刀疤龙那势若万钧的朴刀刀锋锐利，已经临到我的头顶。这样的威势，莫说是我这血肉之躯，便是那钢铁、坚石，说不定也会被劈得变形碎裂，不复存在。

一瞬间我陷入了最深沉的绝望和恐惧当中，我忍不住放声大叫起来："×！"原谅我在生死关头会说出这样的粗话，一直在底层摸爬滚打的我文化素养并不高，也就能通过说些粗话，来宣泄心中的恐惧。

然而在一秒钟或者几秒钟之后，当我头顶上传来一股巨大的力道，声音炸响的时候，我却并没有感觉自己的脑袋变成两半。朝着头顶一望，一柄暗金色的长剑横在了我与刀疤龙中间，将这倾天一刀给全力抵挡回去。随后空间一阵抖动，刀疤龙被暗金色长剑上面所蕴含的力量反震到，跌落到地上，那剑倏地飞走。

我深呼吸，感觉这世界从来没有那般美好，激动地顺着那剑飞遁的方向看去。一袭青色道袍的杂毛小道，出现在了林子尽头，气喘吁吁的，他的旁边站着那日登山所见到的英俊小生李云起、美貌道姑程莉、符钧座下弟子李泽丰。除此之外，还有一个我万万没有想到的人，便是曾经与茅同真一起追杀过我的杂毛小道同门师兄龙金海。

李云起提剑，程莉手执拂尘，李泽丰则拿了把驱邪避凶的鲨鱼骨刺剑——此乃道家五宝之一。至于龙金海，则换了另外一把七星剑。他们个个茅山精英的模样，这样的团伙一出现，瞧这场中紧张，二话不说便冲将上来。

杂毛小道一马当先，双手掐弄剑诀，使那飞剑前来支援。在我的左右，发出几声"叮叮叮"的剑击响动，正在与朵朵和小妖缠斗的恶鬼修罗被这蕴含炙热雷意的雷罚飞剑刺过，惊惶后退。

得以解脱的朵朵和小妖退到我的身边，各执一手。我将气息提至胸口，配合着两个小女孩儿的拉扯，往上一纵，终于脱离了大地的束缚。脚刚一站稳，我也不敢停留，朝后跑动几步，左手鬼剑疾刺，前方鲜血迸溅。一个正在攻击包子和小姑的邪灵教高手吃痛，感觉不妙，往旁边闪开，我补踢了一脚，回过头来问包子，说没事吧？

此刻包子的手臂上也有几处伤口，不过她倒也厉害，竟然在那个家伙的攻击下，护住了小姑的安全。听我问起,肥嘟嘟的脸上笑靥如花,嘿嘿笑说没事,那人好蠢来着……

正在往本阵靠拢的那名邪灵教众听到包子的评价,差点栽倒在地,旁边的同伙也都用异样的眼神看着他。四十多岁的老爷们欺负一个小不点儿,居然还没攻下来,实在太丢人了吧?我瞧刀疤龙脸上的古怪表情,想来应该是后悔将这个家伙带进茅山来。

趁这工夫,杂毛小道等人都跑到了我的身边,看到我浑身尽是伤痕,一副惨状,杂毛小道笑了,说小毒物,你这是什么节奏啊,好像快要挂掉的感觉?我苦笑,揉了揉麻酥酥的右手臂,感觉这手都不是自己的了,我问他怎么跑到这儿来了?

杂毛小道一边凝神打量身前的这一伙人,一边跟我低声说道:"是大师兄叫人传话,让我过这边来瞧一瞧的。他预料先前袭击符钧师兄的那个高手使的是调虎离山之策,于是给刘师叔留了个锦囊,又命我带着李云起他们过来支援。谁知一路狼藉,在外边还碰到几个伪装成刑堂弟子的邪灵教众,一番严刑拷打后得知你们已经进了这林海迷踪,商量了一番,也跟进来了……"

他说得轻巧,但是我知道能够摸到这儿,定是吃了一些苦头。想到这里我苦笑,说你们好大的胆子,竟然敢摸进这里来,你自己茅山出身,不知道这里有多凶险吗?

杂毛小道将垂落额前的碎发挑上去,笑了笑,说:"你都进来了,我在外面干等着干吗?这不,救了你一命。"我将情况简单给他作了介绍之后,杂毛小道也不多言,扭过头来,看到了岷山老母,不由得笑了,毫无芥蒂地拱手说道:"哎呀,小懒阿姨啊,久闻大名,素未谋面。这次我倒是头一次见到你,听说了你的事情。这么多年过去了,不知道你过得可好?"

瞧见杂毛小道像亲戚朋友一般招呼,岷山老母下意识地点头说还好,还好,就是……

没待她说完,杂毛小道接着说道:"我听说你老公死翘翘了,儿子又给弄死了,本来还担心你心情不好,不过看到你还有兴趣玩 SM 游戏,就知道你已经走出来了。不错,不错。不过就是对象找得不是很好,传功长老这老胳膊老腿儿的,经不住你折腾,要是你有兴趣,咱们倒是可以约一个时间单独切磋一下,我在外面漂泊许多年,这些技术倒是学了不少。嘿嘿,大保健,你懂的……"

杂毛小道原本还说得一本正经,结果这一番夹枪带棒的话一出来,整个人就贱得让人想要杀之而后快。岷山老母顿时气血翻涌,饶是此身为鬼,也不由得三尸神直跳,指着杂毛小道大声叫骂:"你这个小畜生,当年鹏飞在茅山,回回见我都告状,说你欺负他,你从小就不是个好东西,你……"

她这边气急败坏地叫骂着,而杂毛小道本来猥琐的面容突然一肃,大声叫道:"阿福,动手!"

岷山老母因为痛失爱子的关系，情绪一直不好，在与邪灵教的合作过程中也不会注意什么方式方法，加上性情变化无常，刀疤龙等人一直都不怎么喜欢她。要不是佛爷堂的苏参谋穿针引线，只怕未必会跟她走到一起来。刚才见到岷山老母吃瘪，反而乐得看热闹，对杂毛小道这泼贱表现颇有知己之感。

然而万万没想到，杂毛小道会突然喊出这么一句话来。一道粗重的身影从岷山老母的身下泥土中冲了出来，砰的一声，蓝汪汪的灵刀削在了这老女人的手上。因为人群遮掩的关系，我仅仅看到这一幕，接着见到杂毛小道带着麾下几名茅山高手，朝着敌方冲阵而去。兄弟打架，自然没有在后观望的道理，我让朵朵照顾后方，大吼一声，忍着全身的疼痛也顶了上去。

战斗进行得十分激烈，杂毛小道主攻苏北老怪刀疤龙，岷山鬼母自有那蟠龙残灵牵制，我和小妖冲上前去的时候，正好接替了被瞬间压制的李泽丰和龙金海，跟恶鬼修罗战成一团。

战斗除了实力之外，还需得看状态。在被众人围攻的时候，我凡事都需留一份力，不能全力施为，而此刻左右都是自己人，便毫无顾忌，大开大阖，将小腹中的力量激发出来，鬼剑仿佛黑洞一般，对灵体有着巨大的吸引力。在避开一记绝杀剑刺后，我的左手抓住眼前恶鬼修罗持剑的手腕，恶魔巫手一激发，立刻黑烟袅袅，那厮受痛一阵挣扎，拳打脚踢好不热闹。我咬牙抵住，右手一剑削在它的脖颈之上，仅入半分，便再难前行。然而我却并不慌忙，将小腹气海中的磅礴力道调集到右手上来，传递到鬼剑中去，一声清喝，鬼剑在瞬间闪耀出金色的光华来，里面的槐木精体不断旋转，竟然将这头厉害得没谱的恶鬼修罗，给尽数吸入。旁边应付邪灵教众的李泽丰和龙金海看向我的眼神，活像是见到了鬼。一剑得手，我意气风发，配合着小妖，将那仅剩的恶鬼修罗逼得险象环生。敌我双方的实力其实并不平衡，好在杂毛小道的雷罚飞剑左右照应。在战况明了之后，我发现原来偷袭岷山老母的阿福，竟然是那日我在塔林前见到的木傀儡。这具平日里用来送饭担水的木头疙瘩，此刻竟然偷袭了岷山老母，并且已经将尘清真人给抢了下来。壮哉，不愧是符王李道子的遗作。

眼见着巨大的优势被我们一点儿一点儿地扳回来，岷山老母气得哇哇大叫，晃开那头蟠龙残灵，朝着我这里横扑过来。我不知道她是为了解救这仅余的恶鬼修罗，还是怀揣着对我的仇恨至死方休，当下放开斩杀那鬼物的机会，回剑来防。

最先与之交手的是小妖，同样的青木乙罡，对击后青光大放，瞧见小妖跌落地上，我气闷不已。而就在此刻，人妻镜灵勾连了我的意识，我心中一乐，摸出震镜朝前一照："无量天尊！"

岷山鬼母应声而落，我提剑就刺。刚刚吞没了几头恶鬼，鬼剑锋芒最盛，然而空中突然传来一声哨响，我刺向地上那女人的剑上传来巨大的力量，一下握不住，竟然跌落开去。

难道敌人又来援手了吗？

第四十八章 话事人的态度

鬼剑竟然被那横空飞来的力量给射入土中,深深一道沟壑,消失得无影无踪。那一刻我感觉如芒在背,也顾不上僵直在地的岷山老母,平移转换了好几个身位,防止被那恐怖的劲风击到。不过那怪异的力量仅仅只出现一下,没有后续。杂毛小道也感应到了这恐怖的威胁,与刀疤龙过了一招之后,跃到我的身边,拇指按在弯下的无名指和小指上面扣住,食指和中指自然伸直并拢,朝着那大致的方向指引,大声喝叫道:"疾!"

雷罚如离弦之箭,倏地飞向林中。两秒钟之后,一个穿着胸绣白鹤道袍的男人出现在了林间尽头,身子在树顶和空中翻飞,避开隐秘的陷阱,朝着我们这边飞来,而飞剑,则在他身后疾追。

嗒!这人来势飞快,瞬间就站在了离我们差不多十米的大树枝上。

那树枝纤细,常人站在上面定然会掉落下来,但是此人身子随着那摇晃的树枝起伏,晃晃悠悠间,竟然没有掉落下来。跟在他身后疾飞的雷罚毫不留情地朝着此人背心刺去,风声尖啸。那人仿佛背后有一只眼睛,左手轻描淡写地往后面一挥。然后,让我们目瞪口呆的情景出现了——他的食指和中指,竟然精准而稳定地将这飞剑给夹在手上,虽然雷罚竭力挣扎,颤抖的频率发出了嗡嗡声响,然而却一点儿效用都没有,就是逃脱不得此人的束缚。

天啊,好漂亮的一手!

在此之前,我从未想过竟然有人能够空手接飞剑,并且还如此稳当。即使雷罚养成的时间不长,即使杂毛小道对于飞剑之道理解得并不透彻,但这都让我们忍不住地惊诧,对这人的身手也有着惊为天人的膜拜。

此人长相儒雅,极富书卷气,三绺青须飘逸,随风飞舞,整个人清瘦而神采奕奕,嘴角含笑,如沐春风,仿佛大学教授一般。可不就是茅山话事人,杨知修?

瞧见杨知修孤身前来,敌我不明,我和杂毛小道都缓步后撤,脸色阴晴不定。邪灵教等人也不知道杨知修为何会在此时现身,又惊又疑,也都聚拢在一起,小心防范着。

惟有李云起、程莉、李泽丰和龙金海四人上前,躬身问好道:"话事人好!"

杨知修不置可否地点了点头,环视场中,见阿福将尘清真人抱到包子、小姑等人前面,而那条蟠龙残灵则在头顶护翼,也不理我们,而是朝着传功长老躬身问好:"邓师叔,既然身体有恙,便在居所安心歇息便是,这等宵小,何必劳烦你来处理呢？"

此时的尘清真人头耷拉着，耳朵上面的豁口滴滴答答地流下血来，有气无力地抬头瞥了一眼树枝上面站着的杨知修，平心静气地说道："这后山守阵的职责，本来就是我的分内之事，现如今让外人闯入了林海迷踪，便是我的不对，所以便赶着过来，多少也能够弥补一些。"

两个人都是成精的老狐狸，知道这言语交锋、打嘴炮都是无用之事，说得也不多，三两句，意思到了就行。杨知修掂了掂手上雷意弥漫的雷罚飞剑，瞧向了杂毛小道，平和地笑道："贤侄的飞剑无比犀利，确实是把不错的法器，不错，不错！来，你先收着，这里的事情还是由我这茅山话事人，来处理吧！"

他捏着雷罚的手指一松，一直用意念紧紧牵连的杂毛小道便将雷罚召回自己身前，小心拿好，不动声色地检查起来。

在与我们交流完之后，杨知修向苏北老怪刀疤龙拱手，说："龙兄，你我相隔不远，昔年也有过数面之缘，彼此都有着一份情谊，一直以来都是井水不犯河水，不知道为何今日却是大举来犯呢？"

此人果然长袖善舞，一出场，竟然会如此圆滑，我们和邪灵教诸人都已经剑拔弩张、鲜血飘射了，他还能够面不改色地攀着交情。

趁着这工夫，我蹲在地上开始挖我的鬼剑。这剑射入草地里四五寸，这样的深度，该是承受了多大的力量。我在坑里面找到了一颗松塔，就是这样的玩意儿，将我们给惊得惶然失措，难怪梅浪会对苏参谋说出"十年前陶晋鸿，十年后杨知修"这样的话语。此人的身手，果真是已入化境了啊。

我这边收拾东西，那边的谈话还在继续。在经过短暂的惊讶之后，刀疤龙也安下心来，眯着眼睛看这个茅山大管家，嘿嘿地笑，他有些看不惯杨知修这种虚伪和矫揉造作，直接点醒道："杨先生，我们所做的，不正是你所想要做的吗？要不然我们在这茅山上行事，哪里会这么容易？只可惜让你失望的是，我们迷路了，根本就找不到陶晋鸿那老乌龟的住处，要不然你帮个忙找一下，不然这戏大家都没办法演下去。"

刀疤龙说得如此直白，一点儿脸面都不给，杨知修却岿然不动，脸上还挂着谦卑平静的笑容，淡淡地说道："我的心思，你们又如何得知？多言了。"

说到这里，他便不理会这干邪灵教众。转而面对着岷山老母，面对着自己的姐姐，语重心长地缓缓说道："唉，老姐，你在胡闹啊！"

岷山老母刚刚被杂毛小道算计，丢了人质，又与那条蟠龙残灵纠缠好一会，气息都没有喘匀，听到自家弟弟的话语，不屑地说道："知修，我这是在帮你！"

杨知修脸上也流露出不屑的表情，不过也不多言，飘身下来，脚踩实地之后，朝着尘清真人询问道："邓师叔，此处且由我来照料，可好？"尘清真人已经说不出话来了，在包子的搀扶下，有气无力地点了点头。杨知修不再客气，朗声说道："刀疤龙，你等邪灵教既然入了我茅山，断没有让你们再回去的道理，今天将你们擒下，全是你们的错，可不要怪我。"话一完，脚尖轻点，身子便朝着刀疤龙等人冲去。

最早与杨知修接触的，是那头仅剩的恶鬼修罗，舞动手中长剑，朝着杨知修疾刺而去。杨知修原本是空着双手的，衣袖翻转间，便出现了一块硬玉质地的青灰色朝圭，上面蕴含着蒙蒙青光，根本也不讲究什么招式手法，抬起便朝着这头恶鬼修罗拍去。

那恶鬼修罗乃小佛爷为此次行动特意准备的，七头便可力压十数条蛟龙阵灵，我与之交过手，知道它的厉害，并不是一般小鬼可比。然而在短瞬之间，便被杨知修的朝圭给连着击中三次。

且每一击都击打在鬼灵之体中最易藏魄的位置。三下，让这头恶鬼修罗动弹不得，下一秒，一张发黄的符箓已经贴在了这鬼物的额头之上。当两者错肩而过，杨知修用朝圭与前面两个邪灵教高手拼得丁零当啷一阵玉响的时候，一蓬绚烂美丽的焰火从那恶鬼修罗的额头处燃烧起来。

当杨知修一脚将先前与包子拼斗的那个邪灵教高手给踹到树干上面去的时候，恶鬼修罗的头颅已经被烧得热力萦绕，开始发出了嘶哑的叫声，咩、咩、咩，凄厉而古怪，让人心中震撼。而此时杨知修已经将另外一名邪灵教众的脚筋挑断，那人跪倒在地，艰难地从怀里摸出两个符兵来，一挤，黑烟四散，那有着古怪造型的符兵还没有来得及凝聚，已被杨知修一圭一个，给直接超度走，潇洒利落之极。

我提着鬼剑在后面痴痴地看，眼睛瞪得大大，一点儿也不敢眨，生怕错过了任何细节。抛开立场来说，除了那些不是人类的存在，杨知修是我所见过最厉害的修行者，没有之一。这种厉害并不局限于修为，更在于他拼斗时那举重若轻的自在感，即使前面有刀山火海，他也微笑向前，没有什么能够阻挡他前进的步伐。他要去，便能去。

帅，太帅了。这才是顶级道门的真正实力。手持青玉圭简的杨知修所向披靡，在我们眼前царне如高山的敌人，他轻松跨越，有的甚至直接秒杀，没有一点儿停顿。转眼间，他已经结果了一头恶鬼修罗，两个邪灵教高手，另外一个也被一掌击中，瘫倒在地。

接下来他迎来了第一个真正意义上的对手。与苏省的经济地位不一样，金陵鸿庐只是一个规模很小的邪灵教分庐，但是苏北老怪刀疤龙却并不是一个好相与的家伙。他手持着沉重朴刀，立刻进入了疯狂的扶乩状态，一套泼风刀法施展下来，倒也与杨知修斗得有声有色，丁零零的金玉交击声不绝于耳，让人惊叹。然而刀疤龙最终还是不敌杨知修，被一脚踹飞到了树干之上。

整个大树一阵抖动，树叶纷纷落下，刀疤龙滑落树根处。杨知修一点停顿都没有，正待下杀招，刀疤龙突然从怀里拿出一物，大声喊道："停！你倘若再上前来，我便将此物引爆，让你们所有人，包括这不稳定的迷幻诡阵，包括这后山，全都与我陪葬！"

第四十九章　引爆的噬心雷

杨知修手上的青色圭简此刻亮如恒月，上面积蓄的能量倘若灌注到刀疤龙身上，这个邪灵教鸿庐的庐主只怕撑不住半秒，便会浑身碎裂而亡。

我之前还颇有些傲气，觉得自己也算是一方高手了。然而瞧见了杨知修的这番出手，这才惊觉，对于到达了一定层次的高手来说，我们这样子的角色，顶多也就算是难缠而已。真的不能太过自豪，否则最后丢脸的，还是自己。

战斗力爆表的杨知修果真有罩住全场的底气，一步一步地朝着刀疤龙走去，脸色冷峻。苏北老怪一边吐着血，一边将左手一个黑乎乎的东西高高举起，狞笑道："杨知修你这个龟孙子，倘若你再走一步，信不信老子就和你同归于尽？"

杨知修本来并不理会，然而当他瞧清楚刀疤龙手上的东西，不由得眉头皱起，脸色变得极为难看，有些疑惑地猜道："噬心雷？"

说着这话，他本来都已经准备砸下去的青色圭简，收回了袖子里。

刀疤龙手掌上面托着一个橘子大小的东西，像是某种东西的果实，外面有墨绿色的莲花瓣儿，最中心却是装着那满满"莲子"的莲蓬果儿。那莲蓬果儿里面仿佛蕴含着无端的凶戾，溢出来的气息让人从脚底酥麻到头顶，寒意直冒，仿佛里面住着一个惊天大魔头一样，旁边那墨绿色莲花似有生命一般地随意游动，将这让人惊悸的气息给一点点收敛起来。

我实在想不到这世间竟然会有这样奇怪的果子，让人看一眼，就如见恶魔。

听见杨知修说出手中这东西的名字，刀疤龙冷冷一笑，挂着厚背朴刀勉强站起来，刀疤龙唯一还剩下的一个手下跑了过来，与他站在一起，扶着他。至于岷山老母，则远远站着，既不挨邪灵教，也不挨杨知修，倒与我们的立场相似。

站稳身子，刀疤龙脸上露出了古怪的笑容，咳了咳，嘴角流血，说道："没想到你居然还知道噬心雷？"杨知修站在刀疤龙身前五米处，双手抱胸，不悲不喜地缓缓说道："不奇怪，茅山的文库里面有对这东西的记载，我这些年看的书多了，也就知道了。"

"知道就好！免得你茫然无知，反倒害了大家伙儿的性命！"刀疤龙人没精神，语气倒是铿锵有力："我临来的时候，小佛爷单独召见了我，面授机宜。说这茅山的林海迷踪，就是一个洞天福地的迷乱通道，这里的空间极不稳定，上至灵界，下通幽府，左右或许能达高山之巅，或许能达大洋沟底，破阵蜂鸟不一定能够将我们带到陶晋鸿闭关的居处，而且凡事都是计划不如变化，茅山高手和妖孽辈出，此行未必坦荡，所以给了我这么一颗噬心雷，以备万一。没想到，我最终当真还是要用到它啊……"

刀疤龙无限感慨，而我则疑惑得很。问左右：那家伙手上的果子有多厉害，到底是用来干吗的？杂毛小道和其余茅山后辈都不知晓，老萧这家伙苦中作乐地嘿嘿笑，说反正好像不是用来吃的。

我看向了传功长老，他的眼睛很亮，似乎有话要说，然而刚刚一张口，胸腔一阵喘动，猛地咳嗽。包子一阵心疼，哭着说师父你先别说话，再说，死了怎么办？许是自家的女徒弟说话实在是太彪悍了，尘清真人张了张嘴，最终还是不说话了。

"噬心雷，这东西我倒是知道的！"正在我们这儿所有人都懵住的时候，旁边的小妖说话了："传闻灵界与人间的交界，长着一棵参天大树，树阴可遮蔽来往两界的旅者，不受那滔滔罡风的吹袭。这树一千年开花，一千年挂果，又一千年方才成熟，那些挂满树上的果子成熟后，全部都呈现出心脏的模样，红彤彤的直渗血。因为经受了太久的两界罡风，果子里面蜂窝一样，种子全部都蕴含着浓缩到了极点的罡风，个个都是炸药包。这些果子成熟之后，会顺着风掉落到大树旁边的无尽深渊里面去，化作灭雷，当作天道神罚，也有人用灵河上的黑莲花将它包裹，符咒封印，用来当作法器……"

听到小妖这玄之又玄的话语，我不敢说信，也不敢说不信。毕竟小妖没有必要骗我，而所谓的灵界与幽府，虽然也常听人讲起，但是却从来不知道真假，或许是这宇宙中另外一个星球罢了。

我们这边悄声交谈，而杨知修和刀疤龙的言语交锋，却还在持续："龙兄，何必呢，且不说你这噬心雷是真是假，便倘若是真，也就够你自个儿自杀罢了，我们往后撤几步，相安无事了，何必呢？好了，我不杀你，只要你束手就擒，我保证你的人身安全，如何？"

听到杨知修循循善诱的话语，刀疤龙一声冷笑，用看傻子一样的眼神看着杨知修。好一会儿，他突然恣意地笑了起来，仿佛遇见了最开心和搞笑的事情。他虽然笑得忘我，但是当杨知修的身子稍微一动的时候，他却又立马停止住，笑意难消地咧着嘴说道："别动，杨知修，你知道撕开这黑莲花的时间，绝对会比你将我制伏或者击杀的时间快！"

听到了刀疤龙的警告，杨知修的身子顿时僵直，不敢再动，刀疤龙则继续说道："杨知修，你这个伪君子，是你真傻还是当我傻？这噬心雷在普通的地方，依你的修为或许还能够逃生，但是在这极不稳定的空间里，一旦噬心雷响，罡风破裂，所带来的连锁反应，必定会将这整个茅山后院给轰个灰飞烟灭。到了那个时候，别说是你我，就便是这郁郁葱葱的山林，乃至这整个山头、整个空间都不复存在了。所以到了现在这个时候，你们需要明白，我才是老大，我才是真正掌握着所有人性命的人——包括你！哈哈哈。"

这得意的笑声一连串，缓缓停歇下来之后，刀疤龙无比畅意地说道："当日小佛爷将这噬心雷给我的时候，说实话，我心里面其实是有意见，有埋怨的。不过我现在思路通达了，看到你们这一个一个高高在上的茅山高人，所有人的性命都掌握在我的手上，所有人都要跪在我的面前喊大爷，何等之权力？"

他感慨了一下，无情地说道："杨知修，你这个老混蛋，明明就是想把陶晋鸿干掉，自己当老大。表面一口回绝杨小懒的提议，暗地里却又配合我们行事，甚至还不惜将茅同真给杀死，栽赃嫁祸给我们，也要让我们得以进入茅山。你这个背地里男盗女娼，表面又还想代表真理和正义的家伙，遮遮掩掩，为自己登上掌门之位铺平道德上面的道路。你还好意思当这茅山话事人吗？在我们心里，你还不如陈志程那个魔头，他虽然杀我教内兄弟成千上万，但是为人至少还算一个光明磊落……"

杨知修本来一直微笑地听着刀疤龙揭开自己湿淋淋的伤疤，并不介意我们和尘清真人听闻这内中秘辛，然而当听到刀疤龙拿他和大师兄放在一起比较的时候，他平和的脸上却露出了狰狞之色，大叫一声"够了！"然后盯着刀疤龙，斩钉截铁地说道："刀疤龙，我想告诉你，事实会证明，陈志程那种狗屁不如的垃圾，永远都比不上我。我，杨知修，一定会成为茅山历史上最厉害的掌门人，没有之一！"

刀疤龙哈哈大笑，大声呵斥道："倘若你死了，那就永远只能是一个大管家而已，当什么掌门？别妄想了，想活命，你就给我跪下来！"

听到刀疤龙这歇斯底里的命令声，杨知修的脸上也显露了古怪的笑容，语气轻松地说："哦？你真的要炸了这里啊，那你就快炸吧，我未必会怕你哦！"

刀疤龙预想了杨知修所有的反应，然而却万万没想到面前的这个男人一副无所谓的样子。他瞪着眼睛，脸上蜈蚣一般的伤疤不住抖动，压着嗓子问为什么？杨知修从怀里摸索了一会儿，找出一张泛黄的符箓，说："瞧瞧这是什么？这是风符，李道子的作品，全茅山仅存的遁符，你快点吧，我等着用呢！"

刀疤龙难以置信地大声叫道："怎么可能？这玩意儿怎么可能逃离此处……你舍得他们？"

杨知修回头，望了一眼岷山老母，语气冷淡地说道："舍得！"说完，手一抬，一道流光射向刀疤龙手上的那个噬心雷，而风符燃烧，他的身影则在急速后退。那噬心雷，终究还是爆了！

第五十章　雷罚觉醒，斩破虚空

　　说实话，这两人在言辞交锋的时候，我一直处于放松状态。在我看来，既然杨知修并没有针对我们，而是将目标对准了邪灵教，刚才又是大开杀戒，那么有这么一个强势的话事人顶在前面，天塌下来，都与我们无关。然而万万没想到，杨知修居然在最后关头翻了脸，态度一百八十度大逆转，见刀疤龙手握噬心雷，但是只在威胁，而并无决死之心，他竟然二话不说，手中飞出一道流光，朝着刀疤龙左手射去。而他自己，则朝着自己的姐姐岷山老母疾退而去，一手去抓人，一手已然捏破了那张李道子传承下来的风符。

　　要知道，若他逃出此处，包括我、杂毛小道和传功长老在内的所有目击者都死了，身处后山法阵、洞天福地里的陶晋鸿也葬身此地，那么凭借着他在茅山十年的经营，混上茅山掌门之位，并不是一件困难的事情。

　　看到杨知修的身影像流光一样向来路退去，我一阵无力，连跑开的心思都没有了。倘若刀疤龙所说的话语没错，跑一百步和跑五十步的效果，都一样，惟有死而已。

　　或许是临死关头，将朵朵和小妖搂在怀里的我瞧得十分仔细。噬心雷在被引爆的瞬间，并没有外放冲击波，而是坍塌成了一个点，里面似乎是纯粹的黑色，又似乎蕴含着千万种绚丽绝伦的色彩。然后这个点扩张了，有风从里面飞出来。这风旋转，无数力道在里面加持，堪称一方诸侯的苏北老怪刀疤龙在一瞬间，被分解成无数细小的肉块。那罡风立刻变红，和着鲜血继续旋转，而曾经的大佬刀疤龙此刻已经成为比那包饺子用的肉馅，还要细碎的肉糜。在他旁边的手下也被卷入里面，惨烈的嘶叫声仅仅维持一秒钟，便化作了满天血雨。那团红色旋风在扩展至四米的时候，又停止了扩张，再次倏然坍塌，收缩成了原先一般大小的红色血球。而就是在这一刻，我腹中的某位，突然活了过来。

　　肥虫子的意识勾连到了我的脑海，轰得一下，巨大的思维感灌注让我脑袋炸开了一般，里面传来了惊恐惧怕的情绪，想来一直在沉眠的肥虫子是在这死亡的最后关头，被逼醒了过来。刚刚恢复意识的肥虫子一刻也不停留，从我的胸口浮现，根本不去管捂着脑袋喊痛、跪倒在地上的我，化作一道金光，射向那团血球。

　　那一刻，噬心雷终于在坍塌中积蓄到了足够的能量，轰隆隆，发出一声响彻天地的雷声，整个天地都在摇晃，而它则直接朝着四面八方，放射出最为恐怖的罡风。接下来可以预料的事情，那就是浓缩的罡风会以恐怖的初始速度朝着各处，如刀刮去，然后这个空间状态极不稳定的林海迷踪，承受力必然会达到上限，接着如同多米诺骨牌一般发生连锁反应，整个空间都会坍塌崩溃，一直到能量最终得以释放。

剧本似乎应该朝着这个方向前进，然而一切都因为肥虫子的出现，戛然而止了。

在噬心雷即将最后一爆的当口，肥虫子出现在了噬心雷的最中心，从口中吐出一根暗金色的丝状纤维，这纤维迅速编织成为一张巨大的网，金蒙蒙的，将那爆炸的罡风给束缚到了方圆五米内。

如此恐怖的力量被骤然刹车，苏醒过来的肥虫子显示出来惊人的能力，然而我的心情并没有放松下来，与肥虫子息息相关的我在那一瞬间，立刻感受到了它身上所承受的巨大压力。这种恐怖而混乱的爆炸力并没有被肥虫子给压制住，而是在一点儿、一点儿地扳回优势。噬心雷如之前的坍塌收缩一般，在酝酿着下一次的爆发，而这时间说不定就在十几秒或者几秒之后。

足以将整个林海迷踪摧毁的噬心雷并不是人力所能够阻挡的，我能够感觉到三转之后的肥虫子整个身体结构都在处于崩溃当中，沉眠中所吸收的力量在飞速消逝，或许下一秒，仿佛打入太多空气的气球一样，肥虫子就要分崩离析，灰飞烟灭。肥虫子倘若被这噬心雷给撑爆碎裂，那么与其生死相依的我也必然烟消云散。面对着这样的场景，所有人都束手无策，唯有等待着这迟来的死亡，再次来临。

啊，不，有一个人出现了，一直束手而立的杂毛小道动了，他将雷罚点在地上，然后飞快地朝着前方奔跑，雷罚锋利的剑尖割断野草，划破泥土，似乎有古怪的力量在上面聚集。疯狂奔走的杂毛小道冲到了肥虫子的身后，在他身前三米处，便是那一团即将爆裂开的噬心雷。

杂毛小道手上掐了一个古怪的剑诀，扭头朝着我大声喊道："小毒物，让小肥肥将那东西往前扔开，剩下的我来处理！"

我不知道杂毛小道究竟要干什么，但是却知道肥虫子或许撑不过下一秒，而杂毛小道绝对没有害我的道理，当下心念闪动，与它沟通，述说了杂毛小道的话。

肥虫子没有一点儿停留，照着我的吩咐，将金色蚕丝所勾连的噬心雷往前面一扔，与此同时，杂毛小道将手中的雷罚高高举起，纵身而上，一剑劈在了噬心雷的前方。

这个家伙的身子似乎在半空停顿了一下，仿佛有无形的力量将他托举着，下一秒，杂毛小道大声嘶吼道："破碎裂空！"

顿时一阵炸响，那雷罚之上竟然汇聚出七彩虹光，而那虹光，与伦珠上师当日虹化时的光芒，几乎一模一样。一剑到地，他出剑的空中出现了一道两米长的虹光。几秒钟之后，虹光扩大，裂成了四五米长，半米宽，里面有蓝色的光芒流转，与那七彩虹光交相辉映。而这个时候杂毛小道则已经折返回来，朝着我们大声喊道："走，快走！"

听到杂毛小道的大声提醒，所有人都如梦初醒，顾不得别的，在勉强恢复了神智

的传功长老指引下,急急忙忙地朝着出口跑去。

后方传来炸雷一般的巨响,大地动摇,头上的树枝纷纷跌落。我忍不住频频回头,终于,刚才停留的平地处,一道金光朝着我的胸口射来,我低下头,瞧见金蚕蛊那肥嘟嘟的尾巴,正在我的胸口蠕动,这才放下心来。我拉住旁边的杂毛小道,问刚才怎么回事,我咋没见你玩过这一手呢?

杂毛小道故意落在我的后面,低声说道:"还记得伦珠上师所化的虹光不?上次桃元贯体的时候我就感知到了,具体也清楚,刚才也是冒险一试,没想到真的斩出一道裂缝,把噬心雷给引出去了。至于去哪儿,我可管不着了!"

听到杂毛小道的话语,我心中诧异,不过也知道这里不是说话的地方,跟着人群继续跑。回来的路上,我发现这林海迷踪的道路已经变换了,那参天的树林似乎会走路一样,跟我们来时多有不同。好在尘清真人已缓过气来,由李云起给背着,在前方推算引路,不多时,我们便再次出现在了先前的那个出口。

迷雾渐散,有一个人正在那儿负手而立,等待着我们。

第五十一章　走投无路，同门相残

在这出口处等着我们的，自然就是杨知修。

此时的他已经没有了一开始的那种飒爽英姿，宽大的道袍上面尽是泥土，脸上也多了几道血痕，一处袖子被撕开，露出了光溜溜的左胳膊，被他藏在了身后。守护茅山洞天福地的林海迷踪，并不是那么好闯的，阵法移动起来，无端的凶险，饶是杨知修一身惊天技业，也变得如此模样，可见他自己也有些低估了此处的恐怖。

此时此刻，他还是不得不留在了这儿，安静地等待着。

我不知道杨知修在这出口作了多少努力和尝试，但说实话，倘若我们这次真的扛不过那噬心雷，便真的如同刀疤龙所说，大伙儿一块儿都陪葬了，即便是风符在身的杨知修，也逃脱不得。

虑谋深远的杨知修居然在刚才算错了一步。大地停止了颤抖之后，他却立刻反应过来。瞧见我们从林中缓缓走来，他春风满面地迎了上来："刚才是谁出了手，竟然连噬心雷这样逆天的东西都给破解了，太厉害了！邓师叔，可是你？哎呀哎呀，你有这么一手，为何不早说呢？"

杨知修对自己刚才引爆噬心雷、只身逃逸的卑劣行为只字不提。但这不代表我们所有人都是傻子一般健忘了，李云起、程莉、李泽丰和龙金海四人迫于杨知修多年话事人的余威而不说话，撇开头去，不作理睬。我和杂毛小道都默然不语，不想在这个所有人都精疲力竭的时候再节外生枝，跟杨知修拼斗一场。说实话，杨知修刚才出场时惊艳的表现，已经展示出了他远远超过其他茅山长老的惊人修为，只怕就是刑堂长老刘学道前来，也不是此獠敌手，至于我们，呵呵，洗洗睡吧。

见到我们反应冷淡，传功长老也默然不语，杨知修嘿嘿地笑道："呃，你们想多了，事情并不是你们所想的那样的，这里面牵涉到邪灵教的诸多阴谋，具体的，出去了我再跟你们讲明说清。邓师叔，这通道怎么打不开了，这可如何是好，我们怎么回去？"

尘清真人咳嗽了两下，一口血吐在了白脸小生李云起的肩头，然后低头看了一下面前的话事人，也不理睬，拍了拍李云起的肩膀，低声说道："走吧，我们去别的地方……"理都没有理会杨知修一下，便想转身离去。

李云起身上尽是尘清真人呕出来的鲜血，不过他也没有多说什么，转身走开。倒是包子觉得自己师父会变成这副模样，大部分原因都在杨知修身上，忍不住地呸了他一口，恨恨骂道："伪君子！"

她的骂声得到了背着小姑萧应颜的程莉认可，这美貌道姑微微一笑，跟着转了过去。接着李泽丰也跟着离开，唯有龙金海回头望了一下，似乎想说什么，却又说不出口；至于我和杂毛小道，则站立不动，防止有什么意外发生。见到龙金海犹豫，杨知修再次出言，缓缓说道："金海，难道连你也不相信我吗？"

龙金海蒙杨知修钦赐洗髓伐骨金丹一颗，功力大增，这份情谊心中一直牢记，故而知道杨知修伪善无情的真面目后，还是滞留了一会。此刻听到杨知修问起自己，他张了张口，最终还是没有说话，摇摇头，转身准备离开。就在他转过头去的时候，杂毛小道高声示警道："金海小心！"

龙金海扭转头，便见一道青蒙蒙的圭简朝自己脑门上砸来，他下意识地举剑去挡，结果七星剑还没有扬起，嚯的一声响，便听到了自己颅骨碎裂的声音。

在瞧见杨知修的那一刻，我和杂毛小道便绷紧了神经，然而万万没有想到，他出手即杀人，毫不留情。龙金海已然身死魂销，软软地瘫倒在地上，脑浆子似豆腐脑儿，白的红的流了一地。

因为之前杨知修伸手夺过雷罚的教训，杂毛小道的飞剑也不敢太过靠近，与我一起堵在了众人后方，小心防备着杨知修。不过这家伙并没有再次攻击，他将手上那沾血的青色圭简往龙金海的道袍上擦了擦，然后恨恨地骂道："吃我的东西，竟然还敢背叛我，真的不知道你长了几个胆！"

他这句话一说，我和杂毛小道也是一阵尴尬。前不久那洗髓伐骨金丹我们也有吃到，要不然哪里能熬这整整一夜？之前是拉拢，只怕现在就变成索恨了。

杨知修突然将龙金海杀掉，让准备离开的所有人都变得惊慌了，虽然也预想过，但是万万没有想到杨知修竟然真的如同发了狂一般，将屠刀对准了茅山上这些朝夕相处的师长和弟子。趴在李云起身上的尘清真人发出了悲戚的笑声，朝着杨知修缓缓说道："你终于，忍不住了，对吗？你终于要对自己的同门举起屠刀了吗？"

杨知修脸上一点儿表情都没有，只是冷冷地说道："是你们逼我的，是你们逼我的！"

显然，做出这么一个决定，他也下了很沉重的决心，要不然也不会复述这句话，给自己心理暗示，让自己显得不是那么不安。尘清真人却不理会，拼尽了所有的力气，厉声大喊道："不，是你自己对权力的欲望，让你在这个沼泽里，越陷越深！所有的一切，都是你自己造的孽，你以为别人都是傻子吗？"

面对着尘清真人的指责，杨知修反而解脱了，长舒了一口气，轻轻说道："是啊，有时候我就是想太多了，其实事情很简单，将你们全部都杀了，所有的真相就全部都给掩埋了。不是吗？我到底在恐惧什么呢？"

他跨过龙金海的尸体，一步一步地走上前来。尘清真人见他狗急跳墙，冷声冷气地说道："你若杀了我们，只怕这辈子，都只能在这里面转悠了！"

杨知修并不急，指着程莉背上的小姑说道："未必，她虽然不知晓里面，但是出口的开启,还是知道的;杀光你们,到时候我将她唤醒,便可以了!"

听到杨知修这卑劣的打算,尘清真人又惊又怒,失声说道:"你……"

他话说到一半,戛然而止,这才反应过来杨知修在诈他。不过这时已经晚了,杨知修从尘清真人的反应中得到了答案,再无顾忌,哈哈一笑,朝着我们这边冲来。

此人静则如山峦蹿蹯,动则若大海奔腾,裹着巨大的风势而来。我们最不愿意见到的事情发生了,我和杂毛小道没有太多的时间来感慨,各执一剑,朝着杨知修刺去。我的剑法虽然纯熟,但是在高人眼中确实破绽百出,杨知修故技重施,伸手捻住我的剑尖,稍一用力,一股庞然而无可抵御的力道便顺着鬼剑传递而来。我胳膊酸软,鬼剑轻易便被夺了过去,倒是杂毛小道剑法精湛绝妙,与鬼剑交击,一番旋绕,将杨知修捻在鬼剑上的手指逼开。鬼剑跌落在地。杂毛小道与杨知修拼斗了两个回合。近身格斗讲究得更多的是敏捷和身法,这一点杂毛小道并不输杨知修太远,故而勉强能够抵御。而在另一边,岷山老母也从林子中奔出来,拦住了大家的去路。李云起将尘清真人交包子看管,咬着牙,与身边的程莉和李泽丰挺身而出,迎上了那娘们。

杨知修气势最盛,不过被杂毛小道这一番阻挡,却没有一开始的那番厉害,显然他刚才在逃命的过程中,吃了些苦头,功力损耗。我的剑法本来就不怎么样,鬼剑跌落地上也懒得去捡了,而是招呼着朵朵和小妖在旁协助,也朝着杨知修攻去。

杨知修此人乃顶级的修行者,然而我却一点儿畏惧之心都没有,心里面满满的仇恨,这怒火则将我的血液点燃,当下凭借着小腹之中源源不断的力量以及这些年来生死关头的历练,却也能够和杨知修斗上几个回合。

当然,牵制杨知修的主力是杂毛小道,我顶多只算是一个助攻而已。不过助攻也有助攻的想法,我已经感应到了肥虫子在我体内,去联系它,想知道它到底能不能够给杨知修暗地里下个蛊毒,若真的中了,只怕杨知修到时候就要爽歪歪了。然而肥虫子并不配合,小东西苏醒之后,就变得有些不听话了,我的呼唤石沉大海,没有回应。

到底还是实力相差太大,而且我们又早已疲倦,不堪一战。首先是杂毛小道,雷罚被杨知修抓住,一甩,深入泥土里,然后一掌,杂毛小道人便摔进了草丛中,而后我与杨知修硬拼一掌,我呕血狂吐,向后倒飞,而杨知修才仅仅退了一步,脸色微红。

当我跌倒在草地上时,才发现与岷山老母对上的三人已经全线溃退,李泽丰头颅离体,李云起和程莉则受伤倒地,生死不知。

杨知修将青色圭简摸出来,缓缓地说道:"好了,终于到了这一步,我送你们一程吧……"他话还没有说完,目光不经意朝着岷山老母的身后看去,突然脸色大变,浑身都在颤抖:"你……"

第五十二章　陶晋鸿的拉风登场

我不知道杨知修的修为到底有多高,但是与我交手过的对手里面,他是最厉害的。说得简单一点,在其他人的面前,哪怕是在那已然入魔的闵魔面前,我都还有着一丝"死也要咬下一口肉"的想法,然而杨知修这快若鬼魅、重若泰山的架势,让我有一种断然无可抗拒的无力感。他便是一把犀利到让人恐惧的剑,藏在剑鞘里面的时候,穿西服扎领带的大学教授一个,绝对的斯文人;然而手段一使出来,便是那雷霆闪电,反抗是死,不反抗也是死。便是这么让人绝望。

龙金海死了,一圭简砸在脑门上,白花花的脑浆子四处溅射。李泽丰也死了,这个自我们进入茅山以来对我们的饮食起居照顾周全的年轻道士,头颅冲天而起,不甘的眼珠子几乎就要迸出眼眶来。李云起和程莉伏在地上,似乎还活着,然而却也没有半点儿反抗之力了。包子力小,小姑昏迷,尘清真人动不得力,他的蟠龙残灵在刚才的慌乱中不知去向,而我和杂毛小道,在与杨知修的交手过程中,也精疲力竭。除了同样虚弱的小妖和朵朵,我们几乎没有一点儿战力,失败已成定局,亡命不过早晚。

然而就在这个时候,杨知修即将来临的杀招却停住了,他瞧向我们的来路,原本狰狞而恣意的脸上震惊到了极致。我从来没有想到这个淡定而从容的茅山话事人脸上,会出现这样的神情,那一双眼珠子,几乎都要瞪了出来,仿佛像是见到了鬼一样。

杨知修浑身都在颤抖,动作也停止了。我则顺着他的目光看了过去:哎呀,我去,还真的有一个"鬼",出现在了树林尽头。

这是一个浑身上下都冒着虚烟的老头儿,形貌甚奇,额尖颈细,大耳圆目,须髯如戟,胸阔腿长,身顾而伟,龟形鹤背,却是生得一副好皮相,只可惜浑身上下的衣服破破烂烂,丝丝缕缕的比那积年的老乞丐还要磕碜,除了面前将裆部遮住外,露出一身的泥垢油。这还算是好的,瞧他那脸面,皮肤乌漆墨黑,有几块儿像婴孩一样,粉红细嫩,有的却像是烧了几年老炭窑的苦鬼,黑黢黢,至于那头发更是非主流,完全的爆炸式,上面还冒着青烟呢……

瞧见这位仿佛从晋西小煤窑偷跑出来的老头儿,我的脑海里瞬间想起了无数个可能,结合这林海迷踪和杨知修惊悸的情形,最后得出了一个连我自己都不敢相信的答案——这货,莫非就是茅山宗掌门,全国道教理事协会的副理事长,天下修道十大高手之一的,陶晋鸿?

哎呀,这太毁三观了吧?说好的仙风道骨、三绺仙须呢?说好的世外高人、传奇模样呢?

让我难以接受的事情还是发生了,这个黑鬼老头儿咳嗽着走了过来,嚷嚷道:"咳咳,刚才是哪个家伙,往我洞府里面扔了一个噬心雷?"

听到老头儿这话,被拍进了草丛狂吐血的杂毛小道一阵激灵,从杂草堆里面冒出了头来,瞧着那老头儿,喜极而泣地大声叫喊:"师父,你出关了?"这一声,我终于确定了这货还真的是陶晋鸿掌门啊?敢情杂毛小道刚才那"划破虚空",根本就是扯淡,竟然直接将炸弹弄进了老陶窝里去了,弄得人家本来可以体体面面地出场,结果现在这一副苦鬼样,折煞了许多威风。

不过也正是因为如此,我的心中不由得又惊讶起来:噬心雷的威力那是我们都能够预见的,老陶竟然在这东西的爆炸中存活下来,而这林海迷踪一点儿动静都没有,这是什么样的本事?难道陶晋鸿已经勘破死关,成就了地仙之体?

我这边心思转动,而陶晋鸿则看到了曾经被自己撵出山门去的徒弟,他刚刚出关,心情大畅,朝着杂毛小道挥挥手,说:"小明吾徒,是你啊,没想到竟然是你过来接我的啊?不错不错,这一别……呃,有几年了?你现在的修为竟然还不错了啊。对了,还没有说呢,刚才是谁往我的洞府里,扔了个噬心雷?"

问着这话儿,陶晋鸿又在咳嗽,我这回看清楚了,他的手上也拄着一根拐杖,这拐杖竟然就是传功长老那头蟠龙残灵所化,既然如此,老陶定然到过我们刚才所在的地方,那么如此一来……

听得自家师父再次询问,杂毛小道爬起来,又是愧疚,又是不好意思地挠头说道:"弟子失手,竟然冲撞了师父,实在……"

"不!"陶晋鸿将手中的拐杖顿了顿,大声说好。

杂毛小道不解,问为何?陶真人这边解释,说他身居洞府中勘死关,不知多少载,糊里糊涂,明明修为实力都已经足够,但是陷入了瓶颈,总是冲不破那道坎;而就在刚才,就在那噬心雷出现在他面前的时候,一个真正的生死选择出现在了他的面前——要么死,要么就勘破死关,成就地仙果位,将这噬心雷给一指湮灭!再之后,他脑子里面想着生,要活下去,要在这世间安安稳稳地活下去,然后那竹子开花,番茄挂果,风从北起,水向东流,仿佛世间万物至理中的那遁去的一,自然而然,老陶便感觉这浑身舒坦,世界焕然一新,而自己确实脱胎换了骨,这十年来始终堪不破的关节,也顺势而开了。破而后立的陶晋鸿伸出手,便将这足以摧毁整个林海迷踪和洞天福地的噬心雷,给点化了。

烟消云散,万物回春。

陶师这边说着话,而杨知修和岷山老母在经过短暂的诧异之后,开始缓慢地向后转移,没几句之后,杨知修轻点足尖,人如疏影,便消失在了我的视线中。我虽然也在听着陶晋鸿与杂毛小道对话,然而更主要的注意力都集中在了杨知修身上,此刻见他心虚开溜,立刻大声喊道:"陶老大,可别让这孙子给跑了……"

我的话还没有说完,空中传来一声炸雷般的声响,一股看不到的空气波纹于我的左方出现，巨大的劲风将我给再次掀翻倒地。我脑海一阵黑，却不敢昏过去，口中暗自喝念着九字真言"灵镖统洽解心裂齐禅"，人清醒过来。抬起头一看，却是陶晋鸿不知道怎么的，就出现在了林子左边，在他面前的地上，却半躺着身穿道袍的杨知修。

一边是仪容端庄的话事人，一边是形如乞丐的掌教真人，不过在我看来，这陶晋鸿虽然模样不怎么样，但却仿佛不是在人间一般，仙气凛然。这老头儿摸了一把有些烧焦的白须，语气开始变得有些沉重："知修啊，我进山闭关之前，可是将茅山宗交由你代管，那就由你来跟我说说，这一切，到底都是怎么回事啊？"

陶晋鸿将手指朝着场中这一圈，环着指了一圈，特别是死去的龙金海和李泽丰，他还重点地顿了一顿。陶晋鸿身为茅山宗掌门，教的徒弟也多。李泽丰是符钧后来收的徒弟，他未曾见，但是龙金海却是他从小教大的，自然印象深刻。这一出关就见到自家弟子脑壳碎裂地趴在草地上，早已魂销魄散，自然不会装瞎子。除此之外，我们这样的一副场面，肯定也是有原因的，他既然已成地仙，自然静心明慧，观一叶而知秋，于是杨知修一跑，他便毫不留情地出手阻拦了。

杨知修翻倒在地，自知罪孽深重，瞧着双足都没有点在地上的陶晋鸿，笑着说："大师哥，你终于出来了，恭喜恭喜。不过你到底想要知道什么呢？"

陶晋鸿擦了一把脸上的黑色烟灰，淡淡说道："别的事务暂且不谈，你先跟我说一说，为何邓长老会全身蛊毒，躺倒在地？说一说为何萧应颜会神魂惊动，昏迷不醒？说一说我茅山弟子为何死于此处？说一说……"

"我干的！"杨知修不等陶晋鸿问完，干脆利落地回答道，没有半点犹豫。

陶晋鸿的眼睛眯了起来，不动声色地说道："为什么啊？"

此时的杨知修已经爬了起来，望着面前形容凄惨的陶晋鸿说道："这都是你的错啊！当年你闭关倘若不是暂定我当话事人，而是直接让我接掌茅山，哪里会出现这么档子事？我茅山子弟，哪里会死上这么多人。你以为他们死了我不会伤心？泽丰这孩子当年进山，可是我亲手填的花名册，他们可都是我茅山的精英，可是我没办法啊……"

一阵风吹过，陶晋鸿的脸上终于恢复了婴儿般的细腻和红润，不过他的眼帘低垂，淡淡说道："好大的胆子啊……"

听到陶晋鸿的"肯定"，杨知修突然扬起了头，笑了："你知道我为什么会有这样的胆子吗？"

他这般笑，眼睛里面，完全没有之前的恐惧和害怕，反而有一种奇怪的自信。

第五十三章　知修放狂言，地仙算个屁

陶晋鸿统管茅山半个世纪，其间经历了无数变革，几经蛰伏、几番复出，最终将茅山宗经营得与龙虎山、白云观、青城山等著名道家圣地一般，上在朝堂有一席之地，下在江湖也有着不错的名声，声势在十年前一时达到鼎盛。而后经历黄山龙蟒事件，陶晋鸿重伤闭关，潜隐低调，直至如今。陶晋鸿虽然闭关修行，但却依然是茅山之上，最庞大的"阴影"，他那强悍的修为以及掌控能力，笼罩在所有人的心头，杨知修也不例外。他最开始见到陶晋鸿浑身都在颤抖，一是因为自己做了亏心事，二是面前这个烧炭工一般的老头儿，积威甚深，已经让他有了条件反射一般的害怕。

然而转眼之间，他又挺直了腰杆，不但面露英勇不屈的神色，而且还将所有罪名都扛在了自己肩头，这是什么原因呢？

我们想知道，陶晋鸿也想了解。不过他并不急，回手一探，那手竟然隐没到了虚空，下一秒钟后，早已经逃得无踪无影的岷山老母被他给抓到了左手上来，这老娘们的脖子被陶晋鸿抓小鸡一样地擒住，头发散乱，浑身都是伤痕，狼狈不堪。

陶晋鸿问道："小懒，你这又是何苦呢？这林海迷踪的路途复杂至极，变化多端，凶险处处，莫说是你，便是我随意行走，也得中招呢。好好待在这里，一会儿贫道还要问你话呢。"

本以为能够逃脱生天的岷山老母，莫名其妙地给抓了回来，被陶晋鸿这般嘲笑，自尊心顿时失控，号啕大哭道："陶晋鸿你这个狗东西，你龟孙子不是全身瘫痪了吗？你娘咧……"

万万没想到这个修为厉害的鬼妖，竟然会像泼妇一样骂街，饶是陶晋鸿心境高深，却也懒得听这话，于是不耐烦地往她下颚处轻轻一点，那声音便消失了。老头儿回头瞧了一圈，看见了小妖，嘻嘻笑了，说："嘿，那位身具远古神兽精魄的小朋友，你是我那不成器的徒弟的朋友吧，帮我看一下这位，好不？"

陶晋鸿眼睛犀利，一眼就瞧出小妖身有九尾缚妖索，捆人抓物是一等一的厉害。不过小妖却并不愿意，噘着嘴巴回绝道："我不，这老乞婆厉害得紧，我可捆不住她！"

陶晋鸿摇摇头，微微笑说无妨，手心一股清流打入，那精神亢奋的岷山老母浑身一震，顿时一阵萎靡，接着被陶晋鸿朝着小妖扔了过来："你且帮我锁住她，待诸事已了，我还需将其度化，当个看守门户的精怪……"

小妖右手一伸，九尾缚妖索便将失去抵抗能力的岷山老母给团团捆住。瞧见这老

妇人一脸怨毒地盯着自己，脾气火爆的小妖自然不会怯懦，反手就是一巴掌扇过去，脆声骂道："看什么看？杀人的时候心里舒爽，报应来的时候却忿忿不平，好像全世界欠你一样。我说黄鹏飞怎么这么讨厌呢，原来全都是跟他老娘学的。你这做长辈的，一点好榜样都不给做，便是我陆左哥哥不杀他，那小子也蹦跶不了几年。"

小妖这丫头牙尖嘴利，得势不饶人，而且下手也没个轻重，啪啪啪的耳光声连绵不绝，岷山老母自成年之后，人前人后向来风光，何曾受过这等屈辱，此刻发不得声、也骂不得人，唯有张着嘴巴哼哼，使劲晃着自己的脑袋，表达愤怒。这样的场景确实可怜，但是一想到死在岷山老母手下的那些亡魂，特别是想到李泽丰，我们的心便如那钢铁一般坚硬。

小妖在这边教训岷山老母，杨知修在一旁默然不语，仿佛跟自己没有关系一般。说实话，无论是传闻还是我见到的情况，自幼丧母的杨知修对自家姐姐还是十分亲近和尊重的，想必他的内心，此刻也正在饱受着煎熬，不过有陶晋鸿在自己面前，他却不敢分半点神，浑然不顾旁边的闹剧，而是直直地盯着陶晋鸿，缓缓说道："大师哥，千错万错，这些都不说了。事情既然已经到了这个地步，再拼下去也只会折损我茅山实力，不如这样吧：你放开门户，让我和我姐姐下得茅山去，从此江湖广阔，我们再不相见，如何？"

在将岷山老母甩出手之后，老陶才发现自己这一身乞丐装实在是太辱没自己掌门的形象，当下双手一挥，一股旋风浮起，那地上的落叶顿时就打着圈儿往他的身上凑来，不多时，一身纯粹天然无污染的落叶装，已经贴满了这老头儿身体。

这一身黄中带绿的落叶道袍虽然漏风，但胜在新奇，倒也不错。他正忙着给这道袍整理，听到杨知修的建议，不由得大讶："知修啊，这可就是你的不对了，我还没有说什么呢，你怎么就自己做了决定了呢？我这茅山宗掌门说话，还管不管用了？呃，关于你的去向呢，我是这么想的，虽然你这件事情做得不对，但是这些年来，你维持这茅山宗也算是劳苦功高，功勋卓著，我也不杀你，这后山无底洞中还需要一个镇守者，不如你便坐镇其中，挂一个长老虚衔吧。"

听到陶晋鸿的这番话语，杨知修本来淡定的脸上顿时惊容大现，失声喊道："你竟然知道……"

老陶摸了摸自己花白的胡子。在这短短的时间里，此老的形象不断变换，之前那烧炭工的模样早已不见，有了几分道骨仙风的味道。

他嘴角含笑，微微点头说道："大劫将至。深渊中镇压的魔物也都在蠢蠢欲动。我虽然偏居一隅，然而心神牵连大地，神游多时，该知道的，自然也知道。我能够明白你想振兴茅山的愿望，但是你的做法太偏激了，太极端了，身为一艘大船的掌舵人，转弯太急，船就会翻。知修，我本不应该跟你说这么多话，但是我辈师兄弟中，天赋最高、目光长远的便是你，这也是我当初着话事人之职的缘故。我实在是舍不得你走上歧途，这才给你一条生路走。"

"放屁！"

对于陶晋鸿情真意切、循循善诱的话语，杨知修并不领情，而是气愤地说道："你这么唠叨，不过就是因为之前空手接噬心雷，耗力过甚，此时正在恢复修为而已；至于永镇无底洞，你是打算将我与那些被茅山历代师祖封印的妖魔一般，一同镇压是吧？好得意的算盘啊，可惜我怎么会叫你如愿？我现在才明白，你当日伤重闭关，明面上钦点符钩作掌灯弟子，跟我委与虚蛇，背地里还安排了传话人，对吗？如果我猜得没错，应该就是陈志程吧？大师哥啊大师哥，你好厉害的谋划心机啊，敢情我们所有人，都被你蒙在了鼓里。"

杨知修是何等聪慧之人，从陶晋鸿的三言两语中，便已然明白了事情的原委。得知这一切，其实都在陶晋鸿隐隐的掌控之中。他言语悲怆，看着被小妖抽得两颊红肿的岷山老母，不由得怒意勃发，指着陶晋鸿大声喝道："陶晋鸿，你真的以为世间一切，都在你的掌控之中吗？"

陶晋鸿此刻的眼睛也有一些红了，微风将他微白的头发和胡须轻轻吹起，轻轻叹道："唉……知修，倘若我真的能够掌控一切，你我便不会刀兵相向了，茅山也不会被你弄得一团混乱，而我茅山子弟，也不会死去这么多人，小茅他们也不会死了。世事难料，当你站得更高、看得更远的时候，才会明白身处这世间的无奈。只可惜，你是没有机会看到了！"

杨知修笑了，说："终于还是决定要杀我了吗？"

陶晋鸿突然陷入了沉默，整个人都开始变得虚幻，隐隐超脱于世间，这个时候尘清真人突然圆睁着眼睛，大声喊道："杨知修，不杀你，不足以平民愤！"

杨知修这才回过头来瞧了一眼周边诸人，肆意大笑："狗屁地仙，我潜修十年，未必会怕你？"他的身子开始高频率地抖动起来，身上的衣服燃起了红色的烈焰，将他整个人都给吞噬，尘清真人不由得愤怒地高声叫道："天地真魔？你居然练了那深渊恶魔的手段……"

尘清真人话音未落，陶晋鸿浑身黄绿，杨知修一袭青衫，两人已经离开了原来的位置，轰然撞在了一起。一阵晃动，地动山摇，无边的绚丽光华生出，强烈的光芒让人的眼睛难以适应，泪水忍不住地滚滚而出，耳膜轰鸣。

对抗似乎只有几秒钟，当我再次捕捉到两人身影的时候，只见杨知修浑身鲜血躺倒在地，而在陶晋鸿身后，则出现了一个巨大无匹的黑色魔怪。

这怪物遮蔽树林，张开血盆大口，正朝着这茅山宗掌教张口咬来。

第五十四章　恭迎掌门出关

　　这黑色魔怪不知道是如何出现的，反正当我睁开眼睛的时候，便出现在了陶晋鸿身后的林子里。它身高足有百米，与树齐高，仿佛一个变异的龙蜥，体侧扁而有鬣鳞，背鳞大小不一，眼睛硕大，除了主体上的一张巨口之外，浑身上下皆是有着细密利齿的口器，雪白的牙齿和流着黑色浓浆的身体形成了鲜明对比，它身体上延伸的触手如鞭，数以百计，体型如山。

　　被陶晋鸿几招弄得浑身鲜血的杨知修此刻发出了疯狂的大笑："得不到，我便将它给毁灭了，到时候你们，谁也得不到……"

　　他拼尽最后一点气力，猛一顿足，朝着那黑色魔怪退去："阿普陀，我是将你释放出来的人，我……"他话音尚未落下，黑色魔怪的口中飞出一条巨大的猩红信子，将他的身子果断一缠，束缚紧紧，朝着口中送去。杨知修大惊，拼命挣扎，然而却根本挽回不住被果腹的趋势。

　　眼瞧着即将葬身黑色魔怪的腹中，杨知修厉喝一声，竟然将袖中的青玉圭简引爆。轰隆一声响，那肉信子前端被炸烂，杨知修得以解脱，跌落到空中。空中借不得力，杨知修舒展身子，准备逃向别处，殊不知横空甩来了一道肉鞭，正好被抽中了身体，巨大的炸声响起，杨知修惨叫着，整个人被抽飞出去，了无踪影。

　　整个过程短暂无比，我们还没有反应过来，便见到这巨大的黑色魔怪推开了挡在身前的巨大树木，朝着陶晋鸿咬来。树木纷纷断开，面对这泰山压顶之势，陶晋鸿仍然面不改色，当那宽达五米的巨口，喷着腥臭的气息到达他的身前时，他不退反进，双手往虚空之处稍微一揉捏，立刻有一道金光出现。一瞬间，金光化成了一张纸符，上面的符文如蝌蚪游动，金光照耀着整个空间。

　　凌空画符，虚拟成真！

　　这位刚刚出关的茅山掌门出手如电，将符箓贴在了黑色魔怪的鼻间软肉之上，口中开始念咒："万神朝礼，役使雷霆，鬼妖丧胆，精怪亡形；内有霹雳，雷神隐名，今臣关告，迳达九天，万物莫过在于一收间，疾！"

　　念咒的声音并不算大，然而当词组一个一个地叠加起来的时候，整个空间的炁场都在共鸣，如洪钟大吕，在我们每一个人的心头响彻。当陶晋鸿口中的咒文结束之时，整个空间一顿，仿佛连时间都停滞了一般。我看见他从虚无之中抓出来一把粗陶所制的破烂小壶，而那将我们整个视野都遮挡掩盖的黑色魔怪，在那一刻突然失去了所有的力量，轰然倒地，巨大的身子也不断地颤抖，收缩虚化。一条黑色细线从它的身上出现,并且连接到了那破壶的口子处,接着这偌大的一团黑雾,开始被那破壶给逐渐地吸收,十几秒钟之后,黑色魔怪再也不见踪影,只剩那把破烂小陶壶,在不断地颤动。

陶晋鸿盯着手上的陶壶,凝神许久,突然叹了一口气:"你也是应劫之人,在那地底久矣,今遭也是劫数,罢了、罢了,你想出来便出来吧,不过须听我言,时候未到,你暂且把守我这后山门户吧,如何?"

那破烂小陶壶听得这话,终于停止了抖动,壶嘴轻轻点了点。

陶晋鸿脸上含笑,大袖一挥,破壶不见,在他的面前则出现了一条黑黢黢的小狗儿,正宗的中华田园犬。这小东西体型不算大,一身黑毛油乎乎的,唯有那一双眼睛火红,看得瘆人。陶晋鸿蹲下身来,从怀中取出一个挂着铃铛的项圈,给它系上,然后又跟这黑狗儿吩咐了几句,那小不点汪汪叫了两声,朝着一片狼藉的林海深处跑去。

瞧见那黑狗儿屁颠屁颠儿地离开,陶晋鸿走到尘清真人身前,躬身将这浑身伤病的老人扶起来,满含歉意地说道:"邓师叔,十余年来,晋鸿念头迟迟没有通达,无法勘破死关而出,让您受了这么多苦头,实在抱歉……"

尘清真人得了陶晋鸿一缕劲气调息,精神也振作了一些,略微激动地回答道:"愧不敢当,愧不敢当啊。晋鸿,你贵为掌门,而且我也大不了你几岁,无须多礼。当日你闭关之时,我曾答应你照看好茅山,现如今却弄得一团糟,我心中有愧啊!"

陶晋鸿摆手,说:"无须多言,您做得很好了,只可惜了杨知修此人。天机莫测,谁也无法预料,现如今,大家都没事便好。"

尘清真人拉着陶晋鸿的手,着急地问道:"这阿普陀,被师祖陶弘景封印,如今逃脱,却被你点化成那般模样,莫非你已经成了……"他话未说完,陶晋鸿含笑点了点头,却又说道:"邓师叔,这里面有许多曲折,待我以后再与你分说。咦,你身上所中蛊毒十分奇怪,我一时之间也无头绪,这可如何是好?"

尘清真人笑着指向了立在杂毛小道身旁的我,说道:"这小子是汉蛊王洛十八的第三代传人,他之前已经为我解去了大部分蛊虫,剩下的余毒,也有方法调治,你不必担心。"

听到尘清真人的介绍,陶晋鸿回头看了一下我以及旁边的杂毛小道,点了点头,朝我们招手,杂毛小道激动地迎了上去,而我则牵着朵朵、小妖上前。

我和杂毛小道走上前来,旁边的李云起和程莉也都挣扎着上前参拜掌门,陶晋鸿颔首致意,对那两人稍微夸奖一番,然后瞧向了我,说:"陆左,我听志程说起过你。今日一见,果然不错,是个好孩子……"

听得这传说中的地仙人物夸奖,我的心中也难免有些小激动,自谦了几句。又听陶晋鸿对着一脸忐忑的杂毛小道说道:"小明,师父不是老糊涂,自然知道当日黄山之上,是有人捣了鬼;不过这么多年过去了,你可知道为师当日,将你逐出师门的

苦心？"

听到陶晋鸿的这番话，平日里一向吊儿郎当的杂毛小道，眼泪唰地一下就冒了出来，跪倒在陶晋鸿的身前，声音哽咽地大声说道："师父，徒儿晓得的，徒儿晓得的……"

他这边千般委屈都爆发出来，热泪肆流，看得旁人都心酸不已。陶晋鸿又说道："我听得志程说你这些年流连花丛，放浪形骸，想来也是知道有人在盯着你，故作癫狂咯？"杂毛小道仰起头，一脸的泪水，哽咽地说道："徒儿只是有所猜疑，不知道是杨知修，还是梅浪师叔，又或者谁；这些年来，也只是小心翼翼地过活着。"

陶晋鸿不再说话，只是感叹一声："痴儿……"

杂毛小道这些年的心结和悲苦被陶晋鸿一语点破，大喜大悲之际，不由得悲声痛哭。我从来没有见到他如此敞开胸怀的真情流露，泪水糊住了双眼，鼻涕都流到了嘴巴边来。

听到这好兄弟的哭声，我的心中也多有感慨，杂毛小道那存了十年的泪水是流淌不尽的，不过现在的事情并没有算完。杨知修生死不知，邪灵教还在茅山宗内，文有苏参谋、武有手持封神榜的左使，还有杨知修和梅浪等人的余党……这些都是需要解决的。而传功长老、小姑萧应颜、李云起和程莉等人或伤或昏迷，都是需要救治的，时间不等人，我拍了拍杂毛小道的肩膀，说出我的担忧。

听得这一切，陶晋鸿脸上露出了淡淡的冷笑，轻声说道："有恩报恩，有仇报仇。杨知修先不管，我们出去，将那潜入茅山的诸多宵小与叛徒，清理掉再说！"

外面虽然诸多麻烦，但是有陶晋鸿这地仙在旁，大局必然已定，我们担心的不过是茅山损失太多，而敌人得以逍遥而已。当下大家收拾心情，将死去之人草草处理，然后相互搀扶着，朝阵口走去。

走到先前杨知修停留的地方，陶晋鸿大袖一挥，一片霞云陡现，周遭迷雾散开，立刻有一条丛林小道，出现在我们的面前。有晨光射入，外面已经天色大亮，朵朵见状，钻入了槐木牌中。

我扶着李云起这哥们落在最后面，小心提防岷山老母这鬼妖暴起反击。缓缓行走，终于薄雾渐散，周遭林木一空，来到了之前的那处平台前，便听到前方有人高喊"掌门人出来了"，接着传来了大师兄铿锵有力的声音："徒儿陈志程，率茅山各峰弟子，恭迎掌门出关！"四周山呼海啸的叫声齐声扬起："恭迎掌门出关！"

空谷之中，也有回荡不休的声音绵绵传来："恭迎掌门出关！"

第五十五章　视野之外的战斗，好大一盘棋

我在队伍的末尾。大战过后的我耗力过甚，又被杨知修拍打得浑身是伤，倘若不是扶着李云起，只怕我也早就瘫倒在地，睡上几天几夜了。此刻听到这番动静，歪过身子，透过队伍间隙朝着前方看去，只见有差不多三十个道士正跪在前方，为首者，正是大师兄陈志程。

此刻的大师兄可没有之前的齐整，胸襟和袖子上面皆有鲜血浸染，脸上还有好些血痕，似乎也经历过数场大战。在他旁边我还看到了朱睿，我看向了他，他也瞧向了我，不动声色地沉稳点头，晶晶亮的眼睛里，仿佛写着"幸不辱命"几个字。

瞧见这场景，我心中稍安，而后便感觉一阵又一阵的疲倦。这一晚上经历的战斗，也以破碎的画面出现在我的眼前，脑袋乱乱的，听到陶晋鸿似乎跟这些弟子说了几句话，然后有弟子朝着我们这边过来。我感觉右手一松，李云起被人接了过去，也有人过来搀扶我，并且将我左手上面的鬼剑给解了下来。我往那人身上靠了一下，头晕目眩，眯着眼睛朝那人说了一声小心，我的剑可锋利了……那人笑着说："陆居士，放心，我扶你去养心殿包扎，剑让墨米给你放到震灵殿住处去，不要担心。"我听着声音耳熟，好像是跟李泽丰一块儿的震灵殿弟子，便放下了心，唠叨一句，说："得，拿好了，丢了找你索命啊……"

迷迷糊糊，花开花落，梦里不知道多少岁月。当我醒过来的时候，睁开眼睛，看着那发黄的楼板，好半天，才想起来自己是在茅山宗后院震灵殿的客舍里。屋子里面没有人，杂毛小道没在，小妖也没在，朵朵倒是在，不过却窝在槐木牌中休息。

太阳光透过雕花窗棂，照射到我的床前。一束一束的光映在半空中，有许多微小的尘埃在飘动，我眯着眼睛瞧了好一会儿那些无规律的运动，感觉世界是如此美好。我是被饿醒的，没有人来搭理我，我也不打算起来，想了好一会儿的事，突然一拍胸口，大声叫唤道："有请金蚕蛊大人现身！"

在我的期待中，终于苏醒过来的肥虫子在我的腹部动了一动，却并没有浮出我的体内。我一开始还以为它是害羞，再次呼唤了一声，结果它就是不听使唤，窝在我的身体里，不肯出来。随着肥虫子的沉默，我的心沉了下去，突然有一种最开始遇见它，被二十四日子午断肠蛊给弄得死去活来时的那种陌生感。

难道，随着肥虫子的转数渐高，我已经不能操纵它了吗？

想到这里，我闭上了眼睛，仔细思索起《镇压山峦十二法门》中的记载，却终究得不出一个答案来。没有师父，一个人摸索的坏处便是这样，出了问题，完全都没有

可以商量的人。我躺在床上回想着"十二法门",不知不觉间又迷糊过去。

不知道过了多久,听到身边有小孩子的声音。睁开眼睛,发现是小妖和包子,这姐妹两个正坐在我的床沿边说着话。我听了好一会儿,敢情是小妖在套包子的话,想诓骗些茅山真传的《上清大洞真经》以及一些秘法。

包子也不知道为何这么相信小妖,竹筒倒豆子,倾囊授予,让人汗颜。

这些东西,事关茅山根基,便是我与杂毛小道的关系,也不敢随意打听。好一会儿我也听不下去了,装作刚刚醒过来,伸了一下懒腰,打断了两人的聊天。

见到我醒过来,两人都很惊喜,快乐地大叫。问及时间,小妖说我已经睡了两天了,再睡下去,只怕她们就要采取强制措施了。

我问杂毛叔叔到哪里去了?小妖说还没有休息半天,就跟着大师兄等人去清理隐藏在茅山境内的余孽了,忙得很,就晚上能够见着他的人。我问有没有人找我?小妖说有,包子便是。

我想起来了,包子的师父,传功长老身中蚀功蛊毒,虽然被我解除大半,但是余毒未消,还需得我前去。治病救人,这可耽搁不得。我起身洗漱一番,自己身体已经恢复小半,又察看了一下我的行李,鬼剑等物都在,于是便在饭舍里草草用过饭,由包子领路去尘清真人去处。

时值中午,太阳正高。经过两天时间,茅山境内已经恢复了平静,只是偶尔从某些地方,能够看到冲洗未尽的血渍以及那股消散不去的血腥味儿,显示茅山这几日所经历的大变故。

一路上不断有人跟包子和小妖打招呼,也有人恭敬地叫我"陆左居士"。我询问包子后续的发展,她就说她师父回庐静养,而小姑则被陈志程接到了养心殿悉心照料,可惜还是没有醒过来。

走了小半个小时,来到了一处山谷弯冲处。桂花环绕,简陋的竹林茅屋前好几亩药园子,那便是传功长老的居所。我进了屋子,与尘清真人好是一阵寒暄。尘清真人支使包子与我看茶,而我给他把了一会儿脉象之后,发现几天不见,那蚀功蛊又有蔓延之势。不愧是能够悄无声息地给传功长老种上的蛊,果真是一等一的厉害,所幸这玩意儿炼制不易,只有传功长老得以享受这等待遇。

本来倘若是肥虫子苏醒过来,并且听我指挥,解蛊是一件很简单的事情。只可惜这小东西长大了,跟我闹起情绪来,没办法,我只有按照茱萸麻醉的方法,给尘清真人徐徐医治。好在我之前提过的那些草药,要么茅山便有,没有的也托人出山去采购回来了,并无大碍。

我在传功长老处待了一个多小时,将熬药的方法仔细写在纸上,并且叮嘱好包子之后,回去震灵殿。刚刚走过牌坊,便见到大师兄出来。几天不见,大师兄虽然眼珠子通红,眉宇间难掩疲惫,不过精神奕奕,春风得意,状态比前几日要好得多。

见到我,大师兄上前招呼,说听说你早上醒来,还跟包子出去了,身体没问题吧？

我答还好，又将传功长老的病情跟他说了一遍。大师兄握着我的手，连声感谢，让我务必使尘清真人尽快恢复，茅山现在可再不能折损人了。

我犹豫一下，问大师兄这几日的情况如何？到底是一个什么样的状况？

大师兄看了一下手表，将我拉到了一处石桌前坐下，跟我讲起当日情形。

原来大师兄和雒洋长老等人早就已经知晓这里面有蹊跷，在事发前一日，大师兄便将茅山外驻的众弟子，乃至将林齐鸣、董仲明、尹悦等诸多心腹都借调回来，偷偷地安排在茅山内部。当朱睿这边一传递消息过来，大师兄便联络了剩余的诸位长老，把这里面的事情讲清楚说明白，并且偕同受伤的符钧一起，假传掌门口谕，捉拿梅浪及其座下核心弟子，以及潜入茅山的邪灵教众，并且将矛头隐隐对向了杨知修的清池宫。

是夜好一番龙争虎斗，其中一名炼丹长老是杨知修的心腹，趁机发难，被大师兄率七剑当场击杀，梅浪在地道中被生擒，门下诸位弟子或死或降，邪灵教众也全部毙命，再之后大师兄率领大队人马前往后山，将在九霄慈航阵外的邪灵教残余全部击杀。

只可惜没有办法进入林海迷踪，只有等待，后来感应到山体动摇，有青光冲天而起，映照整个夜空，如此异象让众人又惊又疑，直至见到了陶晋鸿出关，这才放下心来。

大师兄说话叙事，习惯了平淡的语调，然而我却能够听到那一夜的激烈战斗，惊心动魄。听到他居然悄无声息地将茅山外驻子弟和手下亲信调回茅山，运筹帷幄，将邪灵教众一网打尽之时，便知道这个深谋远虑的家伙，在下好大一盘棋，而且最终还成了赢家。

我想起一事，问他有没有见到一个戴眼镜的男人，长得挺帅，就是有些面瘫。大师兄摇头说没有，我心中咯噔一下，又问邪灵教左使抓到没有？大师兄依然摇头，说刑堂长老在追，不过跟丢了。这几天领着人梳头一般地巡视着茅山各处，除了发现几个小杂鱼之外，其他人都没有见着，只怕是跑了。

我心中暗叹可惜，这一文一武两个最重要的人都没有抓到，胜利的果实就没有那么甜美了。瞧见我一脸遗憾，大师兄拍了拍我的肩膀，说行了，茅山的蛀虫此次已经差不多都拔除了，杨知修也垮台了，这便是最大的收获。你既然醒过来，就随我一起去见掌门吧。

第五十六章　陶土豪，我们做朋友吧

世事总难尽如人意，但求无愧于心，努力过了，至于结果如何，也只有听天由命吧。

在前往清池宫的路上，大师兄告诉我，说邪灵教的那个左使十分狡猾，也异常机敏，那厮带着以刘师叔为首的茅山一干人等，在山里面绕了好几圈之后，就藏匿起来了，再无踪影；掌门出关之后，曾经用神念扫了一遍阵法布置的地方，估计那人见机不对，早就已经逃之夭夭，离开茅山了。

毕竟在茅山有内应，阵法必有漏洞，山中又乱作一团，他的出入其实并不是很困难。

至于杨知修，掌门师尊处理完紧急事宜后，当天下午又返回了林海迷踪，结果也没有发现他的尸体，不知道是出了意外，还是通过极不稳定的空间，被扔到了别的地方。总之此人消失不见，是死是活不得而知。

那日在接管三茅峰清池宫的时候出了一点小岔子。杨知修的心腹死党闹事，结果当场被果断镇压，在诸如陈兆宏这样少数的铁杆心腹反击失败之后，再没有人有勇气敢来挑战掌门的权威。时间虽然已经过了十余年，茅山似乎也被杨知修经营成了铁桶一块，但是陶晋鸿的出现，却将这所有的一切都打成了碎片。除了被拴在一条贼船上的少数几人，其余的弟子，没有谁敢和一位传说中的地仙去作对，故而所有的一切，很快就得到拨乱反正。

走在路上，碰到的人都喜气洋洋，瞧见大师兄也热情打招呼，十分敬重。准备上山的时候，碰到朱睿，大师兄拉住他，问他萧克明在哪里？

朱睿说在湖边，大师兄让他去叫过来，我们在上山的路上等他。

我们继续登山，没多久杂毛小道从身后赶过来了，他抓着大师兄的袖子，问叫他过来干吗？大师兄耸耸肩膀，说他也不知道，只是得了师父的吩咐，陆左醒来之后，叫他和你一起过来见他老人家。

杂毛小道眼珠子一转，嘿嘿笑道："是论功行赏？"

他笑得开心，跟之前犹犹豫豫、畏首畏尾的模样，有很大的区别，显然是心结已解，少了许多忧愁。

大师兄也笑了，讲这说不准，说不定还就是。小明和陆左，你们两人这次真是立了奇功。当晚的事情我也听云起跟我谈及，说起来我都后怕，可以说我们茅山现在的这大好局面，差不多都是你们两人用命拼出来的，而我们这些在外面的家伙，做得还真是少,惭愧啊惭愧……

大师兄夸起人来,让人感觉浑身自在,舒爽得很。如此心情舒爽地说说笑笑,不知不觉便来到了三茅峰顶。

比起当日祈福法会的大场面,今日的清池宫显得有些冷清,一些亲近杨知修的道士被隔离了,有的则直接被废去了修为,逐出山门。广场上面似乎还有一些冲洗未尽的血迹,昭示着这次变故。

我们跟在大师兄身后,进殿直走,朝着后殿行去。路过几个偏厅,我看到有身穿黑袍的刑堂弟子出入。大师兄告诉我们,梅浪和几个作内应的家伙被生擒了,具体的审查事宜由刘学道长老负责,这些应该是过来汇报的。

一路走,最后来到清池宫的一处小殿,门口有人把守,通报之后,符钧走了出来,引着我们进了房中。里面的布置很简单,擦得发亮的地板上随意摆放着一些泛黄的草编蒲团,陶晋鸿正在与执礼长老雒洋讲话,我们不敢上前打扰,坐在门口等待。过了几分钟,雒洋长老起身与陶晋鸿告辞,路过我们的时候,微笑着点头示意,还拍了拍杂毛小道的肩膀鼓励几句,很是亲密。

雒洋长老走了之后,我们上前拜见陶掌门。大师兄此番过来只是领路,与他师父禀报了下大范围搜集邪灵教余孽的进度后,便起身离开。此刻的陶真人一袭新做的灰白道袍,素雅而高洁,斑白的头发和胡须梳理整齐,面嫩如婴,总算是有了一些仙风道骨。

见我认真瞧他,陶真人不由笑了,说怎么,不认得了?

我盘坐在他身前一米远的蒲团上,瞧见他笑,紧张的心情不由得舒缓下来,回答道:"倒不是,只是觉得您既然已经是地仙了,自然是跟咱们常人不同的,却没想到你竟然会有这般平易近人。"

陶晋鸿哈哈大笑,说地仙其实也是人,只不过超脱了一些凡物而已,何况我这个地仙可是刚刚成形便实力大损的,说不上厉害。

杂毛小道在旁边诚惶诚恐,说弟子知错了。陶晋鸿又笑了,指着杂毛小道问我,说这小子平日里跟你说话,也这样?我摇头,说他好久没见你了,紧张。

这般说了几句,气氛就好了许多,他又问我这两天伤势恢复得如何,我答:"还好,前不久杨知修给了颗洗髓伐骨金丹,药力未散,正好可以当做调养,不多日便可好转。"陶晋鸿说好,那帮老巫婆炼的丹药还不错,只不过不能多吃,会有副作用的。

通过这一段交谈,我感觉陶晋鸿修为虽然极端高深,但并不是一个不好相处的人,恰恰相反,这位身为茅山掌门、成就地仙的老人,言谈举止十分接地气,跟普通的师友长辈一般,并没有什么特别之处,倘若不是那日见过他的出手,还真的瞧不出来。

讲完伤情,陶晋鸿问我,那日跟在我身边的两个小姑娘呢,怎么没一起来?

我见殿中光线不强,便将朵朵和小妖都唤了出来。陶晋鸿坐在蒲团上,如同一个普通的居士，然而在朵朵和小妖的眼中却如同高山峰峦一般耸立而沉重，不过她们没有怯场，强忍着巨大的压迫感，甜声叫爷爷好，喜得老陶连连点头应下，又从兜里面翻出两样东西来。

这两样东西，一样是一把小巧玲珑的油纸翠竹伞，一样是张绘有怪兽图文的锦帛，分别递给了朵朵和小妖，说是见面礼。

有了初见大师兄的那一次经历，这两个小姑娘已然熟练，嘴儿甜甜，一边推辞，一边却忙不迭地将这好东西收下。我一问才知，竹伞名唤碧落回阳伞，拿在头上打着，不时旋转，便是鬼魂也可以白天行走；而那锦帛更加厉害，它是李道子晚期的作品，里面封印着一个永动机法阵，繁复的符文可以从虚空中摄取力量，倘若贴在灵体身上，则可化作一具驾驭的鞍具，并且给灵体提供力量，不至于越来越弱。

这两样东西仿佛是给两个小家伙量身打造的一样。瞧这功效，便能够感受到其中的珍贵，我便带着两个朵朵，对陶晋鸿好是一番感谢。

老陶摆摆手，说："无需多礼，这一回倘若不是你在，后果不堪设想。这样说来，我要多感激你才是。陆左，我听小明说你的体内有一条本命金蚕蛊，可否拿出来，给我一观？"

陶晋鸿虽然贵为一宗之掌门，说话也客气，但是听到这要求，我苦笑道："这并无不可，只是这小东西醒过来之后，就有些六亲不认了，弄得我现在头还疼得很呢。"听得我这番说，陶晋鸿意料之中地点了点头，说："若不介意，伸手与我。"

有人肯帮忙，我自然高兴。坐近一点，将手前伸，陶晋鸿三指搭脉，闭上眼睛思索了一下，突然问我，你是不是曾经吃过一颗萃炼千年的丹丸？

我一愣，想起当日在藏地，青山界飞尸死后，火娃曾经给我尸丹一颗，我那时服过之后并无效用，仅仅只能够给朵朵提供能量场域，老陶说的莫非是那个？当下我点了点头，将事情的来龙去脉，说与他听。

听完之后，陶晋鸿微笑道："陆左，本来我还没想好如何补偿你的，现在倒是有了办法。我观你体内有诸多力量，却各自为战，不能够统一糅合，平日只有靠金蚕蛊在内中调息，这也是尸丹未消的缘故。我这里有一本行气的法子，是我年轻时偶然所得，是十万大山万毒窟的遗作，跟你的来历倒是同一路子。你且拿去，当你能够将体内的这些气息，融合一体的时候，便是你完全镇压金蚕蛊之时。来来来，你且拿着！"

听得陶晋鸿的话，我也不推辞，伸手接过他递过来的册子，低头一瞧，人却惊呆了。

只见这书的名字，叫做《正统巫藏——携自然论述巫力上经》，而落款竟然正是山阁老。这名字，与我在怒江山谷地洞石床上所获得的《正统巫藏——携自然论述巫蛊上经》，相差不过一个字。

第五十七章　分离，抑或与你同行

我惊愕地接过这本发黄的线装薄帖子，瞧这款式就有些年头了。翻开封面，第一页是一个浑身裸体、三头六臂的古怪人形，图上用细密的线路勾勒出了经脉和行气走向，纷繁而复杂。

我浏览了一下注解，又察看后面几页的文字，虽然字是翻抄的，但是行文的语气，确实有着《镇压山峦十二法门》和《正统巫藏——携自然论述巫蛊上经》中山阁老的个人风格，的确像我那个不知道多少代师祖的手笔。

再观那内容，通篇就讲了一个"蚩尤观想法"、一个巫力大周天行气法门。

前面讲的是信仰力集聚，采用观想蚩尤，也就是第一页那个三头六臂的家伙，获得意志积聚，后面是行气总纲。我曾在"十二法门"中学到的固体一法乃外功，强身健体，在巫蛊上经中又学得一正、一奇、一神足共计三种具体的行气法门，但总是感觉后力不继，力量多而杂乱，往往需要肥虫子和小腹之中的那一股气息流露，产生爆发性的攻击，而不能掌控，但倘若是能够习得"巫力大周天行气"的法门，便能够将外力完全融为己用，不再时强时弱，如段誉的六脉神剑一般。

想到此处，我不由得站起身来，朝陶晋鸿深深一鞠躬，表示最诚挚的感谢。这腰还没有弯下去，一股柔和的力道出现在我身下，将我给托举起来。陶晋鸿笑吟吟地瞧着我，缓缓说道："这本书，当年得来也奇，于我也并无用处，平日里只是拿来压箱底，或者增长见识。没想到你竟然是他的传人，而且还跟小明成了至交好友，如此一事倒也是神奇，如今我不过是物归原主而已，不必谢我。"

我不由得好奇问道："陶掌门，你说的可是我的师祖爷洛十八？你们竟然认识？"

"算是认识吧，不过那个时候他在南疆，功成名就，我在中原腹地，交往不深。"陶晋鸿似乎并不愿谈及洛十八，稍微停顿了一会儿，郑重说道："陆左，你的命格犯奇，九宫主外，天生的好福相，但是命运多艰，肩上的责任重大，有些事情以后有机会再跟你讲，现在还不能跟你谈及。且不说这些，刚才只是物归原主，算不得酬谢，你且坐好了！"

陶晋鸿让我坐直身子，然后双手迅速结了一个复杂的印记，勾天引地，有让人心跳不已的力量在手掌之间积聚，几秒钟后，他挥起剑指，朝着我的小腹气海穴刺来。

我听从吩咐，恭谨地端坐蒲团之上，不敢动弹。却见老陶指尖逼出一点星光，璀璨闪耀，让人迷醉，稍一出现便射入我的腹中，没入体内。

我浑身一震，如遭雷轰，感觉一股强横与温和极端对立的力量，融入我的体内，我全身的皮肤都在发麻,汗毛根根竖起,宛若通了电一般;接着我感觉体内似乎有一个卵形的物体破碎了,一大股荒芜又孕育着生命的奇怪气息腾空而起,冲刷在我的身体里。

这气息一会儿如同沸水浇下,烫猪一般,一会儿又如同液氨扑面,无尽深寒。我体内的肥虫子不断地在翻滚哀号着,吱吱直叫,我也忍不住这种痛苦,跟着它的痛苦在地上翻滚,放肆喊叫着。如此冰火交替,共计九次,最后停下来的时候,那浪潮一般的感觉终于停歇,时间仿佛过了一个世纪。

杂毛小道将我扶起。陶晋鸿见我浑身被汗水湿透,不由得笑吟吟地说道:"你体内的尸丹外壳太过僵硬,根本就破除不出来,难以吸收,此刻我用体内凝聚的一点剑元,刺入你腹中气海,将这尸丹给戳破了,又稳定住其分解的速度,从此涓涓细流,滋润身体。"

他沉吟一番,继续说道:"你体内的金蚕蛊似乎受到了什么恐怖的外力破坏,这才是导致它本我丧失的最主要原因。不过它的身体皮实,又有你这家伙以身养蛊,倒是能够慢慢恢复,不过性子变得有些凶狠,现被我用这尸丹上的气息暂时克制住了凶性,你此刻可以随意支使它。不过需得记住,它的实力受损,仅仅比沉睡之前厉害一点点,平日并无区别。在它与人争斗的时候,你放开对它的拘束,用上十成的力量,那便十分厉害,不过也凶;它这凶性是需要压制的,你现有的尸丹气息在它发狂的时候只能维持一分钟,久了便敌我不分。惟有在你将体内力量融会贯通、最终强大之后,方能随意使用它的力量。呜呼,天道法则,在乎平衡,此事果真妙不可言尔!"

陶晋鸿在这边感慨天道,而我则喜出望外地呼唤出肥虫子来。一声叫喊,它那肥嘟嘟的身子便从我的体内渐渐浮现而出,模样比之前似乎又肥上一圈,呈现出高端大气上档次的土豪金色来,身上遍布的眼睛此刻也闭上了,但是却透露出一缕吓人的精光;脑门顶上,那肉疙瘩已然变成了角质,妥妥的王冠。似乎知道自己之前犯了错,小东西一飞出来之后,便讨好地用脑门蹭了一下我的鼻尖,吱吱地叫唤,一双黑豆子眼睛努力睁得大大,里面流露出可怜和无辜的神情来,让我心疼不已。我实在是太想肥虫子了,这小东西能醒就好了,自然不会怪它,但是旁边的小妖瞧见了这好久不见的肥虫子,却是大叫一声,趁其不备,将它的尾巴一把抓住,二话不说,绷着手指就开始弹起了屁股来,一边弹,一边大声骂道:"小懒鬼,小懒鬼,睡个觉都这么久,弹不死你?"

肥虫子各种哀号自不必言,一双黑豆子眼睛都快哭肿了。陶晋鸿嘴角含笑地看着这幅欢乐场景,过一会儿才嘱咐我道:"我刺入你体内的剑元,有着我自身的一些体悟和印记,也可以帮助你凝练内力,妙处你到时候自然会知晓的。好了,瞧你这一身汗水,去洗个澡,歇息一下吧!"

我有些不明白陶晋鸿费尽辛苦在我体内种下剑元的意思,不过地仙之言,我听着便是,他断不会害我的。这时门开,有道童走进来,引我出去,而杂毛小道这边,陶晋鸿还有事情与他详谈,并没有跟着我一同出来。

我在那名道童的引导下,来到一处别院洗了澡,满满一大桶洗澡水给我泡得酸臭无比,又冲了两遍清水,才干净了一些。洗完澡,出来时也没有见到杂毛小道,倒是见到大师兄在偏厅长廊上与人说话,我侧耳听,隐隐约约听到什么冰棺啊还魂之类的语句,也不知道说的是什么,但是当我走近的时候,听到脚步声的大师兄立刻停下了交谈,拍着那个穿着白色道袍的道姑,让她离去。

我来茅山也有一些日子了,却很少见到身穿白色道袍的道士,故而忍不住多看了两眼,见到大师兄迎着我走来,不由得好奇地问刚才在聊什么?

大师兄摇摇头,说都是些闲杂的家务事,说来也没意思。他问我陶师与我说完话了吗?我举着手中的馈赠,点点头,说是啊,陶师出手可真够大方的,土豪来着。大师兄拍着我的肩膀,说这些都是你应该得到的,不必多言。对了,山外传来消息,说你和小明的通缉令已经取消了,到时候你出去,不用再藏头缩尾了。

我下意识地问了一句,老萧跟我一起走不?大师兄看了我一眼,沉吟了一会儿,摇头说他也不知道,具体的事情,还需要看陶师的安排。

听到这话,我心中多少有些难过。这些年来我和杂毛小道焦不离孟、孟不离焦,生死与共,现如今却要分开,怎么想都伤感。不过杂毛小道既然已经重归山门,那么就必须担当起一些责任来,而他留在茅山,也能够得到陶晋鸿的指点和真传,必定会比与我一起漂泊有前途。如此想,我的心思便没有那么重了。一切随缘。

大师兄似乎有些心不在焉,并没有看出我心中的忧愁,问我要不要去养心殿拿药。

我愣了一下,这才想起杂毛小道的小姑萧应颜似乎还躺在病榻上,问情形如何?大师兄叹气,不无埋怨地说:"唉,她平日里一向小心谨慎,却唯独对包子没有什么防心,结果被敌人钻了空子。梅浪这个老不死,我那晚怎么没弄死他呀!结果现在小颜神魂崩离,也没有外力能够辅助,就连陶师都不敢轻易出手救治,唉。"

这是我第一次见到大师兄流露出这种暴躁和无助的表情,虽然只是短暂一瞬,但是我知道,能够让这个沉稳如山的男人控制不住自己情绪的,想来两人之间,还是一段不可知的故事。

我问到底需要什么东西?

大师兄说跟你讲也没有用,那东西绝迹了。先等一段时间吧,如果陶师状态恢复得快的话,应该能够叫醒来的,或者说不定她自己就醒了。

我坚持要问,他想了一下,回答道:"安魂草。"

那日过后,我在茅山又调养了小半个月,其间拿着老陶送我的那本书,开始行气熔炼。茅山后院到底是修行的洞天福地,山好水好风景好,灵气也足,而且陶晋鸿给我注入的剑元帮了我不少忙,使得我很快上手,每天都能够将体内的气推行一周天。我感觉随着时间推移,手上能够掌握的力量开始慢慢增强,力量在身体里积蓄,成为

我能够掌控的力量。

除此之外,我便是去给传功长老驱毒解蛊,有了肥虫子,进度快了很多,传功长老开始逐渐恢复,能够行气了;杂毛小道每天都忙,他后来已经奉命搬到了清池宫去了。我听大师兄讲,他似乎在跟陶晋鸿学习道法;朵朵、小妖和包子在经历过那夜的变故之后,变成了很好的小伙伴,有了碧落回阳伞,这两个小丫头便带着肥虫子,一去一天,整天不着家,疯得没了边。

时间一点一点过去,沙漏翻来覆去不停歇,其间还发生了很多事,我知道一点,但是并不多,比如对梅浪的审判,对岷山老母的处理,毕竟只是一个局外人,这些我都没有到场,只是听闻了结果:梅浪因为叛教,身受了三刀六洞之刑,身亡,而名籍则永远革除,子弟不续;至于岷山老母,则被剥离意识,当了一个空有力量、毫无感知的傀儡阵灵,住在塔林之中,替补那些折损大半的蛟龙阵灵。

诸事繁多,便不一一赘述。八月初,忙完茅山诸多事务的大师兄准备出山工作了。从山外传来消息,说我父亲病情好转,快准备转院了,大师兄问我要不要回去。

那几日我已经见不到杂毛小道了,问老萧走不?大师兄说不知道,应该会留吧。

听到这个消息,便答应了他次日出山。当晚朵朵、小妖与包子依依惜别,我依然找不到杂毛小道,去清池宫,说是跟掌门去了林海迷踪。无奈,我留了一封信给他,以作告别。

次日,我们出了茅山后院,到了外院的登山石梯上,仰头看,峰峦叠翠,云雾缭绕,能见着九霄万福宫的飞檐。虽是早上,但是登山台阶上的游人也多,我跟在大师兄身后行走,脚步沉重,心情莫名就有些坏。就在这时,我的耳际突然隐隐听到有人叫我:"小毒物……"

听到这话,我猛然扭过头去,瞧见一个消瘦的身影从转弯处跑来,不知怎么着,眼睛就蒙上了一层雾气,湿漉漉的,世界都模糊了。

莫笑我。

第三十二卷 血变

第一章 回乡祭祖

杂毛小道身上背着行囊,自然是要与我一同离开的。

山路崎岖,下到茅山山脚,太阳已经在头顶高照。回望山峦,天高云阔。天气好,心情自然也不错。到了有信号的地方,大师兄早就已经通知了有关部门,黑色的奥迪 A6,一直将我们送到句容萧家的小村前,在弯弯的小河边停住。我们下了车,杂毛小道邀请大师兄去家里做客,他抿了抿干涸的嘴唇,摇了摇头,嘱咐我们记得先去西川办手续,然后苦笑着离开了。

目送大师兄离去,我们才回转,往萧家大院缓步走去。

虽然陶晋鸿出山,已经做法将杂毛小道"有家难回"的命谶破除,但人总是有惯性思维的,越靠近家门,他便越忐忑。在村口徘徊了好久,正犹豫着是否进去,头顶突然传来了一阵骂声:"两个傻瓜在干吗?扭扭捏捏跟个娘们一样,让大人我等得腿都发软。嘿,我说你,要不要进去啊?"

听到这熟悉的骂声,我不怒反喜,抬头一看,正是虎皮猫大人那厮。这肥鸟儿正趾高气扬地站在树枝上瞧着我们,羽毛鲜艳,比早上起来打鸣的公鸡还要神气。杂毛小道所有的紧张,都在这厮熟悉的骂声中消散了,向大人问好。我说大人越来越帅了,它傲娇地说那是,这些天大人可没有闲着,从这句容到金陵,但凡是孤魂野鬼,都给它梳子一样扫了几遍,每到夜间,哀声满地,它现在可是能够将万窑万三爷的名头,给抢过来了。

我摸着鼻子猛想,万三爷什么名号来着?啊,百里无鬼啊。难怪这家伙又肥了一大圈。

有虎皮猫大人陪伴,杂毛小道的胆气壮了许多。我们叩响了明镜高悬、红布环绕的萧家大门,过一会儿门"吱呀"一声响,开门的竟然是杂毛小道的爷爷萧老爷子,还有他父母、三叔和小叔,后面跟着他妹萧克霞、三叔的徒弟姜宝、小叔的干女儿莫丹以及房族里面的一些其他人。

瞧见这阵势，我便知道料事如神的大人已经跟大家通了气。

听到爷爷、父母以及几个长辈关切的招呼，杂毛小道想起自己这些年在外面漂泊孤苦的生活，不由得眼圈一红，就要朝他爷爷跪下去。萧老爷子一把扶住，说男儿膝下有黄金，莫跪了，跪多了就不值钱了，还是留到我百年之后再跪吧。

萧老爷子这话说得倒是豁达，拉着杂毛小道起来，拍着他的肩膀说道："前几日陶晋鸿给我来信，说了你这次回茅山的事情。说实话，我很激动，小子有出息了，比我，比你几个叔叔伯伯都有出息，这些年的苦没有白吃。你太祖爷，也就是我父亲，当年从茅山出来的时候，曾经位列长老。至如今，你挽倾天之危，立下了大功，又沉冤得雪，回返了茅山门墙，并不输于他。来来来，且随我去祠堂里，给你太祖爷上一炷香！"

萧家祠堂在后院的一个大厢房里，里面摆放着萧家故去先辈的灵像。我是外人进不得那祠堂中，便在门口瞧了几眼，又与虎皮猫大人逗了几句嘴，大人猴急地问我朵朵呢？我告诉它休息呢，小妖倒是可以出来，要不要见？自我尸丹破开之后，朵朵的修炼就突飞猛进了，更多的时间，还是乐意待在我胸前的槐木牌中。

听得这话，大人有些失望，喃喃说朵朵晚上见也好，至于小妖，呃，算了，吵架吵不过她。它鼻子灵得很，深吸一口气，问我说肥虫子是不是醒过来了，让它赶紧出来，大人我还怪想它的。我说拉倒吧，回回见到它就想欺负。跟你说啊，肥虫子现在是青春期，叛逆得很，惹毛了，六亲不认，到时候就不好玩了。

虎皮猫大人用翅膀拍着自己的胸脯，说本大人专治各种不服，放出来，放出来。

我无奈，只有将肥虫子唤出。虎皮猫大人见到肥虫子肉乎乎的身子，立刻忘记了所有承诺，一声欢呼，大叫着飞向了肥虫子，准备用它坚硬的鸟喙去啄，肥虫子自然撒腿就跑，两个小家伙你追我赶，好是一番喧闹。

这是一对欢喜冤家，我且不去管它们。待到祭拜完先祖，大家坐在堂屋，杂毛小道开始讲起了数次遇见周林，最后将他给正法之事，个中曲折和凶险，让听者莫不惊叹，冷汗连连；便是小叔和三叔当日曾听我们说过，此刻听到细节，也不由得不断发出惊叹声来。

萧老爷子的大女儿，也就是周林的母亲此刻并没有在萧家大院里面，她上次从三叔手中得到了半块废弃的黑蝠雕老玉佩以及自家儿子已经伏诛的消息，便回到家里，拿着周林的旧衣服和那块破玉佩，弄了一个衣冠冢。她在家里办了一个丧礼，但是并没有通知萧老爷子，想来不管自家儿子如何，多少还是有些埋怨这边的。不过萧老爷子谈及此事，也颇多感慨，这龙生九子，各有不同。莫作恶，世间自有报应。她只是心里面想不开，过些日子便好。

当天萧家摆宴，总共坐了四桌，我被叫到了首席。

小叔是个资深驴友，也是个酒桶子，拉着我二话不说，灌了我三碗酒，我自然不敢落后，与其拼起酒来，先是小杯，又是碗，接着对着瓶子吹，咕噜咕噜，好不痛快。

215

朵朵和小妖也都出来了，跟虎皮猫大人上了席面，同桌的还有姜宝和小莫丹，杂毛小道的妹妹以及萧家的几个婆姨在旁边照顾着。酒喝了不知道多少，小叔瞧见我只是上厕所，酒意全无，越发不服气，白酒喝完了，叫人去村子里拿来几桶米酒，继续喝。喝到后来小叔也有些晕了，问我为何千杯不醉？杂毛小道在旁边哈哈直笑，附耳与他说明分晓，结果小叔骂了一句脏话，人便栽到了桌子底下去。那天开心，一席吃到夜间十一点，很多人都喝多了，便连素来讲究养生的萧老爷子也陪着喝了三杯。有人醉了，有人哭了，不过那都是喜悦的泪水。

宴后，残羹冷炙自有婆姨们收拾，我和杂毛小道一身酒气地坐在主屋的青瓦房顶上，看着村中灯火寂寥，远处田地里蛙声一片，小河在星光下缓缓流淌，不由得享受起这短暂的宁静来。

过了一会儿，我听到杂毛小道的叹气声，问他怎么了？

杂毛小道问我刚才看到三叔了吗？我点头，说开席不久就被姜宝推回房间去了，估计这会儿已经睡着了吧。杂毛小道摇了摇头，说没睡。

三叔离我们这儿隔着两个院子，我不知道他是怎么做出这判断的，不过也没有询问。虽说杂毛小道手刃周林，清理了门户，但是三叔养育周林这么多年，他又不是梅浪那种无情之人，怎么会不心伤呢？而且当日我们见三叔的时候，意气风发，好睿智干练的一个乡间奇人，现如今却终日与轮椅为伍，缠绵病榻，他心里的那种失落和孤苦，又是谁能够了解的呢？

谈及三叔那斑白的两鬓，我和杂毛小道就唏嘘不已，可是这天下之大，我们要到哪里去寻找那雨红玉髓，或者说是龙涎液呢？

我们在萧家待了三天。白天，我和杂毛小道帮着他家里做些农活，晚上回来，要么与长辈们聊天谈话，要么就在三叔房间里面商量病情。三叔这病伤及了神魂，肥虫子管不得用，洗髓伐骨金丹那种东西，对他来说更是虎狼之药，宛如砒霜。

不过三叔倒也不是很颓丧，他的心情还不错，在家每日读读医书道典，然后主要的任务就是监督姜宝的修行。小叔最近不知道忙些什么，结果小莫丹也交给他管，再加上族中几个小屁孩儿，他俨然就是一个孩子王，乐在其中。

大师兄那边又打电话过来催促，让我们去西南局备个案，办些手续。其实我的事情真相大白了，并不用这么麻烦，主要是杂毛小道这里，不管我是否清白，他劫囚车这行为，确实是彪悍了，追究起来，是可以治罪的。

不过虽说这法不容情，但是毕竟是一起冤假错案，而大师兄和萧家大伯等人又都在盯着，最重要的是陶晋鸿出关了，这个消息一定级别的人士自然清楚，这情形对我们是十分有利的。虽说如此，手续还是要办的，所以没办法，我们不得不辞别了萧家诸人，前往西川。

在那里，有我们的仇家；在那里，有我们的恩人；在那里，有我们的爱恨情仇。西川，我小毒物和杂毛小道，终于又要杀回来了。

第二章　袖手双城的鸿门宴

西南局的总部并不在我们曾经去过的渝城，而是在锦官城。我们在金陵郭一指那儿过了一夜，第二天中午乘机飞抵锦官城双流机场。因为是公事，所以有人过来接机。

提着行李，随着熙熙攘攘的人群往外走，便看到出口处有一个漂亮的女孩子，正在那儿等着我们。女孩是刘思丽，当初在渝城处理病橘案的时候，她曾经跟我们打过不少交道，记忆最深的莫过于为了提取蛊毒疫苗，她挺身而出，为我们亲自吃有蛆病橘，并且搜集实验数据之事。当时那么多专家教授、大老爷们听到我们的方法都退避三舍，大摇其头，唯有她主动将这份差事应承下来，并且咬着牙坚持了下来。对于这样敢拼敢干、为了上进而奋不顾身的女孩子，当时我就断言她不是池中之物。现如今一看，果不其然。我们迎上去的时候，见到她身后还有一个年轻人，称呼她刘主任。杂毛小道打趣她，说升官蛮快的，这么短的时间不见，就成领导了。

刘思丽谦虚地笑，跟我们讲，她这头衔，说得好听点叫做什么应急专项办公室的主任，而且还是副的，但其实连个股级都不算；讲得不好听，就是给同志们打个杂跑个腿，算不得领导。若说领导，你们二位才是，这一次过来，可是赵局长亲自吩咐的，一定要将你们接待好，为此他还嘱咐了我两遍，可见西南总局对你们的重视。

刘思丽说这话儿，我并没有接茬，只是嘿嘿笑。

别人或许我不知道，但是赵承风这老小子，无论是一开始我的谢绝招揽，还是后来将他在龙虎山天师道的师弟青虚拿下，抑或是我们身处黑手双城的庇护之下，都使得他对我们积怨甚深，从我去年冬季被借调到西南局起，他就没有安过什么好心。

当日我被抓捕起来的时候，上蹿下跳、出力最多的小白脸朱国志是赵承风的秘书，负责审讯的张伟国也是他从东南局调来的心腹，明明疑点重重的案子，愣是被火速办成了屈打成招的冤假错案，手法之拙劣和急躁，就连赵兴瑞、秀云和尚这些中立者都瞧出蹊跷。

所有的事情背后，倘若没有赵承风的推波助澜，我这陆字都可以倒过来写了。更加让人怀疑的是，白露潭原本好端端的，却突然翻供，到底是谁在后面捣的鬼呢？后来我和杂毛小道用排除法对可疑的人物做了筛选，最后的结果，居然是这身居西南局常务副局长的赵承风疑点最大。党同伐异，派系间的内部斗争是最为残酷的，赵承风此人面善心黑，让人不得不防。

不过这些都是我们私底下所说的话，谁也不可能幼稚到当面去找赵承风对质。我和杂毛小道笑了笑，随口附和几句，也不多言，跟着上了车。

跟着刘思丽的是她们办公室的新人，刚刚国考进来的应届毕业生，李长征，我们叫他小李，临时被抓来当作司机。不知道有没有受过局里面的系统培训，话不多，却很机灵，拎包开门什么的，都让人感觉不错，不过眼睛不时好奇地看向我们，显得太不成熟。

刘思丽坐在副驾驶座上，回过头来与我们攀谈。对于刘思丽，我们心中并不反感，毕竟她在渝城的时候对我们的生活起居照顾有加，而后面在丰都全程跟陪监视，也只是职责所在而已，这一点我们并不会记挂在心上，于是像老朋友一样与其交流，谈了一些现在西南局的近况以及最近局里面督办的一些案件，虽然不知道消息是否准确，但多少也不会一头雾水。

我想起在逃亡过程中帮助过我们的人，便想办法问起他们的境况。为了以防万一，我问得很有技巧，关心不关心的人都掺杂着问，不动声色，倒是了解了不少关于杨操、西南行者赵兴瑞和青城山秀云和尚等人的近况和信息。小人戚戚，睚眦必报；君子知恩，心中长存。对于那些曾经在我们最困难的时候伸出援手的人，我和杂毛小道从未忘却。

西南局总部在锦官城鼎鼎有名的青羊宫附近，范围挺大，围墙里有几栋规模不错的大楼，里面林木葱郁，鲜花开放，远远瞧去十分气派，就是那大门低调了一点，瞧那造型可比我的年纪还大上一轮。

门口没有镇虎门张伯这样的神秘高手，而是持枪站岗的武警，检查完证件之后，那个年轻人小李去停车，而我们则在刘思丽的引领下，来到了主楼。

主楼一层是大厅，二层三层是办公室。门前冷落，稀稀拉拉也没看到几个人，充分显示了清水衙门的招牌，不过四楼往上需要再次检查证件，这才真正显露出有关部门的风貌来。人来人往，脚步匆匆，十分繁忙。

刘思丽领我们直接来到纪检办公室，这个部门还有一套牌子是内部监察。

走进门里，外间的大办公区只有几个人，都忙忙碌碌，不停打着电话。刘思丽朝里面叫了一声四月，有一个长得挺精神的川妹子从办公桌的隔板下面冒出头来，见到我们，匆匆跑过来。

刘思丽跟她轻轻低语几句，川妹子点了点头，跟我们恭敬地握手寒暄，然后热情地招呼道："跟我来嘛，我们主任在里面等着你们咯，这会儿已经到了饭点，本来都准备去食堂吃饭的，不过听说你们要来，就一直等到了现在。"

在四月的带领下，我们来到了最里面的办公室，对着那厚重的木门轻轻叩动，里面传来了一声语气严肃的询问，四月通报之后，门很快就开了，走出一个戴着黑框眼镜、老学究一般打扮的中年男人来，四月介绍这男人便是他们纪检办主任沈剑。

沈主任热情地跟我们寒暄握手，表情亲切得完全不像是一个做纪检的干部，而是我们多年未见的好友。他拉着我们进了办公室，又让四月去沏几杯茶来，要上好的

乌龙。

  在主任办公室的沙发区，我们并没有谈什么，只是拉拉家常，表示一下亲切，除此之外，便是一筐又一筐不要钱的赞美之词。到底是能够胜任西南局纪检办公室主任职位、力压张伟国一头的老家伙，此人处事圆滑周到，让我们根本生不出怒气。

  来之前，大师兄跟我们交待过了，此行目的，恢复名誉便可。至于追究责任的事情，由他和萧家大伯来做吧，免得到时候惹得狗急跳墙，又节外生枝了。

  我知道这是妥协之后的结果。毕竟水至清则无鱼，人至察则无徒，逼得太紧了，不但达不到目的，反而平添麻烦。在与沈主任亲切交流了半个小时之后，被那官话弄得头晕目眩，跟着川妹子四月出来办理各种手续。手续很杂，涉及各个方面，不过我们只需在这里办理，其余自然有人跟进。完成之后，我们便结束了被通缉大半年的逃亡生涯，恢复了自由身。之后沈主任代表特勤局，向我们所蒙受的冤屈表示最诚挚的道歉，并且保证如果这里面有不公正行为的话，一定会追究经办人员的责任。

  他说得慷慨激昂，不过我也只能当作耳边风，毕竟经过这一年多时间的整合，赵承风此刻在西南局已经是名副其实的二把手，像沈主任这种油滑之人，怎么会冒着巨大的风险，去得罪顶头上司。

  我们准备离开，沈主任邀我们一起吃午饭，因为心情并不是很好，我们婉言拒绝。可是沈主任却似乎很执着，拉着我和杂毛小道的手，非要去附近的太安居酒楼吃一顿，也算是尽一尽地主之谊。如此好是一番争执，正头疼间，刘思丽找了过来，告诉我们，赵副局长要见我们。

  听到赵承风找我们，沈主任才悻悻地笑了，催促我们赶紧过去。虽然不愿意见赵承风那两面三刀的家伙，但我们更不愿意丢了场面，于是跟着刘思丽走出主楼。我听说几个总局领导的办公室在后面的小楼内，不过出了主楼之后，我们并没有前往后面，而是来到停车场。一打听才知道，赵承风要请我们吃饭。我和杂毛小道对视一眼，得，这算是鸿门宴吗？

  赵承风请我们吃饭的地方就在附近，是一家私房菜，环境清新淡雅，跟川菜馆子那种骨子里都透着麻辣鲜香的味道截然不同。走过长长的雕花走廊，我们来到三楼的一处包厢，刘思丽将门打开，当看到面白无须、戴着金丝眼镜的朱国志和留着地中海头式的半秃子张伟国从居中而坐的赵承风身边站起来的时候，涵养城府都有一定境界的我，脸色几乎是立刻垮了下来。

第三章　酒逢知己千杯少，话不投机半句多

瞧见起身迎上前的张伟国、朱国志两人，我实在很难将这满面的笑容，跟年前审讯我时露出的那副丑恶嘴脸，联系到一起。我的拳头握得紧紧，满脑子都是"倘若出手将这两人轰杀，我能不能够将赵承风也顺带灭口"的想法。站在我旁边的杂毛小道见我背部绷得僵直，拍了一下我的肩膀，轻轻说了一声"淡定，不值当"，然后便越过我。杂毛小道将我遮挡住，与热情迎上来的两人握手寒暄，没有一点儿芥蒂，气氛一时融洽得很。

我躲在杂毛小道的身影后，深吸了两口气，终于将愤怒的心火给熄灭了，勉强在脸上挤出一点儿笑容来，手便被朱国志这个戴着金丝眼镜的小白脸给紧紧握住，好是一阵猛晃，说："陆左，怎么，今天不开心，是不是还在介意往事啊？兄弟以前多有得罪，还请你多多原谅则个！"

我抬起头，瞧见杂毛小道朝我眨眼，努力将脸上的笑容变得自然些，说："哪里哪里，职责所在，都是为了工作，我哪里敢怪罪你。要是我们换了个身份，此刻你犯事了，我也照抓不误，对吧？"

我这一顿软中带硬的话出来，朱国志眼角抽动了一下，却还是笑容满面，更加用力地摇晃着我的右手，说那是那是。

旁边的张伟国也挤过来，拍着我肩膀，套近乎地说："陆左，我们都是老相识了，当初本来是很想帮你的，只可惜那时是杨知修掌管茅山，又遣了烈火真人过来压场监督，大门大派的，压力太大了，根本顶不住，所以才会得罪。好在后来他们闹得实在是太过分了，赵局长才有了理由，顶住上面的压力，撤销了联合追捕，让杨知修唱独角戏，这才没有最终酿成大祸。幸哉，幸哉！"

看到张伟国在我面前摇头晃脑，我恨不得一巴掌扇在他光溜溜、油津津的脑门上。

当初将我弄晕，伪造签字画押的供认状，就是这家伙主导的，后来的追捕，因为大师兄和萧家大伯那边的压力才使得武警撤出，到了这个家伙的嘴里，竟然全成了他和赵承风的功劳。我见过无耻的，但是没见过这么无耻的，那脸皮，比美军用来做防弹衣的凯夫拉材料还厚。

不过现实就是这样，越是这种厚颜无耻的人渣，越混得好，想要使这种人有报应，一味地愤怒是行不通的。

想通了这一点，我也笑了，阳光灿烂，伸手跟他握了一下，用力，喀喀喀，张伟

国的右手被我捏得直响，脸都发青了，不过还是勉强维持着笑容。一直坐在主席位的赵承风见到，站了起来，不动声色地招呼我们入座。张伟国的父亲虽然是大内的气功师，但他本身的实力并不强，而且我只是稍微教训一下，不让他以为我真的屈服了，只是不想当场翻脸。于是笑着点了点头，在刘思丽的指引下在主宾座前坐下，与赵承风挨着。

落座后，春风满面的赵承风拍了拍我的手背，说看得出来，陆左你还是有怨气啊，可是还在怪我？

我平和地摇摇头，说："不敢，万事存在必有因，红尘炼心，回忆起来，那确实也是一段让人印象深刻、难以忘怀的记忆，就当作是又一次的集训吧。"

听到我这般说，赵承风哈哈大笑，说："不错，陆左，我不得不说，你这个人，无论是修为还是气度，都在我二十年来所见过的俊杰当中排名前三。当日的你，仅仅只是东南局的一个普通编外成员，而如今，你已经跻身行内一流高手之列，让任何人都不敢小觑。你的成长，我们有目共睹。来来来，让我们为了如今的陆左，共饮一杯。"

赵承风端起了桌上酒杯，盛情邀饮，在座诸位莫不举杯，一口而尽。

公款消费。酒是好酒茅台，口味幽雅细腻，酒体丰满醇厚，饮完之后唇齿留香，阴霾的心情也好了一些。服务员开始上菜，我们也没有再谈正事，随意地扯了一些闲篇，赵承风装作不经意地问起陶晋鸿，说陶掌门身体还好吧？

我心中暗自好笑，探底就探底，偏偏拿这来当借口。陶已然成就地仙之位，绝顶的人物，他这话问得也太没有水平了。果然，杂毛小道答得也中规中矩，随便敷衍一番。

菜过五味，张伟国和朱国志相互对了一下眼，站起来，举杯与我邀饮，说之前多有得罪，虽然是因为工作，但还是心有不安，今天借这个机会喝一杯，杯酒交欢，一笑泯恩仇。

这两人也算是久居高位，面对我这样没名没分的临时工，做出如此这般姿态，倒也是有了足够的"诚意"。当面驳人脸面未必就真解气，我装作大度的模样与他们碰杯，说些违心的话语，一时间倒也热闹。

见我并没有当场扯蹶子，赵承风满面笑容，没口子地夸赞我。又与我喝了几杯后，突然提出来，说陆左，我看你这一身本事，不入公门真是可惜了。这样啊，我西南局有几个合适的位置，一个是分局的业务副局长，最近正好空出来。一个是西南局属的行动大队，你若有意，这大队长之位我可以立马给你腾出。还有一个，就是西南某高校本部的培训主任，负责后备力量的培训工作。

他脸上有着和蔼的微笑，缓缓说道："这些都是副处级，对你今后的发展大有裨益，如何？你若有心，可以考虑考虑，借调的手续也由我来办理。"

听到赵承风这话，我心中如同明镜，瞧这节奏，是要花大力气来拉拢我？

倘若是在三年前，在这种"高官厚禄"面前，当时还在为生活奔波忙碌的我绝对立马给大爷跪了，而现在，我也只是呵呵他一脸。我心中知道，倘若真到了赵承风麾下，迟早要被他玩死，表面上却还是诚惶诚恐地推托道："不可，万万不可，我就是一个新人、临时工，要学历没学历，要能力没能力，要经验没经验，怎么可以胜任这些职位呢？只怕我坐得越高，跌得越惨，害人害己，万万不可。"

赵承风好言相劝，说："无需担心，光凭你曾经力败烈火真人茅同真的战绩，就足以胜任上面任何一个职位，不要妄自菲薄嘛。"

我拼命摇头拒绝，直推说自己能力不够。赵承风身份摆在这里，也不好多说什么，朱国志和张伟国略带嫉妒地劝了几句，便不再说。最后赵承风叹了一口气，一副惜才的模样，让我先别做决定，回去之后，好好想一想再说。

这话题说完之后，味道也寡淡许多，张伟国又劝酒。我多喝了几杯，去洗手间放完水，在洗手台前洗手，朱国志也进来了。见着我，他走上来拍我的肩，故作热情地说道："陆左啊，真羡慕你啊，赵局长这么看重你，前途无量啊！"

我用水拍了拍脸，看着这张让我厌恶到极点的白皙脸蛋，笑了，说比不得你这领导身边的红人，我们都是喝汤的，你才是真正吃肉的啊。

说到这里，我拍了一下朱国志的腰，轻轻掐了一下，瞧见朱国志皱起的眉头，我微笑道："国志，你知道我的身份吗？"朱国志疑惑地说道："蛊师？"我含笑着点点头，说："对啊，没事多联系，你或许还会有用到我的地方呢。"

说完这话，我不理会满脸错愕的朱国志，走出了洗手间。

双方各怀鬼胎，言谈无味。好在刘思丽在旁边活跃气氛，场面倒也没有冷下来。朱国志的脸色一直不好，赵承风问了他两次都精神恍惚，又过了一会儿，赵承风的电话开始多了起来，于是我们就结束了宴席，赵承风与我和杂毛小道逐一握手，然后在私房菜门口分开。

刘思丽去开车。杂毛小道看着赵承风两辆车离去，用肩膀碰了碰我，说你都跟朱国志说了什么，从卫生间回来之后，那小子脸色一直都是白的。

我笑了，说我就提醒他我是个养蛊人，没事常联系，说不定能够帮到他。

杂毛小道问我是不是给他下蛊了，这么害怕？我说我悄不作声地掐了他一把，不知道他是以为我给他下蛊了，还是以为我是同志哥。听到我的话，杂毛小道哈哈大笑。正欢乐间，杨操打来电话，说得知我们来了锦官城，问我们在哪里。

我将这边的情况给他做了说明，他说他和老赵就在附近呢，没吃饱吧，过来一起吃。

我答应了，等刘思丽开车过来，便告诉她我和杂毛小道要自己逛一逛，就不用她送了。

跟刘思丽分开之后，我和杂毛小道在杨操给的地址，找到了苏坡桥附近一家叫做道君鹅肠的餐馆，瞧见杨操和赵兴瑞正在门口等着呢。刚才的饭吃得直反胃，我们这会儿才算是开始了中饭,麻辣鲜香的火锅,烫熟的鹅肠、鸭肠上面泼着油辣子,胃口好得很。

　　几口酒喝下去,杨操感慨,说还真的是赶巧了,达州开县那边有一个地方总是丢女尸,我都接到任务准备走了,要是再晚一些,估计我们都碰不到面了。

第四章 走亲访友

时值八月，天也热，这火锅热气腾腾，鲜香麻辣的油味直往鼻子里面钻，弄得我食指大开，筷子舞动得比剑法还要利落。像我们这种人，见的东西也多了，别说是听闻，便是一具高度腐烂、白蛆遍布的尸体摆在跟前，该吃还是得吃，鼻子都能够自动屏蔽臭味了。

杂毛小道之前吃了不少，正消食，便起了好奇之心，问怎么回事？

杨操也不瞒我，说在最近，达州开县的一个乡里，连续发生了三起盗墓案，手法粗糙，明目张胆，被盗坟墓的主人都是女性，而且还是刚死不久。当地公安机关介入调查之后发现事情很诡异，从现场上看，并没有外人动手，好像是从棺材内部被撬开来，尸体自己爬出来一样。当地组织了人力进行搜查，结果迟迟没有找到尸体。这件事情有些诡异，有人传言那些女尸变成了僵尸，尸变了，造成了恐慌，于是打报告上来，请求支援，上面就派他还有几个人过去瞧一瞧。

虽说为了节省土地，降低污染，国家一直推行火葬，但土葬是我国绝大部分民族的传统殡葬方式。北方我不清楚，南方各省，特别是偏远乡下地区，土葬一直都是主流。

有土葬，便有尸体，按理说人是入土为安的，但是也有例外。倘若有那聚阴汇穴之地，又或者亡者受到惊扰，以及死前心有怨念，确实也有可能出现尸变的情况。不过听杨操说的这事，也未必是尸变，说不定就是乡野里愚民愚妇做的好事，或者是专职搞冥魂的江湖游士弄出来的伎俩，而当地人不清楚，以讹传讹而已。

这些都需要调查。杂毛小道师出茅山，对此类事情最是在行，不由得多说了几句。杨操便起了抓丁之意，想拉我们一起去瞧瞧，我们这儿还准备去渝城呢，杂毛小道连忙摇手推辞，好是一顿说，杨操无奈，只有劝酒。

与知交朋友坐在一块儿，地方虽然并不上档次，但是吃着火锅喝着酒，倒也爽利。赵兴瑞的话不多，脸也习惯性地绷紧，不过喝酒一点儿也不含糊，举杯饮酒从不推托，都是一饮而尽。自从慧明在滇南怒江死去之后，他的日子并不是很好过。虽然当时被平衡获得了个最佳学员，但是多少被慧明、客老太连累到，上面的领导并没有用他的魄力，于是被遣回了西南局。其实西南局有很多慧明的门生故吏，倒也能够照顾周全，但是赵承风空降西南局，大刀阔斧地动作，对这些人又拉又打，整日惶惶，也顾不得他。

赵兴瑞先前还是很蒙赵承风看重的，自从去年追捕我们失利之后，就被冷落，现如今在一个闲职上挂着，整日无所事事，这对极有抱负的老赵是一个打击，人不由得也有些颓废，郁郁不得志。

宴饮中，一直不怎么说话的赵兴瑞突然问杂毛小道，黑手双城陈老大那里还要不要人？上次见到秦振、滕晓他们，在东南局陈老大手下混得如鱼得水，他也想借调过去。

老赵不但跟我有同学之谊，而且还有救命之恩，他这般艰难地开了口，自然不能怠慢。杂毛小道立即联络了董秘书，通过他与大师兄取得了联系。没想到大师兄居然还知道老赵这个人，稍微问了一下跟我们的关系之后，说可以，董仲明差不多也该外放了，他手下正好缺可以用的人手，赵兴瑞是2009年集训营的最佳学员，如果试用期没有问题，那么给他当一个助理，也是可以的。

听了杂毛小道转达的话，老赵颇有些激动，倘若真能够做上黑手双城的助理，挤入大师兄信任的小圈子里去，只怕以后这特勤局里面，必将有他一席之地了。老赵颇为激动，一扫颓色，举起酒杯，连着痛饮了三杯。

老赵的情绪高了起来，人便活跃许多，回忆起当日我们被追杀时的情景，颇多感慨。他拍着我的肩膀，说当日集训营里面的时候，因为他基础最高，人也刻苦，故而对我并不是很认可，即使集训结束，他仍然觉得自己是可以超越陆左的。直到后来茅山协同各有关部门，天罗地网地追捕我和杂毛小道，却让我们硬生生地逃了出去，不但拖垮了好多人，而且还越战越猛，完成了脱胎换骨的蜕变。只这一点，就让他自愧不如，望尘莫及，这才由同情变成了敬佩。

老赵说他为有我这样的同学而自豪。我拉着他的手，看着这个曾经大敌的弟子，真诚地笑了笑，说我也是。

一顿饭吃到下午三点多，汤锅都快熬干了，酒瓶子堆叠如山，一向过着苦行僧一般生活的赵兴瑞喝醉了，杨操苦笑着送这家伙回去，说明天还说去查案子，头都昏得跳了河咯。

我岿然不动，杂毛小道脸色微红，却是兴头正起，瞧那青城山正在锦官城附近，便叫了一个车，送我们过去。上车的时候我们都有些兴奋，结果没一会儿，一阵冷风吹来，才想起我们并没有秀云大师的联系方式，倘若青城山是如茅山一样的洞天福地，里外隔断，此番前去，说不定扑一个空。

我们两个人商量着，所幸虎皮猫大人记得王正一道长乃青城山全真龙门派丹台碧洞的尊长，去那儿便可。到青城山下的时候已经是傍晚，我们找到一弯泉水处洗了脸，又找了当地人问路，寻阶而上，朝着丹台碧洞的道场走去。虎皮猫大人不愿去那道家之地，自个儿觅食去了。

说来也是幸运，我们到了地方的时候，不但王正一在，就连当日舍身救我们的秀云大师也在，两人正搁松树下面借着夜色下棋呢，这一道一僧一棋台，仙风道骨，看着颇有些闲适悠远的禅境。

我们上前行礼，两位长者皆有些意外。寒暄一番后，回去棋桌前落了座，秀云大师将棋盘的棋子抹乱，说有朋自远方来，不亦乐乎，棋就先不下了。王正一气得吹胡子瞪眼，说老和尚耍赖，明明就快输了。秀云大师嘿嘿笑，像个小孩子。

落了座，自有道童端来清茶一壶。几人聊天，谈及当日之事，我满腹感激，而秀云大师则摆手，谦虚地笑着说："阿弥陀佛，这乃小事，无须挂怀。当时的情况，但凡是有些公义之心的人，都会这么做的，何况我这在佛前吃了这么多年斋饭的老和尚呢？"

他摸着自己肥硕的肚皮，自嘲地说着话，浑不在意。

施恩不惦记，秀云大师如此洒脱豁达，我也不惺惺作态，再次深深一鞠，也不多言。清茶粗糙，是观里面的道士自己去采山上的野茶树炒制，不过清苦间又有一丝妙香，实在不错。喝着茶，两位大师询问起了当日逃亡的经历来。

这青城山上派别颇多，当日老君阁李腾飞铩羽而归，倘若不是老君阁首席长老李昭旭下山去，估计祖传的除魔飞剑都给人缴去了。虽然事后李腾飞被李昭旭打发到了西北边疆，但是这消息也传到了他们这儿，一时成为笑谈。不过也因此对我们的实力，有了新的看法，对于当日之事，多了几分好奇。

时过境迁，如今我们已经得以平反，便也不再隐瞒，将当日从长江大桥一跃而下之后的事情，挑了些重点叙述。两人听得又是一阵叹息。

这故事都是冷饭，我们讲了许多次，但是对于王正一和秀云大师来说，却是十分新鲜。一壶茶不知不觉喝了许久，夜凉如水，两人方才惊觉，将残茶收起，留我们在此住宿。一夜无话，次日王正一领我们见过他师父信平道长以及丹台碧洞道场的其他出色子弟和师傅。

江湖人讲究一个交情，多认识些人，总是没有坏处的。

在青城山我们待了几日，与王正一道长、秀云大师以及他们宗门的子弟相交颇熟，只可惜当日鬼面袍哥会白纸扇罗青羽口中，青城山上的几位不世出的地仙，却始终没有谋面，略为遗憾。

读万卷书，行万里路。出了青城山，我和杂毛小道打电话与刘思丽告别，然后转道前往渝城，在那处城中村找到了在我们逃亡最危险的关头，收留我们数日的万一成兄弟。

当日我们前脚离开此处，后脚就有追兵赶来，万一成因为有窝藏逃犯的嫌疑被拘留了十五日，后来在大师兄的干预下才脱了关系。再次见到我们，他下意识地左右瞧看，鬼鬼祟祟地拉着我们进屋，一脸的紧张。直到得知我们平反了冤屈，才长舒了一口气，身子也松弛下来。朋友之间，感谢的话不多说，又是一顿大酒，将这汉子灌得钻桌子底下去。

将当初借的钱加倍还上，我和杂毛小道与万一成告别，去了一趟鬼城酆都，耶朗西祭殿的原址，可惜山势倒塌，物是人非，寻不得龙哥的踪迹。我、杂毛小道、朵朵、小妖、肥虫子和虎皮猫大人站在小河前缅怀了一番龙哥和火娃,然后没有再停留,让茅晋事务所的公共事务专员王铁军帮忙定了机票,返回了南方市。

因为过两天,我父亲就要转院了。

第五章　本欲平淡，麻烦缠身

八月中旬，我和杂毛小道乘班机回到南方市。出了机场，直奔我父亲就诊的省军区医院。我父亲患的是寻常型天疱疮，这是一种基于自身免疫力低下而出现的并发性皮肤病，问题很复杂。蛊毒巫医虽有独到之处，但是对于这种疾病，更多的还是需要借助现代医学，军区医院的黎君仪教授是这方面的权威，我父亲在这里治疗几个月，基本上已经妥当。只是这病是慢性病，重在调养，所以医生建议回家休养，保持心情舒畅即可。

在父亲住院的这几个月里，我来的比较少，反倒是七剑之一、布鱼道人余佳源来得颇多。我来到医院的时候，当着杂毛小道和小妖朵朵的面，我母亲将我好是一通说，羞得我无地自容。不过没一会儿，她便话锋一转，说你有大事，也不耽误你了，把我和你爸送回老家去就行。

我不乐意，说就在南方市或者东官市找一个疗养院不挺好。如果想要一个家，在价格合适的地方买一套房子也可以，何必再跑回家里去？山中小镇里，医疗条件又不好，也没个人照看。

我这般打算也是出于安全的考虑。但母亲却不乐意了，说你这边什么都好，就是酿得很（无聊之意）。这些人要么说白话，要么说官话，听都听不大懂，这几个月要不是照顾你爸，我早就回去了。出来这么久，家里面的老宅都没有人看，那几亩菜地都荒得直长草了，你二舅娶儿媳妇、小表舅家起新房子我们都没得去吃酒，别个说不定在家里面都讲死了哦。

我母亲在我耳边唠唠叨叨，说了一大堆在家里的好处，对那个生活了大半辈子的乡下地方，充满了无限的思念。我父亲不怎么会说话，此刻也憋出一句来："回家吧，在这里待着，每一天都花钱，我睡觉都睡不好。"

两位老人归心似箭，我怎么劝也不听，只得让小妖在房间里照看着，回头去找父亲的主治大夫了解病情。确认无恙之后，黎君仪教授告诉我，在医院住着，心情不好，反而会影响恢复。于是我开了一些药，然后回到病房，告诉父母明天就可以出院，我这就去订机票，送他们回乡下。

二老听到这消息，脸都笑成一朵花儿。瞧见他们这么高兴，我知道将他们接出来享福的打算，基本上是落空了。这样也好，每个人都有自己喜爱的生活方式，如果将我心目中的美好强加于他们身上，而导致他们生活得不开心、不快活，那我可就罪过了。真正的孝顺，是在原则方面坚持，在细节上面顺应老人的意愿。

在医院待了一会儿,并且陪同父母吃了晚饭后,留朵朵和小妖在病房里陪伴我父母,我和杂毛小道则去拜见大师兄。

大师兄从茅山回来之后就一直很忙,不过所幸还在位于南方市的总局里。我们去了他的住处,在尹悦的陪同下等到了晚上九点,他才和董仲明一同回来。

大师兄带着我们到书房坐下,待尹悦给泡完茶之后,他直接问杂毛小道,说:"师父此次让你下山,到底是什么打算?你倘若想在朝堂上发展,我就安排你进局里面来,着你督办一些大案子,凭着你的能力,很快就能够崭露头角的。"

杂毛小道嘿嘿笑,说:"这朝堂之上,我们茅山有你一个黑手双城就可以了,无需再立一杆大旗,平添许多乱。当日我要下山,主要是担心我三叔的病情,想要找那龙涎水。再说了,我在外边浪荡惯了,冷不丁地缩在山里面修行,也适应不来。"

大师兄有些意外,说陶师难道对你没什么打算和要求吗?

杂毛小道抿了一下嘴巴,说没有。大师兄摇了摇头,没有再问他。回过头来瞧我:"陆左,不谈这个烂泥扶不上墙的家伙,说说你吧!"我指着自己的鼻子,说我怎么了?大师兄一阵气结,说陆左你难道对自己以后的前途,就没有一点想法?

我摸了摸鼻子。说句实话,我还真的是个没什么野心的人,总想着自己和身边的朋友都能平平安安地过完这一生就好,倘若再有点钱那就更好了。现在陶晋鸿将我腹中的尸丹点化,而朵朵得以汲取精华,凝练成型之日并不遥远,所以我也没有什么特别的追求。目前最大的目标就是修炼陶晋鸿给我的那一本册子,融炼体内力量。至于其他,顶多就是与杂毛小道一起找寻龙涎水的下落而已。

见我一脸茫然,大师兄叹气,说我们上次给他推荐的赵兴瑞,手续已经办好了,过几天就调到这边来了。陆左,你愿不愿意过来帮我?

俗话说得好,学而优则仕。不过我却并不喜欢特勤局的这种氛围,特别是经历了之前那一场含冤蒙屈的事件,又瞧见赵承风等一帮让我恶心的人,让我更加明白身处其中的诸多无奈。既然我现在活得足够洒脱,又何必给自己套上镣铐去跳舞呢?

我拒绝了大师兄的提议,并将我心里面的想法直接告诉了他。他叹气,说以你这么好的本事,不能为国效力,实在是太可惜了。旁边的董仲明也帮腔,说为了给你找寻翻案的证据,陈老大可是将手里面对付邪灵教最大的一张底牌,给用了。

董仲明的话让我想起了清池宫大殿里的千里留影,以及一个用废了的高级卧底。

我知道董仲明也很想我加入,这是在给我施压。然而我实在不愿意,只得表态,说大师兄你但有需要帮忙的地方,言语一声便是,至于其他,我还是愿意做一个闲杂人等的好。

大师兄见劝不动我,叹了一口气,无奈地笑了,说你就是个小富即安的家伙,一点追求都没有,真拿你没有什么办法了。好吧,那就这样了,你们先回去,龙涎水的消息,我们一起寻找。

辞别了大师兄之后,我和杂毛小道兵分两路,杂毛小道带着虎皮猫大人提前返回东官，处理事务所的杂事，而我则留在了南方市。次日我给父亲办理了出院手续，并且陪着二老在市区里面买了一些给老家亲戚的礼物，然后前往白云机场，直飞栗平。

　　回乡之后，物是人非。黄菲调职去了黔阳，杨宇到了市里面，就连马海波都因为业务不错，平调到隔壁县去做了个副局长。往日的同学联系不多，也就剩下老江几个打小一起玩的伙伴，也各自忙碌着生活。

　　我在家里面待了两天，走访了些亲戚，见到我都夸好小伙子，搞得我母亲喜笑颜开，又准备给我张罗相亲了。2010年的时候我刚好满二十四周岁，我们家乡的同龄人大多都已经结婚，譬如老江，小孩都能够打酱油了。结果我烦不胜烦，逃难一般地离开了老家。

　　临行前我打了电话给马海波和杨宇，报了平安，顺便打听一下黄菲的消息。马海波不知道，杨宇说黄菲又调职了，不知道哪儿去了，如果我想知道，他倒是可以帮我打听，我表示感谢，正准备挂电话，杨宇突然有些犹豫地说道："陆左，有一件事情我想让你知道……"我问什么事，杨宇沉默了片刻，说他表弟回来了。

　　张海洋？我愣了一下，奇怪地问他怎么还敢回来？

　　杨宇苦涩地告诉我，说当年买凶袭击一案，并没有确凿证据，后来凶手又翻供了。张海洋他父亲经过活动，最后将他给洗白了，消除了案底。说到这里，他很抱歉地跟我说对不起，他父亲做什么，他也阻止不了这些……杨宇的父亲职位颇高，而且正值盛年，倘若想要帮一亲戚讲几句话，其实并不是很困难的事情，而杨宇的确也阻拦不了。这一次实话相告，我已经足够领他的情了。

　　不过张海洋这个家伙并不是一个喜欢妥协、甘于平静的人，他倘若回来，必定又要闹出什么幺蛾子，我不得不防。于是问人现在在哪儿呢？杨宇告诉我，虽然案子销了，但是张海洋为人也变得低调了，他这次回来带来了几个英国的同学，说是一个什么学校社团的社员，在家里面玩了几天，就离开了，听他二姨讲是去海蓝玩了。

　　我点了点头，没有再说话，只是在心里小心提防着。

　　回到了东官，我发现雪瑞去了缅甸，至今还没有回来。联系顾老板，才得知她和李家湖还留在仰光，在跟当地政府谈判。里面的关系很复杂。后来我们联系到了雪瑞，问到底出了什么事，要不要过去帮她，她说不要，照看好事务所就行。于是作罢。

　　事务所的事情多不多，少不少，一天又一天。我本以为日子就这般平淡地下去，结果在八月下旬的一天傍晚，正准备收拾东西下班的我，听到办公区接待客户的老万打电话过来，说有一个老外要找我。

　　我很疑惑，让带进来，结果进来了一个脸色惨白的中年男人。

第六章　王豆腐

　　通常来说，外国人看中国人瞧不出年纪，四十岁女人愣看成十八岁少女，而我瞧着面前这个长相英俊的外国帅哥，也看不出来多大。只感觉是人到了中年，两腮的胡楂被刮得铁青，脸惨白得不像话，一双眼睛深蓝如海，嘴角紧紧抿着，有着诡异的笑容，整体来说有点像后来热播美剧《行尸走肉》里面的弩哥达里尔。

　　这老外有钱，西装革履的穿着像华尔街的金融精英，妥妥的高大上。虽然不明来意，但我还是站起来与他握手，然后让跟着进来的老万将王铁军叫过来，给我们当翻译。

　　这老外摇了摇头，说不用了，我可以说中文的。

　　将这老外带到会客区坐下，我问怎么称呼？他说他叫做莫利多卡，莫利多卡·勒森布拉，中文名字叫做王豆腐。

　　这名字听得我忍不住笑，问："王先生，你有什么事呢？为什么一定要见我？"

　　王豆腐语气迟缓地问道："陆老板，我这次过来呢，是想跟你打听一个人，他的名字叫做威尔，威尔岗格罗，不知道你认识不认识？"

　　王豆腐的眼睛眯着，稍微有点儿狭长，嘴唇上面有着古怪的深红，我有点不是很喜欢。听他问起威尔，我心中咯噔一下，警戒心起，然而表面却故作漫不经心地说道："威尔？哦，不知道你是他的客户，还是他的朋友？"

　　王豆腐用他古怪的腔调说道："朋友。对的，我是他曾经在英国灵学会的朋友，听说他在你这儿，所以就找过来了。不知道他现在在哪里呢，我能见见他吗？"

　　我的脑子里快速地思考着，嘴上勉强应付道："我想你不能。对不起，王豆腐先生，威尔虽然曾经短暂供职于我们事务所，并且在业内也有一定的名声，但很遗憾的是，去年十月的时候他就离开了我们这里，回到他魂牵梦萦的故乡了。之后我们就一直没有联系了，威尔先生是一个很不错的员工，如果你能够联系到他，请帮我转告，说如果他想回到我们事务所，我愿意开两倍、不，我会开三倍的价钱聘请他。"

　　听着我在这儿满嘴跑马，王豆腐的脸色瞬间变得有些凶狠，不过很快，他立马转换过来，微微地笑了一下，摇摇头说不对，我们的谈话不应该是这样子的。

　　我一愣，说怎么了，那应该怎么样？他没有说话，而是将右手轻轻打了一个漂亮的响指，啪！

　　这声音出现后，整个房间的灯突然就熄灭了。空间骤暗之后，在我的左前方出现了一盏欧式的宫廷古灯，凭空悬浮着，灯里面的火焰不断地跳动。那火焰时而幽蓝，时而金黄,时而青色迷蒙,流露出梦幻一般的光芒,将我的脸庞照耀得光怪陆离,变幻万千。随着这光的不断跳跃,我的心也被一种莫名的力量牵引,仿佛有一个十分舒服的女声在我耳边轻轻说道:"睡吧,孩子,你需要沉眠,好好睡一觉,当你醒过来的时候,你会发现所有的一切都变得更加美好,更加……"

这声音明明就是英语,但奇怪的是,英文还给老师不知道多少年的我,竟然能够明白其中的含义。我知道自己被催眠了,心中不由得一阵怒意:这简直就是鲁班门前弄大斧,真当老子是泥捏的吗?

不过因为不明白这家伙的来意,我便按捺住自己心头的怒火,装作迷迷糊糊的样子,任其催眠。差不多过了一分多钟,一直盯着我的王豆腐站起来,双手在我的面前舞动如花。过了一会儿,又坐了下去,瞧着我迷离的样子,用充满魔力的声音和缓问道:"年轻人,告诉我,威尔到底有没有来找过你啊?"

同样的把戏,当年我审讯王宝松的时候就玩过了,大致回想了一遍当日王宝松那副迷离的痴呆模样,揣摩着回声问道:"威尔为什么要来找我啊?"

见我即使被"催眠",也还没有卸下防备,王豆腐不由得暗自骂一声 Shit,然后用引导式的方法询问:"威尔打破了上帝的诅咒,能够自由行走在阳光之下,他找到了安吉利娜,并且赐予她同样的能力,无论密党还是魔党,或者独立氏族,这十三氏族的所有血族都在找他,让他将这一秘密公之于众,奉献出来,可是……"王豆腐咬牙切齿地说道:"可是他却无情地拒绝了!他被魔党列为第一号敌人,比梵蒂冈裁判所那些肮脏的胆小鬼要靠前,整个魔党都在找他。我们抓住了他的挚爱,安吉利娜告诉我们,威尔手上有一份叫做'该隐的祝福'的药剂。我们从英吉利海峡一直追逐了大半个欧洲,最后在阿尔卑斯山南麓伏击了他,只可惜又让他跑了。有消息说他逃往了中国,而在那里,正是他获得'伟大先祖的祝福'的地方,所以我们来了。他认识的人不多,而你是最有可能的一个,所以你需要告诉我,他的行踪。因为,我们是自己人!"

我缓缓摇头,语气低沉地纠正道:"不对,我们不是自己人。"

王豆腐惨白的脸上突然露出了十分诡异的狞笑,嘴巴大大裂开,露出一对雪白的尖牙,慢慢延伸,几乎蔓延到了自己的下巴:"很快,你就是了。"我依然还是摇了摇头,说还是不行,我又不是处男,童贞早没了,被你咬一口,顶多变成个肮脏的食尸鬼,而不是你们这种"自己人"。

听到我这理智的话,逐渐严肃起来的表情,王豆腐狞笑收敛,眼神变得无端严厉起来,厉声说道:"你,竟然没有被鬼灯催眠?"

我长长地伸了一个懒腰,打着呵欠抱怨道:"谁说不是呢,最近家里面的几个小家伙精力过剩,总是闹得很晚,搞得我睡眠都有些不足,白天瞌睡得要死,又忙得直跳脚,有时候还真的想睡上一觉呢,只可惜就怕这眼睛一闭,我就成了别人的食物。基于这一点,我只得忍一忍了。"

王豆腐霍地站起来，捏着双手，拳骨喀喀作响，手指尖的指甲也开始变长变黑，声音越发地严厉了："你，到底是谁？"

　　我本想深藏功与名，但是装波伊的本性还是忍不住问了一下："哎呀，你都找上门来了，居然不知道我是谁？难道勒森布拉的人脑子里面都装着水泥么，你也不动脑子想一想，能够请得起威尔这样的家伙来当打工小弟的，他的老板是这么好惹的吗？"

　　我将手一挥，那盏欧式宫廷古灯就被我抓在了手里，瞧了一眼，往地上狠狠一扔，大声骂道："就你还敢孤身一人跑这里来瞎咧咧，我还以为是你们的十三圣器呢，结果就一山寨货，完完全全的试用阉割版，你也好意思拿出来？"

　　我这一番羞辱将号称"优雅与残忍并存，高贵与颓废同在"的勒森布拉成员王豆腐先生给彻底惹恼了，他嘶吼一声，恼羞成怒地叫道："愚蠢的人类，不可饶恕！你会死得很惨的。"

　　我朝着门外看了一下，杂毛小道出外勤了，跑到了会州去，估计到夜里才会回来，指望他是不行了。不过练了没多久的巫力大周天行气法门，让我的心中信心满满。我面前的这个家伙，并没有让我产生恐惧感，瞧着他脸色越发惨白，牙尖爪利，惊声尖叫着朝我扑来，我大叫一声来得好，气形于身，伸手便将他给接住。

　　到底是有信心只身而来的家伙，这个王豆腐可比之前的威尔要厉害，尤其是蛮力惊人，我坐在沙发上吃了点亏。人没事，结果沙发一声痛苦的吱呀响，直接朝着后面翻开去。

　　我栽倒在了沙发后面，心中也有些恼恨，翻身而起，让过王豆腐一连串的拳脚攻击，趁着他一味强攻的当口，伸手将他如同钢铁爪套的双手给擒住，放力一扳，这个有着强健体质的吸血鬼立刻一声惨叫，啊的一声喊，张开雪白的獠牙，朝着我的脖子咬来。只可惜他的嘴巴并没有咬到我的脖子，凭空伸出了一只粉嫩的胳膊，王豆腐使劲儿一咬，喀嚓，牙齿差一点都碎了，而麒麟胎身的小妖则被逗得哈哈直笑。

　　听到办公室里面的打斗和吵闹声，在外面的老万敲门，见没有被理会，将门使劲推开，瞧见惨面獠牙、指甲尖长的王豆腐，不由得一声大叫："闹鬼啦！"

第七章　悲催的子爵大人

　　在茅晋风水咨询事务所这样的部门干了这么久，对于这些东西都有知晓，按理说老万也不会这么惊恐，怪只怪这王豆腐先生此刻的外貌实在过于恐怖。他爪子硬长，而牙齿雪白，又尖又利，那如同深蓝色大海一般的迷人眼眸此刻也呈现出积年黑血，因为愤怒而发出来的嘶吼声在办公室里面回荡，在这样天色黯淡的傍晚，确实是十分吓人。

　　老万一声喊，还没有下班的几个风水师和助理就都跑到门口来看，也皆讶然尖叫。

　　这老外的实力很突出，我虽不怵，就怕他失去理智，对这老万这些普通人下杀手，于是我朝着门口大声喊道："出去，关门！"

　　老万这个人平日里老油条一个，滑不溜手，唯一的优点就是听话，得了我的命令，当下就推开众人，将门使劲一关。我与王豆腐在地上翻滚，上下交替着，将会客区的沙发茶几弄得乱作一团。

　　小妖精心布置的办公室被搞得一团糟，气得这小妮子哇哇大叫，瞅准了这家伙的脑袋，冲上去就是一拳，那柔嫩的小拳头砸在王豆腐的腮帮子上面，可怜的吸血鬼大人一口老血吐出来，半边脸都是青肿。

　　王豆腐本待依靠着自己敏捷的身手和强悍的力量，速战速决，然而双手被我给死死制住，铁箍一般，而后脑勺被一双小手抓着，咬又咬不得，接着又被这个看着清新素雅的萝莉少女一顿胖揍，头昏昏沉沉，所有的高傲都被抛到了脑后，老泪纵横，缩着头大喊："你到底是谁？"

　　我一声冷笑，骂了一句"傻瓜"，提起膝盖，朝着这个家伙的下身顶去，弄得这家伙又是一阵大叫："卑鄙的中国人，你怎么能……啊！"

　　王豆腐被一阵暴打。沉默啊沉默，不在沉默中爆发，就在沉默中死亡。陷入群殴中的王豆腐终于将自己的愤怒积蓄到临界值，他青白的皮肤下面，仿佛有无数个小老鼠在跑动，血管肿大，突出的青筋将他整个人都勾勒得立体了几分。吐了几口鲜血之后，他一声大叫，从身上传来一阵巨大的力量，将我和他脖子之后的朵朵给震到了一边去。立起的王豆腐头发根根竖起，一双眼睛红如血海，气势惊人，用极端愤怒的声音低吼道："肮脏的爬虫，你居然敢挑衅伟大的莫利多卡·勒森布拉子爵，你死定了！"

　　他的浑身上下，都有浓郁的血气在翻滚，一双眼睛几乎都要凸了出来，话音刚落,一股无形的恐怖波纹就从他的足尖出现,朝着四处蔓延。下一秒,他就出现在了我的面前,尖锐的右爪呼的一声响,朝着我的脖子处划来。

瞧这动静,看来他是气坏了,早就已经忘记了将我也变成同类的大话。不愧是与威尔一般的同类,王豆腐的速度快得简直难以用肉眼去捕捉。然而见识过杨松修这样顶级大佬的战斗方式,我却并不会畏惧,而是摈弃了视觉上面的幻影,直接用炁场的触摸来感应轨迹,当下也是深吸一口气,口吐真言,曰:"镖!"此言一出,我身子先往后一缩,然后骑马蹲裆,以极细微的角度错开王豆腐的攻击,一记民间流传甚广、最为朴实的"黑虎掏心",真真切切地印在了他的胸口上。

砰!王豆腐的胸口可不是豆腐,这一拳击在他的胸膛,我的拳骨上立刻传来了一阵枯树般的触感。前文有言,这九字真言中以"镖"最富攻击性,又译作"兵",表达行动快速如镖,降三世羯摩会之意。这王豆腐或许是位极厉害的家伙,但是他毕竟还比不上与我曾经交过手的密党传奇爱德华男爵,故而在这一击之下,他痛苦地一声大叫,整个身子都砸在了靠窗的那一面墙上,砸得攀附在上面的墨绿藤蔓汁水四溅,而他则软软地滑落了下来。

看着对他隐隐呈现围攻之势的我们,又看着自己塌陷下去一大块的胸口,王豆腐背靠着墙,勉力支撑着身子坐起来,苍白可怖的脸上露出了难以置信的神情,皱着眉头质问道:"怎么可能,平凡的你,怎么可能会有这么大的力量?难道、难道你是中国古老而神秘的门派成员?"

我缓缓走近这个完全不复之前绅士模样的男人,冷冷地说道:"一个陌生人跑到我的公司里,质问我前员工的行踪,并且袭击了我,损坏我的办公用品若干,王豆腐先生,你是愿意赔偿我的经济以及精神损失,还是愿意被我扭送到有关部门,享受一下法律的威力?"

王豆腐并没有听明白我话里面的含义,而是喃喃地在嘴里念叨道:"克拉克伯爵曾经提醒我,在中国不要太肆意妄为了,因为这片神奇的土地上,有太多让人看不清楚的恐怖。我现在终于明白了他的话。"

我盯着这个被我一拳揍成重伤的可怜虫,厉声问道:"好了,是时候做选择了,我亲爱的王豆腐先生!"

我严厉的声音让王豆腐猛然抬起了头,他的眼睛里面有熊熊燃烧的烈火,那两颗雪白牙齿更加锋利了。他竟然又笑了,狰狞莫名,轻喃道:"既然如此,那么就不得不逼我出绝招了!"

我心道不好,没想到这个家伙竟然在穷途末路的情况下,选择了狗急跳墙。但见他将锋利如刀的十指插进了自己的小腹,掏出蠕动伸缩的一团肠子,剧烈的疼痛让他变得更加面目狰狞,也赐予了他无穷的力量。下一刻,他像弹簧一样从地上蹦起来,牙齿几乎瞬间到达了我的脖子前,仿佛跨越了时间和空间。

我若被咬,局势必定瞬间逆转,然而我却笑了。肥虫子从我的脖子处冒了出来,直接射入他的口中。肥虫子身躯肥大，比大拇指还肥上一圈，以子弹一般的射速进入，便是那吸血鬼身上最坚硬的吸血尖牙，也被磕坏一个口子。王豆腐如遭雷轰，脑袋往后仰，而双手却仍然紧紧地抓住了我的胳膊。他用力一抓，我立刻感到一阵火辣辣的疼，那是被指甲给划伤了手。面对着这样冥顽不灵的家伙，而且还是异类，我的脾气可就没有那么好了，当下也是双手一翻，反过来将他的双手抓起，一点也不犹豫，借着势，双脚腾空，重重地蹬在了这个家伙的胸口。

经过这些天对力量的融合，我的这一下可并非玩闹，在我双腿蹬直的刹那，王豆腐的双手被我活生生地拉扯断开，齐肩而脱，鲜血狂涌而出，而他本人则朝着我办公室旁边的落地窗飞去。砰！裹挟着巨大力量的王豆腐在厚重的钢化玻璃上稍微停顿不到一秒，接着继续往后退，砸碎玻璃，跌落在了空中，径直跌落。

刚才打得痛快，见到自己玻璃都碎了的我立刻心疼无比，想甩开王豆腐的一双残手，却发现这手竟然紧紧抓着我的双手不放。我也来不及甩开，几步冲到窗前往下一看，好在下面没人，地上除了一地碎玻璃，什么都没有，就连王豆腐的尸体都没有。

我皱着眉头疑惑，旁边的朵朵指着天空喊道："陆左哥哥，你看那儿。"

我抬头一看，见一大群黑色的蝙蝠晃晃悠悠地飞向天际去。我张大了嘴巴。王豆腐这厮看着好像并不是很厉害，但到底是挂着子爵头衔的血族，竟然还有这种本事。小妖瞧见了，愤声大叫："打完了就想跑，这办公室损坏的财物谁来赔？"

她纵身就想要去追，却见那一群黑蝙蝠轰然四散，各自飞离，根本无法抓起。

我瞧抓在我手臂上的一对残手，上面灵气流动，突然间也化作了四对蝙蝠，展翅欲飞。我哪里能让这东西跑了，恶魔巫手一运转，这些蝙蝠顿时僵直不动弹，已然死去。

这时门外都闹翻了天，老万在门外大叫，说陆哥，陆哥，你怎么样了，没事吧？

远处有一个蝙蝠晃晃悠悠地飞了回来，脑门顶上正是肥虫子，小家伙正地冲我乐。我意念一及，顿时笑了起来，敢情肥虫子已经下得暗线，那就不怕他跑了。我将手上这八只被恶魔巫手的力量震慑死去的蝙蝠甩在地上，若无其事地过去开门，老万、张艾妮、王铁军还有几个事务所老人，都挤在门口，关切地问候着。我笑了笑，说没事，就是窗破了，需要修理。

老万告诉我，说他刚才打电话给曹彦君了，对方告诉他很快就来。我点了点头，去洗手间清洗了一下伤口，又换了一件衣服，留几个人在这里处理残局、打扫卫生和应付大楼物业，其余人则都给我赶了回去。

差不多过了半个小时，曹彦君带着几个兄弟过来了，见面就问我，说你这里也遭吸血鬼了？

第八章　危机来临时

听到曹彦君这句话，我大为惊讶，问到底怎么回事，难道最近有大批吸血鬼在闹事，或者寻找后裔（也就是咬人），事情已经闹得人尽皆知了吗？

曹彦君笑了笑，摇头说没有，这些家伙虽然行踪诡异，但是自从上个世纪义和团事件中老一辈人出手之后，整个西方世界的那些家伙，普遍都不怎么敢来中国，一般都很低调。他之所以会这么问，完全是因为前段时间海蓝那边的海关边防发现有人偷渡入境，当时不知道是怎么回事，在协查的过程中发生了交火，偷渡者大部分跳水逃逸了，只有几个人中枪倒地。当时的缉私上船检查的时候，发现有一个人虽然半边身子都烂了，却还活着，而且还能暴起伤人。那家伙咬伤了一位海关工作人员，被当场击毙了，结果后来那个工作人员却变成了食尸鬼。特勤局去处理之后还在内部参考里面出了通讯，叫各分局注意一点。刚才接到老万的电话，一听描述，曹彦君就知道这事情，可能跟那一窝偷渡客有关系。

关于这世界格局，在怒江集训营的时候教员何斯就曾给我们上过课。我知顶端的神秘力量并非中国一家独大，或者是亚洲独有。文明有多久，这些势力便有多久，固步自封、坐井观天，自然不行，而曹彦君所说的我当日也曾经系统学习过一些，算不得秘闻，只是对这海蓝偷渡客有一些疑虑，问这些家伙通过正常途径进入不行吗，为什么非要偷渡？

曹彦君笑了，说我们部门在机场的国际航班都会设巡岗检查的，异类生物怎么可能进得来？

我不再言，带着这几位来到会客室，叫还没有下班的小俊泡几杯咖啡来。刚一落座，曹彦君就没有忍住好奇，一点也不跟我客气地问道："陆左，陈老大那里正头疼这些人来我们这儿的目的呢，你赶紧跟我详细说一说，这家伙过来找你，又是为了什么？"

因为都是系统内部的人，所以他也没有按照程序进行笔录，只是口头了解。而一般遇到这种事情，我都是需要写一个报告交上去的，不然还真对不起每个月按时到账的那一笔工资。此刻听到有人肯帮忙，我自然乐意，说你还记得我事务所里面，以前有一个老外没？

"记得，怎么能不记得呢？就是以前一直跟在你后面那个帅哥威尔嘛，我几个小弟背后跟我吹牛的时候，还说陆左那家伙谱还真大，开个破事务所，还弄一个老外来拎包，简直是'碉堡'了。怎么，跟他有关系？"

曹彦君没见过几次威尔，不过听我这般特意提起来，脑子一转，立刻明白了个大概："威尔也是个血族？"

我并不答话，而是看着他周围的兄弟，说你们这些家伙平时在背地里，就是这么编排我的啊？

旁边几个有关部门的成员都连忙摆手，坚决地将自家老大供出来："胡说，明明就是曹老大自己说的好吧？"曹彦君嘿嘿笑，望着我："说正事呢。"玩笑话不多说，我点了点头，说是。曹彦君说不对啊，我上次在机场还是在哪里，外面大晴天，好像有见他在阳光下行走，也没有事啊。你晃我呢，当真以为我什么都不懂？

其实威尔的身份，大师兄和董秘书等一干人应该都是知晓的，不过曹彦君虽然是龙虎山天师道出身，但本事毕竟算不得厉害，而信息又没有传达到他这儿，所以不清楚也是正常。我摸了摸鼻子，没有说话。曹彦君立刻知道了我的心思，叫手下的兄弟去我办公室查看现场，并且从小妖那儿移交王豆腐的残肢。见人走了，会议室的门都给带上了，我这才将刚才与王豆腐的对话和我所知道的情况告诉曹彦君。听完过后，曹彦君如梦初醒，说："原来如此，不过说实话，倘若那个'该隐的祝福'是真的话，威尔岗格罗还真的是绝世的天才，不光吸血鬼要找他，我估计连梵蒂冈裁判所的那些宗教疯子都在找他呢。你这朋友闯了大祸了，这简直就是一场开天辟地的变革，难怪最近地面上不太平呢，原来是这样。不行，我要跟陈老大报告一下！"

警觉性很高的曹彦君说着话，不由得就紧张了起来，一边掏出手机，一边问我："你真的没有见到威尔？"我耸了耸肩膀，说我要是威尔，直接往热带雨林或者荒郊野岭里面一钻，谁也找不着。反正都是岗格罗氏族，犯得着不远万里地跑回中国来吗？

曹彦君点点头，颇为认同。然后就当着我的面给董秘书打了电话，请求跟大师兄汇报。

瞧这个家伙恭敬地打着电话，我心想能够以龙虎山三流弟子出身跻身于东官分局的领导层，曹彦君并非只是因为与大师兄交好，而是因为他很有能力，至少嗅觉敏锐，侦察能力也不错，最重要的是十分会做人，深谙为官之道。

正在这个时候，杂毛小道推门进来，瞧见我这一副场景，笑嘻嘻地招呼道："听说你中奖了，老万电话里讲得啰里巴嗦的，怎么回事？"

我瞧见朵朵和小妖跟在他后边，一副幸灾乐祸的样子，就知道小妖在后面编排我了。不过也没有心思跟他闲扯，把他拉过来，把威尔遭灾的消息告诉了他。听到这个消息，杂毛小道眉头皱了起来，说可能我们没有那种经历，不知道自由行走于阳光下对于这些家伙有着怎样的诱惑力，以致当初并没有提醒威尔。哎，我想起来了，当初你给种上了吸血鬼的诅咒印记，到现在都还没有解开。上次在鲁东肥城，弄到了狼人内毛，火蜥蜴的血也好找，不过怎么配来着？

我摸了摸额头的那道印子，因为头发浓密，而且又有遁世环遮盖气息，所以王豆腐并没有瞧出来。其实这印记本来也是可有可无的事情，一来有大师兄送的遁世环

238

在，二来我泱泱华夏，哪里有啥子吸血鬼，所以往日并不注意，但是值此吸血鬼大举进入之际，能够抹除，还是弄一下的好。只可惜威尔这个会消除的家伙不在，我们又根本不知道配方，于是一时抓瞎了。

我们商量着血族印记的事情，曹彦君在那边一直点头，最后将电话递给我，低声说道："陈老大有话跟你讲。"我接过电话，跟大师兄寒暄一番之后，听他嘱咐我，说他已经调集在家里的部分力量往这边赶了，赵中华也接到消息过来。这几天让我们多注意点，最好能够找到那些人的老窝，一网打尽。

大师兄说得斩钉截铁，显然是动了真怒。想想也是，才消灭闪魔没几天，结果这伙老外又过来折腾，真的不让人过一天舒心日子。想到这里，他肯定是开心不起来的。

我点头，说我这里有点线索，先等等，只要他们还在东官，那就有来无回。

大师兄哈哈笑，说陆左你办事，我是放心的。这事件由赵中华负责，你们到时候多沟通。

我说没事，我跟那破烂掌柜的好着呢。大师兄又交代了几句，挂了电话。没多时，曹彦君这边已经完事了，问要不要派人贴身保护我？我耸了耸肩，瞧着他手下那几个不入流的弟兄，笑着说你要不要我保护你回去啊？曹彦君不由得笑了，说得，我这是多此一举，依老弟你的身手，不用我操心。好了，回见吧，有任何事情都可以通知我或者老赵。

曹彦君收队了，而我的办公室也差不多被保洁阿姨和几个老员工收拾妥当。瞧见大家都关切地看着我，我不得不给大家打气，说此乃小事，跳梁小丑而已，各位无需担忧，都回去吧。

老万嘻嘻哈哈地起哄道："陆哥，你够厉害的啊，竟然把人都给甩到墙外面去。"旁边几人都不住夸赞，杂毛小道吩咐猫儿今天给大家算加班。将这些人送走，我们也出了大厦。我原来的帕萨特卖了，现在开的是事务所给配的一部黑色奥迪 A4L，小俊刚将杂毛小道从会州载回来。

车是杂毛小道在开，出了大道，一路往西，朝着我们现在的住处行去。这司机上手不久，开得有些慢，而我则转头跟后排的朵朵、小妖讨论如何重新布置办公室。快到小区附近的时候，车子突然间一个急刹车，我差点撞到前面去。

摸着额头，我骂了杂毛小道一句，问他要不要换人，只见他好似没听到我说话，而是直勾勾地瞧着左边窗户处。我顺着他的目光瞧过去，见一个高瘦的黑影，在路边花坛中，正朝着这边瞧来。

第九章 威尔归来

瞧见这个高瘦的身影，我感觉很眼熟，不过因为是逆光，黑乎乎的，什么也看不清楚。然而杂毛小道却将车子靠边停了下来，然后拍了拍我，说过去看看。杂毛小道表情严肃，车子没有熄火。我知道对于刚才我遇袭的事情，他虽然嘴上说得轻松，但是心中还是有着十足的防备，也没有多言，将车门打开，快步走向那个黑影子。

见到我快速跑过来，那个黑影子并没有跑，而是将目光越过我，警戒地朝着前后左右扫量。

我走到了近前，闻到一股浓浓的血腥味，定睛一瞧，不由得失声惊叫道："威尔？天啊，竟然是你？"

原来站在花坛后面畏畏缩缩躲着的高个儿男人，正是与我们阔别已久的威尔岗格罗。这个长相异常英俊的男子此刻正佝偻着身子，身上穿着一件路边摊随意弄来的廉价衬衫和西裤，身上有浓重的血腥味。虽然将自己的脸隐藏在阴影当中，但是能够瞧得出来，他的气色并不是很好，听到我这般惊异的喊声，他苦笑着说道："陆，我的老板，咱们能不能轻一点儿，要知道，我现在屁股后面的追兵，多得让你难以想象。"

他似乎有千般的话儿要说，我伸手拦住了他，说这里说话不方便，车里谈。

我走过去扶威尔，发现他胸腹部有伤口，能够闻到溃烂的血肉气息。显然正如王豆腐所说，这个家伙受了很重的伤，真不知道他是怎么从欧洲逃到这边来的。威尔有一米九，这么个大个儿倚在我身上，我也不犹豫，带着他就走向了路边。小妖在车里早就瞧见了，打开车门，帮忙扶着威尔进去。

我将车门关好，钻进了副驾驶座，杂毛小道二话不说，油门一踩，车子就朝着前方驶去。走上了正路，威尔在两个朵朵的照料下坐好，苦笑着跟我们说道："之前还在犹豫是不是要找你们，不过我这会儿也实在是没有办法了，想着陆左你也许能够帮帮忙，所以才冒险前来。"

我回头瞧着捂着肚子的威尔说道："威尔，你不用多说了，你的事情我们都知道了，对于你的遭遇我们表示很同情。别的先不说，谈谈你现在的情况吧。"威尔见我并没有多问，犹豫地说道："我，我想提前告诉你，如果收留了我，你们可能会受到很多来自血族的袭击。我的意思是说，如果不行的话，你们还是把我放到安全的地方吧。"

威尔越是这么说，我们越觉得威尔所受到的压力可能是太大了，所以才会担心牵连到我们。杂毛小道一边开着车，一边哈哈直笑，说我的朋友，你的提醒似乎有点晚，在一个半小时之前，我身边的这位倒霉蛋已经受到了袭击，出手的正是与你一样的种族。"

"什么？他们下手了，来的到底是谁？"威尔显得有些惊慌，我瞧他现在的神态，这是长期生活在惶恐和不安的环境中的应激性疲惫，跟我们当时亡命天涯的状态，是一样一样的。

"中文名叫做王豆腐，英文名叫做莫什么卡来着？"我忘记了王豆腐的英文名怎么拼，就记得后面的姓氏："勒森布拉！"威尔听到了，眼睛凝成了一条线，缓缓地说道："哦，原来是这个该死的家伙啊，他是魔党里面少数能够说中文的血族，是个狂傲而固执的家伙，我跑到中国来，他应该也被调过来了。陆，你没事吧？"

小妖在旁边笑，说有事的应该是那个王豆腐，他傻乎乎地跑到事务所来，一双手让死陆左给撕下来，然后给一脚踹飞到了楼外面去。只可惜那个家伙化身成了蝙蝠群，飞走了，追不上。

威尔瞪圆了一双眼睛，吃惊地说道："天啊，他可是子爵！"

我摸着鼻子想了想，说好像是，这个家伙似乎提了这么一嘴。威尔望着表情轻松的我和杂毛小道叹气，说天，你们真是不断让人惊讶。莫利多卡·勒森布拉在魔党里面可是了不起的人物，却被我们砍瓜切菜一样直接给弄废了。

他思索了一番，跟我们解释道："化身为蝠，是勒森布拉直系传人的特殊技能，不过并不是无限度而为的，像他这样级别的，一般只是在受到致命攻击之后才能勉力施展，而且在结束之后，三个月内都无法动弹，现在的莫利多卡，我估计应该待在棺材里面了。"

杂毛小道开着车，抬头看了一下后视镜，说威尔，谈谈你的事吧。

威尔捂着自己的小腹，沉默了几秒钟，抬起头来说道："既然你们已经见过莫利多卡了，想必也知道了事情的大概由来。唉，都怪我，太大意了，带着安吉列娜在伦敦逛街，结果让该死的代理人看到了，然后就面临了铺天盖地的质询和追杀。我带着安吉列娜逃跑，她在英吉利海峡的时候被魔党掳走，而我则逃了，后来我又在阿尔卑斯山麓遇伏，幸亏藏身积雪之下才幸免于难。"

威尔回首往事，感叹道："他们有追踪的秘法，整个欧洲都是他们的眼线，而北欧又是狼人的地盘。我待不下去了，没有办法，只有潜入西班牙，搭了一艘前往温港的货轮，躲在装满鞋盒子的货舱里漂泊好久，才来到你们这儿。"

威尔的遭遇各种曲折，让人感慨，我指着他发臭的小腹，说：什么伤？

威尔笑了，说这是魔党黑暗之手一名恐怖的血族伯爵出的手，灼热魔火，我竟然能够从他的手下活着逃走，还真的是奇迹啊。

正说着，杂毛小道又停车了。只见杂毛小道将车窗打开，一只痴肥的鸟儿挤进了车里来，话还没有说，直接就骂了几句娘，闹得很。

钻进来的虎皮猫大人告诉我们："房子里面来了好几个肮脏的臭蝙蝠，都是有些年头的老家伙,守在那儿等你们回去呢。有一个老不死的还想吸大人我的血。嘿,我这暴脾气,倘若要是大人我还在当年,这些家伙根本就是弹指间灰飞烟灭的小角色。"

灰溜溜跑开的虎皮猫大人正回忆当年的鲜衣怒马,瞧见后车座的威尔,不由得开心地大叫道:"嘿,看看谁回来了!我亲爱的威尔小帅哥,大人刚才说的可不是你。呃,我想说,再次见到你,我很高兴!"

"我也是,我尊敬的猫大人!"

虎皮猫大人跟威尔寒暄打屁,而听到这个消息的我和杂毛小道则对视一眼,知道不管威尔有没有来找我们,这件事情就是黄泥巴掉到裤裆里,不是粪也是粪,甩脱不了的。

我们商量了一下,决定先不回家,车朝着南城郊区开去,然后通知曹彦君这个消息,让他调集人手,荷枪实弹地杀过来。之后我又通知赵中华,说我们这里有一个朋友,需要藏一下,问能不能先送到他那废品站里去。这破烂掌柜也很敏锐,问是不是威尔?我也不隐瞒。他说好,让我们先过去,他通知一下站里的兄弟先撤离,不然要真有麻烦找过来,那些普通人可招架不住。

杂毛小道加快了速度,不多时便到了赵中华位于南城郊区的废品场。他这个地方比较正规,除了外面的堆场之外,还有两个仓房以及工人值班和住宿的小楼。我们到的时候,赵中华正好将人给送走了。

下了车,老赵引我们到值班室里面,瞧见威尔一脸憔悴地捂着肚子,胸腹间阵阵腐臭,连忙把他扶到值班老头的床上躺着,问到底怎么回事,怎么伤成这样?

赵中华之前接到了曹彦君的报告,已经大概知道了是怎么回事。杂毛小道将威尔的衣服掀开,我便跟他解释了几句细节。正说着话,听到杂毛小道一声低呼,我转过头去,低头一看,只见威尔的衣服下面,大半个胸膛的皮肤都腐烂了,露出好多发白的腐肉,黏稠的黄色汁水和脓血沾在上面,里面似乎还有黑色的蛆虫在蠕动,一股恶臭从床上传来,让人作呕。

我们的脸上都露出了难受的表情,而当事人威尔却坦然,他扯过床上揉成一团的床单,抱歉地说道:"嘿,各位,要不然我把它挡住吧,希望不会因此而影响到你们的胃口。"

我们都摇头,表示不用。杂毛小道奇怪地问威尔,说你们血族的生命力不是很强悍的么,这伤口怎么没有愈合?威尔说没办法,出手的是道格,恶魔伯爵,这伤口受到了诅咒,是不能够凭借体质和药物来愈合的。

我很奇怪,说威尔,你干吗不将配方交出去呢?倘若你交出去了,一定会成为血族的英雄,而不是现在到处躲藏的老鼠。杂毛小道和赵中华也都点头,只见威尔苦笑道:"我倒是想。配方都交给了卡玛利拉议会,可是他们对我说的太岁原液一直有质疑。而后消息走漏,魔党介入,根本就不相信我所说的话,直接将安吉列娜劫持了,又要抓捕我。你们不了解魔党那群狂徒,他们根本就不会顾及什么,也不愿讲道理,

我要是落在他们手里，不但救不回我的挚爱，我也会被活活折磨死的。"

　　任何合作都需要建立在平等互利以及双方的诚信基础上。显然，臭名昭著的魔党并不是一个好的合作对象。我们点头表示理解，然后问他有什么打算。

　　正在强忍着巨大痛苦的威尔伸出手，抓住我，恳求道："陆左，我可以信任的朋友不多，你能帮助我，救回我可怜的宝贝安吉列娜吗？"

第十章　衔尾追击

这个曾经风度翩翩学识渊博的英俊老外，此刻紧紧抓着我的手，用恳求的目光凝望着我。想起我们曾经共同经历过的生死岁月，还有那平日里相处的淡淡友谊，我点了点头，说："威尔，你能够过来找到我，这便是对我的信任，好吧，我答应你。不过我想知道一下你的计划，好吗？"

杂毛小道也在旁边劝说道："威尔，都是朋友，帮忙自然是没有问题的。但是我们需要对细节进行一定程度的沟通，比如尽快治好你的伤，防止那些追杀者闻着味道过来；还有，你美丽的女友在哪儿，如果是在英国，那我们可真的就抓瞎了！"

这时小妖端过来一杯水，威尔喝了一点，胸膛裸露出来的灰红内脏一阵蠕动，结果被呛到了，不断咳嗽。我瞧见他难受的样子，问要不要通过关系，从血站或者医院弄点鲜血来？

威尔摆手说不用，他戒了。

听到这话我们都诧异，说哎呀，连鲜血都能戒，你还叫作血族吗？

威尔脸上露出了惨笑，说："准确来说，我和安吉列娜在这地球上，应该算是另外一个物种了。自从服用了'该隐的祝福'之后，不但能够见到阳光，而且身体对鲜血的依赖也降到最低了。这么说吧，以前鲜血对于我们来说是食物，是米饭面包等主食，是必需品，而现在，只是一种可有可无的美味食物而已。只要忍得住那种甘美的诱惑，一辈子不喝，都不会有事。"

我们皆诧异，没想到那用太岁原液配出来的药水，竟然还有这般作用，竟然将威尔整个人的体质都改变了。威尔不管我们的惊奇，开始讲解起了他的计划来：现在追踪他的那一伙人出身于魔党。魔党与卡玛利拉议会，也就是密党，关系冷淡，甚至敌对，安吉列娜就是落在了他们的手上。

当日他通过一些渠道放话出去，倘若魔党胆敢伤害安吉列娜哪怕是一根毫毛，他们就休想得到任何关于"该隐的祝福"的信息。

这狠话使得追杀者投鼠忌器，使得他能冲出重重包围，辗转来到了中国，来到了东莞。而他的想法则是联络密党，承诺最迟明年提供部分药水，借以对抗魔党的压迫。当然，这事情他在英国的朋友也正在跟卡玛利拉议会谈判。此时此刻，他想以自己以及手上仅剩的那一瓶药水为诱饵，先将安吉列娜从魔党的手中救出来。

说到这里，威尔紧紧握着我的手，说陆左，你倘若能够答应我，我可以为你打五十年的工，来作为此次的报酬。

血族的寿命是漫长的，威尔这外形俊朗的家伙虽然看着仿佛只有二三十岁，但作为一个如同达芬奇一样神奇的科学家、艺术家和社会学家，他存在于世的时间远远比我所看到的要久远。不过即使如此，五十年，对于他来说也是一段不短的时间。

我摇了摇手，说打工的事情另外说，我想知道的事情是，没有了原液，难道你还能够量产"该隐的祝福"吗？

威尔苦笑，说不能。每一滴原液都是钟天地之灵气孕育而成，虽然他返回伦敦之后的大部分工作，都是在实验室里，尝试着人工合成原液。可是在目前这种实验条件下，如果不是上天眷顾，基本上是不可行的。

听到威尔的解释，我笑了，说得，原来你在密党那边，也是开着空头支票呢。

杂毛小道见威尔一副憔悴欲死的样子，说："威尔，现在的你需要休息，需要真正的休息，我们先要将你身上的伤势治疗好，免得将来你家大洋马被解救出来的时候，你连床都上不去。哦，天啊，要是那样，她会不会移情别恋，看上，譬如我呢？"

听到杂毛小道的调侃，威尔一直紧紧绷着的脸终于露出了一点儿笑容，伸手给了他一个中指，故作愤怒地笑骂道："放心，安吉列娜不会看上你这瘦不啦叽的家伙的。"

说话间，杂毛小道将威尔整个上身的衣服都剥下来，露出其肌肉结实的身体，他的指尖轻轻滑过威尔溃烂的伤口边缘，有隐约的气，在上面盘旋着。深深吸了一口气，他笑了起来："你这家伙还真的是幸运啊，我师父刚刚传我那显圣甘露法食咒的不传之秘，正好可以将你身上这恶毒的黑暗力量给消融掉，你说巧不巧？至于伤势嘛，哎呀，你这胸口和小腹没有得到及时治疗，基本都已经腐烂了，想要短期恢复，只怕……"

他看向了我，说小毒物，肥肥可以吗？

我从身上掏出一个袖珍强光手电，仔细观察了一会儿伤口。这是由八道狰狞的抓痕形成的伤口，几乎遍布了他整个胸腹处。特别是小腹，大片的皮肉组织翻开，露出屠宰场里可见的那种烂肉来。亏得威尔是一个血族，要不然还真的支撑不了这万里逃亡路。

这伤势，再不治，只怕他就是血族都得挂了。我转过头来，问掌柜的，这里有没有隐秘一点的地方，威尔这伤口气味独特，很容易引来敌人的。

赵中华说有，带着我们到了隔壁的一间库房，越过许多破铜烂铁，来到中间的一个铁皮柜子处，他在那里面摸索了好一会，地上裂开一个口子来，领着我们下去。

地下有两间房，里面一间有三铺床，还有一些铁将军把门的铁柜子，生活起居的东西也都有，而且还有排气扇，大的那个房间甚至还有一排显示器，监控着废品场的各个角落。

我摆弄了一下监视器，笑着对掌柜的说，你到底是有关部门的外勤人员，还是窝藏在人民内部的特务间谍啊？没想到还挺齐整的嘛。

赵中华嘿嘿笑,说出来混,谨慎最重要,狡兔三窟,关键时刻这地方能救命呢。

威尔这边情况不妙,似乎有些命在旦夕的感觉。真不知道他是怎么熬过来的。情况危急,闲话便也不多扯,杂毛小道将威尔扶在了床上,将全身剥得只剩下那条臭烘烘的四角裤衩,露出仿佛雕塑一般完美而结实的身体来。

密室有水龙头,朵朵打来一盆清水,用干净的毛巾将威尔全身给擦净,重点将他伤口边缘的血痂和脓水擦干。完成这一步之后,杂毛小道从随身行囊里面拿出一张沐浴度魂咒符,贴在他的额头上,将眼睛和鼻子给遮挡住,然后开始净手焚香,进行准备工作。

我帮他打下手,然后观察着他那恶心流脓的大片伤口,上面似乎还有隐隐的黑气在翻滚,下意识地问杂毛小道,说这是老外的招数,你能行吗?杂毛小道将手上的净水甩干,笑道:"新学的,行不行,看疗效。"

说罢他双手凭空一抓,立刻从袖子里飞出两张黄色符箓,脸色肃然凝重了几分,口中轻轻念叨道:"冷冷甘露食,法味食无量,骞和流七珍,冥冥何所得……一念升太清,再念叛虚无,功德九幽下,旋旋生紫微!"

威尔胸中的黑气在杂毛小道咒文念起的那一刻便开始盘旋游绕着。一边化作利爪,紧紧抓着威尔的血肉,一边化作狰狞的鬼头,朝着作法的杂毛小道挑衅咬叫。杂毛小道不为所动,毅然快速将符咒持完,然后将手中的两张符箓以同样的速度,精准地贴在了威尔的双乳之上,大声喝念道:"疾!"这一声喝令,让贴在威尔已成垒块的胸肌之上的两张黄符纸瞬间燃起,那些黑气被符纸统统吸入。本来安然躺在床上的威尔浑身僵直,像一根木头棍子一样剧烈颤抖,将床板都给擂得轰然作响。在最后关头,他竟然双腿不屈地直直站起来,被杂毛小道挥了一拳,砸回床上去。

砰!床榻了,而威尔也老实了,一动也不动,仿佛死了过去。

杂毛小道瞧见垮塌了半边的床,拍拍手,回头瞧了我一眼,说小毒物,轮到你了。他去水龙头处洗手,而我则将肥虫子给叫唤了出来,与它沟通,让它将威尔的身体机能给恢复回来,它吱吱地叫了一声,似乎有些不愿意,结果那黑豆眼睛瞥见了小妖不怀好意地朝着自己走来,立刻尾巴一僵,落在了威尔的胸口上。肥虫子落在的地方,正好是威尔受伤最严重的小腹处,那里的肠子都快要翻出来了,肥虫子也不客气,张开嘴就开始啃咬起威尔腐烂的皮肉组织,发出蚕吃桑叶似的沙沙声响。

它在那儿吃,而仿佛死过去的威尔也似乎有了一点儿动静,胸口不断起伏,眼睛朦朦胧胧地半睁着。

刚才的咒法对于杂毛小道来说似乎有些勉力,洗完手之后他就盘坐在一张干净的床上闭目调息。而我则与掌柜的将威尔轻轻抬到另一张床上安歇,让朵朵、小妖和虎皮猫大人在旁边照看着。我们出了里面的休息间,在外面的监控室前坐着聊天。

掌柜的与我们也是好久不见,谈起在鲁东的见闻,颇有些感慨。我们说了很多,其间曹彦君还打电话过来,说他们去了没找到人,扑了一个空,我忍不住骂了声娘。

时间不知不觉地过去，我也有些困倦。突然，掌柜的站起来，沉声低喝道："这么凶，还真的找上门来了？"

我抬起头，只见左边的显示器上面，有四五个西服男子正在院子里，检查着我们的那辆奥迪车。

第十一章　伏中伏，环环相扣

掌柜的指着屏幕上面的图像给我看，因为是夜晚，差不多十一二点钟了，而且又是在灯光不明的地方，所以画面并不是很细致。隐约能见到四五个西装男散落在场院里面，围着我们开来的奥迪A4在检查着什么，而他们旁边还有两台黑色的套牌车，没熄火，里面似乎也有人。

为了防止有人偷入盗窃，废品站的场院里有两台监视探头，交叉无死角。掌柜的连忙调出另外一个画面，仔细地对比了一下，发现这些西装男都是亚洲面孔，或者说根本就是我们中国人，再瞧那模样，似乎也并没有吸血鬼那种独特诡异的气质，反而更多的像是安保公司，或者是开堂口的社团组织，也就是大家口中所谓的黑道。

我有些疑惑，说难道这些人并不是来找威尔，而是过来找我们麻烦的？咦，我们最近都是和气生财，没得罪什么人啊？

我心中疑惑，感觉身后有异，回过头去，发现刚才还在闭目打坐的杂毛小道不知道什么时候已经站在我的背后，左手背着，右手摩挲着自己的下巴，很肯定地说道："跟我们没有关系，来的人应该是追杀威尔的血族在这里找的代理人。"

何为代理人？我们知道，血族虽然生命久远，而且恢复力特别强悍，使得他们能够在这个世界顽强地生存下来。但是有得必有失，不能够白天、特别是有着阳光的晴天出现的他们，有着先天的劣势，他们已经基本上退身于幕后，隐于地下，将自己的势力交由一部分投靠血族的人类来掌管。这些明明知道血族是异类、但是为了自身利益而为其效力的人类，便被称为代理人。

我有些奇怪杂毛小道为何如此肯定，问为什么？他指着画面上的一个细节，说看看这个。我们顺着他的手指看过去，只见左边一辆车的后窗已经被摇了下来，露出了半张脸。

"老外？"掌柜的轻声说道，然后将画面放大，当看到这个家伙模糊的脸孔时，我点了点头，此时此刻，出现在这里的家伙，又是外国人，就算不是吸血鬼，那也跟王豆腐那群偷渡客有着扯脱不了的关系。

明白了这一点，掌柜的立刻拿起手边的座机，拨打了曹彦君的座机，问他现在在哪里？

曹彦君说巧了，刚刚回到局子里面，准备去吃夜宵，然后该值夜班的值夜班，该回家睡觉的去睡觉。掌柜的立刻告诉他，先不要收队，带着人直接到他的废品站来支援，刚才的那些家伙现在已经跟到他这儿来了。

正跟队员商量着吃什么夜宵的曹彦君一听到这个消息，在电话那头大声骂了一句，然后开始发号施令，召集人马。

在掌柜的打电话的时候，我和杂毛小道已经研究起了尾随而来的敌人。除了那个藏在车子里面的老外似乎还有点实力外，其他的基本就是一招撂倒的货色。不过瞧那腰间鼓鼓囊囊的，似乎还带着武器，刀具还好，咱空手接白刃的功夫不是说着玩的，但倘若是枪，这子弹不长眼，还真得提防一点。

掌柜的撂下电话，场院里面的那些家伙已经朝着库房走了过来，而那两辆车的后车门也打开了，出来了一男一女两个老外。男的二十来岁，长得跟《美国派》里面的奶油高中生一样，女的年纪跟他差不多大，只是那样貌嘛，杂毛小道一见着就忍不住拍着大腿，激动地叫嚷起来："哎哟喂。"

毫不夸张地说，除了好莱坞银幕上面见到的那些大明星，现实生活中，我能够瞧见的外国女人，就属这一个漂亮。她有着极富立体感的美丽面容，挺直的鼻梁显示出这个女人的坚毅，而微翘的粉红唇瓣如花绽放，又将女人的可爱俏丽给淋漓尽致地体现出来，皮肤滑润如凝脂，跟洋娃娃一样，波浪发是最美的金色，至于身材，还真的是胸挺臀翘一握腰，身高几乎能与我齐平，标准的大洋马。

我和杂毛小道都仔细而贪婪地瞧着这位天使一般的外国美女，赵中华则冲到了地下室的通道口，转动旁边的罗盘，沉重的钢铁闸门一点一点地无声移动，将我们刚才进来的地方给封得死死的，哪怕是扔一颗手雷，都轰不进来。

瞧见这结实的通道，我叹息道："老赵，你还真的是一个做贼的德性，挖地洞就算了，还挖得这么深，挖得这么坚固。不过，你干吗自封退路？就外面那几个家伙的实力，不用你出手，我和老萧分分钟就处理了。"

赵中华检查了一下通道口，感觉还算是结实，回过头来说道："陆左，你不觉得这里面有蹊跷吗？经过了王豆腐的失利，他们定然是知晓了你是个难缠的家伙，现在居然才派了几个啥事不懂的西装男，还有两个乳臭未干的小血族过来，这里面一定是有后招的。威尔还在疗伤，劳顿不得，我这地下室除了这里，左手边的门后有一洞子，直通后面的小河边，我们这边将正门封上，要治这几个家伙，从后面伏击，方能立于不败之地。"

掌柜的带着我们来到旁边的侧门，确实是有一个可供爬行的通道，朝着废品站的后方通去。

瞧见监视器里面的那些家伙已经在悄悄地撬门了，我们不再犹豫，进了小房间。瞧见肥虫子已经钻入威尔体内，正在将他的身体机能激活，只是多久能好犹未知晓。我们简单地商量了一番，决定由我和杂毛小道、小妖从地道出去，从敌人的身后伏击，而朵朵因为可以透过堵塞的通道自由出入，则在这边与掌柜的协防，避免意外情况发生，至于虎皮猫大人，杂毛小道问大人想要干吗，这躺在床上的死肥母鸡翻了一个身，一副疲倦的模样，打着哈欠说道："几个小杂鱼，你们自己搞定就行了，何必劳烦我？啊，我白天去了一趟江城，困死了，先睡！"说完这话，肥母鸡居然还真的又闭上了眼睛，安然地睡觉去了。

于是我们便不再理会这个家伙，收拾了一下自己随身携带的装备，从侧门通道低伏着身子快速爬出。这一段距离并没有太远，很快我们就听到了和缓的水流声，往上一举，头顶便有细碎的泥土掉下来。

小妖、我和杂毛小道依次从地道中爬出来，抖了抖身上的泥土，瞧着不远处的废品站以及更远处的灯光，深深吸了一口气，清凉的夜风中有着发苦的潮气，活动了一下手脚，我们散开阵形，朝着废品站快速摸了过去。

很快我就来到了废品站的围墙后面，空气中有一股臭味。我绕过围墙，来到前门处，发现那两辆汽车依然还在院子里，火没熄，里面两个司机开着窗，隔着车子在说话，有隐隐约约的声音传来。而我们开来的车子则停在旁边，因为害怕警报器响起，打草惊蛇，所以他们倒也没有动。

我尽可能地伏低身子，暗聚一口气，从门口蹿到了其中的一辆车尾，然后蹲着身子朝驾驶室那边移动。到了前面，我试了一下门，锁死了，然后轻轻叩了一下车门，发出一点点声响。那司机奇怪，探出头来想瞧一眼，结果早就在此等待的我便如窥视已久的猎豹一般迅猛出手，一下揪住那个家伙的脖子，趁他喊出声来之前，一双大拇指已按在他脖子上的大动脉处，劲气一放，人便晕了过去。

瞧见这边有动静，另外一台车的司机立刻警觉起来，正想拍喇叭示警，结果发现自己的手动不了了，低头一看，却见一个漂亮的少女不知道什么时候挤进了车里来，伸出手来捏他的胳膊，就是这轻轻地一捏，使得他根本用不了力。他张开嘴巴恐惧地想要叫，结果后脑勺被猛地敲了一下，身子瘫倒在了座位上。

我走到车头前，朝着车里面的小妖竖起了一个大拇指，轻声说道："漂亮！"小妖噘着嘴，一副"谁稀罕你说"的骄傲模样。

这个时候杂毛小道已经来到了门口，趴在张开的铁门边往里面瞧去。我和小妖悄声靠近，杂毛小道头也没有回地打出了一个手势，表示在门口这里也有两个人把守，我们表示知晓，放松脚步，缓步走了过去。到了门口，我也从缝隙朝里面看了一下，发现那两个小老外正在通道口跟人说着话，而其他人则在小声议论着。

我捏紧了手中的鬼剑，准备杀进去。突然，我感觉头顶不对劲，抬头一看，哇，好大一蓬蝙蝠啊！

第十二章　废品站之战

　　瞧见这一大蓬面目狰狞的蝙蝠越过仓房的屋檐，朝着我们这边盘旋而来，我心中暗叫不好。以这样形式出现的蝙蝠，它们必然不会是普通的山洞蝙蝠，而极有可能是威尔口中所说勒森布拉直系后裔化身为蝠的特殊技能。威尔曾说这种技能需要一定的实力来做支撑，很少人能够随意使用，即使以王豆腐子爵的实力，在使用之后都需要在棺材里面躺上三个月，那么若我的猜测没有错误的话，这一大蓬蝙蝠所凝聚成的血族，必然是一个极为厉害的老家伙。

　　伯爵，还是侯爵？哦，见鬼了，"该隐的祝福"到底有着怎样的魔力，竟然让这些有着领主封位的家伙离开自己的领地，不远万里跑到这儿来？

　　正郁闷着，一头形如圆锥，齿长而尖锐的褐色蝙蝠从我的后方落下来，张开嘴巴，朝着我的脖子咬来。全神戒备的我自然不会让它得逞，当下鬼剑一挑，从下而上地刺出一剑，直接朝着它那有些粉红的肉膜翅膀削去。

　　鬼剑与我的默契日渐增长，此剑一出，立刻将那蝙蝠刺中，然而并没有如愿削下肉翅，它竟然在千钧一发之际，微微地调整角度，顺着我的剑势而动，并不让我的鬼剑发威。而正在我准备变招之时，我的脖子左侧一凉，有一种阴寒的感觉传递过来，我整个人一麻，头发都感觉炸了开来。于是脊梁骨一振，缩着脖子，左手朝着那里拍去，却是一只蝙蝠趁着这当口偷袭于我。

　　熟知蝙蝠习性的朋友也许知道，它们往往会寻找熟睡的受害者，选中合适的地方，迅速地用尖锐的利齿轻轻地将皮肤割破一道浅浅的小口，然后缩回来，悄无声息，简直就是绝顶的暗杀者。倘若这是普通的蝙蝠，我也就不惧了，但是想到这是勒森布拉直系、伯爵以上的血族出手，我就浑身不自在，生怕自己体质不行，给直接弄成食尸鬼了。毕竟咱可不是清纯的处男，成不了血族后裔。还好我的反应十分迅速，瞬间就将那头吸血蝙蝠给拍走了。当时惊慌，也不知道是否被咬中。我背靠着墙壁，将鬼剑激发，舞动起来，才发现杂毛小道和小妖都被一大堆蝙蝠围绕着，伺机攻击。

　　掌柜的这仓房墙壁是蓝皮薄钢，我这一靠，立刻发出一阵哐啷的响声，而我们在这外面遭遇大片蝙蝠袭击，里面的人就算是瞎子，也多少知道了些动静，更何况貌似还受过些训练，于是相互呼喊着，朝着门口这边扑来。

　　见惊动了伏击对象，杂毛小道便不再藏着掖着了，手中一张黄色符箓出现，立刻爆发出一阵硝烟般的白雾，笼罩着我们，而那些蝙蝠像是受不了这呛人的气味，纷纷脱离了我们，盘旋在头顶上空。

呛人的烟雾中，首先出现在铁门前面的是那两个守在门口的家伙，这两个西服男一出现，瞧见了我和杂毛小道，二话不说，手中出现一道雪亮，狞笑着朝我们扑来。

瞧见这些家伙即将出来，而头顶的蝙蝠暂时不会下来，我让小妖照看好头上，一抖鬼剑，便朝冲在最前面的那个家伙手腕挑去。这个家伙只是一个稍微强壮些的普通人，欺负欺负地痞流氓或者老百姓绰绰有余，然而与我较量，却是差了好几公里。我的手腕一抖，便将此人手上的管制刀具挡开，稍微一挑，那人便哀号一声，捂着手腕大叫。

领头这个人手受了伤，歪着朝旁边让开，露出了后面一个人来。借着场院里的灯光，我瞧见后面那个人竟然从腰间拔出了一把黑色的手枪，这手枪正是大名鼎鼎的大黑星，也就是中国54式军用手枪。当年大圈帮凭着这玩意儿威震省港，是黑帮最爱。我万万没想到这个家伙一上来就真的准备了用枪，要知道这个地方虽然临靠郊区，但是枪声一响，附近的公安立刻就会知道，跑都难跑。

不过我这时也来不及猜想他们为何会如此凶悍，浑身寒毛一竖，脚步错动，速度发挥到了极致，横移到了左边，下蹲身，然后来了一个最为凶悍的"黄狗撒尿"，右脚冲天而起，直接蹬在了那个持枪西装男的右胳膊处。

喀！一声骨骼碎裂的脆响出现，那个人像被东风重卡撞击到一样，直接飞了出去。生死之间，我也没有控制力道，也不知道刚才那一脚，有没有直接将此人给踢死。不过好在那把枪最终都没有响起来，我瞥了一眼那个被我踢飞的家伙，摔在地上之后一声都没有吭，而枪则掉落在一边，这才放心。这时从库仓里面却传来了枪响，"砰"的一声，将门口的铁皮打得一阵轰鸣，然后我听到了那个老外暴躁的骂声，那个擅自开枪的家伙似乎被骂得狗头喷血。

中国禁枪，任何案件一旦涉及枪支，那便是挂上名号的大案要案。或许那人觉得跟血族在一起，威风了，就不怕人民专政的力量了，开枪也随意。杂毛小道用雷罚将门给挑关闭住，然后蹲身在先前被我挑断手筋还在哀号的西装男面前，搜了身，发现他没有配置枪械。正想问几句，结果仓房铁门被"哐"的一声踢开，一道黑影裹着风，朝着我们这边扑来。

我二话不说，举剑就刺，那个黑影竟然错开了这一剑，伸爪朝我腰间抓来，我让开一些，与这黑影子对拼一掌，我退了一步，而那个黑影子则翻倒在地，狼狈翻滚着。

我本以为这个出手迅疾的黑影子应该是那个奶油小生，结果却发现爬起来的，竟然是那个魔鬼身材的外国妹子，而奶油小生则才冲出来，朝着地上的美人儿关切地问道："奥黛丽，你没事吧？"

杂毛小道瞧见地上是那大洋马，顿时兴奋得嗷嗷叫，正准备冲上前去，头上又落下来凶恶狰狞的猪嘴吸血蝙蝠，没办法，只有将雷罚舞起，逼开这烦人的蝙蝠。趁着这当口，被唤作奥黛丽的外国妹子也翻身起来，回头瞧了奶油小生一眼，冷静地说道:"我亲爱的瑟特,我没事,请将你所有的精力集中在我们面前的敌人身上,这是两个、不,三个强大的敌人。"

奶油小生抬起头来,用愤懑的眼神瞧着我们,大声喊道:"不用担心,伟大的刀螂阁下会将他们撕成碎片的!"

杂毛小道将蝙蝠赶走,若有所思地抬头望了一下天空盘旋的吸血蝙蝠,笑了一下,朝着大洋马奥黛丽优雅地致意道:"我亲爱的奥黛丽小姐,十分高兴见到你,并且感激你们能够用中文来作为沟通工具,实在是太感激了。不过我个人觉得,如果我们能够换一种沟通方式,事情或许会得到更加完美的解决!"

外国妹子奥黛丽对杂毛小道的提议显得十分感兴趣,问是什么方式?

杂毛小道用坏坏的笑容说道:"其实我们可以通过某种男女之间最原始的方式进行沟通,到那个时候,你说什么,就是什么啦。"这家伙的贼笑和怪言怪语让瑟特愤怒不已,大叫一声,朝着杂毛小道冲去。杂毛小道本来就是激将,瞧见这家伙攻上前来,并不惊慌,闪电间与其交手几个回合,不但没有给那小子占上便宜,而且还将他胸口和左臂上挑出两道血痕,逼得旁边的外国妹子也跟着袭上来。

我的注意力一直在铁门上面,生怕那些家伙持枪冲出来。不过见杂毛小道被两人围攻,当下让小妖进去收拾那些持枪的普通人,而我则迎着那两个年轻老外冲过去。

杂毛小道当日说自己深入烟花之地乃是卧薪尝胆,避开杨知修的耳目,然而这一打斗起来,又立马显露出了猥琐好色的性子。当我将瑟特挡住的时候,他弃了手中雷罚,与奥黛丽拼了两下之后,突然伸出了双手,直接抓在了她身前那一对足有36E的胸口上。

"啊!"杂毛小道幸福地笑了,"好大!"

外国妹子面对杂毛小道的侵袭,终于崩溃了,忍耐不住地大声叫了起来,撕心裂肺的,而一直盘旋在头上的那一堆蝙蝠没了小妖监督,猛然朝着杂毛小道笼罩下来。抓得飘飘欲仙的杂毛小道瞧见这景色,一声冷笑,雷罚朝天而举,一大蓬蓝色游电击在了那些蝙蝠身上:"出来吧,你这叫刀螂的家伙!"

这电微弱,一阵蓝莹游动,那些蝙蝠相互叠加,黑色的、褐色的和粉色的蝙蝠融化成一个很大的肉球,肌肉蠕动,最后,那肉球豁然炸开,一个两颊瘦削的中年男人站了起来:"不对,请叫我雷昂伯爵!"

第十三章　剑刃风暴

　　光线流转，从黑暗中站出一个留着"金刚狼"标志性络腮胡的中年男人来。他穿着整洁的黑色燕尾服，胸口领结是血一样的红色，胡须修剪整洁，全身上下，无一处不显露出其优雅而高贵的贵族气质。只可惜这让人称颂的绅士模样，让他唇间两颗尖锐而修长的雪白吸血牙给完全破坏了。我瞧他这副装扮，很明显的德古拉粉丝范，就是不知道嘴巴里出现这么两颗大尖牙，是否会影响语言的沟通。

　　不过显然是我过虑了，能够被派往中国来的，基本上都能够说流畅的中文，瞧着这老外一字一句地说出自己的名字，我却奇怪地没有一丝害怕，反而是在为自己祖国的强大而自豪。只有国家强大了，别人才会有兴趣学习你的语言，愿意与你交流和沟通，要不然即使以吸血鬼漫长的生命，也不会浪费时间在这里做任何事。

　　这个雷昂伯爵浑身的肌肉还在蠕动，显然以身化蝠这一招，对于他来说也不是那么好操纵的，虽然并不会像王豆腐一样需要躺上几个月，但是短时间内也不是很好受。

　　雷昂伯爵、外国美眉奥黛丽和奶油少年瑟特聚拢到一起，瞧着我和杂毛小道，伯爵大人眯着眼睛试探道："茅山道士？"

　　杂毛小道有一种受宠若惊的感觉，嘿嘿地笑道："怎么，难道我们茅山道士的名头，已经传到了你们欧洲大陆了？"

　　杂毛小道对于茅山有着强烈的归属感，现在终于敢堂堂正正地宣称自己是茅山子弟了，怎么能不开心？不过雷昂伯爵却摇了摇头，说克拉克给他的资料，萧克明是个道士，陆左是个养虫子的，怎么两个人都是道士呢？

　　旁边的奥黛丽提醒道："克拉克伯爵说过，陆左脸上有疤，那个疤脸男人就是陆左！"

　　"是吗？真是不务正业啊……"

　　雷昂伯爵显然并不在意我们谁是谁，他朝着天空望去，深深地呼吸了一下，凝声说道："我不管你们是谁，在这里我闻到了威尔那个小子鲜血的肮脏味道，将这个家伙交出来，我可以放过你们！"

　　杂毛小道嘿嘿笑，轻佻地朝奥黛丽眨了一下眼睛，然后说不然呢？

　　雷昂伯爵傲气冲天地说道："不然？不然我发誓要将你们两个变成最卑劣的食尸鬼，每天都只能窝在下水道里面与老鼠、蟑螂和爬虫为伍，靠吃一些垃圾碎屑为生！你们将拥有凄惨的下半生，直到被人发现，用银十字架钉死在大街上！"

雷昂伯爵说得恐怖，杂毛小道却不屑地眉毛一掀，说你讲了你的打算，那么我也来说说我的规矩吧。

雷昂伯爵一愣，说什么？杂毛小道指着他旁边那个漂亮的大洋马，说："这妞道爷看上了，想留下做通房大丫头，你们若是答应呢，只管滚蛋，倘若不愿，这担担面还是滚刀面，怎么死你们自己选！"

中文博大精深，三个老外未必知道杂毛小道话里的意思，不过他们都是精明之人，瞧见杂毛小道回味般地捏了捏手指，又猥琐地看向奥黛丽，立刻知晓了大体的含义。那个外国妞儿脸色一红，用不知道是意大利语还是法语骂了一句，而瑟特却不由得愤怒起来，指着杂毛小道，就是一通大骂。

学习语言的时候，果然还是骂人的脏话最容易，我们的国骂且不说，"癞蛤蟆想吃天鹅肉"这么有难度的词语，从这奶油高中生的口中蹦出，这就让人惊叹了。瞧见谈判破裂，雷昂伯爵并不意外，他面露寒气沉声说道："中国人，看来你是不打算妥协了。"

他正想发作，一道身影从库房里面嗖地一下飞出来，重重跌落在地上，挣扎了两秒，没有了声息，仓库里噼里啪啦的打斗宣告结束，过了一把揍人瘾的小妖拉着一个家伙的头发，将这个身高一米九的壮汉活活地拖出来，抱怨道："唉，实在是太不经打了，小娘我拳脚刚展开，身子都没有热完，就没人站着了。我不管，人家兴致正高呢，陆左你要赔我。"

小娘发了脾气，我只有哄着，说看看，这里还有三个傻瓜，吸血鬼的干活，皮糙肉厚，耐打。

小妖这回算是正式打量了一下对手，瞧见奥黛丽那天使脸蛋魔鬼身材，不由得醋意大发，说道："这个'车前灯'归我了，不打得她妈都认不出来，小娘就不姓陆了！"

陆夭夭巴不得不姓陆，而杂毛小道则给自己未来的通房丫头求起情来，说小妖，你悠着点，这妞儿你萧叔叔看上了，别打坏脸了。

听到老萧这句话，小妖的情绪也转变得很快，笑容如花地点头，说哦，既然是萧叔叔你看上了，那就算了，不打脸。

听到我们这几个人在分赃一般地说着话，三个血族脸色都气白了。瑟特忍不住抱怨道："克拉克伯爵真的让我失望，给的情报不准就算了，让我们过来联系的厄德勒负责人闵鸿也根本找不到人，结果通过总公司找来的帮手，连一个小女孩都对付不了，实在是太可恶了！"

雷昂伯爵脸色已经凝成了一块冰，听到瑟特的抱怨，闷声大喊道："不要管那些废物了，既然不交出威尔，就把他们杀了，我们自己找！"

他这话一说完，人就不见了，而我立刻感到左边有一道劲风袭来，立马挥剑去挡。

铮！

鬼剑与雷昂伯爵坚硬的爪子交击，发出了清越的金属交鸣声。看了一下自己手爪，雷昂伯爵不由惊异地叫喊道："精金？你的剑上居然涂的是精金？"我不知道他为何会这么惊奇，拼斗激烈，我也顾不得许多，一抖剑花，朝着雷昂伯爵的胸口刺去。

到底是能够随意以身化蝠的伯爵，他的速度快得让人根本捕捉不到半点身影，比杨知修那种顶级道门高手的速度也只差一线，倘若不是凭借着炁场的敏锐感应和反应力，只怕我不出几招，就会被他攻击到。

快、再快、更加快！

这便是雷昂伯爵的战斗方式，虽然比较起力量，我未必会输于他，但是他却充分发挥了自己的种族优势，在场中留下了无数虚幻的影子，让人应接不暇。不但是我，便是杂毛小道，也被他牢牢地牵制住，一个不小心，横空便飞出一抓，朝着我们的要害袭来。难怪瑟特说刀螂阁下会将我们给撕成碎片，原来他确实有着让人敬畏的实力。

等等，刀螂阁下？我错过了什么吗？

我的脑子里感觉自己似乎疏漏了什么。正想着，突然从我头顶出现了一把银月一般的弯刀，这弯刀的造型有点像螳螂强壮而有力的前肢，朝着我的脖子砍来。我回剑一挡，感觉这一击通过精妙的刀势被加强到了极点，一股巨大的力量从鬼剑上铺天盖地地传来。我一时不察，给轰然压翻在地上。雷昂伯爵由上而下死死压着我，脖子居然伸长几寸，朝着我的颈间咬来。原来这个雷昂伯爵不但是一个高敏捷的吸血鬼，还是一个擅长刀技的刀客。

不过，倘若是奥黛丽就算了，被这样一个男人粗鲁地推倒在地，而且还朝我咬来，身为直男的我浑身就是一哆嗦，阵阵恶寒从内心爆发，凝聚的力量也瞬间爆发。鬼剑一用力，左脚一蹬，我便将这个宛若泰山压倒而来的伯爵大人给掀翻在地。

这时杂毛小道也已赶来，瞧见我危险在即，他将雷罚催动到了极致，根本不念咒，一大篷蓝色电光就在剑尖闪耀，正好刺到被掀翻在地的雷昂伯爵身上。电光入体，雷昂伯爵浑身发麻，连续换了四个身位，留下一串残影，出现在我们的左方。他凝神看了一下被小妖一人牵制的奥黛丽和瑟特，又瞧着我们，抹了一下额头的汗水，难以置信地叹息道："天啊，你们怎么会这么厉害？"

正如乞丐想象皇帝用金饭碗讨饭一般，来自欧洲大陆的雷昂伯爵对于我们也存在着一定的沟通不畅。双手各握一把造型古怪长刀的伯爵大人深深呼吸着，一双血红的眼睛里有着滔天的愤怒，原本白皙的脸上青筋鼓动，颤动不已。他缓缓举起双刀，深深吸了一口清凉的夜风，嘴角咧开来，用一种古怪的语调轻轻说道："你们是我遇见过最厉害的中国人，不过，也仅仅如此了；因为不管怎么样，在我刀螂大人的面前，所有的强者，都只能成为我前进道路上的垫脚石。来，我以我身为祭奠，剑刃风暴！"

第十四章　一石二鸟

当他喊出这四个字的时候，我突然感觉到方圆十米的空间内，上下左右，都有诡异的能量在运转，这些能量彼此勾连，形成了一张细密而周全的巨网，将我和杂毛小道给紧紧笼罩住，而当事人雷昂伯爵则已经将双刀舞动起来，整个人如同陀螺一般旋转着，将这些能量彼此牵引住。

在我身边的杂毛小道踏出了一步，脚稳稳地踩在了一处力量的空隙处，大声警示道："小毒物，是血！他用自己的鲜血召唤出了神秘的能量，然后通过快速旋转，从离心力里面找寻平衡，最后将这力量化作风暴！必须打断他，不然我们就惨了！看你的了。"

我瞧雷昂伯爵快度过酝酿期，已经准备将积聚出来的大招给施展出来了，当下不再犹豫，从怀里掏出震镜，兜头就是一照："无量天尊！"

蓝光射出，将那一蓬旋转的残影给断然笼罩住，然而力量中心吹出来的旋风却有着诡异，竟然将这大部分蓝光给屏蔽住，仅仅有少部分光芒照在雷昂伯爵的身上，不过即便如此，他几乎成为一道光影的身子也变得凝重如山，逐渐地停缓下来。

时间仅仅只是弹指间，身子早已经绷得笔直的杂毛小道大叫道："趁此机会，诛杀他！"他倏然前冲，不断有细碎的光芒击打在身上，然而人却已经冲到了雷昂伯爵的身前，雷罚带着蓝色电光，朝着这恐怖的中年血族心脏位置用力捅去。恰在此同时，雷昂伯爵也终于克服了震镜的迟缓功能，将双刀劈在了两处说不出来的玄妙位置。

轰！

空中爆发出巨大的暴响，无数的利刃从虚空中抖落出来，不但将杂毛小道攻击向前的雷罚给击打得东西摇晃，而且也笼罩在了我们的周身，水泥铺成的地上立刻出现了无数道深刻的刀痕，足足有几寸深，这力道倘若是施加到人的身上，那必然是妥妥的碎肉一堆。

千钧一发之际，杂毛小道断然从怀里掏出了血虎红翡，运劲激发，硕大的血虎兽灵立刻从中蹦了出来，一声嘶吼过后，舒展四肢，将杂毛小道和紧随其后的我的身体给护翼住，而正在与那两个小吸血鬼拼斗的小妖瞧见这阴云密布，也大叫了一声"陆左哥哥"，身影闪动，下一刻就出现在了我的身边。小妖张开双臂，将我给紧紧护住，同时将貔貅阵灵二毛也唤将出来，将血虎留下来的空隙给补上。

此刻，巨大的剑刃风暴已经蔓延到了跟前，我大喝一声，将气行于全身，然后闭上眼睛，咬牙强忍着这凌厉的攻击。

这一次的攻击缓慢得仿佛有一个世纪那么漫长，当然现实却仅仅持续了十几秒，我听到紧紧抱着我的小妖身上有金玉之声不断响动，雨点一般叮铃铃，这原本悦耳无比的声音印在我的心中，仿佛那刀直接刻在我的心头一样，而更外面保护着我们的血虎和二毛则在痛苦地嗥叫着，身躯不停地抖动。

当空间紊乱的氖场终于停歇下来的时候，我睁开双眼，瞧见小妖脸色雪白，而血虎和二毛的灵体则虚弱到了极点，趴在地上，将我和杂毛小道护在了最下面。

红光一闪，杂毛小道心疼地将血虎收起来，人就朝着正前方的雷昂伯爵冲了过去。施展完刃风暴的雷昂伯爵也因为失血过多，脸色苍白，有些站立不稳，瞧见生龙活虎的杂毛小道朝自己攻来，脚步轻浮地退后，旁边的奥黛丽和瑟特挡在了他的前面，与杂毛小道轰然撞在一起。

我抱着小妖站起来，这小狐媚子坚硬无比的身子开始软了下来，身上刀刻的印子也逐渐消散，小脸儿苍白如纸，心疼得我直想流泪。

瞧见我一副难过的表情，小妖笑了，骄傲地说：“哼，要不是答应了朵朵照顾你，小娘才懒得管你呢。别在这里矫情了，区区一个小伯爵，还不赶快过去弄死他？"

"区区一个小伯爵？”听到小妖的话儿我不由得笑了。当日我们集训试练的时候，一个传奇男爵爱德华就弄得我们狼狈不堪。按照等级森严的血族实力排行，雷昂伯爵足足比爱德华高上两个等级。即使爱德华实战厉害，名头甚大，但在雷昂伯爵这种活了不知道多少年的老怪物面前，绝对只是拎包小弟的级别。不知不觉间，成长起来的我们面对着这样的老怪物，也毫不畏惧了啊。

瞧着脸色苍白的小妖，我的心越痛，速度便越快。右脚一蹬，地下的泥土一震，人便朝着前方的敌人冲去。

奥黛丽和瑟特的实力并不算厉害，杂毛小道三两个回合，已然将其打翻在地。他对奥黛丽下不了重手，至于那个唧唧歪歪的瑟特，他便毫不留情了。雷罚刺入了这个奶油高中生的左腹，雷意激发，这个吸血鬼立刻浑身一阵哆嗦，一股淡淡的焦煳味就从他身上传了出来。

杂毛小道打开了通道，我直接冲到了雷昂伯爵面前，将鬼剑以一个诡异的角度，刺向了他的前胸。也许是全力施展之后的无力，或者是刚才震镜的功效存留，以高敏捷战斗为长的雷昂伯爵竟然没有抵挡住我的这一剑。不过他很快就紧紧握住了剑尖，身上的皮肤开始呈现出一种枯树的密致纹路来，我的鬼剑再难进去一分。

这个时候，雷昂伯爵还在为自己的失利而遗憾，喃喃地问道：“为什么？你们为什么能够在我刀螂大人的剑刃风暴中存活下来？这一切，到底是为什么？"

敢情他耿耿于怀的事情就是这。我的鬼剑抽不出来，便逼身上前，点燃左手的恶魔巫手，一把掐住这个老家伙的脖子，恶声骂道：“你这老蝙蝠，本事不大，居然敢跑到我们这儿来撒野，谁给你的胆子？"

恶魔巫手对于一切黑暗生物都有着灼热的克制作用,当我左手触及雷昂伯爵的皮肤时,立刻有一阵阵的黑烟冒出来,将这个家伙的脑袋熏得黑光缭绕。感受到剧烈的痛楚,雷昂伯爵终于从失落中挣扎出来,脸上露出了狰狞之色,张口来咬我的胳膊。结果又一把剑伸了过来,直接抵在了他的嘴里,是杂毛小道赶过来支援了。雷罚一搅,雷意立刻将其电得浑身发麻,雷昂伯爵一发狠,抽身后退,划出了几道残影,停在奥黛丽的旁边。

他目光凶狠地瞧着我,愤怒地大声嚷道:"你,陆左,你身上居然有血族印记,你这恶魔,你居然曾经虐杀了高贵的血族,威尔那个败类,他居然会跟你混在一起!不可饶恕。"他一边大叫,一边调整口型,里面的肌肉一阵蠕动,然后对准我,发出了一声凝聚成线的尖叫声:"啊……"这尖叫变幻成了超声波,如箭般朝我身上射来。

这速度,躲闪已然来不及了,我稍微移动了一点儿,那超声波气箭直接打在了我怀里的震镜之中,"嗡"的一声闷响,震镜像是上足了电池的振动棒,颤抖得我胸口一阵酥麻,忍不住快乐地喊叫出来:"啊……"

我一声喊出,却浑然无事,瞧见这结果,倍感期待的雷昂伯爵立刻呆若木鸡,接连而来的打击让他脑袋短路,瞬间就懵了。然而很快他又清醒过来。让雷昂伯爵重新恢复神志的是杂毛小道,窥得了机会的杂毛小道一点也不含糊,将雷罚轻轻一抖,出手如电,将雷昂伯爵的半边膀子给卸了下来。

剧烈的疼痛终于让伯爵大人认清楚了自己的劣势,他朝着旁边的奥黛丽大声喊道:"茨密希小姐,上车,快跑!"

外国小姐倒也不含糊,快步朝着其中一辆车跑去。我上前去追,雷昂伯爵横身拦在了我的面前,仅剩下的右爪朝我的脸抓来。杂毛小道瞧见自己兜里煮熟的鸭子飞了,颇为急躁,一边大声叫喊着别跑,一边朝着这个受伤的雷昂伯爵猛攻。

我和杂毛小道双剑合璧,威力更甚,雷昂伯爵抵挡不住,待见大洋马奥黛丽开着车离开场院,他愤怒地狞声喝道:"我记住你们两个了,下一次回来,一定要了你们的命!"他腾空而起,身上的肌肉开始急剧变幻。瞧见这家伙即将变幻为蝙蝠飞开,我冷冷地笑了:"想走,哪有这么容易?"当下心神沟通震镜,勉强射出一道蓝光,那即将分散的伯爵之体就被定住了,一条绳索飞了过来,将他捆得结结实实,小妖用川普学着电影里面的台词说道:"公共厕所么,想来就来,想走就走?"

被九尾缚妖索捆得结结实实的伯爵大人不断挣扎,然而却再也变幻不得蝙蝠脱身,杂毛小道一脸惆怅地望着奔得没影的车子,心有不甘地问我:"多好的外国友人啊,小毒物,要不要追?"

"追?调虎离山怎么办?"我接过这话,抬头望过去,只见一辆汽车从远处行了过来。

曹彦君他们,终于到了。

第十五章　觉醒中的威尔

"什么？刚才跟我们错肩而过的那辆丰田越野，里面有吸血鬼的首脑人物？"

曹彦君一下车，听到杂毛小道气急败坏的描述，吓了一大跳，赶忙通知后面的车子先别熄火，问实力怎么样，到底有多厉害？杂毛小道说："实力一般，长得很漂亮，特别是胸口那一对大白兔，跟车前灯一样大。呃，她是茨密希家族的大小姐，抓到她，这次吸血鬼危机必定可以迎刃而解！"

杂毛小道开始说得猥琐入骨，后来反应过来，于是瞎胡诌，将抓捕那个外国妹子的意义无限夸大，让曹彦君激动得浑身一哆嗦，跟后面招呼一声，留了三辆车在我们这儿，其余人等都朝着奥黛丽驾车逃离的方向追去。

临走前曹彦君将留在这里的负责人介绍给我，说这车里的是陈老大调遣过来支援的带队领导，你这边的事情让他来处理，我先去追那大鱼去了。

曹彦君匆匆离去，我朝着那车走去。车门一开，走出一个满脸络腮胡的娃娃脸来，可不就是我在集训营的同学，秦振那小子吗？

老友久别重逢，惊喜得我冲上前去，跟秦振紧紧抱在一起，相互擂着拳头，好一会儿才分开。我问他怎么过来了？秦振说陈局长派他过来的。他前两个月从广南调到东南局，现在是局属第五支队的支队长，专门负责出外勤。前段时间一直在南海，也是刚刚调回南方市，结果回来屁股都没有坐热，又跑过来了，没想到碰到了我。

我们寒暄几句，秦振感叹，说当初你伤重，躺在病床上，植物人一样，王小加就跟我说，别看陆左现在瘫痪在床，将来倘若我们中间会出现一个名动天下的人物，那还得是他陆左。现在看来，小加很有眼光啊。

我谦虚几句，先不谈当日同学的近况，而是将刚才的状况给他讲了一遍。

当得知地上那个被绑成粽子样的是一位血族伯爵，秦振的脚几乎都要打飘了，即使对我充满了信任，最终还是忍不住问了一句："陆左，你说的是真的？这老家伙真的是一位血族伯爵？"

正在给伯爵大人拔牙的小妖听到这话，不由得笑了，说秦振，陆左他可曾骗过你？

秦振和小妖说起来当年也是并肩作战过，彼此都认得。打了招呼之后，他摇头叹息，说陆左自然是不会骗我的，我听董仲明董主任说了很多关于陆左的传说，今天却是真真切切地瞧清楚了。厉害，厉害啊！

秦振感叹着，小妖使劲一拔，雷昂伯爵痛苦地嗷嗷大叫着，一根雪白的吸血牙就从血肉模糊的口腔中被扯脱出来。伯爵大人破口大骂，说了很多要报复的废话，心忧奥黛丽跑掉的杂毛小道听得心烦气躁，蹲下身来，对着这个老蝙蝠左右开弓，一连扇了十七八个大耳光，扇得英俊的伯爵大人双颊肿如猪头，一脸的苦大仇深，眼中喷出来的怒火，浓烈得几乎要烧起来。

　　杂毛小道呸了一口唾沫，对着这家伙说："告诉你一句真理，不作死就不会死。闭上眼睛，不要说话，不然抽不死你！"

　　伯爵大人虽然恨不得生吃了杂毛小道，却也害怕那暴风骤雨般的耳光，乖乖地闭上了眼睛。不过他很快又睁开来了，龇牙咧嘴地大叫："啊……"原来小妖把他另外一根吸血牙也给扳脱下来了。还没走开的杂毛小道又是一阵噼里啪啦的耳光，可怜的雷昂伯爵终于理解了什么叫做人民专政，蔫着头不再反抗，也不说话。

　　将被修理得服服帖帖的雷昂伯爵递交给秦振的手下押上了车，其余人收拾现场，将地上躺着的这堆昏迷者拖上车。我和杂毛小道来到仓房里面，走到铁柜子前面，发现尽管尘埃落定了，掌柜的却没有将通道口打开。

　　叫了几声，都没有回应。我心中发紧，与杂毛小道对视一眼，心道不好，人便奔出了库房，朝着废品站后面的小河边跑去。很快我们就来到了之前小河边的通道口，我们掩藏隐蔽的那铁盖子已被掀了开来，露出了黑黢黢的洞口。

　　出事了，居然还有人！趁着我们在前面战斗，那家伙竟然从我们出来的地方钻进了洞子里。这么长时间过去了，那家伙不会是已经得手了吧？

　　我瞧这洞口野草杂乱，看不出什么痕迹，不再犹豫便跳了下去，小妖在前引路，我们则半蹲着，朝前快速爬行。这段距离并不算长，很快我们就见到了亮光，也闻到了浓烈的血腥气。这异样的情景将我们的心都给揪了起来，连滚带爬地冲进了地下室里。伸头一看，掌柜的瘫倒在监控室的一角，朵朵则正在跟一只黑乎乎的大蝙蝠缠斗，虎皮猫大人在旁边破口大骂，加油助威。

　　这蝙蝠足有篮球那么大，翼展一米宽，浑身呈粉红色，这颜色配上它狰狞丑恶的外貌，给人强烈的视觉反差，让人有一种想要呕吐出来的恐惧感。这东西不是简单的蝙蝠，而是类似于咒灵娃娃一样的魔物。小妖见到自己妹妹被欺负了，顿时就急红了眼，娇喝一声，人腾飞而起，配合着朵朵，将这蝙蝠给一下子扑在了墙上。生气的萝莉少女可是很恐怖的，啪的一记重掌，那猪嘴蝙蝠就给拍死了，鲜血溅射。

　　杂毛小道冲到房间里面，我则先去检查了一下地上躺着的破烂掌柜，发现只是晕厥，除了身上有点儿外伤外，并没有其他事，这才放下心来，赶到小房间里去支援。然而当我冲到门口的时候，并没有发现战斗，而是看到一幅诡异的场景：一堆破碎的木头上，一身是伤、几乎全裸的威尔正抱着一个年岁颇大的老者，用两根雪白而锐利的牙齿，稳稳地咬着脖子。那老头儿每隔几秒就间歇性地挣扎抽搐一下，然而却怎么也挣脱不开威尔柔道一般的锁身技。

我和杂毛小道面面相觑，表示有些搞不懂到底发生了什么事情。不过瞧得出来，被威尔咬中脖子的那个老头儿，应该是一个十分厉害的吸血鬼。瞧着威尔恢复了一些潮红的脸，我有点儿担心吸血之后的他迷失本性，最终将自己纯粹的心灵给玷污了。过了几分钟，威尔怀抱中的那个老头儿终于不再颤抖了，而是如同一具真正的尸体，陷入了沉眠中。

将怀中的老头儿推开，威尔从旁边扯了一床毛巾将自己给遮掩起来。在他将自己的身体盖起来之前，我瞧见他胸腹处的伤口竟然已经结痂愈合，没有了之前那种糜烂的恐怖。

这个英俊的年轻人朝着我们笑了笑，说嘿，伙计们，你们似乎来得有点晚了。

我也笑了笑，说你可不知道，外面可有一位勒森布拉氏族的伯爵大人在，我们险些丧了命。威尔用手背抹了抹嘴唇上面的鲜血，那雪白的吸血牙缓缓收回口中，惊讶地问道："天啊，伯爵？"

"是啊，伯爵！瞧瞧，这是他的牙齿，充满了神秘的气息，就像是一对艺术品！"这时小妖挤进门里来，将手中的一对雪白的吸血獠牙轻轻抛着，不怀好意地看着威尔。威尔被小妖盯得有些发毛，连忙摆着手解释道："大家别误会啊，刚才我们这里遭到了这个家伙的袭击，我迷迷糊糊间，差点被他给杀死。后来清醒过来，没有办法，这才咬着他，将他浑身的血液精华吸干，这才免于一死。"

面对威尔的解释，杂毛小道雷罚未收，奇怪地问了一个问题："人的血和血族的血，味道有何区别？"

威尔叹气，解释道："我出身于密党，有着很严格的避世原则，喝的血从来都是从密党控制的人类血站中获得的，从来没有咬过人。血族我倒是咬了好几个，最早是爱德华，后来在逃亡路上又咬了几个，这些都是为了提升等阶。倘若将人类的血比作是酒的话，血族的血就是纯净的酒精。不过酒精浓郁，却能够醉死人。一般的血族自相残杀，就会被里面不相容的血酶因子排斥，造成基因大崩溃，很快就会死去，不过服用了'该隐的祝福'后，我却没有这种顾虑。"

小妖惊叹道："真酷啊，你要是一直吸，以后岂不是可以成为血族大公了？"

威尔点了点头，说理论上讲，有可能的。

这时掌柜的也苏醒过来，被朵朵扶着进来，与虎皮猫大人一起给威尔作证。当下我们也不再停留，将通道口打开，然后乘坐车子离开，前往市局去。我们在市局待到了半夜两点，后来经过协商，威尔暂时留在这里，而我们则去找了个酒店休息。

次日，我照常上班。九点钟，办公室的电话响起，一接，竟然是大师兄打来的。

第十六章　方向

　　大师兄在电话那头说最近吸血鬼之事闹得颇凶，本来不想麻烦你的，不过这件事情既然牵扯到了你们的朋友，那么想来你们也不能置身事外。倘若让那些家伙长期在我们这里滞留，只怕到时候他们一旦情绪失控，闹将起来，波及了平民百姓，就真的是我们的失职了。所以我在想，你们倘若有时间，便帮着协查一下，最好将那些家伙的老巢尽快给找出来，一网打尽，以杜绝后患。

　　大师兄所说的，正好也是我所担心的。昨天王豆腐已经找到了我们这里来，夜里又有人跑到我们的住所去设伏，显然是对我和杂毛小道的行踪有了一定的了解。不管那些吸血鬼勾结的是当地公司，还是邪灵教，都需要将他们给挖出来。如若不然，只怕谁都无法过上安生日子，就连事务所的正常经营，都会出现问题。经过昨天一事，虽然事务所的成员没有提出什么异议，但是早上来的时候，普遍的情绪都不高，几个新来的风水师更是聚在一起小声说着话，显然是被吓到了。

　　也是，在哪儿干活不是干活，没有必要将自己的小命给搭进去。

　　看来只有将那伙潜藏在暗处的血族给一网打尽，我们才能正常过上安稳日子。想到这里，我便答应了大师兄。他很高兴，说好啊，有你和小明两个在那里，我就不再增派高手过来了，我会让曹彦君跟你们配合的，希望能够尽早听到你们的好消息。

　　挂了电话，我出了办公室，找到杂毛小道，他也接到了大师兄的电话，跟我说："事情既然已经到了这个地步，那我们就不得不帮了。威尔这里要救出他的女友，大师兄这里要地面上安定团结，我们也要平平稳稳、无人骚扰……少年，拯救世界和平的任务，就交到你的手上了，进击吧！"

　　他大声地叫着，肚子也咕嘟咕嘟叫，于是习惯性地拿起电话，找前台问道："小澜啊，有没有给我买早餐啊，我好饿啊。"

　　电话那头传来新来前台惊慌的声音："啊，老板，我不是小澜。"杂毛小道赶忙把电话挂了，一脸尴尬地朝我笑道："嘿嘿，习惯成自然，嘿嘿……"我没有嘲讽他，而是点了点头，转身出去："我去准备一下，一会一起去局里面跟曹彦君开沟通会，十分钟之后，门口见！"

　　关门的时候，我瞧见杂毛小道转过头去，手往脸上轻轻地抹了抹，似乎隐约有泪光。

　　早上十点半，我们来到局里。依然没有见到镇虎门张伯，因为常年不来局里，门口的大爷根本就不认识我，有证件都没有用，说是特殊时期，搞得曹彦君亲自跑过来接我们。

到了会议室,发现专案组的人都是熟人,秦振、破烂掌柜赵中华、曹彦君,还有之前的那个二处的处长。当然,身为办公室人员的处长到场也只是为了表示一下支持的态度,与我们握手寒暄之后便离开了。

我和杂毛小道坐下来,瞧掌柜的气色恹恹,问可是昨天吃了那老家伙的黑拳,还没有歇息好?

掌柜的叹气,说老胳膊老腿的,现在经不起折腾了,第一线的事情,估计都要你们来操心了。瞧见他这一副推托的样子,杂毛小道立刻堵死,说:"得,咱们可先说好,我们是过来帮忙的,不是当牛做马的。我们不是铁人哥王进喜,可别到时候有啥脏活累活,全要我们上,打不死累死。"

一桌人哈哈笑,曹彦君手下的一个兄弟出言说道:"两位,你们可是绝顶的高手,连吸血鬼伯爵都被你们虐得精神崩溃,我们哪里敢让你们累着,有啥事只管吩咐我们这些跑腿的便是。要不然,我给大爷您捶捶腿?"

这家伙说话滑稽,引得旁人一阵哄笑,秦振身边有一个光头男说兄弟,捶腿就算了,有没有大保健?

如此喧闹一番,大家的距离也算是亲近了一些,曹彦君用笔敲了敲桌子,开始通报起昨天夜里的审讯结果来。

昨天他带队去追那个奥黛丽,结果跟丢了,车子停在路边,人消失不见。回来之后连夜审讯,得知那些西装男表面上是一个进出口贸易公司的职员,实际上是江城最大的走私头子刑黑虎的手下。刑黑虎跟曾经与我们有过交集的段天德段叔,是江城的两大地头蛇,只不过段叔进军房地产,给自己漂白了身份,而刑黑虎依然做着他的走私生意,据说控制着沿海十几个码头,江城拱北口岸的水客有一大半是他的手下,而且跟地方上的纠葛也深,属于那种很难缠的角色。这些被抓的家伙根本就不知道自己跟随的老外是吸血鬼,只是听上头说要听这些人的吩咐,伺候好了,以后的生意就会越来越好,分红才会多。

掌柜的问那些人的上头是谁?是刑黑虎吗?

曹彦君摇头,说不是,是刑黑虎的白纸扇沈剑。刑黑虎近两年深居简出,不怎么露面了,具体的事务都是白纸扇和他的几个头马在打理,正经的生意也都是职业经理人在做。

讲完那些西装男,曹彦君又讲到两个被抓起来的吸血鬼。雷昂伯爵死猪不怕开水烫,一言不发,而那个瑟特的嘴稍微松一点,他透露自己是魔党成员,被派到中国来,就是追拿拥有革命性药水配方的威尔岗格罗。至于其他的事情,他不肯讲,反复强调他的家族可以付得起巨额保金。

我问有没有试过催眠或者其他手段?对于这种家伙,可不要讲究什么人道主义!

秦振在旁边笑,说当然,只是他们昨天手段使尽,也没有能够探到那些家伙窝藏的地点。

　　事情基本上已经清楚了,这伙偷渡的家伙前往南方省,给他们提供隐匿之处的是走私头子刑黑虎,那么所有的线索,就需要从那里查起来。我问那两个血族看好没有,曹彦君说放心吧,局里面地下三层的羁押室,专业人士看守,老辈人也都在,即使老萧镇住那老蝙蝠的符箓失效了,老家伙也没有一个缝隙飞出去。

　　我说好,又问威尔呢?说到威尔,曹彦君也头疼,说陆左,威尔虽然是你的朋友,但毕竟是异类,局里面的老辈人见不得这个,我把他秘密安排在了招待所里,总感觉有一些忐忑。你若是可以,还是把他带上的好。到时候引蛇出洞,他也是一个不错的诱饵。

　　我点头,想起威尔的伤势差不多恢复了,留在身边,多少也算一把战力,于是就应承下来。

　　讲完了案情,曹彦君开始谈接下来的行动分工。这一点他之前和掌柜的、秦振都碰过头,主要是征询我们的意见。

　　其实目前的方向只有两个,一个就是顺着刑黑虎的线索调查,一个就是针对所有的酒店、交通要道以及有可能的区域进行排查。前面一个方向还好些,后面的就有些大海捞针的意思,而且我们也帮不上什么忙。

　　在商量的时候,我提出了第三个方向。之前那个王豆腐身体里被我下了蛊毒,他应该跑不远,而我与那蛊毒冥冥中又有联系,只要距离足够近,我就能够找到王豆腐。而王豆腐在,那么他身边必定还有其他同行者。

　　我这个方案引起了几个主事人强烈的兴趣,在讨论了一番可行性之后,会议决定给我和杂毛小道配备一个联络员,然后满城寻找那个受了重伤的王豆腐。至于其他的事情,由别的小组去进行。

　　确定完分工之后,大家散会。曹彦君找到我,说给我们配一个联络员,田星阳行不行?田阳就是刚才说给我们捶腿捏脚的家伙,一把小胡子,是个有趣的人,人也机灵能干。我说没问题,就让他跟着我们吧。

　　曹彦君招手,叫那个在远处眼巴巴地瞧着的家伙过来,嘱咐要服务好我们,老阳点头哈腰,说一定一定。出了会议室,我让老阳带我们去局招待所,在一个单人间里找到了威尔。这个家伙正闲得发慌,手挂在柜子上做引体向上。瞧见我们进来,他冲过来就抓住我的手,说陆,我们什么时候能够去救安吉列娜?

　　我说随时,我们现在最想知道的事情就是她在哪儿?

　　听我这般说起,他也发愁,说怎么办,要不然我传消息出去,让他们拿安吉列娜来换最后一瓶该隐的祝福?

　　杂毛小道笑了,说我亲爱的奥黛丽逃了,那些家伙都知道你跟中国官方有合作了,他们会信你?威尔一阵头疼,我们也没有办法。这时,我的手机响了,我拿起来一看,皱起了眉头,我堂妹小婧怎么会在这个时候,打电话给我呢?

第十七章　线索

我堂妹小婧就读于南方市的洪山大学。现在是八月末，她的暑假应该快结束了，准备进入大二。我上次送父母回家的时候，见过她一面，说好她开学前会来东官我这儿玩耍，不过这个时候，我可不敢让她过来。万一出了事，我可不知道怎么跟我小叔特别是我那心眼极小的小婶交待。我走出房间，来到招待所的走廊上，接通电话。

果然，小婧提前回到了学校，待得烦腻，想到我这边来玩一玩。我婉转地跟她说，我这边实在是太忙了，抽不出时间来，过段时间我开车去学校接她。小婧不愿意，说你没时间不要紧，我去找雪瑞姐姐、夭夭和朵朵妹妹玩就好。我无语，说我这边出了一点儿麻烦，被仇人盯上了，你暂时不要过来，等风头过去了，我再去接你。

听到我的口气严肃，小婧想起了我之前被通缉的事情，语气顿时低沉了许多，问怎么了，还是上回的事？

我说没有，大人的事情小孩儿别管，你别瞎操心了。

小婧有些失望，说有一件事情还想跟你说呢，你忙，就算了。我问什么事？她告诉我，说前几天夜里，我们上次捉拿笔仙的社团活动室被人掀了，整个房子都垮了下来，还有几个人失踪了，有老师也有学生。她听一个学长说，当时那地方有红光出现，一个愤怒的鬼影子在疯狂拆着房子，还听到有人用英语大声喊着"我的钥匙"。

她前天到校的，特意去看过，确实是像被人砸过的样子。院方公开的解释是建筑年久失修，所幸是没有造成人员伤亡……

听到小婧的话，我右手摸到兜里面被我们用得只剩下一个吊坠主体的六芒星精金项链，愣了很久。项链的主人终于找回来了，不过项链却没了。

整个社团活动室都拆了，可见这六芒星精金项链多么珍贵，来人势必不会善罢甘休。当日处理笔仙诡案，涉及的成员颇多，那些人都知道参与此事的是小婧的堂哥，倘若顺藤摸瓜寻过来，我倒是不怵，怕就怕他们将小婧给抓起来，用来威胁我，到时候就有些麻烦了。

六芒星精金项链，除了主体之外，其余的边角装饰都分成了两部分，被我和杂毛小道镀在了各自的木剑上，说要还给别人，自然不可能是囫囵个儿，而这好东西到了咱的手里，哪还有再拿回去的道理？

想了一会儿，我告诉小婧，这几天先别乱跑，我找一个人去接她。然后又打电话给董秘书，让他派人去接一下小婧，找个地方先安置下来，不要让那伙不明身份的家伙找到她。董秘书也知道此事，听我将来龙去脉说明清楚后，也没有多说，立刻叫人

去处理。

这一通电话打了许久，杂毛小道和威尔、老阳都站在我的身后等待。我问商量得怎么样？威尔说你不是给王豆腐种有灵蛊么，按照你的描述，他跑得应该没有多远，我们先去几个大致的地方遛一遍，撞撞运气呗。

我点头说好。老阳去开车，我则落后一步，将小婧说的事情跟他们两人提起。

杂毛小道听到了，侧头过来问威尔，说你不就是英国灵学研究会的成员吗？你认识这伙人吗？

威尔耸了耸肩膀，说我的确曾经是英国灵学研究会克鲁克斯先生的弟子，不过那已经是很久以前的事情了。英国灵学研究会是一个宽松的联盟，崇尚自由民主，兼容并蓄，而我的老师克鲁克斯先生曾经在很长一段时间里就职研究会的执事长，不过后来因为太多邪恶之徒融入里面，再加上英国情报组织的渗透，使得研究会最后被取缔了。我的老师归隐了，其他人则组成了牛津、剑桥和牛顿真理等几个小的灵学研究会，不成气候。

讲过这历史，威尔耸耸肩说道："综上所述，对于您的问题，我爱莫能助。"

得，敢情这灵学研究会跟咱们的道教理事协会一样，也分为茅山、龙虎天师、崂山、青城等不同的教派，这样根本就找寻不得踪迹了。

不过董秘书那边既然已经答应帮忙照看，我就不再去操心。老阳开来一辆黑色的城市越野，载上我们三人，开始沿着我们在会议上锁定的几个重要线索找寻。

当日与王豆腐交手的时候，肥虫子进入了王豆腐的身体，在他化身为蝠之前给下了蛊毒，凭借着肥虫子三转的感应能力，的确可以小范围锁定王豆腐的行踪，然而这也只是一种理论上的说法。要知道，整个东官四个街道二十八个镇，是一个现代化的大城市，光人口加起来都有近七百万，沙海藏珠，这么大的范围，想要真正找到那个被我弄得半死的吸血鬼，还真是一件十分棘手的事情。

接下来的几天里，专案组有条不紊地行动着。曹彦君去了江城，坐镇对刑黑虎的调查；秦振留在市局，养精蓄锐，并且时不时审问那两个穷途末路的吸血鬼；掌柜的居中调度，统管协调各路信息；而我们则属于意识流，整日开着车到处闲逛。

一开始杂毛小道还有些兴致，把持着方向盘练车技，到了第二天下午，他就有些疲累了，叫老阳来开，自己则缩在后面的座位上打盹。偶尔路过洗浴城和美容店，他就醒过来，忍不住朝着那里望过去，看着那些穿着清凉的漂亮妹子，不住地咽着口水，仿佛午饭菜里放多了盐。

至于威尔，脸上的表情则越来越严肃，跟我小时候上政治课的那个秃顶儿老师一般苦大仇深。虎皮猫大人陪了一天，到了晚上骂了一声傻瓜，展翅不见。

逛到第三天傍晚的时候，威尔终于忍耐不住了，找到我，说："陆，我们这样漫无目的地走下去，估计永远也找不到他们。我觉得，实在不行就用我来当诱饵，化被动为主动，让他们来找寻我们，而不是我们找寻他们。"

我思考了一下，摇头否定，说不可行，不确定因素实在是太多了，我到时候无法保证你的生命安全。

威尔痛苦地抱着头，说安吉列娜如果出事了，我活着还有什么意思？

他这般痛苦地表白着，一旁打瞌睡的杂毛小道来了兴致，说威尔，你的安吉列娜，跟我们前几天碰到的那个奥黛丽比起来，谁更漂亮？

说起那个漂亮的大洋马，杂毛小道两眼放光，完全不复之前惺忪困倦的模样。威尔苦笑，摇着头不说话。突然，我的心一动，盯着从我们身边经过的一辆出租车猛瞧。

瞧见我一副若有所思的表情，威尔眼睛睁得滚圆，期待地问道："陆，怎么了？"

我摇了摇头，也不解释，让老阳跟着那辆出租车走。老阳说好嘞，熟练地上挡，跟上了那辆出租车。不多时，出租车停到了一家医院前，车里下来了一个戴着棒球帽的年轻人，穿着廉价的西裤和白衬衫，戴着眼镜，模样斯文，左右打量了一会儿，朝着医院里面走去。

杂毛小道瞧见是个中国人，疑惑地问我，说有问题吗？

我笑了一下，说有大问题，跟着就下了车，快速跟踪过去，威尔和杂毛小道也随后跟来。

那个年轻人进了医院，七拐八拐，来到住院部的一个角落里，打了个电话，里面有一个白衣护士匆匆跑出来，递了一个纸袋子给他，他慌张地收起来，然后递了一沓钱给那白衣护士。两人似乎推托了一下，然后各自将东西收起来，年轻人行色匆匆出了医院，朝着附近一处僻静的公园跑去。

我们一直在后面远远缀着，威尔焦急地问我怎么回事？

我瞧他这焦急模样，也不打哑谜，轻声说道："这个年轻人身上有我所下的灵蛊印记，他应该是跟王豆腐有所接触，或许是代理人，或许是刚刚发展的后裔！"

威尔皱了一下鼻子，然后很确定地说道："他手里的纸袋子里，应该是血袋！"

磨蹭了几天，终于接近真相了，我们所有人都是精神一振。悄然跟着，想通过这个年轻人，找到王豆腐以及他同党的藏身之处。然而当我们跟到了公园僻静之处，却见那个年轻人将纸袋撕开，一下子就咬开里面的血袋，咕嘟咕嘟地畅口喝了起来。

第十八章　小老乡

我们看向威尔，威尔只瞧了一眼，便轻声说道："初拥者！"

得，看来就是一个被王豆腐侵犯的倒霉蛋儿。我们没有再多等，呈散兵阵形，朝着那个年轻人围了上去。那个家伙显然就是个菜鸟，蹲在景观丛中，撅着屁股，咕嘟咕嘟地喝着血，一边喝还一边做出呕吐状，显然是在跟自己内心中那固有的道德底线在作斗争，对我们的靠近根本就没有提防。

当他喝完最后一口、心满意足地抬起头来的时候，终于发现了我、杂毛小道和威尔三人，下意识地将血袋扔进了草丛，慌里慌张地擦着自己的嘴巴，结结巴巴地问道："你、你们干吗？"

这人一开腔，我的眉头就皱了起来，咦，听这口音怎么好熟悉呢？

旁边的杂毛小道嘿嘿笑，将雷罚抽出来，说小朋友，我们是传说中降妖除魔，保卫人间正道的超级英雄，瞧你似乎有些麻烦，特来送你归西的。那年轻人失魂落魄地骂了一声有病啊，转身想要离开。刚走两步，威尔悄无声息地挡在了他的前面，那张冰冷的脸显得格外可怖："卑微的初拥者，你想跑到哪里去？"

我不知道威尔属于什么爵位，不过吸食了好几个吸血鬼、拥有特殊体质的他显然对这个年轻人有着天然的压制效果。那个家伙瞧见威尔，一脸震撼的模样，退了几步，脸上露出了纠结的表情，颤抖地说道："你、你，是吸血鬼？"

威尔傲然地点头，旁边的杂毛小道装腔作势地说道："是比你厉害无数倍的吸血鬼，怕了吧！"

那人脸上的肌肉不住抖动，本来还算清秀斯文的脸扭曲得不成样子，几秒钟之后，他啪地一下跪倒在地，情绪完全就崩溃了，大声哭嚎道："大爷，给跪了，求留一条活路啊！我老娘病了，妹子才读初中，我闻铭来东官打工好几年，一个人扛起我家里面所有的负担，我要是死了，她们也没有活路了啊。你们不知道，我们家穷得很，我真的是死都不敢死啊。"

这人哭得伤心，情真意切，威尔和杂毛小道都有些诧异。而我则越听越古怪，拦住他的哭诉，询问道："嘿，嘿，别哭了，哪里人啊？"

他抬起头来，泪眼婆娑地说道："我们那里是国家级贫困县，讲起来你可能也没有听说过。"

我已经将鬼剑收了起来，抱着胳膊说你讲嘛，听没听说是我的事情。

他抽抽噎噎地揩着鼻涕，显然刚才这几天惊惶状态的突然爆发，情绪还没有和缓过来,吭哧半天说了两个字:"晋平。"一听这话我笑了,用家乡话问:"你是晋平哪里的?"

他一听,顿时就停住了哭泣,直起身来,说:"晋平大墩子镇,我是亮司的。"

亮司在大墩子镇是个大村,跟敦寨这种小苗寨不能比,那里的人特别团结,打群架特别厉害。不管怎么说,亲不亲家乡人。我笑了,将他给扶起来,说:"我也是大墩子镇的,就在镇上,猪场街最靠里的杂货铺就是我家开的。行了,别哭了,像个娘们一样,丢不丢脸啊?"

闻铭被我扶起来,听到我的话,十分意外地瞧了我几眼,口中喃喃念着我的话语,突然眼睛一亮,说大哥,你是不是有一个老弟叫做陆言?

啊,都说这本乡本土,掰扯一下,关系立刻就近了。我跟闻铭聊了一下,才知道他竟然跟我堂弟陆言是初中同学,以前在大敦子镇中学读书的时候还去我家里吃过饭。不过那个时候我已经出门打工了,所以没遇见过。

关系扯到这里,我便不吓唬他了,说我们就是有关部门的,不过并不是来抓他的,是来抓咬他的那个吸血鬼的,问那个家伙在哪里?

闻铭苦着脸,说他哪里知道啊。那天失恋了,喝醉酒在巷子里面吐,结果感觉脖子上被咬了一口,跟打飞机一样爽,然后就趴倒在地上了。第二天醒来的时候浑身发冷,也畏光,躲在出租屋里面好几天,想喝血想得厉害,就在网上联络了熟悉的网友,刚刚拿到血,就被抓到了。

他一副担忧的表情,问:"这病是不是治不了了?陆左哥,你不会要拿我去坐牢,或者是烧死我吧?"

我笑了笑,说怎么会。正想安慰几句,旁边的威尔走上前来,将手放在了闻铭脖子的伤口上,闭上眼睛沉思了一会儿,低头过来跟我商量:"陆,血族对于自己的初拥者有着绝对的支配权力,我不知道你的老乡是否在撒谎。不过既然是你老乡,为了他好,我可以给他二次初拥吗?"

我皱眉,说什么是二次初拥,会不会有什么副作用?

说句实话,当听闻铭说起他是我老乡,而且跟我堂弟陆言是同学的时候,我就有了维护他的心思。毕竟每一个在外面闯荡的家乡人都不容易,能够帮一点忙,就帮一点。

威尔瞧出了我的顾虑,斟酌了一下语言,说道:"是这样的,初拥对于血族来说是一件极为重要的仪式,需要在他的脖子上划出十字形的口子,将血放尽,再让其吸食长亲的血液,通过换血,完成初拥;然而显然莫利多卡不会那么好心,他当初应该只是想把你的这小老乡吸食干净,用来舒缓伤势,结果不知道发生了什么事情,血液回流了。种种巧合,才使得他也成了血族。血族发展后裔是一件极为严格的事情,需要得到自己族长,也就是亲王的认可才行。而中国人,是没有机会的!"

我点点头,说继续。威尔接着说道:"事已至此,长亲,也就是莫利多卡对他有着绝对的威压支配权，此刻的他即使与你是至亲，也会对你说谎话，背叛你，除非比莫利多卡等阶高上许多的另一个血族，在不超过三天的时间里，对他进行二次初拥，吸出原来的血，确定主导地位，他才能够拥有自己的意志。"

我盯着威尔，说你行吗？威尔点头，说这正是我打算的，经过我的初拥，你的小老乡虽然还会有许多毛病，但是至少应该不畏惧阳光，能够像正常人一样生活。

我紧紧握着威尔的手，说拜托了。

我们询问完闻铭的住处之后，将他带回车里，由他指路，朝着附近的一个城中村行去。车速很快，不多时我们就来到了一处建筑拥挤、人流密集的区域，对面是一个工业园，而这里的房子高低错落，一个个恨不能挨到一块儿去，地摊、夜市以及各色各式的违章建筑、拥挤的人群、五光十色的招牌以及小巷里面流露出来的粉色灯光，就像一幅幅世俗的浮世绘，将夜幕下的东官城中村，给勾勒得格外动人。

闻铭租住的出租楼在靠里的地方，车子挤不进去。没办法，我让老阳将车停在路边，然后与杂毛小道、威尔陪同他步行前往，走了几分钟，终于到了一处五层小楼前。

闻铭住在四楼。他领我们进去，楼道里面有一股发霉的臭味，还时不时有女性呻吟声传来，他尴尬地解释，说是住在这里的小姐带客人来做生意。杂毛小道便坏坏地笑。

我知道他在笑什么，在这样一个处处诱惑的地方，他还能保持童贞，端的是一个有趣的人呢。不过这好印象到了他的房间截止。角落里一堆散发着浓重气味的卫生纸团让我们都笑了起来，也难怪，天天听这实况直播，铁打的汉子都受不了啊。进了房间，闲话不多说，威尔让闻铭躺好，将他脖子里的伤口用水洗净，然后让他闭上眼睛，将心灵放松，完全舒展开来。

闻铭也特别可笑，他带着哭腔问我，说陆左哥，你们不会是要对我进行人道毁灭吧？如果是的话，我先把我家地址给你，到时候你帮我照顾一下我妹好不？她才读初中，学习成绩好极了，老师说她以后一定能上重点大学的。

我们几个都笑了，我给他吃定心丸，说行了，不会有事的，你是陆言的同学，我就是你哥，怎么会害你呢？闭上眼睛，放松些！

听我再三肯定，闻铭方才闭上了眼睛，威尔跪在床前，虔诚地向始祖祈祷。这仪式繁复，其间牵涉到许多秘法，我和杂毛小道都下意识地回避到阳台上，任由威尔施展。闻铭租住的房子是单间，阳台上有一个小小的厨房，外面是嘈杂的市场，地上还有一只死去的公鸡，鲜血干涸，我深深地吸了一口气，目光漫无目的地巡视着。

就这般瞧着，我心中突然一动，抬头瞧向了不远处一个挂着"无痛人流"招牌的小诊所，闭上眼睛与肥虫子沟通了一下，然后捅了捅身边的杂毛小道，说道："在那儿！"

第十九章　小诊所的食尸鬼

这几天其实我们已经转了很多地方，医院、墓地、火葬场、有国际背景的外资或者合资公司以及许多与刑黑虎走私集团有关联的地头蛇，形形色色的地方和人都瞧见不少，腿跑断，车轮子都磨薄了几分，大家精疲力竭，却没承想在离我原来住处不到五公里的城中村里，发现了王豆腐的气息。

我再次深深吸了一口气，除了房间里的血腥之外，在诊所的那个方向，隐隐有灵蛊的气息传来，与我体内的金蚕蛊交相呼应着。我和杂毛小道对视一望，整理好身上的东西，转身返回房间里来。房间里仍在忙碌，二次初拥的程序比初拥还要麻烦许多，威尔这才刚刚开始附在闻铭脖子上吸取含有王豆腐生命印记的血液。吸尽之后，他会通过自身体内的调节，将自己的血液融入闻铭的身体里，使其成为拥有威尔传承的血族后裔，拥有与他一般的特性。

换句话说，我们可以把威尔此次的行为当成是给智能手机刷系统。原本的闻铭是个普普通通的人类，经过王豆腐的"越狱"之后，变成了吸血鬼的系统，不过这是一种早期的系统，威尔在此基础上进行了升级，重新赋予一个新的固件，使闻铭的操作系统得以提升到了一个新的境界。毫不客气地说，威尔的传承比王豆腐的垃圾系统要好上百倍，倘若这固件能够自带"不畏阳光"这种BUG级功能的话，威尔完全可以开创一个新的种族，创造历史。

说起来，发展后裔是一件十分严肃和慎重的事，需要经过本氏族亲王的认可和批准，才能够正式融入到血族大家庭里面去。威尔一生浪荡，漂泊惯了，闻铭算是他的第一个后裔。

我之所以照看闻铭，除了是乡里乡亲外，多少也看在我那久未联系的堂弟面子上，而威尔之所以给闻铭初拥，其一是看我的面子，卖个人情给我，好让我营救他家妹子时更加卖力，其二也是想试验一下自己经过"该隐的祝福"改造之后，发展出来的后裔，跟原先的血族到底有什么不同。

然而我们两个都没有想到这个不经意间打造的中国式血族，后来竟然会到达我们所无法预想的高度。所谓世事玄妙，造化弄人，一饮一啄，莫非前定。闻铭的故事也是一段传奇，此乃题外话，倘若有闲再谈。单说当日瞧见威尔还在床前换血，我们也不去打扰他，打开房门，离开出租楼，朝着不远处的小诊所行去。

诊所离闻铭的住处并不是很远，是临街的，它的门脸房不大，估摸着里面应该只有三两间小房，不过卷帘门合得死死的，下面一把大铁锁锁住，与周边人来人往的

热闹街道很不相称。

我和杂毛小道围着这门面左右瞧了一下,又瞧一瞧周边的人,感觉直接闯入似乎有些突兀,会惊扰这些普通居民。然而我们这纠结的表情倒使得旁边一个卖臭豆腐的大妈误会了,这会儿没有客人,她便扭过头来与我们搭腔,说年轻人,找什么呢?

我们嘿嘿笑,说大姐,这诊所怎么是锁着的啊,没有人吗?

大妈也笑,上下打量了我们一番,压低声音,苦口婆心地劝我:"年轻人,你们是过来做人流的吧?女朋友没带过来?大姐我也是好心,多跟你们讲一句啊,这种事情呢,能生则生,实在没有条件生下来呢,也不要图方便、图便宜,一定要去正规医院做,这种事情对女孩子伤害很大,你们可得上些心了。"

这卖臭豆腐的大妈倒是个好心而唠叨的人,看来这家诊所的生意给她搅黄过不少。我苦笑,说没有,这诊所的老板是我一个老乡,这次过来,专门是来看他的,结果人也不在,不知道是怎么回事。

听到我们是这诊所老板的朋友,大妈略微有些尴尬,回过头,一边炸她的臭豆腐,一边回话道:"他啊,前几天就关门了,也不知道是回老家了呢,还是去外地了。说不准,你们可能白来一趟了。"

"关门几天了?"我追问道,那大妈想了一下,说四天吧,要不然就是五天?呵呵,年纪大了,记事都记不起来咯。

我们点头表示感谢,没有再说话。通过与这位大妈的交谈我们得知,这家诊所应该是王豆腐袭击我的那天晚上关的张,倘若如是,这个专门给附近未婚先孕的女孩子做手术的老板只怕是遭了难。杂毛小道扯了扯我的衣袖,下巴朝着这房子的后面指去,我点了点头,跟着他绕到了房子后面。后门铁门紧锁,不过这没有什么关系,左右无人,我一拍胸口,肥虫子便溜了出来,摇头晃脑地转了一圈,朝着钥匙孔钻去。一秒钟不到,那铁门的锁头"咔"地响了一下,吱呀一声,由内往外支开来。

我回头瞧了一眼杂毛小道,他点了点头,示意我往前面走。借着远处人家窗口传来的灯光,我和杂毛小道缓慢走进里面。这个房间是生活区,里面有锅碗瓢盆以及做饭的灶台,我注意着脚下,尽量不要碰到什么东西,而肥虫子则在我的前方,肥硕的身子忽高忽低,竟然能够闪耀出一点点金色光芒,将这房间照得朦朦胧胧。

我已经能够感觉得出来,王豆腐就在前面的一个房间里,于是将鬼剑从身后的背包中缓缓抽出来,给杂毛小道打了一个手势,这一次,务必不能再让他跑了。

杂毛小道笑了,悄声说道:"威尔都说了,这个家伙使用完'化身为蝠'的技能之后,差不多要躺上三个月,咱至于这么紧张吗?"我耸耸肩,说小心些总是没有错的。说话间我已经推开了里面的门,刚刚推出一道缝隙,突然间就有一股猛力,将这缝隙给挤开来,一个黑影子低沉地嘶吼着朝我扑来。

倘若是常人,被这样的来一下,一定就给扑倒在地了,而我是谁?早在这东西出现的那一刻,我便察觉到了,退后两步,任其冲到中间来,抬腿就是一脚,当胸

273

踢去。

这家伙虽然凶悍，却根本不是我的对手，我的这弹腿踢得又准又狠，无论是力道、角度还是准头，都是无可挑剔的厉害，结果这家伙被我踢上了空中，肥虫子正好映照出她的脸，却是一个身穿护士服、长相平平的女孩子。

这个妹子被我一脚蹬飞，却并没有发出痛苦的娇呼，而我脚尖上传来的触感，也几如踢到一块塑胶一般，硬得很。砰！那妹子掉落下来，重重地砸在了地上，又迅速爬起来，朝着我伸手抓来。

"食尸鬼？"杂毛小道疑惑地轻轻说道，雷罚递出，一剑扎在了这妹子的额头上，直入一寸。雷罚剑上的雷意吞吐，那妹子浑身一阵颤抖，如同筛糠，蜡黄的皮肤上抖落出许多黑色汁液来，接着头高高扬起，朝后面倒去。"真不是个怜香惜玉的人"，我抱怨道。蹲下身来瞧了一眼这个女人，一张脸青黛狰狞，脖子下面的皮肤像老槐树皮般粗糙，显然是被吸干了所有鲜血，成了根本没有意识的傀儡。

杂毛小道叹息了一下，用雷罚将门轻轻挑开，闪身而入，我跟着走进去，手往墙上摸了一下，碰触到开关，房间里一下子就亮了起来。在光明降临的瞬间，又有一头同样的食尸鬼朝我们扑来。杂毛小道并不出手，瞧了我一眼，我会意，鬼剑前冲，一剑划过，那个应该是诊所老板身份的秃顶食尸鬼捂着脖子倒了下去。

大晚上的，将这样两个原本是普通人的食尸鬼终结，我和杂毛小道并没有半点快感，皱着眉头看这间原本是诊所的店子。四面墙都被人用鲜血绘制出一些古怪的符文，黑黢黢地望过去，墙上面的血色符文仿佛在流动一般。这房间不算大，一眼扫尽，没有瞧见王豆腐。我们有些失望，难道那个家伙离开这里了吗？

瞧见地上这两个还在微微动弹的食尸鬼，我有些丧气，刚想说话，却见杂毛小道扔出一张燃烧着的符文，口中轻喝道："破！"

此言一出，我才发现在靠左墙的药品柜那边地上，竟然有新鲜的血渗出来，好大一摊。

王豆腐在地下！

第二十章　硬汉折腰

我们快步走到药品柜前，杂毛小道左手捏符，右手则将雷罚插入门缝中，轻轻一挑。门应声开启，柜子里是空的，下面露出一个黑黢黢的通道口，旁边一大摊血，犹自湿润，十分新鲜，显然是又有人遭害了。

杂毛小道瞧着这个模样古怪的通道口，挖得并不专业，不由得冷笑："蝙蝠改行穿山甲，窝在这洞子里干吗呢？"杂毛小道有些犯难，不知道如何下去将那个家伙抓上来。即使能下去，倘若空间太小，也施展不开。

我想了想，将小妖唤了出来，跟她把情况说明，让她把王豆腐给提拎上来。小妖虽然往日总是说要吃人肉，但终究是一个善良的姑娘，看到无辜的人就这般惨死于此，嘴上不说，心中也有一股怒火。于是也不嫌这洞口脏，身上立刻有荧荧光华流出，我口中的嘱托还没有说完，人便下了洞子。

小妖下了洞子，便听到里面似乎传来了打斗声，让我纠结得很，正犹豫着是否爬下去的时候，小妖出来了，手上还拎着被揍成猪头的王豆腐。

瞧见这家伙，我并没有多高兴。我原本以为当日会有人在附近接应王豆腐，这厮伤重逃逸之后，必定会和同伙会合，那么我们顺藤摸瓜，就能够找到敌人的老窝了。然而根本就不是那么一回事。王豆腐这个家伙根本就是一个独行侠，伤得如此之重，他不但没有求助同伙，还就在附近的城中村落下了脚，在这样的一个地方藏匿着，整日吸人鲜血养伤。

伤势严重的王豆腐对于普通人来说是一个噩梦，但落在小妖手里，却是暴抽一顿的待遇。吸血鬼可以断肢再生，不过那是需要在血池里面，虔诚祷告自己信仰的邪神，经过漫长的时间凝聚方可。此刻的王豆腐，依然还是当日被我扯断双臂的悲惨模样，只不过浑身也是血淋淋、湿漉漉的，双臂的断口处勉强长出了一些肉芽儿。

小妖将这个家伙丢在地上，又返身回了洞子里去。我一脚踩住王豆腐的脑袋，将他翻转过来，他被小妖揍得奄奄一息，不过反抗之心不死，张开嘴巴，尖锐的牙齿磨着我的鞋底。

看到旁边那两具还在蠕动的食尸鬼，我的心中愤怒，脚尖一勾，将这个家伙的上半身勾起来，将他推靠在药柜上，巨大的力量将药柜里面的药品震得一阵乱，那些玻璃瓶子发出清脆的响声，我顾不得他浑身散发着的恶臭，蹲下身来，紧紧揪住这个家伙的脖子，厉声低喝道："王豆腐，你的同伙呢？"

瞧清楚了是我，王豆腐沾满血污的脸上尽是狰狞可怖的笑容："呵呵呵，你这恶魔，终于来了啊。想通过我找到其他人？你失算了，你以为我不知道你在我身上种下了古怪的印记吗？你太小看一位拥有着悠久岁月的高贵的血族了，我怎么可能会让你得逞？"

听到这话，雷罚搭在这家伙的脑门子上，杂毛小道沉声说道："我知道一个通常的道理，那就是活得越久，就越惜命，牺牲自己来成全别人这种事情，似乎不应该发生在你身上。"杂毛小道故作思维缜密地推理了一番，然后回过头来，很认真地对我说："嗯，这家伙应该是欠收拾！"

我点头表示赞同，回头看了金蚕蛊一眼，打了一个响指，然后王豆腐就歇斯底里地开始叫起来。为了防止他扰民，我很果断地把散落在地上的医用口罩给这个家伙用上，然而这个家伙一对雪白的吸血獠牙十分碍事。我正皱眉头，从洞子里又拉出两个人来的小妖过来了，一记手刀砍在了这个家伙的脖子上，使得他的嘴巴张大，然后出手如电，颇为熟练地将王豆腐的一对獠牙给掰扯下来。

吸血獠牙一去，王豆腐戾气十足的嘶嚎就变成了哀鸣。小妖更是绝，九尾缚妖索一抖，将王豆腐捆成了肉粽，倒在地上浑身颤抖，豆大的汗珠从皮肤里面渗出来，一双眼睛因为痛苦而充血，几乎凸出来。想喊而不能，全身又被束缚，在肥虫子的指挥下，体内的蛊毒持续发作，王豆腐陷入了地狱一般的痛苦中。

事情其实也是有些巧了，我之前之所以不用这方法逼供雷昂伯爵和瑟特，是因为血族对自己的精神凝练十分强大，些许痛苦只当作是快感，太过强烈了，还可以切断痛觉神经往大脑的传送，于是只有作罢。

不过王豆腐双手被我扯断，想要重新生长的话，就必须经过血池重生。也就是必须将全身心都开放出来，任由自己信仰的邪神意识进入身体，激发潜在的功能。这开放意识后，恢复平时的警戒是绝对不可能的，所以王豆腐在遭遇了这种万虫噬心的痛苦之后，只能清晰地体验，就连昏迷过去的自我保护机制，都无法运行。诸位闭上眼睛，试想一下，自己的体内繁衍出一窝细密的虫子，它们在你的肌肉纤维、血管和皮下组织里来回穿梭着，用那古怪的口器噬咬着你的身体，那种又麻又痒又疼的极致感受直接反映到了你的脑海中，清晰明了，这是一种什么样的感受？这便是王豆腐当时的感觉。不过他倒是一个硬汉，竟然凭着意志生生扛了下来。我们且不管它，瞧见小妖将王豆腐的两颗吸血獠牙收入囊中，我奇怪地问这玩意儿拿来干吗？小妖神秘一笑，卖关子，不肯说。瞧见小妖又从那个简易的洞子里面拉出两具尸体，抛开脏乎乎的血污，穿着打扮跟附近坐在粉红色灯光的小发廊里面的那些失足妇女一样，浑身呈现出脱水的模样，知道是王豆腐的血食。

瞧到这一切，我大概知道了王豆腐当日逃逸之后的情形。他应该是落在了这附近，然后饥不择食地咬了我的小老乡闻铭，而后或许是太过虚弱，竟然将自己的血液回流到了闻铭体内，完成了初拥。后来辗转到了这个小诊所，将诊所的老板和护士咬成了食尸鬼，让他们给自己狩猎，而自己则窝在临时挖出来的地坑中，安享鲜血

浸染。

不过两头食尸鬼出现在闹市，隐蔽工作一定不可能持续，王豆腐必定联络接应人员，我们是不是可以守株待兔，将前来接应的人员给逮住？

想到这里，我将我的打算说予杂毛小道知晓，他表示认可。这时老阳从后门摸了进来，瞧见这幅场景，不由得连忙上前来询问情况。听得我们的描述，老阳一脸凝重，对我们说上头的担心终于出现了。这些家伙一旦被逼上了绝路，便无视规则，会肆无忌惮地对平民下手。而以这些家伙的优势，随便一个人都可以造成大范围的恐慌，倘若真的出现这种情况，只怕不但曹队长会遭到问责，就连陈局长那儿也会受到影响。

我们点头，大师兄坐在那个位置上，虽说是位高权重，但却又是如履薄冰。

当下我们将地上那两头还活着的食尸鬼给净化了，又让老阳跟局里面联络。电话打了好一会儿，我见到地上的王豆腐身子不断地颤抖，一双眼睛可怜巴巴地瞧着我，充满了哀求。我知道他有话想说了，于是将塞在他口中的医用口罩给取出来，问他想好了没有？

王豆腐脸色发白，汗水将他头发给弄得凌乱，忍着痛，缓缓说道："杀了我吧。"

我诧异："就这句废话？"

说着，我又准备将口罩给塞回去，王豆腐的眼泪顿时就流了出来："太过分了，你这个魔鬼！呜呜……"

瞧见他崩溃地哭泣，我不由觉得好笑，平心静气地说道："当你将这两个普通人变成供你驱使的食尸鬼时，你不觉得过分；当你将人类当作餐桌上的食物时，你不觉得过分；当你莫名其妙闯进我的办公室，将那里砸个稀里哗啦时，你不觉得过分。怎么刚刚吃了一点小苦头，你就觉得过分了？恶魔是你们的信仰，好吧，我暂且把它当作是你对我的赞美，你体内的虫子还在繁衍，需要再生长几轮，才能够将你给吃掉，所以，我们还需要耐心等一两个钟头。"

"不要，不要！"

听到我的描述，王豆腐先生像个小女孩一般无助。我俯下头来，眼睛紧紧盯着他，一字一句地说道："他们在哪儿？"

"凌晨两点，他们会过来接我！"终于，他开口了。

第二十一章　顺藤摸瓜

这世界上最难的事情永远都是第一次。为了乞命，松口之后的王豆腐开始竹筒倒豆子一样地说了起来。

他原本在利物浦的一家外贸进出口公司任高级经理，是一位伯爵大人的属员，后来因为威尔以及他神奇的药水，引发了整个地下世界的关注。当有消息得知威尔逃向了东方，他就因为能够熟练地使用中文而被魔党选中，参与了这次追捕。

据他所知，威尔的神奇药水已经引起了魔党魁首保罗·麦卡特尼大公的关注，除了他们这一队成员从海上偷渡而来之外，还有另外一个隐秘高手带队，直接翻过喜马拉雅山脉，自西而来。他们这一队总共有十三个血族，除了刀螂伯爵雷昂之外，还有两个伯爵、四个子爵和四个男爵以及两个对中国十分熟悉的氏族。

之前是落脚在三佳，后来转移到了江城。他奉命前来东官之前，其他人都已经转移了，至于是哪里，他也不知道，不过他已经用秘法联络到了大部队，约好在今天的凌晨两点，过来接他离开。

听到王豆腐的话，我不由得头皮发麻。跟威尔相交甚久，对于血族我多少也知道一些情况。这个等级森严、联系既紧密又松散的种族，一般分为"亲王、长老、领主、尊主、氏族、初拥"六个等级，后两者都是下层的杂鱼，不值一提，而尊主是指实力已经能够获得爵位的血族，至于领主，则需到达伯爵之位，拥有着十分强悍的实力，这种人都有着自己的封地和活动范围，别的血族和黑暗生物在他的地盘上混都得小心翼翼。这样高高在上的大人物，魔党一下子就来了三个，可谓是剑指威尔，志在必得。

我听不出王豆腐口中的话是真是假，而老阳已经跟上面汇报过了，留在局里面的秦振和掌柜的正在召集人手赶来。

掌柜的打来电话，说局里面大部分力量都撒出去了，他现在带着专案组的成员，并且准备联络特警队赶过来，问我行不行？

我斟酌了一下，前来接应王豆腐的人应该不多，而且估计也就是个跑腿的，即使将他们全部抓起来，对大局也没有什么太重要的推动，不如将王豆腐当作饵，我们用来钓大鱼。

掌柜的对我的计划十分感兴趣，想要详细了解一番，然而我的想法也仅仅只有一个轮廓，所以他决定暂时不通知特警队，而是和秦振带着几个兄弟先赶过来。为了避免打草惊蛇，我们将大灯给关闭了，仅留下一盏发黄的壁灯，老阳去关后门，结果威尔却适时挤了进来。瞧见躺倒在地的王豆腐,威尔回头问我,说怎么只有他在,其他人呢?

我耸耸肩,说这个家伙受伤太重,在这里藏了几天,刚才交待,说凌晨两点钟的时候会有人过来接应他,不过我们不知道他说的有没有假。

威尔擦了擦嘴上的鲜血,说这没事,我有办法让他服服帖帖。

我看到他有些虚弱的模样,问他我的老乡呢?威尔说二次初拥的换血结束,闻铭要经过一段适应期,现在睡着了。我从他身体里吸出了莫利多卡的血液印记,如果我再从地上这家伙的身上取得血誓契约的话,理论上,他就变成了我的属民。

我点头同意,如果能够将王豆腐变成自己人,确实能够让计划的实施变得更加可行。

征得了我的认可,威尔蹲下身,面对着一脸惊恐的王豆腐,平心静气地说道:"莫利多卡,你既然已经屈服于自己的懦弱,那么你也应该知道魔党对于叛徒的手段,是多么的残酷。这是远的,就说现在,落在我们手上的你想要逃脱火刑架上的烤炙,唯一的途径就是受我庇护。我给你三秒钟的考虑时间,将你的心神放开,让我在你的脑海里打下我的烙印吧!"

王豆腐瞧着面前这个自己追了大半个地球的同族,闭上眼睛,痛苦地说道:"哎,我真的不应该来中国啊。"

威尔并没有给他思考的机会,开始计数:"一、二⋯⋯"他还没有念三,王豆腐投降了:"好,我答应你,我放开心神,接受你的统管,今生将奉你为主上,月在,誓言不消!"

听到这誓言,威尔笑了笑,将左手中指划破,然后在王豆腐的额头上划了一个海鸥形状的符文,口中开始念起了冗长的咒文。这语言并不是英文,而应该是更古老的语种,我不愿意费心,找了一个地方坐着,养起精神来。

这仪式很快,完成之后,威尔让王豆腐重新返回药柜下方的血坑里去,然后将被净化过的食尸鬼和那两个可怜的女性找地方掩藏起来。接着跟我商量,说王豆腐此刻已经完全被他控制了,只等那些人过来接应他的时候,我们追上去。据王豆腐交待,安吉列娜正是被控制在那些人的手里。

我说你确定王豆腐完全会听命于你,不会将我们给卖了?

威尔笑,说:"陆左,血族其实没有人类危险。因为人性莫测,而血族更多的时候遵循的则是生物性,这是遗传基因起到了引导作用。"

我说好,既然如此,那我们就撤了,找个地方躲起来监视。

说完我们将自己的痕迹扫尽,然后悄悄地走出后门,到车上等待。差不多半个小时后,掌柜的和秦振到了,我们在他们开来的指挥车里开了一个小会,将我和威尔刚才的计划作了总结。掌柜的当时就决定在这里的人负责追踪,一旦锁定目标,就请求上级支援,对目标实行多方位封锁,务必不要出现一条漏网之鱼,将前来我们这里所有的吸血鬼一网打尽，让那些胆敢捋我虎须的外国宵小们，心惊胆寒。

商量妥当，我们开始分批休息，毕竟白天忙活了一整天。我也闭上眼睛，感应着肥虫子在我体内的律动，然后开始按照陶晋鸿给我的法门，将全身之气运转，推动周天而行。气行于身，汇散于百脉之间，如温泉洗浴，浑身暖洋洋的，让人沉醉其中，不愿醒来。

不知道过了多久，我感觉有人轻轻地推了我一把，揉揉眼睛，一看手表，才发觉自己竟然睡了好几个小时。我问杂毛小道什么情况，他将中指竖于唇间，做出嘘声的意思，然后压低声音说："他们提前来了。"

提前来了？看到前方不远处三个缓缓行走的身影，我整个人一下子就精神起来，眯着眼睛打量，瞧见两个人隐入黑暗中，而另外一个人，则若无其事地朝前缓慢走去，放在身后的手不断地敲打自己的脊梁骨，外人瞧见只当作是挠痒痒，我们却知道这是在与王豆腐用秘法联系呢。

很快，那人转入小楼中去。我见杂毛小道并不管那边，而是伸长着脖子朝街口望去，不由得奇怪，扭头一瞧，却见那儿停着一辆黑色的商务车，火都没有熄，显然是这几个人开过来接王豆腐的。

我问他怎么笑得这么贼，杂毛小道收敛了笑容，说不知道那个女老外在不在车上。

我们正面瞧不见房子里的情形。不过很快，王豆腐被跟他沟通的那个男人抱着，快步冲了出来。这回我倒是看清楚了，在前面和后面防备着的西装男都是普通人，而背着王豆腐的那个老外应该是一个血族，至于有多厉害，那需要交过手才知道。

三人一路小跑着来到那宽敞的商务车上，早作准备的司机油门一轰，车子立刻离开此处。我们没有动，瞧着那车子走远，过了一会儿，车载对讲机里面传来了赵中华的声音："车子上了主干道，朝着城南郊区方向行使，前面一个路口的队员请注意，随时报告方向，其余人等，注意跟踪距离，不要被发现了！"

听到这话，老阳才开始启动汽车，缓缓驶出这城中村。

为了这次跟踪，掌柜的安排了六辆车，把守在各路口，随时通报状况。老阳他们这些人论搏击拼斗，自然比不过我们，但是跟踪吊尾却是个中的行家里手，车子开得四平八稳。如此行驶了差不多半个小时，来到了林则徐销烟的虎门，在江边一个渔船修补码头附近，车子缓缓靠边，熄火停下来。

我望着这渔船码头，眉头皱起，这是要准备走水路呢，还是他们所有人就在这里？

先一步到达的秦振这时摸了过来，让我、杂毛小道和威尔三个人，到背风处的指挥车里面去开会。

第二十二章　夜幕下的村子

　　这个渔船修补码头说大不大，说小也不是很小，旁边还有一个挂了牌的船只修理厂。两栋楼，然后就是大片的作业厂棚，外面有铁栏，一般人根本进不去。那地方在公路的不远处，下去还有一段土路，为了隐蔽的需要，车子并没有开到地头，而是远远地停下来。在秦振的指引下，我们深一脚浅一脚地来到了指挥车藏起来的地方，有一个专案组队员瞧见我们，将车门拉开，请我们上去。

　　走进宽敞的指挥车内，杂毛小道见面就问掌柜的，说老赵，瞧清楚了没有，那车子里面是不是有一个身材火爆的大洋妞？

　　掌柜的正在和旁边一个摆弄笔记本的眼镜男说话，听到杂毛小道的问题，苦笑着回答，说萧道长，那车是直接开进修理厂的，我们哪里看得到这些？这时那个不停摆弄电脑的眼镜哥抬起头来，跟我们通报道："查到了，这个修理厂挂靠在江城为跃船舶机械公司的名下，法人叫做胡达开，因走私坐过三年牢，是刑黑虎以前一起的老兄弟。"

　　秦振摸着自己浓密的胡子，若有所思地问道："也就是说，这里是刑黑虎的产业咯？"

　　"是的，根据曹队长在江城发回来的报告显示，这个修理厂应该属于刑黑虎走私链中的一个组成部分，不过因为近年来刑黑虎慢慢退出前台，这里也逐渐荒废下来，勉强修理一些民用作业船只。"眼镜哥点了点头，肯定了秦振的猜测，而掌柜的总结道："虎门这个地方位于南方省的中部，交通便利，走高速的话，全省大部分城市距离这里差不多都只有一个小时的车程，无论是做什么都很便利，确实是一个藏匿的好地方；不过这个修理厂看着防范好像挺森严的，陆左、萧道长，这回可要拜托二位了，你们潜进去查探一番，倘若敌方的大部队在此，那么立刻出来传讯，我们好呼叫特警队，并且请求上面支援。"

　　听得掌柜的安排，威尔表示了异议："如果我的安吉列娜在里面，谁也无法阻挡我去营救她的！"

　　掌柜的无奈地苦笑，说："威尔，我能够明白你担忧爱人的心情，但是你需要记住了，只有你安全了，安吉列娜才会安全，如果那里有陷阱，而你栽进去了，到时候不但救不了她，反而会加速她的死亡！这个道理，你自己应该很明白的。"

　　的确，掌柜的话说得很理智，威尔无从反驳，他颇为痛苦地摸了一下鼻子，然后对我和杂毛小道郑重地拜托道："陆、萧道长，安吉列娜的安危，就拜托给你们了！"

瞧着这个英俊的吸血鬼一副担忧得要哭的表情，我笑了笑，表示理解。

接下来是掌柜的给跟踪组各个队员安排任务以及接应的计划，完了之后，我和杂毛小道出了车，摸黑朝着修理厂的边缘走去。时近九月，秋老虎发威，白天炙热难当，但到了晚上倒也凉爽，河边湿气重，草丛中有寒露，走过裤脚都湿了，很快我们就越过了荒地，来到了一处偏僻的墙角。

这铁栅栏不高，防君子不防小人。我们整理好随身物品，杂毛小道手攀在铁栅栏上，三下两下，就翻到了对面；而我则将双手握在铁栅栏上面，往两边一拉，弄出一个拱形来直接就钻了进去。进了里面，我们确定好方向，顺着阴影处朝着小楼那边摸了过去。因为血族对声音和气息十分敏感，所以我们尽量小心脚下的路，并且将收敛气息的遁世环开启。

不一会儿，我们就摸到了有灯光的那栋小楼前，门口有人，在用白话交流着，口音还有点怪，似乎在抱怨这鬼天气，还有别的什么，其中有一个人似乎喝得有些飘了，口齿不清，迷迷糊糊，听不真切。

我和杂毛小道背靠着墙，将耳朵附在墙上倾听，然而却没有一点儿动静。等了十分钟，终于不耐，我将朵朵和小妖唤出来，小声吩咐，让她们摸进去瞧一下。

等了一会儿，朵朵出现在我们的头顶，告诉我说没有看到人，就看到几个废弃的血袋。听到朵朵的反馈，我和杂毛小道面面相觑，说这到底是怎么回事，人到哪里去了？

当下我心头有些疑惑，我们潜到这儿来是因为这小楼房间里有灯光，血袋应该是给王豆腐急救用的，那么他们难道在我们来之前，就转移到了十几米外的另一个小楼里面去了？还是因为这两栋小楼住着工人不便，所以血族都躲到其中一处工棚中去了？

我和杂毛小道一头雾水，不知道到底是怎么回事，问小妖哪儿去了？朵朵说小妖姐姐好像见到了一些线索，正在查，先遣我回来通知你们一声。

杂毛小道点头，蹲下来与我商量，说小毒物，我怎么感觉有些不对劲，这怎么像是金蝉脱壳的手段啊？

我点头，说我也感觉到了，吸血鬼对气息敏感，走私犯对监视熟悉，他们或许已经知道我们跟踪而来，所以特意在这里作一个停留，然后⋯⋯

我说着话，渐渐感觉到不对劲，拽着杂毛小道的胳膊，说老萧，这些家伙不会走水路离开了吧？要是这样，我们还真的没有在水里安排跟踪力量呢。话音刚落，小妖从小楼上面的窗户跳了下来，指着不远处的江面说道："楼里面有密道，直通江边的码头，那些家伙已经准备上船了！"

果然没有一路顺风的好运气。我和杂毛小道对视一眼，他点了点头，于是我们两个二话不说，朝着这附近最近的江边跑去。到了水边，我将天吴珠开启，轻轻走入江里，而杂毛小道则通过联络器给掌柜的说起这变故。

有了水面的屏障，黑乎乎的夜里自然看不到什么，我也只是估摸着方向往前行。没一会儿便听到有"嘟嘟嘟"的声音，这是机船的发动机在响，船已然离岸，朝着下游开拔。

杂毛小道发愁说怎么办，我们这速度，跟不上那机船的。

小妖抬头瞧见头上一条修长的船影路过，笑着说无妨，接着她手一挥，九尾缚妖索一端伸长，竟然牢牢地抓住了船底的一处部件。小妖捆牢实之后，跟我轻声说道："行了，你操控好这避水珠，不要让上面的人感觉到我们的存在就好了。"

这可是一个技术活。我们头顶上的船是珠江上面很常见的机船，这种船用来拉沙、捕鱼以及载人都可以，不大也不小，倘若我们动静大上一些，只怕上面的人就能够感觉到。当下我不得不打起十万分的精神来，努力地在水流中寻找平衡。我缓缓地升起来，附在满是墨绿青苔的船底。机船的发动机一直在响，倒是能够遮盖住我们上浮的声音。我苦苦维持着，过了不多时，船体一震，停了下来，应该是到了岸边。上面有动静，似乎有人下了船。我捅了捅小妖，这小狐媚子立刻会意，潜出天吴珠的范围，浮上水面去查探。

没等一会儿，我们攀附着的那船居然开始调头了，朝着来的方向开去。

什么情况？我们不知道下船的是不是吸血鬼一行，唯有跟随着那船调头，往反方向"突突突"地离开，走到河中心，小妖潜了过来，咬着我的耳朵说道："他们上岸了，有车在接，快追过去！"

听到这话，我狂怒不已，这些家伙实在是太狡猾了！当下便没有多说，我们离开了船底，朝着岸边摸去。当几人从岸边的水草带中爬起来的时候，却见一辆越野车朝着远方行去。"不能跟丢了，不然所有的努力都白费了！"我轻声喝着，回头一看，拜托小妖道："小妖，跟上那辆车，看清楚他们到底去了哪里！"

此刻的小妖也不耍脾气，点了点头，朝着前面飞去。望着小妖飘飞的身影，杂毛小道在旁边苦叹，说希望这些家伙没有上高速公路。

情况如此紧急，我和杂毛小道抖了抖身上的水，开始发足狂奔，追着那越野车的汽油味，跟在后面跑着。

不知道是幸运还是不幸，我们沿路直追，差不多有十来分钟的样子，瞧见前面有一个村落，建筑影影绰绰。正犹豫间，小妖从黑暗中出现在了我们的面前，指着前方一片连在一起的老建筑，低声说道："车子进去了！"

第二十三章 村中诡异

我们顺着小妖指的地方瞧去，这是一个在南方省很常见的小村子，村口有一个黄白相间的琉璃瓦牌坊，旁边一些商铺，不过卷帘门紧紧关闭。再往村子里瞧去，里面基本上都是些三层两层的农民自建房。不过小妖指给我们的地方却有些稀奇，是大片的庭院，瞧着老式，有些年头，想来是以前大户人家的宅院，经历过许多动荡，被当做历史没有拆，就这般一直留了下来。

现在差不多凌晨三四点的样子，正是人们睡眠最沉的时候，整个村子瞧上去静极了，别说鸡犬交吠，便是那虫子的声音都没有。夜幕下，整个村庄就像是潜伏在黑暗中的巨兽，让人瞧见了，忍不住心中发毛。

跟小妖确定了车子已经进入了那一片连起来的宅院之后，我们并没有直接进入，而是蹲在田埂边，掏出电话来，拨打掌柜的号码。然而让人着急上火的事情出现了，无论是我的手机，还是杂毛小道的手机，抑或是出发前掌柜的给我们配置的联络器，所有的通讯方式都联络不上，瞧着手机上那个打叉的信号栏，我恨不得将林齐鸣那厮给我们弄来的手机给直接扔了。

我和杂毛小道蹲在田埂下边，望着远处那黑黝黝的村子，心中不由得一阵郁闷，这节奏，是妥妥的跟丢了吗？小妖瞧着我们两个像老农一样撅着屁股，不由得恨铁不成钢地教训道："你们两个，亏得一个是地仙陶晋鸿的得意门徒，这身上的手段比门中长老还要厉害；另外一个呢……得，我都懒得说你了，那些灵丹妙药，都算是喂到狗肚子里面去了！区区一个血族聚居地，又不一定是真的，你们就止步不前了，至于吗？"

小妖这一番激将法，弄得我和杂毛小道心里面毛毛躁躁、火急火燎的。也对啊，咱是什么人？茅山的诸位长老也见过，杨知修这样绝顶的人物都与我们算是交过手，那区区欧罗巴大陆来的蛮夷异种，我们怕个啥？

如此一想，我和杂毛小道的胆气也足了几分，想着虽然等不到掌柜的他们，我们便直接将这里的场地给料理了，到时候他们赶过来，瞧到这一副场景，岂不是要惊呆了？

掂量着这想法，杂毛小道便先松了口，跟我商量，说小毒物，实在联络不到掌柜的他们，我们也不能这么干等着，不如先潜入里面去，将里面的情形瞧个清楚再说，你说好不好？我也不想让小妖这狐媚子小瞧了，于是撇了撇嘴，说留在村口等待呢，是老成之言，不过如此一来，却也瞧不清状况，倘若那些家伙又玩金蝉脱壳的一招，

只怕到时候我们就真的失去了方向，进去瞧瞧也好。

打着这样的主意，我们便协商一致了。也不敢走正路，绕到了东边的小路，朝着村子里行去。小妖虽然嘴上打击我，但是进村之后，她却主动在前边领路，而朵朵则陪在我的身边，照顾我左右。相比我如临大敌的紧张，杂毛小道却轻松许多。他开始有意识地舞动起雷罚来，让这把飞剑开始逐渐地热身，别到时候突然卡壳了。

快接近村子的时候，杂毛小道突然停了下来，问我道："小毒物，你有没有一种怪怪的感觉？"

我点头，说我也感觉到了，好像这村子被人布置过了，周围的景物怎么看都有一些不和谐的感觉，怪怪的，好像在咖啡里面加了现炸出来的猪油，让人觉得齁得慌。

杂毛小道汗颜，说："你这是什么比喻啊，我指的是这个村子，好像有什么阵法在。我说不出来是什么阵法，总感觉怪怪的，好像不是我们这边的路子。"我点头，说："你这么一讲，我也觉得有了，不是我们这边的路子，那就是他们欧罗巴的手段了，那些吸血鬼倘若真的把这里当做暂时藏身的老巢，那么必然会在周边布置一些所谓的'黑魔法'阵，所以我们更需要小心一点呢。"

杂毛小道点头，说："也有可能，这样的东西，咱们还真的是没有接触过。没事，进去吧，反正我们又不是威尔，打不过就跑呗，别人犯不着跟咱们死磕的。哎，倘若虎皮猫大人那肥厮在就好了，有它在，管它是什么阵法，我们只管跟在那只肥鸟儿身后跑便是了，还怕这些？"

我叹气，说："谁说不是呢。不过这家伙就是个皮赖货色，陪着没半天就找地方睡觉去了，谁拿它有办法？"

说着话，我们都已经进村了，于是自觉地闭上了嘴巴。走在村子里的小路上，静悄悄的也就算了，整个村子里只有在转角的路口才有几盏发黄的灯光，愣是将富裕发达的南方沿海地区，搞得跟我们晋平乡下那么黑黢黢，死气沉沉的，让人觉得好小气。

不过黑暗也让我们的行动更加无忌惮，并不用沿着屋前墙角缓行，而是直接抄着巷道前行。我们都是有着一定实力的修行者，知道如何控制自己的脚步。然而转过了几个路口，抬头瞧着远处的古宅，我的心没由来地一阵慌乱，而杂毛小道显然也感受到了我的紧张，停下脚步，回过头来，低声问道："小毒物，你咋了？"

我深深吸了一口寒夜的冷空气，感觉从水中出来的身子冰凉，眼前的房子似乎都在重影，摇晃不安。我带着沙哑的声音低低问道："老萧，你没有觉得这个村子里，实在是有些过于安静了吗？"

杂毛小道点了点头，说："对，一个村子里，即使是睡得再沉，也会有呼噜声，也会有磨牙声，也会有夫妻两口子办那事的哼哼唧唧声，生人倘若进村了，会有狗叫声……但是这里没有，不但没有这些声音，连最正常的呼吸声都没有。如此一来，这就真不正常了！"

我瞧向左边的一栋两层小楼。这楼属于自建房，差不多有十来年的样子，阳台上面还有晾着的衣服，孩子的尿布以及其他，一切都是那么的真实，完全没有我们感受的那般冰冷。我犹豫了一下，说道："呃，我想进去看一看，到底是怎么回事？"

杂毛小道严肃地望着我，说你的意思，是说那些该死的外来客，已经将这整个村子的人都给……

他没有说出那话来，我们都在为自己的猜测而感到惊恐，要知道这里可不是什么深山老林，渺无人烟之处，整个村子的人都没有了，这消息一旦传出去，只怕总局都会震惊。到时候由上而下压过来的怒火，别说是两个伯爵带队的追杀组了，哪怕是他勒森布拉或者茨密希的族长亲王，又或者魔党魁首保罗，只怕也逃不出这南方省境内了。有人曾经说过一句话，这世界上最怕的，就是认真二字。凡事都有规矩，倘若做得太过分，越界了，到时候这伙人别说是在阳光下行走了，便是在阳光下死去，也会成为一种奢望。

我们翻身进入院子里。门是锁着的，我叫了肥虫子出来，钻入锁眼里面，咔嚓一声响，门开了。我和杂毛小道提剑而入，在墙上摸了半天，都没有摸到灯的开关，只有将门打开。顺着远处昏黄的路灯，只见这一楼客厅里面一片狼藉，到处都是飙射的鲜血，摸了一下沙发，上面有些陈灰，地上有一个干瘪的影子，我走过去，踢了一脚，却是一个还在襁褓里面的婴孩，整个人都缩瘪着，干巴巴的，显然是被吸干了鲜血。

其实在此之前，我的心里面并没有多少恐惧，只是奇怪而已，当瞧见地上这个死婴的时候，我心中顿时一阵怒火熊熊燃烧起来。这些吸血鬼行事也太没有底线了，居然连这样的小孩子都不放过，实在是不可饶恕！

我红着眼睛走出了庭院，当夜风吹到了我脸上的时候，脑子终于冷静了一点，感觉遗漏了些什么，使劲儿回忆，却头疼得很。直到肥虫子落在我的肩头时，我才想起来：一直跟在我们身边的朵朵和小妖，她们跑到哪里去了？

我回过头来叫杂毛小道，他应了一声走过来，正想说话，房子的楼上传来了一阵脚步声，我往里面望了一眼，想瞧个仔细，结果感觉身后一阵腥风吹起，眼角余光处，一个黑影正朝着我猛扑过来。

第二十四章　败走麦城，或者……

想偷袭，也不看我们是什么人？

瞧见有黑影奔袭我们，我一剑便朝着这家伙的脖子处划去。杂毛小道也是反应迅疾，罡步陡移，人挪其后，一脚踹在这黑影子的臀部，如此一番配合，那家伙便朝着我的剑尖跌落而来。不过我并没有砍掉这东西头颅，我的鬼剑被一双手给紧紧抓住。路口的灯光照到了这里，我瞧见这是一个二十七八岁的少妇，衣衫不整，露出半块蜡黄色的胸襟来，干瘪的胸部像个布袋一样吊着。瞧到这里，我立刻在脑海里勾勒出一幅画面来：一个刚刚孕育新生命的伟大母亲正在给自己的婴孩喂奶，结果一个满脸苍白的外国人闯了进来，二话不说，一口咬在了她的脖子上。

此时此刻，心中虽然怜惜这食尸鬼的生前，然而异变已然，我也不会假作圣母。鬼剑抽回，再出一剑，直刺头颅，从额头处如破奶油一般进入，劲力一吐，这个袭击我们的食尸鬼便栽倒在地，不再动弹。

这时，从楼梯上缓慢传来的声音终于到达了一楼客厅，出现在这里的是这个家庭的男主人。他的模样更加恐怖，生前似乎遭受过虐杀，满脸没有一块好肉，左眼眶里面有一粒白色的眼球，被一根坚韧的筋给连着，摇摇晃晃，让人头晕。

我将鬼剑从地上这头食尸鬼的额间缓慢拔出来，正准备提剑上前，将客厅的这头食尸鬼给料理了，突然手臂一紧，被杂毛小道用力抓紧。

"小毒物！"我听到杂毛小道叫我，回过头问怎么了？

杂毛小道手提雷罚，朝着我的身后指去，脸上的表情似笑非笑，似哭非哭："你看那儿！"

我举目望去，只见刚才还平静如死水的小巷子，突然就涌出一大堆的黑影子来，一个又一个，连绵不绝，粗略地看一眼，差不多都有上百来号人。这些人从路口昏黄的灯光下路过，一个个双目都流出了诡异的血泪，眼神凶狠，而脸上则都呈现出了或者蜡黄，或者惨白的肤色，有的甚至已经开始长起了黑毛，仿佛死去了许久一般。

前文谈鬼，曾说过这天下间的鬼物粗略一算，足足有三十七种，食尸鬼便是位列其中。此鬼神魂丢失、阴风洗涤，又受到了外力侵染，于是浑浑噩噩，只知吃那腐臭的尸体。这种鬼不比僵尸，根本没有自己的意识，也没有晋身之阶，要么被杀死，要么被撑炸肚皮，永远也吃不下去。

万万没有想到，驻扎在此处的那些欧罗巴血族，竟然会如此丧心病狂，肆无忌惮，一点儿规矩都不讲，直接将一整村的人都变成了食尸鬼，化作自己的屏障。看来他们是打定主意，但求一举成功，然后远遁千里了。

只是，他们就如此肯定能够这么快抓到威尔，能够逼问出"该隐的祝福"吗？

我的脑袋飞速运转，似乎抓到了什么线索，然而还没等我想明白，汹涌的尸群就已经冲到了我的面前。猛虎还怕群狼，倘若只是七八个、十来个食尸鬼，我和杂毛小道并不惧怕，但是这百来号食尸鬼一齐冲上来，倘若有个闪失，或者力竭之时，那我们说不定就真的跪在这里了。于是我们也没有咬着牙、硬着头皮顶上去，而是夺路而逃，朝着周边的小巷撤离。

一路狂奔，杂毛小道气喘吁吁地跑着，看了下左右，朝我大声喊道："小毒物，我干女儿和小妖那妞儿呢？"

听到这话我心烦意乱，说我怎么知道啊，进屋前还在，一转眼的工夫，人就没影了。不知道是调皮，还是被什么东西给抓了，到底是怎么回事啊？

我们身后的尸群汹涌如潮，这些家伙的脚步声以及嘶吼声将寂静的夜吵得无法安宁。我们跑了一段路程，感觉总是有些不对劲。空气似乎黏稠了许多，人行其间，如在水中逆流而上，结果我们越跑越缓，逐渐地就被尸群给追上了。

当感觉屁股被一只手抓到的时候，我终于表示不能再退缩了，猛然回过身来，瞧见抓着我的是一个秃顶斜眼的老头儿，他抬起头来，红色的眼睛一阵晦暗的亮光游动，然后咧开嘴笑，一嘴的尸油溢出来。

"临！"我左手的恶魔巫手立即启动，当头一拍，这老头儿的脑袋啪唧一声就被我给拍进了体腔里去，尸体的汁液四处飞溅。我的鬼剑也舞动起来，收割着这些已经失去意识的食尸鬼。

我一爆发，立刻有四五头食尸鬼遭了殃，然而倒下一头，却涌上来三四头，我杀得手软，结果并没有感觉面对的食尸鬼变少，而活动腾挪的空间却变小，没一会儿我的身上就添了两处抓伤。更加危险的是，刚才我被两头生前年龄不超过十岁的小食尸鬼给抱住了双脚，摔倒在地上，倘若没有杂毛小道的飞剑援救，只怕就被这汹涌扑上来的尸群，给直接淹没了。

鬼物势大众多又不畏死亡，再这样下去，只怕我们真的有可能被活活拖死，却连真正的凶手，一面也见不到。我大声求助杂毛小道，让他将血虎放出来，载上我们，直接过去跟那些吸血鬼拼命。然而杂毛小道却表示很无奈，之前血虎为了挡住雷昂伯爵的剑刃风暴，伤到了筋骨，这会儿还在休养呢，放出来也跑不动。我说那这怎么办？我感觉这地面上有一股很浓的吸力，将我们给牢牢地拉扯着。

杂毛小道却也是来了真火，瞧着鬼物越来越多，从不同的建筑里面赶出来，知道我们这次被人给算计到了，当下瞪了一眼黑麻麻的天空，将不断翻飞的雷罚射向空中，口中愤恨地说道："我师父教了我正宗神剑引雷术的法门，本来我是不想这么快就用的，不过看来时不待我啊！宵小们，且让你们尝一尝我茅山的顶级绝学！"

他双手舞动如飞，那雷罚开始溢出了蓝色的电意，口中高声喝道："三清祖师在

上,三茅师祖返世,神符命汝,常川听从。敢有违者,雷斧不容……"

我实在没想到杂毛小道会如此刚烈和急躁,这还没有开打、正主儿都没有看到呢,就直接准备上那恐怖的雷电术。不过我多少也能够理解,想着这整整一个村子的生命,就这样悄无声息地消失,继而转化为这些面目狰狞的恶鬼,搁谁心里面都不爽。

秘密潜入既然已经曝光,那么我们现在的当务之急,就是将面前这一大队的食尸鬼消灭掉,接着找到朵朵和小妖,再直接插入敌人的心脏,将他们给捅个底朝天。

然而更加奇怪的事情发生了,那把镀满精金的雷击桃木剑本来已经悬于半空,剑尖正对天空,雷意流转,准备引九天之上的落雷,一股庞大的荒古气息笼罩下来,将雷罚给封死,杂毛小道双手作引,将雷罚紧紧牵连,然而在这样的场域里,根本无法传递意念,结果那雷罚在空中不情愿地抖动了几下,哀鸣一声,竟然如废铁一般跌落在地,不再动作,转瞬间就淹没在了尸群当中。

什么情况?

我背靠在一栋房子的墙上,眼珠子都快凸了出来,杂毛小道的雷罚竟然跌落下来了?不光是我,杂毛小道也是一副难以置信的模样,看着自己凝成的剑指,心中诧异,不知道自己的一身手段,怎么就突然失效了。就在我还没有反应过来的时候,杂毛小道心忧雷罚,与我擦肩而过,往前冲去。我瞧见杂毛小道似乎有些过于冲动,于是大声阻止道:"老萧,先别过去!"

然而哪里来得及,杂毛小道已然冲进了食尸鬼的尸群里面,在我视线中,是漫天扬起的手臂。好兄弟自然同生共死,当下我也不作犹豫,准备前去支援。然而让我诧异的事情又发生了,我靠着的那面墙上,居然伸出了十来双泥手,将我的四肢和身子给紧紧抓住,我奋力挣扎,然而身子却越发地陷入到了墙里面去。

突然间,我感觉到墙体一软,我整个人就失去平衡,朝着后面倒去。这时,尸群里传来了一声惨烈的大喝声,接着我看见漫天的鲜血飞扬,无数的肉块被食尸鬼们争相食用。

啊……我眼前一黑,感觉整个天空都垮塌下来了。

第二十五章　圣器鬼灯

漫天的血肉飞扬，我的心痛得几乎要撕裂开来，因为我实在是难以想象得到，杂毛小道和我连茅山宗这种顶级道门的大场面都扛了过来，竟然会在这种小沟渠里面栽跟头。事情怎么会变成这样呢？

刹那间我的心像是空了一般，脑海里回忆起与杂毛小道相处的一幅幅画面。在我的印象中，这个从一出现就不是很靠谱的男人，自从与他并肩站在一起，世界上便没有什么能够难倒我们的事情，然而我们怎么可以在这么一个小村子里面，就这样默默无闻地死去呢？

"不可以，绝对不可以！"

四五双泥手从黑暗处伸了过来，将翻倒在地的我给抓住，捂住我的口鼻，试图将我弄得窒息而亡，而我整个人几乎在看见杂毛小道死去的那一刹那，变得癫狂起来，脑子里什么也不去想，只是听到一个声音在耳边回荡："不可以！"

随着这情绪不断攀登叠加，我整个人都被渲染得无比浓烈，终于，我感到有源源不断的力量从小腹之中升腾而出，这些天来我一直修习的巫力大周天行气法门也在这一刻爆发，将所有的气息推动，一齐朝着四肢狂涌而去。

与此同时，我脑海中出现了一个三头六臂的魁猛男子，此人头生牛角，怒目圆睁，浑身冒着烈焰，宛若魔神，在九天之上俯瞰注视着尘世的一切微末，他瞧见了我勃然而发的愤怒，然而这也仅仅只是蚂蚁的愤怒；他似乎还在笑，笑我实在太过于弱小，根本不值得他关心，于是他扭过头，瞧向了别处，不再关注。

蚩尤观想法！

这门形而上的臆想术突然间在我的心中自动生出，而我则完全被愤怒所遮盖，感觉到一种被轻视、被小瞧、被完完全全地羞辱。力量在积蓄，反抗的念头贯注了我的全部精神，终于当我的整个视野都变成一片黑暗的时候，一个陌生的声音在我的脑海里奋力呐喊出来："尸丹元气，给我破！"

一言既出，裹挟在我身上的所有泥土和灵力全部溃散，磅礴的力量灌注到我的身上，我感觉自己前所未有的强大。奋力一振，身上的泥浆飞开，那面墙轰然倒塌，而跌落下来的砖石击打在我的身上，如同挠痒痒一般。

我双腿后蹬，人猛然前移。那些已经冲到我身前的食尸鬼依然强大，依然狰狞，依然有着之前的恐怖，然而在我的心中，却形如土鸡瓦狗。有个特别强壮的食尸鬼口中还叼着一块尽是鲜血的肉，冲到了我的面前来，尖锐的黑色指甲前挥，想要在我的身上留下属于它的血痕。然而我微微移动身子，与这攻击错肩而过，提胯、收腰、回肘、出拳，所有的动作一气呵成，我一拳打在了这头食尸鬼的胸口，接着我听到了鸡蛋碎裂的那种清脆响声。

喀！

那头一米八的食尸鬼像个皮球一般被我猛然击出，砸在了六米外的一面墙上，裂纹出现，接着那整整一面墙都倒塌下来，压伤无数，而这时，我已经俯身将另外一头食尸鬼给整个儿举了起来，将这个家伙当作了武器，不断回旋，将所有妄图冲上来的食尸鬼给拍飞出去，方圆三米，竟然无一鬼可入。

完全掌控力量和身体意图的那种感觉无比畅快，然而这并不能冲淡杂毛小道之死在我心中造成的伤痛，这疼痛已经入了骨髓，让我的眼泪不由自主地往外面冒。整个世界一片灰暗，失去了色彩，我的眼中全部都是狰狞而可恶的食尸鬼，这些丑恶的家伙源源不绝，根本不知道死亡为何物，或者说它们出现的唯一目的，就是攻击我，从我身上咬下一块肉来。

我放声狂叫着，挥舞着手上那头还在不断挣扎的食尸鬼，朝着杂毛小道出事的地方走去。那个地方是尸群最密集之处，男的、女的、老的、少的，无数的食尸鬼争相拥上来，为的只是遵循着自己的宿命，抢到一块肉，来填补自己那空虚的肚皮。

然而所有的危险对于此刻的我来说，根本就毫无感觉，疼痛对于我来说也只是残忍的快感。当时的我无法知道自己到底是哭还是笑，奋力前冲，一步一步地挪动。然而在我前面的尸群几如围墙，堵在一起，即使死了，也凭借着身体作为阻挡我前进的垒块。对于杂毛小道的愧疚让我一秒钟都不能再忍，当下心念一动，将手中的食尸鬼往前一掷，砸落数头食尸鬼，又抽出鬼剑，轻轻一抖，将那股磅礴之力灌注进这吸收了不少好处的鬼剑中。此刻，那老槐木精铸就的木剑上面符文逼发，隐隐有黑色雾气凝聚，浮于剑外，使鬼剑陡然间竟然大了两倍，持着这样嗡嗡响动的大剑，我有了一种虽千军万马吾往矣的胆气，挥剑上前，朝着尸群旋风一般斩去。

这剑原本镀有精金，这种来自宇宙星空的合金赋予了它锋利的特性，然而往日利则利矣，却只能走轻快灵巧的路线，这对于学剑不过一两年的我来说，其实并不是很适合。现在升级版的鬼剑劲气勃发，巨大无匹的力量灌注其身，对于我来说却无比实用，将鬼剑高高扬起，大开大阖，那些汹涌而来的食尸鬼但凡撞上，立刻飞腾而起，倘若斩中稍微柔软一些的腰腹部，更是直接一斩两断。

一时间，我如一道所向披靡的刀锋，手持着巨大的鬼剑，硬生生地砍出了一道血路来，终于冲到了杂毛小道陨落的地方。

食尸鬼几乎没有意识，当我斩杀上前的时候，还有十来头食尸鬼趴在地上刨食，舔舐着残羹冷炙，也有的闻到了我身上的气息，像青蛙一样，朝着我飞跃而来。我将鬼剑前指，全身一个大旋风，将朝着我扑来的那些食尸鬼给拍飞出去之后，咬着牙，冲到那些仍不知危险、还在地上刨食的食尸鬼面前，由上而下，一招力劈华山，那尸丹融化而凝成的气劲从手传递到了剑尖，一道黑茫茫的剑气霍然出现，将这一窝食尸鬼给斩断大半，十来具只有上半身或者下半身的食尸鬼拖着长长的黑红肠子，痛苦地哀号着，我的眼前顿时一空。

我踏着血浆，不顾在我周围爬行蠕动的食尸鬼，走到中心来，只见地上一堆破碎的骨头，上面血肉相连，几件黑乎乎的衣服被撕得粉碎，在最下面，一把微微泛蓝泛金的木剑，躺在血泊中。剑把上还有一只手，只可惜肉被啃干净了，只留下一些碎骨，勉强能瞧得出模样来。

我无助的目光游离了一会儿，终于又看到了杂毛小道的脑袋，这个平日里总带着坏坏笑容的小道士，此刻的脸已经被啃得稀烂。一个中年女鬼拖着半截身子，还在抱着这脑袋贪婪地啃着，那咔咔的咀嚼声，让我的心疼得厉害。

噗！我一脚将这头食尸鬼给踩死，回望了一下周边终于被我气势震慑到的食尸鬼群，突然从心底里感觉到无尽的疲累，自责和悔恨将我瞬间淹没。鬼剑被我扔到一边去，我跪倒在血泊中，看着杂毛小道这张残破的脸，上面的血肉依稀还勾勒出他临死前的惊恐，我越瞧越悔恨。杂毛小道是我害死的，我这生死与共的兄弟一句话都没有说完，人就死去了，为什么会这样？心更加疼，疼得我几乎想要将鬼剑抓起来，往自己的脖子上面一抹，死了方才畅快。自暴自弃的情绪充斥着我整个脑海，连周围那些食尸鬼围上来我都不管。很快，那些肮脏的家伙瞧出了我的不对劲，兴奋地吱吱叫着，扑将上来。一头食尸鬼攀附在我的肩头，我反手打去，一掌将整个脑袋都拍碎了，又有几个冲上来，我接连弄死了几个，突然感觉到一阵虚弱，跌倒在杂毛小道的脑袋旁边，感觉到腿部和腰腹部被咬了几口，疼得厉害。倒在地上的我伸出手，将杂毛小道的头搂入怀中，心中哀叹："他刚才是不是也感受到了这万鬼噬身的痛苦啊？"

越来越多的食尸鬼朝着我这边扑来，我被十来头、几十头食尸鬼给紧紧攀咬着，疼痛异常清晰，然而就是这疼痛，使得我的心也越来越清醒。我突然想到一个奇怪的事情，那就是今天的事情，实在是太诡异了，总有些不对劲，自我们进村之后就越来越怪异，难道这一切，是幻觉？

我越想越不对劲，心念一动，勉强挣扎着盘坐起来，口中念了一段"金刚萨埵降魔咒"，手结外狮子印，不动如山，大声喝念道："洽！"

此印击出，整个世界就像玻璃一样破碎开来，化作无数碎片散落开去，而杂毛小道关切的脸也出现在我的眼前："快醒过来，小毒物！"

我瞧得仔细，翻身跳了起来，却见我们居然还是在村口，一盏与王豆腐所用相似的欧式风格的宫灯，悬挂在空中，而一个穿着燕尾服的英俊老外正彬彬有礼地向我们致敬，脸上笑容洋溢，用古怪的腔调说道："入乡随俗，我的中文名叫做王茄子，欢迎光临'潘神的迷宫'！"

瞧着那紫色迷离的宫灯，我心中震撼。能够让我沉迷其间的，那宫灯莫非就是血族十三圣器之一的鬼灯吗？

第二十六章　蔓珠芳华

刚刚从幻境中挣脱出来的我并没有理会什么麻婆豆腐、红烧茄子的，而是凝聚精神，死死地打量着眼前的杂毛小道，发现这张猥琐中又带着几分好奇的面容如假包换，确实是老萧无疑，按捺不住心中的欢喜，嘿嘿地傻笑出声来。

老萧没死，这样的世界才是真正的美好。

瞧见我这一副傻乎乎的模样，杂毛小道一脸无语，说小毒物，你又笑又哭，搞个毛线啊？

我有哭吗？我下意识地摸了一把脸，脸颊上面尽是湿漉漉的泪水，痒痒的。应该是刚才幻境中杂毛小道死去时流出来的。我问到底是怎么回事，我记得我们都在村子里面晃悠好几圈了，怎么到现在还没有进村啊？

杂毛小道说那些家伙放在村口防卫的法器实在是太厉害了，主导出一个十分逼真的幻境来，我们两个人不知不觉就着了道。不过我先发现了不对劲，燃符脱身，才知道其中凶险。今朝倘若不是小妖、朵朵还有威尔在旁护翼，只怕我们就真的死在幻境里了。

威尔？

我转过头去，见一身黑色的威尔站在我的后面，手上一把花式刺剑，正与围着我们的一干吸血鬼对峙。围着我们的，除了自称王茄子的那个中年老帅哥之外，还有四男一女，一水的老外，想来那些偷渡客已经有大半到场了。

除了这些吸血鬼之外，旁边还有一干手持短枪或者片刀的黑西装，七八个，应该是邢黑虎派来的手下；黑暗中还有影影绰绰的影子在游走，飘忽不定，远远地监视着我们。

瞧这幅场景，身陷重围啊！

没想到刚刚逃脱出那致命的幻境，又陷入了重重包围，难道我们所有的行踪，都已经在敌人的掌控当中了吗？我心中疑惑，瞧见朵朵和小妖背靠着背，一头的汗水，似乎颇为疲惫，在她们前面则躺着好几具尸体，吸血鬼里面也有人受伤，显然此前已经有过一场恶战了。

我心中明了，朝着两个小宝贝点头鼓励之后，低声问威尔，说你怎么来了？

威尔苦笑，说他先前待在车里，越想越不对劲，心中彷徨得很，总感觉有什么地方遗漏了，正犹豫间，听到指挥车里面一阵骂娘，一问才得知接应王豆腐的人金蝉脱壳，走了水路。掌柜的一干追踪者正在鸡飞狗跳地想办法，可是想要在这样的夜里，

293

悄无声息地跟踪过去,根本就是一件不可能的事情,他们又不知道我们在哪里,到底是什么情况,于是设想好的所有计划一下子都落空了。威尔着急,于是就下了车,顺着与王豆腐的感应,一个人赶了过来。

我想起那么长的一截水路,说你是怎么过来的?

威尔嘿嘿一笑,环顾四周一圈,当着这么多敌人的面,也没有说话。我们交待了彼此的处境,终于有时间打量起将我们围困着的这些人来。

说实话,除了空中悬挂着的那盏据说是血族十三圣器之一的鬼灯之外,对面这一干吸血鬼,我心中倒也没有什么彷徨,加上威尔在,我们并不是很弱势。相信掌柜的、秦振等大部队很快就会来,只要是等到那伙特警队的汉子们赶到,到时候那自动步枪"突突突",全部撂倒。然而又突然想起来,威尔这闷声不响地赶过来,谁知道他有没有联络好掌柜的,倘若没有联系,那我们可真就是孤军奋战了。

王茄子似乎也刚刚率众赶到,瞧见我这么快就恢复了清醒,不由得伸出大拇哥儿,没口子地夸赞道:"不错,不错,两位居然能够在我族圣器的控制下,这么快就回复了意识,想来应该就是威尔在东方找到的靠山吧?"

我眉头一皱,还真的就是血族的十三圣器之一的鬼灯呀?

因为跟威尔有过一段时间的相处,出于好奇,我曾了解过血族的一些历史,知道血族有十三件圣器,分别是血匙、尸手、腐镯、魔偶、骨琴、血杯、灵杖、魂戒、屠刀、刑斧、幻镜、鬼灯和毒瓶。这每一件都是传奇之作,比如血匙,据说是能开启地狱大门的钥匙,持有者可以自由出入各界,而比如说尸手,它是第一位血族该隐的左手,手中藏有世界的秘密……

由此可见,鬼灯是怎样恐怖的法器!

我万万没想到,这样的东西,竟然被魔党得到,并且直接拿到了我们这儿来。所为的,便是抓捕威尔。心中震惊,不过却不能露出惊慌失措的表情来。我微微笑了笑,而旁边的杂毛小道则直接答话道:"区区一迷惑法器,顶多也就十香虫的级别,有必要说得这么恐怖吗?呃,那个什么,其实呢,我们也就是路过而已,多有得罪,我们这就走了,不用送啊。"

杂毛小道的答话让本来准备好立刻翻脸的我顿时就咳岔了气,这家伙第一句还挺有装波伊犯的风范,结果第二句便露了怯,事到临头了,人家能够让咱走吗?

谁知道那个王茄子先生还真的好商量,他居然点了点头,然后将手往左边的大道一指,颇有绅士风度地朝着我们微笑,说:"我们前来中国这神秘之地,所为的也就是自家的叛徒,只要威尔岗格罗能够留下来,两位的来去是自由的,请随意!"

熟知杂毛小道脾气的我自然知道他这是在忽悠敌人。当下也瞧着那些拿枪的黑西装有些怵,于是悄悄地唤起了肥虫子,让它悄不作声地去将那几个拿着手枪的黑西装搞定,免得一会儿混战的时候,枪子无眼。

肥虫子倒也懂事,应声而去。杂毛小道余光与我碰了一下,我若无其事地点了点头。他回过脸来，故作遗憾地跟威尔商量："嘿，威尔，你是不是搞大了人家妹儿的肚子，又不想负责，弄得别人追你这么勤啊？要是这样，我可真的要跟你划清界限了哦。贫道可是一个正经人，最看不得这始乱终弃的戏码！"

杂毛小道的戏演得有些过头，威尔一脸吃了蟑螂的郁闷样，悻悻地骂道："要走赶紧滚，别在这里啰嗦，侮辱我的清白。"

杂毛小道一副痛心疾首的样子，指着威尔的鼻子骂道："没想到你真的是这种人。我走，我走！呃，等等！"他本来都已经走出好几步了，似乎想起一件事情，回过头来，问那王茄子道："茄子大哥，打听一个事情啊？"

不想节外生枝的王茄子皱着眉头，不过还是风度翩翩地问道："有什么话快讲，我们准备料理家务事了！"

杂毛小道一拍大腿，说我这也是家务事，向你打听一个人啊，就是有一个女孩子，看着应该二十二三岁，长得很漂亮，像好莱坞大明星，跟你们一起的，胸脯大得跟倭瓜一样，圆滚滚的，那皮肤啊真白，滑得呀，啧啧啧，那苍蝇上去都要打滑，摸起来肯定跟丝绸一样……这厮好是一顿回忆，然后说起了名字，说叫做奥黛丽，你们认识吗？我找她有要紧事！"

王茄子眉头都已经皱成了"川"字，闷声问道："茨密希小姐我自然是知道的，只不过你们找她，到底有何事？"

看王茄子问得一本正经，杂毛小道突然发出了招牌式的坏笑："嘿嘿嘿，我想跟她生孩子。"他这笑容绝对可以理解为二傻子，然而王茄子却感受到了一股高傲的蔑视，敏感的他顿时就气得哇哇大叫，指着我们一行人愤怒地喊道："你要我是吧？你居然胆敢……"

他的话还没有说完，几个在旁边虎视眈眈的黑西装突然闷声一哼，栽倒在地。这些西装男的同伴皆惊，附身下去查看。插科打诨的杂毛小道终于正经起来，右手掐动剑诀，大喝一声"疾"，雷罚立刻"嗖"的一声响，朝着漏下的一个持枪男射去。

手握重兵，必将成为被优先攻击的对象。

杂毛小道下手也算是有轻重的，那个准备射击的西装男手腕刚抬起，便发觉扣动扳机的手指与自己失去了联系，哀号一声，举手一看，血肉模糊，哪里还能够拿得起枪？雷罚第一时间将持枪者的手指斩下，接着锋头一转，朝着明显是首领的王茄子射去。

王茄子被杂毛小道的撒泼无赖给气到了，口中大喊道："你们会后悔的！"话音刚落，旁边的那些吸血鬼便冲了上来，气势汹汹，而一直没有说话的小妖和朵朵突然手拉着手，齐声喊道："蔓珠芳华！"这话一出口，只见那些人面前的地上，便有漫天的野草疯长起来。

第二十七章　潘神迷宫

威尔与杂毛小道斗嘴时一点儿也不含糊，结果当黑西装倒地，杂毛小道出剑的刹那，这个原本以憨直著称的岗格罗一抖手中的花式刺剑，就朝着离自己最近的那头吸血鬼冲锋而去。

那个吸血鬼也是个极其敏捷的家伙，结果被小妖和朵朵联手弄出来的蔓珠芳华给拦住，野草发疯地生长着，缠住了他的脚踝和膝盖，他使劲儿挪动，也动不得半分，正挣扎间，一大蓬剑花就笼罩住了他的身体。

岗格罗在所有的血族中是最接近自然内心的氏族，拥有着令人不安的野性与动物特征，通常都是强大的战士，作战十分勇猛。不过这并不是来源于无法无天的狂暴，而是来源于他们的兽性本能，这一点威尔跟他的同族一点也不一样，他更像是传统意义上的古堡血族，拥有着斯文的外表、良好的涵养以及渊博的知识，当然，他还有着十分狡猾和诡诈的智慧。

威尔挑中的这个血族在所有人中实力并不是最差的，但绝对是最好杀的一个。为了旗开得胜，获得一血，他信心满满地将花式刺剑的光芒抖落于这血族的脑袋部位，然而意料之中的情况并没有出现，那个吸血鬼没有被刺死，一阵波纹闪动，那真真切切的血族居然消失不见了。

威尔一剑刺了个空，那反作用而来的回馈力让他空虚得几乎要吐血。仰望天空，那盏闪耀着迷醉光华的紫色宫灯高高挂着，如遥不可及的月亮。周边的景致变得几如迷雾一般，王茄子的声音若隐若现："我说过，欢迎来到潘神的迷宫，鬼灯里面住着迷宫的守护者，它是一个半人半羊的山林和畜牧之神潘神。这里的迷宫是通往冥界的中转站，无论是你们是否奸诈，是否厉害，都免不了走向死亡的彼岸。没有人能够知道冥界到底有什么，火山、地震以及漫天的烟尘，谁知道呢？我给过你们机会了，但是没有人珍惜，那么我想说，去吧，在冥界，那里才是你们的归路！"

这声音仿佛是教堂唱诗班出身的一样，虚无缥缈，听到我们的耳朵里，格外刺耳。其实当知道头顶上的那灯是血族圣器的时候，我的心中就不由得咯噔一下响，知道今天这一道坎不是那么好迈过去了，所以当那几个吸血鬼往前冲击的时候，我也是一点儿都不紧张，而当两个朵朵催动青木乙罡，将所有来犯之敌给缠绕住的时候，也没有浪费力气出手。在我的丕场感应中，这些家伙，其实都是虚妄的，是幻影。

不理会那个若隐若现的身影，我抬起头来，跟杂毛小道大声喊道："灯！"

一切幻象，皆由那鬼灯引起，只要将那灯给射爆，只怕敌人也未必制得住我们。

其实并不用我提醒，杂毛小道已然将雷罚朝天扬起，向着天空中的鬼灯射去，然而雷罚穿灯而过，那灯还是灯，剑还是剑，就如同油与水一般，相互不相容，仿佛两个次元的东西。

嗖！雷罚回到手里来，杂毛小道将剑挨在身上，凝神四望，这时我也发现，我们身处的这村口，那些远处的建筑和田地正在一点儿、一点儿地消失不见，左右开始浮现出岩壁的形象，一个又一个巨大的甬道出现，果然就是迷宫的模样。

难道那鬼灯，真的将我们带到了什么潘神的迷宫，带到了冥界，也就是我们口中常说的幽府去处吗？

瞧着周边的这些变化，我们的心开始越发地寒冷，也没有再分散，而是背靠着背。我、杂毛小道、威尔、朵朵、小妖还有肥虫子，都聚拢在了一块儿。

我手持鬼剑，心有余悸地问道："我们，不会是又陷入幻境当中了吧？"

杂毛小道连着点燃了两张符箓，脸都给熏黄了，结果左右的景致依然还是曲折迷离的巷道，当下也不敢肯定，瞧见小脸儿严肃的小妖，问丫头，你知道怎么回事吗？

小妖摇了摇头，说瞧不出来，有点像幻术，又有点像是空间叠加。那盏灯果然不愧是血族圣器，一出手即厉害非凡，我们可得小心应付才是。我们这里如临大敌，而威尔的表情却轻松很多，作为主要目标，风暴中心的他眉毛一挑，说道："十三圣器，前面几种确实是千古流传，至于后来的那些，不过是牵强附会，攀附那十三氏族之说而已，倘若这鬼灯真的能够勾连冥界，那世界岂不是大乱了？"

说完这些，威尔十分肯定地告诫我们，说大家千万不要惊慌，不要听信这些自吹自擂的话语，自乱了阵脚。

威尔这话还没有说完，我们听到有轰隆隆的声音从巷道尽头传了过来。很快，这声音越来越近。如凶兽般出现，恐怖瘆人。我们紧紧盯着前方，我口中一直默念九字真言，然而却一点儿用都没有，迷宫依旧在。发出恐怖声音的东西终于出现在我们眼前。那是一颗巨大的石球，顺着微小的坡度朝我们这边滚来，那东西发出来的隆隆之声，真切得一塌糊涂，与我们那日在耶郎西祭殿中所遇情形几乎一模一样，让人下意识地想要逃离，远远地离开这恐怖之物。然而我们都没有挪动脚步，哪怕是半步都没有。

常人或许会狼狈而逃，顺着这巨大石球的去路逃窜，倘若如此，只怕我们就真的顺应了王茄子的想法，一步一步地走向了死路。我们并不动摇，当那石球即将碾压到我们身上时，杂毛小道雷罚飞出，嗡的一声响，斩破了这场景，巨大的石球从中剖开，露出了里面层层叠叠的云纹来。当这石头破开的刹那，从石头中腾地冲出一个黑色的身影，朝着杂毛小道当胸抓来。我瞧见了这个黑影子的面容，是王茄子身边的一个吸血鬼，实力十分厉害。见敌人幻术无效，终于按捺不住，遣人出手，杂毛小道不惊反喜，大声叫喊道："来得好！"这一声赞，雷罚倏然回转入手，紧紧抓住，朝着那人的胸口刺去。

来人一个大转身，从身后摸出一把与威尔相似的花式刺剑来，与杂毛小道的雷罚较技。此人在西洋剑道上也是一个顶尖的角色，但见空中火花四溅，短时间内，竟然拼了个旗鼓相当。

　　这石头裂开的刹那，也是敌手吹响冲锋号的节奏，巷道的墙上突然就破出几个口子，先前所见到的那些血族一拥而上，呼啸而来。场面太乱，我只瞧见王茄子也出现了，朝着威尔冲去，而我前面则有两个黑色燕尾服的男子，皆是口露尖牙，雪亮的吸血牙快要晃瞎了我的钛金眼。

　　面对两个血族，我不知其等阶，却也无所畏惧，心中还在回忆着幻境当中大杀四方的威武场景，在脑海里观想着那三头六臂的通天魔神，顿时就有一股熟悉的荒凉气息涌上，小腹劲气勃发，引导至我的右手之上。在幻境中曾经壮大的鬼剑，此刻居然也开始变黑扩展开来。

　　长、长、长……

　　当鬼剑长到近两米的时候，一种沉重威猛的气势在我的心头升起，也不做什么花哨的动作，我将鬼剑平平横切而过，领头的吸血鬼抓出一根绅士拐杖来挡，剑刃前段的黑雾与那不知道什么材质的拐杖撞在一起，顿时就是一阵铛的响声，那人便没有能够保持前冲姿势，整个人被砸向了出现的墙壁，消失不见了。

　　后面的那一个吸血鬼瞧见同伴的惨状，留了心，一下子就晃过我的第一招攻击，走下盘，开六路，爪子朝着我的大腿抓来。这位倘若是一个面若桃花的美女，我的大腿也就让她抓了，然而这样一个小脸儿惨白的老外，我却不会放松。鬼剑轻轻一挽，立刻拍在了他的手背上，整个人都给我牵到了地上，当下我毫不犹豫，鬼剑自上而下，一剑去来。

　　眼见着这鬼剑就要将我面前这厮一刀两断，横空出现一把刺剑，稳稳地接过了我这一击。是王茄子先生。这位有着极为强横的力量，硬生生地接住我的一剑之后，刺剑居然一点儿也不动摇，又稳又准地朝着我心脏部位刺来。我对这种迅疾的打斗并不喜欢，疾步后退，旁边的威尔立刻接上，手中花式刺剑一抖，与王茄子硬拼几击，叮叮叮，火花儿四溅。

　　交手几回合，王茄子面露惊容，而威尔则一脸的笑意："条顿庄园的领主，萨弗茨伯里伯爵，当日在阿尔卑斯山南麓，你打在我身上的灼热魔火，今天应该偿还了吧？"

　　我一惊，敢情我面前的这位王茄子先生，居然就是之前追杀时伤到威尔的血族伯爵啊？

　　王茄子这名字，是不是太土了点？

　　咳咳，中文老师跟你们有仇吗？

第二十八章　不是弱者

　　王茄子，也就是威尔口中的萨弗茨伯里伯爵，条顿庄园的领主，他是在场所有吸血鬼中实力最强的一个，当他的进攻节奏被威尔给活生生地拖了下来的时候，其余人等的攻击就显得绵软许多。我瞧见王茄子两人朝着旁边移去，当下鬼剑一抖，再次朝着之前那个老小子当胸刺去。千万不要以为一般的吸血鬼就是菜鸟一只。每一个能够获得爵位的血族都是拥有着神秘力量的存在，漫长的生命使得他们对于力量的掌控以及对于实战的体验，都达到了一定的高度。所谓的剑技、体技以及呼吸效应，这些常见的格斗术对于他们来说实在就是小菜一碟。当那头吸血鬼回过神来，依托着这迷宫石岩的地形，竟然仅凭着一双尖锐修长的爪子，就与我战得不亦乐乎。

　　我这个人，从分类上来说，一直都是个养蛊人，并不是一个武师，手底功夫不能跟这有着几十年甚至百年的神秘生命媲美，但我也并不是很在意。见小妖和朵朵正在联手合击一个脸上有文身的英俊血族，便将肥虫子唤来，朝着那人悄无声息地潜去。然而我的这个对手却也是一个战斗意识十分敏锐的家伙，肥虫子一出现，他便感受到了一种莫大的威胁，后退一步，眼睛几乎充满了血丝，朝着黑暗处大喊了一声。我脑海里还在想着这个单词原义的时候，就见一头跟姚明一般高度的巨大人形魔物，出现在了我的面前。这人形魔物大部分身体都绑满白色的绷带，散发着沉积的腐臭气息。那些绷带缠得杂乱，上面渗透着黄色的尸液和黑红色的血痂，脸是一张用不同肉块胡乱拼凑出来的大肉饼子，不过上面整整齐齐地排列着五双也就是十颗眼睛，那眼睛有的是血一样的红色，有的是死鱼肚皮一般的白色，还有的黑乎乎，瞧着就十分恐怖。

　　这人形魔物瞧着吓人得很，手上还拿着一根农村人家搭棚子用的巨大木棍，那木棍顶头上还有三四根工程扎钉，整个足有三四米长，整个就一简易狼牙棒。偌大的身子一动三颤，肚皮来回晃荡，裸露出来的皮肤呈现出灰白的腐肉状，上面还文得有青色的古怪符文。

　　我的脑海里突然想起了威尔曾经跟我说过的一段话："年长的茨密希成员可能是世界上知识水平最高的生物之一，他们了解吸血鬼的本质，精通改造和魔纹，做了数不清的可怕试验，试验的对象包括了人和其他吸血鬼以及尸体，欧洲黑暗中世纪里让人恐惧的死灵法师，最有名的就是茨密希家族的成员。"

　　敢情我面前的这一位，是一个能够用尸体做改造的茨密希。

　　那家伙似乎感应到了肥虫子的到来，朝着我微微一笑，身子朝后一跃，竟然又隐入到了石壁之上去，肥虫子顿时就扑了一个空。我本来想追上他的脚步，参透这迷宫的秘密,结果刚走两步,那头尸体拼凑而成的人形魔物已然将手中的简易狼牙棒高高举起,将我给拦住了。

这家伙庞大,加上手中的木棍,将大半个甬道都给占据了。我这躲也躲不了,于是便停住了脚步,举剑反撩,准备凭借着鬼剑的锋利,将这根木头给削断,然后再将这头看着极其恶心的人形腐肉,给斩碎当场。

鬼剑挥出,让人惊讶的事情发生了,这蠢物身上的符文流动,蔓延到了手中的木棍上之后,鬼剑与这木棍结结实实地撞到了一起,我仿佛削到了钢管一样,巨大的反震之力传递过来,将我使剑的右手震得酸软发麻,不由得连退了好几步。然而我还没有站定呢,身后的岩壁上伸出一柄尖锐的刺剑,朝着我的后腰捅来。

危机无时不在,不过这等偷袭对于我来说实在是太过小儿科。在敏感的氘场感应下,当下我稍微偏了一点,与那刺剑错身而过,然后左手自然下甩,捏住那把纤细的刺剑,猛然往前方一拉,半截手臂从岩壁中被拔了出来。

瞧见这手臂,我半点也没有留情,鬼剑顺势回转,那手臂便飞扬而起了。我看见被鬼剑切断的残肢朝着岩壁缩去,伸手去抓,然而那人因为过于疼痛,速度更快,我这一抓,竟然碰触到了真实的岩壁,又失去了敌人的踪影。懊恼无比的我伸脚踹了两下岩壁,结结实实的反震力将我脚趾都弄得生疼。

果真是圣器鬼灯,我们这回可真的是陷到这里了。

不过这时还真的不容许我思考什么。我这边刚刚转移目标,一直盯着我的那头腐尸魔物又冲了上来,抬起脚,朝着我的腰间踹来,我下意识地往左边一扑,那脚结结实实地踹到了墙壁上,漫天的碎石和脓浆碎肉扑满了我的身后。

突!正忙着从地上爬起来的我感应到了肥虫子,这小东西已经潜入了那腐尸魔物的体内去,然而这皆由尸块缝制而成的家伙腹中,似乎根本就没有什么有价值的东西,支撑它运行的应该是通体流转的蓝色符文。那东西到底是蠢笨,与岩壁撞在一起之后出现了些许迟钝,我立刻上前,将鬼剑朝它身上一顿猛刺,血肉四溅,然而却未能影响它分毫。当我准备枭其首级时,却被已经反应过来的腐尸魔物回身一击,逼退开去。

我心中一阵迷茫,想起旁边还有一个威尔是血族中人,或许能够了解这魔物,于是便朝着与王茄子斗得正欢的威尔喊去。威尔听得我的询问,抽身退来,身上伤痕累累,许多伤口正冒着鲜血,他顾不得身上的伤痛,朝着我大声喊道:"陆,心脏处,那里有它运转的中枢!"

威尔退回来仅仅息一下,便被猛扑前来的王茄子再次纠缠上。那个浑身猩红的伯爵终于展示出了与自己爵位相称的恐怖实力。威尔咬着牙大叫一声,再次冲上前,而我则回过头来,紧紧盯住了朝我缓缓走来的腐尸魔物。

这腐尸魔物十分沉重,行走的时候在地上踩出巨大的声响。五双眼睛颜色各异,却都散发出邪恶的光芒。我暗自喝念了一声"统",让自己与宇宙的神秘力量隐隐联系起来。我尽量让自己的心情放轻松，不断地告诫自己，面前的敌人虽然强大，但是我可以应付。

是的，我已经不再是弱者，不再是被人打得满地跑路的小瘪三了。

要胜利，就要有足够的勇气，我将鬼剑前指，上面的黑芒吞吐不定。敌方开始冲锋了，这家伙迈开脚步，如同一辆坦克轰隆隆地开拔来。周边的争斗如火如荼，然而我却无暇他顾，眼睛死死地盯着腐尸魔物的心房处，调整着呼吸。

终于，临近了，那家伙爆发力惊人，转眼间已然冲到了我面前半米，我敏捷地避开了当胸一棍，鬼剑伸出如疾电。一刺、一搅、一收，动作行云流水，一气呵成，然后我闪身到了旁边去。

那巨大的腐尸魔怪仍然奔行不止，然而脚步已经开始踉跄，在朝着威尔和王茄子冲过去的过程中，轰然倒在地上，再无声息。王茄子瞧着地上这失去活动能力的腐尸魔怪，大叫了一声"阿宝"，朝我投来异样而难以置信的目光。

当威尔准备趁他失神之际偷袭的时候，他左右一望，将双手往前一推，巨大的红色雾霾笼罩在他与威尔之间，愤恨的声音从红色雾霾中传了出来："走，离开这里！"这话一落，那些与我们纠缠的吸血鬼纷纷闪身藏入岩壁中。这时，我听到杂毛小道正朝着他的对手一声冷笑："想走？哪有那么容易！"

图书在版编目（CIP）数据

金蚕往事．11 / 南无袈裟理科佛著．— 上海：上海社会科学院出版社，2020
ISBN 978-7-5520-3021-1

Ⅰ．①金… Ⅱ．①南… Ⅲ．①长篇小说－中国－当代 Ⅳ．① I247.5

中国版本图书馆CIP数据核字(2020)第001237号

金蚕往事．11

著　　者：南无袈裟理科佛
责任编辑：王　勤
封面设计：人马设计
出版发行：上海社会科学院出版社
　　　　　上海市顺昌路622号　　邮编 200025
　　　　　电话总机 021-63315947　销售热线 021-53063735
　　　　　http://www.sassp.cn　　E-mail:sassp@sassp.cn

印　　刷：上海盛通时代印刷有限公司
开　　本：890毫米×1240毫米　1/32
印　　张：9.75
字　　数：367千字
版　　次：2020年10月第1版　2020年10月第1次印刷

ISBN 978-7-5520-3021-1/I·385　　　　　　定价：49.80元

版权所有　翻印必究